수사일록

통신사 사행록 번역총서 14

수사일록

홍경해 지음

하우봉·이선아 옮김

隨槎日錄

보고사
BOGOSA

머리말

본서는 서울대학교 규장각에 소장된 필사본 『수사일록(隨槎日錄)』을 저본으로 해 번역하고 필요한 사항에 대해 주석을 붙인 역주서이다. 『수사일록』은 1748년(영조 24) 무진통신사행에 수행한 홍경해(洪景海)가 저술한 일본사행록이다. 그는 이 사행에서 정사 홍계희(洪啓禧)의 아들로서 부친을 따라 자제군관 자격으로 사행을 다녀왔다.

『수사일록』은 3권이며, 사행일기로만 구성되어 있다. 즉 1747년 2월 15일 출항에서부터 1748년 7월 17일 일기도(壹岐島) 풍본포(風本浦)에 도착하기까지 거의 매일 있었던 일을 기술하였다. 1747년 2월 대마도주가 통신사청래차왜(通信使請來差倭)를 보낸 사실과 부친 홍계희가 통신사 정사로 낙점을 받은 사실을 앞에서 기술한 다음, 사행일기 자체는 1747년 11월 28일 한양을 출발한 날부터 귀국길에 일기도에 도착한 1748년 7월 17일까지의 사실을 기술하였다. 『수사일록』에는 대마도, 오사카, 교토, 에도 등 주요방문지에 대한 풍경 묘사가 상세하면서 탁월하다. 또 사행일기에서 도로리수(道路里數)를 빠트리지 않고 정확하게 기술한 점과 사행의 원역 이름까지 모두 서술한 점도 중요한 의미를 지니고 있으며 이 책의 자료적 가치를 더하는 요소이다.

무진통신사행에서 남긴 사행록으로는 『수사일록』 외에 종사관 조명채가 저술한 『봉사일본시문견록(奉使日本時聞見錄)』이 있다. 그런데 지금까지 무진통신사에 관한 연구는 대부분 조명채의 『봉사일본시문견록』을 이용하였다. 『수사일록』에 주목한 연구는 매우 드물었다.

그런데 『봉사일본시문견록』은 제목과 달리 문견록이 소략한 대신 사행일기 부분이 자세하다. 조명채는 사행업무의 실무를 관장하는 종사관답게 사행과정에서의 진행 과정, 의례, 사건과 문제점 등을 매우 소상하게 기술하였다.

사행 당시 조명채는 50세로 종사관의 직책을 맡고 있었고, 홍경해는 24세에 자제군관이었기 때문에 관심분야와 식견이 다를 수밖에 없다. 두 사행록의 내용을 비교해 보면, 당연히 조명채의 저술이 더 자세하고, 종합적이다. 그러나 『수사일록』에는 『봉사일본시문견록』에 없는 장점들이 있다.

홍경해는 공적인 임무가 없었던 자제군관이었으므로 사문사(四文士)들과 자유롭게 어울릴 수 있었다. 따라서 일본문사들과의 필담창화에 사문사들과 함께 참여하기도 했고, 그들이 나눈 대화를 직접 들었다. 현장에서 보고들은 문화교류의 실제모습들이 『수사일록』에는 매우 자세히 기술되어 있다. 또 그는 통신사행원들이 일본인들에게 시나 그림, 글씨 등을 써주느라 애쓰는 모습을 세밀하게 서술하였다. 일본인들이 조선의 서화를 간절히 바라는 모습, 받고 기뻐하는 모습도 잘 묘사하고 있다.

그리고 홍경해는 신진기예로서 자신의 학술적·문화적 호기심, 예컨대 일본의 유학, 서적 유통, 시문, 천황과 관백의 관계, 일본의 정치제도와 대외교류 등에 관해 일본문사들에게 질문하였고, 그 문답내용을 자세히 기술하였다. 특히 일본의 고학파(古學派) 유학에 대해 깊은 관심을 표명하였고, 저술을 본 후 평가를 내렸다. 그는 사행 중 1748년 4월 15일 이토 진사이(伊藤仁齋)의 손자를 만났으며, 에도에서는 고학자 후지와라 메이엔(藤原明遠)과 대화를 나누었다. 또 6월 22일 효고(兵庫)에서는 이토 진사이의 대표적 저술인 『논어고의(論語古義)』와 『어맹자의(語孟字義)』를 통사들을 통해 구해보았다.

문화교류와 관련된 내용에서는 『수사일록』이 『봉사일본시문견록』보다 자세하게 서술되어 있다. 특히 『수사일록』은 문화교류의 실제 진행상황과 문답내용을 알 수 있다는 점에서 자료적 가치가 충분하다. 1748년 사행에서 문화교류에 관한 기사는 『수사일록』이 가장 풍부하며, 흥미로운 기사가 많다.

『수사일록』과 『봉사일본시문견록』에는 공통점과 상이점이 있다. 따라서 앞으로 무진통신사행과 이 사행에서의 문화교류를 연구할 때는 반드시 두 사행록을 비교하면서 상호보완적으로 접근해야 할 필요가 있다고 생각된다.

번역은 필자와 이선아 박사가 함께 하였는데, 그는 초고의 번역을 담당하였고, 필자는 내용에 대한 역주 작업과 윤문을 주로 맡았다. 그리고 여러 차례에 걸쳐 상세한 교정작업을 해주신 보고사 편집진 여러 분께도 깊은 감사의 뜻을 전한다.

2018년 1월

하우봉

차례

일러두기

1. 서울대학교 규장각(古 4710-5) 소장 필사본을 저본으로 하여 번역하였다.

2. 번역문, 원문, 영인본 순서로 편집하였는데, 영인본도 필사본을 저본으로 하였다.

3. 일본의 인명이나 지명을 한국 한자음으로 표기하였다. 단, 해제와 각주에서는 일본어 발음으로 표기하였다.

4. 원주는 번역문에 【 】로 표기하고 본문보다 작은 글자로 편집하였고, 원문에서도 동일한 방식으로 편집하였다. 각주 및 간주는 모두 역자 주이다.

해제

1 저자, 홍경해

『수사일록(隨槎日錄)』을 저술한 사람은 홍경해(洪景海; 1725~1759)이다. 홍경해의 본관은 남양(南陽). 자는 숙행(叔行). 홍수제(洪受濟)의 증손으로, 할아버지는 홍우전(洪禹傳)이고, 아버지는 판서 홍계희(洪啓禧)이며, 어머니는 김취로(金取魯)의 딸이다. 그는 이 사행에서 정사 홍계희(洪啓禧; 1703~1771)의 2남으로서 자제군관 자격으로 수행하였다.

홍계희는 경기도관찰사, 이조판서를 비롯해 형조, 병조, 예조판서를 역임하면서 영조대 개혁정책의 일익을 담당한 인물이다. 균역법 시행에 앞장섰으며, 『동국문헌비고』 등 많은 편찬사업도 주도하였다. 1747년 3월 일본 도쿠가와막부(德川幕府)의 9대 쇼군 도쿠가와 이에시게(德川家重)의 승습을 축하하기 위한 통신사의 정사로 선발되어 부사 남태기(南泰耆), 서장관 조명채(曺命采) 등 일행 470여 명을 이끌고 일본에 다녀왔다.

24세에 아버지를 따라 일본에 사행을 다녀온 홍경해는 귀국한 직후 『수사일록』을 저술한 것으로 추정된다. 그 후 그는 1751년(영조 27) 정시 문과에 병과로 급제하였다. 설서(說書)로 있던 1753년에 학문으로 이름이 높아 이듬해 세자시강원의 수찬(修撰)에 임용되었다. 1757년 경기어사(京畿御史)를 거쳐 영광안핵어사(靈光按覈御史)로 파견되어 대동

미의 납부를 일시 정지하도록 하였다. 이어 충청도 단양·회인 안집어사(安集御史)로 파견되어 진휼에 힘썼고, 호서안집어사(湖西安集御史), 충청도 청안안집어사(淸安安集御史)로 파견되어 공을 세웠다. 이듬해 과천삼강어사(果川三江御史)·경기암행어사(京畿暗行御史) 등을 역임하는 등 관료로서 성공적인 출발을 하였으나 34세의 나이로 요절하였다.

2 1748년의 무진통신사행

1748년의 무진통신사행은 조선 후기 일본으로 파견된 10번째의 통신사이다. 일본 도쿠가와막부의 8대 쇼군(將軍) 요시무네(吉宗)가 1745년 9월 노령을 이유로 은퇴를 공표하고 쇼군직을 아들 이에시게(家重)에게 양위하였다. 같은 해 11월 2일 이에시게는 직위를 이어받아 9대 쇼군으로 즉위하였다. 이에 이듬해인 1746년 도쿠가와막부에서는 쓰시마번주(對馬藩主)에게 통신사 내빙 교섭을 하도록 지시하였다.

통신사행에 관한 교섭은 1747년 영조 23년 2월 쓰시마번에서 통신사청래차왜(通信使請來差倭)가 오면서 시작되었다. 조정에서는 논의 결과 3월 21일 정사 홍계희, 부사 남태기, 종사관 조명채 등 삼사(三使)를 선발하였다. 양국 간에 관례에 따라 장군 습직을 축하하는 통신사를 파견하는 데 큰 이견이 없이 순조롭게 결정되었다. 그런데 통신사 내빙을 교섭하는 과정에서 종래에는 없었던 새로운 경우가 생겼다. 즉 전직 쇼군('舊關白')과 현직 쇼군('新關白') 두 사람에게 예물을 전해야 하는 특이한 상황이 전개된 것이다.

18세기 중엽은 동아시아의 국제관계가 안정을 찾아 평화로웠고, 조선과 일본 모두 국내 정치가 비교적 안정되었다. 일본은 요시무네의 교호(享保)개혁, 조선은 영조의 탕평정치로 인해 정치 경제적으로 안정된 시기였다. 영조는 1719년 기해통신사 사행원의 보고에 의해 요시무네에 대해 매우 좋은 인상을 가지고 있었다. 통신사원들은 요시무네의 인상과 업적에 관해 긍정적으로 보고하였으며, 아라이 하쿠세키(新井白石)가 통신사제도를 개변함으로써 혼란스러웠던 것을 요시무네가 다시 구례로 되돌렸다는 사실을 알렸다. 이에 영조는 구관백인 요시무네에 대한 예단에 관해서도 전례에 관계없이 후하게 준비하라고 지시하였다.

당시 조선으로서는 인삼 등 예단을 준비하는 데 애를 먹었다. 일본측은 구관백에게도 예단을 요구했는데, 조선 조정은 처음에 전례가 없는 일이라면서 거절했지만 재차 요구하자 영조가 허락해 30근의 추가 예단 삼이 필요했다. 특히 사행 도중 대마도 와니우라(鰐浦)에서 부사선에 화재가 났을 때 인삼 72근이 소실되었으므로 추가로 예단 삼을 마련했어야 했다.

무진통신사의 표면적인 사명은 쇼군의 습직을 축하하는 것이었다. 내면적으로는 당연히 일본의 국정 탐색이 있었지만 평화로운 시기의 정상적인 통신사행이었던 만큼 별다른 긴급한 외교현안은 없었다.

무진통신사 일행은 1747년 11월 임금에게 사폐(辭陛)하고 28일 한양을 출발하여, 이듬해인 1748년 2월 12일 부산포에서 출항하였다.

사행원의 원역에 관해서는 『수사일록』에 472명으로 명단까지 기재되어 있다. 그런데 일본의 『통항일람(通航一覽)』에는 말과 매를 담당하는 인원을 합쳐 모두 480명으로 기록하고 있다. 귀국 후 복명할 때의 『영조실록』 기사에는 "신사 일행이 대개 500여 명이었다"로 기술되어 있다. 여기에는 사행 중 부사선이 화재로 소실되었을 때 보충된 인원이 추가된 것으로 보인다.

3 『수사일록』의 내용과 사료적 가치

『수사일록』은 상, 중, 하 3권이며, 형식상 사행일기로만 구성되어 있다. 즉 1747년 2월 15일 출항에서부터 1748년 7월 17일 일기도(壹岐島) 풍본포(風本浦)에 도착하기까지 거의 매일 있었던 일을 기술하였다. 1747년 2월 대마도주가 통신사청래차왜(通信使請來差倭)를 보낸 사실과 부친 홍계희가 통신사 정사로 낙점을 받은 사실을 앞에서 기술한 다음, 사행일기 자체는 1747년 11월 28일 한양을 출발한 날부터 귀국길에 일기도에 도착한 1748년 7월 17일까지의 사실을 기술하였다. 『수사일록』에는 대마도, 오사카, 교토, 에도 등 주요방문지에 대한 풍경 묘사도 상세하면서 탁월하다. 또 사행일기에서 도로리수(道路里數)를 빠트리지 않고 정확하게 기술한 점과 사행의 원역 이름까지 모두 서술한 점도 중요한 의미를 지니고 있으며 이 책의 자료적 가치를 더하는 요소이다.

무진통신사행에서 남긴 사행록으로는 자제군관 홍경해의 『수사일록』 외에 종사관 조명채가 저술한 『봉사일본시문견록(奉使日本時聞見錄)』이 있다. 그런데 지금까지 무진사행에 관한 연구는 대부분 조명채의 『봉사일본시문견록』을 이용하고 있는 반면 『수사일록』에 주목한 연구는 매우 드물다.

비교를 위해 참고로 조명채의 『봉사일본시문견록』에 관해 간략히 소개할 필요가 있겠다. 『봉사일본시문견록』은 2권으로 되어 있는데, 건권(乾卷)은 1748년 2월 16일부터 5월 30일까지, 곤권(坤卷)은 6월 1일부터 윤7월 13일까지의 일기 및 총론(總論)으로 구성되어 있다. 형식상으로 보면, 사행일기와 문견총록으로 구성되어 있는 셈인데, 사행일기가 중심이고 총론은 소략한 편이다.

사행일기의 구성은 1748년 2월 16일 두모포진에서 출항한 것으로부터 윤7월 12일 부산에 도착한 후 13일 귀환을 보고하는 장계('渡海狀啓')를 올린 것까지 수록되어 있다. 『수사일록』과 비교해 보면 『수사일록』에는 1747년 2월 통신사 파견요청을 알리는 차왜가 오고, 3월 홍계희 등 삼사가 낙점을 받은 사실이 기술되어 있으며, 11월 28일 한양을 출발하여 12월 18일 부산에 도착하기까지의 일정이 수록되어 있다는 점이 다르다. 한편 『수사일록』에는 1748년 6월 17일 일기도 풍본포에 도착하기까지의 일정만 기술되어 있다. 그 후의 일정에 관해서는 서술이 없다. 그 부분에 관해서는 『봉사일본시문견록』을 보면, 18일 대마도에 도착하고, 22일 대마도주가 주최한 연회인 상선연(上船宴)이 있었고, 윤7월 12일 부산에 도착하고, 13일 장계를 올리는 것으로 되어 있다.

『봉사일본시문견록』 후반부의 「문견총록」의 내용을 보면, ① 왜경(倭京) ② 에도(江戶) ③ 대마도 ④ 총론으로 되어 있는데, 총론에서는 20개 항목에 걸쳐 일본의 사회와 문화에 대한 정보를 간략하게 기술하였다.

그런데 『봉사일본시문견록』이란 제목과 달리 문견록이 소략한 대신 사행일기 부분이 자세하다. 사행업무의 실무를 관장하는 종사관답게 사행과정에서의 진행 과정, 의례, 사건과 문제점 등을 매우 소상하게 기술하였다. 특히 1748년 6월 1일 에도성에서 국서를 전달하는 전명의식(傳命儀式) 과정을 상술하였다. 이에 더해 대마도 기실과 이정암(以酊菴) 장로와의 대화 내용과 일본문사들과 필담한 내용과 창화한 것을 상세히 기록하고 있다. 또 『객관최찬록(客館璀璨錄)』, 『봉도유주록(蓬島遺

珠錄)』, 『왜한삼재도회(倭漢三才圖會)』, 『각주분형기(各州分形記)』, 『관안(官案)』 등 자신이 본 일본서적을 소개하였다.

사행 당시 조명채는 50세로 종사관의 직책을 맡고 있었고, 홍경해는 24세에 자제군관이라는 직책에 있었기 때문에 관심분야와 식견이 다를 수밖에 없다. 두 사행록의 내용을 비교해 보면, 당연히 조명채의 저술이 더 자세하고, 종합적이다. 그러나 『수사일록』에는 『봉사일본시문견록』에 없는 특장점들이 있다.

홍경해는 정사의 아들로서 자제군관으로 수행했기 때문에 삼사(三使)의 활동을 가까이서 볼 수 있었다, 『수사일록』에는 삼사와 관련된 공적인 업무를 옆에서 지켜보면서 기술한 내용이 적지 않다. 한편 그는 특별한 공적 임무가 없는 만큼 사문사(四文士)들과 자유롭게 어울릴 수 있었다. 따라서 일본문사들과의 필담창화를 담당한 사문사들과 같이 참여하기도 했고, 그들이 나눈 대화를 직접 들었으며, 그 내용들을 『수사일록』에 자세히 수록하고 있다. 또 통신사행원들이 일본인들에게 시나 그림, 글씨 등을 써주느라 애쓰는 모습을 세밀하게 잘 묘사하였다. 일본인들이 조선의 서화를 간절히 바라는 모습, 받고 기뻐하는 모습도 잘 묘사하고 있다.

그리고 홍경해는 신진기예로서 자신의 학술적·문화적 호기심, 예컨대 일본의 유학, 서적 유통, 시문(양국 시문에 대한 상호 평가), 천황과 관백의 관계, 일본의 정치제도와 대외교류 등에 관해 일본문사들에게 질문하였고, 그 문답내용을 자세히 기술하였다. 특히 일본의 고학파(古學派) 유학에 대해 깊은 관심을 표명하였고, 저술을 본 후 평가를 내렸다. 그는 사행 중 1748년 4월 15일 이토 진사이(伊藤仁齋)의 손자를 만났으며, 에도에서는 고학자 후지와라 메이엔(藤原明遠)과 대화를 나누었다.

또 6월 22일 효고(兵庫)에서는 이토 진사이의 대표적 저술인 『논어고의(論語古義)』와 『어맹자의(語孟字義)』를 통사들을 통해 구해 보았다. 홍경해는 고학파 유학에 대해서는 비판적으로 평가하였다. 그리고 1719년의 필담창화집인 『성사답향(星槎答響)』, 『성사여향(星槎餘響)』을 보고 '초졸(草卒)하다'고 논평하였고, 오사카에서는 1711년 신묘통신사행의 창수시를 모은 『계림창화집(鷄林唱和集)』(15권 8책의 거질로 창화에 참여한 일본문사만 115명에 달하며, 이토 진사이의 제자인 세오 요세쓰사이(瀨尾用拙齋)가 1712년 5월에 간행함)을 얻어 보았다. 그는 마쓰자키 스케유키(松崎祐之; 1674~1735, 伊藤仁齋의 제자)가 쓴 이 책의 서문에 읽고는 보편적이지도 않고 불경한 말이 많다고 논평하였다.

문화교류와 관련된 내용에서는 『수사일록』이 『봉사일본시문견록』보다 자세하게 서술되어 있다. 특히 『수사일록』은 문화교류의 실제 진행상황과 문답내용을 알 수 있다는 점에서 자료적 가치가 충분하다. 1748년 무진통신사행 이전까지 사행록을 저술한 저자는 대부분 삼사들이었고, 역관이 3명(김지남, 김현문, 홍우재), 제술관이 1명(신유한) 있었을 뿐이다. 이 가운데 문화교류의 내용에 관해서는 신유한의 『해유록(海游錄)』이 상세하다. 이후 1763년의 계미통신사행에서는 삼사뿐 아니라 제술관과 3명의 서기 모두 사행록을 저술하였고, 모두 문화교류의 실상에 관해 상세히 기술하고 있다. 그러나 계미통신사행 이전까지는 필담창화의 내용에 관해서는 『해유록』과 더불어 『수사일록』이 가장 자세할 것으로 여겨진다. 1748년 사행에서 문화교류에 관한 기사는 『수사일록』이 가장 풍부하며, 흥미로운 기사가 많다. 특히 대마도 기실(記室) 기국서(紀國瑞)와의 필담과 에도에서 월집(越緝)과의 연이은 필담 내용 등은 매우 주목할 만한 부분이다.

이 점에서 『수사일록』은 중요한 사료적 가치를 지니고 있는 일본사행록이다. 청나라에 사행을 갔다 와서 저술한 연행록 가운데에는 자제군관이 저술한 것이 많은 데 비해 일본사행록의 경우 홍경해의 『수사일록』이 유일하다. 그 점에서도 희귀성이 있으며, 내용에서도 특이점이 있다.

『수사일록』과 『봉사일본시문견록』는 공통점과 상이점이 있다. 두 사행록의 공통점을 보면, 양자 모두 일본인과 문화에 대해 강한 멸시감이 표출되어 있지만 이전에 비해 일본에 대한 경계심이 많이 약화되고 있는 경향을 볼 수 있다. 한편 일본의 고학(古學)이나 서적의 활발한 유통 등 일본 사회의 새로운 변화와 발전에 대해서 호기심 어린 관심을 보여주고 있다. 위에서 본 것처럼 양자는 다른 점도 분명히 있으며 장점을 나누어 가지고 있다. 따라서 무진통신사행을 연구할 때 반드시 두 사행록을 비교하면서 상호보완적으로 접근해야 할 필요가 있다.

수사일록
隨槎日錄

사행 인원수【총 472원(員)의 이름】

정선(正船)【정사(正使)가 탄 배】 **– 166원의 이름**

자제군관(子弟軍官) 통덕랑(通德郎) 홍경해(洪景海)
전동지(前同知) 백상휘(白尙輝)【예방(禮房)】
명무군관(名武軍官) 전부사(前府使) 조아무개(趙某)【병방(兵房)】
훈련정(訓鍊正) 김주악(金柱岳)【검선관(檢船官)】
도총도사(都摠都事) 이백령(李栢齡)【일공관(日供官)】
훈련주부(訓鍊主簿) 이길유(李吉儒)【공방(工房)】
금려군관(禁旅軍官) 전동지(前同知) 김수정(金壽鼎)【복선(卜船)】
제술관(製述官) 전전적(前典籍) 박경행(朴敬行)
서기(書記) 빙고별검(氷庫別檢) 이봉환(李鳳煥)
역관(譯官) 수역(首譯) 박상순(朴尙淳)
상통사(上通事) 이창기(李昌基)【복선】
압물통사(押物通事) 최학령(崔鶴齡)【복선·건량관(乾糧官)】
최수인(崔壽仁)【장무관(掌務官)】

양의(良醫)	통덕랑(通德郎) 조종수(趙宗壽)
화원(畫員)	전주부(前主簿) 이성린(李聖麟)【복선(卜船)】
별배(別陪)	행유학(行儒學) 이득수(李得壽)【반인(伴人) 명목으로 따라옴】
	전만호(前萬戶) 김하정(金夏鼎)【예단지기 명목으로 따라옴】【병에 걸려 대마도(對馬島)에서 귀환함】
별파진(別破陣)	김상구(金尙龜)
마상재(馬上才)	인문조(印文調)【복선】
전악(典樂)	연익성(延益成)【복선】
기선장(騎船長)	서극제(徐克濟)
복선장(卜船將)	송세기(宋世基)【복선】
청직(廳直)	강필복(姜必福)【복선】
도훈도(都訓導)	윤도장(尹道長)
배소동(陪小童)	문성훈(文聖訓)
	이기흥(李技興)
	하응운(河應運)
비장청(裨將聽)	소동(小童) 손덕집(孫德緝)
제술관(製述官)	소동 김청풍(金淸風)
수역(首譯)	소동 정기인(鄭起仁)
사노자(使奴子)	취남(就男)
	동령(同令)
도사공(都沙工)	강홍진(姜弘晉)

각 인원의 노자(奴子) 18명

취수(吹手) 6명

나장(羅將) 6명

포수(砲手) 2명

기수(旗手) 4명

도척(刀尺) 2명

소통사(小通事) 3명

사공(沙工) 7명

격군(格軍) 86명 【왜통사(倭通事) 4명, 기선 2명, 복선 2명,
왜금도(倭禁徒) 3명, 기선 2명, 복선 1명,
왜사공(倭沙工) 6명, 기선 3명, 복선 3명,
왜하지(倭下知) 7명, 기선 4명, 복선 3명】

부선(副船) 【부사(副使)가 탄 배】 **– 160원의 이름**

자제군관(子弟軍官)	전사과(前司果)	남연명(南衍明)【예방】
	부사정(副司正)	윤세좌(尹世佐)
명무군관(名武軍官)	선전관(宣傳官)	전광국(田光國)【병방】
	선전관	이적(李樀)【일공관】
	선전관	이방일(李邦一)【공방】
	내승(內乘)	이일제(李逸濟)【검선관】
금려군관(禁旅軍官)	절충(折衝)	임세재(林世載)【복선】
서기(書記)	전봉사(前奉事)	유후(柳逅)
역관(譯官)	수역	현덕연(玄德淵)
	상통사(上通事)	정도행(鄭道行)【건량관】
	차상통사(次上通事)	황대중(黃大中)【복선】
	압물통사	최숭제(崔嵩齊)【복선】

의원(醫員)	전주부	조덕조(趙德祚)
사자관(寫字官)	가선대부(嘉善大夫)	김천수(金天秀)【복선】
별배	행통덕랑(行通德郎)	김좌승(金佐升)【복선 반인 명목으로 따라옴】
별파진	김순택(金舜澤)【복선】	
전악	심한(沈漢)【복선】	
기선장	방응문(房應文)	
복선장	서후치(徐後穉)	
반전직(盤纏直)	이세익(李世益)	
도훈도	정흥방(鄭興邦)	
배소동(陪小童)	유우대(兪宇大)	
	손성원(孫聖源)	
	최구갑(崔龜甲)	
비장 소동	이응망(李應望)	
수역 소동	박치상(朴致祥)	
사노자	계득(繼得)	
	천금(千金)	
도사공	김상만(金尙萬)	
각원 노자 16명		
취수(吹手) 6명		
나장 6명		
포수 2명		
기수 4명		

도척 2명

소통사 3명

사공 7명

격군 85명 【3명은 화재로 불에 타죽었고 27명은 돌려 보냄】

【왜통사(倭通事) 4명, 기선 2명, 복선 2명,
왜금도(倭禁徒) 3명, 기선 2명, 복선 1명,
왜사공(倭沙工) 6명, 기선 3명, 복선 3명,
왜하지(倭下知) 7명, 기선 4명, 복선 3명】

종선(從船) 【종사관(從事官)이 탄 배】 **– 146원의 이름**

자제군관	부사과(副司果)	이희춘(李喜春) 【예방】
명무군관	전부사(前府使)	이주국(李柱國) 【병방】
	무겸(武兼)	조명걸(曺命傑) 【공방· 일공관· 검선관】
서기	진사	이명계(李命啓)
역관	수역	홍성구(洪聖龜)
	상통사	김홍철(金弘喆) 【복선】
	차상통사	현태형(玄泰衡)
	압물통사	황후성(黃垕成) 【건량관】
의원	전주부	김덕윤(金德崙)
사자관	상호군(上護軍)	현문구(玄文龜) 【복선】
반인(伴人)	이기성(李技成)	
마상재(馬上才)	이세번(李世番) 【복선】	
기선장	백우일(白瑀一)	
복선장	김윤흥(金潤興)	

반전직 조세빈(曺世彬)

도훈도 정태흥(鄭泰興)

향서기(鄕書記) 신중래(辛重來)【복선】

배소동 권맹집(權孟集)

서도원(徐度元)

배응대(裵應大)

비장 소동 백우초(白瑀楚)

수역 소동 한세영(韓世英)

사노자 노미(老味)

응성(應聖)

도사공 최성차(崔聖次)

각원 노자 12명

취수 6명

나장 4명

포수 2명

도척 2명【1명은 대마도에 이르러 병에 걸려 돌아감】

소통사 3명

사공 7명

격군 84명

도우장(屠牛匠) 1명【왜통사 4명, 기선 2명, 복선 2명,
왜금도 3명, 기선 2명, 복선 1명,
왜사공 6명, 기선 3명, 복선 3명,
왜하지 7명, 기선 4명, 복선 3명】

수사일록 상권
隨槎日錄 上卷

임금께서 즉위하신 지 23년 되는 정묘년(1747) 2월에 일본국 대마주(對馬州)의 태수 평의여(平義如)가 대차왜(大差倭)를 보냈다. 정관(正官) 평여항(平如恒)이 '관백(關白)[1] 원가중(源家重)이 자기 아버지 길종(吉宗)에게서 선양(禪讓)받았으므로 옛 전례에 따라 서계(書契)를 갖추어 통신사(通信使)를 보내 달라'고 요청하였는데, 임금께서 허락하셨다.

3월 아버지가 정사(正使)에 첫 번째로 의망(擬望)되어 낙점(落點)을 받으셨다. 부사는 보덕(輔德) 남태구(南泰耉), 종사관(從事官)은 교리(校理) 조명채(曺命采)이다.

---

1 관백(關白) : 천황(天皇)을 대신하여 정치를 행하는 직책. 율령에 본래 규정된 관(官)은 아니며 영외관(令外官)이다. 관백은 표면상으로는 천황을 대행하여 정무를 수행했으나, 종종 정권의 실세로 행동했다. 후지와라씨(藤原氏) 가문 출신이 아닌 관백은 도요토미 히데요시(豊臣秀吉)와 그의 양자 히데쓰구(秀次)뿐이다. 히데요시는 1590년 일본을 재통일하여 자기 지배하에 둘 수 있는 군사적 독재자였지만 쇼군(將軍)이라는 칭호를 사용하지 못했다. 미나모토씨(源氏) 가문의 후손들만이 장군이 될 수 있었기 때문이었다. 대신 그는 후지와라씨 가문의 후손이라 선언하고 관백을 자처했다. 이 직책은 도쿠가와 이에야스(德川時代) 말기까지 계속되었으나, 히데요시 이후에는 실권이 없어졌다. 조선에서는 도요토미 히데요시가 관백에 오르고 난 이후 관백을 일본의 최고 통치자라는 의미로 사용했다. 이와 같은 현상은 조선 후기에도 이어져 에도(江戸)시대의 실질적인 통치자였던 막부(幕府)의 정이대장군(征夷大將軍)을 '일본국왕' 또는 '관백'이라고 부르는 것이 일반적이었다. 관백은 이른바 교린외교체제(交隣外交體制)에서 조선 국왕의 상대역이 되었다.

나는 자제군관(子弟軍官)으로서 수행하게 되어 선비의 의관을 갖추고 행장을 꾸렸다. 모시와 목면으로 사계절 의복을 만들었는데 평소와 같이 하였다. 사행이 출발하기 전에 병조[銓曹]에서 옛 전례에 따라 군관직에 이름을 올렸다. 관상감(觀象監)[2]에서 출발과 승선할 길일(吉日)을 가리도록 계하(啓下)하시었고, 드디어 11월 28일을 출발일로 정하였다.

11월 28일

노정에 올라 양재역(良才驛)에서 머물렀다. 30리를 갔다.

11월 29일

판교(板橋)에서 점심을 먹고 용인(龍仁)에서 머물렀다. 50리를 갔다.

11월 30일

양지(陽智)에서 점심을 먹고 죽산(竹山)에서 머물렀다. 총 90리를 갔다.【저녁에 죽산에 이르러 길가에서 걸음마다 횃불을 들고 갔는데, 여기서부터 저녁에 머물 역참까지는 모두 같이하였다.】

12월 초1일

무극역(無極驛)에서 점심을 먹고, 덕면촌(德面村)에서 머물렀다. 총 70리를 갔다.

---

2 관상감(觀象監) : 원문의 '운대(雲臺)'는 조선시대 천문·지리·역수(曆數)·점산(占算)·측후(測候)·각루(刻漏) 등에 관한 일을 맡아 보던 관상감의 별칭이다.

12월 初2일

충주(忠州)에서 머물렀다. 40리를 갔다.

12월 初3일

안보역(安保驛)에서 머물렀다. 50리를 갔다.

12월 初4일

문경(聞慶)에서 머물렀다. 40리를 갔다.【조령(鳥嶺)에 올라 교귀정(交龜亭)[3]에 앉아 내려다보니 참으로 하늘이 만들어낸 험한 지형이었다.】

12월 初5일

유곡역(幽谷驛)에서 점심을 먹고 용궁(龍宮)에서 머물렀다. 80리를 갔다.

12월 初6일

예천(醴泉)에서 머물렀다. 40리를 갔다.【오후에 예천에 이르러 쾌빈루(快賓樓)[4]에 올랐는데 누는 객관(客館)의 서편에 있다.】

---

3 교귀정(交龜亭) : 경북 문경시 문경새재에 있는 정자로, 경상감사의 교인처(交印處)이다. 1479년(성종 10) 건립되어 사용하다가 1896년 화재로 소실되었는데 1999년 복원하였다.

4 쾌빈루(快賓樓) : 예천읍 노하리 옛 객관 동쪽에 있던 누각으로, 조선시대에 중앙이나 다른 지방에서 귀한 손님이 오거나 예천군청의 경축 행사 때 오는 손님들을 접대하던 곳으로, 서거정, 김종직, 권람의 시가 남아 있다.

12월 초7일

풍산창(豊山倉)에서 점심을 먹고 안동(安東)에서 머물렀다. 총 80리를 갔다.

12월 초8일

안동에서 머물렀다.【영호루(暎湖樓)[5]에 올랐다. 영호루는 안동부에서 동쪽으로 5리에 있다.】

12월 초9일

일직창(日直倉)에서 점심을 먹고 의성(義城)에서 머물렀다. 총 70리를 갔다.

12월 10일

의흥(義興)에서 점심을 먹고 신녕(新寧)에서 머물렀다. 총 90리를 갔다.【저녁에 신녕에 이르러 환벽정(環碧亭)[6]에 올랐다. 환벽정은 객사(客舍) 서쪽에 있다.】

---

5 영호루(暎湖樓) : 안동부(安東府)의 남쪽 5리에 있는 누각으로 고려 공민왕(恭愍王)이 홍건적(紅巾賊)의 침입으로 안동으로 피난하였을 때 직접 '영호루'라 써주었다고 한다.

6 환벽정(環碧亭) : 경북 영천시 신녕면에 있는 누각으로, 1516년(중종 11) 현감 이고(李考)가 북악(北嶽) 죽전(竹田) 아래에 비벽정(悲碧亭)을 지었는데, 현감 송이창(宋爾昌)이 증건하여 이름을 환벽정이라 고쳤다고 한다. 그 후 1552년(명종 7)에 현감 황준량(黃俊良)이 황폐된 비벽정 자리를 헐고 죽각(竹閣)을 세웠는데 임진왜란 때 소실되었다. 그 후 1611년(광해군 3)에 송준길(宋浚吉)의 아버지 송이창이 현감으로 부임했다가 그 자리에 정자를 중건하고 이름을 환벽정이라고 했다.

12월 11일

영천(永川)에서 머물렀다. 40리를 갔다.

12월 12일

영천에 머물렀다. 감사(監司) 남태량(南泰良)이 전례에 따라 조양각(朝陽閣)[7]에서 전별 잔치를 마련해 주었다.【조양각은 객사 동쪽에 있다.】

12월 13일

안강촌(安康村)에서 점심을 먹고 경주(慶州)에서 머물렀다. 총 100리를 갔다.【날이 밝기 전에 출발해 길을 돌아가서 옥산서원(玉山書院)에 도착하였다. 옥산서원은 회재(晦齋) 이언적(李彦迪) 선생을 모신 곳이다. 바위에 세심대(洗心臺), 용추(龍湫) 등의 글자가 새겨져 있다고 하는데 바로 퇴계(退溪) 선생의 필적이다. 시냇가에 있는 정자의 주인은 바로 회재 선생의 서후손(庶後孫)인데, 그 정자는 선생께서 부모님을 모시고 뜻을 기른 곳이다.】

12월 14일

구어역(九於驛)에서 점심을 먹고 울산(蔚山)에서 머물렀다. 총 90리를 갔다.【먼저 출발하여 봉황대(鳳凰臺)에 올랐다가 계림(鷄林)과 첨성대(瞻星臺), 반월성(半月城), 석빙고(石氷庫)를 둘러보고 울산에 도착했다.】

---

7 조양각(朝陽閣) : 경북 영천시에 있는 누각으로 금호강 벼랑 위에 자리 잡고 있다. 고려 공민왕 12년(1363)에 당시 부사였던 이용(李容)이 세운 것이다. 그 뒤 임진왜란 때 불에 타 버리고, 지금의 건물은 1638년(인조 16)에 다시 세운 것이다. 누각 안에는 포은(圃隱) 정몽주의 「청계석벽(淸溪石壁)」 등 시 70여 점이 전해지고 있으며, 명원루(明遠樓) 또는 서세루(瑞世樓)라고도 한다.

12월 15일

용당창(龍堂倉)에서 머물렀다. 60리를 갔다. 병사(兵使) 유주기(兪冑基)[8]가 전례에 따라 전별 잔치를 마련해 주었다.

12월 16일

동래(東萊)에 이르렀다. 60리를 갔다.【일행이 십휴정(十休亭)[9]에 이르렀는데 동래부(東萊府)에서 10리 떨어진 곳이다. 종사관이 복물(卜物)을 조사하며 검수했다. 오리정(五里亭)에 이르러 사신(使臣) 이하 일행이 모두 흑단령(黑團領)[10]과 모대(帽帶)를 갖추고 도해기치(渡海旗幟)와 삼사 전배(三使前陪)가 모두 앞에서 이끌며 군악(軍樂)을 울렸는데 의장(儀仗)을 갖추었다. 세 사신의 비장(裨將)은 모두 활집[櫜鞬][11]을 하고 용정(龍亭)[12] 앞에 있으며 사신은 말을 타고 뒤따랐다. 동래부사 민백상(閔百祥)이 삼가 국서(國書)를 맞이하고 이내 앞에서 인도하였다. 동래부에 이르러 국서를 객사(客舍)에 봉안하였다. 세 사신은

---

8 유주기(兪冑基) : 1759년(영조 35)에 경상우도병마절도사로 부임하여 1760년(영조 36)에 병으로 장계를 올리고 사직하였다.

9 십휴정(十休亭) : 부산에서 다른 지역으로 이동하기 위해서는 동래에서 양산으로 이어지는 길이나 구포에서 낙동강을 건너 김해로 이어지는 길을 이용했는데 양산으로 통하는 길목에 있는 정자가 십휴정이다. 이곳에서 부산의 초량왜관을 통한 밀무역 등을 기찰하였다고 한다.

10 흑단령(黑團領) : 조선시대 조관(朝官)이 입었던 깃을 둥글게 만든 관복(官服)으로 당상관(堂上官)은 무늬가 있는 검은 실을 썼고 당하관은 무늬 없는 검은 실을 썼다.

11 활집[櫜鞬] : 동아[筒兒] 또는 패동개라고도 한다. 활꽂이와 화살꽂이가 따로 있는데, 활꽂이는 버선 모양이며, 활이 반쯤 들어가고, 화살꽂이에는 화살의 아랫도리만 들어간다. 모두 가죽과 천으로 만드는데 색깔은 흑색·녹색·홍색·금색(金色)·밤색 등이 있다. 동가도(動駕圖)나 능행도(陵行圖)를 보면 동개를 왼쪽이나 오른쪽 허리에 오도록 하고 화살꽂이는 반대쪽으로 멘다.

12 용정(龍亭) : 교여(轎輿)의 일종으로 나라의 옥책(玉册)이나 금보(金寶) 및 국서 등 귀중한 물건을 운반할 때 사용하였다.

동쪽 벽에 늘어서 있고 동래부사는 뜰에서 사배례(四拜禮)를 행한 후 계단을 올라가 문상례(問上禮)를 행하였다. 예를 마치고 내려가 자리로 돌아가 다시 사배례를 행하였다.】

12월 16일

동래에서 머물렀다. 성 밖에 나가 충렬사(忠烈祠)[13]에 참배하였다.【동래부 객사 옆에 부사(府使) 송상현(宋象賢)이 순절(殉節)한 곳이 있는데 후세 사람들이 그곳에 단을 쌓고 '송공단(宋公壇)'이라고 불렀다.】

12월 18일

부산(釜山)에 이르렀다. 20리를 갔다.【오리정(五里亭)에 이르렀다. 일행의 의관과 의장이 동래에 들어올 때 의식과 같았다. 국서를 봉안한 후에 지대(支待)할 고을의 수령은 동쪽 뜰에 서고, 우후(虞侯)[14]와 □장(글자 미상)은 모두 갑주(甲胄)를 갖추고 서쪽 뜰에 있었다. 진주목사(晉州牧使) 박필리(朴弼理)가 반수(班首)로서 문상례를 행하였는데 동래부사와 같은 방식으로 하였다.】

일행이 가서 도해선(渡海船)을 보았는데, 길이는 14파(把)[15], 넓이는 6파(把)였다. 위에 판옥(板屋)이 12개 설치되었는데 왼쪽에 5개, 오른쪽

---

13 충렬사(忠烈祠) : 임진왜란 때 동래부사로 일본의 침략에 맞서 군사를 이끌고 항전하다가 전사한 송상현(1551~1592)을 배향한 사우이다. 송상현은 충렬사 이외에 개성 숭절사(崇節祠), 청주 신항서원(莘巷書院), 고부 정충사(旌忠祠), 청원 충렬묘(忠烈廟) 등에 제향되었다.

14 우후(虞侯) : 조선조 때의 무관직으로 각 도에 배치된 병마절도사(兵馬節度使)와 수군절도사(水軍節度使)의 보좌관이다. 병마우후(兵馬虞侯)는 종3품, 수군우후(水軍虞侯)는 정4품이었다. 여기서는 수군우후로서 부산첨사(釜山僉使)를 가리킨다.

15 파(把) : 어른이 두 팔을 벌린 길이를 1파라고 하는데 6척에 해당하고 대략 1.77m라고 한다. 14파는 24.78m로 추정된다.

에 7개였다. 판옥 안의 길이는 사람이 누울 만하고 넓이는 두 사람을 수용할 만한데 서 있을 수 없는 높이였다. 점점 줄어들어서 대소(大小)의 구분이 있다. 왼쪽 첫 번째가 상방(上房)으로서 1칸짜리 집 같으며 그 위에 타루(柁樓)를 꾸미었고, 채색한 사다리를 이용해서 오르내린다. 타루 아래에 여러 칸의 빈 곳이 있는데 사행 중에 사람들이 무릎 꿇고 절하는 곳이다. 타루의 옆은 매우 넓어서 수십 명이 앉을 수 있다.

가운데 세운 두 개의 돛은 높이가 10여 장인데 돗자리로 된 두 돛을 쫙 펴서 바람의 속도에 따라 뒤바꾸는 것이다. 뱃머리에는 큰 북을 두었는데 군관들에게 명령을 내리고 관리들에게 알리기 위한 것이다. 배 꼬리에는 키를 하나 꽂아 두었는데 조종해서 정한 방향으로 나아가게 하는 것이다. 두 개의 키를 배 가운데 두지 않는 것은 완급을 조절해야 하기 때문이다. 좌우에 노(櫓)가 각각 7개 있는데, 돛을 달지 않을 때 격졸(格卒)들로 하여금 노를 젓게 하였다. 이른바 노잡이이다.

판옥 아래에 예단(禮單)과 군량(軍糧), 복물(卜物)을 두었으며, 사공(沙工)과 격군(格軍), 노예(奴隷)들이 거처했다. 좁다고 생각되지 않았으며, 취반(炊飯)과 공찬(供饌)에 이르기까지 모두 갖추어져 있었다. 상방 왼편에는 장대를 세워 청색 깃발을 매달아 정자(正字)로 '부선(副船)'이라고 쓰고, 황색 깃발에는 '종선(從船)'이라고 썼으며, 홍색 깃발에는 각각 '부(副)' 자와 '종(從)' 자를 써서 식별하게 하였다. 또 각각 '복선(卜船)'이라고 써서 그와 같이하였다.

기선(騎船)[16]의 선제(船制)는 차이가 조금 있었는데, 부선과 종선은

16 기선(騎船) : 정사와 부사, 종사관 일행이 각각 나누어 탄 배를 가리킨다. 정사·부사·종사관의 3사단(使團)으로 구성된 통신사 일행은 3선단(船團)으로 편성되었다. 제1선단에는 국서(國書)를 받드는 정사를 비롯하여 그 수행원인 군관·상통사·제술관에서부터

상선(上船)과 비해서 약간 작았다. 모두 통영(統營)에서 만들어 왔는데 단지 부사의 복선과 종사관의 복선 두 배는 좌수영(左水營)에서 만들어 왔고, 영가대(永嘉臺)[17] 아래에 매어 두었다. 영가대는 돌아가신 관찰사 권반(權盼)이 지은 것이다. 권반은 안동 사람으로, 안동을 영가(永嘉)라고도 하기 때문에 후인들이 그렇게 이름을 지었다. 영가대는 서쪽 성 밖에 있는데 절영도(絶影島)가 동남쪽에 가로 걸쳐 있어서 바다가 보이지 않고 한편으로 물이 돌아나간다.

객사로 돌아와 머물렀다. 서헌(西軒)의 이름은 정해루(靜海樓)인데, 내가 백령(白令)과 함께 거처한다. 아버지가 머무시는 동헌(東軒)의 이름은 빈일헌(賓日軒)이다.

증성(甑城)에 올랐다. 증성은 왜인(倭人)이 쌓은 성으로 그 위에 명나라 장수 만세덕(萬世德)의 승전비(勝戰碑)가 있다. 새로 세운 비석과 옛날 비석 두 개가 있는데 둘 다 벗겨지고 이지러져서 읽을 수 없었다. 대마도가 한 개 점같이 아득하게 구름과 안개 사이에 떠있는데 바라보고 있자니 그다지 멀지 않은 것 같았다.

부산에서 30리 떨어진 몰운대(沒雲臺)에 가보았다. 몰운대는 다대포

격군까지 타고, 제2선단에는 정사를 받드는 부사를 비롯하여 수행원이, 제3선단에는 종사관을 비롯한 그 수행원이 탔다. 각 기선에는 복선(卜船) 1척씩이 부속되었는데 복선에는 사행에 필요한 짐들을 나누어 실었으며, 당상역관이 각각 2명씩 타고, 일행의 원역이 나누어 승선하였다. 일반적으로 기선과 복선은 수군통제사영과 경상좌수사영에서 제작하였다.

17 영가대(永嘉臺) : 1614년(광해군 6)에 당시 경상도관찰사 권반(權盼)이 부산진성 서문 밖의 호안이 얕고 좁아 새로 선착장을 만들고자 하여, 이때 바다에서 퍼 올린 흙이 쌓여 작은 언덕이 생겼으므로 이곳에 나무를 심고 정자를 만들었다. 이 정자가 바로 영가대이다. 1624년 일본 사절의 접대를 위해 조정에서 선위사로 파견된 이민구(李敏求)가 성 밖에 축조된 대를 보고 감탄하여 이를 쌓은 권반의 관향인 안동(安東)을 따라 '영가대'라 호칭한 데서 그 이름이 유래한다. 그 뒤부터 이곳에서 해신제를 지냈다.

(多大浦)에서 구불구불한 길을 5리쯤 가면 있는데, 만 그루의 소나무가 울창하여 바다색은 보이지 않고 파도소리만 들려온다. 소나무 숲이 끝나면 몰운대가 나오는데 우뚝한 벼랑에 바다 물결치는 가운데 오로지 사면을 둘러 봐도 온통 바다니 이리 저리 둘러봐도 아득하기 그지없다.

1월 초4일

수사(水使) 이언섭(李彥燮)이 옛 의례에 따라 잔치를 마련해 주었다. 하루 전에 소나무 계단을 펼치고 가림막을 설치했다. 수사가 삼사(三使)와 함께 마주 앉았는데, 삼사는 남쪽을 향해 앉고, 수사는 북쪽을 향해 앉았다. 삼방(三房) 비장(裨將)들은 방의 순서에 따라 사신의 뒤에 있으면서 남쪽을 바라보았다. 역관과 의원, 사자관(寫字官)[18]과 화원은 모두 수사의 뒤에 있었으며, 서기 3명은 수사의 오른쪽에 있으면서 서쪽을 향하였다. 선장(船將)과 별파진(別破陣)[19], 전악(典樂), 이마(理馬), 마상재(馬上才)는 동쪽 끝에 있으면서 서쪽을 향하였다. 화준(花樽), 관현(管絃), 기생 무리는 그 안에 있었다.

사신 이하 원역(員役)은 모두 흑단령에 모대를 하였고, 편비(褊裨)는 융복(戎服)에 활집을 갖추었다. 노자(奴子)들은 모두 계단 아래 앉았다.

차린 상은 자못 풍성하였으며 여러 음악이 가지런히 연주되었다. 세

18 사자관(寫字官) : 승문원(承文院)에 소속되어 외교 관련 문서 및 관청의 문서를 정서(正書)하는 관원을 가리킨다.

19 별파진(別破陣) : 조선 후기 무관잡직(武官雜職)으로 편성된 특수병종. 본래는 별파군진(別破軍陣)이었으나, 보통 별파군 또는 별파진이라고 한다. 화포(火砲)를 주로 다루고 화기장방(火器藏放)과 화약고(火藥庫)의 입직을 담당했다. 일본에 통신사를 파견할 때, 군관을 겸한 2명의 별파진이 파견되었다. 예(例)에 따라 군관이 겸직하였으므로 별파진겸 군관(別破陣兼軍官)이라고도 하였다.

읍의 여러 기생이 차례로 기예를 뽐내며 일곱 개의 요리와 술 아홉 순배를 드렸으며, 자리에 앉아있는 모든 사람이 꽃을 꽂았다. 밤이 깊어서야 연회가 끝났다.

1월 초9일

새벽에 사신 일행이 영가대(永嘉臺)의 해신제(海神祭)에 갔는데, 옛 전례에 따른 것이다. 일행 중 모든 사람들이 제사에 참여하였고, 제문은 성장(聖章) 이봉환(李鳳煥)[20]이 지었다. 오늘은 바로 관상감(觀象監)에서 점친 바 승선(乘船)하기에 좋은 길일이었다.

바닷길이 열릴지 살펴보기 위해 밥을 먹은 후 국서(國書)를 받들고 위의(威儀)를 갖춰 군악을 울렸다. 일행은 모두 당관(唐冠)을 쓰고 도포(道袍)를 입었다. 비장은 전립(戰笠)에 군복(軍服)을 입었는데, 마치 바다를 건너가는 의례를 행하는 것처럼 도해선(渡海船)에 나눠 탔다. 왜인 수십 명이 왜관(倭館)에서 나와서 선척을 자세히 보더니 전례대로 하는 것이라고 하였다.

통사(通事) 세 사람과 금도(禁徒) 두 사람이 타루(柁樓) 아래에 와서 뵈었다. 술 한 잔씩 주었더니 모두 감사하여 어쩔 줄 몰라 했다. 출입할 때 맨발에 검을 풀고 매우 공손하였다. 그중 준삼랑(俊三郎)은 우리나라 말을 잘 했는데 조금도 막히지 않았다. 생김새와 의복은 아주 기이하여 물어볼 것도 없이 '만이(蠻夷)'라는 것을 알 수 있었다.

---

20 이봉환(李鳳煥) : 1710~1770. 조선 후기의 문신. 본관은 전주(全州). 자는 성장(聖章), 호는 우념재(雨念齋)이다. 영조조에 사마시에 합격하였고, 영의정 홍봉한(洪鳳漢)의 천거를 받아 관직에 나아가 양지현감(陽智縣監)에 이르렀다. 1770년(영조 46) 경인옥(庚寅獄)에 연루되어 옥사하였다.

머리카락을 전부 깎았는데, 귀 위에 한 움큼의 머리카락을 정결하게 빗질하여 머리 뒤쪽에 상투를 틀어 납유(蠟油)로 칠하고 종이끈으로 묶었다. 상투꼭지[屈曲; 존마게]는 위를 향하였으며 길이는 3촌 남짓이었다. 어린아이는 깎지 않고 가운데 두발만 깎았는데, 상투를 트는 것은 같았다.

옷은 그 길이가 무릎을 덮었고 소맷자락은 짧았으며 소맷부리가 있어, 그 아래로 어깨를 움츠려 손을 감추었다. 옷깃은 매우 넓어서 그 안에 물건을 감출 수 있었다. 바지를 입지 않고 치마를 입어 아래로 늘어뜨리고 두 다리에서 나눠 묶어서 마치 바지 같지만 실제로는 바지가 아니다. 버선은 엄지발가락과 검지로 나누어졌으며, 미투리[繩鞋]를 신었다. 한 코는 엄지발가락과 검지 사이에 해당하는데 간격이 없으며 들메끈도 없다.

오늘은 꽤 추운 날씨인데도 모자를 쓰지 않고 아무 것도 걸치지 않았는데 추운 기색이 없으니 또한 이상하다.

지공(支供)을 줄였는데 지응관(支應官)을 시켜 몇 상을 차려 보냈다. 초량(草梁)으로 돛대를 돌렸다.

1월 13일

삼사가 태종대(太宗臺)를 찾았다. 배를 타고 가서 절영도에 닻줄을 묶어 두고 견여(肩輿)를 탔다. 가마꾼은 범어사(梵魚寺)의 승도(僧徒)였다. 소나무와 대나무 사이를 따라 가파른 고개를 하나 넘어 10리를 가서 태종대에 이르렀다.

태종대는 깊은 바다에 꽂힌 듯했는데 높이는 100여 장이었고, 가운데 평평한 바위가 있는데 수백 명이 앉을 만했다. 산에서 태종대까지의 거리는 100여 걸음쯤 되었다. 벼랑 끝을 따라가다 벼랑이 다하면 잔교(棧橋)를 따라가다가 돌 틈을 뛰어넘는데 다리 아래에서 파도가 몰아친다. 잔교가 끝나면 태종대 벽이 나타나는데 그 형세가 매우 웅장하다. 끊어질 듯 위태롭기도 한데 관동(關東) 지방에서도 본 적이 없으며, 몰운대(沒雲臺)도 이에 미치지 못한다.

대마도가 완연히 눈앞에 있는 것 같아 한달음에 다다를 수 있을 것 같다. 신라 태종이 일찍이 한 번 다녀간 적이 있어서 태종대라고 이름 지었다.

1월 28일

아버지께서 범어사를 찾았다. 동래부(東萊府)를 지나 팔송정(八松亭)에 이르렀는데, 범어사에서 부산까지 거리는 40리가 되었다. 범어사는 신라의 고찰(古刹)로서 『심진록(尋眞錄)』 1책이 있는데, 할아버지께서 동래부의 방백(方伯)으로 계실 때 만들어 배급한 것이다.

돌아오는 길에 의상대(義湘臺)에 올랐다. 의상대는 범어사의 서쪽 산기슭에 있는데 높이는 100여 장쯤 되어 눈앞에 펼쳐진 전망이 매우 넓게 트였다. 정씨(鄭氏)의 묘 앞에 이르러서는 횃불을 들고 그림자를 따라 돌아왔다.

2월 초2일

배에 갔는데, 상사(上使)의 선장이 판옥(板屋)의 편액(扁額)을 걸었다. 상방(上房)【정사】은 여산재(如山齋)라고 하였고, 국서를 봉안한 곳은 호서각(護書閣)이라고 했는데【왼쪽 두 번째 방이다.】 이득수(李得壽)【반인(伴人) 명색(名色)】의 처소였다. 제술관【전적(典籍) 박경행(朴敬行)】은 목여

합(穆如閤)이라 했다.【왼쪽 세 번째 방이다.】 김하정(金夏鼎)【별배(別陪), 행례(行禮), 단직(單直) 명색】과 김상구(金尚龜)【별파진(別破陣)】는 관규당(管窺堂)이라 했다.【왼쪽 네 번째 방이다.】 최수인(崔壽仁)【압물통사(押物通事) 장무관(掌務官)】은 구사재(勾事齋)라고 했다.【왼쪽에서 다섯 번째 방이다.】 서기【별검(別檢) 이봉환(李鳳煥)】는 부용재(芙蓉齋)라고 했다.【오른쪽 첫 번째 방이다.】 나는 불가부지와(不可不知窩)라고 이름을 붙였는데【오른쪽 두 번째 방이다.】 양의(良醫)【조종수(趙宗壽)】와 같이 머무는 곳이다. 동지(同知) 백상휘(白尚輝)【자제군관(子弟軍官), 예방(禮房)】는 변치당(辨淄堂)이라고 했다.【오른쪽 세 번째 방이다.】 이낭청(郎廳)【길유(吉儒), 공방(工房)】과 이도사(都事)【백령(白齡), 일공관(日供官)】는 동심재(同心齋)라고 했다.【오른쪽 네 번째 방이다.】 조창성(趙昌城)【병방(兵房)】은 완벽재(完璧齋)라고 했다.【오른쪽 다섯 번째 방이다.】 김죽산(金竹山)【주악(株岳), 검선관(檢船官)】은 지사각(趾槎閣)이라고 했으며,【오른쪽 여섯 번째 방이다.】 수역(首譯)【박상순(朴尚淳)】은 유공재(有功齋)라고 했다.【오른쪽 일곱 번째 방이다.】

같은 날에 금군(禁軍)이 집정공(執政公)에게 보낼 사예단(私禮單)을 가지고 와서 추가로 부탁하였다. 이제 순풍을 받기만 하면 출발할 수 있게 되었다.【그 사이에 이런 일로 인해 오래 머물렀는데, 지금 비로소 출발할 수 있게 되었으니 다행이다.】 차왜(差倭)가 서계(書契)에 국기(國忌)와 세 사신의 사기(私忌)가 있는지 보기를 청하기에 사신이 허락하였다.

2월 초4일

삼사 일행이 선상(船上)에 가서 여섯 척의 배에 예단과 잡물을 나눠 실었다. 수역(首譯)이 왜관에서 와서 말하기를, "차왜들이 초9일에 비로소 임무수행차 출항할 수 있는데 순풍을 기다린다."고 하니 통탄스럽다.

2월 초6일

종사관이 배 위에 가서 복물을 수검(搜檢)하였다.

2월 초9일

도해의(渡海儀)를 갖춰 국서를 모시고 배 위에 가서 호서각에 봉안하고, 판방(板房)에 머물러 잤다. 이경(二更)[21]에 대차왜(大差倭), 재판(裁判), 도선주(都船主) 및 금도, 통사(通事), 사공과 격군 수 백인이 크고 작은 배 16척에 나눠 타고 왔다. 두모포(豆毛浦) 앞바다에 정박하며 순풍을 기다려 호행(護行)할 계획이었다.

선소(船所)와의 거리는 5리쯤 되었다. 대차왜가 삼중(杉重)[22]과 술통을 삼사에게 바쳤다. 삼중은 얇은 왜송(倭松) 판자로 만든 삼층 상자로 다섯 가지 화당(花糖) 등으로 채웠는데 먹을 수 없었다. 술통은 우리나라의 물통처럼 생겼는데, 좌우에 귀가 달렸으며 구멍을 뚫어 가느다란 나무로 관통하였다. 위에는 얇은 판으로 덮고 아래도 마찬가지로 해서는 작은 구멍으로 통하였다.【왜인이 철정(鐵釘), 지등(紙燈), 종려색(棕櫚索)을 여섯 척의 배에 실었다.】

---

21 이경(二更) : 하룻밤을 다섯으로 나누었을 때, 둘째 부분에 해당되는 대개 밤 9시에서 11시 사이를 이른다. 을야(乙夜)라고도 한다.

22 삼중(杉重) : 일본말로 스기주라 하는데 삼목(杉木)으로 3층의 궤를 만들고 그 안에 떡·과자·술안주·반찬 등을 담아 놓은 것이다.

2월 12일

일행이 동시에 배에 올라 장계(狀啓)를 받들어 올렸다. 길을 안내하는 왜인이 각각 배에 나눠 탔다. 배마다 전어관(傳語官) 1명, 금도 1명, 사공 3명, 하인 2명이 나눠 탔다. 일행을 호위하는 여러 척의 배가 이미 앞장섰다. 정관선(正官船)에는 청기(靑旗)를 꽂고, 재판선(裁判船)에는 황기(黃旗)를 걸었고, 도선주(都船主)의 배에는 홍기(紅旗)를 세웠다. 정사, 부사, 종사관 배의 깃발도 이에 호응하였다.

왜의 작은 거룻배를 비선(飛船)[23]이라고 하는데, 두 척이 와서 배 닻줄을 끌며 앞에서 이끌었다. 그런데 잠깐 사이라 뜻밖의 물품을 옮겨 준비할 수 없었다.

여섯 척의 배에 차례로 돛을 걸고 나갔다. 10리도 지나지 않아 정관선에서 갑자기 돛이 떨어져서 돛대를 돌리더니 바람의 형세가 변해서 앞으로 나갈 수 없다고 하였다. 부득이 배를 돌려 두모포 앞바다에 정박하고 닻을 내리고 판방에서 잤다.

2월 15일

초량 앞바다를 경유해 돛을 걸고 다대포(多大浦) 앞바다를 지나 40여 리를 갔다. 정관선이 다시 돛이 떨어져 돛대를 돌렸는데 바람이 미미해 나갈 수 없다고 했다. 배를 돌려 다대포 선항(船港)에서 정박했다.

---

23 비선(飛船) : 도비후네. 에도시대(江戶時代)의 소형 쾌속선으로, 대마도 및 관왜 간의 화물과 사람을 수송하거나 긴급한 용무에 연락선으로 이용되었다. 매 1척마다 우두머리 1명에 격꾼 6~7명으로 항상 노인(路引)을 지니고 다니며 공궤(供饋)는 없다. 『증정교린지』 차왜조.

2월 16일

서북풍이 불어 다대포에서 배를 띄웠다. 대마도의 악포(鰐浦)에 이르렀는데, 500리를 갔다.

진시(辰時)에 항구를 나오며 돛을 걸었다. 바람이 점점 세차게 감아올리듯 불더니 동북쪽에서 몰아치지도 않고 잦아들지도 않았다. 물마루를 지날 때 파도가 험해졌다. 다른 곳보다 더 심한 것 같았는데 언덕 등성이 따로 있는지는 모르겠다.

오후에 바람이 약간 변하여【서남풍으로 바뀌다.】 드디어 악포에 이르렀는데 배 위에서 잤다. 대마도주가 사람을 보내 문안하면서 삼중과 술통을 바쳤는데 단자(單子)가 있었다. 여기서부터 각 참(站)마다 모두 삼중과 술통을 바치고 단자가 있었는데 전례에 따른 것이다.

악포는 대마주의 풍기향(豊碕鄕)에 속한 곳이다. 300여 호가 있는데 밭이 없어 어업으로 생업을 삼았다. 다만 잡곡을 산허리에 심는데, 우리나라의 화전(火田)과 같다. 포구의 석맥(石脈)이 물속으로 길게 이어져 있어서 만조(滿潮)가 되고 바람이 순조로워져야 전진할 수 있다고 한다.

선창 위에는 이른바 금도청(禁徒廳)이 있어 배를 검사하여 사사로이 서로 물화를 교역할 수 없게 하였다. 금도왜 여러 명이 그곳에 오래도록 있으면서 잠시도 딴 데로 옮겨가지 않았다.

그 가옥의 제도는 자못 우리나라 공해(公廨)와 비슷하고, 마을의 집은 모두 오량각(五梁閣)에 중모(重茅)로 덮었다. 높이는 몇 장(丈) 정도인데 수십 년이 지난 후에 비로소 다시 덮는다고 한다.

마을 사람들이 항구를 메우고 구경을 하였다. 여자들은 머리를 깎지 않았지만 머리카락을 모아 머리 위에 상투를 만들어 고운 빗으로 꽂으며, 혹은 비단으로 머리를 싸매어 목 아래에서 의복에 넣는다. 의복은 남자와 차이가 없다. 다만 이에 검은 칠을 하였는데, 창녀(娼女)와 시집가지 않은 여자는 칠하지 않는다고 한다.

어린아이도 반드시 검을 차고 있는데, 삼척동자가 삼척검을 차니 꽤나 포복절도할 일이다. 밤에는 금도소(禁徒所)에서부터 뱃머리까지 걸음마다 등을 달아 두었다.

2월 17일

악포에 머물렀다. 바다 건너가는 형편에 대해 장계를 올렸다. 식후에 정관(正官)이 육지에 내리기를 요청하였다. 드디어 군악을 울리며 열을 지어 의장을 갖추었다. 군관은 검을 차고 앞에서 인도하였다. 국서를 받든 원역이 그 다음이고, 삼사가 탄 도해평여(渡海平輿)가 그 다음이었다. 나와 제술관 등 여러 사람이 뒤를 따랐고, 호행차왜(護行差倭)와 재판차왜(裁判差倭) 이하는 길의 왼쪽에서 맞이하였다. 정관은 병이 났다고 한다.

구경하는 남녀들이 길가를 가득 메웠는데 무릎을 꿇고 앉아서 소리내며 떠들지 않았다. 100여 걸음을 가서 도착한 관소(館所)는 촌가(村家)인데 정결하여 마음에 들었다.

담장은 네모반듯하고 뜰은 깨끗하고 많은 화초가 심어져 있었다. 문처마에 '정사도어숙방(正使道御宿房)'이라고 써져 있었다. 흙을 붙이지 않고 벽을 만드는 방법이었다. 또한 지도리나 침도 없이 문을 열었는데 매 칸마다 세 짝의 장자(章子)를 서로 밀어 굴려 열고 닫았다. 길이와 넓이는 똑같아서 만약 한 짝이 부서지면 시장에서 사다가 바꾸는데, 조금도 어긋남이 없었다.

또한 온돌 없이 대청 위에 두꺼운 돗자리를 까는데 매 칸마다 3립(三立)을 깐다. 원래 정해진 크기가 있는데 속칭 '다담이'라고 한다.

집의 제도는 매우 정교하였다. 이런 포구 마을의 어부의 집에 불과한데도 이렇게 화려하고 사치스러우니 사치와 낭비가 심한 습속을 미루어 알 만하다.

침방(寢房) 곁에 설치한 화장실은 매우 깨끗했다. 두충(杜冲), 종려(棕櫚), 남천(南天), 동백과 귤, 유자 등이 울창하였다. 도처에 울타리를 만들었는데 소철(蘇鐵)이 또한 많았다. 만약 시드는 경우 그 뿌리에 철을 꽂으면 소생한다고 한다.

저녁은 익힌 음식을 올렸는데, 붉게 칠한 소반(小盤) 두 개에 각각 검게 칠한 작은 그릇 여러 개를 쌓았다. 밥그릇과 반찬그릇은 들고 마셔야 하는 것이었다. 또한 채소국과 어장(魚醬)을 더 주었는데 맛이 모두 싱거워서 먹을 수가 없었다.

2월 19일

호행(護行)과 연접(延接)을 담당하는 두 정관이 삼사를 뵙자고 하였다. 삼사가 평복(平服)으로 삼중석(三重席) 위에 서 있으니 수역이 두 왜인을 이끌고 들어왔다. 그들은 검게 칠한 삼우관(三隅冠)을 머리에 썼는데, 풍절건(風折巾)[24]이라고 한다. 계단에 이르러 검을 풀어놓고 맨발로 기둥 밖 단석(單席) 위에 이르러 두 번 절하였다. 사신이 손을 들어 답례하자 자리에 앉았다. 정관이 문안하였고 전례대로 답하였다.

---

24 풍절건(風折巾) : 풍절오모자(風絕烏帽子)로 모자 윗부분은 길고 위를 둥글게 만들어 꺾어 드리운 모양의 모자이다.

수역이 재판, 도선주, 도주문안사(島主問安使)를 불러 인도하자 세 왜인은 차례로 이르렀다. 그들 또한 검게 칠한 관을 썼는데 좀 작은 것으로 오사모(烏士帽)라고 하였다. 두 번 절하니, 사신은 앉아서 손을 들어 답례하였다. 또한 문안하고 바로 나갔다.

보장사(寶藏寺)를 찾았다. 보장사는 마을 가운데 있는데, 관소에서 거리는 수십 보였다. 가옥의 제도는 마을의 집과 차이가 없었다. 금부처 세 구가 있었는데, 키는 거의 1척이다. 승려 한 사람이 차를 대접하며 담배를 내었다. 치의(緇衣)[25]를 입었는데 마치 심의(深衣)[26] 같았다. 허리띠도 없고 관도 없었으며 칼도 차지 않았다.

맑은 샘에 종려나무 숲이 소쇄(蕭洒)하여 볼만했다. 감실 밑에는 붉게 칠한 목패가 많았는데 금으로 글자를 썼다고 한다. 이것이 바로 마을 사람들의 신주(神主)이다. 기일(忌日)이 되면 절에 와서 제사를 지낸다. 절 뒤에 작은 비석이 서 있다. 모든 마을 사람이 이곳에 묘혈을 파고 묻는데 봉분이 없고 단지 비(碑)만 있다. 실로 만이(蠻夷)의 풍속이라고 하겠다.

일공(日供)을 와서 바치기 시작했다. 5일분 일공은 다음과 같다.

사신은 상미(上米) 25수두(手斗)【즉 매일 5수두이다.】

상상관(上上官)【수역(首譯)】은 상미 15수두【즉 매일 3수두이다.】

상판사(上判事)와 제술관은 상미 12수두 반【즉 매일 2수두 반이다.】

상관【군관·원역】과 차관【전악(典樂), 마상재(馬上才), 반인(伴人) 부류이

25 치의(緇衣) : 승려가 입는 검은 옷이다.

26 심의(深衣) : 옛날의 귀인의 제복의 한 종류로서 윗도리와 아랫도리가 연결되었던 옷이다.

다.】은 상미 10수두【즉 매일 2수두이다.】

중관【통인(通引)·사공(沙工)·노자(奴子) 부류이다.】은 중미 7수두【즉 매일 1수두 반이다.】

하관【격군 부류이다.】은 5수두【즉 매일 1수두이다.】

우리나라에서 쓰는 되로 계산하면 1수두는 3되이니, 50수두가 1석이 되는 셈이다. 이른바 중미(中米)는 썩고 상해서 먹을 수가 없다. 대개 우리나라 사람이 준 공작미(公作米)에 물을 탄 것이다.

반찬 5일분은 다음과 같다.

사신은 상주(上酒) 15수두, 감장(甘醬) 5수두, 간장 2수두, 식초 1수두, 사슴다리 5개, 소금 6수두, 참기름 2수두, 초[燭] 15쌍, 건고등어 2마리, 김치 15그릇, 닭 10마리, 방어 2마리, 생복어 15마리, 표고 4수두, 참마[薯] 4수두, 술 3냥 2전, 고비[薇] 1묶음, 미나리아재비[茛子] 2수두 7홉 5석, 겨자 2수두, 산초(山椒) 2수두.

상상관 이하는 각각 차이가 있었다. 하루에 바치는 것이 몇 가지 종류뿐이라고 하니 대마도가 얼마나 피폐한지 알만하다.

2월 21일

부기선(副騎船)에 불이 나서 점고하졸(點考下卒)과 창원(昌原)의 악공 서운창(徐雲昌), 울산(蔚山)의 사령 김취경(金就京)이 불에 타 결국 죽기에 이르렀다. 참혹하고 경악스럽기 그지없으며, 화상(焦爛)으로 죽겠다는 사람이 또한 10여 명에 이른다.

불에 탄 예단(禮單)은 인삼 72근, 백목면 20필, 미용향(美蓉香) 310매이다. 여러 명의 장복(章服)과 의관, 복물(卜物)이 모두 불에 타서 재가 되었다. 화재 상황에 대해서 장계(狀啓)를 작성해 비선(飛船)에 부쳐 보냈다. 또한 대마도주에게 편지를 써서 강호(江戶)[27]에 전달하여 보고하도록 했다.

2월 23일

방포(芳浦)에 도착했다. 170리 걸렸다.

사시(巳時; 오전 9~11시)에 승선하였는데, 부사는 복선(卜船)에 탔다. 5척에는 각각 비선 10척이 앞장서서 이끌었는데, 각각 청기, 황기, 홍기를 달았다. 정사와 부사, 종사관의 배도 그에 따랐다. 항구를 빠져나오자 악석(惡石)이 해변에 잇달아 널려 있었다. 이에 비선이 좌우에 늘어서 있고 그 사이로 지나갔다. 이런 돛단배는 아주 빨랐다.【서박포(西泊浦)를 지났다.】 날이 저물 때 방포에 들어가 정박했는데 배 위에서 잤다.

2월 24일

방포에서 배를 띄워 대마도 부중(府中)[28]에 도착하였다. 객관은 서산사(西山寺)이다. 70리를 갔다.

진시(辰時; 오전 7~9시)에 노를 저어서 포구에 갔다. 산세(山勢)가 구불구불하고 꽉 막혀 있어서 어디로 들어와서 어디로 나가는지 알 수가 없다. 강원도 고성(高城)의 삼일포(三日浦)가 이보다 더할 것인가. 배가 산과 더불어 층층 암석과 절벽을 빙빙 돌아 두견(杜鵑)과 동백, 복숭아

---

27 강호(江戶) : 에도. 도쿠가와막부(德川幕府)를 뜻한다.

28 부중(府中) : 옛날에는 쓰시마국(對馬國)의 부(府)가 위치한 포구로, 15세기 후반 쓰시마 도주 소 사다쿠니(宗貞國)가 쓰시마 도주의 본거지를 사가(佐賀)에서 이즈하라로 옮겨 쓰시마의 중심이 되었다. 이즈하라항(嚴原港)은 에도시대 쇄국령이 내려졌던 쇄국시대에도 나가사키와 함께 대외무역항으로서의 기능을 한 곳이다. 12차례 통신사행 때마다 조선 사신이 이곳에 묵으면서 도주초연(島主招宴)을 베풀거나 망궐례(望闕禮)를 지냈다.

와 살구 등 온갖 꽃들이 물결에 비춰 굽이굽이 아롱져서 형국을 이루니, 곳곳마다 머물 만하였다. 뱃머리가 항구에 이르자 양안(兩岸)이 서로 좁히듯 다가오는데 겨우 배 한 대만 용납되어 보기에는 결코 배가 갈 수 없다고 하나 노를 저어서 지났다.

해안 위에 오래된 사당이 있었는데, 돌기둥과 들보가 뒤집혀 있었다. 통사왜(通事倭)가 말하기를, "옛날에 효자 주길(住吉)이 상을 당해 곡하며 울어 바닷물이 붉게 변하였다. 나라 사람들이 그 효성을 사모하여 사당을 세워 제사를 지냈다."고 한다. 옛 사람들이 남긴 기록을 살펴보면 '호공지사(蒿工之祠)'라고 많이 나오는데, 맞는지 모르겠다.

수 리쯤 가니 또 한 항구가 있었는데 바로 압뢰(鴨瀨)[29]이다. 여기서부터 돛을 걸었는데, 암벽의 경치가 마치 웅크린 듯 누운 듯하고 끊어질 듯 이어질 듯하였으며, 조수(潮水)가 서로 토하고 삼키는 듯하였다. 경지포(慶知浦)를 지나자 굴포(掘浦)가 나오는데 이곳을 경유해 곧장 좌수포(佐須浦)를 통과하여 물리치듯 잽싸게 가야 하는데 비선이 아니면 갈 수 없을 거라고 했다.

연접관 평방태(平方泰)가 배를 타고 와서 맞이하였다. 부중에서 5리 떨어진 곳에 대마도주 평의여(平義如)가 나와 맞이하였다. 도주의 배는 우리나라 전함(戰艦)처럼 생겼는데 좀 작았으며, 매우 정교하고 화려하였다. 좌우에 나무막을 설치했는데, 그 위에는 오색(五色)의 현란한 장막을 설치하였다. 뱃머리에는 의장대를 배치했는데, 활과 검, 조총(鳥銃) 등이었으며, 모두 비단으로 덮여 있었다.

---

29 압뢰(鴨瀨) : 가모세우라. 현재의 쓰시마시(對馬市) 미쓰시마마치카모이세(美津島町鴨居瀨). 나카쓰시마(中對馬) 동쪽 해안에 위치. 사행록에는 압뢰(鴨瀨)·압뢰(鴨賴)·주길탄(住吉灘)·가모세(加毛世)라고도 하였다.

도주는 타루에 있는 교의(交椅)에 기대어 있었는데 붉은 담요를 깔았고, 덮개는 마치 붉은 양산(陽傘) 같았다. 몸에 자색 옷을 입고 머리에는 풍절건을 쓰고 있었는데, 바로 정관이 쓴 것과 같았다. 뒤따르는 사람 십여 명은 좌우로 늘어서 있었는데 머리에 아무것도 쓰지 않았다. 노 젓는 수십 명은 모두 청색 옷을 입고 있었다. 도주의 배는 우리 배와 서로 조우하였다.

아버지께서는 흑단령을 입으셨는데, 동시에 평상에서 내려와 서로 향하여 두 차례 손을 모아 절하였다. 대마도주의 시자(侍者)는 모두 어렸는데 물러나 부복(俯伏)하고 있었다. 삼가 공경하는 기색이 역력하였다.

이정암(以酊菴) 장로 승견(承堅)이 다시 배에 이르렀는데, 조금 작았지만 더욱 정교하였다. 의장도 없고 장막도 없고 양산도 없었다. 그는 평상에 기대어 앉아 있었으며 흑방모(黑方帽)를 뒤로 1자쯤 늘어뜨려 쓰고 있었다. 노란 색의 장삼(長衫)을 입고 어깨에 붉은 가사(袈裟)를 메고 있었다. 뒤따르는 승려 6, 7명은 치의(緇衣)에 모자를 쓰지 않았다. 대마도주와 마찬가지로 두 차례 손을 모아 절하였다.

배가 항구에 정박하였을 때 날이 아직 정오가 되지 않았다. 늘어서 이어진 누대(樓臺)의 태반이 산허리에 하얀 벽과 같이 봄 숲 가운데 빛나고 있어 마치 서양 나라의 한 폭 그림 같았다.

대마도주가 사람을 보내 육지에 내리기를 요청하였다. 삼행(三行)이 모두 수역을 보내 먼저 관소(館所)를 시찰하였다. 삼사 이하가 흑단령과 모대를 하고 나갔는데, 관소는 서산사(西山寺)였다.

의례는 악포에서 육지에 내릴 때의 의례와 같았다. 관사는 해안에서 한 후장(帿場) 떨어져 있었다. 관사 밖에 금도청이 설치되었고 문 안에는 긴 회랑이 있었는데 하졸(下卒)들이 쉬는 곳이었다. 중문(中門)을 지나 중청(中廳)에 이르러 국서를 봉안하였다.

서쪽으로 1칸 지나면 침사(寢舍) 3칸이 있었는데 삼사가 머무는 곳이었다. 각각 온돌 반 칸이 있었는데 이번 통신사행을 위해 새로 설치한 것이었다. 주방, 욕실, 화장실은 상방 왼 곁에 1칸이 있었다. 또 한 칸이 있어 소동청(小童廳)이라고 하는 곳에 나와 인숙(仁叔)이 거처했다. 모두 가깝고 편리함을 취하였다.

중청의 동쪽에는 군관청이 있다. 그 북쪽에는 양의(良醫)와 의원이 있고, 남쪽에는 공간청(公幹廳)이 있다. 공간청 밖에는 전어관(傳語官), 반당(伴倘), 차관(次官), 상통사(上通事), 압물통사(押物通事)의 여러 청사가 있다. 이 모두가 한 채 안에 있는데 방을 짓는 제도를 알 수 없다. 여기에서부터 동쪽에 복도 수십 칸이 설치되었다. 언덕을 따라 층을 만들어서 남악사(南嶽寺)로 통하게 했다. 사자관(寫字官), 화원(畵員), 차상통사(次上通事), 상상관(上上官), 제술관(製述官), 서기(書記), 중관(中官), 하관(下官), 삼방비장(三房裨將)의 숙소가 있었다. 가장자리의 기슭 위로는 부방(副房)이 있었다.

군관청에는 모두 작은 패에 글씨를 써 식별하게 해서 조금도 문란하지 않았다. 사신 일행이 매우 많았는데도 두 채의 방으로 능히 수용했으니 얼마나 넓은지 상상할 만하다.

자리를 정해 앉았는데 익힌 음식이 나왔다. 반찬그릇은 가화(假花)로 뒤덮었는데 자세히 보아도 진짜인지 가짜인지 알기 어려웠다. 열서너 살쯤 되어 보이는 오랑캐 아이가 소반을 내어 오며 출입하는데 진퇴가 매우 날렵하여 우리나라 아이와는 비교할 수 없었다.

대마도는 남북으로는 300리이고 동서로는 그 3분의 1이 못 된다. 8군(八郡)이 있으니 유라(維羅), 봉지(峰之), 제두(醍豆), 인위(仁位), 좌수

(佐須), 풍기(豊碕), 여량(與良)인데, 여량은 부중이다.

이라(伊羅)에 사는 사람이 가장 많았으며, 제두에는 전토가 많고 과일도 많아서 중요한 읍이 되었다. 각 군은 모두 토산물을 태수에게 공물로 바쳤다. 군에는 한 사람의 영(令)을 두어 백성을 규찰하였다. 백성들의 풍속이 거짓으로 잘 꾸며대고 이득을 좇다 죽는 것도 가벼이 여겼다. 대저 땅이 척박하고 밭이 없어 온갖 작물이 생산되지 않고 오로지 물고기와 채소를 시장에 팔아서 살아야 했기 때문이다.

부중은 삼면이 산을 등지고 있으며 앞으로는 넓은 바다를 마주하고 있다. 인민은 자꾸 늘어나서 거의 5천 호에 가깝다. 땅은 좁은데 사람은 많아 집의 처마가 서로 잇닿아 한 틈의 땅도 없다. 그러나 동쪽으로는 대판(大坂)으로 통하고, 남쪽으로는 장기(長碕)로 통하며, 북쪽으로는 우리나라와 통하여 온갖 물건이 밀려들기 때문에 사람들이 매우 부요(富饒)하다고 한다.

태수 평의여(平義如)는 의지(義智)의 후손이다. 의성(義成)과 의진(義眞)을 거쳐 의진의 네 아들이 의윤(義倫), 의방(義方), 의성(義誠), 방희(方凞)인데 서로 끊어져서 의여(義如)에게 전해졌다. 의여의 어릴 적 이름은 미일(彌一)로 의방의 아들이다. 그 형 언천대(彦千代)와 암환(巖丸)이 모두 요절하였고, 동생은 강주수(江主水)란 사람인데 그 형제 가운데 가장 뛰어났다고 한다.

의여는 지금 33세인데 희첩(姬妾)이 70명에 이르며, 첩의 자식이 9명인데 모두 다른 사람에게 양자로 주었다. 그 하나가 연접관(延接官)의 양자이다. 작년에 비로소 비후주(備後州) 태수의 딸을 처로 맞이하였다. 적자(嫡子)가 아니면 지위를 세습할 수 없다.

도주의 가신(家臣)으로는 봉행(奉行) 6명, 재판(裁判) 4명, 기실(記室)

2명이 있다. 봉행은 우리나라의 좌수(座首)와 같다. 여러 읍을 나눠 다스리는데, 한 섬의 권한을 장악하고 있어서 섬사람들이 두려워하는 것이 태수와 다름이 없었다. 재판 이하는 모두 무릎으로 포복하는데 감히 올려 볼 수 없었다. 재판은 마치 우리나라의 장교(將校)와 같은데 두 나라의 일을 처리하였다. 모두 그 지위를 세습하였다.

봉행과 재판은 매번 차왜(差倭) 혹은 관수왜(館守倭)로서 우리나라에 나왔다. 우리나라에서 증급(贈給)하는 것이 매우 풍성하였다. 그래서 치부하게 된 자는 모두 우리나라로 인한 것이다. 가사(家舍)의 사치함과 의복의 화려함은 거의 도주와 비슷했다. 좌우에 문을 설치하고 중문 밖에 삼중문(三重門)을 설치하여 구리로 장식하였고 출입할 때는 쟁기(鎗旗)를 앞장 세웠다.

이정암 장로의 이름은 승견(承堅)이며, 자는 취암(翠岩), 호는 홍애(洪崖)이다. 강호(江戶)에서 임명해 보냈으며 문장에 능하고 지위가 높은 승려이다. 한 사람의 승려가 양국의 문서를 관장하며 대마도주의 동정을 규검(糾檢)하였으며, 3년에 한 번씩 교체되었다. 도주의 한 글자 한 마디라도 반드시 자문하였고, 도주가 가는 데마다 뒤따라 다녔다. 통신사행을 연배(延拜)하고 사행을 호행하는 것도 모두 도주를 검찰하는 일이다. 마치 우리나라의 어사(御使)와 같아서 도주도 그를 매우 우대하였다. 승견은 나이 49세로 문자를 상당히 안다고 한다.

금도(禁徒)는 곳곳에 있으며 각 포구나 역참마다 반드시 금도청(禁徒廳)이 있었다. 그 수검(搜檢)하는 방법이 사람으로 하여금 포복절도하게 한다. 누구든 배에서 내리면 금도청에 가서 옷을 전부 벗고 두 다리 사이에 가린 수건도 풀고 발가벗고 서 있게 하였다. 그 법이 매우 혹독하다고 하겠다.

선항(船港)에는 작은 막사를 설치하여, 금도가 지키고 있어서 양국의 뱃사람이 사사로이 서로 왕래하는 것을 두려워했다. 관소 근처 거리 입구도 지키고 있어서 양쪽 주변의 마을 사람이 모두 배를 타고 왕래하였다.

수역을 보내 태수에게 예단을 전달하였다. 이정암에 이르러 다승(茶僧) 2명이 다정(茶鼎)과 다궤(茶櫃)를 가지고 중당(中堂)의 협방(狹房)에 있으면서 때때로 차를 내었다. 이름은 임간(林澗)이었다. 역관에게 이런 역할을 맡게 된 것에 대해 묻게 했더니, 대답하기를, "본래 도주(島主)의 차를 달이는 사람이었는데 도주의 명을 받고 왔습니다."라고 하였다. 그 아내가 있냐고 물었더니, "그렇습니다." 하기에 아들은 있느냐고 물었더니, "그렇습니다."라고 하였다. 승려라고 하면서도 도리어 처자식을 거느린 허물이 있으니 너무나 가소롭다.

3월 5일

대마도인이 뜰 안에 얇은 널빤지를 깔고 또 돗자리를 깔아 덮었는데 오늘 도주가 오는 날이기 때문이다. 봉행 3명【평성일(平城一), 평방태(平方泰), 평여민(平如敏)】이 사신을 뵙겠다고 요청해서, 유의(儒衣)와 유관(儒冠)을 갖추고 대청에 나가 북벽(北壁) 아래의 삼중석(三重席) 위에 앉았다. 봉행이 나와 단석(單席) 위에 엎드리고 머리를 대며 두 번 절하자 삼사는 서서 손을 들어 답례하였다. 인삼차와 주과(酒果)를 대접하며 두 번 절하고 나갔다. 재판이 총을 쏘지 말자고 요청하였는데 도주가 놀라워할까 두려웠기 때문이다.

뜰 가운데 정기(旌旗)와 군물(軍物), 삼현(三絃)을 늘어놓았다. 대청의 동쪽에는 손님 자리, 서쪽에는 주인 자리를 마련하였는데 모두 삼중석이었다. 이정암 장로의 자리는 도주의 서쪽이었고, 서산사 장로의 자리는 단석으로 이정암 장로 아래에 마련되었다. 그 뒤로 두 사람이 죽장(竹杖)을 지니고, 다섯 사람은 조총을 메고 있었다. 손으로 화승총을 잡고 푸른 모직물로 쌌다. 세 사람은 활과 화살을 지니고 있었는데, 활의 길이는 2파(把)이고 화살의 길이는 1파였다. 또한 독(纛)[30], 기(旗), 큰 도끼, 작은 도끼 같은 것도 있었는데 어떤 물건인지 알 수 없다.

수십 명이 먼저 맨발로 오더니 일행의 군의장대 안에 무릎 꿇고 죽 늘어서 있었다. 도주가 현교(懸橋)【이른바 타는 물건이다.】를 타고 문밖에 이르렀는데, 맨발로 검을 풀고 붉은 양산을 펼치고 걸어서 중청에 이르렀다. 이정암 장로가 두 개의 양산을 펼치고 이어서 도착했으며, 서산사의 장로가 뒤따랐다. 사신이 기둥 쪽으로 나가 맞이하며 서로 읍(揖)하고 앉았다. 좌정(坐定)한 후 서산사 장로가 두 번 절하자 사신이 손을 들어 답례하였다.

도주는 키가 크고 밝은 얼굴에 코가 오뚝하고 눈이 컸다. 자못 귀인의 모양을 갖추었으나 매우 무능할 것 같았다. 일각건(一角巾)을 썼는데, 그 만듦새는 대략 사모(紗帽)와 같았다. 높이는 1촌에 불과하였고, 뒤에 뾰족하게 나온 것이 있었는데 둘레는 거의 2촌에 길이는 3촌이었다. 작은 비녀를 꽂아 그 뒤로 일각(一角)을 늘어뜨려 마치 사모의 각(角)과 같았다. 길이는 1자 남짓에 검은색 비단으로 만들었으며 자줏빛 갓끈으로 묶었다. 무늬가 있는 검은 비단 단령(團領)을 입었는데 소매가 넓어 흑단령과 아주 비슷하였다. 다만 둥근 ○○과 넓은 소매에 흉배(胸背)가 없었다. 허리띠는 검은 명주로 짰는데 조복(朝服) 같았다.

---

30 독(纛) : 임금이 타고 가는 가마, 또는 군대의 대장 앞에 세우던 큰 의장기를 가리킨다.

차고 있는 검을 뒤로 늘어뜨렸는데 은으로 장식하였다. 뒤따르는 네 사람은 풍절건을 쓰고 그 뒤에서 모시고 있었다. 세 사람은 칼을 잡고, 한 사람은 상아 부채를 쥐고 있었다. 또 다섯 사람은 오사모를 쓰고 나란히 앉아 있었다.

봉행 2명【평성일과 평방태】은 기둥 밖에서 고개를 숙이고 엎드려 있었다. 도주가 평성일을 시켜 먼저 사행의 노고를 위로한 다음 부선이 불에 탄 일에 대해 물었다. 봉행이 수역에게 전하면 수역이 사신에게 아뢰었으며, 사신이 전례에 따라 답하였다. 일찍이 듣기에 봉행과 도주는 서로 농담을 주고받고 두려워하는 마음이 없으며, 심지어 희첩(姬妾)이 모시는 것도 봉행이 스스로 알아서 그 일자(日子)를 정하면 도주가 감히 어기지 못한다고 하였다. 그런데 지금 보니 포복하고 무릎걸음으로 감히 올려 보지도 못하고 출입할 때는 반드시 극진하게 절하는 것이 마치 군신(君臣) 사이처럼 매우 엄격하니, 전해 들은 얘기가 틀린 것인가? 아니면 타국 사람들에게 보여주기 위해 이렇게 삼가 공경하는 모습을 꾸미는 것인가?

이정암 장로는 사우채관(四隅衫冠)을 썼다. 마치 정자관(程子冠)처럼 생겼는데 윗머리로는 통하지 않았고 또 갓끈이 있었다. 옷은 황색 장삼인데 홍색 가사를 어깨에 두르고 있었다. 뒤따르는 승려 여섯 사람은 대머리인데 그 뒤에 앉았다. 이어 인삼차를 내어 왔는데, 다기(茶器)는 섬 안에서 바친 것으로 은으로 칠하였다. 다음으로 찬상(饌床)을 내어 왔다.

도주가 잣을 먹으려고 젓가락으로 골라 집는데 그 입에 닿을라치면 모두 떨어뜨려서 끝내 하나도 먹지 못하고 겨우 호도(胡桃) 한 개를 먹는데 그쳤다. 부끄러워하며 머뭇거리는 모습을 볼 수 있었다.

술 석 잔을 주고받으며 파하고 도주 일행을 보냈는데, 마치 제사 지내는 것 같았다. 대마도주와 봉행, 이정암 장로는 문을 나서 모두 현교를 탔다. 서산사 장로는 출입할 때 행보석(行步席)[31]을 밟지 않았다. 문을 나서자 모자를 벗고 달려갔다. 특히 우리나라의 의례로는 서계를 통한 까닭으로 연회석에 와 참석하였는데 사행과는 관계가 없다. 그들이 쓰고 있는 것은 휘양[32]처럼 생겼는데 위에 두 귀가 달려있어 실로 매우 해괴하였다.

3월 7일

도주가 글씨와 그림 및 마상재(馬上才)[33] 보기를 요청하기에 전례대로 허락했다.

마상재는 삼방(三房) 비장(裨將) 가운데 각 1명【김죽산(金竹山), 이함양

---

31 행보석(行步席) : 귀한 손님이나 신랑, 신부를 맞을 때, 마당에 까는 좁고 긴 돗자리를 가리킨다.

32 휘양 : 조선시대에 남자들이 추위를 막기 위하여 쓰던 모자의 하나. 머리 윗부분은 트고 뒤는 길어 큰 것은 등도 덮을 수 있고 작은 것은 뒤통수와 목을 두른다. 제물로 볼끼를 달아 목덜미와 뺨을 싸고 좌우에 끈을 달아 목에 맨다.

33 마상재(馬上才) : 조선의 전통무예의 하나로서 말 위에서 행하는 여덟 가지 기예를 가리킨다. 여덟 가지의 기예란 말 위에서 삼혈총(三穴銃) 쏘기, 말의 등을 좌우로 넘기, 말 위에 죽은 듯이 가로눕기, 말 다리 밑으로 몸 숨기기, 말 위에서 물구나무 서기, 머리를 말 꼬리로 향해 등 위에 세로로 눕기, 말 몸통 좌우로 몸 감추고 넘나들기 등이다. 도쿠가와막부(德川幕府)의 3대 장군인 도쿠가와 이에미쓰(德川家光)가 특별히 요청하여 1636년(인조 14) 병자통신사행 때 처음 마상재를 시연하는 군관과 별파진(別破陣), 이마(理馬)와 말 두 마리를 보내었다. 마상재는 에도성(江戶城)에서 국서(國書)를 전한 후 에도성 안에 특별하게 마련한 마장(馬場)에서 장군과 막부의 고위관료들 앞에서 시연하였다. 마상재 시연은 통신사행이 벌이는 이벤트 가운데서도 가장 인기를 모았던 행사였으며, 대마도주의 에도번저(江戶藩邸)에서도 행해졌으며, 연로상의 번에서도 번주(藩主)의 요청이 있을 경우 시연을 하기도 하였다.

(李咸陽), 전선전(田宣傳)】이 데리고 가 도주의 집에서 기예를 시연하였다. 근처 거의 대부분의 부내(府內) 사람들이 나와 구경하였는데 모두 칭찬해 마지않았다. 도주가 주과(酒果)를 내어 군관을 대접하였다. 길 왼쪽에서 대나무로 된 시렁을 설치하여 구경하였다.

글씨와 그림을 그리는 사자관과 화원은 김홍철(金弘喆)이 데리고 갔는데 모두 유의(儒衣)와 유관(儒冠)을 갖추고 도주의 별당으로 들어갔다. 도주가 나와서 접견하였는데, 짧은 옷에 빛나는 머리를 하고 네모난 자리에 서자 네 사람[34]이 모두 두 번 절하였고, 도주는 손을 들어 답례하였다.

마침 도주의 첩자(妾子)가 들어왔다. 나이가 12살이고 이름은 만천(滿千)이라고 하는데 와서 구경하였다. 그 사람됨이 매우 슬기로워 보였다. 사자관 두 사람이 쓴 글이 매우 많아서 4, 5권에 이르렀는데, 거의 절반이 우리나라의 닥종이였다. 그림은 네 폭을 그렸는데 모두 좋다고 칭찬하였다고 한다.

수역을 보내어 도주 및 여러 곳에 사예단(私禮單)을 전달하였다.

3월 11일

도주가 잔치를 베풀어 오후에 삼사가 공복(公服)을 갖춰 입었다. 홍단령과 모대 차림에 견여를 탔다. 군관은 융복(戎服)에 활집을 갖추고 군의장대를 이끌고 군악을 울렸다. 전배(前陪)[35], 나졸, 노복, 격군은 모두

---

34 네 사람 : 무진통신사행에 수행한 사자관은 김천수(金天秀), 현문구(玄文龜)이고, 화원은 이성린(李聖麟), 최북(崔北)이었다.

35 전배(前陪) : 展拜, 前輩, 前陪라고도 하는데, 예전에 벼슬아치가 행차하거나 상관을 만날 때 앞을 인도하는 하인을 이르던 말이다.

왜마(倭馬)를 탔다. 다만 급창(及唱)과 방자(房子)는 걸어서 따라왔다. 세 사람의 당상역관[36]은 현교(懸橋)를 탔다. 상관(上官)[37]이 탄 말은 좌우에 재갈을 물렸으며 모두 갈기를 깎고, 수를 놓은 안장이 있었다. 어두워질 무렵에 마치고 돌아왔다. 모든 사람들이 궁실의 사치함에 대해 일컬으면서 우리나라에는 없는 것이라고 했다.

부사가 말하기를, "일찍이 듣건대, 도주의 거처가 왕을 본뜬다고 하였는데 지금 보니 왕보다 지나치다."라고 하였다. 왜인의 노복은 '인족(人足)'이라고 하는데, 일본식 발음으로 '닌솟쿠'이며 대개 봉족(奉足)이라는 뜻이다.

군관청에 가서 일본의 동전을 우연히 보았는데, 우리나라의 작은 동전과 같았다. 뒷면에 '관영통보(寬永通寶)'라고 쓰여 있으며, 앞면에는 글자가 없었는데 더러 '문(文)' 자나 '원(元)' 자가 써져 있기도 하였다. 96문(文)이 1냥인데 바로 은 1전이라고 한다.

관소 앞에서 때때로 종을 치는 소리가 들렸다. 통사에게 그 이유를 물었더니 종각이 있는데 시간을 살펴서 자오(子午)에 9번, 축미(丑未)에 8번, 인갑(寅甲)에 7번, 묘유(卯酉)에 6번, 진술(辰戌)에 5번, 기해(己亥)에 4번 친다고 한다.

듣자니 관백이 본주(本州)[38]에게 통신사 접대하는 일을 담당하도록 하면서 3년에 이어 금 4천 냥을 보내주었는데, 은으로 계산하면 6만 냥이 되며, 금년에 다시 2천 냥을 더해 주었다고 한다. 일공관(日供官)

---

36 당상역관 : 세 사람의 당상역관은 박상순(朴尙淳), 현덕연(玄德淵), 홍성구(洪聖龜)이다.

37 상관(上官) : 일본인들은 통신사 일행을 5등급으로 나누었는데, 상관은 상통사, 제술관, 차상통사, 사자관, 의원, 화원, 군관, 서기, 별파진 등이다.

38 본주(本州) : 쓰시마번(對馬藩)을 가리킨다.

을 보내 요리를 올리도록 하였는데, 거의 반이나 도둑맞아 모양을 갖추지 못하였다. 반찬거리를 미처 거두지 못했다고 여러 번 말하더니 끝내 와서 바치지 못했다. 비록 깨끗이 처리하고 싶기도 했지만 훗날의 폐단에 관계될 것이고, 독촉하여 바치라고 하자니 구차하게 궁상을 떠는 것 같아 매우 난처했다.

도주가 서기와 화원 3명에게 은자(銀子) 각 1매를, 마상재 2명에게 각 2매를 보냈다. 왜인은 4냥 3전으로 은자 1매를 삼는다.

성장(聖章)[39]과 자문(子文)[40]이 재판 기국서(紀國瑞)【호는 난암(蘭庵)이다.】와 더불어 필담을 나누었는데 그 기록할 만한 것을 초록해 둔다.

이봉환 : 백석(白石)【원여(源璵)이다.】 이후에 그의 전철(前轍)을 이을 만한 사람이 몇이나 됩니까?

기국서 : 시를 쓰는 사람으로 세상에 인재가 없지는 않습니다만 부끄럽게도 '작가(作家)'라고 할 만한 사람이 없을 뿐입니다.

이봉환 : 임봉강(林鳳岡)은 문집이 없습니까?

기국서 : 임봉강이 누구입니까?

이봉환 : 기해년[41]의 강호학사(江戶學士) 임신독(林信篤)입니다.

기국서 : 임신독의 문집이 있는지 없는지 저는 모르겠습니다. 대개 듣기로는 백석과 봉강이 분당하여 각각 갈라서고 창과 창으로 서로 공격하였습니다.

우삼동(雨森東)[42]은 백석의 제자이고, 기국서는 우삼동의 제자인 까

39 성장(聖章) : 정사 소속의 서기 이봉환(李鳳煥)의 자(字)이다.

40 자문(子文) : 종사관 소속의 서기 이명계(李明啓)의 자이다.

41 기해년 : 1719년 기해통신사행을 가리킨다.

42 우삼동(雨森東) : 아메노모리 호슈(雨森芳洲, 1668~1755)를 가리킨다. 중국어, 조선어

닭으로 임봉강을 말살하기에 여지가 없었다. 그 논하는 바가 얼마나 치우쳤는지 알 수 있으니 가소롭다.

이봉환: 목순암(木順菴)【바로 백석의 스승이다.】과 원백석(源白石) 이외에 작가라고 할 만한 사람은 몇이나 됩니까?

기국서: 유성암(柳省庵), 실구소(室鳩巢), 남남산(南南山), 적무경(荻茂卿) 등 몇 사람이 있습니다만 모두 이미 죽었습니다. 지금의 인물에 대해서는 사행을 다녀오시면서 직접 식별하셔야지 지금 미리 아뢸 필요가 없겠습니다.

이봉환: 이등유정(伊藤維楨)[43]은 후계자가 있는지, 또 그가 저술한 『동자문(童子問)』 외에 다른 저작은 없는지요?

기국서: 이등유정은 일대의 군자이지만 정주학(程朱學)과는 다른 가닥이기 때문에 그의 책이 어느 정도 있는지 모릅니다.

이봉환: 그대가 정주학을 존숭한다니 아주 다행입니다. 귀국에서 주렴계(周濂溪)와 정명도(程明道)를 높이 존경하며 말과 행동으로 실천하는 사람은 누구인지 듣기를 바랍니다.

기국서: 목순암과 산암재(山闇齋)입니다. 지금 그 뒤를 이은 사람이 또한 많습니다.

이봉환: 산암재라고 하신 분은 누구입니까?

기국서: 성은 산(山)이고 이름은 가(嘉)입니다.

에 능통한 에도시대 중기의 일본을 대표하는 유학자로, 호는 호슈(芳洲)이다. 이십 수년간 대마도에 기실(記室)로 근무하면서 조선외교의 실무를 총괄하였다. 저술로는 『교린제성(交隣提醒)』이 있다. 그는 아라이 하쿠세키(新井白石)와 함께 기노시타 준안(木下順庵)의 제자로서, 본문에서 호슈가 하쿠세키의 제자라고 한 것은 오류이다.

43 이등유정(伊藤維楨) : 이토 진사이(伊藤仁齋)를 가리킨다.

이봉환 : 중국의 책은 틀림없이 장기(長碕)에서 왔을 것입니다. 근래의 시문(詩文)은 명나라 때와 비교하면, 혹시라도 원나라의 우도원(虞道園)과 조송설(趙松雪)이 조광윤(趙匡胤)의 송나라를 숭상하는 기풍이 있지 않습니까?

기국서 : 청나라에는 『백명가시선(百名家詩選)』이라는 책이 있어 일찍이 한 번 섭렵하였는데 텅 빈 듯 대단히 달랐습니다. 아마도 원나라의 문체에 미치지 못할까 생각됩니다.

이봉환 : 신묘년(1711)과 기해년(1719)의 두 차례 통신사행 때 학사(學士)의 저술을 그대가 명백히 보았을 것입니다. 또한 틀림없이 우열이 있었을 것인데, 방주(芳洲)【우삼동이다.】가 논한 바에 의하면 이동곽(李東郭)[44]과 신청천(申青泉)[45] 가운데 누가 더 낫다고 합니까?

기국서 : 이동곽은 시재(詩材)가 아주 풍부하고 시를 짓는 것이 저술은 민첩합니다. 신청천은 글의 기세가 신기(神奇)하고 말은 진실되고 엄격합니다.

이봉환 : 통신사가 온 이후로 여기저기에서 시문을 창수하였고, 모아둔 글이 반드시 없어지지 않았을 텐데, 귀국의 공론으로는 어느 해 사행 때 시문과 문장이 뛰어났다고 합니까?

기국서 : 신묘 사행(1711)이 뛰어났다고 합니다.

이봉환 : 신묘 사행의 학사는 이동곽【바로 이현(李礥)이다.】인데 청천(青泉)과 더불어 갑을(甲乙)을 논하자면 어떠합니까? 우리나라에서는

---

44 이동곽(李東郭) : 1711년 신묘 사행의 제술관으로 본명은 이현(李礥)이고, 동곽은 호이다.

45 신청천(申青泉) : 1719년 기해 사행의 제술관으로 본명은 신유한(申維翰)이고 청천은 호이다.

많은 사람들이 청천이 동곽보다 낫다고 하는데 어떻습니까?

기국서: 청천은 정불식(程不識)[46]처럼 군인입니다.

이봉환: 정불식이 어찌 이 장군(李將軍)과 같습니까?

기국서: 이광(李廣)[47]의 사람됨도 좋거니와, 정불식은 참으로 천고의 모범입니다.

자문(子文)은 국제(國制)에 대해 많이 질문하였다.

이명계: 귀국의 국제는 8군과 73포가 있다고 하는데 맞습니까?

기국서: 맞습니다.

이명계: 포구는 어디에서 다스리고 군은 어느 관리가 다스립니까?

기국서: 포구는 각 관(管)이 있고, 군에는 감(監)이 있으니 피차 무엇이 다르겠습니까?

이명계: 군에서는 모두 태수에게 공물을 바치는데 이 또한 세습됩니까?

기국서: 군에서는 공물을 바치기는 하지만 그 감이 관장하기에 세습되지는 않습니다.

이명계: 녹법(祿法)에 천 석, 만 석이 많습니다. 군수(郡守)가 그 녹을 받아서 해당 군 아래의 대부(大夫) 및 관리의 녹을 먹게 하지 않습니까?

기국서: 실로 보신 바와 같습니다. 어찌 천 석, 만 석의 녹으로써 한 사람에게 따르고 모실 리가 있겠습니까?

---

46 정불식(程不識) : 생몰년 미상. 서한(西漢)시대의 사람으로 경제(景帝) 때 태중대부(太中大夫)를 역임하였다. 이광(李廣)과 함께 당시 흉노(匈奴)를 토벌한 명장이다.

47 이광(李廣) : ? ~ B.C.119. 서한시대의 명장으로 경제(景帝)와 무제(武帝) 때 농서(隴西), 북지(北地) 등의 태수를 역임하면서 흉노족들의 두려움을 사기도 하였다. 후에 우북평태수(右北平太守)를 지낼 때는 흉노가 감히 공격하지 못하여, '비장군(飛將軍)'이라는 칭호를 얻었다.

이명계: 귀국의 군수는 더러는 축전주(筑前州)로서 비후주(肥後州)의 녹을 먹고 더러는 살마주(薩摩州)[48]로서 장문주(長門州)의 녹을 먹는데 무슨 까닭입니까?

기국서: 나라 풍속에 그렇게 하게 합니다.

이명계: 태수는 본도(本島) 및 비전주(肥前州) 전대(田代)의 녹을 먹는다고 하는데 맞습니까? 전대는 몇 리 떨어져 있으며, 그 식읍은 얼마나 됩니까? 모든 관리는 녹봉을 얼마나 받습니까? 그대의 녹봉은 얼마나 됩니까?

기국서: 그런 일에 대해서는 전어관[49]에게 물어보는 게 좋겠습니다.

이명계: 전대에서 식록(食祿)하는 것은 맞습니까?

기국서: 그렇습니다.

이명계: 거리는 얼마나 됩니까?

기국서: 천 리 정도 됩니다.

3월 16일

식후에 삼사가 윤건(綸巾)과 학창의(鶴氅衣)를 갖추고 국서를 받들어 배에 올랐다. 일행이 그 뒤를 따랐으며 판방에 머물렀다.【왜통사 12명, 금도 9명이 6척의 배에 나눠 탔다.】 해가 저문 후에 도주가 비로소 승선하였다. 선창과 100여 척의 배에 일시에 등을 달았다. 등롱(燈籠)에는 모두 오동나무 잎이 그려졌는데, 대마도의 표식이다. 이후에 모든 주에

---

48 살마주(薩摩州) : 사쓰마. 현 가고시마 현 서쪽에 있던 옛 지명으로, 율령제하의 사이카이도(西海道)에 속해 있었다.

49 전어관 : 통사(通事)를 가리킨다.

서 배의 휘장과 등롱에 표식이 있다고 한다.

3월 17일

대마도 부중에서 출항하여 일기도(壹岐島)의 풍본포(風本浦)[50]에 도착했다. 480리를 갔다. 뱃길을 안내하는 왜선 수십 척이 돛을 쫙 펴고 앞장섰고, 대마도주와 장로가 그 다음을 이었다. 봉행과 재판들이 탄 배 및 비선, 예선(曳船) 5, 60척이 그 뒤를 따랐다.

우리나라 배는 그 뒤를 이어 출발했는데, 그때가 묘시(卯時)와 진시(辰時) 사이였다. 신시(申時)에 일기도의 풍본포에 순조롭게 정박했다. 포구에 10여 리 미치지 않았을 때 예선 6, 70척이 연안을 따라 나와 맞이하였다. 일기도의 봉행이 와서 문안하였다. 비선 가운데에는 몸체를 붉게 칠한 것이 많이 있었다. 배마다 각각 깃발을 내걸었는데 삼태성(三台星)이 그려져 있었다. 바로 '품(品)' 자라고 하는 것으로, 일기도의 배 표식이다.

항구의 삼면은 모두 산이어서 배를 숨기기에 매우 적당하였다. 산허리는 온통 보리밭이었는데 벌써 이삭이 팼다. 대마도주가 봉행과 재판을 관소에 먼저 보내어 아뢴 후에 육지에 내리기를 청하였다. 육지에 내릴 때의 의장과 절차는 서산사에서 승선할 때와 같았다.

뱃머리에서 선창까지의 거리는 반 후장(帿場)이었다. 비선을 가로로 연결하여 잇달아 부쳤고, 나무판을 깔아 다리를 만들었는데 넓이는 3

---

50 일기도(壹岐島) 풍본포(風本浦) : 현재의 나가사키현(長崎縣) 이키시(壹岐市) 가쓰모토정(勝本町) 가쓰모토우라(勝本浦). 이키시마(壹岐島)의 북부에 위치. 풍본포, 가쓰모토우라(勝本浦)라고도 한다. 12차례 통신사행 때마다 조선사신이 주로 이곳 류구지(龍宮寺)와 다옥(茶屋)에 묵었고, 이키를 관할하는 히라도(平戶) 도주(島主)의 접대를 받았다.

파(把)이었다. 대나무를 늘어세워 난간을 만들었는데, 매우 정교하고 촘촘했다.

선창 위에 관사가 있었는데, 관사의 후면은 푸른 벽으로 두절(斗絶)되어 위태롭게 우뚝 솟아있었다. 관사의 크기는 거의 수백 칸에 이르렀다. 동서로는 10여 칸이고 남북으로는 7, 8칸인데 모두 한 시렁으로서 송판으로 덮고 돌로 메꾸었다. 방은 깊고 으슥하여 매우 어두웠으니, 낮에도 등불을 켜야 하고 해가 보이지 않았다. 그 배열하고 설치한 방식이 대개 서산사를 본떴다. 격자무늬 창, 병풍과 휘장, 피나무 시렁, 다정(茶鼎), 등롱의 가지런함과 기묘하고 정밀함은 대마도와는 비교가 안 될 정도로 뛰어났다.

이곳은 마을 사람이 자리 잡고 사는 터였는데, 이번 통신사행을 위해 모두 허물고 새롭게 이 관사를 지었다고 한다. 군관청, 차관청, 중관청, 하관청, 일공청, 봉행청, 재판청, 금도청 등 10여 관청을 관소의 뒤편 근처에 마련하여 차례로 배열하였다. 상관(上官) 이상에게는 각각 연갑(硯匣)을 두었다. 연갑 안에는 두꺼운 종이와 얇은 종이를 두었는데 각각 세 권이 있었다. 두꺼운 종이는 비길(肥吉)이라 하고, 얇은 종이는 삼원(杉原)이라고 했다. 또 작은 상자를 만들어 연석(硯石), 연적(硯滴)과 필묵을 넣어 두었다. 벼루와 붓은 각각 상자에 있었다. 상자는 검게 칠해져 있었는데, 비칠 정도로 윤이 나서 쇠거울이나 다름없었다.

종이는 아주 좋았는데 닥나무종이 종류는 아니었다. 벼루와 연적은 우리나라에서 사서 가지고 간 것이 아주 많아서, 평소에 늘 보던 것이었다. 성성전(猩猩氈)[51]을 잘라서 먹의 크기에 따라 먹의 아래에 두었는

51 성성전(猩猩氈) : 오랑우탄 피로 물들인 천을 가리킨다.

데, 아이의 장난과 같이 보였다.

상방의 옆에는 '군관호위소(軍官護衛所)'라고 쓰여 있었다. 내가 서기, 양의(良醫) 및 인숙(仁叔)과 함께 거처하는 곳이다. 대마도주는 자주 에도에 왕래하기에 이곳에 따로 방 하나를 마련하였다. 보기에도 매우 넓어 보였다.

송포(松浦) 비전주(肥前州) 태수 원성신(源誠信)이 도미 1상자【말린 도미이다.】, 오징어 1상자【바로 오적어(烏賊魚)이다.】, 다시마 1상자, 어준(御樽) 1하(荷, 술 한 동이)를 바쳤는데 이 또한 전례에 따른 것이다.

저녁에 성장(聖章) 이봉환(李鳳煥)과 함께 배 위에 갔다. 다리의 좌우에 걸음마다 등불이 매달려 있었다. 해안가의 배가 정박한 곳에 각각 세 개의 등이 있었는데 모두 '품(品)' 자였다. 몇 백 개인지 모르겠지만 장관이라 할 만하다.

풍본포는 일기도에 속한 포구이며, 일기도는 비전주의 속군(屬郡)이다. 태수는 평호(平戶)에 있는데, 식읍이 6만 3천 석이다. 이 섬에는 7향(鄕)과 8포(浦), 24촌(村)이 있다. 이 촌의 인가는 100여 호이다. 북서쪽으로 40리 떨어진 곳에 무생수촌(武生水村)이 있다. 평호의 봉행 송산운팔(松山雲八)이 온 섬을 총괄한다. 동서로는 반나절, 남북으로는 하루 정도의 거리이다.

토양은 대마도와 비교하면 매우 비옥하여, 살고 있는 백성들도 농사에 힘쓴다. 밭이 많고 논은 적었다. 왜인은 수전(水田)은 논이라 하고 한전(旱田)은 밭이라고 한다.

관사를 지나 왼쪽에 100여 무(武) 이르는 곳에 성모사(聖母祠)가 있다. 사당은 겨우 5, 6칸으로 산신(山神)을 모시는 곳인데, 산신을 성모(聖母)라고 한다. 왜통사가 나에게 아뢰기를, "저 봉우리 정상에 오르면 조선을 먼발치에서 볼 수 있다."라고 하였다. 이에 앞장 서달라고 부탁하여 구불구불 서쪽으로 가서 산의 정상에 도착했다. 북쪽으로 드넓은 바다를 바라보니 눈과 마음이 뻥 뚫려 시원해졌다. 서북 방향에 하나의 띠와 같은 산록(山麓)이 있는데, 이것이 대마도이다. 그보다 약간 더 서쪽인 임방(壬方)[52]에 또한 푸르른 곳이 있는데 건방(乾方)에 있는 것과 이어지지 않았으니 분명 우리나라의 산일 것이다.

오늘부터 일공이 대마도보다 갑절이나 풍성해졌다. 그런데 오고 갈 때 가감(加減)이 없던 것이, 대마도에 돌아온 후에는 다시 대마도의 방식과 같아진다고 한다.

삼사의 하루 일공은 각각 다음과 같다.

상상백미(上上白米)【4수두(手斗)】, 상상주(上上酒)【2수두】, 감장(甘醬)【1수두 5홉】, 간장(艮醬)【6홉】, 참기름【5홉】, 담배[南草]【2냥 들어가는 함】 초[燭]【5자루 무게는 각각 5냥 정도】, 만다(挽茶)【1기(器)】, 엽차(葉茶)【1대(帒)】, 과자(果子)【1상자】, 생도미(生道味)【2미(尾)】, 소금에 절인 도미【3미】, 마른 도미(乾道味)【3미】, 생복(生鰒)【5개】, 소금에 절인 숭어【3미】, 마른 납자루(乾鰤)【6개】, 생치(生雉)【1마리】, 메추라기【5마리】 닭【2마리】, 계란【20개】, 미나리아재비[茛子]【3합】, 겨자【3홉】, 표고【1수두】, 순무뿌리【20개】, 우엉【20개】, 토란【2수두】, 파【5속(束)】, 가지【20개】, 동과(冬瓜)【1덩이】 장과(醬瓜)【1기(器)】, 홍시【30개】, 생배【20개】, 밀감【50개】, 유자【5개】, 포도【5속】, 생간(生干)【2속】, 생밤【50개】, 숯【1석(石)】, 땔나무【3단(丹)】

상상관(上上官)의 하루 일공은 각각 다음과 같다.

---

52 임방(壬方) : 정북에서 서쪽으로 15도 정도 비낀 각도의 안쪽을 가리킨다.

상상백미【3수두】, 상상주【2수두】, 감장【1수두】, 간장【5석 5홉】, 참기름【5홉】, 초【3자루 무게는 각 5냥】, 만다【1기(器)】, 엽차【1대(俗)】, 담배【2냥】, 과자【1상자】, 생도미【2미】, 마른 도미【2미】, 소금에 절인 도미【3미】, 소금에 절인 숭어【2미】, 생복【5개】, 마른 납자루【6개】, 생치【1마리】, 메추라기【5마리】, 닭【2마리】, 계란【20개】, 미나리아재비【3홉】, 겨자【3홉】, 표고【1수두】, 순무뿌리【20개】, 우엉【20개】, 토란【2수두】, 파【5속】, 가지【5속】, 동과【1덩이】, 장과【1기】, 유자【5개】, 생배【7개】, 생밤【30개】, 밀감【30개】, 포도【3속】, 생간【2속】, 숯【1석】, 땔나무【1단】

상판사(上判事) 및 제술관(製述官)의 하루 일공은 각각 다음과 같다.

상백미(上白米)【3수두】, 상주(上酒)【2수두】, 감장【5홉】, 간장【3홉】, 초【2홉】, 소금【2홉】, 참기름【4홉】, 초【3자루 무게는 각 4냥】, 담배【1냥5전】, 만다【1기(器)】, 과자【1상자】, 생도미【1미】, 마른 도미【2미】, 소금에 절인 도미【2미】, 소금에 절인 숭어【2미】, 생복【5개】, 마른 납자루【3개】, 생치【1마리】, 메추라기【2마리】, 닭【1마리】, 계란【20개】, 겨자【2홉】, 미나리아재비【3합】, 순무뿌리【20개】, 파【5속】, 우엉【20개】, 가지【20개】, 토란【2수두】, 동과【1덩이】 장과【1기】, 홍시【15개】, 생배【5개】, 생밤【20개】, 밀감【20개】, 유자【5개】, 포도【2속】, 생간【2속】, 숯【1석】, 땔나무【2단】

상관(上官) 및 차관(次官)의 하루 일공은 각각 다음과 같다.

상백미【2수두】, 상주【1수두】, 감장【5홉】, 간장【2홉 5석】, 초【2홉】, 소금【2홉】, 참기름【2홉】, 담배【1냥 5전】, 초【2자루 무게는 각 4냥】, 생도미【1미】, 마른 도미【1미】, 생복【2개】, 닭【1마리】, 생치【1마리】, 계란【8개】, 마른 납자루【2개】, 순무뿌리【2개】, 토란【5홉】, 우엉【10개】, 생간【1속】, 겨자【2홉】, 미나리아재비【2홉】, 가지【6개】, 동과【1덩이】, 과자【1대】, 유자【2개】, 홍시【5개】, 생밤【20개】, 밀감【20개】, 포도【2속】, 만다【1기】, 파【2속】, 숯【1표(俵)】,

땔나무【2단】

중관(上官)의 하루 일공은 각각 다음과 같다.

백미(白米)【2수두】, 술【5홉】, 감장【4홉】, 간장【1홉 5석】, 초【1홉】, 소금【2홉】, 참기름【1홉 5석】, 담배【1냥 5전】, 생도미【1미】, 닭【1마리】, 가지【3개】, 순무뿌리【2개】, 토란【3홉】, 생복【1개】, 파【1속】, 밀감【5개】, 오징어【4미】, 계란【4개】, 두부【반모】, 숯【1표】, 땔나무【2단】

하관(下官)의 하루 일공은 각각 다음과 같다.

백미【1수두 반】, 술【5홉】, 감장【4홉】, 간장【1홉】, 초【5석(夕)】, 소금【1홉】, 담배【1냥 5전】, 소금에 절인 도미【1미】, 살아있는 작은 물고기【1미】, 가지【3개】, 순무뿌리【1개】, 파【1속】, 토란【2홉】, 오징어【4미】, 계란【4개】, 두부【반모】, 숯【1표】, 땔나무【2단】

그들의 과자라고 하는 것은 오화당(五花糖) 같은 것이었다. 소금에 절인 숭어는 동수어(童秀魚)였다. 마른 납자루는 바로 오징어였다. 제철이 아닌 것이 많았기 때문에 다른 종류의 물고기와 채소로 대신 바치거나, 혹은 바치지 않은 것도 있었다고 하니 통탄스럽다.

대마도의 통사들이 거간(居間)으로 주선하면서 조종하며 기망(欺罔)하여 폐단을 일으키는 일이 많았다. 간사하게 음식을 훔치는 일이 있어 역관 및 소통사에게 말하자 "매사에 우리들에게 분부하셔야 여러 주를 지휘할 수 있습니다. 만약에 곧장 분부하시는 경우가 있으면 모든 일이 난처해집니다."라고 하였다. 이렇게 말하는 것은 또한 중간에서 농간을 부리려고 하는 뜻이다.

이번 행렬에 따라온 왜통사가 거의 50명이 되는데, 모두 우리나라 말을 잘해서 조금도 더듬거리지 않았다. 관백이 새로 즉위한 이후 통신사행이 있을 것이라고 미리 헤아려서 이미 3, 4년 동안 밤낮으로 우리 말을 연습하였고, 우리말을 잘하는 재주로 뽑혀서 따라오게 되었다. 따라오게 되면 얻는 것이 많았는데, 그 소득이란 것이 다름이 아니라 중간에서 훔치거나 착복한 것이었다.

내가 왜통사에게 묻기를, "너희들 또한 모두 여러 주로부터 먹을 것을 전해 받는가?"라고 하니, 대답하기를, "이전부터 통신사행을 수행하는 전어관【왜통사를 소전어관(少傳語官)이라고 불렀다.】에게도 여러 주로부터 자못 약간 다르게 대접받았는데, 이번 사행의 경우에는 아침저녁의 지공(支供)마저도 매우 소략하고 야박합니다. 모든 것이 지난번 사행보다 못하고, 일공도 전례보다 못합니다. 일기도 사람의 습속이 매우 해괴하니 탄식할 만합니다."라고 하였다. 그러나 그 실상은 모두 그 무리들의 농간 때문이다.

대마도주가 인솔하는 일행이 1,500여 명인데, 그중에서 전어관이 50명이다. 모두 통신사행을 통해 큰 이익을 입어 가산(家產)을 얻고자 했으니, 그 작폐를 말하지 않아도 알만하다.

대마도주가 요리를 보냈는데 '승각기(勝却妓)'나 '승기야지(勝其也只)'[53]라고 한다. 요리사도 함께 보냈는데, 화로(火爐)와 쇠냄비를 가지고 3층으로 된 칠함(漆函)에 물고기와 전복, 계란, 순무, 파 등을 담아 바로 앞에서 삶아 익혀 주었는데, 그 맛이 열구자탕(熱口子湯)[54]에 미치지 못하였지만 소담한 느낌은 더 나았다. 대개 왜인의 음식이 담담한

53 승기야지(勝其也只) : 전골을 일본에서 스키야키라고 하는데, 이것을 한자음으로 표기한 것이다.

54 열구자탕(熱口子湯) : 신선로에 여러 가지 어육(魚肉)과 채소를 넣고 석이버섯, 호두, 은행, 황밤, 실백, 실고추 따위를 얹은 다음 장국을 붓고 끓이며 먹는 음식을 가리킨다.

맛을 위주로 하기 때문이다.

정사와 부사 앞에도 각각 반찬도구와 요리사를 보내 같이 일공을 올렸다. 사신이 많이 드시면 요리사는 당연히 도주로부터 상을 받게 되었다. 도주는 평성일(平誠一)을 시켜 근처에 앉아서 드신 음식의 많고 적음에 대해 물었다. 왜인의 음식 가운데 제일 별미는 이른바 두원병(豆圓餠)이었는데, 입에 맞았다.

대마도에 있었을 때 왜인들이 삼사 앞으로 비단요를 바쳐서, 되돌아갈 때 돌려주려고 일단 사행 중에 가지고 왔다. 그런데 오늘 일기도의 사람이 또 비단요와 비단 깃을 각각 1건씩 바쳤다. 비단으로 이부자리를 만들었는데, 이불에는 양쪽으로 소매가 있다. 요는 대마도의 물건이었으므로 되돌려 주었다.

앞의 포구에서 고래를 잡아 지나가는데 배 50여 척이 겨우 한 마리만 끌고 갔다. 고래는 비늘이 없고 껍데기도 없어 다만 커다란 악어 같았다. 고래잡이꾼은 배를 타고 큰 바다에 나가서 사면을 둘러싸고 고래를 긴 창으로 난자(亂刺)하여 고래가 힘이 빠지기를 기다렸다가 떠오르면 비로소 옮겨올 수 있다고 한다. 포구 주변에 긴 행랑 10여 칸이 있는데 문 앞에 큰 깃발 2개를 세워 두었다. 그 까닭을 통사에게 물었더니, 고래잡이의 우두머리가 집을 짓고 거하면서 이 일을 관장하고 관에 세금을 바치며 고래잡이꾼들과 이득을 나누므로 집이 매우 부요하여, 태수가 더러는 이 사람에게 돈을 빌리기도 한다고 하였다. 고래회를 먹어보았는데, 색은 마치 돼지고기 같고 맛은 노루고기 같아 먹을 만하였다.

재판이 청하기를, 사람을 시켜 고래 잡는 모습을 시연하여 한바탕 웃음거리를 제공하고자 하기에 허락하였다. 일본의 작은 배 4, 5척에 각각 수십여 명이 노를 저었는데 모두 벗은 몸이었고 긴 자루가 달린 쇠창을 든 자가 뱃머리에 있었다. 창 자루에는 밧줄이 있어 마치 화살을 묶는 것과 같이 순서대로 나열하여 일제히 힘을 쓰며 빙 둘러싸는 것 같았다. 창을 지닌 사람이 허공을 향해 창을 던지는데 그 힘이 매우 흉포하였고, 획 돌아서자마자 주살을 거둬 다시 던졌다. 던질 때 옷을 풀고 거둘 때 옷을 입는데 매우 신속하였다. 뒤에 있는 배들도 똑같이 하여 서로 이어져 끊어지지 않는다. 혹시 고래를 잡을 것 같은 상황이 되면 모든 배들이 질주하여 벼락같이 일을 처리하니 실로 장관이었다.

무릇 고래를 만나게 되면 창을 잘못 던지는 일이 없었고, 배도 능숙하게 주살이 움직이는 대로 고래를 뒤쫓아 갔다. 고래가 그 힘이 빠지면 다시 쇠창으로 구멍을 뚫어 밧줄로 묶어 돌아왔다. 만약 고래가 날뛰어 배가 뒤집혀서 가라앉으면 격졸들은 모두 능숙하게 헤엄쳐 나와서 다시 배에 탔다. 또 고래라는 놈은 매우 둔해서 일단 달아나기 시작한 이후에는 머리를 돌리지 못한다고 한다.

우리나라 사람들은 감히 고래를 잡을 생각을 하지 않지만, 일본인이 쏴 맞힌 고래 가운데 아주 힘이 센 놈이 멀리까지 달아났다가 힘이 다해서 우리나라까지 와서 죽으면 잡아서 이익을 삼는다고 하니 도리어 우습다.

오랫동안 남쪽 오랑캐의 관사에 머무르니 서글프기도 하고 괴롭기도 하고 답답하였다. 건량관(乾糧官)이 말하기를, "이미 대마도 태수[55]가 동행하였으므로 만전(萬全)한 바람이 있을 것이니, 어긋나서 그르칠 리는 없을 것입니다. 대마도의 도사공도 훌륭하고 평생을 바람 기다리

55 대마도 태수 : 대마도주를 조선식 호칭으로 부른 말이다.

는 일을 해온 사람이니 한 치의 실수도 없을 것입니다. 대마도 사람이 말하기를, 모든 일에 만전하는 것을 '전양풍(殿樣風)이라고 하는데, 전양(殿樣)[56]은 바로 섬사람들이 태수를 높여 부르는 호칭이다. 대마도주가 또한 배를 띄우는 것이 좋다면 그 만전함을 알 수 있기 때문입니다. 대마도에서 항상 하는 얘기가 이와 같으니 반드시 믿을 만하다는 것도 알 수 있겠습니다."고 하니, 우습다.

마침 관소 문을 나서는데 어떤 왜인이 수안마(繡鞍馬)를 타고 관소의 좌우를 순시하고 있었다. 통사에게 물었더니 화금도(火禁徒)라고 했다. 뒤따르는 자가 50여 명인데 모두 긴 자루의 쇠갈고리와 짧은 자루의 나무궤 및 긴 사다리를 지니고 있었다. 화재를 당하게 되면 갈고리로 집을 부수고 나무궤로 물을 긷고 사다리로 지붕에 올라간다. 그 뒤에 깃발이 있었는데 '수지수(水之手)'라고 쓰여 있었다. 밤새도록 순행하는데 이 무리들의 신중하고 정밀함은 실로 감당하기 어려울 정도이다.

전어관 준삼랑(駿三郎)이라는 사람이 악포에서 화재를 당했을 때 힘을 다해 구제하고 많이 애썼기 때문에 대마도에서 연례(宴禮)할 때 대마도주에게 알렸더니, 도주가 크게 기뻐하며 그에게 은 10매를 상으로 주었다. 그가 매우 감사하게 여기며 때때로 와서 모습을 보였는데, 다른 왜인들과는 달랐다. 대개 왜인은 작은 은혜를 입으면 잊지 않고, 작은 원한이 생기면 반드시 보복하려고 하는데 이것은 그들의 본습(本習)이다.

그가 저녁에 갑자기 찾아왔기에 내가 묻기를, "일본의 이부자리에는

---

56 전양(殿樣) : 일본 발음으로는 '도노사마'라고 읽으며, 지역의 영주(領主)를 높여 부르는 말이다.

소매가 있는데, 잠자리에 들 때 양손을 넣는 것이 마치 옷을 입는 것 같습니다."라고 하니, 대답하기를, "그렇지 않습니다. 우리나라의 법제는 모두 재빨리 하는 것을 중요하게 생각합니다. 야간에 만약 뜻밖의 급박한 일이 생기면 옷을 입는 것이 곤란하기 때문에 이불에 손을 넣고 속히 빠져나오게 하기 위해서입니다. 또한 관소에 대령하고 있는 다승(茶僧)은 이름만 승려이지 진짜 승려가 아닙니다. 대개 밤에 어르신이 차를 찾으면 속히 준비하려고 하는데, 머리카락 때문에 지체하게 되어 속히 준비할 수 없게 됩니다. 귀국에 있는 망건(網巾), 휘항(揮項), 관건(冠巾)과는 다르고 모양이 매우 비슷하지 않기 때문에 머리칼을 모두 밀지 않을 수 없어서 승려처럼 되었습니다. 게다가 우리나라는 의사도 삭발을 합니다. 다른 사람에게 위급한 병이 생겼다는 얘기를 듣고 즉각 일어나기 위해서입니다. 또한 옷과 소매가 짧고 좁은 것은 일을 처리하는데 재빠르게 움직일 수 있기 때문입니다."라고 하였다. 내가 또 말하기를, "도주가 여러 주에 식량을 보냅니까?" 하니, 대답하기를, "아닙니다. 다만 대마도 사람으로 통신사행에 속해 있으면 여러 읍에서 접대하지만, 대마도주 아래로 인솔하는 경우에는 모두 식량과 반찬을 가지고 옵니다."라고 하였다. 내가 말하기를, "장로도 그렇습니까?" 하니, 대답하기를, "장로에게는 식량을 보냅니다."라고 하였다.

듣자니, 유리국(琉璃國)[57]이 관백에게 조공하고 살마주(薩摩州)에서 그 접대를 주관한다고 하는데 그런지 아닌지 잘 모르겠다.

여러 나라의 장삿배가 장기(長碕)에서 정박하는데, 남경(南京)[58] 및

---

57 유리국(琉璃國) : 유구국(琉球國, 류큐국)의 착오인 듯하다.

58 남경(南京) : 난징. 중국 장쑤성(江蘇省)의 성도(省都)이다. 오(吳), 송(宋), 양(梁)나라

교지(交趾)[59], 섬라(暹羅)[60], 간포채(柬浦寨)[61], 교주파(咬酒吧)[62], 아란타(阿蘭陀)[63] 등 여러 나라이다. 모두 고험(考驗)이 있어 반드시 도서(圖署)를 찍어야 보낸다. 만약에 고험이 없으면 배 안의 사람을 죽이고, 단지 몇 사람만 남겨두어 다른 배에 실어서 돌려보낸다.

아란타의 배 만드는 법은 매우 정교하다. 일본인이 일찍이 말하기를 '남경 상선(商船)이 정교하지만, 아란타의 배에는 미치지 못하고, 일본의 배는 남경의 배에 미치지 못하며, 조선의 배 만드는 법이 가장 엉성하다'고 하였다.

아란타에서는 귀한 사람이 죽으면 유리옹기 안에 안치하고 수은(水銀)으로 가득 채워 두는데, 비록 천 년이 지나도 썩지 않아서 밖에서 보면 살아있는 사람과 다름이 없다. 더러 10여 대(代)를 차례로 배치하여 마치 신주(神主)처럼 간직한다고 하는데, 매우 터무니없고 망령된 얘기이다.

불화살은 만듦새가 특이해서, 화살 한 매(枚)를 쏘는데 땅에 닿으면 다시 저절로 그중에서 수십 매가 흩어져 나온다. 매번 10여 매를 쏘면 흩어져 수천만 가지로 흩어져서 촌락과 성곽을 순식간에 불태워 버릴 수 있다. 일본인이 한 번 서로 겨루었는데, 수천 호를 모두 불태워 버렸

의 도읍지였으며, 당시 나가사키에서 일본과의 교역을 주도한 지역이다.

59 교지(交趾) : 중국 한(漢)나라 때 설치한 군(郡)의 하나로 현재의 베트남 북부지역에 해당한다.

60 섬라(暹羅) : 지금의 태국을 가리킨다.

61 간포채(柬浦寨) : 지금의 캄보디아를 가리킨다.

62 교주파(咬酒吧) : 조와국(爪蛙國, 지금의 자바)에 소속된 섬으로 당시 네덜란드가 정복해 동인도회사를 세운 바타비아, 즉 지금의 자카르타를 가리킨다.

63 아란타(阿蘭陀) : 네덜란드를 가리킨다.

기 때문에 매우 두려워하였다. 그 만드는 법이 일본에 전해졌다.

또한 그 배가 항해할 때는 바람을 기다리는 일이 없으며, 대포를 많이 싣고 선미(船尾)에서 뒤를 향해 한 번 쏘면 배가 100여 리를 나갈 수 있다. 비록 만 리 이상 멀리 떨어져 있다고 할지라도 하루나 반일에 도달할 수 있으며, 얕은 여울이나 좁은 항구 및 돌이 있는 물가에 정박한다.

그 의복은 옷과 바지가 있는데, 우리나라의 속옷과 비슷하다. 팔과 몸체를 수용하도록 마름질하는데, 허리띠와 버선이 없는 것도 우리나라와 같다.

그 얼굴 생김새의 경우 코가 크고 얼굴은 희며 눈은 푸르고 담백한데 매우 흉녕하게 보인다. 두발은 삭발하기도 하고 더러는 남겨 두는데, 남겨 둔 머리카락은 또한 검은 색을 싫어하여 반드시 황색으로 물들이며 더러는 회색으로 물들인다.

무릇 부를 때는 마치 태평소(太平簫) 같은 것으로 불어서 서로 응대한다고 한다.

4월 초1일

오늘은 바로 일본의 3월 그믐이라고 한다.

도주가 정과(正果) 1함과 제백(諸白)[64] 1통, 설탕에 재운 천문동(天門冬)과 불수감(佛手柑) 1상자를 바쳤다. 정과는 생강과 연근, 가지, 청귤(青橘) 등 10여 종이었는데 맛이 매우 달콤했다. 여기서 먹은 음식 가운

64 제백(諸白) : 고지마이(麴米, 쌀누룩), 가케마이(掛米, 찐쌀)의 양쪽을 정미해서 만든 술을 가리킨다.

데 가장 입에 맞았다.

평호인(平戶人) 사법자(使法者)【남자 무당을 칭함】 및 여자 무당이 날마다 요리를 마련하고 경전을 외우며 사승신을 모시는 사당에서 순풍을 기원하였는데, 끝내 증험이 없으면 기도를 잘못한 것이라고 하였다.

4월 초2일

풍본포에서 배를 띄워 남도(藍島)[65]에 도착했다. 350리를 갔다.

식사 후에 도사공이 와서 서풍이 분다고 보고하였다. 도주가 사람을 보내 출발하자고 하여 일행이 드디어 일제히 배에 올랐다. 도주와 호행이 탄 배는 이미 출항하였다. 우리 배도 돛을 걸고 뒤따랐다. 6척의 배에는 예람정(曳纜艇)이 있는데, 18척의 예람정이 마치 새의 날개처럼 나열해 있었다. 배를 이어 엮은 것이 마치 물고기를 꼬치에 꿴 것과 같았다.

일기주(一岐州)의 금도가 큰 배에 타서 노 젓는 일을 독려하였다. 봉행 이하부터 통사선에 이르기까지 각각 끌어주는 예선이 있었는데, 10여 척이거나 더러는 4, 5척이었다. 항구에서 나오자 바람의 세기가 점점 느려져서 결국 돛을 내리고 노를 저었다.

동남쪽을 바라보니 이른바 평호도(平戶島), 장기도(長岐島), 축전주(筑前州)가 있었다. 평호는 바로 송포 비전수(松浦肥前守)가 거하는 곳이다. 장기는 남경의 상선이 이르는 곳이다. 축전주는 산록(山麓)이 계속 이어져서 큰 육지를 이루고 있는데, 북쪽에 남록도(南鹿島)가 있고,

65 남도(藍島) : 아이노시마. 지쿠젠 아이노시마(筑前藍島). 현재의 후쿠오카현(福岡縣) 가스야군(糟屋郡)에 속하며, 상도(相島)라고도 불린다. 12차례 통신사행 때마다 조선사신이 모두 이곳 다옥에 묵었다.

동쪽에는 현해도(玄海島)가 있다. 날이 저물자 바람이 더욱 잔잔해져서 배가 아주 조금씩 나가, 노정의 절반에도 미치지 못하였다.

자욱한 물안개가 하늘까지 이어져 지척도 분별할 수 없어, 남도가 있는 곳이 어디인지도 알 수 없었다. 밤이 깊었는데 갑자기 배에 단 등불 수백 개가 다급하게 노를 저어 와서 맞이하였다. 그 배는 보이지 않고 등불만 보였기 때문에, 마치 어지러운 별과 유성이 푸른 하늘로 거슬러 올랐다가 내려오는 것 같았다. 등불의 표식에는 모두 동그라미 하나가 그려져 있어서, 남도의 예선이 왔다는 것을 알았다. 사람들이 모두 서로 축하하며 말하기를, "400리 아득한 바다에서 돛을 달지 않고 건너오다니 이것은 실로 하늘이 도운 것이다."라고 하였다.

멀리서 바라보니 어두운 바다의 섬 주변에서 밝은 등불 백, 천, 만 점이 촘촘히 열 지어 모여 있었는데, 그것이 바로 남도였다. 등불의 휘황찬란함이 위로는 북두칠성에 닿고 아래로는 운해(雲海)에서 반짝이니, 눈앞이 아찔해져서 제 몸이 불타는 성에 있는 것 같았다. 8월에 하는 관등(觀燈) 행사의 장관(壯觀)도 이에 비하면 도리어 적막하다고 하겠다.

접때 부산에 있으면서 신주백(申周伯)【유한(維翰), 청천(靑泉)】이 말하기를, "기해년 사행 때 밤에 남도에 머물렀는데, 맞이하는 등불이 넓은 바다에 가득 차 있었다. 돌아와 부산에 정박할 때도 깊은 밤이었는데 부산포와 개운포(開雲浦)의 양 진(鎭)에는 겨우 작은 횃불 5, 6자루로 맞이하였다. 저들로 하여금 보게 한다면 매우 초라하게 생각할 것이다."라고 했는데, 지금 생각해 보니, 과연 그 말과 같다.

항구에 이르러 배를 정박시키니 봉창(蓬窓) 밑에서 닭이 울었다. 그대로 판옥(板屋)에서 묵었다.

4월 3일

육지에 내려 늘 하던 대로 관사로 나갔다. 관사까지 거리는 뱃머리에서 겨우 수십 걸음이었다. 관사는 천여 칸으로 모두 새로 지었는데 나뭇조각으로 덮었다. 만듦새가 일기도의 관사와 달랐는데 화려함은 더하였다. 행보석(行步席)은 철편(鐵片)으로 했는데 마치 긴 자로 누른 듯했다. 전퇴(前退)[66]에는 성성전을 깔았으며, 사이사이에 나무멍에로 박고 수놓은 휘장을 드리웠다.

삼방의 배치는 일기도와 약간 비슷하였다. 방을 나눈 곳에는 자주색 무늬가 있는 네모난 명주로 가로막았다. 벼루, 종이, 붓, 먹, 등촉(燈燭), 흡연도구, 횃대[架桅][67]는 모두 일기도와 같았다. 각 처소에 전복껍데기로 유자 껍질 모양을 만들어 책상 위에 두었는데, 이것은 기축(祈祝)한다는 뜻으로 공경하게 접대하는 예의라고 한다.

관사 밖에는 모두 베로 된 휘장을 설치하였는데 우리나라에서 행차할 때 흰 베로 된 휘장을 치는 것과 같다. 휘장 안에는 활, 검, 깃발, 창 등을 나열하여 두었다. 일행 모두에게 이불, 요, 베개, 자리가 제공되었는데, 비단으로 수를 놓아서 매우 화려하였다. 또 각각 검게 칠한 목침(木枕)이 있었고, 각 방에는 각각 욕실이 있었다. 욕실에는 각각 수건, 탁자, 등, 자리, 큰 통과 작은 통이 있었다. 대개 왜인은 남녀가 낮에도 꼭 벗고 함께 목욕을 하는데, 음란하고 외설스런 일도 있었기 때문에 모든 도구가 이와 같이 정밀하다고 한다.

---

66 전퇴(前退) : 집채의 앞쪽에 달아 낸 칸살을 가리킨다.

67 횃대[架桅] : 긴 장대를 잘라 두 끝에 끈을 매어 벽에 달아 놓고 옷을 거는 막대를 가리킨다.

대개 남도는 한 조각의 작은 섬으로, 마을의 집은 겨우 수십 호이다. 소나무와 귤나무 숲이 고리처럼 빙 둘러 있으며, 보리밭은 가을에도 푸르다. 남쪽 언덕의 산은 모두 동쪽으로는 치달리며 구불구불하고, 서쪽에 이르면 더러 높고 더러는 낮아져서 누운 듯하고 웅크린 듯하다가, 문득 사면으로 산뿌리를 병풍처럼 둘러싼다. 100리나 되는 곱고 흰 모래사장이 척촌(尺寸) 만큼의 사이도 없이 고리처럼 섬 전체를 감싸고 있다. 섬 굽이굽이 푸른 벽과 험준한 제방이 있어 담담한 구름과 맑은 바람을 어루만지니 흰 명주 띠와 흡사하며, 또는 옥으로 만든 반지 같기도 하다.

대저 얼굴의 기세는 온화하고 눈앞에 펼쳐진 세계는 광활하다. 섬의 해안은 맑고 넓으며, 뾰족뾰족한 산봉우리는 수려하다. 숲 울타리는 울창하고 구름처럼 뭉게뭉게 오르는 연기는 담담하면서 호탕하다. 마음의 품은 뜻이 상쾌하고 즐거우니 진실로 티끌과 같은 세간의 물색(物色)이 아니다. 넓은 해안에는 적송(赤松)이 죽 펼쳐졌다.

서쪽에서 동쪽에 이르기까지 모두 망망한 푸른 바다였는데, 이곳에서는 바닷물을 볼 수 없고 문득 커다란 호수가 만들어졌으니 진실로 하늘이 빚은 기묘한 승경(勝景)이다. 봉우리 중에 가장 높고 중앙에 있는 것이 고조산(高照山)이다. 그 섬 사람이 십경(十景)을 화폭에 담아 제술관과 서기에게 시를 청하였다. 그 시제(詩題)는 거기춘효(莒崎春曉), 삼산추월(杉山秋月), 내다반조(奈多返照), 조문수홍(竈門垂虹), 남도어화(藍島漁火), 금룡청설(金龍晴雪), 마두박주(馬頭泊舟), 복강묘애(福岡杳靄), 백악첩취(白岳疊翠), 박다연우(博多烟雨)라고 하였다.

거기(莒崎)와 박다(博多)는 서남쪽에 있다. 박다진(博多津)은 여염(閭閻)이 매우 번성하고 일명 냉천(冷泉)이라고 한다. 일본 음으로는 화가

다(和家多)인데, 우리나라 사람이 잘못 번역하여 패가대(覇家臺)[68]라고 기록하였다. 신라의 박제상(朴堤上)이 절개를 지키며 죽은 곳이고 고려시대의 나흥유(羅興儒)가 붙잡힌 곳이다. 포은(圃隱) 정몽주(鄭夢周) 선생이 절개를 지킨 곳이며, 문충공(文忠公) 신숙주(申叔舟)가 머물렀던 곳이니, 모두 이곳에서 일어난 일이다. 복강(福岡)은 박다진에서 서쪽으로 10리에 있다. 축주(筑州) 태수의 읍치(邑治)는 여기서 50리 떨어져 있다. 조문(竈門)은 동쪽 10리에 있다. 괴석(怪石)이 파도 속에 우뚝 서 있는데, 가운데 구멍이 마치 문처럼 있어서 작은 배가 능히 출입하니 '코입'이라 하고 혹은 '콧구멍바위'라고도 한다. 일기도의 동쪽에도 이런 것이 있는데 좀 작다. 이밖에 기이한 경관을 다 기록할 수가 없다.

남도는 축전주(筑前州)에 속한다. 태수 원계고(源繼高)의 식읍은 52만 석이며 축주의 복강에 거처한다고 한다.

4월 4일

남도에서 배를 타고 풍전주(豊前州)의 남박포(南泊浦)에 정박했다. 210리를 갔다.

진시에 닻을 풀었는데, 10리도 가지 못해 서풍이 갑자기 동풍으로 변하여 돛을 내리고 노를 저었다. 예선이 힘껏 상앗대를 움직여 겨우겨우 앞으로 나갔다. 오시에 지도(地島)【축전주 소속이다.】를 지났다.

5, 60리를 가서 종옥(鐘屋)을 지났다. 민간에 전하기를 왜인들이 신

---

68 패가대(覇家臺) : 일본 규슈(九州) 지방 동북쪽에 있는 곳인 하카다(博多)의 음역이다. 고려 때까지 이곳에 대일외교를 관장하던 다자이후(太宰府)가 있었는데, 고려 말 정몽주(鄭夢周)가 사신으로 이곳을 방문하여 시를 지었다. 또, 신라의 충신 박제상이 절사(節死)한 곳이기도 하다.

라에서 큰 종을 싣고 오다가 이곳을 지나다 배가 뒤집혀 종이 바다에 빠졌다고 한다. 풍신수길(豊臣秀吉)[69]이 만 명의 군사를 동원해 건지려고 했으나 얻지 못하였다. 그로 인해 지명으로 삼았는데 이곳은 험한 여울이 되었다. 오후 들어 역풍이 더욱 거세졌다. 왜선은 가볍고 빨라서 끌고 갈 수 있는데 우리나라 배와 왜선 가운데 예선이 없는 배는 모두 측범(側帆)을 내걸고 환전법(環轉法)을 썼다. 마치 험한 고개를 넘을 때처럼 곧장 오르지 않고 구불구불 돌아서 나아갔다. 배가 100여 리 갔는데 전진한 것이 10여 리에 지나지 않았다. 남박포에 들어가 정박하니 바야흐로 멀리 하늘이 창창하였다.

욕서포(欲曙浦)는 풍전주에 속했다. 소창수(小倉守)가 다스리는 곳으로 민호(民戶)는 겨우 수십에 지나지 않았다. 적간관(赤間關)[70]까지 30리 떨어져 있다. 소창(小倉)[71]의 호행(護行) 등이 탄 배 수십 척이 도착하였다. 배의 표식은 석탑(石塔) 모양 같았다. 듣자니, 축전주의 태수는 관백의 측근이며 종(宗) 대마주 태수의 처족(妻族)이라고 한다. 그래서 대마도주가 폐를 끼치지 않기 위해 바람을 기다리지 않고 다음날 즉시

---

69 풍신수길(豊臣秀吉) : 도요토미 히데요시(1537~1598). 일본의 무장으로 천민에서 출세하여 오다 노부나가(織田信長)의 뒤를 이어 일본을 통일하였다. 1582년 오다 노부나가가 횡사한 후에 후계자가 되어 명나라를 치기 위해 길을 빌린다는 이유로 1592년 조선을 침략하였다. 1598년 전쟁과 후계자 문제 등으로 인한 혼란 속에서 병사하였다.

70 적간관(赤間關) : 아카마가세키. 나가토주(長門州)에 속하고, 현재의 야마구치현(山口縣) 시모노세키시(下關市)이다. 적마관(赤馬關, 세키바칸) 혹은 약칭으로 바칸(馬關)이라고도 일컬었다. 12차 통신사행을 제외한 나머지 사행 때마다 조선사신이 주로 이곳 아미다지(阿彌陀寺)에서 묵었다.

71 소창(小倉) : 고쿠라. 현재 후쿠오카 현의 동부에 있는 지명이다. 에도시대에는 세키가하라 전투의 공로로 호소카와 다다오키(細川忠興)에게 주어져 본격적으로 축성이 시작되었으며, 도시가 번성하였다. 호소카와 씨가 구마모토(熊本)으로 이봉된 후, 오가사와라 다다자네(小笠原忠眞)가 관할하기 시작하였다.

배를 띄었는데 이런 낭패를 당하였다고 한다. 통탄스럽다.

4월 5일

남박포에서 배를 띄웠다. 적간관까지 30리를 갔다.

오후에 조수(潮水)를 타고 닻줄을 풀었다. 축주의 배가 좌우 날개가 되고, 소창의 배가 그 사이에서 있어서 삼행(三行)이 되어 배를 끌었다. 크고 작은 배를 모두 합하면 30여 척이 되었다. 비록 역풍이 분다고 할지라도 달리 염려하지 않아도 될 듯했다.

남북의 산세가 마치 활처럼 굽어서 감싸 안으니 문득 골짜기에 흐르는 강 안에 있는 광경이 되었다. 북쪽은 산양도(山陽道)이고, 남쪽은 서해도(西海道)이다. 산양에서 대판(大坂)까지 모두 육지이기 때문에 오고 가는 길이 모두 육로를 경유한다. 그런데 통신사행은 계속 해안을 따라서 가며 대판에 이르러 비로소 육지에 오른다. 대마도 태수가 강호에 왕래하는 길도 이와 같다고 한다.

10여 리를 가서 소창을 지나는데, 바다를 따라 하얀 벽이 10리쯤 이어졌다. 바닷물을 끌어다 만든 해자(垓子) 가운데 5층 망루가 솟아 있었다. 푸르게 아로새긴 다리의 그림자가 파도 속에 떨어지고, 누대(樓臺)와 저택들이 안개 낀 물가에 펼쳐졌으며, 푸른 소나무와 늙은 귤나무가 완연히 구름 속의 아름다운 정원을 이루었다. 여기서부터 산과 바다의 승경이 많이 나오고 더욱 기이하였다. 좌우로 눈을 돌려도 거의 응접할 겨를이 없었다.

다시 10여 리를 갔다. 적간관의 영호선(迎護船)이 바다를 덮으며 왔는데, 마치 전쟁에 임해서 적을 맞이하는 것 같았다. 호행하는 왜인이 탄 배는 모두 난간에 조각을 새기고 그림을 그린 집이 있었다. 전체가 주홍색으로 칠해졌고, 사면을 수놓은 휘장으로 둘러쌌다. 뱃머리에 깃발의 표식이 있었는데 각각 사행선의 깃발 색깔을 따랐다. 모양은 물고기 잡는 통발과 같았는데, 비단무늬로 그 끝부분을 싸맸다. 깃발의 꼬리가 바람을 맞아 펄럭이면 광채가 찬란하였다. 이름을 '취분(吹賁)'이라고 하였는데 후참(後站)들이 모두 이를 모방했다고 한다.

기선은 호위하는 배가 각각 4척이고 복선은 각각 2척이다. 예선은 이루 다 기록할 수가 없었다. 아울러 대마주와 남도, 소창의 여러 배 및 구경하러 온 마을 사람의 배를 모두 헤아리면 수천 척이 되었다. 게다가 해구(海口)가 좁은 곳에서는 일시에 북을 치며 나갔다. 이물과 고물, 깃발과 깃발이 머리와 꼬리로 서로 이어져서 바닷물을 거의 볼 수 없었다. 만약에 병기(兵器)를 겸해 지니고 있다면 향하는 곳마다 대적할 수가 없을 것이다. 우리나라에서 수군을 훈련하는 것은 통영을 으뜸으로 치는데, 이것을 본다면 다만 어린아이의 장난에 지나지 않는다고 할 것이다. 마땅히 남도의 등촉과 더불어 천하의 '이대장관(二大壯觀)'이라고 할 수 있겠다.

얼핏 비탈 쪽을 보니 석비(石碑)가 있었다. 임진년(1592)에 풍신수길이 배를 타고 이곳을 지날 때 돌이 닿아서 배가 부서질 뻔하자, 뱃사공을 모두 베어 죽이고 그 위에 비석을 세워 후인들이 경계로 삼게 했다고 한다.

항구에 도착하였다. 돌을 쌓아 제방을 만들었는데 높이가 몇 장(丈)이 되었다. 아름드리나무를 연결하여 수중에 열을 지어 꽂아서 판교(板橋)를 제작하였다. 제방 등과 더불어 길이와 넓이가 모두 몇 칸이나 되었고, 좌우에 만든 난간도 매우 정교하였다. 그 위로 깨끗한 자리를 폈으며, 관소에 이르러 땅에 내렸다. 부교(浮橋)의 옆에는 두세 척의 작은 배가 있었다. 그런데 도미, 수어(秀魚) 등이 배 안에서 팔딱거리며 뛰기에 왜통사에게 물었더니, 그것은 일공으로 바칠 물고기인데 살아있는 상태로 기른다고 하였다. 그 위에는 깃발이 있었는데 '어용활소소(御用活巢所)'라고 쓰여 있었다. 그 아래에 물고기가 그려져 있어서 그림을 보고 알 수 있었다.

관사의 건물은 또한 새롭게 수백 칸을 지었는데, 남도보다 좀 좁았으나 정밀하고 교묘함은 더 나았다. 관사의 문 편액에 성중산(聖衆山)이라고 쓰여 있었다. 바깥처마에 비단 막을 드리우고 전퇴(前退)에는 수놓은 휘장이 있었다. 기둥 밖에는 붉은 직물을 펴고, 대나무 조각처럼 생긴 동철(銅鐵)로 눌러 두었다. 뒷간에는 종이 묶음을 비치하였고, 검은 칠판 판자로 덮어 두었다.

하관(下官)들이 묵는 숙소에 이르기까지 금병풍과 비단 휘장을 설치하였는데, 그 화려하고 사치스러움이 이와 같았다. 게다가 곳곳마다 사환이 있었는데, 모든 왜인들은 깨끗한 옷을 입고 은검(銀劒)을 찼으며 대청 주변에 무릎 꿇고 앉아 있었다. 분주하게 지휘하였으며, 사령(使令)도 매우 부지런하여 잠시도 떨어지지 않았다. 관사에서 서쪽으로 커다란 건물이 있었는데, 이것 또한 새로 지은 것이었다. 간판에 '삼대사합석(三大使合席)'이라고 쓰여 있었는데, 대개 대청이었다.

적간관은 적마관(赤馬關)이라고 하거나 혹은 하관(下關)이라고 하며, 장문주(長門州)[72]에 소속되어 있다. 태수의 이름은 대강종광(大江宗廣)

---

72 장문주(長門州) : 나가토주(長門州). 현재의 야마구치현(山口縣) 서반부 지역. 나가토노쿠니(長門國)·조슈(長州)라고도 한다. 장문국은 바다를 사이에 두고 조선반도와 마주보는 위치에 있기 때문에 옛날에는 호쿠부큐슈(北部九州)에 준해서 외교·방위상 중시되었다. 통신사행 때 조선사신이 휴식을 취하거나 묵었던 미나미토마리(南泊), 아카마가세키

이었다. 그의 선조인 모리휘원(毛利輝元)[73]은 풍신수길의 상장(上將)으로 임진왜란 때 상주(尙州)에 진을 쳤던 자이다. 왜인 중에서는 조금이나마 인간으로서의 양심이 있어, 위로부터의 압박에 의해 코를 베지 않을 수 없었지만 매번 측은하게 여기는 마음이 있었다. 덕천가강(德川家康)은 그가 풍신수길의 심복이었지만 식읍만 빼앗고 죽음을 면해주어 승려로 만들었다. 다만 장문(長門)과 주방(周防)의 2주는 그 아들에게 나눠 주었다. 수원(秀元)과 수취(秀就), 강광(綱廣), 길광(吉廣), 길원(吉元)을 거쳐 이어졌다. 종광(宗廣)은 바로 길원의 아들인데 송평(松平)이라는 성씨(姓氏)를 하사받았고, 관위는 대선대부(大膳大夫), 종4위(從四位) 시종(侍從)이었으며, 식읍은 36만 9천 석이다. 그 읍치는 적성(荻城)에 있는데, 여기서 북동쪽으로 200리 떨어진 곳이다.

관소의 북쪽에는 안덕천왕(安德天王)[74]의 사당이 있다. 대개 안덕이 왕위를 이어받았는데, 그 신하 평청성(平淸盛)이 왕의 할머니 백하후(白河后)와 내통하여 대장군 원뇌조(源賴朝)[75]를 배척해 내쫓았다. 원뇌조

(赤間關), 나가토 모토야마(長門元山) 등이 이 지방에 속한다.

73 모리휘원(毛利輝元) : 모리 데루모토(1553~1625)로 아즈치모모야마(安土桃山)시대부터 에도시대 전기에 걸쳐 활약한 다이묘(大名)이다. 세키가하라전투(關原合戰)에서는 서군(西軍)의 총대장으로 옹립되었으며 에도시대 조슈번(長州藩) 초대 번주이기도 하다.

74 안덕천황(安德天皇) : 안토쿠천황(1178~1185). 헤이안시대(平安時代) 후기의 제81대 천황. 다이라노 기요모리(平淸盛)의 외손자로, 3세의 나이에 즉위하였다. 기요모리가 죽자 각지에서 다이라 씨(平氏)를 토벌하는 움직임이 일어나, 천황의 신기를 가지고 서쪽으로 탈출하였다. 2년 후 단노우라(壇ノ浦) 전투에서 패하여 물에 빠져 죽었는데, 당시 8세였다. 묘소는 현재 시모노세키 현의 아미다지(阿彌陀寺) 능에 있다.

75 원뇌조(源賴朝) : 미야모토노 요리토모(1147~1199). 미나모토노 요시토모(源義朝)의 셋째 아들. 가마쿠라 막부(鎌倉幕府)의 초대 장군이다. 단노우라 전투에서 다이라 씨를 전멸시키고 정권을 잡았다. 일본 무가 정권의 기초를 확립하였으며, 1192년 정이대장군(征夷大將軍)에 서임되었다.

가 군사를 일으키자 평청성이 패배해 달아났다. 백하후가 안덕을 업고 도망가다가 이곳에 이르러 바다로 뛰어들어 죽었다. 이때 안덕의 나이 여덟 살이었다. 나라 사람들이 안타깝게 여기며 사당을 세웠는데, 지금도 그의 소상(塑像)이 남아있다. 그 일이 송나라 순희(淳熙)[76] 연간에 있었다.

관소의 동쪽에는 문자성(文字城)[77]이 있는데 기석(奇石)이 아주 많다. 푸르거나 붉고 반질반질 윤이 나는 것을 채취하여 벼루를 만들었는데 천하에 두루 퍼졌다. 이것으로 인해서 문자성이라는 이름이 생겼는데, 성은 이미 황폐하였다.

관소의 서쪽에는 백마분(白馬墳)이 있었다. 민간에 전하기를, 신라의 왕이 장군을 보내 왜를 공격하였는데, 왜인들이 화친을 요청하며 여기에 이르러 백마를 죽이고 맹세하였다. 이로 인해 죽은 말을 묻고 무덤을 만들었는데, 지금도 그 무덤 모양이 완연히 남아 있다. 필시 신라인이 쌓은 것이라고 한다.

서산(西山) 아래에 있는 대변정(待變亭)에는 화포, 조총, 궁시(弓矢), 창검(槍劍)을 갖추고 여러 왜인들이 주야로 수직(守直)하며 떠나지 않았다. 마치 전쟁터에 나가 적을 마주하고 있는 것과 같다고 한다. 대개 이곳이 바닷길의 요충지이고 산세가 모두 모이는 곳이기 때문에, 이곳에 관(關)을 설치하여 서남북쪽의 모든 배들을 정탐하며 관찰하는 것이

---

76 순희(淳熙) : 남송(南宋)시대 효종(孝宗) 대의 연호로서 1174년에서 1189년간이다.

77 문자성(文字城) : 현 후쿠오카현 기타큐슈시(北九州市) 모지구(門司區)에 있던 산성인 모지성(門司城)을 가리킨다. 1600년 풍전주(豊前州) 소속이 되면서 수축되었으나, 1617년 폐성이 되었고, 1892년 시모노세키에 일본 해군이 요새를 만들면서 거의 파괴되어, 현재 일부 석단이 남아있다.

다. 산봉우리에는 봉수대를 설치하여 곳곳마다 서로 관망하였다.

제술관과 서기가 와서 그 관사의 승경에 대해 자랑하기에 내가 듣고 기쁜 마음으로 손을 잡고 함께 가 보았다. 관사 문을 나와 서쪽 거리를 향해 갔는데 통행하는 거리 좌우에 시전(市廛)이 늘어서 있어서 마치 경성(京城) 같았다. 한 곳에 붙어있는 방서(榜書)에 '고서물(古書物)'이라고 쓰여 있었다. 다가가서 보니 책시렁에 100여 권이 쌓여 있었는데 거의 반이 의서(醫書)였다. 『소학(小學)』이 있었는데, 큰 목판글자로 만들었고, 『강목(綱目)』도 큰 글자로 되어 있었다. 또 『도덕경(道德經)』도 있었는데 임도춘(林道春)[78]이 주해한 것이었다. 임도춘은 일본의 옛날 학사(學士)로 일찍이 조용주(趙龍洲)[79]의 문집에서 주고받은 편지를 본 적이 있는데, 필시 그 사람일 것이다.

또한 벼루를 만드는 곳에 이르니, 아이 두 명이 서로 마주하고 앉아서 돌을 갈아 벼루를 만들고 있었다. 아이들 뒤에 5, 6층의 시렁이 있었는데 100여 개의 벼루가 놓여있었다. 큰 것은 마치 연갑(硯匣) 같았고, 작은 것은 손바닥만 하였다. 그 색이 어떤 것은 붉고, 어떤 것은 푸른색이었으며, 더러는 녹두색과 분홍색 같은 것도 있었다. 어느 것이 좋은지 나쁜지를 가릴 수 없으니 탄식할 만하였다.

이른바 '제술관소(製述館所)'는 아미타사(阿彌陀寺)인데 지난번 사행

---

78 임도춘(林道春) : 하야시 도슌(1583~1657). 이름은 노부카쓰(信勝)이며, 도슌은 승려로 출가한 뒤의 호이고, 라잔(羅山)은 환속한 뒤의 호이다. 후지와라 세이카(藤原惺窩)의 제자로 성리학을 배웠으며, 그의 천거로 등용되어 도쿠가와 이에야스(德川家康)의 신임을 받았다. 그 후 도쿠가와막부(德川幕府)의 다이가쿠노가미(太學頭)로서 활약하며 막부의 문교정책을 총괄하였고, 다섯 차례의 통신사행을 맞아 접대하였다.

79 조용주(趙龍洲) : 1643년(인조 21) 계미통신사행의 부사로 수행하였던 조경(趙絅)을 가리킨다. 용주(龍洲)는 그의 호이다.

때 많은 숙소를 아미타사에 마련하였다. 절은 매우 크고 웅장하였으며 문의 처마에는 용과 봉황의 모양이 새겨져 있었다. 바다에 임해 해협을 굽어보니 백, 천 개의 돛과 닻이 빽빽이 눈 아래 펼쳐졌다. 각도(閣道)[80]를 따라가니 그 뒤로 천 줄기 푸른 대나무 몇 그루와 소철(蘇鐵)이 있었는데 맑고 절묘함이 기이하고 예스러우며, 푸르른 빛이 비할 바 없이 뛰어났다. 정결한 정원의 그윽한 풍취가 사람으로 하여금 돌아갈 마음을 잊게 하였다.

오후에 지름길로 소나무와 대나무를 잡으며 기어올라 느린 걸음으로 돌아왔다. 아미타사에서 관소까지의 거리는 몇 마장(馬場)쯤 되었다. 통신사 일행 상하 모두에게 침구가 있었는데 남도와 비교하면 더 사치스러웠다. 출발할 즈음에 모두 되돌려 주려는데, 대마도인이 중간에서 농간을 부릴 가능성이 없지 않았기 때문에 장문주의 접대하는 왜인을 불러서 장부를 만들게 하고 내어 주었다. 대저 대마도인은 사행을 빙자하여 여러 읍을 조종하며 폐단을 일으키는 단서가 이루 말로 다 할 수가 없었다. 게다가 사행이 머무는 관사의 붓이나 벼루 등을 거의 모두 훔치니 도둑이나 다름없었다.

여러 사람과 여러 읍의 접대비용에 대해 논하였는데, 적간관 한 곳에서 들어가는 비용에 대해, 어떤 사람은 은 3만 냥이라 하고, 어떤 사람은 은 2만 냥이라 하고, 어떤 이는 3만 냥은 지나치고 2만 냥은 부족하다고 하였다. 대저 3만 냥이든 2만 냥이든 따질 것 없이 엄청난 비용을 쓰는 것이니 얼마나 부유한 읍인지 알 만하다.

---

80 각도(閣道) : 비를 피할 수 있도록 지붕을 씌워 만든 집 사이의 통로를 가리킨다.

4월 초7일

적간관에서 배를 띄워 향포(向浦)까지 180리 갔다.

서북풍이 불어서 진시에 닻을 들어 올리고 돛을 달았다. 북쪽 해안의 여러 산에는 곳곳마다 기암절벽(奇巖絶壁)이 있었는데 소나무와 삼나무에 둘러싸여 있고 산 아지랑이가 살랑거렸다. 산 아래에서 문득 빛나고 하얀 모래사장이 수십 리이거나 혹은 십여 리 펼쳐졌다. 매번 천리경(千里鏡)으로 바라봐도 아름다운 숲과 그윽한 정원이 아닌 곳이 없었다.

60여 리를 가서 원산(元山)을 지났다. 산의 형세가 민둥민둥해, 나무 하나 서 있지 않았다. 앞서 다녀간 사행의 일기에도 모두 '산원(産猿)'이라고 했다. 대저 '원(元)'이 '원(猿)'과 더불어 같은 소리이기 때문인데, 우습다.

오후에 바람이 잔잔해져서 향포에 들어가 정박하자마자 닻을 내렸다. 아버지께서 감기에 걸리셔 육지에 내리고자 하였다. 봉행들을 시켜 마을 집을 찾아보도록 했다. 물이 얕아서 마을의 언덕에 배를 댈 수가 없어서 장문주의 채선(彩船)에 옮겨 타셨다. 채선은 매우 정교하게 제작되었는데 붉은 칠한 난간에 그림을 그렸고 금을 뿌려 장식하였다. 사면에 창을 내어 열 수도 있고 닫을 수도 있었다. 중간에 장식한 방이 있는데 한 사람이 앉거나 누울 수 있었다. 성성전을 깔아 두었고, 문기둥과 문지방에 모두 검은 색을 칠했는데 사람이 비치었다. 몇 리를 더 가서 해안을 올라 마을 집에 이르렀다. 7, 8리를 갔는데 밤이 이미 깊었다. 마을 집은 장문주 태수가 왕래할 때 머무는 다옥(茶屋)[81]인데,

---

81 다옥(茶屋) : 상관어다옥(上關御茶屋, 가미노세키 오차야)을 가리킨다. 지금은 그 터만

매우 누추하였다.

4월 초8일

향포에서 배를 띄워 상관(上關)[82]까지 170리 갔다.

날이 새자 재판이 와서 순풍이 분다고 아뢰었다. 묘시(卯時)에 닻을 풀고 돛을 걸었다. 10리를 가서 삼전고(三田尻)를 지나갔는데, 이곳은 바로 기해년(1719)의 사행이 유숙했던 곳이다. 심포(深浦), 궁주(宮洲), 입호(笠戶), 실우(室隅)【상관에서 50리 거리이다.】를 거쳐 지나갔는데 곳곳마다 마을 사람들이 갑자기 수 척의 배로 노를 저으며 왔다. 각각 깃발에 마을 이름을 쓰고 생선과 채소, 땔나무, 물 등을 바쳤으나 사행 중에는 이런 물건을 받지 않았다. 이에 어떤 사람들은 바로 되돌아갔으나 실우의 사람들은 태수의 명령이 있었다고 하면서 끝내 물러가지 않았다.

저녁에 상관에 머물렀다. 선창과 판교는 적간관과 꼭 같았다. 관사의 집은 새로 짓지 않고, 주방주(周防州) 태수의 다옥이었는데 매우 크고 웅장하였다.

상관(上官) 이하의 처소는 모두 새로 지었다. 관사의 배치는 이전과 같아 다를 바 없었다. 전퇴에 수놓은 자리를 깔았는데 마치 비단 깃

남아 있다. 해상교통의 발전에 따라 하기번(萩藩)이 설치한 시설이다. 번주의 참근(參勤) 여행 및 국내 순행(巡行), 규슈(九州) 여러 다이묘(大名)의 참근 여행, 기타 막부 관리의 통행 시에 숙박을 제공했던 일종의 여관이다. 통신사행 때 삼사(三使) 이하, 상관(上官) 이상의 숙사로 사용되었다.

82 상관(上關) : 가미노세키. 현재의 야마구치현(山口縣) 구마게군(熊毛郡) 가미노세키정(上關町)이다. 에도시대 주방주(周防州)에 속하였다. 세토나이카이(瀨戶內海)의 최서단(最西端)에 위치하여 상관해협을 사이에 두고 무로쓰코(室津港)와 마주보고 있다. 12차 통신사행을 제외한 나머지 사행 때마다 조선사신이 주로 이곳 자야(茶屋)에 묵었다.

같았다. 벼루는 매우 아름다웠고 연적도 순은으로 주조하였다. 관소의 북쪽에 높은 누각이 있었는데 한 울타리 안에 있었다. 높이는 4, 5장(丈) 정도 되었는데 탁 트이어 매우 넓었다.

상관은 주방주에 소속되었다. 산세가 좁혀지고 막혀서 옷깃을 합친 듯이 하관(下關)과 비슷하였다. 진실로 하늘이 마련한 요해지로서 이것이 윗 관문이 된 까닭이다. 장문주 태수가 주방주를 겸해 다스리기 때문에 회나무 찬합을 바쳤다. 길천좌경(吉川左景)과 대강경영(大江經永)이라는 자는 모리휘원(毛利輝元)을 먼 선조로 삼으며, 대강원취(大江元就)의 후손이다. 그 읍치는 암읍(巖邑)인데, 여기에서 130리 떨어져 있으며 상관을 관할하였다. 회나무 찬합과 해삼꼬치【해삼(海蔘)이다.】, 삼색주(三色酒) 각 1병【하나는 사탕포성(沙糖泡盛)인데 맛이 죽력고(竹瀝膏) 같았고, 하나는 황목주(荒木酒)인데 맛은 소주 같았으며, 또 하나는 인동주(忍冬酒)인데 맛이 과하주(過夏酒) 같았다.】을 바쳤다.

시를 구하는 사람들이 여기에서부터 구름같이 모여서 네 명의 사객(詞客)[83]과 더불어 시문을 수창(酬唱)하였는데 졸렬하여 일컬을 만한 것이 없다고 한다.

사자관과 화원 또한 모두 겨를이 없었다. 심지어 노예까지도 모두 붓을 잡고 서서 글을 써주었는데도 요구하는 자가 계속 이어져 끊이지 않았다. 글을 얻으면 반드시 무릎을 꿇고 절하며 이마를 조아리며 감사하다고 하는데 끝이 없었다. 그들의 종이는 모두 모면지(毛面紙), 채당지(彩唐紙), 궁전지(宮箋紙)였는데 반드시 배접하였다.

비장들이 하루에 써 주는 것이 각각 수백 장이라고 한다. 내가 마침

---

83 사객(詞客) : 제술관과 서기 세 사람을 가리키며, 보통 사문사(四文士)라고 부른다.

관사 뒤를 지나고 있었는데 어떤 통인(通引)[84]이 종이를 쌓아두고 붓을 휘갈겨 '두전월미락(斗轉月未落)'의 '전(轉)' 자를 '전(傳)' 자라고 쓰고, '낙(落)' 자를 '낙(洛)'이라고 썼다. 그런데 받는 사람이 또한 극구 감사하며 머리가 땅에 닿도록 조아렸다.

무릇 그들이 노소(老少)를 가리지 않고 조선인의 필적(筆蹟)을 얻는 것을 영광과 행운으로 생각하여, 그 잘 쓰고 못 쓰는 것에 대해서는 처음부터 전혀 생각하지도 않으니 우습기 짝이 없다. 이에 내가 돌아가 보고하고 장무관(掌務官)에게 분부하여 하졸들은 붓으로 글씨를 쓰거나 그림을 그리지 못하도록 하였다.

대저 대마도 사람은 우리나라의 사정에 대해 잘 알고 우리나라의 문물을 익히 보았기 때문에 처음부터 경복(驚服)하는 뜻이나 두려워하는 일이 없었다. 그러나 적간관으로부터 동쪽으로는 많은 사람들이 순박하고 반듯하였다. 그들은 통신사행원을 마음깊이 신(神)과 같이 애모(愛慕)하고 임금과 같이 공경스럽게 대우하기를, 마치 보통 사람이 신선의 무리를 보는 것같이 하였다. 이런 점이 대마도 사람들의 풍습과는 판이하였다. 왜인이 모두 다 간교하고 악한 것은 아니었다. 대마도 사람들이 가장 간사하고 속인다고 하는 것이 실로 빈말이 아니다.

4월 초10일

상관에서 배를 띄워 곧장 진화(津和)[85]에 정박하였고, 내려서 촌사(村

---

84 통인(通引) : 조선시대 지방 관아의 수령에 부속되어 잔심부름하는 사람을 가리킨다.

85 진화(津和) : 쓰와. 현재의 에히메현(愛媛縣) 마쓰야마시(松山市) 쓰와지지마(津和地島)를 가리킨다.

舍)에 머물렀다. 120리를 갔다.

진시 초에 조수를 타고 배를 띄워 수십 보를 갔는데 양쪽 해안이 좁았다. 뱃머리 부분에 비해서도 별로 크지 않고 닫힐 듯하였으니 하늘이 빚어놓은 관문이다. 장문주의 예선군(曳船軍)이 2만여 명이 된다고 하는데 일렬로 줄을 세우면 30리나 될 것이다.

왼쪽에는 구고촌(九固村)이 있고 오른쪽에는 궁내촌(宮內村)이 있다. 여기서부터 곧장 안예주(安藝州) 태수의 읍치인 광도(廣島)에 가는데 150리라고 한다. 또한 40리에 하실(賀室)이 있고, 또 50리를 가면 진화(津和)가 있는데 일명 진륜(津輪)이라고 한다.

날이 저물어서 앞바다에 닻을 내렸다. 대마도주가 사람을 보내 이르기를, 이곳에 정결한 집이 있으니 즉시 육지에 내려 병환을 조섭하고 요양하자고 하기에 채선을 보냈다. 때문에 국서를 봉안해서 관사에 모시지 않았다. 향포에 있을 때 관사는 장문주 태수의 다옥이었는데, 비록 작기는 했지만 세 사신이 있기에 충분하였다. 이에 부사와 종사관도 뒤따랐다.

4월 11일

진화에서 배를 띄워 겸예(鎌刈)[86]까지 90리를 갔다.

날이 밝기 전에 조수를 타고 배를 띄워 노를 저었다. 가는 사이에 북풍을 타서 측범을 달고 가로(加老)를 지났다. 구수도(龜首島)를 건너 70여 리를 가자 안예주의 예선이 와서 기다리고 있었다. 깃발의 표식

---

86 겸예(鎌刈) : 가마가리. 현재의 히로시마현(廣島縣) 구레시(吳市) 시모가마가리초시모지마(下蒲刈町下島)이다.

은 건삼연(乾三連)[87]이었고, 또 채선이 있었다. 채선은 아롱진 비단 휘장으로 덮었으며, 우리 배 뒤에 있으면서 잠시도 떨어지지 않았다. 무릇 불시에 필요한 수요에 대비하기 위함이었다.

오후에 겸예에 도착하였다. 세 기선이 정박한 곳에 각각 부교가 설치되었는데 부교 옆에는 모두 대나무 난간을 설치하였다. 난간의 머리에는 붉은 모직으로 씌웠다. 배가 정박한 언덕에는 각도를 설치해 곧장 관소에 이르게 했는데, 지형에 따라 높았다 낮았다 구불구불했다. 무릇 관소는 30여 칸으로 층마다 계단을 만들었으며, 계단에는 붉은 모직이 깔려 있었다. 관내에 있는 붉은 모직을 대략 계산하면 몇 천 개는 될 것이다. 또한 모두 질도 좋고 색깔도 새로웠다.

관사에는 모기장이 있었는데 푸른 깁으로 만들어 사방에 쳤다. 높이는 8, 9척이었고 아래 위 네 귀퉁이를 붉은 비단으로 장식하여 끝까지 이어 연결하였다. 초록색의 중국산 실로 네 귀퉁이에 금고리를 묶었다. 또한 방의 네 귀퉁이에 자주색 끈으로 묶고 금 갈고리로 장막의 둘레를 매고 늘어뜨리니 그 안이 1칸의 집이 되었다. 윗머리로부터 사면(四面)에 이르기까지 모두 하나의 장막이었기 때문에 모기가 감히 들어올 수 없었다. 이것을 '모기장'이라고 불렀다. 그 만드는 법이 매우 정교하고 사치스러워서 자세하기 말하기 어려울 정도였다. 군관과 원역이 있는 방에도 모두 이와 같았다. 대개 일본에는 모기와 등에가 매우 많아 모기장이 없으면 사람이 감당할 수 없다고 한다.

욕실에는 흰 모시로 만든 옷과 바지 및 커다란 보자기 한 폭이 있었

---

87 건삼연(乾三連) : 건괘(乾卦)의 효(爻) 세 개가 모두 연결되었다는 뜻으로, 양효(陽爻) 세 개를 표시한 모양을 의미한다.

는데, 넓이가 2척 반쯤 되었다. 대개 목욕할 때 입는 것이었다. 화장실에도 은색의 비단꽃무늬로 벽을 칠하였고 비단으로 장식한 다다미를 깔았다. 방분(放糞)하는 곳에는 흑판(黑板)으로 덮었는데 사람을 비출 정도로 반질반질해서 마치 거울 같았다. 신발은 비단깃으로 만들었으며, 수건과 등불도 있었다. 뒷마루에도 붉은 모직을 깔아서 측간에 가는 마음이 매우 불안하였다. 이외에 담배도구와 벼루, 이부자리, 등잔, 병풍, 차 등의 물건이 이전에 비해 더욱 사치스러웠다.

옥상에는 검은 통에 물을 담아 시렁 사이사이에 두었다. 화재를 방지하는 정책이 매우 엄하여 도처에 화금장(火禁將)이 있었다. 모두 일기도에서 본 것과 같았다.

겸예는 일명 포예(浦刈)라고도 하며, 안예주의 태수가 다스리는 곳이다. 안예주의 태수는 원길장(元吉長)인데 식읍이 42만 6천 석이다. 그 읍치는 광도(廣島)에 있으며, 여기서 100리 떨어져 있다. 관사 밖으로는 뭇 뫼들이 빙 돌아 두루 가려서 하나의 커다란 호수처럼 되어, 배가 어디로 들어왔다가 어디로 나가는지 알 수가 없다.

사자관 김천수(金天秀)의 종이 병을 얻어 죽었다. 각 방에서 쌀을 걷어서 시신을 처리하도록 했다. 관(棺)은 전례에 따라 머물고 있는 주에서 준비해 왔다고 한다. 만약에 시신을 출송(出送)하고자 한다면 장계를 올려 보고해야 하는데, 일이 매우 곤란해져서 일단 그대로 두도록 하였다. 왜인들이 말하기를, 소금에 시신을 담가서 항아리에 담아 표시해 두었다가 가을에 열어 보면 전혀 부패하지 않는다고 하였다. 대저 왜인들은 객지에 죽은 사람들을 이와 같이 한다고 한다.

4월 14일

겸예에서 배를 띄워 곧장 충해(忠海)에 정박하였다. 100리를 갔다.

안예주 태수가 소금에 절인 오리 1통과 복분자주 1도(陶)를 바쳤다. 절인 오리는 다섯 마리인데 털을 뽑지 않고 소금에 담가 한 통에 담았다. 살펴보고 사람을 시켜 덮어두려고 하였다. 대개 일본에서는 지극히 공경하고 높이는 경우에 이 물건을 쓴다고 한다.

듣자니, 각 주의 태수가 모두 6척의 배에 있는 왜통사에게 각각 황금 3편(片)을 주었고, 그 밖의 다른 통사왜에게는 각각 1편을 주었다. 매 편의 무게는 1전 2푼으로 1보(寶)라고 칭하며, 은 1냥 2전에 해당한다.

식후에 대마도주가 사람을 보내 말하기를, "비가 올 것 같더니 이미 맑게 개었고 바람이 비록 순조롭지 않지만 전진하는 데는 무방하겠다." 라고 하기에 마침내 배에 올랐다. 부사와 종사관이 용정을 따라 정사선에 이르러 국서를 봉안한 후에 각자의 배로 되돌아갔다. 이것은 부산에서부터 이르는 곳마다 모두 그렇게 했다. 내릴 때도 역시 먼저 정사선에서 용정을 모시고 관소로 나갔다. 바람과 물이 모두 거슬려 배가 조금도 나가지 못하였다. 몇 시간이 지나서야 비로소 항구 밖으로 나왔다.

오후에 빗줄기가 더욱 거세져서 거적[88]으로 덮어두게 했는데, 배 안이 좁고 어두웠다. 저녁에 타루에 올라도 바라볼 수 없고, 판옥에 들어가도 글을 볼 수가 없었다. 양쪽 해안의 비좁은 곳에 얕은 여울이 많이 있었다. 마을 사람들이 문득 작은 배를 묶어 그 위에 매어 대나무 가지를 꽂아 두면서 험난하다고 아뢰었다.

70리를 가서 고기(高崎)를 지났다. 대나무와 소나무 사이에 하얀 절

---

88 거적 : 원문에는 '봉(逢)' 자로 되어 있으나 '봉(篷)' 자의 착오인 듯하다.

벽과 푸른 용마루가 밝게 비치고 있으니, 세상 밖의 조용하고 고즈넉한 정취가 있었다. 날이 저물자 충해에 곧장 정박하여 닻을 내리고 배 위에서 잤다. 충해도 안예주의 땅이다.

4월 15일

충해에서 배를 띄워 도포(韜浦)[89]까지 90리를 갔다.

깜빡 조는 사이에 좌우에서 삐거덕삐거덕 쉼 없이 이어지는 노 젓는 소리에 놀라 깨니 시간이 이미 진시를 지났다. 30여 리를 갔다. 왼쪽 연안에 삼원촌(三原村)이 있는데, 하얀 성첩과 층마다 활 쏘는 틀이 있었다. 마을에 있는 대(臺)와 정자가 구름안개 가운데 은은하게 아른거렸다. 번화한 경치가 매우 아름답고 수려했다. 이 땅에서 생산되는 종이와 술이 나라 안에 이름을 날렸는데, 이른바 삼원주(三原酒), 삼원지(三原紙)가 바로 그것이다.

여기에서부터 섬들이 점점이 떠 있는데, 마치 바둑돌 깔린 것과 같고, 별들이 늘어선 것 같았다. 구불구불 싸고도는 것이 나는 듯하고 춤추는 듯하여 마침내 한 굽이를 지나면 또 한 굽이를 만나게 되어 들어가기는 했는데 나오는 곳을 모르겠고 나오기는 했는데 들어가는 곳을 모르겠다. 하루 종일 지나온 곳이 고성(高城)의 삼일포(三日浦)와 다름이 없었다.

도포에 도착하기 10여 리쯤 남았는데 멀리서 백 장(百丈)의 위태로운 바위가 바다 가운데 솟아 있었다. 휘날리듯 아득한 층루가 꼭대기에

---

89 도포(韜浦) : 도모노우라(鞆浦, 鞆の浦). 현재의 히로시마현(廣島縣) 후쿠야마시(福山市) 도모정(鞆町)이다. 비후주(備後州)에 속한다. 통신사의 기항지 가운데 하나이다.

붙어 있었는데, 돌을 쌓아 대를 만들고 돌을 세워 기둥을 만들었다. 바라보니 밥을 지어 먹는 사람이 사는 곳 같지가 않았다. 왜인들이 말하기를 이것이 해조산(海潮山) 반대사(盤臺寺)라고 하였다. 혹은 관음사(觀音寺)로 부른다고 했다. 사미승(沙彌僧) 몇 사람이 갑자기 나타나 사찰 아래에 조각배를 타고 노 저어 와서는 보시하기를 청하였다. 이에 전례를 적용해 쌀과 종이 및 약과를 주었다.

이 승려들은 이 해안에서 지나가는 사람을 기다리고 있다가 쌀과 돈을 구걸하며 좋은 바람이 불기를 기도해 준다고 한다. 그런데 하루 안에서도 가는 사람을 위해서는 서풍을 빌어주고, 오는 사람을 위해서는 동풍을 빌어주니 종내 이루어질 수 없는 일이다. 일본에서 모순되고 임시 미봉하는 일을 가리켜 '반대사 중이 기도하는 바람'이라고 한다.

도포에 이르렀는데 아직 오후가 되지 않았고 바람도 더욱 순조로워 대마도주에게 왜통사를 보내 곧바로 앞으로 나아가자는 뜻을 전하였다. 이에 도주가 대답하기를, "역참의 수는 강호에서 이미 정한 것이니, 만약에 역참을 건너뛰면 호행하는 사람이 강호로부터 중죄에 빠지게 됩니다."라고 하며 끝내 따를 뜻이 없었다. 그래서 마침내 이곳에서 잤다. 선창과 배다리는 이전의 곳과 다름없었다. 마을은 번성하였고 누대의 크고 웅장함은 지나온 여러 곳에 비교할 바가 아니었다. 해안 위에 높은 누각과 종각(鐘閣)이 있는데, 바라보고 있자니 신선의 거처 같았다.

날이 저문 뒤에 배에서 내려 관사로 나갔다. 관사는 선창에서 수 리 떨어져 있었다. 번화한 거리를 경유하였는데, 행보석을 이어 깔았다. 좌우에 통행하는 거리를 경비하는 사람이 구경하는 사람들을 출입하지 못하도록 하였다. 집집마다 대나무 발을 늘어뜨려 조금도 틈이 없었으며, 걸음걸음마다 등간(燈竿)을 세웠다.

곧장 관소로 갔는데, 주사(酒肆)와 창루(娼樓)가 있어 각각 팻말을 붙여 놓았다. 관소는 남선방(南禪坊)인데 혹은 아미타사(阿彌陀寺)라고 했다. 이전의 사행 때는 관소가 반드시 복선사(福禪寺)에 마련되었는데 그 뛰어난 경치가 악양루(岳陽樓)와 더불어 백중(伯仲)이라고 한다. 지금 갑자기 변경한 것이 매우 괴이하였다. 이에 수역을 시켜 평방태(平方泰)【대마주의 연접봉행(延接奉行)이다.】에게 물었더니 대답하기를, "이미 잿더미가 되어 버렸습니다."라고 했다. 다시 본토인에게 물었더니, "비록 절을 볼 수는 있지만, 많이 무너지고 부서졌습니다."라고 대답하였는데, 정말 그런지 모르겠다.

대관(代官) 두 사람이 강호에서 와 머물면서 지응하였다. 관사에 들어간 후에 바로 와서 문안하였다. 그 사람이 품 안에서 비단주머니를 꺼내 보여주면서 자신이 죽이고 살릴 권한을 지니고 있다고 하니까, 대마도주를 비롯해 아랫사람들이 모두 두려워 벌벌 떨었다고 한다.

전부터 비후주(備後州)의 복산(福山) 태수가 이 관사의 지응을 맡았는데 이번에는 우화도(宇和島)의 태수가 봉행을 보내 지대(支待)하였다. 그 읍치가 비록 이예(伊豫)에 있어도 식읍은 비후주에 있기 때문이다.

대마도 사람이 말하기를, 복산 태수가 죄를 얻어 파직되어 우화도 태수가 대행한다고 하였다. 우화도 태수의 성은 이달(伊達)이고 이름은 촌후(村候)이다. 본토인 이등휘조(伊藤輝祖)【자는 필대(必大), 호는 하대(霞臺)이며, 유정(維楨)의 후손이다.】가 제술관과 서기의 관사에 와서 말하는데, 사람됨이 소박하고 우아했다. 자기 할아버지가 저술한 여러 책을 사행이 돌아오실 때 가지고 오겠다고 하였다고 한다.

4월 16일

도포에서 배를 띄워 일비촌(日比村) 앞바다에 머물렀다. 130리를 갔다.

해가 뜨자 북풍이 불어 배에 올랐다. 우화도의 배들이 와서 이끌었다. 어떤 산기슭을 천천히 돌았더니 왼쪽 언덕에 돌봉우리가 솟아 있었는데, 위에 큰 사찰이 있었다. 돌을 쌓아 대를 만들었는데 얼개의 구조가 크고 웅장하였다. 앞에 있는 작은 섬에 아주 기묘하게 우뚝 솟은 것이 있었는데, 물어보지 않아도 복선사라는 것을 알 수 있었다. 앞서 다녀간 사람들이 악양루보다 못하지 않다고 하였는데 과연 빈말이 아니었다. 선창과 처마와 계단을 새로 수리했는데 별도의 장소로 관사를 옮겨 정한 까닭을 알 수가 없었다.

30리를 갔다. 좌우에 모두 백석도(白石島)가 있는데 섬 위에 백색의 반타(盤陀)[90]가 많았기 때문에 얻은 이름이라고 한다. 또 50리를 가니 수도(水島)가 있었다. 또 20리를 가니 하진(下津)이 있었다. 하진의 마을은 매우 번성하였다. 여기서부터 비전주(備前州)이다. 강산(崗山)의 예선과 우화도의 예선이 서로 교체하였다. 깃발의 표식은 네모난 동전 같았다. 하진을 지나니 장도(長島)가 나왔다. 양쪽의 해안이 겨우 한 마장(馬場) 정도였는데 뇌호(瀨戶)라고 하는 돌여울이 있어 매우 위험했다.

여기를 지나자 비전주의 태수가 보낸 사람이 문후하였다. 또 등호(藤戶)의 해태(海苔)【해의(海衣)】 1상자, 사탕(砂糖)에 절인 과자 1항아리, 박주(薄酒) 2동이를 바쳤다. 단자에는 "일본 비전국주(備前國主) 종4위(從四位) 소장(少將) 원계정(源繼政)이 조선국 정사 홍공(洪公)의 귀한 행차에 삼가 바칩니다."라고 썼다. 원계정은 비전주의 송평대취두(松平大炊

---

90 반타(盤陀) : 안장처럼 생겨 평평하지 않은 돌을 가리킨다.

頭)이고 청화원씨(淸和源氏)이다. 읍치는 강산에 있으며, 기해사행 때의 태수이다. 식읍은 31만 5천2백 석이라고 한다.

구경하는 마을의 배가 앞뒤에 죽 이어져 있었다. 각자 품안에서 종이 서너 장이나 부채를 꺼내 우리 배에 던지면서 필적을 부탁하였는데, 글을 얻으면 손을 모아 이마에 대며 감사하기를 그치지 않았다. 이렇게 포구마을의 어리석은 아낙네까지도 글씨를 사랑하는 것이 이와 같으니 우리나라와는 달랐다. 대개 이 무리들이 한국인(韓國人)의 필적을 덕담(德談)이라고 하면서 기필코 얻고자 하는 것이 이와 같았다. 일본인이 우리를 칭하면서 말하기를, '한국인'이라고 하였다.

10여 리를 갔는데, 역풍이 불고 조수가 물러가면서 전진할 길이 없어서 바다 가운데 닻을 내리고 조수가 차기를 기다렸다. 사면의 여러 봉우리가 햇무리처럼 둘러싸였는데 그림처럼 맑고 고왔다. 달이 동쪽 봉우리에 떠오르고 하늘에는 구름 한 점 없었는데, 바닷물결이 거세지자 모든 길이 온통 금빛으로 반짝였다. 삼경(三更)에 조수가 밀려와 노를 저어 일비촌 앞바다에 이르렀다. 닻을 내리고 판옥에 돌아와 누우니 닭이 이미 요란하게 울어댔다.

4월 17일

일비에서 배를 띄워 우창(牛窓)[91]에 이르렀다. 70리를 갔다.

---

91 우창(牛窓) : 우시마도. 현재의 오카야마현(岡山縣) 세토우치시(瀨戶內市) 우시마도초 우시마도(牛窓町牛窓)이다. 비젠주(備前州)에 속하고, 우저(牛渚)·우주(牛洲)·우전(牛轉)이라고도 한다. 에도시대에는 오카야마번의 중요한 항구로서 평가되어 선창이나 오차야(御茶屋) 등의 시설이 정비되었다. 제1차와 제2차 통신사행 때는 식료나 물의 보급을 위한 기항이었고, 제3차 관영(寬永) 원년(1624)부터 통신사의 기항지로 지정되었다.

사시(巳時)에 조수를 타고 배를 띄웠다. 20리를 가니 산기(山崎)가 있었다. 경녀랑포(京女鄉浦)는 오른쪽에 있고, 비녀랑포(鄙女鄉浦)는 왼쪽에 있었다. 경녀랑포는 혹은 미녀포(美女浦)라고 칭한다. 앞에 다녀간 사행원들의 일기에는 '경장로(京長老)'라고 많이 써져 있는데 이것과 일본발음이 비슷해서 와전된 것이다.

옛날에 관백에게 미녀가 있었는데, 비후주 태수의 부인이 되었다. 그 부인이 이곳을 지나는데 꿈에 신녀(神女)가 말하기를, '용왕의 비가 인견하기를 구한다'라고 하였다. 꿈에서 깨어나자 그 남편에게 가지 말라고 빌었는데 남편이 억지로 가다가 바람을 만나 배가 침몰하였다. 그래서 이름을 경녀랑포라고 하였다. 비녀랑포(鄙女鄉浦)의 이름을 얻은 유래는 자세히 알 수 없다.

30리를 가니 견도(犬島)가 나타났다. 돌의 모양이 마치 개가 웅크리고 있는 것 같아서 견도라고 지었다.

20리를 가서 우창에 이르렀다. 비전주(備前州)의 땅이다. 신시(申時)에 배를 정박하였다. 판교는 이전과 같았다. 육지에 내려 관사에 나갔는데 관사에서 선창까지의 거리는 수백 보였다. 바닷물이 문 앞까지 들이쳤는데, 관사는 비전주 태수의 다옥이었다. 광활함은 이전의 것과 마찬가지였다.

비전주의 문사(文士) 4, 5명이 와서 제술관과 서기를 만나 필담(筆談)과 수창한 바가 많았다. 그 가운데 미리 준비해 가지고 온 6개의 글이 있었는데 그 자리에서 지은 것보다 나았으며, 판이하게 다른 솜씨였다. 그중에서 근등독(近藤篤)이라는 사람이 있는데, 호가 서애(西崖)이고 나이는 26세이다.[92] 개인 문집 3권에 '서애선생문집(西崖先生文集)'이라고 제목을 붙였고, 권말(卷末)에는 문인(門人) 아무개 아무개가 편집했다고 써져 있었다. 그가 지은 글이 청초(淸楚)하고 기발(奇拔)하여 백설루(白雪樓)[93]의 여운(餘韵)을 깊이 얻었다. 동쪽으로 온 후에 만난 제일 뛰어난 것이었다. 근등독은 또 제자 일곱 사람이 지은 시 각 10여 편에 대한 비평을 청하였는데, 그 시의 수편(首篇)에는 모두 '조선국 학사선생에게 본떠 바친다[擬呈朝鮮國學士先生]'라고 제목을 붙였다. 근등독이 정부의 금지가 너무 삼엄하여 직책이 없는 사람은 한가롭고 느긋하게 수창할 수가 없다고 생각해 '본떠 바친다'라고 쓴 것이다. 반드시 화답할 필요는 없었다.

4월 19일

우창에서 배를 띄워 실진(室津)[94]까지 100리를 갔다.

서풍이 매우 빠르게 불어 배를 타고 돛을 걸었다. 한 산기슭을 지나자 누대와 마을의 번성함이 우창과 차이가 없었다. 또 선창과 판교도 있었고, 관소를 보니 더욱 사치스러웠다. 듣자니 비전주 태수가 막 강

92 이 사행의 종사관 조명채(趙命采)가 쓴 사행록 『봉사일본시문견록(奉使日本時聞見錄)』에는 24살로 나와 있다.

93 백설루(白雪樓) : 명대(明代)의 문인 이반룡(李攀龍)을 가리킨다. 그의 호는 창명(滄溟), 자는 우린(于鱗)으로, 역성(歷城) 출신이다. 가정(嘉靖) 23년(1544)에 진사(進士)에 합격, 감주(弇州) 왕세정(王世貞)과 함께 『복서경대력(復西京大歷)』을 편수하여 올렸고 시와 문장으로 일세를 호령하였으며 고문사학(古文辭學)을 제창하였다. 어양(漁洋) 왕사진(王士禛)이 지은 『지북우담(池北偶談)』에 이반룡의 후사(後嗣)가 몰락된 사실을 기록하면서 왕상춘(王象春)이 읊은 시가 실려 있다. "백설루 앞에 일대 문장 묻히니(白雪樓前一代文) / 채희의 비단 치마도 이미 낡았구려(蔡姬興盡舊羅裙)"라는 시에서, 그를 백설루라고 지칭하게 되었다.

94 실진(室津) : 현재의 효고현(兵庫縣) 다쓰노시(たつの市) 미쓰초무로쓰(御津町室津)이다. 하리마주(播磨州)에 속한다. 마지막 통신사행을 제외하고 나머지 사행 때마다 조선사신이 이곳에 묵었다.

호에 갔다가 오면서 이곳에 머물고 새벽에 앞서 나갔다고 한다. 그 배다리를 교묘하게 장식한 것은 통신사행만을 위한 것이 아니라 그 습속이 그렇기 때문이다.

10여 리를 가니 오른쪽 해안에 소두도(小頭島)가 있었다. 산세가 남한산성(南漢山城)과 아주 비슷하였다. 여기서 수십 리 떨어진 곳이 바로 찬기주(讚岐州) 땅이다. 또 50여 리를 갔는데 학도(鶴島)가 있었다. 여기서부터 파마주(播摩州)[95] 땅이다. 북쪽 해안을 바라보면 수십 리쯤 되는 곳에 큰 성부(城府)가 하나 있다고 하는데 그것이 파마주의 적수성(赤穗城)이다. 그곳이 바로 삼(森) 이세주(伊勢州) 태수 원정방(源政房)의 읍치이다.

또 수십 리를 갔다. 비가 올 듯하여 돛을 내리고 배를 덮고 노를 저으며 나아갔다. 실진에 정박하였는데 해가 아직도 높이 떠 있었다. 포구는 좁고 길어서 수십 척의 배를 감출 수 있을 듯하였다. 삼면의 해안 위에는 모두 제방을 쌓았는데 5, 6리나 되었다. 배다리는 이전의 곳에 비해 더욱 사치스러웠다. 다리가 끝나자 관소의 문이 있었다. 문에는 진홍색 비단 휘장이 드리워져 있었다. 그 색의 현란함은 이전의 참(站)에서 보지 못한 것이었다.

관우(館宇)는 파마주 태수의 다옥인데 매우 크고 웅장하였다. 욕실과 화장실 등은 모두 새로 지었다. 내가 관사의 왼쪽에서 거리를 경유해 수십 보를 갔더니 금도청에 다다랐다. 이곳으로 올 때 오른쪽 해안에서 가장 높은 곳이었다. 그 뒷산 정상에는 하무대신사(賀武大神祠)가 있었

---

95 파마주(播磨州) : 하리마노쿠니(播磨國). 현재의 효고현(兵庫縣) 서남부 지역에 있던 율령제하의 옛 지명. 산요도(山陽道)에 속한다.

는데 돌문이 높고 넓었다.

남쪽 해안에는 강운사(降運寺)가 있었다. 소나무와 귤나무 사이로 은은하게 비쳤는데 매우 맑고 빼어났다. 길의 좌우에 있는 집은 모두 시전이었는데 층루(層樓)에 조각한 난간과 그림이 그려진 문, 드리워진 대나무 발이 매우 크고 아름다웠다. 두루 살펴보고 돌아와 상방의 곁방에서 잤다.

파마주 희로성(姬路城)의 태수가 사람을 보내 찐 떡과 노주(魯酒)를 바쳤다. 또 일행을 두루 먹여 주었으며 따로 소동(小童)에게 보낸 음식도 매우 풍성하였다. 일본에서는 관인의 아들을 '소동'이라고 부르며, 태수의 심부름을 하기 때문에 왜인들이 소동을 꽤나 우대한다고 한다. 태수의 이름은 명구(明矩)였고, 식읍은 50만 석이다.

4월 20일

실진에서 배를 띄워 병고(兵庫)까지 180리를 갔다.

날이 밝기 전에 출발하여 아복포(阿伏浦) 단후도(丹後島), 희로성을 들렀다. 희로성은 바로 파마주 태수의 읍치이다. 하얀 누각과 석대(石臺)가 가로로 10여 리 걸쳐 있었다. 이곳을 지나 5, 60리를 가니 명석포(明石浦)였다. 명석포의 마을 집과 누대와 정자가 성대하여 소창(小倉)에 밀리지 않았다. 층루는 높이 솟아 구름 사이로 들어가는 문이 네 곳이었는데, 틀림없이 성루(城樓)의 4대문일 것이다.

명석포의 예선과 희로성의 예선이 서로 교체하였다. 닻의 표식은 9개의 점이다. 여기가 파마주의 땅이다. 송평(松平)은 대마도 태수 원직상(源直常)의 읍치이다. 식록은 6만 석이라고 한다.

남쪽 해안은 오기성(烏崎城)과 마주하였는데 담로주(淡路州)의 땅이다. 또 30여 리를 갔는데 섭진주(攝津州)의 땅이다. 또 20리를 갔더니 병고(兵庫)였다. 병고는 북쪽으로는 대륙에 기대어 있고, 남쪽에는 바닷문[海門]이 있다. 마을은 번화하여 명석포와 다름이 없었다. 혹은 복원경(福原京)이라고 했다. 옛날에 수길이 자기 아들 수뢰(秀賴)를 여기에 거처하게 했는데, 가강이 장입(藏入)을 만들었다. 장입은 바로 관백의 사읍(私邑)이다. 때문에 대관(代官)을 차송하여 지키며 지응하도록 했다. 모든 절차도 대관을 시켜 담당하게 했다고 한다.

해안에 정박할 때 날이 이미 어둑어둑해졌다. 연안의 마을 앞에 걸음마다 등을 달아 수십 리 길게 이어졌다. 판교 좌우에 긴 장대를 꽂았는데, 장대 끝에는 철망(鐵網)을 매달아 그 가운데 관솔을 태웠다. 그 아래에 마목(馬木)을 두어, 불이 꺼지면 사람이 걸상에 올라가 관솔을 계속 던졌다. 배 위에서 보고 있자니 둥글고 둥근 불덩이가 공중에 매달려 있는 것 같이 기이한 풍경이었다.

밤이 깊어 육지에 내려 관사로 나갔다. 관사는 상인의 집이었는데, 크고 넓으면서 화려한 것이 전참(前站)에 미치지 못하지 않았다. 격자무늬 창과 문벽(戶壁)에 금벽(金碧)으로 칠하고 산수(山水)를 그렸다. 정원의 연못에는 연꽃이 수면 위에 떠올라 있었다. 종려나무, 귤나무, 소철, 진기한 풀과 기암괴석이 섬돌에 가득 차 있었다. 그가 한낱 천한 상인인데도 이와 같이 좋은 집에 살고 있으니, 왜인들이 얼마나 사치스러운지 이로 미루어 알 만하다.

섭진주의 태수는 원충교(源忠喬)이다. 읍치는 니기(尼埼)에 있고, 식록은 4만 석이다. 바로 도주의 매서(妹壻)의 아버지이다. 그가 사람을 보내 호초(胡椒) 1갑, 담배 1갑을 보내며, '송평원강수충교(松平遠江守忠喬)'라고 썼다.

밤에는 또 삼중을 바쳤는데, 단자도 있었다. 관백의 사읍(私邑)이기 때문에 대절 1완(宛)【우리나라의 '식(式)' 자와 같다.】 삼중물 1조완, 술잔 1하완을 보냈다. 단자의 앞에는 '각(覺)' 자를 쓰고, 끝에는 '오른쪽에'【즉 오른쪽이라는 뜻】 '공의를 좇아[從公儀]'【공체(公體)라는 뜻】 '삼사도강(三使道江)'【강은 바로 말 끝에 붙는 말로 세 사또께서 허락하시라는 뜻】라고 썼다.

대절은 바로 큰 흰 나무로 만든 팔면(八面) 상자인데 떡과 과일 등을 담았다. 삼중의 중층에 죽은 새 10여 마리를 담았는데, 그 날개를 펼쳐서 금벽(金碧)[96]을 뿌렸다. 뚜껑을 열었는데 악취가 났다. 일본에서는 잔치에 반드시 쓰이는 물품이라고 한다.

미처 잠자리에 들지 못했는데 술시(戌時)에 도주가 사람을 보내 출발하자고 하였다. 곧바로 즉시 배에 탔다. 기다리고 있던 대마도 배에서 북을 울리고 삼취(三吹)하자 배를 띄웠다. 이 하구(河口)를 떠나면 얕은 여울이 많이 있어서 치목(鴟木)과 배 닻을 미리 준비해 두었다. 거적으로 만든 돛과 긴요하지 않은 잡물도 모두 작은 배에 옮겨 실어 두었다. 그래서 배에 실은 것이 매우 가벼워져, 배가 1자 남짓 떠올랐다.

4월 21일

병고에서 배를 띄워 대판성(大坂城)에 이르러 관소에 나갔다. 130리를 갔다.

바람이 세어서 순조롭지 않았다. 날이 밝을 무렵 겨우 갑부(甲部)를 지나니 언뜻 서궁포(西宮浦)가 보였다. 합하여 50리를 갔다. 20리를 더

---

96 금벽(金碧) : 금박지의 화면에 청록 등의 짙은 채색을 사용해서 그린 장벽화로 모모야마대부터 에도 초기에 걸쳐 활발히 그려졌다.

가서 니기를 지났다. 바로 원강(遠江) 태수 원충교(源忠喬)의 읍치이다. 들어가며 보이는 것이라고는 검푸른 사이에 성첩뿐이었다.

또 15리를 갔더니 신천(新川)의 부선이 앞에 있었다. 여기에 이르러 우리 배의 사공이 피하려다가 오른편의 얕은 곳에 들어가서 꽉 끼어 끌어당길 수조차 없었다. 삼선(三船)도 나아갈 수 없어서, 저녁 조수를 기다렸다. 밤이 깊어지면 재판에게 왕복하여 작은 배를 구해서 보내라고 해서 옮겨 타고 전진할 계획이었다. 일행 가운데 잡물도 모두 왜의 작은 배에 옮겨 실었다. 왜의 작은 배가 행중(行中)의 하물(荷物)에 기표(旗標)했는데 매우 많았다. 좌우에 와서 붙이고 받아서 싣고 갔다. 좌우에 사각 기둥을 꽂았는데 기둥의 면에 '목진천(木津川)' 등의 십수 글자가 쓰여 있었다. 대개 이렇게 표식하여 사람들이 가운데를 따라 배가 가도록 했다. 목진은 바로 하구의 또 다른 이름이다. 혹은 천하기(天河崎)라고도 한다. 2개의 기둥 안에 가지와 잎이 있는 긴 대나무를 꽂았다. 두 대나무 사이에 쭉 뻗은 길이 가장 깊어서, 왜인들이 옷을 벗고 배를 짊어졌는데 물이 겨우 무릎을 스칠 정도였다. 얼마 되지 않아 소선(小船) 5, 6척이 와서 일행 모두에게 옮겨 타라고 해서, 모두 다른 배에 옮겨 탔다. 다음으로 부선, 삼선이 있는 곳을 지났고, 부사와 종사관도 이미 작은 배에 옮겨 탔다. 국서를 지영(祗迎)하고 뒤따랐다. 하구에서 15리에 이르자 이미 채선이 와서 기다리고 있는 것이 보였다. 금벽이 눈부시게 빛나서 눈길을 빼앗았다. 채선 근처에 이르러 도주에게 선제(船制)가 너무 과분하여 감히 옮겨 탈 수 없다는 얘기를 전하였더니, 다음과 같이 대답하였다.

"열주(列洲) 태수는 강호의 명령으로 사행을 대비하여 조치하는 것이니 조금도 불안하게 생각할 것이 없습니다. 귀국의 배로는 결코 바다에 들어갈 수 없습니다. 날이 이미 저물었지만 다행히 즉시 옮겨 탈 수 있습니다."

부사와 종사관이 서로 상의하여 옮겨 탔다. 날이 이미 서쪽으로 기울었다.

채선은 11척이었다. 1척은 국서를 받들었다. 3척은 삼사가 탔고, 5척은 역원(員役)이 탔다. 2척은 도주와 장로가 탔다. 배에는 각각 기표가 있었는데, 각각 '정(正), 부(副), 종(從)' 한 자가 쓰여 있었다. 그 색에 따라 우리 배의 원역이 탔는데, '상상관(上上官) 제1선'이라고 쓰고, 제2선, 제3선도 그렇게 썼다. 간혹 상판사(上判事) 제1선이라고 쓰고, 제2선도 역시 그렇다. 때문에 비장, 원역은 형편에 따라 나눠 배치하였다. 원역이 타고 있는 5척 안에 나눠 탔다.

국서선(國書船)에는 제술관과 양의, 두 명의 사자관이 국서를 모시고 탔다. 사신선(使臣船)에는 자제군관 및 역관 1명과 서기 약간 명과 하졸이 사신을 모시고 탔다. 배를 만든 제도는 매우 기교했다. 판의 안팎을 모두 닻처럼 검붉게 칠했고, 뱃머리와 뱃꼬리에 용과 봉황을 조각하였다. 좌우에 있는 난함(欄檻)을 금으로 입히고 사이사이에 기틀을 설치해, 마음대로 뗄 수도 있고 그대로 둘 수도 있었다. 난간 안과 방 밖에는 한 칸쯤 되는 틈새 바닥에 다다미를 깔고, 비단 휘장을 고리에 걸어 사면을 빙 돌아 덮었다.

방을 두 구간으로 나누고 사이에 복도가 있었다. 끝에 있는 방에는 여러 왜인들이 거처하였고, 앞에는 사신의 처소였다. 뱃꼬리를 향한 좌방(坐房)은 넓어서 1칸 대옥(大屋)이었다. 다다미 두 장을 따로 설치하여 마치 좌탑(坐榻) 같았다. 장자 및 좌우에 있는 문에는 금지(金紙)에 산수와 인물, 화훼(花卉)를 그렸다. 좌우에 따로 각각 2개씩 있는 종이

창은 밀어서 돌리면 빛을 들일 수 있었다. 밖에는 비단 휘장이 있는데 그 아롱진 빛깔이 아름다웠다. 반자(盤子)는 금채로 그림을 그려서, 그 가운데 앉아 있으면 어질어질하여 불안하였다.

방 뒤에는 작은 방이 하나 있는데, 방의 왼쪽에는 사다리가 있어서 10여 층의 다락에 올라갈 수 있었다. 높이는 1장 남짓이었는데 시회(蒔繪)[97]로 검게 칠해져 있어서 미끄러워 오르기 어려웠다. 사다리 옆에 화장실이 있었는데, 겸예에 설치된 것처럼 화장실도 매우 화려했다.

다락은 커서 방 같았다. 뱃머리를 향해 앉았다. 좌우 및 앞문에 창이 있었는데, 안에는 발을 치고 금갈고리를 걸었다. 밖에는 자주색 비단 휘장이 드리워져 있었다. 문과 반자는 모두 금으로 그려졌다.

호미(戶楣) 위에는 꽃과 새 모양을 조각했는데 아주 진짜 같았는데, 황금으로 칠하였다. 앞 문 밖에 커다랗게 물러설 곳이 있고 집안을 보니 절반 위에는 나무로 시렁을 만들고 비단으로 덮었다. 모두 쇠붙이로 기틀을 만들어, 그대로 둘 수도 있고 뗄 수도 있었다.

그 아래에는 왜인들의 처소인데, 옥상은 판으로 덮었다. 용마루를 새겨 만들었는데 검은 색이었다. 누각 위는 약간 높았다. 두 머리 쪽에 금빛 잉어 모양을 만들었는데, 머리는 숙이고 꼬리는 쳐들고 있었다. 마치 번쩍 뛰어오르는 것 같았다.

격왜(格倭)는 모두 누런 질감의 얼룩무늬 옷을 입었는데 검은 거북이 무늬였다. 뱃머리에 있는 8명은 상앗대를 잡고 뱃꼬리에 있는 16명은 노를 저었다. 옥상에 있는 6명은 긴 노를 잡고 배를 움직였다. 배꼬리 좌우에 금방울을 매달았으며, 붉은 끈으로 방을 둘렀다.

---

97 시회(蒔繪) : 마키에 금·은가루를 칠기 표면에 뿌려 만든 공예품이나 그림이다.

뱃꼬리에 있는 사람은 때때로 끌어당기면서 노꾼을 독려하는 소리를 냈다. 노꾼이 노를 저으며 먼저 노래를 부르면 모두 따라하는 것이 마치 창기들이 부르는 노래나 승려들의 독경 같았다. 노래의 곡조는 우렁차면서도 구슬퍼서 자못 들을 만했다. 이 배는 아버지께서 타신 배인데, 그 나머지 10척은 각각 다르게 제작되어 다 기술할 수가 없다.

원역이 탄 배는 매우 사치스러웠다. 대개 국서 및 사신이 탄 배는 강호에서 준비한 것이고 그 나머지는 각 주에서 낸 것이었기 때문에 서로 힘써 경쟁하는 것이 이와 같았다고 한다.

강호에서 준비한 4척은 모두 신묘 사행(1711) 때 만든 것을 대략 수리한 것이라고 한다. 예선은 좌우에 각각 5척이다. 출발한 지 얼마 되지 않아 등을 매달고 울타리를 쌓았는데 매우 견고했다. 해안 위에 인가가 높고 커서 우리나라의 종루의 좌우 거리 같았는데 날이 저물어 자세히 보지 못했다. 구경하는 사람이 마치 벌떼와 개미같이 모여 들어서 하나하나 능히 셀 수도 없었다. 혹은 배에 오르고 바위에 의지하거나 발을 걷어올리고 예선에 의지하거나 자리에 앉거나 담장을 따라 구경하였다. 아무리 조각 땅이라도 세금을 받고 구경했다. 왜통사가 1칸 땅에서 구경하는 세금이 은 30냥이라고 말해 주었다.

하구에서 거슬러 올라가 15리를 갔더니 구정교(龜井橋)였다. 구정교는 나무판으로 만들었는데, 높이는 6, 7장이었다. 위에는 난간을 설치하였는데, 길이가 수십 칸이었다. 모든 배들이 다리 아래 한가운데로 1칸 정도 여유가 있어서, 누선(樓船)이 지나가고도 남았다. 해안에는 모두 돌을 쌓아 집을 지었는데 크고 웅장하였다. 부유한 상인의 집이 아니라 열주 태수의 다옥이었다. 다옥 곁에는 울타리를 설치하여 채선을 보관하거나 혹은 판으로 가려 두었다. 장사하는 배들도 많았는데, 돛대가 커서 몇 아름이나 되었다.

몇 리를 가서 선진교(船津橋)를 지났다. 저택은 더욱 많았고, 화광은 더욱 빛났다. 다리 위에도 등을 매달았다. 대판의 강물이 얼마나 많은 갈래로 나뉘는지, 하구에서부터 여기까지 오는 사이에 여러 갈래였다. 그 가운데 동쪽으로 오는 갈래가 모두 열 개인데 여기로 모여들다가, 이 다리를 만나 북변(北邊)으로 한 갈래가 나뉘기 때문에 하구가 비로소 작아졌다. 동쪽으로 향해 가면서 옥강교(玉江橋), 민야교(民野橋), 도○교(道○橋), 대강교(大江橋)를 지났다. 이렇게 지나면 일곱 번째 다리가 난파교(難波橋)인데, 여기에 이르러 두 번째 갈래가 미처 나뉘지 않았기 때문에 하류가 약간 크다. 난파교는 화려한데 이것이 대판을 아우르는 이름이다.[98] 길의 좌우에 따로 포구가 있는 곳으로 통하는 다리가 있다. 대판에 있는 모든 다리를 합하면 수백 개라고 한다.

9척의 배가 차례로 연안에 와서 정박하였다. 판으로 대(臺)를 만들고 배전을 만들었다. 배가 있는 곳이 막혀 작은 배로 옮겨 탔다. 이때 대충 저녁을 먹었는데, 주방 하인이 대판에 가버려서 모두 굶주림을 면치 못하였다. 게다가 밤이 깊어진 후에는 날씨까지 자못 서늘해져 사람들이 이부자리 없이는 덜덜 떨림을 면하지 못하였다. 김죽산이 말하기를, "오늘 본 것이 평생 본 것 가운데 최고라고 할 만하다. 너무나 배고프고 추워서 나도 모르게 견디기 어렵다." 했는데 진정 그러하다.

4척의 배를 모두 선창에 대고, 국서를 봉안하여 육지에 내렸다. 삼사가 탄 배는 옥교가 있어서 자못 ○교(○轎) 같았다. 삼면에 비단 창을

98 난파(難波)나 낭화(浪華)의 일본어 발음이 모두 '나니와'인데, 대판, 즉 오사카의 옛 이름이다.

매달아 걸고, 좌우의 창이 있는데, 문처럼 밀어서 돌릴 수 있었다. 창을 밀고 들어가려면 뒤에 있는 방을 따라 올라가 다시 비단 대자리를 펴야 한다. 깃대는 검게 칠해서 빛이 났다. 매우 크거나 매우 짧아서 모자랐다. 대강(檯杠)은 12명이다. 또 4명이 뒤에 있으면서 서로 교체하였다. 전배가 이미 앞에 있고, 용정도 출발하였다. 삼행(三行) 이하 차례로 뒤따랐다.

상상관과 제술관, 양의는 현교(懸轎)에 탔다. 현교는 더러 타는 물건이라고 하는데 왜음으로 '노니모노[老尼模老]'라고 하며, 그 가운데가 상자 같아 겨우 한 사람이 비스듬히 앉을 수 있다. 좌우 및 앞에는 모두 비단창문과 종이창문이 있어서 임의로 밀어 돌렸다. 가마 위를 큰 나무 깃대로 고정하고 관통하여 앞뒤 각 두 사람이 멨다. 또 5, 6명이 뒤따르며 서로 교대하였다.

상관 이하 모두 금안장, 채색 언치, 등자(鐙子)를 갖춘 준마(駿馬)에 탔다. 등자는 나무로 만들었는데 괭이 같은 모양에 금으로 세밀하게 그림을 그렸다. 말 한 마리에 따르는 사람이 모두 10여 명으로, 비로소 동구에 들어가니 금교일정목(今橋一町目)이었다. 대개 6척 5촌을 간격으로 6칸이 1단(段)이고 10단이 1정(町)이 된다. 50정이 1리(里)인데 우리나라의 10리이다.

매 1정마다 1리문이 설치되는데, 밤이 되면 잠그고 지킨다. 정이 다하는 곳에 '십자(十字)' 거리가 만들어진다. 정정방방 하나도 들쭉날쭉하지 않고 조금도 기울어지지 않았다. 길은 줄을 그은 듯 반듯하고 집은 잇닿아 이어져 번성하였다. 이른바 금교정(今橋町), 북빈정(北濱町), 고려정(高麗町), 담로정(淡路町), 평야정(平野町), 비후정(備後町)을 지나는데, 시전에 걸음마다 등을 매달았다. 모두 정의 이름이 써져 있어서 알 수 있었다.

5리를 가니 관소였다. 관소는 서본원사(西本願寺)인데, 혹은 표어당(表御堂)이라고 했다. 법당(法堂)으로 통하는 앞길이 구불구불하였다. 관소에 들어갔는데 관소는 매우 넓었다. 동서에는 툇마루가 있고, 마루 밖에는 긴 행랑이 있었다. 북쪽에는 금벽(金碧)이었다. 부사의 관소와는 장자(壯子) 하나가 사이에 있었다.

밤이 이미 깊었는데 도주와 견장로(堅長老)가 관반(館伴) 미농 태수 등원장부, 가번장로 옥령 태수가 구례대로 와서 만나겠다고 했다. 그래서 아버지가 잠자리에 들지 못하고 관복을 가져오기를 기다렸다. 관복을 배에 두고 와서 끝내 찾아다 입지 못했고, 날이 밝도록 도주와 여러 사람이 퇴거할 수 없었다.

관반의 읍치는 화천주인데 그 선조가 을미 사행(1655) 때 관반이 되었는데, 그 후 잇달아 관반이 되었다. 무려 6번 통신사를 접대했다고 한다. 자(字)는 백윤(伯潤)이고, 호는 모정(茅亭)으로 식록은 5만 3천 석이라고 한다.

가번 장로의 호는 옥령(玉嶺)이고, 자는 수영(守英)인데, 왜경(倭京)의 혜일산(慧日山) 동복사(東福寺) 불이암(不二菴)에 거주한다. 임술(1682) 이전에는 전례에 따라 가번 장로가 대마도의 호행으로 가기 때문에 예조 서계에 '호섭창명(護涉滄溟)'이라고 해서 지금 그대로 썼는데, 신묘년(1711)에 가번 장로가 죽어 교체되어 왔고, 대판에 와서 맞이하였기 때문에 후에는 그대로 사례가 되었다.

대판은 기내도 섭진주에 소속되어 일찍이 수길이 도읍한 곳인데, 수뢰가 후에 관백이 되어 장입하였다. 일본의 3대 도회지는 대판, 왜경, 강호이다. 서남쪽은 바다로 막혀 있고, 동북쪽은 바다에 걸쳐 있다. 남북으로는 20리이고 동서로는 30리인데, 그 사이 민간 마을에 빈 터라고는 없다. 혹자는 20만 호라 하고 혹자는 10여 만 호라고 한다. 정자와 누대, 정원과 시전, 사찰 등이 번성하여 모두 다 기록할 수 없다. 이른바 어성(御城)은 동북에 있는데 성대(城代) 1명, 성번(城番) 2명, 가번(加番) 4명, 번두(番頭) 2명, 대번(大番) 200명이 있다. 성내에는 정봉행(町奉行) 2명, 선봉행 2명이 있는데, 모두 강호에서 뽑혀 온 사람들이다. 대저 관백의 잠입지이기 때문이다.

4월 22일

피곤했지만 억지로 법당에 가서 동량(棟樑)과 주미(株楣)를 봤다. 모두 거북이 무늬를 새긴 괴목으로 만들었는데 그 크기가 한 아름 되었다. 모두 합쳐서 460여 칸인데 대들보는 모두 도금하였고, 서까래에는 꽃과 새 모양을 새겼다. 대청 나무판은 모두 검붉게 칠했다. 지붕처마는 모두 구리 홈통이었다. 처마에 흐르는 물을 받아서 사면에 두루 그물망을 설치하고 창호(窓戶)에는 조각을 했는데 모두 정밀하교 기묘했다. 황극전을 내가 일찍이 본 적이 있는데, 그 크기와 높이는 이보다 낫다고 하겠지만 그 정묘하고 화려하기는 틀림없이 양보해야 할 것이다.

저녁 후에 삼사신이 모두 시복(時服)을 갖추고 정소(亭所)에 나왔다. 익은 음식을 받았는데 그 절차가 매우 번다하였다. 술과 음식이 매우 많았지만 입에 댈 만한 것이 없었다. 잔치 후에 관반이 정봉행 2명【구송축전수(久松筑前守) 관원정경소빈(菅原定卿小濱)과 주방수 평융품(平隆品)】과 함께 사신을 뵙기를 요청하였다. 풍절건을 쓰고 기둥 밖에 이르자, 사신이 읍하며 맞이하였다. 자리에 이르러 두 번 읍하고 앉아서 접대하였다.

왜인 소년 1명은 얼굴빛이 희고 잘 생겨서 사랑스러웠다. 드디어 필담하게 되었는데, 그의 성명과 나이와 거주지에 대해 물었더니 대답하기를, "성은 삼택(三宅)이고, 이름은 소화(紹華)이며, 호는 난능(蘭陵)으로, 화천주(和泉州)의 기실(記室)인데, 태수를 따라 와서 빈관(賓館)에서 모시고 대접하고 있습니다." 하기에 내가 말하기를, "대판은 섭진주의 땅인데 화천주에서 반접하는 것은 무슨 까닭입니까?" 하니, 대답하기를, "강호에서 내리는 명령은 땅의 원근에 구애받을 필요가 없습니다." 라고 했다. 내가 말하기를, "일공 등의 물건은 어떻게 마련합니까?" 하니, 대답하기를, "강호에서 옵니다." 하였다. 내가 말하기를, "그대는 어떤 책을 읽었습니까?" 하니, 대답하기를, "『소학』과 사서삼경입니다." 하기에, 내가 말하기를, "일본인은 몇 살에 독서를 시작합니까?" 하니, 대답하기를, "5, 6세부터 읽기 시작합니다." 하였다. 내가 말하기를, "먼저 어떤 책을 읽습니까?" 하니, 대답하기를, "『소학』을 먼저 읽습니다." 하였다. 내가 말하기를, "다음에는 어떤 책을 읽습니까?" 하니, 대답하기를, "다음으로 『대학』, 『논어』, 『맹자』, 『중용』을 읽고, 그 다음에 삼경(三經)을 읽습니다." 하였다. 내가 말하기를, "주자가 말하기를, 사람을 만드는 근본은 『소학』으로 말미암지 않고는 사람이 될 수 없다고 하였습니다. 그래서 우리나라에서는 태어나 나이 8세가 되면 모두 『소학』에 입문하여 '소쇄응대(掃灑應對)'의 예절을 모두 『소학』에 의거하여 실행합니다. 지금 들으니, 귀국에서도 먼저 『소학』을 가르친다니 매우 기쁩니다. 하지만 『소학』의 가르침을 능히 행하여 이루지 않으면 그저 읽기만 하는 것입니다." 하니, 고개를 숙이고 묵묵하며 자못 대답하기 어려운 기색이더니 한참 있다가 말하기를, "일본에서도 집집마다 읽고 외웁니다." 했다. 내가 말하기를 "집집마다 독송하니 비록 경복(敬服)한다고 하지만 만약에 읽기만 하고 능히 행하지 않는다면 이것은 '책은 책대로, 나는 나대로'이니, 어떻게 성현의 가르침을 더하는 것이겠습니까? 비록 하나하나 준행할 수 없다고 하더라도 무슨 일이든 무슨 가르침이든 일본에서 행할 수 있겠습니까?" 하였다. 대답을 듣기를 바라고 있는데 그가 대답하기를, "이제 막 공무가 있어 물러가겠습니다." 하고 드디어 일어나 갔다. 그 말에 대답하기 어려워서 그런 것처럼 같았다.

기이주(紀伊州)의 대납언(大納言) 원종직(源宗直)이 소금에 절인 고래【무게 3천 냥】, 소금에 절인 사슴【무게 2천 냥】을 바쳤다. 원종직은 바로 옛 관백을 대신하여 기이주의 태수가 되었는데, 바로 삼종실(三宗室) 가운데 하나이다. 읍치는 화가산(和哥山)이며, 식록은 55만 5천 석이라고 한다.

대판의 문사 4, 5명이 와서 사객(詞客)과 함께 수창하였다. 상월신경(上月信敬)【자는 단장(丹藏), 호는 학주(鶴洲)】이라는 자가 물어 말하기를, "양촌 권근의 『입학도설(入學圖說)』과 회재 이언적의 『구경연의(九經衍義)』, 퇴계 이황의 『격몽요결(擊蒙要訣)』, 『계몽보요해(啓蒙補要解)』 이후에 또 누구의 저서가 도(道)를 보위(保衛)하였습니까?"라고 하였는데, 『계몽보요해』는 틀림없이 잘못 들은 것이다.

침구 447건은 강호에서 만들어 보내서 일행에게 두루 보급하였다. 모두 비단명주였다. 다만 중·하관에게는 목면포(木棉布)가 보급되었다. 대저 예전 참에서 보았던 것이 보급되지 않은 것은 대마도 사람들이 방납했기 때문이다.

또 모기장을 바쳐서 일행에게 두루 나누어 주었는데, 다만 그 수가 조금 적었다. 2명 혹은 3명이 함께 받았다. 그 만듦새는 겸에에서 설치된 것과 비교해서 다름이 없었지만 좀 떨어졌다. 대개 이곳에는 모기와 등에가 매우 많아서 모기장이 없으면 정말로 여름을 나기 어렵다고 한다.

서울에 있을 때 일본인 이등유정(伊藤維楨)이 지은 『동자문(童子問)』을 얻어 보았는데 그 책이 오로지 정자와 주자를 비난하면서 이견을 주장하는 내용이었다. 스스로 공맹 이후에 성학심법(聖學心法)을 홀로 얻었다고 하였다. 여기까지 와서 통역 무리를 통해 그의 저술을 구해 보았다. 『논어고의(論語古義)』, 『어맹자의(語孟字義)』인데, 이른바 '고의(古義)'라는 것은 바로 스스로 자기 견해를 세워 분장하고 주석한 것이었다. '자의(字義)'라는 것은 바로 심성정(心性情)을 사단칠정(四端七情)과 성경(誠敬) 등의 글자를 가지고 글자를 따라 논변한 것이다. 외딴 바다의 오랑캐 아이가 우매한 곳에 앉아서 성현을 업신여긴 것이 이와 같으니 정말로 가련하고 가련하다. 이 밖에도 찬술한 것이 많다고 하지만 일단 얻어 보지 않았다.

어린아이 2명이 관소 밖에서 구경하기에 불러다 보니, 큰 아이는 12세이고 작은 아이는 8세였다. 얼굴빛이 희고 잘 생기고 행동거지가 차분하고 세심하였다. 『소학』을 읽었다고 하면서 품안에서 작은 부채를 꺼내 몇 글자를 써 달라고 하기에 써 주었더니, 손을 모아 감사하다고 했다. 또 약과를 주어서 보냈다. 대체로 일본 아이는 깨끗하고 예뻐서 사랑스러운데, 삭발을 하게 되면 쳐다볼 수조차 없다. 대체로 상처를 입어야 돌려보낸다니 불쌍하다.

유서기와 더불어 법당을 거닐다가 우연히 두 사람을 만났다. 삼택(三宅)과 함께 화도국흥(華陶國興)【호는 석병(石屛)】과 안정속옥(安井屬玉)【○○녹주(○○綠洲)】을 소개받아 여러 사람이 필담으로 수창하였다. 나도 함께 필화(筆話)하였다. 내가 물어 말하기를, "일본인이 찬술(纂述)한 정자와 주자를 우익(羽翼)한 책은 없습니까?" 하니, 대답하기를, "척재중

(惕齋仲) 선생이 저술한 책이 주자를 학문의 요체로 삼아 매우 풍부합니다.『강학필기(講學筆記)』,『추술소절(追述疏節)』,『신종소절(愼終疏節)』,『사서초기(四書鈔記)』 등의 책이 있습니다." 하기에 내가 묻기를, "산암재(山闇齋)와 목순암(木順菴), 천견경재(淺見絅齋), 패원독신(貝原篤信)[99]의 학문의 우열을 논할 수 있겠습니까?" 하니, 대답하기를, "산암재와 천견경재 두 선생은 질승(質勝)합니다. 목 선생은 실행과 문장은 일시에 뛰어나십니다. 패 선생은 박학하십니다. 모두 일세에 호걸이니, 제가 망령되게 논할 수가 없습니다." 했다. 내가 목하순암(木下順菴)의 유고에 대해서 물었더니, 대답하기를, "『금리문고(錦里文稿)』가 있습니다. 집에 있는데 아직 간행하지는 못했습니다." 하기에, 내가 조선의 서적이 일본에서 많이 유입되어 간행된다고 하는데 그러한지에 대해 물었더니, 대답하기를, "『퇴계집』과 『율곡집』과 『징비록』이 있습니다."라고 했다.

갑자기 관사 밖에서 어수선하고 떠들썩한 소리가 들렸다. 어린아이들이 와서 아뢰기를, "중관청에 불이 났습니다." 했다. 내가 여러 사람과 함께 가서 보았는데, 불 끄는 도구와 불 끄는 방법이 모두 매우 신묘하여 기이한 광경이었다. 관반(館伴)이 몸에 누런 사슴가죽으로 만든 긴 옷을 입고 머리에는 철투구를 썼다. 투구는 사면에 오색 사슴가죽을 드리웠는데, 인천주(鱗泉州)와 같았다. 화금도종인(火禁徒從人) 수백 명

---

99 패원독신(貝原篤信) : 가이바라 에키켄(貝原益軒, 1630~1714). 일본 철학자. 본명은 아쓰노부(篤信). 약 100권의 철학서적을 저술했는데 주로 사회의 계층구조에 관한 주자학의 개념을 강조하였다.『온나다이가쿠(女子大學)』,『도지쿤(童子訓)』 등을 통해 일본 최초로 유교 윤리를 여성과 어린이에게 적용시켰는데, 여기서 그는 여성들은 부모·시부모·남편을 따라야 하며, 아이들은 부모가 말한 것이라면 옳든 그르든 맹목적으로 받아들이도록 엄하게 가르치라고 하였다. 여러 지역을 여행한 대중적인 유학자로 많은 여행기록을 남겼다. 한편『야마토혼조(大和本草)』를 남겨 일본 식물학의 아버지라고도 불린다.

이 어떤 사람은 전의(氈衣)를 입고, 어떤 사람은 가죽옷을 입었다. 머리에는 소립(小笠)을 썼는데, 우리나라의 방립(方笠)처럼 생겼으며, 검게 칠했다. 이런 것들이 모두 불을 끄는 복장이다. 한꺼번에 사다리를 늘어놓고 빨리 지붕으로 올라가 철갈고리로 처마벽을 철거하였다. 정원에 있는 사람이 모두 작은 통에 물을 담아 계속해서 던지면 지붕에 있는 사람이 받아서 뿌렸다. 일을 벼락처럼 재빠르게 처리하여 숨조차 쉴 수 없었다. 불이 번지는 것을 면하게 되어서 다행이었다.

대개 불을 끄는 도구와 불을 끄는 방법은 비록 불의 기세가 치솟아 번져 더욱 맹렬해져도 바람을 잡으면 걱정이 없는 법이다. 대개 듣자니 상방의 화포군(火炮軍) 김복(金福)이 행중(行中)에 사용했던 화약을 다시 덜어내다가 양쪽 돌절구에서 갑자기 불이 치솟았는데 얼굴과 이마에 화상을 입는 것을 피할 수 없었다고 한다. 참혹하여 선소(船所)에 돌려보내 치료하게 하였다.

법당에 이르러 관문 밖을 바라보니 수천 명이 모두 아무개 정(町) 몇 정목(丁目)이라고 쓴 흑기(黑旗)를 가지고 있었는데, 각 사람이 10여 명은 족하였다. 모두 흑립에 가죽옷을 입고 있는데, 각각 부대(部隊)가 있었다. 잠깐 사이에 모여든 일꾼들이 이와 같이 가지런하였다. 불이 그친 후에도 바로 흩어지지 않고 점고한다고 한다. 매사에 신속하고 엄밀하여 모두 이와 같다.

재판 원여장(源如長)이 나에게 8종의 놀잇감을 보냈다.

일영(日影) 1개 : 작아서 겨우 반 촌(半寸)만 했다.

윤도(輪圖)[100] 1위(圍) : 마치 필관(筆管) 같았다.

---

100 윤도(輪圖) : 자침(磁針)으로 방위를 알 수 있도록 만든 기구를 가리킨다.

일감(日鑑) 1천(穿) : 작은 나무판에 구멍을 뚫었는데 판의 안팎에 유리를 통해 눈을 대면 공중에 오채가 영롱하였다.

지압(地押) 1개 : 백납(白鑞)으로 만들었는데, 4, 5촌이었다. 바로 서장(書杖)이다.

이발(耳拔) 1개 : 녹각으로 만들었는데 귀이개다.

그림주머니[畵囊] 1개 : 사슴가죽에 오채로 수를 놓았다.

연갑(硯匣) 1개와 벼루, 필묵도 있었다.

오색먹을 작은 묵갑(墨匣) 1개에 다 담았다.

나는 연갑과 묵갑만 받고 나머지는 모두 돌려주었다.

4월 27일

저녁에 비선이 갑자기 도착해서 한양에서 보낸 편지를 받았다. 편지를 보낸 것이 겨우 4월 20일인데 바다 건너 4천 리 이국에 도착하였으니 너무나 신기하다.

평방태(平方泰)가 지황주(地黃酒) 및 양갱(羊羹) 1정(錠)【모양은 중계(中桂) 같다. 맛은 마치 전약(煎藥) 같았다. 색은 아주 검었다.】, 미증(味噌)【감장(甘醬)】을 바쳤다.

4월 30일

한양에 보낼 편지를 마무리해서 비선 편에 부쳤다.

도주와 두 장로가 찾아와서 삼사가 시복을 입고 향청(享廳)에 나가 대접했다. 가번 장로라는 자는 키가 작고 여윈 얼굴인데 사람의 형상 같지 않아 보였다. 매우 해괴하였다.

육로로 출발한 후에 말을 탔다. 분잡해지기 쉬어서 종이에 글자를 찍어서 성첩하여 각 사람과 마부에게 나눠 주어 서로 기준으로 삼게 하였다. 그 무리들에게도 작은 목패(木牌)에 '상', '중' 등의 글자를 찍어서 주었다.

상마(上馬)는 70필인데, 상방에 26필, 부방에 24필, 삼방에 20필이 었다.

중마는 170필로, 상방에 61필, 부방에 59필, 삼방에 50필이었다.

승마(乘馬)는 104필로, 상방에 38필, 부방과 삼방에 각각 33필이었다.

재마(載馬)는 240필인데, 상방에 93필, 부방에 72필, 삼방에 66필이었고 나머지 9필은 삼행에 나눠 주었다. 대개 상차관 및 소동과 사노자(使奴子)는 상마를 타고, 중관은 모두 중마를 탔으며, 하관은 모두 승마를 탔다.

하관은 기수(旗手)가 되어 중마를 탔다고 한다. 재마는 짊을 싣는 말이다.

예단 등의 물품은 모두 대마도 사람들에게 내어 주어 운반하게 했다. 강호에 도착한 후에 와서 바쳤다고 한다.

예단 등의 물건은 장지(長持)[101]에 담았는데, 일본 음으로 '랑가모지(郎可冒枝)'라고 한다. 나무판으로 만들었는데 마치 상자 같았다. 그 길이는 1파 남짓이었고, 높이는 2척, 넓이도 같았다. 양쪽 머리 쪽에 거물(巨物)이 있어 긴 깃대로 고정하고 관통해서 앞뒤 각 두 사람이 메고 간다고 한다.

삼사 앞과 세 수역에게도 장지를 주어 이부자리를 담도록 했다.

---

101 장지(長持) : 나가모치. 의류·침구, 그 밖의 도구들을 담아 두는 긴 상자를 가리킨다.

수사일록 중권
隨槎日錄 中卷

5월 초1일

대판에서 길을 떠나 호화롭게 장식한 채선(彩船)을 타고 평방(平方)으로 갔다. 배 위에서 잤다. 50리를 갔다.

날이 밝지 않았는데 두 용정(龍亭)을 받들고 길을 나섰다. 전배(前陪)와 후배(後陪)는 대판에 올 때와 같았다. 구경하는 사람은 도착할 때보다 더욱 많았다. 여인들이 입은 옷은 그 만듦새가 같지 않았는데, 방주(方紬)로 머리를 가리거나 비단으로 머리를 싸매기도 하였다. 더러는 우리나라 전모(纏帽)처럼 생겼거나 당모(唐帽)처럼 생긴 것도 있었다. 붉은색이나 푸른색으로 수를 놓았거나 그림이 그려져 있었다. 곤룡포(袞龍袍)[1]와 비슷한 것도 있고 장오자(長襖子)처럼 생긴 것도 있었다.

차례로 나란히 앉아 있는데 시끄러운 소리 없이 고요하였다. 어린아이가 혹시 울기라도 하면 손으로 입을 막아 아무 소리도 내지 못하게 했다. 만약 떠들다가 지목되면 반드시 손을 묶어 소란을 떨지 못하게 하였으니 그 풍속이 얼마나 삼엄한지 알 수 있다.

---

1 곤룡포(袞龍袍) : 조선시대에 임금이 입던 정복(正服)을 이르던 말로 곤포(袞袍), 용포(龍袍)라고도 한다.

가게에는 모두 나무 간판이 걸려 있었다. 약가게에는 혹은 십전대보탕(十全大補湯), 혹은 보중익기탕(補中益氣湯) 혹은 서너 가지 약 이름을 나열해서 써두었는데 그 까닭을 모르겠다.

선창에 도착한 후에 채선을 올라 배에 머물렀다. 사격 무리들이 찾아왔는데 헤어지면서 슬퍼하였다. 차례로 모든 배가 닻을 풀고 바다로 나갔다. 예선(曳船)을 비롯해서 모든 절차가 대판에 도착할 때와 같았다. 천신교(天神橋), 천만교(天滿橋)를 지났는데 대판에서 큰 다리이다. 올 때 지나왔던 난파교(難波橋)와 함께 삼대교(三大橋)라고 한다. 다리는 모두 30여 시렁인데 시렁마다 배가 통과할 수 있으니 얼마나 큰지 알 수 있다.

오른쪽 기슭에 이른바 어성(御城)이 있는데, 초루(譙樓)는 삼면이고 높이는 하늘에 닿을 듯하였다. 보기에도 매우 장중하고 아름다웠다. 여기서부터 물가에 세워진 누대들이 아스라하고도 기이해서, 사람이 사는 곳 같지 않았다.

성장 이봉환이 기뻐하며 웃으며 말하기를, "만약 우리들이 뜻밖에 표류(漂流)하게 되어 이런 곳에 이르게 된다면 틀림없이 이런 궁실(宮室)을 은대(銀臺)와 금궐(金闕)이라고 생각할 것이다." 했는데, 그 말이 매우 이치에 맞다.

모든 배마다 각각 예군(曳軍)이 100여 명 있었고, 마을마다 교체되었다. 물가에는 대나무 울타리를 만들어 예군과 배를 머물러 두었다가 우리가 도착하면 내어 주었다.

깃발에는 각각 마을 이름을 썼다. 일제히 힘을 쓰며 떠들썩하게 배를 움직이며 깊은 곳으로 나아갔다. 때문에 왼쪽에서는 왼쪽에 있는 배를 이끌었고, 오른쪽에서는 오른쪽에 있는 배를 이끌었다. 밤이 깊어서야 평방에 정박하였다.

5월 초2일

평방에서 배를 띄워 정포(淀浦)에 이르러 육지에 올라 왜경(倭京, 교토)에 도착했다. 75리를 갔다.

영정근강수(永井近江守)의 식록은 3만 6천 석이다. 삼중(杉重)을 바쳤는데 사공에게 나눠 주었다. 도변민부(渡邊民部)가 참관(站官)으로 따라와서 대절(大折) 1합(合)과 삼중 1조(組)를 바쳤다. 관백(關白)의 뜻으로 와서 바치기 때문에 단자(單子)는 없었다.

해가 뜰 때 배를 띄웠다. 멀리 있는 산이 병풍처럼 에워쌌다. 50리를 가니 범포였다. 범포는 산성주(山城州)에 속해 있다. 도엽단후수(稻葉丹後守) 월지정보(越知正甫)의 읍치였다. 식록 15만 석이라고 한다.[2]

부성(府城)은 강가에 위치해서 물을 끌어다가 해자를 만들었다. 누층과 초루가 곳곳에 솟아 있었고 하얀 벽이 햇빛에 빛났다. 웅장한 고을이었다.

성 밖에 있는 강 가운데 두 곳에 수차(水車)가 있었는데, 하나는 크고 하나는 작았다. 모양이 마치 고치를 켜는 물레 같았다. 수십 개의 바퀴살을 만들어 앞뒤 바퀴살 사이에 꽤나 많은 작은 나무쪽을 이어서 가까이 있는 바퀴살에 바퀴살 2개 간격으로 촘촘히 짜 넣었는데, 마치 사립문같이 물이 부딪히게 했다.

두 개의 바퀴살 사이에 작은 통 하나를 매달아서 바퀴살이 순환할 때마다 물을 퍼 올렸다. 그 위에 따로 시렁을 설치하고 통을 준비하여

---

2 조명채의 『봉사일본시문견록』에는 1만 3천 석이라고 기록되어 있다.

걸어 두었다. 통이 여기에 이르면 뒤집어져 물이 쏟아졌다. 수차가 한 번 돌면 10여 개의 물통이 모두 한 차례 물을 쏟아부어서 삽시간에 물을 써버렸다.

배가 정박하자 국서를 받들고 육지에 내렸다. 여기서부터는 육로이다. 커다란 다리를 지나 100여 걸음을 가서【모두 안마(鞍馬)를 탔다.】 관사에 들어갔다. 관사는 해자의 물가에 있었는데 기슭 굽이굽이에 있는 하얀 성첩이 자못 상쾌하게 느껴졌다.

집 안에는 꽃병이 있었고, 꽃병에 국화와 붉고 하얀 꽃, 난초꽃이 꽂혀 있었다. 봄에 피는 난초와 가을의 국화의 꽃이 뜨거운 여름에 함께 피어 있으니 매우 이상한 일이다.

점심을 먹은 후에 도주가 먼저 출발하였는데, 전배의 뒤를 좇아 오는 사람들이 몇천 명은 되었다. 사행이 세 번 나팔을 불자, 전례에 따라 출발했다. 삼사신 및 원역은 모두 홍단령(紅團領)을 입었는데, 왜경을 지나가야 하기 때문이었다.

여염집과 상점이 서로 끊어지지 않고 이어졌다. 길가에는 대나무 밭이 많이 있었다. 대나무를 캐다가 파자(芭子)를 만들었는데 그 모양새가 아주 가지런히 잘 정돈되어 있었다. 마을 주변에 대나무를 엮어 난간을 만들어 두어서, 구경하는 사람들이 감히 난간 밖으로 마음대로 나올 수 없었다. 동쪽으로 10리쯤에 보이는 곳에 복견성(伏見城)[3]이 있었다. 지난날 풍신수길(豊臣秀吉)의 근거지였다.

20리를 갔다. 옛 전례에 따라 잠시 실상사(實相寺)에 들렀다. 왼쪽에

3 복견성(伏見城) : 후시미성. 교토(京都) 후시미구(伏見區)에 위치한 성이다. 도요토미 히데요시(豊臣秀吉)가 자신의 은거 후 거처로 삼기 위해 축성한 것인데, 전투로 소실되었다가 도쿠가와 이에야스(德川家康)에 의해 재건되었다.

5층 불탑(佛塔)이 있었다. 이것이 동사(東寺)라고 한다. 도읍 안으로 들어가니 마을에 집이 즐비하고, 가게들이 넓고 탁 트였다. 동네는 가지런히 정리되어 있었고 도로는 곧고 평평하였다. 볼거리가 번성한 것이 대판과 비교하면 다섯 배는 되겠다. 하지만 궁실의 사치스러움이나 의복의 화려함은 대판보다 조금 뒤졌는데, 시장 사람의 흥정하는 소리나 상인들이 폭주하는 모습이 대판에는 미치지 못하였기 때문이다. 이따금 가게 사이에서 쟁쟁한 쇳소리가 들려왔다. 금도(禁徒)들이 철장을 가지고 있었는데, 장두(杖頭)에 쇠고리를 걸어서 철장으로 땅을 치면 쇳소리가 났다. 밤의 도둑을 경계하는 도구이다.

수십 개의 마을 문을 지나서 관소(館所)에 이르렀다. 관소는 국본사(國本寺)였다. 집의 만듦새는 크고 아름다웠으며, 수천 여 칸은 되었다. 관소 뒤에는 오층사루(五層寺樓)가 있었는데 동사에 있는 것과 같았다.

서경윤(西京尹)이 삼사를 찾아와서 만났다. 삼사가 기둥 밖에 나가 맞이하였다. 도주는 건물 아래까지 내려가 맞이하였는데, 협문으로 출입하고 앞에서는 부복하였다. 이리저리 바쁘게 말을 전하며 통역하는 일을 했다. 매우 재빠르게 나가고 물러갔다. 경윤은 바로 투야비후수(投野備後守) 원정통(源貞通)인데 일각모(一角帽)[4]를 썼다. 사람됨은 차분하고 세심해 보였다. 경윤은 세습되는 지위가 아니라 태수가 선택해서 보내는데, 집정(執政)[5] 등과 함께하는 지위라고 한다.

관반(館伴) 송평미농수(松平美濃守) 원신경(源信卿)이 찾아와서 만났

4 일각모(一角帽) : 모난 모자라는 뜻으로 사모(紗帽)와 같은데 뾰족하고 작으며 뒤에 일각을 드리웠다. 벼슬이 높은 자가 쓰는 모자이다.

5 집정(執政) : 일본의 대중신(大重臣)으로 대로(大老)와 노중(老中)을 부르는 호칭이다.

다. 풍절건(風折巾)을 썼는데 사람됨은 맑고 수려해 보였으며, 행동거지가 반듯하고 공손스러웠다.

참관(站官) 삼정하총수(三井下總守) 평양용(平良龍)과 영정단파수(永井丹波守) 대강직지(大江直之)【두 사람은 정(町)의 봉행(奉行)[6]이다.】가 찾아와서 만나 접대하였다. 관반의 예의(禮儀)를 보는 듯하였다.

경윤(京尹)이 곤포(昆布) 1상자, 궐준(蕨樽) 1동이를 바쳤다. 관반은 조종(蓧粽) 5백 파(把)를 바쳤다. 마치 우리나라의 가래떡 같은데 죽엽(竹葉)으로 싸서 찌면 먹을 만했다. 대청(大廳)에 숙공(熟供)[7]을 내었는데, 반찬은 먹을 수가 없었다. 꽃으로 장식한 교묘한 상에 내온 반찬의 가지 수는 많아서 대판과 더불어 다름이 없었다. 상을 물린 후에 도주가 비로소 개인 숙소로 돌아갔다고 한다. 세 명의 수역(首譯)[8]은 대청에서 지공을 받았고, 상관(上官)은 다른 곳에서 받았다.

왜경은 서경(西京)이라고도 한다. 북쪽에는 애탕산(愛宕山)이 있는데 웅장하고 기이하게 우뚝 솟아 오른 진산(鎭山)이다. 산성주(山城州)에 속한 땅이다. 바로 왜황(倭皇)의 도읍이다. 왜황은 처음에 대화주(大和州)에 도읍을 정했는데, 뒤에 장문주(長門州)로 옮겼다. 환무천황(桓武天皇)[9] 때 이곳으로 도읍을 옮긴 지 천여 년이 되었다. 400년 내지는

---

6 봉행(奉行) : 군장(君長)의 명을 받아 국부(局部)의 일을 전담하는 우두머리를 가리킨다.

7 숙공(熟供) : 왜인들이 음식을 준비하여 제공하는 식사를 가리킨다. 사신의 등급에 따라 대접하는 회수와 음식의 가지 수가 다르며 정해진 법식도 다르다.

8 수역(首譯) : 역관 가운데 우두머리가 되는 역관이다.

9 환무천황(桓武天皇) : 간무천황(737~806). 백원황(柏原皇)이라고도 한다. 이름은 야마노베(山部)이다. 고닌천황(光仁天皇)의 태자이며 어머니는 다카노 씨(高野氏)이다. 782년에서 806년까지 다스리면서 도읍을 산주(山州) 나가오카성(長岡城)으로 옮겼다가 다시 헤이안성(平安城)으로 정하였다. 당나라에 사신을 파견하기도 하였다.

500년 전부터 권력이 관백에게 돌아가서 한갓 빈자리에 옹립될 뿐이다. 속담에 아무 일도 하지 않는 것을 '왜황(倭皇)'이라고 하는 것이 이 때문이다.

다만 나라 안에 연호(年號)나 역서(曆書)를 반포하거나 관직을 제수하고 고장(誥章)과 도서(圖書)에 왜황의 옥쇄가 반드시 필요하다. 관직을 제수받는 사람은 숙배(肅拜)하지는 않고, 대신에 보화(寶貨)나 일용에 필요한 물품을 바친다. 또한 기내(畿內)의 땅을 탕읍(湯邑)으로 만들어 자봉(自奉)하는 수단으로 삼는다. 자녀 가운데 가장 나이가 많은 자가 그 지위를 이어받기 때문에 여황제(女皇帝)도 많다. 나머지 자녀는 승려나 비구니가 되었다. 지존은 누구와도 나란히 할 수 없기 때문이다. 일찍이 듣자니, 우리나라의 사행이 지나갈 때 왜황이 반드시 구경한다고 하는데 지금도 그런지 아닌지는 모르겠다.

5월 초3일

왜경에서 출발하여 대진(大津)에서 점심을 먹고 그대로 유숙하였다. 30리를 갔다.

진시(辰時)에 출발했다. 구경하는 사람이 왜경에 도착할 때보다 더욱 많아졌다. 사람들의 얼굴이 장막을 만들며 벌떼같이 모였다. 시전 가운데에는 종이와 붓을 가지고 사행의 위엄을 기록해 주는 사람도 있고, 전일의 사행을 인쇄한 책을 열어 보는 사람도 있었다. 대판에 있을 때 일행의 배립(排立)과 차제(次第)를 대마도 사람에게 그려 주었는데, 이것을 가지고 고정(考訂)하여 보는 사람이 많았다. 그 정밀한 습속을 알 만하다.

약 15리를 가서야 왜경을 비로소 벗어났다. 산골짜기를 질러서 시골 집들이 사이사이에 있었다. 도로는 비록 넓지는 않았지만 매우 평탄하였다. 좌우에 반드시 작은 축대가 있었으며, 잔디로 정갈하게 덮여 있어서 마치 용미(龍尾)가 늘어진 분토(墳土)와 같았다. 길 왼편에 있는 큰 돈대(墩臺)에 홰나무와 느릅나무를 심었는데, 이른바 '이총(里塚)'이었다. 한 마을에 하나의 무덤이 있는데, 마치 우리나라의 후정(堠亭) 같았다. 1리는 우리나라의 10리이다. 무덤의 모양은 마치 높고 큰 분묘와 비슷했다. 왜인은 본래 봉분(封墳)을 만들지 않는데, 지금 길을 만드는 제도에서는 분토를 하면서 용미의 모양도 하니 우습다. 일본의 큰 길은 모두 이와 같다고 한다.

마을마다 주변에 반드시 석비를 세우거나 나무아미타불을 새기거나 묘법연화경이라도 새기는데, 아무리 작은 마을이라 하더라도 반드시 마을 사당이 있었다. 큰 마을에는 서너 개의 비석이 있고, 신사(神寺)나 불당(佛堂)도 곳곳에 있다. 왜인이 모두 부처를 숭상하고 귀신을 숭상하는 것이 이와 같다.

대진의 관소는 묘광산(妙光山)의 본장사(本長寺)인데 매우 좁았다. 대진은 근강주(近江州)에 속해 있으며, 관백의 장입(藏入)이다. 참관(站官)은 청산인번수(青山因幡守) 풍원충지(豊原忠知)이며 식록은 5만 석이다. 반찬 한 광주리를 바쳤다. 여기서부터 각 참마다 모두 바쳤다.

5월 초4일

삼산(森山)에 갔다. 50리를 갔다.

오후에 출발하였다. 미처 3, 4리를 가지도 않았는데 길 왼편에 호수(湖水)가 드넓게 보였다. 물어보지 않아도 '비파호(琵琶湖)'라는 것을 알 수 있다. 혹은 '근강호(近江湖)'라고 했다. 근강주에 있기 때문이다. 호수는 동서 70리였고, 남북 300리였다. 그 모양이 비파 같아서 이름을 비파호라고 한다. 민간에 전해지기를, 천여 년 전에 근강주 땅이 푹 꺼져서 비파호가 되었고, 준하주(駿河州)의 산이 솟아올라서 부사산(富士山)이 되었다고 한다. 매우 황당한 일이다.

호수 연안의 봉우리는 높지도 않고 험하지도 않았다. 소나무와 귤나무가 구름 속에 피어오르는 듯 그림 같았고, 담담하게 출렁이는 물결은 맑고 푸르러서, 굽어보면 거울처럼 물고기를 볼 수 있을 정도이다. 그 광활함을 말하면 바다 같고, 물빛을 말하면 거울 같다. 푸르른 산과 푸른 벼랑을 휘돌아 돛단 상선(商船)이 저절로 가고 저절로 오면서 중류(中流)에 떠있으며, 갈매기와 해오라기가 서로 서로 친근하니 정말로 신선이 사는 곳이었다.

선소성(膳所城)을 지나니, 바로 본다주선정(本多主膳正) 등원강민(藤原康敏)의 읍치이다. 성부(城府)의 마을은 웅장하고 아름다웠다. 층루의 하얀 벽은 곧장 호수에 닿아 있고, 호수를 끌어다 해자를 만들었다. 뛰어난 경치에 참으로 가마를 내려 걷고 싶었지만, 그럴 수 없었다. 20여 리를 갔다.

신전촌(新田村) 주변에 이르러 대마도 사람이 잠시 쉬어가자고 했다. 다옥은 모두 사행을 위해 새로 마련한 곳이다. 드디어 가마에서 내렸다. 선소태수(膳所太守)가 봉행을 보내 술과 과자, 떡, 차를 바쳤는데 가마꾼들에게 나눠 주었다.

좌우 길가에 큰 소나무가 조금도 끊어지지 않고 이어져 있었다. 위에는 양쪽 끝에 있는 가지와 나뭇잎이 서로 뒤섞여서 한 그루를 이루었다. 비록 몹시 덥기는 했지만, 녹음 사이로 맑은 바람이 불어와 타는 듯한 여행길의 괴로움을 녹여주었다. 이 소나무들은 사행을 위해서 심은 것이었기 때문에, 가장 작은 나무는 기해년(1719)에 심은 나무이고, 조금 작은 나무는 신묘년(1711)에 심은 나무였다. 임술년(1682)과 을미년(1655)에 심은 나무도 구별할 수 있었다.

여기에서부터 강호에 이르기까지 모두 이와 같다고 한다. 올해도 새로 심은 것이 있었다. 권촌(綣綠)에 이르러 날이 저물어서 등불을 밝혔다. 숲 사이에 셀 수도 없을 만큼의 반딧불이 보였는데, 둥글게 덩어리졌다가 줄지어 늘어섰다. 그 빛이 횃불 같았다. 마부가 쫓아가 5, 6개를 잡아 와서 보여주었다. 듣자니 이곳의 반딧불이 나라 안에서 유명하다고 한다. 등불 아래서 15리쯤 갔다. 비로소 삼산에 이르렀다. 관소는 동림사(東林寺)였고, 참관 석천주전두(石川主殿頭) 원총도(源總度)이다. 식록은 6만 석이다. 삼중을 바쳤다.

육지에 올라온 후 길을 따라 도주의 관소를 지나게 되면 대마도 사람들이 갑자기 사행의 일행을 꾸짖으며 말에서 내려오게 하였다. 사신이 나라를 욕보인 것이라고 하여 이 문제로 여러 차례 의견이 오고 갔다. 도주가 사람을 보내 범죄자 2명을 중률(重律)에 처리했다고 말했다. 적용된 형률의 이름에 대해 물었더니, '소방(召放)'[10]이라고 하는데 죽음을 감해준 벌이라고 한다. 일본에는 본래 태형(笞刑)에 처하는 법이 없어서 중죄인은 참형에 처하고 조금 중한 자는 '소방'하여 다시는 임용하지 않으며, 아들 손자까지도 관인이 될 수 없다고 한다. 그러나 과연 그 말대로 하는지에 대해서는 모르겠다.

행차의 배립과 차서는 대판에 있을 때 한 번 건기(件記)를 지었다. 각방의 도훈도(道訓導)가 어지럽지 않게 하기 위해서 청도기(淸道旗) 3쌍

---

10 소방(召放) : 메시하나치. 관가에서 모든 것을 박탈하고 내쫓는 것을 말한다.

을 앞에 두고 짝을 이뤄 나누어 섰다.

독(纛) 1쌍

그 다음 형명(形名) 깃발 1쌍, 포수 1쌍

그 다음 도훈도 1명, 거중언월도(居中偃月刀) 1쌍, 장창(長槍) 3쌍, 삼지창(三枝槍) 3쌍

그 다음 삼용수(三冗手) 1명, 거중쟁수(居中錚手) 1쌍, 나팔(喇叭) 3쌍, 나각(螺角) 3쌍, 태평소(太平簫) 3쌍, 동고(銅鼓) 1쌍, 점자(點子) 1쌍, 마상고(馬上鼓) 2쌍, 포(砲) 1쌍, 나장(羅將) 1쌍, 마상재(馬上才) 1쌍, 별파진(別破陣) 1쌍, 군관(軍官) 4쌍, 북 1쌍인데 북 1명, 장고(杖鼓) 1명에 장고 1쌍, ○○ 3쌍, 혜금 1쌍, 피리 1명 및 해금 1명이 1쌍, 전악 1쌍, 나장 1쌍, 도훈도 1명, 쟁수 1명, 삼혈수 1명

모두 중간에 있으면서 용정을 모셨다.

사자관(寫字官) 1쌍, 배행인배나장(陪行印陪羅將) 1쌍, 인신마(印信馬)로 뫼시는 인배통인(印陪通引)

그 다음 순시기(巡視旗) 1쌍, 영기(令旗)[11] 1쌍, 절술(節鉞) 1쌍, 소동(小童) 1쌍, 나장 1쌍

정사의 행차에 일산으로 모시는 일행

창방자(唱房子) 각 1명, 좌우에 모시는 자제군관 1원, 역관 1원, 중방노자 소통사 각 1명, 거중순시 1쌍, 영기 1쌍, 절월(節鉞) 1쌍, 소동 2쌍, 나장 1쌍

부사의 행차에 일산으로 모시는 일행

---

11 영기(令旗) : 군중(軍中)에서 명령을 내릴 때 전령(傳令)이 가지고 가는 깃발로 '영(令)'이 쓰여 있다. 그 깃발을 드는 사람을 지칭하기도 한다.

급창방자 각 1명, 좌우에 모시는 자제군관 1원, 배역(陪譯) 1원, 중방 노자 소통사 각 1명, 거중순시 1쌍, 영기 1쌍, 소동 2쌍, 나장 1쌍

종사관의 행차에 일산으로 모시는 일행

자제군관 1원, 배역 1원, 중방 노자, 소통사 각 1명, 거중도훈도(居中都訓導), 삼혈수(三穴手) 각 1명이 한 쌍이 된다.

당역(當譯) 3원, 제술관, 서기, 양의, 의원, 화원, 상판사, 차상판사, 압물통사, 차관, 중관, 하관은 모두 그 다음 줄에 섰다.

각방 일공관 각 1원, 건량관 각 1원, 소통사 각 1명, 오일고자(五日庫子) 각 1명, 주방 소속 하인, 영복, 중하관은 모두 먼저 갔다.

이전 참(站) 소속 왜인 호행은 재판 1명으로 청도기(淸道旗)의 앞에 있었다.

1명은 상차관의 뒤에 있었다. 봉행은 맨 뒤에 있었다. 금도는 각 2쌍은 양 용정의 앞 및 각방의 교자(轎子) 앞에 있었다. 이들은 모두 대마도 사람이었다.

각참(各站)의 금도는 1쌍이거나 3쌍이었다. 일산배(日傘陪) 각 1명, 전배(前陪) 나장 각 1쌍, 및 창방(唱房) 각 1명, 전배(前陪)의 금도(禁徒) 외는 모두 말을 탔다. 그래서 나장은 서로 교체하고 급창방자는 소통사의 말을 빌려 타기도 했다.

도주 및 두 장로(長老)[12]가 거느린 사람과 각 참의 지공관이 거느린 사람은 몇 천만이 되는지 모르겠다. 아무리 멀리 있는 참(站)이라고 할지라도 전두(前頭)에 있기도 하고, 이미 전참(前站)에 들어갔는데도 가

---

12 장로(長老) : 승려에 대한 존칭으로 일본에서는 선종(禪宗)의 주지승을 지칭하는 호칭이다.

장 뒤에 있기도 하며, 아직 후참(後站)에서 출발하지 못했다고도 한다.

눈앞에 있는 사행은 삼현(三絃)인데 다만 일패(一牌)의 서차(序次)도 분명하지 않다.

지금은 삼현이 삼패(三牌)의 서차에 이르러서 매우 분명하다.

왜통사가 말하기를, "행차의 규모가 가지런히 정돈되고 엄칙(嚴飭)하여, 이전의 사행과는 비교할 바 아닙니다." 했다. 입참(入站)의 뒤에는 상방(上方)[13], 병방, 군관은 군령판(軍令版)으로 받아 나갔다. 다음날 출발한 군령, 소동은 부삼방 및 행중제인에게 두루 보여주었다.

대마도 호행인은 자기 태수 및 장로에게 통고(通告)하였다. 다음날 첫 번째 나팔 소리에 도주와 장로가 먼저 출발하고, 두 번째 나팔 소리에 전배가 다음으로 출발하였다. 세 번째 나팔소리에 사자관 두 사람이 절하고 아뢰어 말하기를, "국서를 받들라." 하자, 저들이【유생(儒生)이라고 부른다.】 용정을 공경이 받들고 나갔다. 삼사가 뒤따라 대청에 이르러 몸을 굽히며 배웅하고 드디어 출발하였다.

삼방에는 각각 가마에 오르며 포를 쏘았다. 행차에 가마꾼 30여 명이 서로 교체하였다. 상마(上馬)는 모두 금안장에 수놓은 굴레와 비단 채찍이 있었으며, 장니(障泥, 진흙받이)는 푸르거나 붉은색이었다. 금으로 세밀하게 그림을 그렸다. 등자(鐙子)는 나무로 만들었는데 금칠했거나 은칠하였다. 안장 뒤에서부터 꼬리까지 자색 비단 그물로 입혔다. 좌우에 견부(牽夫)가 끌고 가면서 잠깐이라도 놓지 않았다.

뒤따르는 사람은 9명인데 그중 한 명이 '약당(若黨)은 양 검을 차고 잘 타이르라' 하였다. 따르는 사람이 모두 문자를 알고 영리한 사람들

---

13 상방(上方) : 통신사의 상사(上使)를 이르는 말로 상상(上相)이라고도 한다.

이다. 그중 한 명은 커다란 우산(雨傘)을 들고 있고, 한 명은 작은 우산을 들고 있다. 그 한 명은 우구(雨具)를 가득 채운 상자를 짊어지고 있었으며, 한 명은 자기들의 우구를 메고 있었다. 한 명은 표자(瓢子)를 가지고 있고, 한 명은 등롱(燈籠)을 들고 있으며, 두 명은 고삐를 잡고 있었다.

중마(中馬)를 따르는 사람은 모두 8명이다. 상마와 비교하면 약당(若黨)만 없을 뿐이다. 물론 상중마 모두 말갈기를 잘랐다. 내가 웃으면서 말하기를, "이미 자기 머리칼도 자르고 말갈기도 잘랐으니, 만약에 말이 안다면 틀림없이 만이(蠻夷)의 나라에 태어난 것을 후회할 것이다." 했다. 또한 말발굽도 쇠로 만들지 않고 짚신을 신겨서 10여 리 내에 한 번은 꼭 바꿔야 해서 빨리 가는 데 방해가 된다.

비가 올 경우, 그물로 종이말을 묶어서 진흙이 묻지 않도록 했다. 대개 말을 다루는 법을 몰라서, 말이 혹시나 놀라 달아나면 모두 그저 휘둥그레 쳐다보면서 도망쳤다. 비록 준마(駿馬)라고 하더라도 잘 달리지 못해서 우리나라 짐말과 다름이 없었다. 저들이 우리나라의 마상재(馬上才)를 가지고 천하의 묘기라고 하는 것은 진실로 이 때문이다.

교량과 성부의 경계를 지날 때면 금도 3, 4명 혹은 10여 명이 내려와서 국서를 공경히 맞이하였다. 사행이 지날 때도 마찬가지였다. 참에 이르러 사행의 관소에는 '삼대사하처(三大使下處)'라고 쓰여 있거나 혹은 '삼관사여차(三官使旅次)', '삼사어숙(三使御宿)'이라고 쓰여 있었다. 똑같지 않았지만 상관, 차관 이하는 모두 표식이 있었다.

도주의 관소에는 '종대마수숙(宗對馬守宿)', 장로의 관소에는 '견장로숙(堅長老宿)', '영장로숙(英長老宿)'이라고 했다. 하왜(下倭)의 숙소도 모두 마련되어 있었다. 통사 무리의 숙소에는 '아무개 님[某樣] 어숙(御宿)'

이라고 쓰여 있었으니, 가소롭다.

전배가 먼저 관소에 들어가서 모두 차례로 배립하고 국서가 도착하자 공경히 맞이하였다. 가마에서 내리며 포를 쏘았다. 종사관 행차가 관소에 들어간 후에 비로소 취타(吹打) 및 삼현(三絃)이 그쳤다.

5월 초5일

점심을 먹고 번산(幡山)에 들어갔다.【40리】 언근성(彦根城)에서 머물렀다.【50리】 90리를 갔다.

묘시에 출발하였다. 소나무 그늘 사이인데다 양산을 펼치니, 더위를 잊을 만했다. 심지어 노복(老僕)까지도 모두 똑같았으니 외람되다고 할 만하다.

밭두둑마다 모두 나무를 길렀다. 아무리 넓은 들판의 밭이라도 온갖 풀꽃이 무성하여 보기에는 길게 뻗어 있는 숲에 깊은 수풀 같았다. 이곳은 온돌(溫堗)의 효과가 없다. 밭을 다루는 제도도 매우 정제(整齊)되고 방정(方正)하니, 자못 옛 제도가 남아있는 것 같았다. 이제야 파종을 하거나, 이미 모내기를 한 곳도 있었다. 미처 베지 못한 보리밭도 많았다 나룻가 들빛은 푸르거나 누렇다.

40리를 갔다. 팔번산(八幡山)의 관소인 금대사(金臺寺)는 근강주에 속했다. 참관은 송평능등수(松平能登守) 원승온(源乘溫)이었다. 식록은 3만 석이다. 삼중을 바쳤다. 정이소부두(井伊掃部頭) 등원직정(藤原直定)의 식록은 30만 석이다. 삼중을 바쳤다. 직정은 직효(直孝)의 증손자이다. 직효는 관백 가강(家康)의 외손이다. 조흥(調興)이 우리나라를 모함하자 관백이 약속을 저버리고 병사를 일으키려고 하였는데, 직효가 힘을 써서 무사하게 되었다. 때문에 직정의 형인 직유(直惟)가 태수로 기해 사행(1719)을 당해 따로 의심을 받은 것은 이러한 이유 때문이다. 그 다스리는 곳은 언근성(彦根城)이다. 우리 일행이 그곳에 머물게 되었다. 그런데 먼저 길을 떠나 이 자를 보낸 것은 후대하는 뜻이다.

밥을 먹은 후에 작은 고개 하나를 넘었다. 고개 아래에 호수가 있었는데 바로 비파호의 한 고비였다. 30여 리를 갔다. 다옥에서 잠시 쉬었다가 출발하였다. 대개 수십 리 혹은 십 리 사이에 다옥이 마련되어 있었다. 고을 수령이 봉행을 보내 지키게 하면서 다과를 마련해 두었다.

사행이 도착하자 뭇 왜인들이 가마에서 내리기를 굳이 청하기에 허락하였더니, 왜인들이 뛸 듯이 기뻐하였다. 그러나 가마 앞에 달려오는 것은 허락하지 않았다. 차를 따르며 마시라고 권유하였는데, 기필코 조금이라도 마시게 했다. 다옥은 3, 4칸이거나 10여 칸이었다. 모두 매우 정결하여 앉을 만했다. 화장실도 곳곳마다 새로 마련했는데 '측(厠)' 자를 써서 걸어 두었다. 혹은 '조선인야설은(朝鮮人野雪隱)'이라고 하는데 '야설은'은 일본의 측실(厠室)의 속담이다. 지나치는 촌마을의 한 집마다 수통(水桶)을 하나씩 두어서 아랫사람들이 갈증을 풀게 하였다.

한 구역을 돌자 갑자기 하얀 성첩이 반공(半空)에 매달려 있었는데 바로 좌화산(佐和山)이었다. 일명 언근성인데 근강주의 땅이다. 마을이 즐비하고 누대가 크고 웅장했다. 시전은 번화하여 대판에 버금갔다. 유시(酉時)에 성에 들어가 관소에 갔다. 관소는 종안사(宗安寺)였다. 집의 만듦새가 매우 웅장했다.

5월 6일

점심을 먹었다. 금차촌(今次村)에 이르렀다.【35리】 대원(大垣)에 머물렀다.【70리】 105리를 갔다.

묘시에 출발했다. 절통판(折通坂)을 넘었고, 또 접침령(摺針嶺)을 넘었다. 높이가 절통판보다 높았다. 봉우리 꼭대기에 있는 정자에서 호당(湖堂)을 두루 바라볼 수 있었다. 작은 고개 하나를 지나서 성정촌(醒井村)에 이르렀다. 재판이 송평미농수(松平美濃守)의 다옥에서 잠시 쉬어가자고 하였다. 본수(本守)가 이미 다과를 준비하고 기다리고 있었다.

다옥 뒤에는 석천(石泉)을 끌어들여 네모난 못을 만들었다. 사면에 괴석을 어지럽게 쌓아두었다. 옛날에 왜황의 아들 무존(武尊)이 동쪽을 정벌하고 돌아오면서 담취산(膽吹山)에 이르러 뱀독에 중독되어 괴로워하였는데, 여기에서 물을 취할 듯이 마시고 깨어났기 때문에 생긴 이름이라고 한다.

바로 출발하여 백원촌(栢原村)에 도착하였고 물어촌(勿語村)에서 잤다. 금차촌의 관소에 이르렀는데 마을사람 이등오랑차(伊藤五郎次)의 집이었다. 이곳에서 이미 6대를 살아서 6번이나 통신사의 관소가 되었다고 한다. 집 뒤에 돌을 쌓아 가산(假山)을 만들었는데 그 모양이 자못 기이하였다.

밥을 먹고 나서 바로 출발하였다. 야상촌(野上村), 전유촌(田留村), 승정촌(乘井村) 등을 지나 해가 저물어서야 대원(大垣)에 도착했다. 시장이 번화하여 언근성에 못지않았다. 관사 밖에 부교가 있었다. 관사는 전창사(全昌寺)의 화림원(花林院)이었는데 매우 크고 웅장했다. 금차는 미농주(美濃州) 땅이다.

오늘 걸은 거리는 105리인데, 마을이 없어진 지 오래된 곳을 합하여 계산한 것이다. 그런데 마을이 없는 곳은 겨우 20여 리 밖에 안 된다. 신당(神堂)과 불사(佛寺)는 가는 곳마다 더욱더 많았다. 깊은 숲 맑은 계곡에 조금이라도 정결한 곳이면 석문(石門)을 세우고 편액(扁額)하기를, '팔번궁대명신(八幡宮大明神)'이라고 하거나, '주길사(住吉祠)'라고 하거나, '용왕궁(龍王宮)'이라거나, '천신사(天神祠)'라고 했다. 푸른 소나무와 가늘고 긴 대나무가 있는 곳에서 때때로 승려들의 바리때를 두드리는 소리가 쟁쟁하게 들려왔다. 매우 경치가 좋았다. 혹은 서너 명의 사미승이 불감(佛龕)을 등지고 와서 길가에 열어 두고 경쇠를 두드리며 염불하면서 사람들에게 보시를 하라고 하였다. '남무아미타불(南無阿彌陀佛)'이라는 6자는 분명히 우리나라 말이었기 때문에 이상해서 물었더니, 대개 일본의 불법은 신라에서 유입되었기 때문에 신라음(新羅音)이라고 한다.

왜인의 남녀들은 승속(僧俗)의 구별이 없어서 남자 왜인이 여자 왜인 앞에서 오줌을 누었는데, 여자들도 행중(行中)의 종왜(從倭)를 돌아서 피하지 않았다. 더러 모래를 움켜쥐고 얼굴에 뿌리거나 손으로 어깨를 치면서 희롱하며 노는데, 못하는 짓이 없었다. 당사자들은 아무렇지 않거나 기뻐하며 웃으니, 만이(蠻夷)의 풍속을 어찌 다 말할 수 있겠는가!

어린아이들은 하나하나 영리하고, 눈썰미가 밝고 용모도 단정하다. 나이가 어린 사미승은 준수하고 단정하고 엄숙하였다. 옥설(玉雪)처럼 희고 잘 생긴 아이들이 많았다. 대개 일본의 관제는 모두 세습되는 것인데, 유독 승관(僧官)은 인재를 뽑아서 임용하기 때문에 백성 가운데 재주가 있고 잘생긴 사람은 거의 모두가 승려가 된다고 한다.

태수는 호전채녀정민영(戶田采女正民英)이고 식록은 10만 석이라고 한다. 삼중을 바쳤다.

5월 초7일

기천촌(起川村)에서 점심을 먹었다.【45리】 명호옥(鳴護屋)에서 잤다.

【45리】 90리를 갔다.

10리를 갔더니 좌도천(佐渡川)이었다. 좌도천의 넓이는 100보나 되었다. 가로로 100여 척의 배가 늘어져 있었다. 배 위에는 널빤지를 깔았는데, 널빤지를 다루는 솜씨가 매우 깔끔했다. 평평하고 곧은 것이 마치 숫돌 같았다.

양쪽 해안에는 아름드리 기둥이 10여 개가 세워져 있었다. 밧줄은 철삭(鐵索) 및 짚으로 만든 줄인데 철사와 짚의 크기가 마치 넓적다리 같았다. 또한 해안 위에 도르래를 설치하였는데, 물이 불어난 곳을 만나게 되면 마음대로 높이거나 낮출 수 있었다.

묵고촌(墨股村)[14]에 이르러 미장(尾張) 봉행이 삼중을 바치며 다옥에서 쉬자고 하였다. 잠시 쉬었다가 바로 출발했다. 묵고천 부교를 지났다. 부교의 넓이가 좌도보다 더했다. 또 기천의 부교보다 과했다. 방주(方舟)는 삼백 척에 이르렀고 철삭도 매우 컸다. 그 비용이 만여 금이나 들었다고 한다. 다리의 좌우에 구경하는 배들이 거의 백여 척이 넘었고, 모래사장에도 사현교(鉏懸轎)가 많이 있었다. 비단 주렴을 드리우고 구경했는데 이 사람들은 모두 귀한 집의 여인이라고 한다.

요즘 지나는 곳은 평원(平原)과 광야(曠野)가 아닌 곳이 없어서 이르는 곳마다 모두 논밭이 비옥했다. 남자는 일하고 여자는 노니는 모습이 마치 우리나라의 육진(六鎭)의 풍속 같았다. 기천촌의 관사에 이르렀다. 새로 지었는데 사치스러웠다.

미장 태수가 삼중을 바쳤다. 삼종실(三宗室)[15] 가운데 하나이다.

---

14 묵고촌(墨股村) : 조명채의 일기에는 묵후촌(墨候村)으로 기록되어 있다.

15 삼종실(三宗室) : 오와리주(尾張州), 기이주(紀伊州), 미토주(水戶州)가 일본의 삼대

점심을 먹고 바로 출발했다. 20리를 가서 다옥에서 조금 쉬었다. 겨우 10리를 갔는데 등불을 켜서 앞장세우고 마을을 그냥 지나쳐 명호옥(鳴護屋)에 이르렀다. 마을 가운데 등불이 매우 많았다. 마치 동이만한 등롱이나 팔뚝만한 등롱이 나란히 켜져 있었다. 큰 등에 '미(尾)'를 크게 써서 말머리에 죽 세워 두었다.

시장과 저택은 크고 아름다웠다. 왜경에 버금간다고 한다. 수십 리를 가서야 비로소 관소에 들어갔다. 정말로 이렇게 번성한 촌마을은 우리나라에는 없을 것이다. 관소는 성고원(性高院)인데, 이곳도 굉장히 큰 건물이다. 미장주(尾張州)에 속하였고 태수의 읍치이다.

5월 초8일

명해(鳴海)에서 점심을 먹었다.【30리】 강기(岡崎)【50리】 80리를 갔다.

비를 무릅쓰고 출발했다. 일행 상하가 모두 우구(雨具)와 유삼(油衫)를 갖추었다. 방주(方紬)를 청색으로 염색하였는데, 그들의 옷 만듦새와 같았다. 안적(鞍赤)의 만듦새는 우리나라와 같았는데, 역시 방주로 만들었다.

50리를 갔다. 촌마을을 미처 다 빠져나오지 못했는데 오른편에는 이른바 열전궁(熱田宮)이 있었다. 긴 담과 높은 누각, 넓은 정원, 깊은 숲이 있으니 인력을 많이 들인 곳이었다. 속담에 전하기를 서불(徐市)[16]이

종실이다. 만약에 관백에게 아들이 없으면 기이주나 오와리주의 태수 가운데 골라 뒤를 잇게 하여 미토주의 태수가 가부를 결정한다.

16 서불(徐市) : 중국 진(秦)나라의 도사이다. 시황제 28년에 제(齊)나라 사람 서불(徐市)은 황제에게 글을 올려 동남동녀와 함께 바다를 건너 봉래, 방장, 영주에 가서 삼신산의 신선을 만나고 불사약을 구해오겠다고 하였다. 그 말을 믿은 황제는 서불을 보냈다. 나중에는 바다신과 싸운다고 하여 군사적 지원을 받았다. 일설에는 바다에서 어떤 넓은 육지

배를 타고 봉래산에 내려와 대나무에 칠로 글씨를 썼는데, 아직도 이 궁에 있다고 한다. 봉래산은 일명 웅야산(熊野山)이다. 명해에 이르러 관소에 들어갔다. 관소는 마을 집이었는데 그다지 넓지는 않았다.

서둘러 밥을 먹고 출발하여 20리를 갔다. 잠시 하야촌(河野村)의 새로 지은 다옥에 들어갔다. 닭 울음소리를 들으며 강기(岡崎)에 들어갔다. 비바람이 아직도 그치지 않았다. 행중에 관을 쓴 사람은 더욱 낭패였다. 원역은 모두 그 노자의 전립(戰笠)을 쓰고 있었다. 노자는 이른바 왜인의 가사(加沙)[17]를 썼는데 마치 우리나라의 방립(方笠)보다 좀 작았다.

강기 태수는 수야감물(水野監物) 원충진(源忠辰)이다. 식록은 6만 석이다. 삼중을 바쳤다.

5월 초9일

비 때문에 강기에 머물렀다. 중로에 강호에서 온 영접사(迎接使)가 만나고 싶다고 했다. 대마도 사람이 비단으로 만든 네모무늬 방석 4좌를 준비해서 방 안에 나란히 깔아놓았다. 사자(使者)가 정사와 더불어 앉아서 상대(相對)하고자 했다. 그래서 마디를 나누어 헤아려서 구리못을 박아 사자를 움직일 수 없도록 했다.

삼사가 흑단령(黑團領)을 입고 기둥 밖까지 데리고 나와 맞이하여 읍하였다. 자리에 이르러 재읍(再揖)하고 앉았다. 도주는 구석에 앉아서 부복하였다. 두 장로도 퇴청에 부복하였다. 사자가 도주에게 명령하여 관백의 말을 전하게 하였는데, "사신이 멀리 바다를 건너오는 여행길

를 발견하고 그곳의 왕이 되었다고 한다.

17 가사(加沙) : 눈이나 비가 올 때 혹은 햇빛을 가리기 위해 머리에 쓰는 것을 가리킨다.

은 평안하셨습니까?"라고 하면서 '기쁨을 이기지 못해 이렇게 사자를 보내 안부를 묻는다.'고 했다. 삼사가 자리를 떠나 웃으면서 의례적인 말로 대답하고, 인삼차를 마시고 마쳤다.

사자는 조산대부(朝散大夫) 비중수삼지수현(備中守三枝守縣)으로 나이는 25세였다.

5월 초10일

화적판(火赤坂)에서 점심을 먹었다.【40리】 길전(吉田)에서 묵었다.【30리】 70리를 갔다.

밥을 먹고 여정에 올랐다. 여기서부터는 마을의 거의 절반이 부옥(蔀屋)에 옹기담이었다. 사는 것도 생기가 없이 쓸쓸했다. 시골 여자들이 떡을 만들어, 사람들에게 사라고 졸랐다. 길이 온통 명아주색으로 가득 찼다. 이것이 산골짜기라서 그런 것인가. 기근을 겪어서 그런 것인가.

깊은 계곡을 따라 40리를 걸어가니, 적판(赤坂)에 이르렀다. 적판은 삼하주(三河州)의 보반군(寶半郡)이었다. 관소는 다옥이었다. 참관은 토정이예주(土井伊豫州) 원이신(源利信)으로 식록은 3만 석이었다. 밖에서 문후(問候)하고 삼중을 바쳤다.

점심을 먹고 길전교(吉田橋)를 지났다. 삼하주 송평풍후수(松平豊後守)의 읍치이다. 성은 강가에 임해 있는데 초루가 아스라하여 이름난 읍이라고 할 만했다. 관소는 고봉산(孤峯山) 오진사(悟眞寺)였다. 태수가 삼중을 바쳤다.

5월 11일

황정(荒井)에서 점심을 먹었다.【50리】 빈송(濱松)에 머물렀다.【40리】

90리를 갔다.

수십여 리를 가서 백수하(白須賀)를 넘었다. 남쪽으로 큰 바다에 닿아있다. 백사장에 푸른 소나무 그림자가 서로 비추듯이 빛났다. 좌우에 상선과 고깃배가 왕래하였다. 원근의 경치가 매우 아름다웠다. 이전에 다녀간 사람들이 모두 이 고개에서 부사산(富士山)을 보았는데, 오늘은 구름과 아지랑이 아른거려서 사람의 눈으로 볼 수 없으니 안타깝다.

황정에 이르니 풍후수(豊後守)가 또 삼중을 바쳤다. 밥을 먹고 출발하여 금절하(金絶河)[18]에 도착하였다. 관소에서 100여 보를 가니 옛날 병자사행(1636) 때 우리나라의 사신 동명(東溟) 김세렴(金世濂)이 관백에게 받은 금을 이 강에 던져서 유명해진 곳이라고 한다.

길전(吉田) 봉행이 이미 배를 준비하고 기다렸다. 국서선(國書船)과 삼사선(三使船)의 방도 있고 난간도 있었다. 전체를 검붉게 칠했다. 또한 작은 배 400여 척이 있었다. 강의 너비는 15리였다. 제방 기슭에는 모두 죽부인(竹夫人)[19]같이 생긴 죽롱(竹籠)이 있었다. 사실은 바닷물에 마모된 돌을 쌓아둔 제방(隄防)이다. 기슭에 올라 인마(人馬)를 모두 교체하였는데 앞서 타고 온 말보다 나았다.

---

18 금절하(金絕河) : 1636년 병자사행 때 사신 임광(任絖), 김세렴(金世濂), 황호(黃戻)가 일본 사람들이 준 금을 던져 버린 곳이다. 일본 사람들이 조선의 사신이 먹고 남긴 쌀과 반찬 등을 예의상 받을 수 없다고 하면서 금 170정(錠)으로 바꿔 보냈는데, 나눠 가질 것인지 쓰시마 도주를 통해 에도에 돌려보낼 것인지 논의하다가 북하(北河)에 이르러 강물에 던져 버렸다고 한다. 이에 강가에 사는 사람들이 그 의로움을 사모하여 금절하라고 부르게 되었다. 투금하(投金河)라고도 한다. 일본에서는 이마기레가와(今切川)라고 한다.

19 죽부인(竹夫人) : 여름에 끼고 자는 도구로 대오리로 길고 둥글게 짜서 사용하는 도구이다.

저녁에 빈송(檳松) 땅에 이르렀다. 원강주(源江州) 부지군(敷智郡)에 속해 있다. 송평이두주(松平伊豆州) 소신복(蘇信復)의 읍치이다. 식록은 7만 석이다. 태수가 삼중을 바쳤다. 관소는 민가인데 정결하여 머무를 만하였다. 새로 만든 바둑판이 있었는데, 두께가 거의 1척이나 되어서 바둑을 둘 때 딱딱 울리는 소리가 나지 않았다. 일본의 바둑판은 모두 이와 같다고 한다. 또한 크다고 한다.

왜통사가 갑자기 와서 행중의 모든 사람에게 아뢰기를, "길가에 배에 칼이 꽂혀 죽은 사람이 있습니다." 하였다. 칼에 찔렸는데 근골(筋骨)이 상하지 않고 피 한 방울 흘리지 않았으니, 얼마나 칼을 잘 다루는지 알 수 있었다. 함께 가서 보자고 하기에 가기는 했는데, 왜인들이 죽은 사람을 조금도 측은해하는 마음이 없었다. 천성이 얼마나 악독한지 알 만하다. 또한 살해당한 이유에 대해 물었더니 대답하기를, "몇 꾸러미 돈 때문에 서로 다투다가 이렇게 되었습니다."라고 하였다.

5월 12일

견부(見付)에서 점심을 먹었다.【40리】 괘천(掛川)에서 묵었다.【40리】 80리를 갔다.

천룡천(天龍川)을 지났는데, 매우 넓었다. 견고하고 치밀한 부교가 전과 다름이 없었다. 좌우의 긴 해안에는 모두 죽롱으로 제방을 쌓았는데, 이곳에서만 아니라 다른 제언(堤堰)도 모두 이런 방법을 이용해서 쌓았다. 견부에 도착하였다. 원강주(遠江州) 풍수군(豊後郡) 소속이다. 관소는 빈송 태수(濱松太守)의 다옥이었다.

밥을 먹은 후에 출발하여 삼야판(三野坂)을 넘어서 괘천에 도착하였다. 일명 현천(懸川)이다. 원강주에 속해 있다. 태전섭진수(太田攝津守)

의 읍치이다. 태수는 원자준(源資俊)이고 식록은 5만 3천 석이다. 삼중을 바쳤다. 관소는 태수의 다옥이다.

5월 13일

괘천에 머물렀다. 금곡(金谷)에서 등지(藤枝)에 이르는 사이에 대정천(大井川)이 있는데, 물의 세기가 사납고 빨랐다. 또한 매우 넓디넓어 배로 건널 수가 없었다. 또한 노를 저을 수도 없었다. 이전의 사행 때도 목가(木架)로 가마와 행중의 사람들을 이고 건넜다. 그래서 물이 불어 있을 때는 건널 수 없었다. 초8일에 큰 비가 쏟아진 뒤라 강물이 허리까지 올라와서 건너갈 방법이 없었다.

5월 14일

강물이 줄어들지 않아서 길을 나서지 못했다. 제술관과 서기가 가서 기해 사행(1719) 때 문객(文客)이 이정암(以酊菴)[20] 장로 성담(性湛)과 더불어 수창한 『성사답향(星槎答響)』, 『성사여향(星槎餘響)』 두 책을 보았는데 모두 초졸(草卒)함을 면할 수 없었다. 성장 이봉환이 웃으며 말하기를, "그대가 매번 우리들이 저들과 더불어 수창하며 지은 것을 초졸하다고 웃었는데, 지금 이 모음을 보니 과연 어떠한가?" 하기에 내가 말하기를, "정말로 최근의 일이 아니라고 할 만하다." 하고 서로 더불어 한바탕 웃었다.

---

20 이정암(以酊菴) : 이테이안. 쓰시마에 있는 절이다. 쓰시마 도주가 조선이 국왕과 일본의 막부장군 사이에서 간계를 부리는 일이 많아지자 막부에서 교린의 고문으로 교토의 오산승(五山僧) 즉 덴류지(天龍寺), 쇼코쿠지(相國寺), 겐닌지(建仁寺), 도후쿠지(東福寺), 만주지(萬壽寺)에서 글자를 아는 승려를 차출하여 윤번으로 주재시켜 외교 사무를 맡겼다.

5월 15일

금곡에서 점심을 먹었다.【35리】 등지에서 묵었다.【30리】 65리를 갔다.

서판령(西坂嶺)을 넘었다. 고갯길이 아주 험난하였다. 여기에 이르니 부사산이 비로소 분명하게 그 모습이 드러났다. 한 송이 연봉오리가 늘어져 중천에 솟아 있는 것 같았다. 길가에 떡을 파는 곳에서 종왜(從倭)가 떡을 사서 주기에 물리기는 하였지만 인정을 느낄 수 있었다. 대개 각 읍에서 종인(從人)에게 돈을 주어 떡과 과일을 사서 바치게 하였다. 또한 남초 도구도 준비했다. 때때로 연초(燃草)도 올렸다.

금곡에 도착했다. 원강주에 속해 있다. 섭진수 원자준이 또 삼중을 바쳤다. 관소는 마을 집이었다. 점심을 먹고 출발했다. 몇 리를 가지도 않았는데 대정천이 이르렀다. 대정천 주변에는 새로 만든 가자(架子) 5좌(坐)가 있었는데 두 용정 및 삼사가 탈 것이었다. 가마를 만드는 방법을 대략 본떠서 만들었는데 매우 커서 가마를 용납할 수 있었다. 사면에 난간을 설치하여 그 위에 있는 옥교(屋轎)가 편안하였다. 각 월천꾼(越川軍) 10명을 시켜 짊어지고 건너게 하였는데 담꾼만 합쳐 수천 명은 되었다. 작은 가자 수십 개가 있었는데 모든 사람이 차례로 타고 건넜다.

물이 가슴까지 차오르고 여울물의 기세가 매우 급하였다. 상류에 죽롱과 목책(木柵)을 많이 설치하여 그나마 물의 세기를 막았다. 소창에 이르러는 건너가기 어려울 것 같았다. 등지에 이르렀는데 아직도 햇빛이 쨍쨍했다.

관소는 정인(町人)의 집이었다. 준하주 전중(田中)에 속해있다. 태수는 본다백기수(本多伯耆守) 등원정진(藤原正珍)이었다. 식록은 4만 석이다. 이곳이 읍치였다. 태수가 집정으로 지금 강호에 있어서 사람을 보내 삼중을 바쳤다.

5월 16일

준하주(駿河州)에서 점심을 먹었다.【50리】 강고(江尻)에서 묵었다.【25리】 75리를 갔다.

우진령(宇津嶺)을 넘었다. 고갯길이 매우 험준하였다. 육지로 다니기 시작한 후에 가장 높은 고개였다. 고개 아래 흐르는 계곡물이 맑고 상쾌했다. 울창한 나무의 그늘에 매미 소리 맑았다. 안부천(安部川)을 건너니 대정(大井)이 조금 작아 보였다. 강을 건너는데 사용하는 도구는 대정과 다름이 없었다. 백사장을 다 지나지 않았는데 이미 준하주의 부중이었다.

5리 남짓 갔더니 비로소 관소였다. 관소는 보태사(寶泰寺)인데 가강(家康)의 원당이다. 집 만듦새는 탁 트였고, 정원이 광활하였다. 온갖 풀꽃이 담장 아래 피어 있었다. 작은 섬이 연못 가운데 아무렇지 않은 듯 떠있었다. 작은 폭포와 돌다리도 매우 맑고 상쾌하였다. 기이하게 생긴 꽃과 풀에 대해 모두 기록할 수가 없다. 이들이 사는 곳마다 꽃과 풀로 정결하게 꾸며져 있는데, 가는 곳마다 그랬다. 아무리 허름한 집에서 아침에 저녁끼니를 걱정하며 산다고 할지라도 좁은 땅에 나무라도 심어 정묘한 솜씨를 부려 무엇이라도 만들어 놓으니, 타고난 본성으로 그 습속이 그런 것 같다.

가강이 본래 이곳에 도읍하였다가 도읍을 옮긴 후에는 장입지(藏入地)로 만들어, 성을 두고 대판과 마찬가지로 봉행을 대신하게 하였다.

삼방에 각각 지대관(支待官)이 있었다. 상방은 대화수(大和守) 관원이리(菅原利理)였는데 식록은 1만 석이었다. 삼중을 바쳐 지대하였다.

밥을 먹은 후에 다리 하나를 지나니 다음에 강고였다. 관소는 정인의 집이었다. 강가에 바로 잇닿아 있어서 노를 저어 배가 오고 갔다. 소철 십여 그루가 정원 안에 나란히 늘어서 있었는데 모두 진기하여 몹시 정취를 느낄 수 있었다. 준하주 노원군(盧原郡)에 속해 있다. 강호의 지대관은 과도섭진수(鍋島攝津守) 등원직항(藤原直恒)이었다. 식록은 5만 2천 석이다. 삼중을 바쳤다.

5월 17일

길원(吉原)에서 점심을 먹었다.【70리】 삼도(三島)에서 묵었다.【50리】 120리를 갔다.

20리를 가서 청견사(淸見寺)에 들렀다. 절 앞에 큰 바다가 하늘과 하나 되어 끝없이 펼쳐졌다. 절 뒤에는 우뚝 솟아오른 산봉우리가 구름 속으로 들어가 푸르렀다. 한 길로 매달린 듯 폭포가 있었는데 높이는 5, 6장이나 되었다. 구곡천(九曲泉)이라고 한다. 이른바 패왕초(覇王草)라고 하는 것은 가지는 없고 마치 소 혓바닥처럼 생긴 청색 잎이 있는데 잎 위에 잎이 있고 그 위에 또 잎이 있어 그렇게 10여 마디를 이루고 있다. 누런색 꽃이 피는데, 마치 고화(菰花) 같았다. 모양이 매우 괴이하였다.

법당 앞에는 가지가 무성한 반매(盤梅)가 정원에 한가득 깔려 있다. 높이는 반 장에 지나지 않는데, 평상처럼 보였다. 절의 편액에 '제불택(諸佛宅)'이라고 쓴 것이 있는데 바로 나산(螺山) 박안기(朴安期)[21]의 필체

21 박안기(朴安期) : 1608~?. 조선 중기의 천문학자로, 1643년 계미사행의 독축관(讀祝官)으로 일본에 갔다. 그때 천문학자인 오카노이 겐테이(岡野井玄貞)가 그를 찾아와 역법 '칠정산(七政算)'을 배웠다. 후에 오카노이 겐테이의 제자인 시부카와 슌카이(澁川春海)가

이다.

정미 사행(1607)의 삼사 여우길(呂祐吉)과 경섬(慶暹), 정호관(丁好寬)도 각각 한 절구를 써서 내걸려 있다. 옛사람들이 이 절을 낙산사(洛山寺)와 비교하였는데, 과연 빈말이 아니었다. 유정(遊井)과 신후(神厚) 등의 마을을 지났다. 큰 바다가 오른편에 하늘과 접해 끝없이 펼쳐져 있다. 해안 길이 험준하고 가팔라서 사람도 말도 모두 숨이 차올라, 빨리 갈 수가 없었다. 마치 통천(通川)의 ○천(○川)과 비슷했다.

비촌(比村)에 이르러 다옥에서 조금 쉬었다. 다옥 앞과 뒤에 화초가 숲을 이루었고, 정원에 물을 끌어들여 계곡을 만들었다. 굽이굽이 돌아드는 것이 마치 유상곡수(流觴曲水)[22] 같았다. 처마 아래 우물이 있어서 건물에 앉아 물을 길었다. 집주인은 하철장(鍛鐵匠)이다. 왜인들이 화훼를 숭상하고 천석(泉石)을 꾸미는 풍속을 여기에서 볼 수 있다. 차를 마시며 해갈하고 나서서 부교를 지나니 부사산이었다.

정오에 관소에 도착했다. 관소는 모리갑비수(毛利甲斐守) 대강광경(大江匡敬)의 다옥이었다. 식록은 5만 석이었다. 태수가 삼중을 바쳤다. 준하주 길원군(吉原郡)에 속해있다.

오후에 출발했다. 원촌(原村), 소진촌(召津村), 신숙촌(神宿村)을 지났는데 날이 저물어서 등불을 밝혔다. 환궤(闤闠)를 뚫고 지나 거의 수십 리를 와서야 삼도(三島)에 다다랐는데 밤이 깊었다.

이를 바탕으로 일본에 맞는 최초의 역법을 완성하였다. 일본에는 박안기의 유적이 많이 남아 있는데, 시즈오카현(静岡縣)의 세이켄지(清見寺)에는 '경요세계(瓊瑤世界)'라는 현판이 걸려 있고 그의 친필 시와 글도 남아 있다고 한다.

22 유상곡수(流觴曲水) : 중국의 문인들이 3월 3일에 굽이쳐 흐르는 물에 술잔을 띄워 놓고 그 술잔이 자기 앞에 오기 전에 시를 짓고 술을 마시던 풍류놀이에서 유래하였다.

관소는 정인의 집이었다. 참관은 가등출우수(加藤出羽守) 등원태연(藤原泰衍)였다. 식록은 6만 석이었다. 태수가 몸소 와서 문후하며 삼중을 바쳤다. 읍치는 이예주(伊豫州)이다. 대주성(大洲城) 삼도(三島)는 이두주(伊豆州)에 속해 있는데 바로 옛날 관동장군(關東將軍) 원뇌조(源賴朝)가 쫓겨난 곳이다. 강호에서 병사를 일으켜 이곳에 웅거하였다. 강호도 관백의 장입지이다.

오늘 여정은 부사산 아래를 빙 둘러 가기에 그 전체를 상세히 볼 수 있었다. 길원의 관소에 있을 때 관소의 면전에서 부사산을 직접 마주할 수 있어서 분명하게 보았다. 산꼭대기는 흰색이었는데 분명히 흰 눈과 같은 색이었다. 하얀 돌이나 하얀 흙, 하얀 이끼 같은 하얀색은 아니었다. 앞에 다녀간 사행들이 하얀 눈의 색이라고 단정하였는데 정말 그렇다.

하지만 이치로 미루어 보면 산이 해외 염황(炎荒)에 있고 높이는 100리에 지나지 않는데 여름에도 항상 하얀 눈이 있고 산의 남쪽이나 북쪽이 모두 똑같은 색으로 절반이 사라진 흔적이 없는 것은 필시 이치 밖의 이치다. 게다가 우리나라의 산은 이 산보다 높은 게 많이 있지만 산꼭대기가 모두 양지라는 얘기는 들은 적이 없다. 열기가 쨍쨍한 하늘에서 하얀 눈빛을 유지하는 것은 금강(金剛)의 하얀색인데, 비록 하얀 눈과 같지는 않지만 실제로 하얀 이끼의 하얀색이다. 백두의 하얀색은 비록 하얀 눈과 같은 색은 아니지만 실제로는 하얀 흙과 같은 하얀색이다.

내가 일찍이 4월 그믐 무렵에 금강산에 들어가 비로봉(毘盧峯) 저 높은 곳을 바라보았는데, 여전히 눈이 쌓여 있었고 깊이는 한 장이 넘을 듯했다. 그런데 모두 깊고 큰 골짜기거나 깊고 깊은 곳이었다. 만약 그

산의 등진 곳이 남쪽을 향해 있다면 처음부터 눈이라고는 한 조각도 남아 있지 않아야 할 것이다. 이렇게 미루어 생각하면 산꼭대기의 양지가 불볕이 내리쬐는 여름철에 밝게 빛나는 하얀 눈이라는 것이 어찌 이치에 맞겠는가?

대저 하늘과 바다 사이에 호탕하게 한 덩어리로 뭉친 기상이 절해(絶海)에서 엉기더니 떠오르는 태양이 구석에 종처럼 솟아 이 산이 되었으니, 그 기상이 기특하고 우람하게 터를 잡아 지극히 차가운 것이 있게 되고, 지극히 굳센 것이 있게 되어, 비록 여름이 되고 볕이 들어도 경중을 따지지 못하여 그런 것인가?

우리 일행이 500리 밖에서 있으면서도 수많은 산 사이에 이 산이 중천에 우뚝 솟아 있었는데, 보면 볼수록 더 높았다. 상근령(箱根嶺)의 높이가 40리는 될 텐데, 그 고개에 올라가 보니 그 높이가 진기산(眞奇山)과 같았다.

이 나라 풍속에 6월 초1일 얼음을 삼키면 일 년간 더위를 물리치는 힘이 생긴다고 하는데 오직 이 산에만 여름 얼음이 있기 때문에 왜황 및 관백에게 구해다 바친다. 그 나머지 사람들은 떡을 얼음 모양으로 만들어 삼킨다고 한다. 얼음을 캐는 자는 반드시 열흘 동안 재계(齋戒)한 후에 캐어야 아무런 재앙이 없는데, 유독 비파호 근처 사람은 비록 하루만 재계하여도 실족(失足)하는 걱정 없이 보존된다. 대개 이 산은 본래 호수 안에서 모래흙이 모아져 만들어진 산이기 때문이라고 한다. 괴이한 것을 좋아하는 것이 이와 같다.

이 산은 준하주(駿河州)에 있으면서 옆으로 이두주(伊豆州)에 이어졌는데, 두 주의 경계의 높이가 100리이다. 다만 이 봉우리만이 구름 위로 불쑥 솟아나서 산꼭대기는 단지를 뒤집어 놓은 것 같다. 그 형태는 백련화가 막 피어나려는 것 같다. 사면이 꽃잎을 터뜨리려고 한 자취 같다. 속담에 말하기를, 이른바 관영(寬永) 정해(1706) 연간에 하늘에서 난 불이 산을 불살라 불꽃과 연기가 하늘까지 번져서 해와 달을 10여 일이나 볼 수 없었다. 갑자기 한 봉우리가 산 옆에서 솟아올랐는데 마치 사람이 어깨를 움츠린 것 같아서 행인(行人)이 어깨봉이라고 하였다. 지금의 이름은 보영봉(寶永峯)이다.

역관 이석린(李碩獜)이 임술 사행(1682)에 따라 왔을 때 옆에 산굴이 없었는데 신묘 사행(1711)에 따라 왔을 때 비로소 보았다고 한다. 그 얘기가 과연 거짓이 아니었다. 이른바 어깨봉이라는 것은 아주 분명치 않아, 대략 경계가 있을 뿐이다. 틀림없이 이지러졌기에 그럴 것이다.

일본의 산은 모두 부사산을 조종(祖宗)으로 삼아, 한 가닥은 마침령(磨針嶺)으로 남해도(南海道)의 산이 되었고, 한 가닥은 왜경(倭京)의 진산(鎭山)이 되어 산양도(山陽道)의 여러 산으로 나뉘어졌다. 내가 본 것으로 말하자면, 부사산의 양 기슭이 곧장 100여 리를 달려, 비록 봉우리는 없다고 하더라도 마치 사람이 팔을 펼친 것처럼 꿈틀대는 뱀의 모양으로 매우 웅장하게 뻗었다. 산의 동쪽 기슭에는 상근령이 되었는데, 산허리의 색이 푸르른 것은 소나무와 삼나무와 면죽(緜竹)이 있기 때문이다. 그 위로는 초목이 없고, 다만 구름색만 있을 뿐이다. 연로에 대정천(大井川), 부사천(富士川), 준하천(駿河川)이 모두 이 산에서 발원한 것이다. 갈래로 흘러흘러 매우 긴 강이 되었으며, 그 물색도 모두 하얗고 탁하다.

산의 앞뒤에 깊고 깊은 암곡이 없고 막아 가리는 봉우리도 없이 빼어나게 우뚝 서서, 뿌리부터 산꼭대기까지 역력하게 볼 수 있고, 항상 운기(雲氣)가 산허리에 걸쳐 있어서 구름이 걷히거나 펼쳐 있다. 아마도

산에 아무런 장애물이 없어서 도리어 운기가 지류(支流)가 되었던 것은 아닐까? 비록 혹시라도 이슬이 나온다고 할지라도 정면 근처의 운기는 끝내 다 흩어지지 않을 것이다.

내가 웃으면서 말하기를, “이것은 바로 만이(蠻夷)의 땅에 있는 영산(靈山)이 우리를 만나 보더니 도리어 부끄러워져서 구름을 뭉게뭉게 피어오르게 하여 얼굴을 가린 것이다.” 하니, 성장 이봉환이 말하기를, “그렇지 않다. 왜인들이 말하기를, ‘부사산은 항상 운기에 휩싸여 전면(全面)을 보는 것이 매우 드물다고 한다.” 했다. 그런데 오늘은 이슬을 맺어 반면(半面)이라도 우리들로 하여금 보게 하려는 뜻인가.

5월 18일

상근령(箱根嶺)에서 점심을 먹었다.【35리】 소전원(小田原)【40리】에서 묵었다. 75리를 갔다.

밥을 먹고 출발했다. 삼도촌이 끝나자 상근령이 되었는데, 이것이 일본에서 가장 높은 고개이다. 돌길이 험준하다 보니 산허리에 미치지 못했는데도 인마가 모두 지쳐서, 잠시 다옥에서 쉬었다. 40리를 가서 고개 꼭대기에 이르렀는데, 바로 이두상모주(伊豆相模州)의 경계이다. 삼나무와 면죽이 삼태기처럼 서 있었다. 일산도를 끼고 길이 굽이져 고개 위에 어떻게 올라왔는지도 모르겠다.

산꼭대기에 이르니 넓게 확 트여 낮은 봉우리가 사방을 둘러 한 동부(洞府)를 이루었다. 수백의 마을 집과 뽕나무가 서로 이어졌다. 길 동쪽 편에 목책과 관문을 설치했는데 매우 견고했다. 또한 지키는 사람이 있었다. 강호의 첫 번째 관액(關阨)은 진실로 천혜의 요새였다. 관소는 역관(驛館)이었는데 커다란 호숫가에 있었다. 바로 상근호(箱根湖)이다.

둘레는 40여 리인데 출렁이는 푸른 파도가 바다 같았다. 정말이지 주위를 둘러보면 누가 천 길 산봉우리 정상에서 이런 큰 호수가 있는 광경을 볼 수 있을 것이라고 생각이나 했겠는가.

유서기(柳書記)가 말하기를, "세상에 어찌 이런 큰 못이 있단 말인가? 틀림없이 바닷물이 흘러 들어온 것이리라." 하기에 내가 웃으면서 말하기를, "세상에 어찌 40리를 거슬러 올라와 산봉우리 꼭대기에 바닷물이 있을 수 있겠는가?" 했다. 유서기가 또한 크게 웃었다.

이전 사행 기록에 머리가 아홉 개 달린 용이 물속에 살아서 배가 들어갔다가 갑자기 물에 잠긴다고 하는데, 지금 어선 몇 척이 연안에 닻줄을 매고 있으니 잘못된 전설이라는 것을 알 만하다. 부사산이 가까이 있어 호수에 비친다고 하는데, 어두침침해서 볼 수 없는 것이 한스럽다. 가랑비가 내려 찬 기운에 쌀쌀했다. 여기에 이르러 사람들이 모두 입고 있던 솜옷을 바꿔 입었다. 이곳은 맑은 날에는 매우 덥다고 한다.

점심을 먹고 나서 출발했다. 길이 정상에 비해 3배 이상 매우 가파르고 험준하였다. 지나온 가운데 가장 험준한 곳이었다. 말에서 내려 걸었더니 어떤 사람이 "왜인들의 말은 비록 죽어도 무엇이 아깝겠는가? 걸을 필요가 없다." 하기에 내가 "말이 만약 엎어져서 자빠지면 어찌 말만 다치겠는가?"라고 말하였다.

호수 주변에 돌부처 수백 개가 나열하여 서 있었다. 왼쪽에는 있는 쌍유폭포(雙乳瀑布)는 상근령에서 흘러 내려온 폭포인데 마치 젖가슴처럼 매달려 있어서 붙은 이름이다. 높이는 수십 장이었다. 나무들이 빽빽이 있는 가운데 있어서 잘 볼 수 없었다.

전촌(畑村)을 지났는데, 마을에 있는 집들이 매우 정결하였다. 집집마다 온갖 꽃과 풀을 기르고 있었다. 한두 개의 큰 다리를 건너니 쌍유

폭포의 하류인데 금탕산(金湯山), 장흥산(長興山) 등의 사찰이 아주 볼 만 하였지만 피곤해서 들를 수 없어 들어가자마자 나왔다. 동구 밖에는 비낀 햇빛이 들녘에 가득 차고, 조금도 구름이 끼거나 비가 내리지 않았다. 그제야 상근령에는 맑은 날이 없다는 것을 믿었다.

풍제촌(風際村)을 지났다. 동쪽으로 큰 바다에 닿아 있으니, 상근령의 물이다. 하루 종일 따라다니던 사람이 하직하고 들어갔다. 바닷속 푸른 물결이 힘차게 솟구치고 쏟아지니 기상(氣像)을 막을 수가 없어 가슴 속이 매우 상쾌해졌다.

소전원행촌(小田原行村)에 이르렀다. 마을 안에서 5리 남짓 가서야 관소에 도착했다. 날이 저물고 있었다. 관소는 역관이었다. 대구보출우수(大久保出羽守)에 속해 있는데, 충흥(忠興)의 읍치이다. 태수가 삼중을 바쳤다. 전례에 따라 밤에는 숙공을 내어 왔다.

오늘 경유한 곳이 가장 많았다. 험준한 상근의 봉우리와 상근의 큰 연못, 장대한 유폭(乳瀑), 진기한 돌부처, 맑고 깨끗한 시골마을, 울창한 나무 그늘, 맑고 시원스럽게 흐르는 계곡, 깨끗하게 정리된 교량과 기이하게 생긴 첩첩 쌓아올린 돌, 크고 웅장한 큰 사찰, 산봉우리의 정상에서 산허리의 그늘과 봉우리 아래 낙조(落照), 망망한 큰 바다까지 무려 10여 곳의 장관을 하루 사이에 다 보았으니 정말로 특별한 일이다.

5월 19일

대의(大蟻)에서 점심을 먹었다.【40리】 등택(藤澤)에서 묵었다.【40리】 80리를 갔다.

판륜(板輪)[23]을 지나 부교를 건너 해안을 따라갔다. 수십 리를 가서 다옥에서 잠시 쉬었다. 다옥은 울창한 소나무 사이에 있었다. 소나무 숲 너머는 망망한 대해였다. 대의에 이르렀는데 역시 상모주(相模州)의 땅이다. 관소는 공해(公廨)였고, 태수 송평좌병위좌(松平左兵衛佐) 원직순(源直純)의 식록은 6만 석이다. 몸소 와서 문후하였다. 그 읍치는 파마주(播摩州) 명석성(明石城)이다.

밥을 먹고 출발했다. 마입천(馬入川)의 부교를 건넜다. 부교가 매우 넓어서 방주 100척도 지날 수 있었다. 잠시 소화전촌(小和田村)의 다옥에 들어갔다. 등택에 도착했다. 태수는 세천약협수(細川若狹守) 원이관(源利寬)이고, 식록은 55만 석이다. 몸소 와서 문후하였다. 읍치는 비후주(肥後州) 신전(新田)이다.

5월 20일

신내천(神奈川)에서 점심을 먹었다.【55리】 품천(品川)에서 묵었다.【50리】 105리를 갔다.

호총(戶塚) 20리에 이르러 다옥에서 잠시 쉬었다. 호총은 신묘 사행(1711) 때 묵었던 참(站)이다. 마을은 매우 부유하고 아름다웠다. 품야판시(品野板矢)를 넘어 판(坂)에서 묵었다. 판하(板下)에는 무장(武藏)과 상모(相模) 두 주의 분계비(分界碑)가 있다. 무장은 동해도(東海道)이다. 강호는 무장주에 속한다.

정곡(程谷)에 도착했다. 20리에 다옥이 있었다. 신태천(神泰川)을 바라보는데 대촌(大村)이 큰 바다에 직접 닿아 있다. 어선과 상선이 빽빽하게 들어서 있었다. 연안에는 시전이 있었는데 경치가 꽤나 아름다웠다. 관소에 이르렀다. 관소는 태수의 다옥이었다. 이곳은 무장주에 속

23 판륜(板輪) : 조명채의 『봉사일본시문견록』에는 팔륜(八輪)이라고 기록되어 있다.

해 있다. 참관은 구구출운수(溝口出雲守) 원직온(源直溫)이다. 식록은 5만 석이다. 몸소 와서 문후하였다.

점심을 먹고 난 후에 출발하였다. 20리를 지나서 잠시 하기(河崎) 다옥에서 쉬었다. 육향강(六鄕江)에 이르렀다. 바로 일대천(一大川)으로 들어가는 입구이다. 채선 4척이 이미 와서 기다리고 있었다. 비록 대판에 미치지는 못했지만 금루선(金縷船)[24]이었다. 금채휘황한 모습이 매우 사치스러웠다. 모복촌(茅覆村)과 대정촌(大井村), 빈천촌(濱川村)을 지났다. 마을 집이 즐비하고 집들도 굉장히 컸다. 모두 어전(漁廛)이나 상가(商家)들이었다. 신궁과 사찰도 끊이지 않고 계속 이어져 있었다. 하루 종일 바다를 끼고 가서 품천에 이르렀다. 길 왼편에 한 장 크기의 여섯 금부처가 몸체를 드러내고 삼층 석탑에 앉아 있었다.

관소는 동해사(東海寺) 현성원(玄性院)이다. 현성원은 크고 아름다웠다. 참관은 경극좌도수(京極佐渡守) 원고구(源高矩)이다. 식록은 6만 3천 석이다. 몸소 와서 문후하였다.

바다를 따라오며 도처에서 본 모든 것을 여기에서 조목조목 기록하였다. 산봉우리나 고개 및 경계지를 만나면 반드시 나무비[木碑]를 세우고 지명을 적어 두었다. 혹은 '아무개 군령(郡領)은 여기에서 동쪽으로 몇 리'라고 혹은 '아무개 군령(郡領)은 여기서 서쪽으로 몇 리'라고 쓰여 있었다.

대관(代官)이 이끄는 곳에는 '아무개 대관령(代官領)'이라고 비석을 세워 새겨두거나 칠로 글씨를 써두었다. 또한 작은 비에는 '여기에서

---

24 금루선(金縷船) : 건출물의 기둥이나 들보에 그림을 그리는 것을 금루라고 하는데, 그런 장식을 한 배를 가리킨다. 대체로 붉은 칠이나 검붉은 칠을 했다. 뱃머리와 배꼬리에 금룡(金龍)이나 금학(金鶴)을 그렸다. 타옥(舵屋)에는 금잉어를 많이 그렸다.

동쪽으로 몇 리 몇 걸음은 아무개 마을 소제장(掃除場)' 혹은 '여기서부터 서쪽으로 몇 리 몇 걸음 아무개 마을 소제장'이라고 쓰여 있었다. 길을 청소하는 역할을 각 리마다 나누어 주었다.

산판(山坂)은 가파르고 험준한 곳이어서, 옆으로 기다란 판자를 층층 사다리처럼 묻었다. 마을 앞에 있는 거리는 모래를 모아 쌓아 두었고, 물 담은 통을 늘어놓았다. 혹은 그 옆에서 빗자루를 가지고 기다리고 있었다. 모아둔 모래는 비가 오면 나눠 깔았다. 담아둔 물은 길이 마르면 먼지를 적시었다. 길가에 내놓은 탁자 같은 큰 상에 가득 늘어놓은 화사기(畵沙器)에 마실 것을 가득 채워 두었는데, 우리들의 해갈을 위해서라고 한다.

또 마구(馬口)가 세수할 수통방(水桶榜)이 많이 있었는데, 견부가 여기에 이르면 반드시 나무박을 가지고 물을 담아 말의 입에 대면 말이 입을 벌리고 받아 마시는데 한 방울도 흘리지 않았다. 항상 그렇게 했기 때문이다.

마을 집들은 말할 것도 없고 층루나 작은 집, 통헌(通軒), 중방(重房) 모두 일가(一架) 안에 있어서 길을 향해 열어젖히면 사이사이에 격자를 넘어 거처하였다. 이곳에서 절구질하고, 이 대청에서 나란히 부엌을 만들었다. 높이는 겨우 반 척 정도인데 그 앞에 문도 없고 담도 없고 뜰도 없고 섬돌도 없이 큰길이었다. 비록 방사(房舍)가 겹겹이라고 하더라도 칸막이를 모두 없애면 한 집으로 통해서, 그 집의 깊은 곳에서 뒤뜰까지 행인이 모두 환히 볼 수 있다. 대청에서 길가에 있는 곳이 문득 시전이 되어 음식을 판매하고, 솥단지와 항아리 등을 늘어놓거나 쇠갈고리로 뚫거나, 항아리의 두 귀를 집 서까래에 걸었다. 항아리 밑에 화로로 음식을 삶았다. 밥을 하기도 하고 떡을 익히기도 하였으며,

탕을 만들기도 하였다. 차를 따뜻하게 하기도 하고, 면을 조리하기도 했다. 남자와 여자가 서로 섞여 절구질하며 떡을 만들었다. 만두가 매우 많았다. 심지어 쌀과 콩도 서로 녹여서 말려 팔았다. 마치 은행 알처럼 생긴 둥근 환이었는데 값은 1푼이었다.

연로에 태수가 삼중을 바쳤는데, 우리나라 사람이 보기에는 보잘것 없고 누추하여 젓가락을 댈 수가 없었다. 시장에서 파는 것도 이에 미치지 못하여 결코 입에 댈 수 없는 물건이었다. 저들이 맛있게 먹는 것은 다름 아니라 여덟 가지 진미이고, 이들이 매사에 모두 교묘한데 음식은 전혀 묘리(妙理)를 알지 못한다. 이런 밥을 둘둘 말아 덩이를 만들었는데 한 덩이에 3푼씩 했다. 색도 추하고 바싹 말라서 보기에도 목이 메게 생겼는데, 이 무리들은 품 안에 귀하게 감추고 때때로 먹었다.

'대판제백(大坂諸白)' 넉 자를 써서 내건 술집도 많았다. '제백(諸白)'은 술 이름인데, 대판 술은 아니었다. 꼭 대판의 술인 양 빌어다 쓰는 것은 대판의 술이 나라 안에서 유명하기 때문일 뿐이다.

마을 안과 참사(站舍)에 반드시 금도청이 있었다. 대천과 다리 주변에도 마찬가지였다. 새로 지은 집들은 고상(高爽)하거나 정쇄(精灑)하였다. 금칠한 병풍에 무늬 있는 휘장이 반짝반짝 빛이 났다.

금도배가 그 가운데 무릎을 꿇고 열 지어 있거나 당하(堂下)에 앉아 있었다. 건물의 크기나 인원수는 각각 달랐다. 긴 장대를 지닌 사람은 시렁에 배열하여 꽂아두었고, 긴 창을 지닌 사람은 홍전(紅氈)과 흑피(黑皮)를 입고 날카로운 칼을 전대에 넣고 시렁에 꽂았다. 이런 것을 지니고 뒤에 있으면 모두 금도 무리였다.

만약 웅부(雄府)나 대도(大都)라면 철장(鐵杖)을 지닌 사람 10명이 땅을 치며 소리를 냈다. 더러는 대촌(大村)이나 성부(城府), 거천(巨川), 통가(通街)에서도 이런 무리들이 있었고 종인(從人)도 매우 많았다. 기계도 매우 많았다. 이른바 금화할 때 종인 수십 명이 각각 불을 끄는 도구를 가지고 있었고, 모두 사슴가죽옷을 입었다. 아무리 쇠잔한 마을이라도 반드시 그렇게 했다.

마을 주변에 돌을 쌓아 대를 만들고 그 위에 두 기둥에 문을 세우고 긴 나무 판을 가로로 내걸었다. 맨 앞에 '정(定)' 자를 쓰고 그 옆에 조목(條目)을 죽 썼다. 대개 '아들은 효도하고 아우는 공경하라' 등의 말이었다. 끝에는 마땅히 참살(斬殺)할 것이라는 등의 말로 매듭지고 그 아래 정덕(正德) 원년 5월일이라고 쓰여 있었다. 그 아래에 봉행을 썼다. 가는 곳마다 모두 같았는데 대개 금지하는 조목이었다.

관백 가선(家宣)이 관백이 된 것이 정덕 원년(1711)이었다. 그때 원여(源璵)[25]에게 위임하여 풍교(風教)를 크게 숭상하였기 때문에 모두 그때 정한 것이라고 한다.

연로에 숲 아래 은피(隱避)할 마을이 없었고, 혹시 물 맑은 곳을 안고 있는 곳에서 관망하려는 생각이 있어도 이른바 산장(山庄)이나 별장을 끝내 볼 수 없었다. 마을 집들이 모두 길가에 있었는데, 끊어지지 않고 계속 이어지는 것이 역참(驛站)의 규정이었다. 십여 리에 마을이 없는 곳이 없었기 때문에 전령(傳令)이 급하게 보고할 일이 생기면 신속하게 파발(擺撥)하는 규정이 있었다. 마을 사람이 차례로 하루 내에 날아가

---

25 원여(源璵) : 아라이 하쿠세키(新井白石, 1657~1725). 일본 에도시대의 주자학자이자 정치가이다. 호가 하쿠세키(白石)이다. 도쿠가와 이에노부(德川家宣)가 사저에 있을 때 함께 수학한 인연으로 이에노부가 관백이 되었을 때 유신(儒臣)으로 막부 장군의 막신(幕臣)이 되었다. 그러나 이에노부가 급작스럽게 죽으면서 함께 몰락하였다. 『번한보(藩翰譜)』『독사여론(讀史餘論)』『서양기문(西洋紀聞)』 등의 저술을 남겼다.

는 것처럼 전달하여, 대판에서 강호까지 달려간다고 한다.

길가에서 구경하는 사람 가운데 매번 어떤 한 사람이 붓을 가지고 행중의 위의(威儀)나 복색(服色) 및 인마의 수를 기록하였는데 가는 곳마다 같았다.

육지에 오른 이후에는 전부 일본어로 통하지 않고는 마부조차 지휘할 수 없었기 때문에, 사람들이 가장 이해하기 쉬운 말을 익혔다. 비록 서너 마디에 불과하기는 하지만 종왜(從倭)를 부리는 데에는 충분하였다. 빨리 가라는 말은 '화효화효', 천천히 가라는 말은 '소로소로', 말을 세울 때는 '맛되맛되', 말에 오를 때는 '노로노로'라는 등의 말이었다.

일본말은 매우 빠르고, 우리말은 매우 느렸다. 연로에 구경하는 사람들이 만약 우리말을 듣는다면 박장대소하지 않을 수 없을 것이다.

참에서 나올 때 견마인 및 약당(若黨) 1명 외에는 모두 먼저 가서 관소 밖 조금 먼 곳에서 머물러 기다렸다. 참에 들어갈 때 뒤쳐져서 왔기 때문에 상마와 하마 사이에 어수선한 폐단이 없었다.

참에 들어가거나 나올 때 가마에 오르거나 내릴 때 포를 쏘았는데, 저들이 모두 놀라 겁을 먹었다. 미리 귀를 막고 서 있었다. 일본의 포성은 그 소리가 작은 것인가. 전쟁터가 아니라면 쓰지 않기 때문에 사람들이 일찍이 포성을 들어본 적이 없기에 그런 것인가. 구경하는 사람이 모두 가지런히 열 지어 앉아 있어 한 사람도 소란스럽게 차례를 잃고 길 가운데 난간 밖으로 나오는 사람이 없으니, 국법이 얼마나 엄금한지 알 수 있다.

일행 중 모든 사람이 복물은 왜인을 시켜서 옮겨 오기 때문에 더러 거처를 몰라서, 여러 날이 지나도 아무 소리가 없어서 모두 잃어버렸구나 의심하는데, 여러 날 후에 반드시 돌아와 와서 한 바리도 잃어버리는 것이 없었다.

참에서 나올 때 인마가 반드시 먼저 가지런히 정리하고 와서 기다렸다. 미처 미치지 않는 걱정이 하나도 없었다. 비록 참에 들어간 지 얼마 되지 않아 즉시 떠나더라도 시끄럽게 소란을 일으키는 일이 없었다. 그 법령의 엄금함이 이와 같았다. 우리나라는 역마가 있어도 매일 미치지 않는다고 탄식하며, 참에 나갈 때는 형장(刑杖)이 낭자하고 매우 시끌벅적하며 끝내 구제할 수 없으니, 오로지 하졸이 완한(頑悍)해서 그렇게 된 것이다.

일행이 거느린 하왜(下倭)가 각각 일번(一番), 이번(二番)에 분속하였는데, 심지어 백여 번에 이르렀다. 각 번에는 검찰하는 사람이 있었다. 또한 일번과 이번의 깃발이 있어서 참소에 나눠 꽂아 두었다. 관소가 있는 곳에 차례로 나누어 들어갔기 때문에 조금도 난잡한 걱정이 없었다. 미처 참에 들어가지 않았을 때도 말이 먹을 것까지 이미 정리하여 기다리고 있다.

일행 중에 거느린 하왜의 의복 및 행중의 지응하는 우산, 등롱, 마안 등의 물건과 각 참에서 접대하는 병풍, 휘장, 침석의 물건도 모두 새로 준비한 것으로, 한 가지라도 옛것을 내놓지 않았다. 그 비용이 얼마나 들었을지 알 만하다. 각 참의 병풍에 매 그림이 매우 많았다. 비단실로 발을 묶어 채색한 시렁 위에 두었는데 가는 곳마다 모두 그랬다. 또한 호랑이 그림이 있는 곳도 많았는데 매와 호랑이는 일본에는 없기 때문이다.

각 참에서 글씨를 구하는 자가 관소에 가득 찼다. 글씨를 얻게 되면 손바닥을 모아 감사하며 갔다. 그렇게 하지 않는 곳이 없었다. 내가 글자를 아는 왜인에게 묻기를, "우리나라의 기예 가운데 어떤 일을 최선이라고 생각하는가?" 하니, 대답하기를, "글씨입니다. 그다음은 마상재입니다." 하기에 한바탕 웃었다.

어떤 참에 도착하니 어떤 여인이 양의(良醫)의 손을 잡고는 매우 간절하게 글씨를 써달라고 하기에 양의가 겨우 소매를 뿌리치고 멀리 달아났다고 하니 우습다.

관소에서 기다리고 있는 왜인들이 우리들을 접대하기를 매우 삼가면서 분주하게 심부름하며 제대로 하지 못하게 될까 두려워했는데, 대마도인이 그렇게 하지 말라고 하였으니 그 마음을 알 수가 없다. 원역과 군관의 관소는 삼사신의 관소 안에 있었는데, 접대하는 모든 절차가 매우 쌀쌀맞았다. 만약 다른 곳에 있었다면 접대가 매우 풍족하고 후했을 것이라고 한다. 다른 곳에는 대마도인이 있지 않았기 때문이다. 통탄스럽다.

각 참에서 삼중을 바쳤는데 더러는 대마도 봉행에게 출급하거나 재판 혹은 전어관 혹은 금도 혹은 용정꾼과 교자꾼에게 주었다. 더러는 원역에게 나누어 모든 사람에게 돌리도록 하였다.

5월 21일

강호에 도착하였다. 관소는 실상사(實相寺)였다. 70리를 갔다.

일찍 밥을 먹은 후에 출발하였다 삼사는 홍단령을 입었고 원역도 홍단령을 입었다. 다만 국서를 모시는 사람은 모두 흑단령을 입었다. 군관은 우립(羽笠)에 활집을 갖추었다. 서기, 의원은 유의관(儒衣冠)을 갖추었다. 자제군관 2명은 뒤에서 모시고 남아있는 배행(陪行)을 따라 순서대로 갔다. 의복에 대한 절차를 새롭고 밝게 하려고 힘썼다. 도주는 청도기(淸道旗) 앞에 있었다. 봉행은 그 뒤에 있었다. 왜통사 각 1쌍은 용정 및 삼사 앞에 나눠 서서 삼수역 앞에서 앞장서서 갔다.

품천(品川)부터 오른쪽 바다와 왼쪽 숲을 끼고 10리도 가지 않았는데 강호에 이르렀다. 마을이 빽빽하게 하나의 곧은 거리를 이루었다. 저잣거리는 번성하고 궁실은 크고 아름다워, 대판이나 왜경과는 비교할 수가 없었다. 길가에 큰 사찰이 많았는데, 해상사(海相寺), 선림사(禪林寺), 욱요사(旭曜寺), 산천사(山泉寺), 악산사(岳山寺) 등의 사찰을 이루 다 기록할 수가 없다. 일본교(日本橋)에 이르러 관백성을 바라보니 초각(譙閣)이 우뚝 솟아있으며 참호가 크고 견고하였다. 모두 길을 따라가며 처음 날아갈 듯한 누각과 하얀 담장을 보았다. 빛나는 달빛에 눈길을 빼앗기고, 계속 궁궐이 이어졌다. 남쪽으로는 해문(海門)에 통해 있어 광활하고 막히는 게 없다. 수백 척의 배들이 다리 아래에 비늘처럼 이어졌고, 거리는 곧고 평평하다. 정문(町門)은 정제되어 문 곁에는 반드시 경계하며 수비하는 곳이 있었다. 시사(市舍)는 모두 층층 누각이다. 굉장히 큰 누각의 용마루가 서로 이어져, 마치 물고기 비늘 같기도 하고 베틀로 짠 것도 같았다. 넓은 상점들이 모든 물화를 거두어들였다.

구경하는 남녀가 거리를 메워 차고 넘쳤다. 길가에는 대나무 난간을 설치하여 경계를 만들어, 어린아이도 감히 한 걸음도 나오지 않았다. 땅을 홍전으로 덮고 대나무 난간에는 수놓은 장막을 드리웠다. 문미(門楣)는 금병(金屛)과 금족(錦簇), 수놓은 수건과 무늬 있는 옷으로 형형색색이었다. 보기에도 아찔한데 조금도 벌어진 빈 틈이 없었다. 교량이 있는 곳에는 배를 타고, 거리 입구가 있는 곳이면 온 거리가 꽉 찼다. 차례로 무릎 꿇고 앉아 있는데 고요하여 소리 하나 들리지 않았다. 혹시 일어서서 얘기를 나누는 사람이 있으면 창을 지닌 금도가 눈을 부라

리며 꾸짖었다. 구경하는 사람 가운데 나이가 60세 남짓의 길고 흰 수염이 난 나이 든 왜인이 우뚝 높이 앉아 있는데, 누가 이 나라에서 구레나룻을 기를 수 있는가? 이른바 '만 리의 긴 수염'이라고 할 만하다.

쇠와 구리로 덮은 지붕마루가 많이 있었다. 집 위에는 수통을 두고 사다리를 설치하였다. 집 아래에는 우물을 파서 물을 저장하였다. 집집마다 그렇게 했다. 또한 곳곳마다 5층집이 있었는데, 우리나라의 망덕(望德)과 같았다. 화재를 대비하는 도구에 매우 힘을 기울였는데 듣자니 이곳에서 화재가 매우 잦아 한번 불이 나면 반드시 천여 호를 잇달아 불살라버리기 때문이라고 한다.

10여 개의 다리와 100여 마을을 지났다. 문을 나서면 한 성인데, 성은 옹성(甕城)이다. 성에 중문(重門)을 설치하였다. 문루(門樓) 사면에 흰 흙을 칠하고, 철용(鐵鏞)으로 가로막았다. 문 밖에는 있는 해자는 해구와 아주 가까워, 배들이 많이 왕래하였다. 수 리를 지나니 대문(大門)이 나타났는데 패에 '금룡산(金龍山)'이라고 쓰여 있었다. 일명 천초사(淺草寺)이다. 이마(理馬) 및 먼저 온 통사가 길 왼편에서 절하며 맞이하였는데, 이번 달 18일에 도착했다고 한다.

또 수 리를 가서 관소에 다다랐다. 관소는 동본원사(東本願寺)인데, 일명 실상사(實相寺)이다. 전부터 우리나라 통신사는 여기에서 머물렀다. 관문(館門)에서 정청(正廳)까지 각도(閣道) 10여 칸을 설치하였다. 헌상(軒上)에 이르러 관반(館伴) 호택 상총개 등원정심(戶澤上總介藤原平正諶)·이동 수리대부 등원우륭(伊東修理大夫藤原祐隆)이 와서 삼사신을 맞이하며 서로 읍하였다. 정심의 읍치는 출우주(出羽州) 신장(新庄)이고, 식록은 6만 8천 석이다. 우륭의 읍치는 일향주(一向州) 반비성(飯肥城)이고 식록은 5만여 석이다. 모두 항상 아동 양자(樣子)가 있다.

법당은 크고 아름다워서 대판의 본원사와 다름없었다. 관소도 넓었다. 우리 처소는 상방(上房)의 격내(槅內)의 안에 있고, 부방(副房)은 상방의 왼쪽에 있었는데 5, 6칸 밖이다. 종방(從房)은 부방의 왼쪽에 있었다. 다만 일격(一槅) 떨어졌다. 상방의 남쪽에 별당이 있고, 동편으로 연못이 있는데 매우 그윽하고 정취가 있었다. 공간청(公幹廳)이라고 한다. 그 동퇴(東退)에 막빈처(幕賓處)가 있고 매우 아름다운 연못이 있다. 부용과 연꽃이 사면의 물을 덮었고, 기이한 돌로 마구 쌓아 올린 작은 섬이 있는데, 섬 위에 있는 한 그루 소나무의 가지와 잎이 구불구불 얽혀 있었다. 무지개다리가 있어 섬 안에 오갈 수 있었다. 매우 맑고 깨끗하였다. 노중(路中)에 각 참에 다다를 때 도주가 사람을 보내 문후하였는데 여기에 이르면 전례에 따라 몸소 와서 문후하였다.

강호는 무장주(武藏州)에 속해 있는데 이곳이 동도(東都)이다. 혹은 '동무(東武)[26]'라고 하거나 '무창(武昌)'이라고 하는데 무장주를 말하는 것이다. 또는 겸창(鎌倉)이라고도 한다.

상근에서 동쪽을 통칭하여 관동(關東)이라고 하는데, 원뇌조(源賴朝)가 병사를 이끌어 자리를 잡고 버틴 곳으로, 원씨(源氏)가 이곳에 세거한 지 이미 500여 년이 되었다. 가강(家康)도 여기에서 일어났다. 토지가 비옥하고 평평하여 오곡이 모두 자라기에 적당하다. 비옥한 들이 천리이다. 한눈에 바라보아도 넓고 멀어서 끝이 없다. 동쪽으로는 큰 바다에 닿아 있어 수천 척의 배를 매어 둘 수 있었다. 수비가 매우 삼엄했다. 만약 외적이 침입하여도 하루 안에 조발(調發)하여 대판과 장기

---

26 동무(東武) : 도부. 막부장군 즉 관백이 있는 에도를 가리킨다. 일본의 천황이 있는 교토는 에도의 서쪽에 있어서 사이쿄(西京)라고 한다. 막부장군이 있는 에도는 사이쿄의 동쪽에 있는 무가(武家)라는 뜻에서 도부(東武)라고 한다.

(長崎)에 다다를 수 있다.

상근의 서쪽으로는 험준하여 관치량(關峙糧)을 설치하고 기계를 비치하여 모든 길을 막으니 정말로 사방이 꽉 막혀 침입할 수 없는 요지이다.

극서(極西) 비전주에서 강호까지의 거리가 한 달 여정일 뿐만 아니라, 강호에서 동해까지 수십 일 여정이다. 사방을 가로막아 힘으로 굴복시켰기에 각 주에 심복하지 않은 사람도 많이 있었다. 그러나 지세가 험준하고 성지가 견고하며 강력한 군대와 풍부한 식량이 있고 법령이 엄격하고 가혹하니, 어느 누구도 감히 어찌할 수 없다.

관백 가강이 입국한 후로부터 단 한 번도 병란으로 인해 경계하는 일이 생기지 않았다. 각 주의 태수 600여 명의 저택이 도중(都中)에 있어 처자를 유치하였기에 해마다 와서 머무르는데, 우리나라처럼 권솔(眷率)하는 법을 쓸 수가 없다. 비전주 태수나 대마도 태수 등은 1년은 본읍에 있고 1년은 강호에 있고 1년은 오고 가는 길 위에 있다고 하니 법령을 설치함이 그와 같이 엄격했다.

5월 22일

관반과 여러 사람이 삼사를 뵙고 싶다고 했다. 시복(時服)과 단령(團領)을 갖추고 정청에 나가 읍하며 맞이하고 재읍하였다. 전례대로 따랐다.

찾아와서 만난 사람은 다섯 사람이었다. 도엽주후수(稻葉舟後守) 월지정숙(越知正肅)【읍치는 정포(淀浦) 식록은 15만 3천 석】, 신사용괘(信使用掛)라고 하는 하야풍전수(河野豊前守) 원통교(源通喬)【식록 1천석】, 대목부(大目付)라고 하는 일견출위수(逸見出爲守) 원충영(源忠榮)【식록 600봉】과 감정봉행(勘定奉行)이라고 하는 2명인데, 이들은 어제 지영(祗迎)한

두 관반이다.

주후수(舟後守)는 다복(多福)한 기운이 있는 사람이었다. 천창(天倉)과 명록(命祿)이 매우 분명하여 능히 15만 석의 녹봉을 받을 만했다. 그 나머지는 관인(官人) 같지 않았다. 의례적인 얘기를 나누고 차를 마시고 마쳤다.

삼사가 자리를 마련하고 남쪽을 향해 앉아서 하마연(下馬宴)을 받았다. 연회는 대판과 왜경에서 한 것과 대동소이했다. 조화가 정묘하고 번다했다. 내었다가 거두는 찬기(饌器)도 꽤나 많아서 곱절은 되었다. 찬기를 대략 20여 차례 바꿔가며 내었다. 술 일곱 잔을 마시고 마쳤다.

술을 올리고 상을 바치는 사람은 여섯 명이었는데 걸음걸이에 조금도 실수가 없으니, 자못 규범이 있었다. 수역 이하는 차례대로 받았다.

집정이 와서 삼사를 만났다. 또 홍단령을 입고 정청에 나가 읍하며 맞이하였다. 전례에 따라 두 번 읍하였다. 집정은 4명이었다. 전에는 2명이 와서 만났는데, 이번에는 옛 관백, 약군(若君)[27]이 각각 집정이었기 때문이다.

주정아락두(酒井雅樂頭) 원충지(源忠知)【읍치는 상야주(上野州) 전교성(前橋城), 식록은 15만 석】, 본다백기수(本多伯耆守) 등원정진(藤原正珍)【읍치 준하주 전중성, 식록은 4만 석】, 서미은기수(西尾隱岐守) 원충직(原忠直)【읍치는 술강주(述江州) 횡수하성(橫須賀城)에 있고, 식록은 3만여 석】 추원단마수(秋元但馬守) 등원량조(藤原凉朝)【읍치는 무장주 하월성(河越城), 식록은 6만 석】인데 모두 일각모를 쓰고 흑단령을 입었다. 상아 부채를 지니고 은구인(銀鉤釼)을 차고 맨다리 맨발이었다. 절하고 읍하는 절차가

---

27 약군(若君) : 주군의 아들이나 나이 어린 주군을 가리킨다.

매우 우아했다. 사람됨이 모두 준수해서 세습이 아니라고 해도 부귀를 누릴 만했다. 그런데 유독 양조(凉朝)만 얼굴이 검어서 마치 탄장(炭匠) 같았다.

도주가 수역과 더불어 통역하였는데, 부복하거나 분주(奔走)할 때도 감히 쳐다보지 못했다. 층헌(層軒) 아래에 앉아 있었는데 관반 등 5명과 같았다. 비록 만이의 나라라고 할지라도 체모(體貌)가 이와 같이 엄절하였다. 수집정(首執政)이 관백을 대신하여 치사(致謝)하기를, "먼 길에 소란이 없는 여행이었다니 매우 다행입니다. 이에 집정을 보내 문안합니다." 했다. 삼사가 자리에서 물러섰다가 다 듣고는 자리에 돌아왔다.

충직(忠直)이 관백을 대신하여 치사하였고, 양조가 약군을 대신하여 치사하였다. 삼사신이 여전히 들었다. 그런데 약군이 말하는데 자리에서 물러서지 않고 다만 일어섰다가 다시 앉아서 들었다.

수집정이 또 관백을 대신하여 치사하며, "국왕의 기후는 어떠하십니까?" 하였다. 앞서 했던 것처럼 자리를 떴다.

충직과 양조가 관백과 약군을 대신하여 치사하였다. 또 앞서 했던 것처럼 자리에서 물러섰다가 다시 앉았다. 그 후에 사적인 얘기를 나누었다. 차를 마시고 마치며 자리에서 물러서서 부복하였다.

수역을 시켜 전언하기를, "이렇게 대군의 기후가 평안하다는 소식을 들으니 매우 기쁩니다. 국왕의 체후가 만복입니다. 대군께서 이웃나라와 우호적인 관계를 중히 여기셔서 사신에게 추급(推及)하여 이미 사자(使者)를 보내 주시고, 강기(崗崎)에서 노고를 물어주시고, 이때 집정을 보내어 안부를 굽어 살펴주시니, 감사함을 잊을 수 없겠습니다."

도주가 수집정을 대면하며 전해주었다. 또 차례로 충직과 양조에게도 앞서 했던 것처럼 감사하다고 했다. 드디어 서로 읍하고 마쳤다.

대마도주의 봉행이 와서 강호에 머무르고 있으면서 '평전장감(平田將監)'이라고 하는데, 이름은 평성태(平誠泰)였다. 평성태가 하처(下處)에 찾아왔는데, 진퇴하는 사이에 자못 오만방자한 뜻이 있었다. 수역이 왜통사를 불러서 바로 그 자리에서 엄책하였다. 일의 원칙이 감히 하지 못하는 것이 이와 같았다.

5월 23일

전례대로 서둘러 삼수역을 보내어 어제 찾아온 네 명의 집정에게 감사하다고 했다. 돌아와 그 화려하고 사치스러운 궁실에 대해 얘기하면서 전일에 듣지 못했고 연로에도 보지 못한 것이라고 했다. 구리문의 고운 빛깔의 문미(門楣)가 왕부(王府)였으며, 호위하는 나졸은 군문과 다름없다고 한다. 두 관반이 각각 과자 1상자와 술 2동이를 바쳤다.

5월 24일

일본에서 문장을 주관하는 사람은 오직 임가(林哥)인데, 세세토록 전습되어 스스로 자기네 물건을 만들었다. 다른 직책은 간혹 세습할 수 있겠지만 문임(文任)을 세습하는 것은 매우 우습다. 옛날에 임도춘(林道春)이 문장에도 능하고 시에도 능하여 태학두(太學頭)[28]가 되어 스스로 '나부산인(羅浮山人)'이라고 하며 전후 통신사를 여러 차례 접대하였다.

계미 사행(1643)의 사신 조용주(趙龍洲)·신죽당(申竹堂), 을미 사행(1655)의 사신 남호곡(南壺谷)과 수창하였는데, 주고받은 시를 모두 문

---

28 태학두(太學頭) : 율령제 관사(官司)의 하나로 중앙의 관리를 양성하는 기관인 대학료(大學寮)의 우두머리이다. 실제로는 막부의 직제로 경전과 진강(進講)과 문학에 관한 일을 주관하는 관직이다.

집으로 남겨 두었다. 임도춘의 아들 서(恕)가 스스로 아봉(鵝峰)이라고 하였고, 임서의 아들 신독(信篤)[29]은 봉강(鳳崗)이라고 하였는데, 그 가업을 이어받을 수 있었다. 세세토록 국사를 담당하면서 우리나라 전후 사신들과 더불어 모두 수창했다. 독신(篤信)의 아들 신충(信充)의 자(字)는 사희(士僖)이고 호는 쾌당(快堂)인데, 이제 막 태학두가 되었다. 올해 나이 68세이다. 그의 아들 신언(信言)의 자는 사아(士雅)이고, 호는 봉곡(鳳谷)으로 이제 막 도서두(圖署頭)[30]가 되었는데, 올해 나이 28세이다.

오늘 뵙기를 요청한 사람으로 등원명원(藤原明遠)이 있는데, 자는 심장(深藏)이고, 호는 난림(蘭林)으로 지금 시강(侍講)이었다. 직학사(直學士)라는 사람도 함께 뵙기를 요청하였기에 허락하였다. 아버지께서 심의(深衣)에 복건(幅巾)을 갖추고 연침(燕寢)에서 맞이하였다. 부사와 종사관도 함께 내회하였고, 대마도 사람들이 앞에 삼석(三席)을 깔았다. 아버지께서 말하기를, "아버지와 아들이 어찌 나란히 앉을 수 있습니까? 말석에 앉아야 하되, 그렇지 않다면 차례로 들어가 만나는 게 좋겠습니다." 했다. 수역이 봉행에게 말하니, 봉행이 말하기를, "기해년(1719)에도 임가(林家) 부자가 함께 앉아서 만났습니다. 지금 변통하기 어렵습니다. 게다가 국례(國禮)에 관질(官秩)이 같으면 반드시 같이 앉습니다. 일본의 예로 일본인을 접대해 주시길 천 번 만 번 바랍니다." 하였다. 여러 차례 애걸하기에 마침내 그대로 두고 3명이 함께 서로

---

29 임신독(林信篤) : 하야시 노부아쓰(1644~1732). 자는 직민(直民), 호는 봉강(鳳岡) 혹은 세이우(整宇)로, 대장경법인(大藏經法印), 홍문원학사(弘文院學士) 등을 역임하였다. 도쿠가와 이에야스(德川家康)부터 도쿠가와 요시무네(德川吉宗)에 이르기까지 5대에 걸쳐 벼슬을 하면서 유학가의 사회적 지위를 높이는 데 많이 기여하였다.

30 도서두(圖署頭) : 문고를 맡아 그 도서의 보관, 출납 등을 주관하는 관직이다.

읍하고 앉게 되었다. 나이든 임은 자못 순고(淳古)한 뜻이 있었고, 젊은 임은 얼굴빛이 희고 잘 생겼는데 풍질(風疾)이 있어 이목구비가 모두 바르지 않고 기울었다.

명원은 몸에 유자(儒者)의 자세가 있으니 틀림없이 독서인일 것이다. 대마도주의 봉행이 수역과 더불어 임가 부자에게 통역하였더니, 각자 품 안에서 시장(詩章)을 꺼내 나눠 바쳤는데 볼 만한 게 없었다. 또 약간 필담을 하였다. 명원은 자기가 시문(詩文)을 배우지 못하였기에 단지 필담만 한다고 했다. 물어 보는 내용은 모두 경서(經書)에 대한 것이었다. 인삼차를 마시고 마쳤다.

정청을 나와 제술관과 서기를 만나고 싶다고 했고 주고받은 시와 필담이 매우 많았다. 명원은 정주(程朱)를 비웃었으니 유정(維楨)과 더불어 한통속이었다고 한다.

스스로 일본과 중원은 해선(海船)으로 통하기 때문에 진기한 책을 많이 구할 수 있다고 했다. 또한 말하기를, "청나라 사람이 『난용약총록(蘭容若總錄)』과 송원(宋元)의 경소(經疏)를 바치며 경사(經辭)라고 했는데, 전부 700책을 볼 수 있다."고 한다. 일본에는 서책이 많아서 우리나라와는 비교가 안 된다.

5월 25일

대판에 있을 때 예단(禮單)[31] 등의 물건을 모두 내어 주어 대마도 사람들이 운반하도록 했다. 오늘 비로소 환봉(還捧)하였는데 인삼을 먼저 쌌기 때문에, 삼사가 홍단령을 입고 공간청에 나가서 감봉(監封)[32]하였

---

31 예단(禮單) : 경사를 축하하기 위해 보내는 물건의 목록을 적은 기록이다.

다. 남은 수가 1근이 넘었다. 처음에는 줄어들까 걱정하였는데 도리어 남았으니 일행이 서로 치하하지 않을 수 없었다. 기해 사행(1719) 때는 50근의 인삼이 4근 줄어들었는데, 지금은 남았으니 정말로 알 수 없는 노릇이다. 장마철이라 습기가 차서 그런 것인가?

인(仁)을 통해 여러 사람이 『계림창화집』 15책을 얻어 보았다. 신묘 사행(1711) 때 수창한 것이다. 모두 초서로 써서 도저히 볼 수가 없으니 한탄스럽다. 그 자리에서 여러 편을 쓰며 애초에 조심하지 않았으니 어찌 그렇지 않겠는가? 인이 말하기를, "스스로 이 책을 본 후에 문필이 갑자기 열려 시를 구하는 자 비록 많아도 염려할 것이 없었다." 하였으니 껄껄 웃음이 나온다. 송기우(松崎祐)가 서문(序文)을 지었는데 무편불경한 말이 많았으니 통탄스럽다.

5월 26일

밥을 먹은 후에 제술관과 서기의 처소에 갔다. 어떤 왜사(倭士)가 마침 찾아와서 필담하였다. 자기 이름을 써서 보여주기를, "삼하주(三河州)의 길전(吉田) 태수의 문학(文學)입니다. 성은 월(越), 이름은 집(緝)입니다." 했다. 또 묻기를, "족하의 이름을 물어도 되겠습니까?" 했다. 내가 대답하기를, "저는 제술관이 아니고 서기도 아니니, 굳이 이름을 물어볼 필요가 없습니다." 하니, 월집이 말하기를, "족하께서 어찌 저에게 이렇게 인자하지 않으십니까?" 하기에 내가 성명을 써서 보여주었다. 성장 이봉환이 말하기를, "정사의 자제입니다."라고 하니, 월집

32 감봉(監封) : 문서 등의 내용을 감독하고 검사하여, 봉하고 도장을 찍는 것을 가리킨다.

이 일어나 절하며 말하기를, “몰라보고 이렇게 예의를 지키지 못하는 죄를 지었습니다.” 했다. 내가 말하기를, “예의를 지키지 않은 일이 없습니다. 어찌 스스로 더욱 심하게 구십니까?” 하니 월집이 말하기를, “족하께서 쓰고 계신 관이 매우 아름다운데 그 이름을 듣고 싶습니다.” 하기에, 내가 말하기를, “정자관(程子冠)[33]입니다. 두 정 부자(程夫子)가 쓰신 관입니다. 남아있는 초상을 고찰하여 자세히 할 수 있었습니다.” 했다. 월집이 말하기를, “진짜 군자의 관입니다.”라고 하며 또 말하기를, “서경(西京)[34]의 관면(冠冕)은 일제히 당제(唐制)를 따르고 있습니다. 작년에 김자봉(金紫峰)【김천수(金天秀)의 자호(自號)】이 쓴 모대(帽帶)를 보았는데 서경에서 사용하는 것과 다름이 없었습니다. 귀국에서 서경과 더불어 통빙(通聘)한다면 어찌 귀국의 의관을 부러워하겠습니까? 지금 제가 쓰고 있는 것이 부끄럽습니다.” 했다. 내가 말하기를, “강호에서는 어째서 그렇게 하지 않습니까?” 하니, 대답하기를, “동도(東都) 사람은 다만 관사(官事)에 복종하고 무사(武事)를 숭상하기 때문입니다. 하지만 서경의 진신(搢紳)은 항상 문학과 경전을 숭모합니다.” 했다. 내가 말하기를, “천황이 정말로 유교를 숭상하십니까?” 하니, 대답하기를, “큰 조회(朝會)에는 삭발한 사람을 금지시켜 입궁할 수 없습니다. 또한 서경의 문신은 문장을 외우며 익혀 귀국의 사람들과 서로 사귀고 싶어 합니다. 하지만 강호에서 금지하기에 공상(公相)이 서로 만날 수

---

33 정자관(程子冠) : 말총으로 짜거나 떠서 만든 관으로 유자(儒者)가 쓴다. 위로는 터지고 세 봉우리를 두 층으로 만들었다.

34 서경(西京) : 사이쿄. 교토(京都)의 별칭으로 막부장군이 있는 에도를 사이쿄의 동쪽에 있는 무가(武家)라는 의미로 ‘도부(東武)’라고 부르고 일본의 천황이 있는 교토는 에도의 서쪽에 있다는 의미로 사이쿄라고 부른다.

없습니다. 한탄스럽습니다." 했다.

삼공오상(三公五相)[35]은 천황을 보필하는데, 삼공은 관백보다 높은 지위이기 때문에 관백이 감히 대등한 예로 대할 수 없다. 오상은 관백과 더불어 같은 지위이다. 삼공오상은 모두 기내(畿內)에 식채읍(食采邑)이 있다. 그 식록은 3천 석이다. 식록은 적지만 지위가 높았다. 나머지 백관과 궁인(宮人)이 바쳤다. 관백이 일후(一候)와 이사(二士)더러 제공하게 했다. 이사(二士)는 바로 관백후(關白候)와 우림장(羽林將)이다. 대저 관백은 무신(武臣)으로 병권(兵權)을 총괄하기 때문에 한 나라의 권세가 모두 그의 손에 속해 있다. 문신은 다만 그 이름만 있고 위차(位次)는 같다고 한다.

내가 말하기를, "서경의 조사(朝士) 가운데 글에 능한 사람이 누구입니까?" 하니, 대답하기를, "종삼위(從三位) 행좌근위대장(行左近衛大將) 등삼(藤三)인데 자는 자경(子敬), 호는 학산(學山)입니다. 정삼위(正三位) 재상중장(宰相中將) 관유상중납언(菅有常中納言) 원윤성(源允成)입니다. 시는 원여(源璵) 같고, 무장은 실직청(室直淸)과 같습니다." 했다. 내가 말하기를, "지금 황제의 이름은 무엇입니까? 몇 년에 즉위하였습니까?" 하니, 대답하기를, "이름은 하인(遐仁)이고 나이는 13세입니다. 작년에 즉위하였는데, 유고(有故)여서 연호를 바꾸지 않았습니다." 했다. 내가 말하기를, "병진년에 사위(嗣位)한 천황은 몇 년에 홍서(薨逝)하였습니까?" 하니, 대답하기를, "작년에 선위(禪位)하였습니다. 여전히 근심 없이 다만 대사를 총괄하고 있습니다." 했다. 내가 말하기를, "병진

35 삼공오상(三公五相) : 삼공은 태정대신(太政大臣), 좌대신(左大臣), 우대신(右大臣)이며 오상은 식부(式部), 치부(治部), 민부(民部), 병부(兵部), 형부(刑部)의 경(卿)을 가리킨다.

년의 천황의 이름은 무엇입니까?" 하니, 대답하기를, "소인(昭仁)이고 27세입니다." 했다. 내가 말하기를, "천황은 누구와 더불어 혼인합니까?" 하니, 대답하기를, "후비는 삼공오상의 딸 가운데 취합니다. 하가(下嫁)는 더러는 동도(東都)에서 관계하기도 합니다. 마땅한 배우자가 없으면 종신토록 시집가지 않습니다." 했다. 내가 말하기를, "새 관백과 구관백은 어떻습니까?" 하니, 대답하기를, "태부군(太夫君)은 영웅입니다. 스스로 후번(候藩)에 있으면서 이미 명성을 얻고 있습니다. 고금에 있지 않습니다." 했다. 내가 말하기를, "약군(若君)은 어떠합니까?" 하니, 대답하기를, "올해 13세로 독서를 좋아하며 강관(講官)을 존경합니다. 이미 시를 지을 수 있습니다." 했다. 내가 말하기를, "그 시를 볼 수 있습니까?" 하니, 대답하기를, "다음에 베껴서 오겠습니다." 했다. 내가 말하기를, "관백이 입은 관복은 어떤 모양입니까?" 하니, 대답하기를, "조의관(朝儀冠), 대의관(大儀冠)에 칼을 차고 있으며, 노복처럼 한가롭게 머물고 있습니다. 의복은 흑포(黑袍)에 아래는 자주색인데 옷자락이 아주 깁니다. 우리나라 척으로는 6척이 되겠습니다." 했다. 월집이 말하기를, "저는 족하를 한 번 보았을 뿐인데 정말로 많이 경복(敬服)하게 되니 온 마음을 기울여 따르겠습니다. 족하께서 이런 뜻을 굽어살펴 주시기 바랍니다. 대국(大國)의 문헌(文獻)과 전장(典章)에 대해 듣게 되는 것이 소원입니다." 했다.

내가 보여주겠다고 했다. 날이 저물어 마치자 날이 밝으면 다시 오겠다고 했다. 마침 해가 졌다. 필담한 내용에 대해 기록한 것이 많아서 모든 종이를 가지고 왔다. 나중에 기록해 두려고 했는데 심하게 갈겨썼으니, 한탄스럽다.

월집의 사람됨은 청수(淸秀)하고 너그럽고 솔직했다. 겉치레를 하지 않으며 표리가 똑같았다. 우리나라의 의관과 문물을 마음으로 좋아하며, 진실로 복종했다. 조금도 왜인의 기미가 없었다. 정말로 일본으로 온 이후로 만난 일편석(一片石)이다.

성장 이봉환이 말하기를, "우리들이 응접한 일본 문사들이 이미 많은데, 더불어 얘기할 만한 사람은 오직 월집 한 사람이다. 그 사람의 문사(文詞)가 비록 황졸(荒拙)하기는 하더라도 식견이 매우 높고 전고(典古)에 능하다. 왜인 가운데 글자를 안다는 사람은 모두 별호(別號)가 있는데, 이 사람만 없으니 세속적인 관심이 없는 사람이다." 했다.

등원명원이 각각 삼사 앞에 한 책을 바쳤는데, 모두 예어(例語)이었다. 즉시 대답하여 보냈다.

밤에 겨우 취침했는데 수역이 갑자기 큰 소리로 말하기를, "예단이 들어옵니다." 했다. 그 얘기를 듣고 나도 모르게 기뻐서 옷을 뒤집어 입고 일어났다. 삽시간 사이에 일행 모두 이미 내회(來會)하였다. 복물은 모두 세 짐이었는데, 두 짐은 인삼 상자이고, 한 짐은 부사의 관복이었다. 봉한 것을 모두 열었는데 서울에서 온 편지는 끝내 없었다. 대마도 사람에게 물었지만 그 까닭을 알 수 없으니 괴이하고 답답하다. 51근의 인삼이 이미 들어왔다.

돌아갈 길을 헤아려 보니 얼마나 기쁘고 다행스러운지, 일행을 상대하며 축하하지 않을 수 없었다. 6일에 대마도에서 출발하여 17일에 대판에 도착하였고, 18일에 출발하였다고 하는데, 배에 머무는 격졸의 고목(告目)이 도착했다.

5월 27일

월집이 다시 와서 앉았다. 제술관이 맞이하였기 때문에 가서 만났다. 월집이 율시(律詩) 3수를 가져와 주면서 창화(唱和)하자고 하였다. 또한 전서팔분(篆書八分)[36] 서너 장을 얻고 싶어 했다. 대개 성장 이봉환과 여러 사람이 들어주었다. 내가 바로 화답해서 주고, 양체(兩體)로 베꼈다.

월집이 일어나서 절하며 말하기를, "시는 하경명(何景明)과 같고, 전서는 주백기(周伯琦)와 같습니다. 천고에 보물이라고 할 만합니다. 제가 세세토록 소중히 보관할 것입니다." 했다. 시 가운데 '의관염복중화제(衣冠艶服中華制)'라는 구절이 있었는데 월집이 말하기를, "이 구절이 참 좋습니다. 베껴 써서 주시니 제가 감사합니다." 했다. 내가 말하기를, "족하께서 서경의 문물에 대해 매우 칭송하니, 서경이 쇠체(衰替)하는 것에 대해서 분완(憤惋)하는 마음이 있겠습니다. 아무래도 서경의 구신(舊臣)이 아니겠습니까?" 하니, 대답하기를, "저는 천황의 후손입니다." 했다. 내가 말하기를, "왜 성(姓)이 다릅니까?" 하니, 대답하기를, "일본에서는 타인의 후손이 되면 자기 성을 고치는 법이 있습니다. 비속한 풍속이라 부끄럽습니다." 했다. 내가 말하기를, "왜 서경에서 벼슬하지 않습니까?" 하니, 대답하기를, "동도(東都)에서 금지하고 있습니다." 했다. 내가 말하기를, "관백이 온 나라의 권세를 차지하여 서경의 천황을 알현하지 않으면서, 어째서 여전히 군신을 칭하면서 연호를 존중하여 사용하는 것입니까?" 하니 월집이 말하기를, "신묘년에 관백이 원여(源璵)를 신용하였는데, 원여가 관백에게 권유하여 서경에 왕호(王號)를 요청하였습니다. 서경에서 허락하지 않을 수 없었습니다.

---

36 전서팔분(篆書八分) : 예서 이분과 전서 팔분을 섞어서 만든 한자의 글자체로 한나라의 채옹이 만들었다고 한다.

또 원호(元號)를 요청하였더니 온 나라 인심이 어수선해져서 말하기 어려운 화가 있게 되었습니다. 때문에 관백이 즉각 중지시키고 왕호를 없앴습니다. 기해년(1719)에 통신사를 요청하였을 때도 서경의 명령을 얻은 연후에야 그렇게 했습니다. 통신사가 동무(東武)에 도착했을 때에 신묘년(1711)에는 거창한 잔치를 마련하였는데, 기해년에는 모두 폐지하였습니다. 모두 서경의 뜻을 공경한 것이었습니다." 했다. 내가 말하기를, "각 주의 태수가 서경의 사람을 존경하는 것입니까?" 하니, 월집이 말하기를, "비록 모두 동도(東都)에 신하로 복종하지 않을 수 없지만, 마음으로 복종하는 사람은 겨우 100여 태수이고, 나머지 500여 태수는 모두 마음으로는 서경을 존모하고 몸만 동도를 따를 뿐입니다." 했다. 성장 이봉환이 묻기를, "삼공오상(三公五相) 가운데 사람이 없군요." 하니 월집이 말하기를 "중주(中州)에는 많이 있습니다. 이러한 때에 서경에서만 하지 않았습니다." 하니, 내가 말하기를, "관백이 머지않아 약군에게 전위해야 한다고 하는데 그렇지 않습니까?" 하니, 대답하기를, "머지않아 전위해야 합니다." 하니, 성장 이봉환이 말하기를, "지금 집정 가운데 누가 가장 뛰어납니까?" 하니, 대답하기를, "원충지(源忠知)입니다. 아악두(雅樂頭)의 ○자인데 문장에 능하면서 일도 잘 처리해서 나라에 이름을 났습니다. 5, 6년 전에 집정이 되어 나라의 큰일을 주장하였습니다. 그 나머지 집정은 자리에만 있었을 뿐입니다." 했다. 이 밖에 기록할 만한 내용이 많이 있었는데 모두 잊어버렸다.

5월 28일

월집이 와서 만났다. 내가 병제(兵制)에 대해서 물었더니, 월집이 말하기를, "우리나라의 옛날 병제는 귀국과 같아, 문관과 무관이 있었습니다만, 500년 이래 문무가 나뉘지 않았습니다. 서경에는 진신(搢紳), 하사(下士), 노예(奴隸)가 있는데, 모두 관모(冠帽)를 착용하지만 칼을 차지는 않습니다. 원뇌조 이래로 서쪽에는 천황이 있고 동쪽에는 왕이 있는데, 왕소(王所)가 가노(家老)에 속해 있습니다. 백료(百僚)에는 제후 및 그 휘하에 이르기까지 수 만인인데 모두 무(武)를 업으로 삼습니다. 노복도 칼을 찹니다. 제후가 휘하에 두는 것은 왕과 같습니다. 우리들이 바로 그렇습니다.

출사하고 행군하는 법에 대해서는 지금 모두 말씀드리기 어렵습니다. 그러나 그 법이 손자(孫子)와 오자(吳子)에게서 비롯되었습니다. 우리나라에서 그 병술이 정교한 사람은 남하주(楠河州)의 무전갑비수(武田甲斐守) 대강원취(大江元就) 및 우리 신조(神祖) 가강공(家康公)입니다. 가강공은 병법에 있어서는 신과 같습니다. 병제는 50명【매 20명을 1오(伍)로 한다.】을 1대(隊)로 하여 1장(將), 2개(介), 2감(監)을 둡니다.

그 법제에 '장·개·감이 죽으면 50명이 함께 죽는데 평생 죽는 것을 가르치지 사는 것을 가르치지 않습니다. 비록 집에 머물고 있다고 하더라도 명령을 생각하면 죽음에 임하여 두려워하지 않습니다. 싫어해도 휘하는 감히 말하지 않고 엄중함을 제일로 여깁니다.

매월 초 6일에 주장(主將)이 그 무리를 거느리고 평야에서 조련(調鍊)하는데, 가강공 이래로 제후도 이와 같이 합니다. 우리들은 노복에 이르기까지 나이 13세가 되면 처음 갑주(甲胄)를 입는데 마치 관례를 하는 것 같습니다. 초사(初仕)에 무예를 시험하기 때문에 왕신(王臣)과 후신(候臣) 모두 무예로서 후가(候家)에 기록됩니다. 유생(儒生) 5, 6명이 있지만 지위가 가장 낮습니다. 지금 보니 제공께서 모두 유생이기에 자못 와서 알현하였습니다." 하였다. 내가 화양건(華陽巾)[37]을 쓰고 있었는데, 월집이 말하기를 "족하께서 오늘 쓰고 계신 관은 이름이 어떻게 됩니까?" 하니, 내가 말하기를, "화양건입니다." 하니, 월집이 말하기를, "무슨 글에서 보셨습니까?" 하기에 내가 말하기를, "죽루기(竹樓記)에서 보았습니다." 하니, 월집이 말하기를, "그 만듦새가 기이한데, 혹시 일행 가운데 화양관 및 정자관을 본을 뜰 수 있도록 은혜를 베푸시겠습니까?" 하기에, 내가 말하기를, "족하께서 써보실 의향이 있으십니까?" 하니, 월집이 말하기를, "진실로 저는 장보(章甫)인데, 때때로 그것을 보면 족하의 우아한 모습을 보는 것 같을 것입니다." 하기에, 내가 허락했다. 성장 이봉환이 자기 관으로서 월집의 머리에 씌웠더니 월집이 말하기를, "비록 잠시 써 본 것이기는 하지만, 너무 좋아서 슬픈 마음마저 듭니다." 했다. 대개 너무나 사모하는 마음이 깊어서 자기네 풍속의 비루함에 대해 슬퍼하기에, 도리어 안쓰러운 마음이 들었다. 월집이 말하기를, "행중에 심의(深衣)도 가지고 오셨습니까?" 하기에 내가 말하기를, "그렇습니다." 하니, 월집이 말하기를, "잠시 볼 수 있겠습니까?" 하여 내가 소동을 시켜 가져오도록 해서 입고 앉았다. 월집이 말하기를, "바다 건너 천한 몸도 중화의 성인의 의복을 볼 수 있는데 비로소 평생의 소원을 이루었습니다." 하며 말하기를, "서경에서 아주 오래 전에는 이런 의복을 입었다고 합니다만, 제가 그 말을 믿을 수가 없습니다." 했다.

도주가 전악과 악공을 보자고 하였기에 이창기(李昌基)가 데리고 가도록 했다. 두 장로가 연초(烟草) 100파를 바쳤다. 단자가 있었다.

---

37 화양건(華陽巾) : 도사(道士)나 은자(隱者)가 쓰는 두건으로 진(晉)의 고황(顧況)이 처음 썼다고 한다.

전명(傳命) 이하의 일자(日子)를 길일로 택일하여 왔다.

* 이번 달 30일 태수가 마상재를 본다.
* 6월 초1일에 전명(傳命)한다.
* 6월 초5일에 집정가의 상상관에게 회문(回問)한다.
* 6월 초3일에 두 세신(世臣) 및 집정가의 상상관에게 회문한다. 관백이 마상재를 본다.
* 6월 초6일에 태수가에서 사연(私宴)[38]을 연다.
* 6월 초7일에 집정이 와서 답서를 전달한다.
* 6월 초10일에 관백이 사예(射藝)를 본다.
* 6월 11일에 마상연(馬上宴)을 한다.
* 6월 13일 돌아오는 여정에 오른다.

5월 29일

전명(傳命)할 때 의식 행사의 순서를 써서 보여주었다. 그런데 태대군(太大君) 및 약군(若君)을 서로 만날 때 모두 네 번 절한다고 하니 매우 해괴하다. 구관백을 만날 때 네 번 절하는 것은 오히려 혹시 가능하겠지만, 이미 전례가 있다고 하니 허락하지 않을 수 없었다.

약군에게 네 번 절한다는 얘기는 더욱 통탄스럽다. 그래서 수역에게 엄정하게 사양하며 책망하였는데, 이 절차를 고치지 않고서는 전명할 수 없다고 하여 기어이 바르게 고쳤다.

예전에 하던 대로 봉행 평성태(平誠泰)가 과자 1갑, 채화(菜花) 1반(盤)

---

38 사연(私宴) : 도주가 개인적으로 베푸는 연회를 말한다.

을 바쳤다.

월집이 또 와서 내가 묻기를, "일본과 중원은 해선(海船)으로 통해서 중국인도 많이 왕래한다고 하는데, 족하께서 본 적이 있습니까?" 하니, 답하기를, "우리 정덕(正德) 초에 명의 종실(宗室)과 귀족 여러 명이 왔는데 지금은 모두 죽었습니다." 했다. 내가 묻기를, "명의 종실이 귀국의 경계에서 죽었습니까? 그 자손은 아직도 귀국에 있습니까?" 하니, 대답하기를, "우리 수호후(水戸候)가 그들을 매우 존경하였습니다. 그 아들 2명이 지금은 우리나라 사람이 되었습니다. 수호광국공(水戸光國公)이 문사(文辭)를 좋아하였기 때문에 명의 사람을 거둬들였는데, 피해서 온 사람이 13명이었습니다." 하기에 묻기를, "13명이 모두 자손이 있습니까?" 하니 대답하기를, "2명은 명의 종실이고 1명은 이름은 유(諭)이고 호는 순수(舜水)[39]인데 수호후가 그를 존경하여 매우 후대하였습니다. 관소를 마련해 주고 식읍을 주었으며, 첩(妾)을 두도록 권하여 아들도 생겼습니다. 그 첩이 우리나라 사람입니다. 기타 해서(海西)에 있는 제후국에도 각각 자손이 두세 명 있습니다." 했다. 내가 말하기를, "명의 종실의 의관은 어떠했습니까?" 하니, 대답하기를, "종신토록 명 조정의 의관을 입었습니다." 하며 또 말하기를, "수호후는 충신입니다. 남하주에 사당을 세워 명의 종실 주유(朱諭)로 하여금 산기(山崎)에 새기도록 했는데, 바로 '주씨가 죽어서 절개를 지키지 못하고 멀리 우리나라에 의탁하였다' 했으니 그 말이 남공(楠公)에게 얼마나 무거웠겠습니까?" 하기에 내가 말하기를, "남하주는 어떤 사람입니까?" 하니,

---

39 순수(舜水) : 주순수(朱舜水, 1600~1682)는 절강성 여요(余姚) 사람으로 이름을 지유(之瑜), 자를 노여(魯璵)라 하였고, 순수는 만년에 일본에서 돌아와 고향의 강물 이름을 따서 붙인 것이다.

대답하기를, "남하주의 성은 귤(橘)이고 이름은 정성(正城)이며, 원홍(元弘) 연간에 제호천황(醍醐天皇)에게 벼슬하여 섭하천삼주태수(攝河泉三州太守)가 되었습니다. 왕가에 일할 것을 권유하고 적신(賊臣)을 일으켜 섭순절수호주(攝殉節水戶州) 광국공(光國公)과 전쟁을 벌이고 서경에 아뢰어 좌근위대장(左近衛大將) 종2위(從二位)에 추증되었습니다." 했다. 내가 말하기를, "수호수는 어떤 사람입니까?" 하니, 대답하기를, "수호의 증손입니다. 종한방(宗翰方)이 삼종실(三宗室)이 되고, 후일에 사대등성(使臺登城)에 오르게 되었을 때 빈연(賓筵)에 누리게 되시겠기에 마땅히 서로 더불어 만났습니다. 이 공이 나이 아직 약관이 되지 않았는데 매우 문사(文辭)를 좋아합니다." 하며, 말하기를, "우리나라의 육오주(陸奧州)에 재주가 뛰어난 선비가 있는데, 성은 노(蘆)이고 이름은 순(淳)이며 자는 덕린(德隣)입니다. 경전에 통달하여 그 사람됨이 이연평(李延平) 같습니다. 일찍이 자기 주후(主候)에게 상서를 올려 간언하였다가 지금 유폐되었습니다. 예전에 중주(中州)의 승려 승암(升庵)이 아란타(阿蘭陀)에서 와서 코끼리를 바쳤습니다. 노순이 정월 초하루에 시를 지었습니다.

황벽의 고승이 석장을 날리고	黃檗高僧飛錫至
대완의 명마가 진기한 선물로 왔네.	大宛名馬吐珍來
그 누가 알랴! 동해 남원의 객이	誰知東海南園客
홀로 봄바람 향해 술잔 잡고 있는 줄이야.	獨向春風把酒杯"

라 하고는 또 말하길, "우리 저군(儲君)은 나이 12세인데, 큰 산을 바라다보며 쓴 시가 있습니다.

해국 팔 주에 웅장하니	海國八州雄
푸른 구름이 밤낮 같구나.	青雲日夜同

부용은 천고의 색으로 芙蓉千古色
우리 성 안을 두루 비추네. 偏照我城中"

했다. 내가 말하기를, "귀국에는 태장(笞杖)에 해당하는 죄가 없다고 하는데 그렇지 않습니까?" 하니, 대답하기를, "중세로부터 죄를 지으면 가벼운 자는 벌하지 않고 조금 중한 자는 베어 죽였습니다. 무사는 칼을 내려서 스스로 목 베어 죽게 하였고, 중한 자는 불이나 창이나 나무로 죽였습니다." 했다. 내가 말하길, "도둑을 다스리는 법은 어떻습니까?" 하니, 대답하기를, "도둑을 다스리는 법은 매우 엄중합니다. 훔친 장물이 아무리 작아도 체포하면 효수합니다." 했다. 내가 말하기를, "각 주의 태수가 사람을 죽이면 반드시 동도(東都)에 아룁니까, 그렇지 않습니까?" 하니, 대답하기를, "태수는 자유라서 오직 외국배가 이르면 보고하지 그 외의 일은 동도에 관한 일만 보고합니다." 하며, 또 내가 말하기를, "저군은 이가 하얗던데 무엇으로 양치해서 그런 것입니까?" 하니, 대답하기를, "물로 양치했을 뿐입니다." 하기에, "귀국에서는 왜 이를 물들입니까?" 하니, 대답하기를, "선부(選賦)[40]에 이르기를, 동방에 흑치의 나라가 있다고 했는데 우리나라를 가리키는 것 같습니다. 옛날에 어떤 천황이 이가 검었는데, 군신이 감히 희 수가 없어서 이를 검게 물들였는데 그것이 풍속이 되었다고 합니다." 하니, 내가 말하기를, "동도에서는 왜 물들이지 않습니까?" 하니, 대답하기를, "무관은 물들이지 않는데, 동도는 모두 무관이기 때문에 그렇습니다." 했다. 내가 말하기를, "여자는 물들이지 않는 것은 무엇 때문입니까?" 하니, 대답하기를, "시집을 가지 않은 여자는 남편이 없기에 물들이지 않습니

40 선부(選賦) : 중국과 한국 사람들의 부(賦) 50수를 실은 목판본으로 2권 1책이다.

다." 하며 또 말하기를, "족하는 등원명원이 여러 학사와 함께 경설(經說)을 논하는 것을 본 적이 있습니까?" 하기에, 내가 말하기를, "과연 본 적이 있습니다. 그런데 이 사람이 불행하여 바다를 건너와 보니, 식견이 고루하여 전성(前聖)을 헐뜯고 무시하는데도 잘못되었다는 것을 모르고 있습니다. 또 운이 좋아 중국에 나가지 않고도 경전을 훼손하고 성현을 무시하는 죄를 면할 수 있었으니, 이 밖에 무엇을 말하겠습니까?" 하니, 월집이 말하기를, "이 사람이 본바 본래 그렇지 않았습니다. 근래 갑자기 유정(維楨)의 무리들이 변해 버렸으니 안타깝고 안타깝습니다." 했다. 때마침 김죽산이 지나갔다. 월집이 말하기를, "저 관우인(關羽人)은 누구입니까?" 하기에 성장 이봉환이 말하기를, "우리나라 대장군의 아들입니다. 정사의 군관입니다." 했다. 월집이 말하기를, "진짜 장군 집안의 자손으로 진짜 장군이군요." 했다. 김죽산에 대해 이렇게 얘기해서 서로 더불어 크게 웃었다.

봉행 무리들이 관백의 두 동생 및 9명의 집사가 멈추지 않고 서로 가지고 있기에, 대략 서로 물어보는 뜻으로 말했다.

5월 30일

삼사가 공복(公服)을 갖춰 입고 대청(大廳)으로 나갔다. 잘 포장한 여러 종류의 예단을 대마도 사람을 시켜 관백궁(關白宮) 안으로 옮겨 두었다. 역시 전례에 따랐다.

인삼은 매 5근씩 종이자루에 넣어서 5자루를 긴 상자에 넣었다. 중궤(中樻)는 대에 올려 두었다. 기타 여러 가지 물종은 모두 상자에 넣거나 대에 올려놓거나 꾸러미로 가지런히 정리하여 펼쳐 두었다. 모두 대마도 사람들이 준비했다고 한다.

청밀은, 우리나라에서 준비해 온 단지가 색이 초라하고 사용하기에 적당하지 않아서 일본의 사기 단지를 사서 사용했다. 10개의 단지에 10두씩 나눠 담았다.

김죽산, 이 선전관【방일(邦一)】, 이창기(李昌基)가 마상재 2명을 데리고 도주의 집에 갔다. 신시(申時)가 지난 후에 돌아와서 말하기를, "각주의 태수 및 그 가속이 거의 다 와서 모여 있어서 도주가 큰 잔치를 베풀었다. 수집정의 아들은 10살 남짓이었는데 맑고 수려하고 단정하고 엄숙(端肅)하여 집정이 될 만하다. 대마도의 봉행들이 그 아이를 보고는 무릎걸음으로 기어 다니며 감히 우러러 보지도 못한다." 했다.

대마도주 및 양 장로가 와서 만났는데 평복으로 서로 접견하였다. 도주가 다음날 전명하겠다고 말씀드렸다. 또 태대군은 아파서 접견할 수 없다고 했다.

약군에게 네 번 절하는 예에 대해서는 조정에 힘껏 주선하여 두 번 절하는 것으로 정했다고 했다. 태대군이 갑자기 아프다고 하는 것은 틀림없이 두 번 절하는 예로 하겠다고 하니까 불편해서 그랬을 것이다.

6월 소초(小初) 1일

진시(辰時)에 두 용정을 받들고 관백궁을 향해 갔다. 삼사신이 금관(金冠)에 조복(朝服)을 갖춰 입었다. 패옥(佩玉)과 홀(笏)을 쥐고 바다 건너 올 때 타고 왔던 평여(平輿)를 탔다.【우리나라 사람으로 메게 했다.】

제술관과 서기, 역관, 의관은 모두 흑단령을 입었고, 군관은 우립에 활집을 하고 칼을 차고 채찍을 잡았다. 모두 금안(金鞍)의 준마를 탔는데 올 때보다 더 사치스러웠다.

나는 애당초 융복(戎服)을 준비해 오지 않아서 유의(儒衣)에 유관(儒

冠) 차림으로 뒤따르려고 수역을 시켜 봉행들에게 의논하였더니, 모두 말하기를, "절대로 안 됩니다." 하기에 어쩔 수 없이 백령(百令)의 여벌을 빌려 입었다. 서생(書生)으로서 융복을 입었으니 부끄럽기 짝이 없었다. 막빈(幕賓) 여러 사람이 뒤따르며 놀려대며 웃었다.

배열한 순서는 올 때와 같았는데, 용정에는 후배가 없었다. 삼사가 그 다음이고 원역 모두는 그 뒤에 있었다. 고취(鼓吹)와 관현(管絃)의 소리가 번화한 거리에 울려 퍼졌다.

몇 리를 걸어서 전일에 지나쳤던 동성문(東城門)을 지났다. 구경하는 남녀가 올 때에 비해 줄어들지 않았다. 다시 5, 6리를 가서 제2성에 들어갔다. 성 밖에는 해자가 있었다. 해자를 지나니 시전도 없고 마을도 없이 오직 높다란 문에 크고 넓은 저택이 보였다. 좌우에 관부로 보이는 건물이 빙 둘러 있었다. 장문 주변에 담장 없이 긴 복도가 가로질러 있었다. 딱딱한 벽돌과 함회(啣灰)로 외벽을 만들었다. 사이사이마다 들창문을 내어 그 사이에 발을 드리워서 여인들이 엿볼 수 있게 하였는데 집정 및 근신(近臣)으로 권력을 지닌 사람의 저택은 모두 그렇다고 한다.

또 어떤 문에서인가 군대 의장을 치우고 군악을 멈추고 상관 이하 모두 말에서 내렸다. 깃발, 절월(節鉞) 및 하관도 모두 뒤쳐졌다. 오직 인신(印信)만 앞에 두고 해자 다리를 지나 궁성문으로 들어갔다. 수역 여러 사람도 현교에서 내렸다.

이른바 제7문에 이르러 도주 및 관반, 대목장로(大目長老)가 나와 맞이하자 서로 읍하였다. 십여 보를 걸어서 용정을 걸상에 안치하였다. 제1용정은 오른쪽에 봉안하여 사관(寫官) 1명과 상통사(上通事) 1명으로 지키게 하였다. 수역이 제2용정을 받들고 나가 국서함(國書函)을 하얀 소반에 올리고 붉은 보자기로 덮었다. 앞에 있으면서 행하였는데 비가 올 것 같아서 일행 모두 우산을 펼치고 있었다.

앞에 성이 있었는데 옹성 및 중문이 있었다. 문을 지나면 각도와 나무계단이 있었는데 바로 현관(玄關)이라고 한다. 여기서부터 전내(殿內) 당우(堂宇)에 이르고 사사(寺社)에 연결되어 있었다.

봉행 4명과 대목부(大目付) 3명이 현관에서 맞이하였다. 나무판 위에서 읍하고 먼저 각도를 통해서 외헐청(外歇廳)에 이르렀다. 수역이 국서를 주벽 감실(龕室)에 봉안하였다. 사신이 도주와 함께 마주하여 앉았다. 장로는 기둥 밖에 앉았고, 일행은 도자(槅子) 밖에 앉았다. 도주가 대광간(大廣間)에 함께 가자고 하였는데, 대광간은 도주가 거처하는 집인데 배위(拜位)를 상세히 볼 수 있는 곳이었다.

아버지께서 말씀하시기를, “이미 의주(儀註)가 있는데 굳이 가서 볼 필요가 있겠습니까?” 했다. 도주가 두 번 세 번 요청하기를 마지않았다. 이미 그런 내용으로 관백에게 아뢰었기 때문이었다. 도주가 앞장서서 중헌(重軒)의 복각(複閣)을 지나 이른바 ‘대광간’이라는 집에 이르렀는데 삼전(三殿)이었다. 상전(上殿)에는 발을 드리웠고, 중전(中殿)에는 국서를 받들어 전한 후 배위하였다. 하전(下殿)에는 사례(私禮)로 전급(傳給)한 후에 배례(拜禮)하는 곳이었다.

한 번 보자마자 바로 나왔다가 다시 들어왔다. 얼마 되지 않아 도주, 장로, 사사(寺社), 봉행 4명과 대목위 4명이 들어가서 행례하자고 요청하면서 앞장섰는데 일행이 모두 그냥 있었다. 다만 가마 위에서 바라보기만 했다.

인신(印信)은 소동(小童)을 시켜서 지키도록 했다. 수역이 국서를 받들고 앞에 있었다. 이른바 송지간(松之間)에 이르렀는데 벽에 소나무를 그려서 그렇게 이름을 지었다고 한다. 이것이 내헐청(內歇廳)인데 관백이 앉아있는 곳에서 칸막이를 사이에 두고 당중(堂中)에 국서를 봉안하였다. 삼사가 서쪽을 향하여 나란히 앉았고, 도주는 내헐청 주변에 앉았다. 장로는 퇴청에 앉았다. 백관이 모두 모여서 사신의 뒤에 앉았는데 3, 4백 명이나 되었다. 혹은 홍포(紅袍)에 일각건을 쓰거나 혹은 흑포(黑袍)에 풍절건을 썼다. 난잡하여 질서도 없고 위의(威儀)도 전혀 없었다. 주벽에 앉아 있는 사람은 10여 명이었다. 예단 가운데 물건은 집 서쪽에 두었고, 마필은 뜰아래 세워 두었다. 수집정이 와서 행례하겠다는 뜻을 전하였고, 도주와 수역이 차례로 말을 전했다.

수역이 국서를 받들고 기둥 밖으로 나가 도주에게 전달하였고, 도주가 받들고 전내(殿內)에 이르니 근시(近侍)가 받아서 관백 앞에 두었다. 삼사가 계속 당내 중전에 이르러 나란히 서서 네 번 절하고 다시 헐청(歇廳)으로 나왔다. 사예단은 들여 놓은 후에 근시가 삼사를 인도하여 당내 하전에 이르렀는데 나란히 서서 네 번 절하고 자리로 돌아왔다.

수집정이 나와서 관백의 말이라며 위로하며 말하기를, "사신이 멀리 깊은 바다를 건너오시느라 정말로 힘드셨을 것입니다. 주례(酒禮)를 시행하고자 합니다." 하기에 삼사가 자리에서 나와 치사하였다. 수집정이 들어가서 사신의 말이라며 관백에게 아뢰었다. 사신이 나와 당내에 이르러 하전에 앉았다. 서쪽을 향해 앉아있던 흑의를 입은 관인이 먼저 관백 앞에 소반(素盤)을 내었다. 홍의를 입은 관인도 소반을 받들고 삼사 앞에 두었다. 그 상이 작아서 우리나라 소반 같았다. 하얀 나무 그릇 3개가 있었는데, 한 개에는 생밤을 담았고, 한 개에는 늘여 말린 전복이 담겼고, 한 개에는 과자를 담았다. 그릇의 모양이 5홉들이 가장 작은 유기(柳器) 같았다. 생밤은 5개를 사방 및 중앙에 두었다. 일본에서는 존경한다는 예의로 반드시 이렇게 한다고 한다.

흑의를 입은 사람이 먼저 은관(銀罐) 토배(土盃)를 관백에게 드렸다. 다 마시면 또 한 사람이 은관을 잡고 중전에 나와 앉았다. 도주가 있는 대청 주변에서 아버지가 올라앉는 것을 보았다. 술병을 잡은 자가 토배를 드리고 아버지가 홀을 꽂아 받았다. 술병을 잡은 자가 잔에 술을 따르니 받아서 마시고 나서 술잔을 가지고 자리로 돌아왔다. 그래서 반상에서 잔을 처치했다. 또 흑의를 입은 사람이 관백에게 술을 드렸다. 마시고나서 도주가 부사가 올라가는 것을 보고 마셨다. 종사관도 그렇게 했다.

상을 거둔 후에 도주가 삼사에게 요청해서 삼사가 나란히 서서 행례(行禮)하고 헐청으로 되돌아 나갔다. 삼수역이 당내에 하전에서 행례하였다. 군관과 역관, 제술관, 서기, 의원, 사자관, 화원이 세 차례로 나누어 기둥 밖에 이르러 행례하고 나갔다.

차관(次官)은 퇴청에서 행례하였고, 소동은 그 다음에 하고, 중하관은 세 줄로 나누어 뜰아래에서 절하고 나갔다.

수집정이 관백의 말이라며 삼사에게 전하기를, “종신(宗臣)이 연례(宴禮)를 대신 시행할 텐데 연례를 받아 주시면 좋겠습니다.” 하기에 삼사가 다시 들어가 사양을 하였으나 연례를 보고 나왔다. 관백이 들어간 후에 도주가 다시 당내 중전으로 들어가서 서쪽을 향해 섰다. 기이주(紀伊州)의 납언(納言) 원종직(源宗直), 미장주(尾張州)의 납언 원종승(源宗勝)이 상대하여 두 번 읍하는 예를 행하고 나서 앉아 잔치를 즐길 것을 권유하였다.

원종직은 구관백의 종제이며 수충(秀忠)의 동생이며 뇌선(賴宣)의 손자인데 관백을 대신하여 기이주의 태수가 되었다. 읍치는 기이주 화가

산(和哥山)이며 식록은 55만 5천 석이다. 삼종실의 하나이다.

원종승은 수충의 동생이며 의직(義直)의 후손으로 읍치는 미장주 명고옥(鳴古屋)이다. 삼종실의 하나이다. 수호후는 아파서 참여하지 못했다고 한다.

드디어 빈주에게 상을 내어 왔는데 찬기(饌器)와 화상(花床)이 다른 곳에서 마련한 잔치와 다름이 없었다. 마주하고 앉았는데, 먹을 만한 것도 없고 서로 통할 만한 얘기도 없었다. 세 차례 술을 마시고 상을 거두었다. 서로 대하여 읍하고 헐청으로 되돌아왔다.

수집정이 나오기에 삼사가 수역을 시켜서 잔치를 마련해 주어서 감사하다고 하니 집정이 몸을 기울여 듣더니 들어가 관백에게 아뢰겠다고 했다고 한다.

내가 여러 사람과 함께 유지간(柳之間)에 갔는데 벽에 버드나무를 그린 곳이었다. 잔치를 마련해 주었는데 다른 곳에서 마련한 잔치와 다름이 없었다. 반상에 있는 금은(金銀)이 반짝거리고 전화(剪花)의 금채(錦采)가 눈가에 아롱졌다. 그런데 젓가락을 둘 만한 음식은 하나도 없었다.

붉은 옷을 입은 사람은 각 주의 태수라고 하는데 자주 찾아와서는 혹은 우리들의 부채를 보자고 하거나 우리가 입은 옷을 만져보기도 했다. 모두 사람 모습 같지가 않았다. 집정도 밖에서 살펴보면서 잔칫상을 검칙(檢飭)하고 있었다.

홍의를 입은 자는 두 사람인데 말석(末席)에 앉아서 잔치를 관리하였다. 행중의 여러 사람을 각각 대접하는 곳이 있다고 한다. 잔치를 거두고 외헐청으로 나갔다. 얼마 지나지 않아 삼사가 나와서 집정과 더불어 서로 읍하고 현관을 향해 잠시 앉았다가 바로 가더니 현각에 이르렀다.

도주 및 네 명의 사사(寺社), 봉행, 네 명의 대목부를 읍하고 보냈다. 중어문(中御門)에 이르러 두 관반과 두 장로를 읍하고 보냈다. 여기서부터 제1용정을 모시고 가마를 타고 제5문을 나왔다. 모두 말을 탔는데 들어왔던 문이 아니었다. 이렇게 배립하고 서쪽 어환(御丸)을 향했다. 어환은 구관백 및 약군이 거처하는 곳이다.

이문(二門)에 들어가 말에서 내리고 삼문(三門)에서 가마를 내리고 사문(四門)에서 수레를 내렸다. 장로와 관반이 나와서 맞이하였다. 현관에 이르러 네 명의 봉행과 세 명의 목부(目付)가 나와서 맞이하며 전상간(殿上間)으로 이끌었다. 가옥의 만듦새가 관백이 거주하는 곳과 다름이 없었다. 잠시 외헐청에서 쉬었다가 내헐청에 들어가 앉았다. 모두 의례대로 했다.

집정 등원조(藤源朝)가 와서 약군의 말이라며 전하기를, "태대군이 예기치 않게 예단을 받게 되어 행례하고자 합니다." 했다. 별폭(別幅)[41]을 전하며 예단을 바쳤는데 그 절차가 앞에 했던 것과 같았다. 다른 게 있다면 다만 두 번 절했을 뿐이다.

일행이 전에 했던 것처럼 차례로 들어가 만났다. 집정 이하 읍하고 보내는 절차도 전처럼 하고 돌아왔다. 수레 가마를 내리는 곳에서 승여(乘輿)하고, 가마를 내리는 곳에서 가마를 타고, 말을 내리는 곳에서 말을 탔다. 삼방이 각각 서 있고 전배가 군악을 울리며 비가 오는데도 관소에 이르렀다. 날이 이미 저물었다.

---

41 별폭(別幅) : 본래는 쪽지나 조각을 뜻하는 말이었는데 공식 문건의 내용을 보충하기 위해 첨부된 문건으로 사용되었다. 통신사행에서 별폭이란 선물 품목을 적은 것을 말한다. 서계의 문서에 사절의 목적과 용건을 기재하고 문서의 끝이나 별지에 예물로 보내는 선물의 종류와 수량을 적었다. 별폭은 상대방의 지위에 따라 품목과 그 수량이 정해졌다.

도주와 장로가 몸소 와서 문후하며 큰 의례가 순조롭게 성사된 것을 치하하였다. 봉행 무리들이 와서 수역을 보고 말하기를, "삼사께서 들어오신 것도 전일에 본 적이 없는 곳이었고, 행하신 것도 전일에 행하지 않았던 예인데도 종일토록 행례하시는데 조금도 예를 잃지 않으셔서 조정의 백관이 혀를 내두르고 있습니다." 하며, 모두 말하기를, "정말로 동방예의지국(東方禮儀之國)의 군자입니다." 했다. 도주도 대단히 영행(榮幸)스럽게 생각해서 즉시 찾아와서 치하한다고 했다.

관백의 궁성은 무릇 삼중(三重)이고 문은 구중(九重)으로 겹겹이 해자가 있었다. 해자는 그 넓이가 수십 간이고 깊이는 무궁해서 물색도 푸르렀다. 그곳에 돌이라도 던지면 죽을죄로 처벌한다고 한다. 성은 반드시 옹성이었으며 성 위에는 누각이 있고 사면에는 철문으로 막았다. 성의 높이는 5, 6척이었는데 견고하고 정치(精緻)하여 우리나라와는 비교할 수 없었다.

굽이굽이에 초루(譙樓)가 있었는데 모두 4, 5층이었다. 여기에 무기를 숨겨둔다고 한다. 성문과 전문(殿門), 궁궐(宮闕) 모든 곳에 이름을 내건 곳이 한 곳도 없었다. 궁성 내외에 직숙하는 관부나 백관이 업무를 보는 곳도 없었다. 심지어 전정(殿庭)에도 무기를 가지고 호위하는 자도 없었다. 궁실이 비록 매우 정교하고 화려하기는 했지만 크고 웅장하지는 않았다. 이국의 하졸로 하여금 청상(廳上)에서 절하게 하였다. 역관은 기둥 안에서 절하고 그 당에 오르는데 등급이 없었다.

그와 같이 전정이 비좁아서 중관(中官)과 하관(下官)이 배례할 때 아무리 줄을 여러 차례로 나누어도 나란히 설 곳이 없었고, 뭇 신하들이 집정 이하 모두 맨발로 행하였으니 무례하기가 이와 같았다. 또 긴 바지를 입은 사람은 백포(白布)로 길이는 수 척인데 뒤에 드리워져서 땅을 끌고 다니는데 와삭거리는 소리가 났다. 행동거지가 무상하여 보고 있노라면 사람 같지가 않다.

이른바 근시는 지위가 높고 녹봉이 많았다. 행동거지와 용모는 사람을 닮지 않았으니 국사를 알 만하다. 잔치를 할 때 좌우청(左右廳)의 벽에 발을 많이 드리웠다. 구경하는 사람은 틀림없이 관백의 빈장(嬪嬙)의 무리이다. 관백도 더러 내현(來現)하기도 한다니, 이와 같이 위엄과 예의가 없다.

대마도의 봉행은 수령의 가신인데 관백의 궁에 들어가서 각 주의 태수와 함께 주선하여 모든 일을 지휘하였는데 이와 같이 등급이 없었다. 들어갈 때 관백이 앉아있던 곳을 보았다. 전면의 두 귀퉁이 및 좌우 뒤의 삼면 모두에 발을 드리웠기 때문에 그 형태를 상세히 볼 수 없었다. 그런데 앉아 있는 자리가 조금 높아서 머리에는 흑모(黑帽)를 썼는데 위가 뾰족했다. 몸에는 흑포(黑袍)를 입고 얼굴이 길고 검었다. 키는 작아서 인군(人君) 같지 않았다.

약군은 전면에 발을 드리우지 않고 붉은 자리 위에 앉아 있었다. 홍포를 입고 삭발하지 않고 상투를 틀었다. 얼굴은 희고 정채(精彩)했다. 눈과 코 사이에 작은 얽은 흔적이 있었다. 소년이었기 때문에 오래 앉아 있지 않고 절을 받는 사이에 얼굴을 찡그리고 몸이 기울어지면서 자못 감당하기 어려워하는 기색이었으나 대저 그 아버지가 하는 말보다는 나으니 과연 허언(虛言)이 아니었다.

백관이 입고 있는 홍포는 자못 조복(朝服) 같았다. 흑포는 단령과 비슷하고 일각모는 사모처럼 생겼다. 대개 일본의 복제는 우리나라에서 들어왔다고 하는데 이것은 삼한(三韓) 때의 복제가 잘못된 것이 아닌가? 만약에 삭발과 맨발이 아니라면 모양이 비슷할 것이다. 지금 본

바로는 이른바 '임금'이라 하고 '신하'라고 하는 것이 매우 우습다.

관백을 보았을 때 아버지가 도주에게 말하기를, "태대군이 뜻밖에 아파서 접견할 수 없어서 이런 뜻으로 위로하는 것이 어떠할지 모르겠습니다." 하니, 도주가 대답하기를, "이런 경사(慶事)에 어찌 불길한 일을 말할 수 있겠습니까?" 했다. 하는 일마다 이렇게 무식하였다.

6월 초2일

관반(館伴)과 상총개(上總介)가 홍어(洪魚)와 비파(枇杷)를 바쳤다. 도주가 농어(鱸魚)를 바쳤다. 평성일(平城一)은 도미를 바쳤다. 모두 대례(大禮)가 순조롭게 성사되었다고 하면서 덕담(德談)하였다. 세 수역 및 당하 역관 3명을 시켜 가서 다섯 집정(執政) 및 세신(世臣)에게 예단을 전달했다.

도주가 몸소 와서 문후하였다. 도주가 무늬 있는 비단으로 마상재가 입을 옷을 각 1벌씩 만들어 보냈다.

6월 초3일

관반과 수리대부(修理大夫)가 강어(江魚)와 비파를 바쳤다. 모두 덕담을 했다.

조 창성(趙昌城), 이 내승(李內乘), 이 함양(李咸陽) 및 세 수역이 마상재를 이끌고 관백궁(關白宮)에 갔다가 오후에 돌아왔다. 내성(內城) 서문(西門) 안에서 시예(試藝)하였다. 관백이 각 주 태수를 거느리고 나와서 보았다. 층루 곳곳에 발을 드리우고 휘장을 둘둘 말아둔 곳이 매우 많았다. 좌우에서 구경하는 사람이 잘한다고 하지 않는 사람이 없었고 기해 사행 때보다 훨씬 낫다고 했다. 궐중(闕中)이 아주 넓고 정원도 울창하다고 한다.

6월 초4일

월집이 다시 찾아왔기에, 내가 말하기를, "그대와 더불어 날마다 종용(從容)하게 보내니 정말로 즐겁습니다. 다만 난암(蘭庵)이 찾는 뜻과 대마도 사람들이 군후(君侯)에게 색뇌(索賂)하는 뜻이 금복(禁僕)이 출입하는 거조에 있는 것 같아서 매우 걱정스럽습니다. 대개 동무인(東武人)은 대마도 사람을 결코 두려워하지 않습니다. 심지어 통신사행도 백가지를 전적으로 대마주(對馬州)에 위임하였기 때문에 사정 등의 얘기를 누설하기에 다른 사람들이 출입하는 일을 금지했다고 합니다." 했다. 월집이 말하기를, "우리나라의 조정의 위엄과 예의는 어떻습니까?" 하니, 성장 이봉환이 말하기를, "알 수 없습니다." 했다. 월집이 말하기를, "족하께서 조정의 위엄과 예의를 보니, 얼이 빠질 정도로 놀라서 알 수 없다고 하는 것입니까?" 하기에 스스로 웃으며 말했다. 성장 이봉환이 말하던 차에 약군을 칭하였더니 월집이 말하기를, "약군이라는 칭호는 일본의 속어입니다. 상국(上國)의 군자들은 이 말을 어떻게 사용합니까?" 하였다. 월집은 또 풍절건을 주모(舟帽) 같다고 했다. 내가 말하기를, "어떻게 풍절건이라고 하지 않겠습니까?" 했다. 월집이 말하기를, "풍절건은 옛날에 그 글에는 없지만 그 모양이 배를 닮아서 상국인(上國人)을 대하여 어쩔 수 없이 그렇게 불렀습니다." 하기에 모두 비웃었다. 월집이 말하기를, "삼사의 대(臺), 금관(金冠), 패옥(佩玉), 상홀(象笏), 흑화(黑靴)는 모두 군자의 복장입니다. 제가 이런 위의를 보게 되었으니 일생에 한 번 얻을까 말까 한 기이한 행운입니다." 하고, 또 말하기를 "쟁(鏘)은 패옥(珮玉)이라고 하는데 그 소리가 참으로 아름답습니다." 했는데 그 기이한 것을 좋아하여 이와 같이 속세를 벗어난 사람 같았다.

자문(子文)이 묻기를, "일본에는 옛날에 의복에 장식을 하지 않았는데 백제왕이 옷을 꿰매는 여자를 보낸 이후로 비로소 옷에 장식을 달았다고 하는데 과연 그렇습니까?" 하기에 대답하기를, "우리 운주(雲州)에 대묘(大廟)가 있는데 매우 영험해서 신무천황(神武天皇) 이전의 사당으로 국가에서 매우 공경하였습니다. 옛 복식이나 그릇이 남아있는데 귀국의 것과 아주 비슷합니다." 했다. 월집이 또 말하기를, "대련(大連)과 소련(小連)의 선거상(善居喪)이라는 것이 바로 우리나라의 옛 대신의 칭호입니다." 했다. 내가 말하기를, "목순암(木順庵)과 실구소(室鳩巢)[42], 임라산(林羅山)의 경술(經術)과 문장(文章)은 누가 더 낫습니까?" 하니, 대답하기를, "임라산은 수준이 좀 낫고 목순암과 실구소는 비록 문장이 있기는 하지만 어찌 두 선생에 미치겠습니까?" 하기에 내가 말하기를, "통신사가 간 후에 예폐(禮幣)와 인삼은 동무(東武)에서 나눠서 서경에 바친다고 하는데 그렇습니까?" 하니, 대답하기를, "옛날부터 바치지 않았습니다." 했다. 내가 서경의 관복제도에 대해서 물었더니, 대답하기를, "즉위하고 전위할 때는 그 모양이 인데 두 곁에 붙인 매우 긴 끈이 뒤에 있으며, 제사지낼 때나 하례할 때는 모양이 이고, 평상시에는 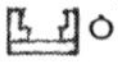이라고 합니다. 제가 안정(安正)의 무리를 본 적이 있는데 임씨 같은 성씨들이 있었습니다. 이름은 임경(林鏡)이고 자는 중연(仲淵)이

42 실구소(室鳩巢) : 무로 규소(1658~1734). 에도시대의 유학자. 아라이 하쿠세키(新井白石)의 천거로 막부의 유관(儒官)이 되었고, 쇼군(將軍) 요시무네(吉宗)에게 시강(侍講)했다. 저서에 『육유연의대의(六諭衍義大意)』, 『적수의인록(赤穗義人錄)』, 『준태잡화(駿台雜話)』 등이 있다.

고, 호는 수재(修齋)인데 학문이 매우 정명(精明)하고 날마다 대의를 주로 하여 매번 자신을 악비(岳飛)와 방효유(方孝儒)에 비교하였습니다." 했다. 서경을 다시 일으켜 세우는데 뜻이 있지만 뜻을 이루지는 못할 것 같다.

삼종실의 예단은 세 수역(首譯)이 두 종실(宗室)에게 가서 전달하였는데, 대마도 사람들이 전달했다고 한다. 집정 이하는 직접 만나서 감사드리거나 전갈(傳喝)하여 다 마치고 도착했다.

박 수역이 대마도주 태수를 가서 만나 답서(答書) 초본(初本)을 얻어 왔는데 그 말뜻이 특별히 눈에 걸리는 데가 없었다. 문리(文理)는 비록 분명하지 않은 데가 있기는 했지만 따질 필요가 없어서 그대로 두었다.

일공에 살아있는 작은 새 두 마리가 있어서 연못에 놓아주었다. 범범한 물 위에서 자맥질하고 졸기도 하는 모습을 보고 있자니 제법 분위기가 있었다.

6월 초5일

월집이 또 왔다. 내가 아란(阿蘭)에 대해서 물었더니, 대답하기를, "일본과의 거리는 1만 2천 리 떨어져 있습니다. 매해 봄이면 강호(江戶)에 오는데 땅이 멀기 때문에 작은 나라에 하나인 태국을 대신 제휴하도록 했습니다. 상사(上士) 4명, 하사(下士) 4명이 일본에 도착하면 첩을 사서 밤낮으로 술을 마시면서 기루(妓樓)에 있습니다. 국왕 이하로부터 모든 시정(市井) 사람들도 매우 이득을 밝혀서 장삿배가 끊임없이 왕래하는데 비단신발 등 토산품이 매우 많습니다. 관복은 일본과 같습니다. 그 사람됨이 매우 작고 얼굴은 둥글고 하얗고 수염이 없습니다. 부인들처럼 귀에 고리를 찼습니다. 일본어에 능통합니다. 그 나라의 흙이 매우 좋아서 일 년에 두 번 벼를 심습니다. 매해 일본에 물건을 바치는데 쓸 만한 게 없습니다. 대군이 매번 쌀을 보냅니다. 일본에 길흉이 있으면 반드시 사람을 보내는데 30명에 불과합니다.

옛 대군이 계실 때는 아란에서 만국도(萬國圖)를 바쳤고, 혼천기소거(渾天機小車)를 바쳤는데 매우 특이했습니다. 사인(絲引)을 등용하여 백석(白石)이 하늘을 관측했는데 옛 대신들이 이 법을 매우 좋아했습니다. 지난해에 강역관(講曆館)을 지었습니다." 했다. 또한 유구(琉球)에 대해 물었더니, 대답하기를, "중산왕(中山王)이 작은 유구의 왕이 되자마자 바로 대유구(大琉球)의 종실이 살마주에 입조하였습니다. 작년에 대군이 유구에 명령을 내려 중국 제도를 보고 싶다고 하니까 유구에서 중조의 관복과 시정(市町), 궁실의 제도에 일반에 대해서 바쳤습니다. 그 토산물은 쓸 데가 없어서 매번 중주(中州)의 물건을 요청하여 일본에 바칩니다." 했다. 내가 일본에서는 수길(秀吉)이 어떤 사람인지 물었더니 대답하기를, "서해의 어부의 아들입니다." 하기에 내가 말하기를, "어떤 일을 했습니까?" 하니, 대답하기를, "진시황과 같은 일을 했습니다." 하기에 묻기를, "일본의 문헌에서 수길공(秀吉公)을 어떻게 부릅니까?" 하니, 대답하기를, "그 작위는 서경에서 내렸기 때문에 사람들이 그 작위를 존경하기는 하지만 그 사람을 존경하지는 않습니다." 하기에, 내가 말하기를, "그 도적은 백세토록 우리나라의 원수입니다. 원씨(源氏)가 이 적을 진멸한 후에 선릉(宣陵)과 정릉(靖陵)을 파헤친 범릉적(犯陵賊)을 참수하고 또한 그때 출전하였던 장수를 죽였기 때문에 우리나라가 막부와 더불어 통교하였던 것입니다. 화호(和好)와 화기(和氣)가 양국에 가득하지만 수길이 그때 터를 잡았던 곳을 지나면 나도 모르게 머리털이 쭈뼛쭈뼛 서고 마음이 써늘해집니다. 그 사람이 혹시 남긴 후손이 있습니까?" 하니, 대답하기를, "원씨가 다스리는 세상에 어찌 수길의 자손이 남아 있겠습니까? 군사력을 다하고 무력을 동원하여 죄 없는 사람을 그렇게 많이 죽였으니 천도가 밝아진 지금 얼자도 남아 있지 않을 뿐입니다." 했다. 월집이 조선의 이학(理學)의 종통(宗統)에 대해 간절히 듣고 싶다고 하기에 내가 후일에 써서 보여주기로 하였다.

월집이 가지고 온 『정헌유언(靖獻遺言)』 4책은 안정천견(安正淺見)이 편찬한 책인데 8명의 말을 기록하였고, 각각 출처의 대략을 기록하였다. 또한 아름답거나 실절한 사람들에 대해서도 매 편의 끝에 분류하여 첨부하였고, 은사(殷師)의 말로 그 책에 이름을 붙였으니, 그 뜻을 가히 알 만하다.

8편은 다음과 같다. '삼려회사부(三閭懷沙賦)', '무후출사표(武候出師表)', '정절독사(靖節讀史)', '이제장안태사이제첩(夷齊章顔太捨移祭帖)', '문산의대찬(文山衣帶贊)', '첩산도미녕시(疊山到迷寧詩)', '유정수연가(劉靜修燕歌)', '행방손지절명사(行方遜志絶命辭)'이다.

월집이 말하기를, "이분들이 허형(許衡)[43]이 원나라에서 벼슬살이 한 것을 잘못이라고 합니다." 하기에, 내가 말하기를, "벼슬하지 않는다고 어찌 의가 되겠습니까?"라고 하니, 대답하기를, "허형을 물리치는 뜻을

---

43 허형(許衡) : 1209~1281. 자는 중평(仲平), 호는 노재(魯齋). 허난 성(河南省) 농민 출신으로, 정이(程頤)·주희(朱熹)에게 깊은 영향을 받아 요추(姚樞) 등과 여러 학문을 연구했다. 쿠빌라이 칸이 즉위하기 전에는 경조제학(京兆提學)을 지냈으며, 즉위한 뒤에는 국자좨주(國子祭酒)에 임명되었다. 중국의 전통적 방법(漢法)에 의한 통치를 권고하여 이를 채택시켰으며, 관제(官制)·조의(朝議) 등도 제정했다. 1271년(至元 8)에 집현대학사(集賢大學士) 겸 국자좨주의 자격으로 몽골족 자제의 교육을 맡았으며, 1276년에는 수시력(授時曆) 작성에 참가했다. 화북의 주자학이 성행하게 된 것은 그의 공적이다. 특별히 창조적인 견해를 가진 것은 아니었지만, 유학이 침체해 있던 원대에는 두드러진 존재였다. 저서로는 『허문정공유서(許文正公遺書)』(12권) 등이 있다.

자세하게 보여주십시오." 하더니 월집이 또 말하기를, "이른바 유풍유(流風留)라는 것은 아란타에서 왔는데 그 모양이 나팔처럼 생겼는데 길이는 한 장(丈) 남짓입니다. 그 끝에 입을 대고 말하면 50리 밖에 있는 사람도 들을 수가 있습니다." 하기에 내가 말하기를, "보신 적이 있지 않습니까?" 하니, 월집이 말하기를, "기계가 크고 복잡해서 가지고 올 수가 없었습니다." 했다. 봉행이 와서 내일 잔치에 오라고 하였다.

6월 초6일

사시(巳時)에 삼사신이 도주가 마련한 잔치에 갔다. 날이 저물어서야 관소에 돌아왔다. 나는 조 창성(趙昌城)과 이 낭청(李郎廳)과 함께 가지 않았다. 공연(公宴)과 사연(私宴)이 있고 공례(公禮)와 사례(私禮)가 있다고 한다.

도주의 가까운 친족이 모두 왔다. 음식을 조금 먹을 수 있었다. 놀이 도구도 마련되어 있었다. 전례대로 했다. 아버지께서 기록하신 내용을 초록한다.

동산에 그물에 걸린 공작(孔雀)이 있었는데 어떤 사람이 흰 암탉을 가지고 공작 앞에서 놀았다. 공작이 꼬리를 떨며 들어 올리니 4, 50개의 깃이 모두 위를 향했는데 길이가 2, 3척이나 되었다. 날개를 빙 둘러 펼치니 마치 우산을 펼친 모양 같았는데 자기 몸을 지키려는 것 같았다. 그 색이 찬란해서 꼬리를 단정히 하면 틀림없는 채전(彩錢)이었다. 여러 차례 주위를 빙빙 돌더니 닭을 잡아 가버렸다. 그런 다음에 날개를 단정히 하였다. 그 몸에 마치 학 다리처럼 두 마디가 있었는데 학보다는 좀 짧았다. 아랫마디는 마치 부어 오른 것 같았다. 목에서 가슴까지는 모두 녹색인데 마치 꿩 같고 머리는 마치 수탉 같았다. 정수리에 몇 촌 만한 관이 있고 그 끝에는 작은 채전이 있었다. 그 소리는 자못 닭과 비슷했다. 남경에서 오는 상인이 사두었는데 하루에 세금으로 돈은 50냥, 은은 4냥이라고 한다.

비파 같은 것을 가지고 있는 사람이 두 명이었다. 세 줄인데 위쪽은 뾰족하고 목은 길며 배는 큰 네모에 작은 원 모양이다. 아골(牙骨) 같은 것으로 싸서 휘었다가 튕기는 소리가 마치 비파소리 같았다. 가는 피리를 지닌 사람은 1명이었다. 피리는 조금 짧고 구멍은 있는데 혀가 없어 그 소리가 가늘었다. 작은 북을 지닌 사람도 1명이었다. 두 손에 채를 쥐고 두드렸는데 마치 복어껍질로 만든 어린아이의 북 같았다. 긴 북도 하나 있었다. 모양이 우리나라 장고(長鼓) 같은데 좀 작았다. 그것을 어깨 위에 멨다. 노래를 부르는 사람도 1명 있었다. 상두(上頭)에 있으면서 소리를 지르며 눈을 부릅뜨고 포효(咆哮)하는데 마치 화가 잔뜩 난 사람 같았다. 그 소리가 작기도 하고 크기도 했는데 소경이 경을 읽는 것 같았다.

두세 사람이 가면을 쓰는 놀이로, 머리나 얼굴을 잽싸게 바꾸는 놀이였는데 십수 차례를 하면서 혹은 한두 번 혹은 서너 번 바꾸었다. 혹은 남자로 혹은 여자로 혹은 승려로, 혹은 노인이나 아이로 길거나 짧게 형형색색 바꾸어서 모두 적을 수가 없다. 그 제작은 공교롭고 복식은 화려하여 우리나라의 꼭두각시와는 비교할 수 없었다. 다만 놀이하는 사람이 자기 본래 얼굴을 가리지 않고 손으로 잡고 있으니, 뒤에서 희롱하는 사람이 틀림없이 여러 명일 것이기에 그 졸렬함을 숨길 수 없었다. 이것이 우습다.

삽시간에 바꾸는 것은 잘해서 작았다가 커지고, 남자가 여자가 되고 어린아이가 큰 보살이 되고, 하나가 둘이 되고 셋이 되고 사람이 화촉

(畫簇)이 되고 용호(龍虎)가 되고 휘날리는 낙화가 되고 금수가 되고 용정도 되었다. 그 변화가 신기하며 환상적이고 비바람같이 빨랐다. 또 두 마리 원숭이가 남자 복장을 했다가 여자 복장을 했다가 칼을 찼다가 몽둥이를 들고 나갔다. 펄쩍펄쩍 뛰면서 춤을 4, 5차례 추었다. 한 무리의 아이들 놀이이니 모두 가소롭다. 그런데 공작만 보기 드문 구경거리였다고 한다.

6월 초7일

밥을 먹은 후, 집정 4명이 회답서를 전달하기 위해 찾아왔다. 삼사신이 서로 접대하였는데, 지난 달 22일에 했던 의례와 같았다. 도주가 이미 먼저 도착해, 대청 주벽 아래에서 회답서를 받들었다.

관백의 집정 2명은 굴전상모수(堀田相模守) 기정량(紀正亮)【읍치는 하총좌창성(下總佐倉城)이고 식록은 10만 석이다.】, 송평우근장감(松平右近將監) 원무원(源武元)【읍치는 상야주(上野州) 관림성(館林城), 식록은 5만 5천 석이다.】이며, 구관백 및 약군, 집정 각 1명은 전에 이미 만난 사람들이었다.

집정이 "요즘 계속 잘 지내신다고 하시니 정말로 기쁘고 다행입니다. 답서를 보내오니 모름지기 국왕에게 전달되기를 바랍니다."라고 말하였다.

삼사가 자리를 물리고 자세히 들었다. 자리에 부복한 집정이 또 단자(單子) 석 장을 전달하였는데, 이것은 관백이 사신에게 보내는 물건이었다.

수역 이하 각각 전례에 따라 단자를 받았다. 차를 마신 후에 사신이 "집정께서 특별히 오셔서 안부를 물어주시니 감사합니다. 이번 답서를 삼가 전달하겠습니다. 헤어지는 선물로 준 물건도 매우 넉넉해서 의리상 받아가기 어렵겠습니다. 존자께서 주시니 감히 물리칠 수도 없어서 엄연히 가져가겠지만 너무나 부끄럽습니다."라고 말하였다.

집정이 일어나서 갔다. 서로 마주하며 읍하고 마쳤다.

바로 회답서를 꺼내 보았더니, 그 글이 전에 봤던 글과 다름이 없었다. 외궤(外樻)의 바깥에는 검푸른 칠을 했는데 거울같이 비췄다. 그 안에는 도금하였고, 중간에 오환(烏環)이 있었다. 당사(唐絲) 고리로 묵었다. 내궤(內樻)는 순은으로 만들었는데 무게는 수십 근 되었고 길이는 1척 반, 넓이는 반 척에 높이는 3촌이었다. 중간에 은고리로 당사 고리로 묶었다. 사면에 능화 무늬를 그려 세밀하게 조각하고 그 가운데 서폭(書幅)이 있는데, 길이와 넓이는 상자 안에 겨우 넣을 만했다. 종이는 두꺼웠는데 마치 저주지(楮注紙) 같았다. 색은 외면에는 도금하였고 안쪽에는 금으로 산수운무의 형태를 만들어서 같은 색 종이로 쌌다. 안팎을 모두 도금하여 '현심(懸心)'이라고 쓰고 오른쪽에 '경복(敬服)'이라고 쓰고 왼쪽에 '조선국왕전하(朝鮮國王殿下)'라고 썼다. 양쪽을 잡아 묶는 합금처(合衾處)에는 '일본국(日本國) 원가중(源家重) 근봉(謹封)'이라고 썼다. 가중(家重)의 자(字) 위에 도서(印圖)를 찍었다. '원(源)'이라고 서명하고 표정(表正)하였다.

내폭에는 '일본국 원가중'이라고 쓰고 '경복조선국왕전하(敬復朝鮮國王殿下)'에 도서를 찍었다. 그 서계(書契)[44]는 다음과 같다.

빙문(聘問)하여 주심에 수호의 뜻을 적어 사례합니다. 통신사의 기거

44 서계(書契) : 조선시대 일본과 왕래한 공식 외교문서를 말한다. 관백에게는 조선국왕의 명의로 국서(國書)가 작성되고, 쓰시마 도주나 관백의 관리에게는 예조참판, 참의, 좌랑 등 상대방의 직위에 상응한 직명으로 서계가 작성되었다.

가 매우 평안하였다니 정말로 가경(嘉慶)합니다. 이내 듣자니, 탄보(誕保)[45]하고 나라의 기틀을 전서(前緖)하여 구장(舊章)을 좇아 새로운 정치를 펴서 폐의(幣儀)는 많아졌고 예의(禮意)는 더욱 깊어졌기에 양국의 관계를 밝게 드러내려 더욱 영세토록 진실함을 맺는 것이 미쁘다는 것을 알게 되었습니다.

저의 땅에서 나는 소산물을 돌아가는 편에 보내 드리오니, 오직 친목(親睦)을 바랍니다. 상서로운 징조를 어그러뜨리지 않는 것을 기약할 수 있겠습니다.

갖추지 못하였습니다.

연향(延享)[46] 무진 6월일

일본 원가중(源家重) 도장을 찍고 서명함.

별폭 열서(列書)

첩금(貼金)한 6곡 병풍 20쌍, 금으로 그린 안장 20부(副), 금가루를 뿌린 종이상자 5부(部), 금가루를 뿌린 연갑(硯匣) 5부(副), 염색한 비단 100필, 채주(綵紬) 200단(端) 마감.

연월일

일본국 성명. 도장을 찍고 서명함.

---

45 탄보(誕保) : 『서경(書經)』 제4편 「주서(周書)」 낙고(洛誥)편에 나오는, '惟周公 誕保文武受命 惟七年'에 유래한 말로 주공이 성왕(成王)을 보좌한 지 7년 되는 해라는 뜻이다.

46 연향(延享) : 엔쿄. 일본의 사쿠라마치천황(櫻町天皇)·모모조노천황(桃園天皇)의 연호이다.

태대군의 별폭 열서(列書)

찰금시회대자(擦金蒔繪臺子) 2식(飾)【모든 도구를 은으로 준비했다.】

채주 100단, 면 100파(把) 마감.

연월일

아래에 일본국 원길종(源吉宗)의 '원(源)' 자 한 글자 도장을 찍음.

약군의 별폭 열서

묘금안(描金鞍) 2장, 염증(染繒) 100필, 염화능(染華綾) 200단 마감.

아래에 이름을 쓰지 않고 다만 도장만 찍음. '관유(寬裕)'라는 두 글자 도장을 찍음.

기해 사행(1719) 때의 회답서에는 다만 '원(源)' 한 글자 도장을 찍었는데, 지금 말하는 '원표정(源表正)'은 전례와는 달랐다. 심지어 약군의 경우, 이름도 쓰지 않고 다만 도장만 찍었으니 매우 놀랍다. 때문에 아버지께서 서계를 써서 도주에게 보냈다. 도주가 서계를 보고 '삼가 조정에서 상의하고 답장을 보내겠다'고 하였다. 이미 서계를 고쳐달라고 하였으니 별폭과 물건을 받을 수 없어서 일단 대마도 사람들을 시켜서 지키도록 하였다.

서계는 사행 중 역관을 시켜서 지키도록 했다. 삼사신이 중대청(中大廳)으로 자리를 옮겨서 일이 예사롭지 않다는 뜻을 내보였다. 임신언(林信言)이 도서에 관한 일로 와서 외청(外廳)에 앉아 있었다. 수역이 도서에 관한 일로 물었더니, 대답하기를, "우리나라에서는 귀국과는 다르게 인장(印章)을 대(代)에 따라 개수합니다. 을미년(1655)의 서계에는 '원충덕(源忠德)'이라고 했고, 임술년(1682)의 서계에는 '원충직(源忠直)'이라고 했습니다. 신묘년(1711)에는 '문명사방(文明四方)', 기해년(1719)에는 '원(源)'이라고 했습니다. 그러니 이것은 따질 일이 아닙니다. 게다가 약군의 도서는 계미년(1643)과 임술년에도 이름을 쓰지 않고 도장만 찍었습니다. 계미년에는 '원감국(源監國)', 임술년에는 '원위희(源緯熙)'라고 했습니다. 전례가 이와 같으니 따지는 것이 무익합니다." 했다.

약군이 이름을 쓰지 않았으니, 비록 전례가 예의에도 의리에도 모두 매우 맞지 않는다면 어찌 따지지 않을 수 있겠는가? 월집이 또 찾아왔기에 내가 묻기를, "관백 및 약군은 '자(字)'가 없습니까? 하니, 대답하기를, "있습니다." 하기에 내가 말하기를, "자세히 듣고 싶습니다." 하니, 대답하기를, "나중에 마땅히 아뢰겠습니다." 하기에, 내가 말하기를, "지금 알고 싶습니다." 하니, 대답하기를, "갑자기 생각이 나지 않습니다." 하였다. 내가 말하기를, "조정에 서 있는 자가 자기 임금의 '자'도 모른다니 어찌 이치에 맞습니까?" 하니, 월집이 웃으며 말하기를, "본래 '자'가 없습니다. 대저 양국의 도장으로 '자'를 의심하기 때문입니다." 하였다. 월집의 말이 이와 같다면 반드시 속이지는 않았을 것이다.

여러 곳에서 답례 인사를 하러 왔다. 수호후 원종한(源宗翰)은 따로 글을 써서 감사하였다. 대개 듣자니, 조상 때부터 문학으로서 자처하며 역사서도 쓰고 시부도 지었다고 한다. 전에도 이와 같았고 이것도 전례라고 한다. 수호후는 삼종실(三宗室) 가운데 하나이다. 태학(太學) 임 부자(林父子)가 시를 보내어 사행에 답례 인사하였다.

6월 초8일

화원 이성린(李聖麟)이 도주의 집에 가서 고기를 먹지 않았더니 봉행이 괴이하게 여기며 묻기에 대답하기를, "오늘은 국기일(國忌日)이기 때문에 소식(蔬食)하는 것입니다." 하니, 왜인들이 모두 서로 돌아보며 놀라서 칭찬해 마지않았다고 한다. 이날 일행이 하관(下官)에 이르렀는데 노복들도 모두 소식하였다.

도주가 비로소 답서를 보냈는데, 이미 전례에 따른 것이라고만 하기에 대군의 도장에 대한 일은 그냥 두고, 다시 약군의 도장에 대해서 글을 써서 보냈다. 삼사가 대청에 나가니 관백의 별폭 및 관백의 서계를 들여보냈다. 약군의 별폭은 그대로 두었다.

대청에 있는 일행에게 은을 선물로 보냈는데 모두 받는 것을 허락하였다. 전부터 대판의 장입(藏入)의 은으로 선물하였기 때문에 역로에 받아갔다. 이번에는 전일보다 은을 배나 주었는데, 모두 강호에서 판출(辦出)하여 주었다. 왜인의 말에 구관백이 매우 근검하여 관부에는 넘쳐나고 창고에도 산적해 있다고 한다. 선물로 준 은의 매수는 모두 대목반상(大木盤上)에 작은 종이로 '은자일매(銀子一枚)'라고 넉 자를 써서 나란히 붙였다. 1매는 4냥 3전이라고 한다.

다시 편지를 보낸 즈음에 약군의 집정에게 편지를 보내려고 했는데, 도주가 전부터 그와 같이했다는 얘기를 전했다. 일이 틀림없이 도주가 주선한 것이었다. 집정에게 편지를 보내 매우 무료(無聊)하다고 하였기에 그대로 두었다.

6월 9일

삼사가 홍단령을 갖춰 입고 대청에 나가 구관백 및 관백의 예단 물건을 받았다. 하지만 약군의 예물은 받지 않았다. 평성일(平誠一)이 채화(綵花)를 바쳤다. 도주가 채자(菜子)를 바쳤다.

이날 비로소 진과(眞果)를 먹었다.

이 낭청과 전 선전관이 마상재를 이끌고 도주의 집에 가서 시재(試才)하고 저녁에 돌아왔다.

6월 10일

도주가 재차 답서를 보내 전례에 따른 것이라고 하기에 다시 글을 지어 도리(道理)로 책망하고 반드시 개정(改正)해야 한다고 했다.

이 함양과 이 도사, 이 내승, 이 선전【이방일(李邦一)】, 금려군관(禁旅軍官) 김수정(金壽鼎)과 임세재(林世載), 마상재 인문조(印文調)와 이세번(李世蕃)이 관백이 보는 곳에 가서 사예(射藝)를 보여주었는데 전례라고 한다. 김 죽산이 구경하기 위해서 노복의 이름을 빌려 갔기에 내가 웃으며 말하기를, "이곳이 강화도도 아니고 적병도 없는데 하필 노복의 이름을 빌린단 말인가?" 하니, 김 죽산도 크게 웃었는데 그 기상이 다른 사람에 미칠 바가 아니었다.

신시(申時)가 지난 후에야 돌아와서, "육량(六兩)인데도 사장(射場)이 너무 좁아서 사람이 다칠까 걱정되어 활을 쏘지 못하게 하였다. 때문에 활은 쏘지 못하고, 기추(騎芻)[47]와 대후(大帿)만 보여주었다. 이 도사, 이 함양, 김수정은 두 기예를 펼치면서 5번 맞혔다. 이 선전, 이 내승은 기추에서 5번 맞히고, 대후에서는 3번 맞혔다. 임세재, 인문조는 기추에서 4번 맞히고 대후에서는 3번 맞혔다. 이세번은 기추에서 4번 맞히고 대후에는 2번 맞혔다. 구경하는 사람들이 모두 칭찬해 마지않으면

---

47 기추(騎芻) : 조선시대에 20보 간격으로 세워 놓은 짚 인형 다섯 개를 말을 타고 달리면서 활로 쏘아 맞히게 하는 무과 시험 과목을 가리킨다.

서, '천하의 묘기이다'라고 했다."고 하였다.

대개 일본인이 우리나라의 마상재를 배우고 싶어 하지만 끝내는 할 수가 없다고 한다.

신시 이후에 참석했던 사람들과 같이 출발했다. 서울 편지가 비로소 들어왔는데, 4월 초10일과 13일에 발송한 편지를 받아서 무사하다는 소식을 들었다. 몹시 기쁘고 다행이지만 편지를 보낸 지 오래되어서 한탄스럽다. 연꽃 서너 줄기가 연못 가운데서 올라왔다.

6월 11일

도주의 세 번째 답서가 왔다. 전례에 따른 일이라 꼭 바꿔야 하는 형세가 아니라고 하기에, 그만두기로 했다. 그 별폭과 물건을 받았다.

임학두(林學頭)의 문인이 학사(學士)라고 하면서 매일 10여 명이 번갈아 찾아왔다. 문사와 더불어 수창하였는데 그 시가 볼 만한 게 하나도 없었다. 성장 이봉환 등은 몇 시간 안에 40여 편을 지었는데도 윤색할 것이 없었다. 날마다 소동을 시켜 종이와 붓을 주어 베껴오도록 해도 그 지은 시가 전혀 거칠고 엉성한 게 없었으니, 매우 뛰어나다고 할 만하다.

이 밖에 문사가 끊임없이 계속 왔다. 일본에서는 유생(儒生)이 의학(醫學)을 하는 경우가 많아서, 양의(良醫)와 수창하는 사람 숫자가 네 명의 문객이 차지하고 있는 자리보다 적지 않았다. 양의가 감당하며 끝까지 힘들어하는 기색을 보이지 않았다고 한다. 의관 하춘항(河春恒)이라는 자가 의심스런 의설(醫說) 수십 조를 늘어놓았는데, 양의가 조목조목 변파하였더니 하춘항이 "진실로 양의라고 할 만합니다. 제자가 되고 싶어도 될 수 없으니 한탄스럽습니다." 말하였다.

관백이 쇄포(曬布) 200필과 곶해서(串海鼠)【해삼】 10상자를 부사공(副使公)에게 보냈는데 대개 실화(失火) 때문이었다.

월집이 또 왔기에 내가 우리나라 유림의 종통을 써서 주었다. 월집이 한 번 읽더니 일어서서 절하며 "귀국의 문헌의 성대함을 알겠습니다. 지금 이것을 보니 비록 주나라와 송나라라고 할지라도 어떻게 이에 더하여 보장(寶藏)을 만들 수 있겠습니까?"라고 하고, "귀국의 문물을 몹시 흠탄하여 옛 조경(鼂卿)[48]처럼 되고 싶지만 공들께서 귀국으로 들어가시면 국제(國制)에 구애되어 그렇게 할 수가 없으니 너무나 한스럽습니다." 하였다.

수집정이 조복(朝服)과 금관(金冠), 모대(帽帶), 홍단령, 흑단령, 우리나라 군복을 빌려 보고 싶다고 하였기에 허락하였다. 대마도의 봉행들이 수역에게 "약군 및 수집정이 모두 귀국의 의관을 부러워하며 감복되어, 변개(變改)하려는 뜻을 품게 되었으니 너무나 걱정입니다." 말하였다. 어찌 오랑캐의 나라가 문명국이 되는 것이 쉽겠는가. 도리어 웃음이 나왔다.

저녁에 상마연(上馬宴)을 하마연(下馬宴)할 때처럼 받았다.

6월 12일

도주가 화원에게 삼폭화(三幅畵)를 받고 싶어서 삼사신에게 도와달라고 부탁해서 허락하였다.

월집이 와서 『일도만상(一刀萬象)』이라는 책을 보여주었다. 천자(千

---

48 조경(鼂卿) : 일본의 아베 나카마로(安倍中麻呂)의 중국식 이름이다. 일본의 사신으로 중국에 갔다가 중국의 문물을 흠모하여 50년 동안 경사에 머물렀다고 한다. 그의 죽음을 애도한 이백의 「곡조경형(哭鼂卿衡)」이 남아있다.

字) 가운데 문자를 여러 가지 서체(書體)로 조각한 것인데, 볼 만한 게 없었다. 그래서 되돌려 주었다.

월집이 내일 품천(品川)에서 모인다고 했다.

관소에 머무를 때 각방에서 사용하고 남은 쌀 88두를 나눠주고, 숯 422개도 나눠 주고 땔나무 783묶음도 나눠 주었다. 기타 잡물도 많아서 전례에 따라 대략 대마도의 통사(通詞) 무리에게 주었다. 남은 것에 대한 건기(件記)를 작성하여 장무관(掌務官) 앞에서 관반에게 전해 주도록 했다.

수사일록 하권
隨槎日錄 下卷

6월 13일

강호에서 돌아오는 여정에 올랐다. 품천(品川)에서 머물렀다. 10리를 갔다.

사시(巳時)에 도주가 와서 길을 열겠다고 했다.

삼사 이하가 모두 평복(平服)을 입고 길을 나섰다. 두 관반이 영외(楹外)에서 읍하며 환송하였다.

배립절차(排立節次)는 올 때와 같았다. 다만 군관이 전배하지 않고 당하 역관 2명이 번갈아 용정을 모셨다.

도로에서 구경하는 사람이 올 때처럼 가득 찼다. 구경하는 아이들이 우리나라 깃발 모양을 많이 만들었는데 거북이나 뱀을 본떠 만들거나 청도(清道)와 순시(巡視) 등의 글자를 써 길가에서 놀았다. 또 종이로 전립(戰笠)을 만들어 쓰기도 했다. 이런 점에서 우리나라를 매우 좋아하고 있다는 것을 알 수 있다. 다만 갓과 모자를 만들지 않는 것에서 무(武)를 숭상하는 풍속을 알 수 있다.

오후에 관소에 들어갔다. 관소는 강호에 올 때와 같았다. 참관 및 바치는 것도 올 때와 같아서 다시 기록하지 않는다. 뒤에 모두 그대로 따라 했다. 올 때 바쳤던 것은 모두 삼중(杉重)이었는데 돌아갈 때는 과실로 대신하였으니, 전례에 따르는 것이라고 한다.

관소 밖에 사찰이 있는데, 문에 '조음각(潮音閣)'이라는 편액이 걸려 있었다. 막빈(幕賓)과 제군(諸君)과 함께 걸어서 갔는데 육례당(陸禮堂)이라는 곳이 있었다. 안에 있는 기둥에 경복사(景福祠)라는 표제가 있었다. 뜰에 있는 연못에 능검(菱芡)이 연못물을 뒤덮고 있다. 집 뒤에 돌을 쌓아 만든 계단이 수십 층인데 위에는 목책(木柵)으로 둘렀는데 몇 칸 남짓 되었다. 중간에는 와석(臥石)이 한 개가 있는데 돌 앞에 등을 켜는 탑이 설치되어 있었다. 구관백의 후궁의 무덤이라고 한다.

6월 14일

신내천(神內川)에서 점심을 먹었다. 등진(藤津)에서 묵었다. 80리를 갔다.

올 때는 막 파종을 하고 있었는데 지금은 이앙한 지 오래되어 밭이랑이 모두 파릇파릇하다. 신내천에서 점심을 먹자마자 바로 출발하였다. 소나무 그늘 아래서 잠시 쉬었다가 뒤따라 호총촌(戶塚村)에 도착하였는데, 행차(行次)는 이미 다옥에 들어갔다. 부사산이 구름 사이에 보이는데 희끗한 색은 예전과 그대로 하얀 눈 같은 색이었다. 타는 듯이 뜨거울 때도 틀림없이 사라지지 않으니 매우 괴이한 일이다.

6월 15일

대의(大礒)에서 점심을 먹고, 소전원(小田原)에서 묵었다. 80리를 갔다.

날이 저물어 소전원에 도착하였다. 참인이 밤에 숙공(熟供)을 바쳤다. 올 때와 같았다.

6월 16일

상근(箱根)에서 점심을 먹고 삼도(三島)에서 묵었다. 70리를 갔다.

상근령(箱根嶺) 아래에 이르니 시냇물이 그치지 않고 흐르고 소나무와 회나무가 가지런히 울어댔다. 십여 리를 갔더니 금탕산(金湯山)이 있었는데 문에 있는 편액은 임술 사행(1682) 때 사자관(寫字官) 김의신(金義臣)의 필적이었다. 숲의 정취가 깊고 그윽해서 자못 정결해지는 뜻이 있었다. 드디어 말에서 내려 들어갔다. 법당(法堂)에 이르렀는데 사미승(沙彌僧) 서너 사람이 기뻐하며 나와 맞이하였다. 다과로 손님 접대를 받자마자 일어섰다. 10여 리를 가서 전촌(畑村)에 이르렀다. 행차는 이미 다옥에서 쉬고 있었다. 다옥은 촌민의 집이었다. 다옥 뒤에 쌍유폭(雙乳瀑)을 끌어들여 폭포 아래로 끊임없이 흘러 들어가는 굽은 계곡을 만들어서 좌우에 웅크리고 있는 돌을 에워싸고 그 위에 기이한 풀로 덮여 있었다.

상근령 꼭대기에 이르니 목책이 있었는데, 강호에서 설치한 것이었다. 때문에 이곳을 왕래하는 일본인은 반드시 말에서 내렸다. 마치 연경(燕京)에 갈 때 산해관(山海關)에서 내리는 것처럼. 호숫가에서 겨우 나오니 서늘한 기운이 스쳐가고 바람소리는 마치 가을 분위기 같았다. 모두 신령이 깃든 언덕이었다.

6월 17일

길원(吉原)에서 점심을 먹고, 강고(江尻)에 묵었다. 120리를 갔다.

오후에 길원에 이르렀다. 날씨가 맑아져서 부사산 전면(全面)이 보였다. 구름 한 점 없이 눈이 이미 다 녹았다. 길을 가던 중에 본 것도 때에 따라 다르고, 산의 남쪽과 북쪽의 기후가 다르다는 것을 알 만하다. 이런 삼복(三伏)의 무더위에 양지 바른 곳만 비로소 녹고 있다니 이상하다. 전부터 우리나라의 통신사가 일찍이 무더운 여름에는 여기를 지난 적이 없어서 아직도 눈이 있을 때와 눈이 없을 때를 의심하는데, 지금 비로소 쾌청하니 다행이다.

밥을 먹은 후에 출발했다. 촌중(村中)을 지나는데 남녀노약을 가리지 않고 판상(板上)에 종이를 붙이고 종이와 붓을 가지고 마두(馬頭)에서 글씨를 요청하니 도리어 가소롭다. 마을사람이 한 구절의 시를 판상에 써서 우리에게 보여주며 그 시를 써달라고 하였는데,

"오랫동안 가물어 향중에서 일제히 갈망하여　　久旱鄕中齊渴望
채필의 몇 점으로 구름과 무지개 일으키네.　　彩毫數點起雲霓"

했으니, 진실로 성심을 다해 썼다는 것을 알 수 있다. 20여 리를 가서 한 고개를 오르니 광경(光景)이 몹시 좋았다. 진실로 일동의 제일의 명승지였다. 왼쪽에는 드넓은 동해의 깊은 바다가 있고, 오른쪽에는 웅장한 부사산이 있다. 백리명사(百里明沙)가 제일이고 장강(長江)이 그 앞에 있다. 무심하게 떠 있는 섬들 사이로 파도의 마음이 뒤섞어 어지러운 듯 푸르고 푸른 누대가 산 아래 이어졌다. 숲 그늘이 그 동쪽을 막았다. 밭고랑 갈아엎은 흙이 남쪽에 넓게 펼쳐졌다. 산꼭대기가 높고 험하게 치솟았는데, 백 장(丈)에 탁 트이고 맑은 구름 연기가 피어올랐다.

깊고 넓은 바다에 곧게 비취는 낙조(落照)와 눈 쌓인 산꼭대기 사이에 뭇 해오라기가 안개 낀 물가 초주(草洲)의 위에 날아드니 눈앞에 나열되어 있는 것을 세상에 이른바 명승지라고 하지 않을 수 없다. 산수 경치를 좋아하는 자라면 천하의 명승지라고 모두 판단할 텐데 애석하구나! 데리고 다니는 아이들이 산수를 보는 안목이 없어, 이 가운데 누

각 하나 정자 하나 없다니.

말을 머무르게 한 지 오래되었다. 날은 저물고 길은 멀었다. 어쩔 수 없이 앞으로 나가 이곳을 지나는데, 부사산 전체를 볼 수 없었다. 동쪽으로 만 리에 부사산 하나를 얻었는데 지금 갑자기 섭섭하게 작별하게 되니 마치 군자(君子)들이 서로 이별하는 것 같다.

잠시 다옥에서 쉬었다가 갔다. 마을 사이에 시사(市舍)에 백여 개의 연석(硯石)이 있는데, 금수(禽獸) 모양을 새겨 만들었거나 풀이나 꽃 등의 모양을 그려 넣었다. 갖가지 모양과 색깔이 종류가 만 가지여도 같은 게 하나도 없었다. 자연스런 돌에 조각하지 않은 것은 하나도 없었으니 오랑캐 아이들이 기교를 좋아하는 것이다.

청견사(淸見寺)를 지났는데, 밤이 깊어 들어갈 수 없으니 한탄스럽다. 삼경(三更)에 관소에 이르러 묵었다.

6월 18일

준하주(駿河州)에서 점심을 먹고 등지(藤枝)에 묵었다. 80리를 갔다.

준하주에 도착하였다. 백련(白蓮)이 연못 가운데 어지럽게 피어서 경치가 매우 좋았다. 오후에 길에 올라 대천(大川)을 건너 우진령(宇津嶺)을 넘어 말에서 내렸다. 마을 집 연못가에서 오이를 씹어 먹고 차를 마셨다. 다옥에서 쉬었다가 이경(二更)에 관소에 다다랐다.

6월 19일

금곡(金谷)에서 점심을 먹고 괘천(掛川)에서 묵었다. 70리를 갔다.

대정천(大井川)을 건넜다. 월천꾼(越川軍)이 올 때와 비교하면 더욱 많았다. 금곡에 이르니 마을 아이가 많았다. 가짜 전립(戰笠)을 입고 길 왼쪽에 나열해 섰는데 마치 군행의(軍行儀) 같았다.

점심을 먹고 출발했다. 산 위에 있는 다옥에 잠깐 앉았다. 날이 아직 어두워지지 않았는데 도착해서 숙참(宿站)하였다.

6월 20일

견부(見付)에서 점심을 먹고 빈송(濱松)에 묵었다. 80리를 갔다.

오늘 간 길은 모두 끝없이 펼쳐진 드넓은 들로 하늘과 땅 사이에 틈이 없었다.

6월 21일

황정(荒井)에서 점심을 먹고, 길전(吉田)에서 묵었다. 90리를 갔다.

동틀 무렵에 길을 나섰다. 계속 천변(川邊)을 따라 금절하(金絶河)에 도착했다. 채선(彩船)을 타고 순풍을 맞으며 건넜다. 황정에서 점심을 먹었다.

오후에 출발하여 백회하(白須賀)의 다옥에서 잠시 쉬었다. 날이 저물어 길전의 관사에 도착하였다.

6월 22일

적판(赤坂)에서 점심을 먹고, 강기(岡崎)에서 묵었다. 70리를 갔다.

늦게 출발했다. 더위를 먹었는데 너무 심했다. 날이 밝지 않아서 횃불을 들고 갔다. 도주는 아직 미치지 않았고, 앞에서 이끌어가는 일행은 적판에 일찍 도착했다.

관소의 뜰 앞에 대감수(大柑樹)【혹은 대대(大大) 혹은 '쟈분쟈분'이라고 한다.】 푸른색과 노란색의 열매가 서로 뒤섞여 있다. 노란 열매는 크고 익은 것이다. 푸른색은 작은 탱자 같다. 대개 듣자니, 이 나무에는 매년 늦봄에 꽃이 피고, 초여름에 열매를 맺어 겨울을 지나 다음 해 봄과 여름에 비로소 익기 시작하여 늦가을에야 딸 수 있다. 다음 해 꽃이 피고 열매를 맺는 것은 또 다음 해 딸 수 있다. 가지 위에서 항상 2년은 매달려 있다. 다음 해 따지 못한 것은 3년까지도 가지에 남아있다. 이 근처 수백 리 사이에서는 이와 같은데 다른 곳에서는 꼭 그렇지는 않다고 한다.

밥을 먹은 후에 출발하였다. 등주(藤州)의 다옥에서 잠시 쉬었다가 날이 저물 무렵의 관사에 이르렀다.

6월 23일

명해(鳴海)에서 점심을 먹고, 명호옥(鳴護屋)에 묵었다. 90리를 갔다.

해가 뜨자 출발하였다. 중성문(重城門)을 지나자 누대(樓臺)와 해자가 크고 아름다웠다. 하늘을 건너는 듯 다리를 만들었는데 수백 칸이 되었다.

소기촌(小崎村), 소빈촌(小濱村), 대광지촌(大光地村)을 지나서 지리부다옥(池鯉付茶屋)에서 잠시 쉬었다. 강촌(岡村)을 지나 아야촌(牙野村) 신달다옥(新達茶屋)에 이르렀는데, 갈 때 야간금지 시간에 잠깐 쉬었던 곳이다. 잠시 쉬었다가 바로 출발했다. 오후에 명해에 이르렀다. 거리는 70여 리이었다. 관소 주인은 서미이좌위문(西尾伊左衛門)인데, 갈 때 꽃을 바쳤더니 지금은 황 참판(黃參判)의 일기를 바쳤다. 도녀(島女)라고 하는 사람이 화출시(花朮詩)를 바쳤다고 한다. 그래서 도녀가 누구인지 물었더니 이좌위문(伊左衛門)이 답하기를, 바로 우리의 조상이라고 했다.

오후에 밥을 먹고 출발했다. 천림산사(千林山寺)를 지나는데 벽에 큰 글씨로 '화조운월(花鳥雲月)' 네 글자가 써져 있었다. 촌중(村中)을 지나 날이 저물 무렵 명호옥에 이르렀다. 대광원(大光院)과 독선사(篤善寺)를 지나서야 중하(中下)의 관소였다. 모두 높고 뛰어난 누각이었다. 비교할 수 없이 넓었다.

6월 24일

기천(起川)에서 점심을 먹고, 대원(大垣)에서 묵었다. 90리를 갔다.

해가 뜨자 출발했다. 도엽다옥(稻葉茶屋)에서 쉬었다. 오후에 기천의 대원관(大垣館)에 이르렀다. 길가에 시사(市舍)가 있었는데 목욕하는 왜인(倭人)이 많았다. 시인(市人)이 목욕 도구를 준비하고 행인에게 돈을 받는다고 하는데, 왜인이 목욕하는 것을 좋아하기 때문이다. 목욕할 때 벗은 몸으로 큰 통 가운데 섰는데, 마을 여자가 피할 줄 모르고 태연하게 옆에 있으니 만이의 풍속이라고 할 만하다.

느지막이 출발하였다. 기천의 부교(浮橋)를 건넜다. 물이 늘어나 방주(方舟)가 300여 개가 있었다. 어제 오늘 지난 곳에는 들길 좌우에 평원(平原)이 곳곳에 드넓게 펼쳐졌다. 밭고랑은 비옥하여 벼와 기장이 가지런히 싹트고 있었다. 길가에 수전(水田)이 아주 많았다. 이곳은 오랫동안 가물어도 물길이 마르지 않았다. 일본의 전토(田土) 가운데 가장 비옥한 곳이다.

사면에 드넓은 들이 수백 리 펼쳐졌다. 뭇 봉우리가 구름처럼 그림같이 병풍처럼 빙 둘러있다. 산수가 청려(淸麗)한 것이 제일이라고 할 만하다. 구경하는 사람이 손을 쳐들고 고개를 숙였는데 마치 작별하는 것 같았다. '사라바 사라바'라고 하는데 잘 가라는 뜻이다.

어린아이들이 곳곳에서 무리를 이루고 일시에 가지런히 말하여 떠들썩해졌는데 일행 중 사람들이 만약 돌아보지 않으면 반드시 손바닥을 치며 소리를 지르고, 돌아본 뒤에야 멈췄다. 우리들을 얼마나 애모(愛慕)하는지 알 수 있다. 비단 이 참에서만 그런 것이 아니라 연로에 모든 곳에서 그랬다. 십여 리를 가서 잠시 흑고촌(黑股村)의 다옥에서 쉬었다. 삼경에 관소에 이르러 유숙했다.

6월 25일

금차(今次)에서 점심을 먹었고, 언근성(彦根城)에서 묵었다. 150리를 갔다.

해가 뜨자 출발하였다. 수정촌(垂井村)에서 잠시 쉬었다. 금차에 이르지 않았는데 소접침령(小摺針嶺)에 있는 골짜기 마을에 집이 몇 채 있었다. 사는 게 맑고 깨끗했으며 집들은 청량(清涼)했다. 술과 차를 팔았다. 앞에 작은 개울이 흘러 작은 폭포를 이루었다. 숲 속에 나무가 울창하여 들려오는 바람소리에 매미의 울음소리가 뒤섞여 자못 한가한 정취였다. 전후로 지나쳐 온 곳에 모두 높은 누각과 커다란 정자에 사방으로 통하는 큰 도시가 있었다. 그래서 만약 이런 광경을 보게 되면 눈이 열리게 될 것이다.

뽕나무가 펼쳐진 들을 지나니 집집마다 양잠을 하였는데 4, 5층, 혹은 8, 9층의 시렁을 설치하여 자리를 깔고 잘 정리해 두었다. 방금 위에서 땔나무하던 사람이 바로 고치를 거두고 바로 씨를 뿌렸다. 누에는 우리나라보다 작고, 고치는 우리나라보다 컸는데 모두 흰색이었다. 또 우리나라에서는 4월에 양잠을 하는데 이곳에서는 6월 그믐 사이에도 볼 수 있으니 아마도 1년에 두 번 양잠하기에 그런 것인지는 잘 모르겠다.

오후에 금차에 이르렀다. 관소의 주인이 왜송(倭松)에 현문구(玄文龜)의 글씨 '태평암(泰平巖)' 세 자를 조각해서 벽에 걸어 두었다. 보기에도 침향(沈香) 같았다. 당법(唐法)으로 조각하였고 금벽이 어질어질하였다. 이렇게 평범한 사람에 지나지 않는데도 그 당액(堂額)이 이렇게 정교하게 장식되어 있으니 괴이한 일이다.

부사가 소거(繅車), 직기(織機), 시미(篩米)를 빌려 와서 최식(崔植)에게 그려 내도록 했다. 모두 매우 정묘하였다.

오후에 출발하여 성정(醒井)의 다옥에 이르렀다. 다옥의 작천(酌泉)에서 물고기를 구경했다. 몇 리를 갔더니 마을 안에 수마대(水磨碓)가 있었다. 그 만듦새가 매우 정묘해서 갑자기 형용하기 어렵다. 마치 자명종(自鳴鐘)처럼 다섯 개 방망이가 나란히 심어져 있어서 차례대로 상하 머리 위에 두어서 돌을 갈았다. 자연히 돌아가면 큰 바퀴가 물이 떨어지면서 물을 쳐서 돌리고, 한 번 도는 사이에 다섯 개 방망이가 한 번 돌을 갈게 되면서 한 차례 회전하는데 하루에 빻는 게 수십 석이라고 한다.

대접침령(大摺針嶺)에 도착해서 다옥에서 쉬었다. 주인은 차를 파는 사람이었다. 다옥이 비파호 200리에 있어서 경치가 매우 아름다웠다. 이른바 죽생도(竹生島)[1]가 호수 가운데 있으니 마치 동정호(洞庭湖)[2]의 군산(君山)[3]과 같다. 호숫가 물이 넘실대고 섬모랫가가 끝이 없었다. 셀

1 죽생도(竹生島) : 지쿠부시마. 비와호(琵琶湖) 북부에 있는 섬으로 둘레 2㎞에 이르는데 수목이 우거져 있으며 풍경이 절경을 이룬다.

2 동정호(洞庭湖) : 중국 호남성(湖南省)에 있는 호수로 중국에서 두 번째로 넓은 담수호이다. 풍광이 아름답기로 유명한데, 그 가운데서도 악양루의 경관이 빼어나서 시인과 묵객이 남긴 글이 많다.

수도 없는 돛대가 낙조(落照) 가운데 왕래하니 해오라기와 갈매기가 날아들고 구름연기 담담하여 정말로 신선이 사는 곳이라고 할 만하다.

여기서부터 등불을 내걸었다. 언근성까지 연로 각 참에서 바치는 것이 모두 참외였는데 단자에 혹 쓰기를 '옥과(玉瓜)', '감과(柑果)', '대과(大瓜)', '감과(甘瓜)'라고 했다.

6월 26일

팔번산(八幡山)에서 점심을 먹고, 삼산(森山)에서 묵었다. 100리를 갔다.

언근령과 팔번산 사이의 거리는 60리였다. 뜨겁게 달아오른 길에서 걷는 게 무척 힘이 들었다. 70여 리를 갔는데 수전이 많이 있었다. 이삭이 나오는 벼도 있었다. 날이 저물어 삼산의 관소에서 이르렀다. 견장로(堅長老)가 상좌(上佐)를 보내어 문후하였다. 『지림고(芝林稿)』 1책을 자기 개인 문집이라고 하면서 바쳤다.

6월 27일

대진(大津)에서 점심을 먹고 왜경(倭京)에서 묵었다. 80리를 갔다.

해가 뜨자 출발하였다. 다옥에서 잠시 쉬고 있는데 선소태수(膳所太守) 본다하총수(本多下總守) 등원강환(藤原康桓)이 봉행을 시켜서 술과 과일을 바쳤다. 술은 석조주(夕照酒)라고 하였다.【석조주는 처음에는 이름의 뜻을 알지 못했다. 술병(酒壺)에 세다(勢多)라고 쓰여 있었는데 세다는 지명

---

3 군산(君山) : 중국의 악양루(岳陽樓)가 있는 동정호(洞庭湖) 어귀에 있는 산으로, 일명 상산(湘山)이라고도 한다.

이다. 비파호의 팔경 가운데 세다의 저녁노을이 있는데, 세다에서 만든 술이어서 이름을 석조(夕照)라고 했다.】

오후에 대진의 관소에 이르렀다. 밥을 먹은 후에 출발했다. 마을 집의 벽에 우리 일행의 군의(軍儀)를 많이 그렸는데, 곳곳마다 모두 그랬지만 이 마을에는 더욱 많아서 집집마다 그랬다.

길상원(吉祥院)을 지났는데, 길상원에 천본송(千本松)이 있었다. 원의경(源義經)이 동행하는 날에 심었는데 500여 년이 되어 그 크기가 두 아름이고 땅까지 거리는 수 척이나 되었다. 26그루가 되었는데 또 나뉘어 34그루가 되었다. 가지와 잎이 서로 치솟아 천본송이라고 한다.

얼마 가지 않았는데 왜경에 이르렀다. 도시 안이 장려하였다. 비록 강호에는 미치지 못했지만 인물이 청수(淸秀)하여 강호와 비교할 바는 아니었다. 구경하는 사람들 가운데에도 엄숙단정한 사람이 많았다. 용모가 매우 중한 사람은 틀림없이 유식한 선비일 것이다. 남자도 이를 염색하고 검을 차지 않은 자가 많이 있어서 월집의 말이 거짓이 아니라는 것을 알 수 있었다.

관소에 이르러 해가 겨우 떨어졌다. 아침에 삼산에서 출발할 때 두 수역이 예장(禮狀)과 서계(書契)를 가지고 먼저 서경윤(西京尹)의 집에 갔다가 돌아와서 말하기를, "그가 머무는 곳이 화려하고 사치스러워, 강호의 집정의 집이 아니라 왜황(倭皇)의 궁성 밖에 있는 곳과 비교할 만하다. 궁성의 장대함 또한 관백이 머무는 곳과 비교할 바가 아니다." 하였다.

6월 28일

정포(淀浦)에서 점심을 먹고 대판의 배 위에서 묵었다. 120리를 갔다.

아침에 일찍 일어나 계당(溪堂)에 가서 암석과 화초를 보았는데 지난 번과 같았다. 소나무 위에 등나무 덩굴이 얽히고설켜 뿌리부터 나뭇가지 끝까지 흐드러지게 피어있는 것을 볼 수 있었다. 꽃은 마치 철쭉나무 같기도 하고 소나무에 붉은 꽃이 피는 것 같아서 한바탕 웃었다.

해가 높이 떠 있는데 비로소 출발했다. 도시 끝에 동사(東寺)의 앞길인데, 이곳은 올 때에 어둠 속에 지나간 곳이었다. 문루(門樓)와 동탑(銅塔)은 매우 웅대하였다. 작은 수레가 곳곳에 있었고, 시전에서 새로 만들어 파는 곳도 많았다.

정포의 관소에서 배 기슭을 따라 들어갔다. 점심밥을 먹고 다시 선소에 들어가기 때문에 배 기슭에 곧장 가서 선상에서 점심밥을 가지고 와서 먹었다. 도주가 관소에서 나와서 배를 타더니 앞장서서 갔다.

정포태수가 만두를 바쳤다. 바람과 물결이 모두 순조로워 잠깐 사이에 이미 평방(平方)에 이르렀는데 육지에 내리지는 않았다. 중하관(中下官) 약간 명을 시켜서 가서 숙공(熟供)을 받아오도록 했더니 바로 앞서 출발했다.

참관 고규태수(高槻太守) 영정근강수(永井近江守) 대강직행(大江直)이 칡가루를 바쳤다. 저녁에 대판에 이르러 정박하였다. 그대로 선루(船樓)에서 묵었다.

6월 29일

새벽에 육지에 내려 대판성 관소에 들어갔다.

비선(飛船)이 대마도에서 와서, 4월 24일에 보낸 집안편지와 동래부사의 편지를 받았는데 5월 13일에 보낸 것이다.

관반 강부미농수(岡部美濃守)가 달콤한 오이를 바쳤다. 견승(堅僧)은 매실주 한 동이를 바쳤다. 또 예조(禮曹)의 회답서계 및 사행의 회례(回禮)를 보냈다. 다시 칠율시로 보내 이별을 고했다.

여러 곳에서 선물로 준 은은 전례에 따라 나눠 주었다. 상관(上官)은 20매였다. 1매는 각 4냥 3전이다. 나에게 온 것은 처음에는 바다에 던져 버리거나 그렇지 않으면 왜인에게 주려고 했다. 그러나 다시 생각해 보니 바다에 던지는 것은 이름을 편안하게 할 수는 있겠고, 왜인에게 주는 것은 배운 것을 편안하게 하고 남쪽을 아름답게 하는 혐의가 있어서, 양쪽 다 그만두었다. 그래서 상선(上船)의 선격(船格) 여러 사람에게 나눠 주었다. 노비나 시중드는 사람에게 주지 않은 것은 스스로 쓰지 않겠다는 뜻을 보여주기 위해서였다.

은을 나눠 준 것에 대해서 다음과 같이 대략 기록해 둔다.

관백과 구관백, 약군 3곳에서 행중 사람들에게 준 은은 모두 17,286매였다. 그 가운데 수역 3명에게 각각 1,720매, 제술관 1명에게 215매, 상판사(上判事) 3명에게 각 387매, 상차관(上次官) 47명에게 각 86냥, 중관 170명에게 각 20냥2전3푼, 하관 227명에게는 각 14냥6전8푼을 주었다.

삼사신은 전관백, 구관백, 약관의 회례로 모두 11,610냥을, 집정 이하의 회례로 6,192냥, 또 900냥을 모두 18,702냥이었다. 이 가운데 3,000냥은 제출(除出)하여 원역에게 보상해 주었다. 길을 떠날 채비를 할 때 연품(筵稟)을 병조의 공채에서 구해 주었는데 군관과 역관, 제술관, 서기, 의원, 화원, 사관(寫官) 등 여러 사람이 사용했던 것이다. 별파진(別破陣)과 전악(典樂), 이마(里馬)는 각각 소속 아문 공채가 있어서 모두 상급했다.

중하관 380명 가운데 300명은 강호에 수행하였지만, 80명은 배 안에 남아 있어서 여정의 괴로움이 없었기 때문에 배행(陪行) 300명 및 물고된 4명에게 각각 4냥씩 모두 1,216냥을 주었다. 배에 남아있던 80명에게는 각각 3냥씩 모두 240냥을 주었다. 장무관의 임무는 매우 힘든 일이어서 전례부터 더 주었기에 130냥을 나눠 주었다.

이 밖에 또 각 항인(項人)에게도 전례에 따라 조금씩이라도 별급하고 13,600냥이 남았다. 전례에 따라 공목(公木)[4] 340동(同)을 방(防)하였다. 기해 사행(1719) 때를 살펴보니 136동 47필 20척을 더했다. 장무관을 시켜 대마도주의 봉행에게서 수표(手票)를 받아서 조정에 귀납하도록 했다. 이 외에 또 각 기인원(技人員)에게도 보내주었는데 모두 전례에 따라 분급해 주었다.

회례 중 잡물, 면자(綿子)와 색우(色羽) 등의 물건은 전례에 따라 행중의 사람들 및 하졸에게 나눠 주었다.

관반이 행중 사자관(寫字官) 및 김좌승(金佐升)에게 큰 글씨를 받았는데, 글씨의 둘레가 커다란 기둥 같았고 글자 하나를 쓴 종이가 대옥(大屋)의 두 칸 남짓이었다. 먹을 갈아 커다란 나무통에 헤아릴 수 없을 만큼 채웠다. 한 사람이 한 글자를 썼더니 근력이 거의 바닥났다. 보기에도 기상이 굳세었다. 짚을 묶어서 만든 붓을 세워서 썼다. 자법(字法)은 볼 만하지는 않았다.

---

4 공목(公木) : 조선 후기 일본과의 공무역 때 사용되던 목면과 교환해준 미곡으로 공목작미(公木作米), 공작미(公作米)의 약치이다. 1651년(효종 2) 사신으로 온 다이라(平成扶)의 간청으로 공목을 쌀로 바꾸는 것을 허용하였다. 공작미는 공래부에서 담당하였는데 매년 5월을 기한으로 해로로 운송해 주었다.

7월 초4일

대판에서 출발하여 다시 채선(彩船)에 탔다. 하구(河口)에 이르러 배 안에서 묵었다. 30리를 갔다.

밥을 먹은 후에 삼사신이 평복을 입고 도주의 집에서 마련한 잔치에 갔다. 도주의 집은 난파교에서 남쪽으로 100여 보 떨어진 곳에 있었다. 전례에 따라 마쳤다. 도주가 배에 타서 다른 배들을 이끌었다. 차례로 노를 저어 난파교를 지났다. 이곳은 한밤중에 지난 곳이었기에 몸으로는 비록 두 번 건너는 곳이지만 눈으로는 처음 보는 것이다. 누대와 궁실이 번화하고 사치스러웠다. 일본 제일이라고 한다. 좌우에 모두 돌을 깎아서 둑을 쌓아, 높은 누각과 커다란 집들이 둑 위에 늘어서 있었다. 혹은 물을 끌어다 해자를 만들어 정원에 물을 가뒀다. 해자 위에 다리가 있는데 하교(河橋)나 다름이 없어서 다리 아래 문이 있었고 문을 열고 닫아 배가 통행하였다.

여러 층의 건물과 날아갈 듯한 정자가 물 위에 우뚝 솟아 있었다. 돌을 세워 기둥을 만들고 구리를 덮어서 용마루를 만들었는데 난간에 조각을 했거나 추녀에 그림을 그려 넣고 수놓은 비단 휘장을 둘렀다. 금벽(金碧)을 무늬로 장식했다. 구름 속에 태양이 비추고 있어서 진기한 꽃과 풀들이 깃발 같기도 하고 덮개 같기도 했는데, 금빛 계단 사이에서 수놓은 발에 만발하였다. 문 밖에 수문에 목책을 설치하여 황금배를 감췄다. 마치 사행이 탄 배같이 갖가지 모양과 색깔로 비슷비슷하지만 같은 것이 하나도 없었다. 더러는 높고 더러는 낮고 더러는 멀고 더러는 가까웠다. 30리 사이에 경작하지 않고 놀리는 땅은 한 조각도 없고 누추한 집이 한 채도 없었다. 그야말로 한 고비 돌면 더욱 기이한 고비가 나타나고 한 집을 지나면 더욱 화려한 집이 나타났다. 왼쪽 연안을 보면 오른쪽 연안이 홀연히 더욱 기이하고 오른쪽 연안을 바라보면 왼쪽이 점점 화려해져서 가면 갈수록 더욱더 신기하였다. 비록 소주(蘇州)[5]와 항주(杭州)[6]가 번화하다고 하더라도 틀림없이 여기에는 미치지 못할 것이다.

구경하는 남녀들은 모두 비단옷을 입었고 기댈 난간과 기둥이 부족할 만큼 많았다. 기슭 가에 화상과 홍전을 깔았는데 기슭도 부족하였다. 작은 배를 타고 연안에 배를 대고 뱃머리와 뱃꼬리에 연달아 노를 저어 마치 관횡(貫橫)하여 좌우로 가로질러 있어서 끝까지 끊어지는 곳이 없었다. 옷에 장식을 하고 칼을 찼는데 모두 매우 사치스러웠다. 오늘 지나온 곳의 경광이 용의 눈과 호랑이 머리와 대적하게 한다고 할지라도 틀림없이 그 만에 한 가지라도 본뜰 수 없을 것이다.

하구(河口)에 이르렀다. 올 때 채선으로 옮겨 탔던 곳이다. 우리 배는 엊그제 여기에서 15리 떨어져 있는 신천(新川) 밖에 나가 정박하였다. 그런데 바람의 형편이 순조롭지 않아서 닻을 내리고 묵었다. 도주가 사람을 보내 행구(行具)가 미처 준비되지 못해서 어쩔 수 없이 다시 육지에 내릴 수밖에 없다고 한다. 통탄스럽다.

7월 초5일

5 소주(蘇州) : 중국 강소성의 도읍으로 양자강 삼각주의 요지를 차지하고 있다. 수상교통이 발달하여 강남의 경제, 문화의 중심이 되었다. 경치가 아름답기로 유명하고 명승고적이 많아서, "하늘에는 천당이 있고 땅에는 소주와 항주가 있다"고 할 정도이다.

6 항주(杭州) : 중국 절강성의 도읍으로 전당강(錢塘江) 하구에 있으며 서호(西湖)와 접하고 있다. 남쪽은 강서, 복건과 연결되고 북쪽은 상당강(上塘江), 하당강(下塘江)이라고 하는 운하로 소주까지 연결된다. 수나라가 개척한 대운하의 종점이 되어 상업도시가 형성되었다. 남송의 수도일 때는 인구가 100만 명이 넘기도 하였다고 한다.

7월 초6일

도주 때문에 배에 오르지 못하고 하구의 배안에 묵었다.

7월 초7일

하구에서 배를 출발해서 우리 배에 옮겨 탔다. 병고(兵庫)에 이르렀다. 100리를 갔다.

해가 뜰 때 소채선(小彩船)에 옮겨 타고 신천에 이르러 우리 배에 옮겨 탔다. 일행 상하 모두가 집에 돌아가는 것이나 다름없는 듯 기쁜 얼굴이었다. 또한 하구가 호구(虎口)와 다름이 없어서 전부터 사행이 10일이나 머문 적도 있었다. 때문에 이렇게 생각하면 지금 하구를 탈출한 것은 다행이니 어찌 서로 축하하지 않겠는가? 해가 질 무렵 병고에 이르러서 육지에 내려 묵었다.

회답서는 배안에 두었다. 기성태수(崎城太守) 원충교(源忠喬)가 참매와 계란을 바쳤다.

7월 초8일

병고에서 배를 띄워 실진(室津)에 이르렀다. 180리를 갔다.

명석포(明石浦)에 이르렀는데 바람을 만나 돛을 걸고 실진에 이르러 육지에 내렸다. 희로성태수(姬路城太守) 원명구(源明矩)가 설탕에 담근 방어 1통과 노주(魯酒) 2동이를 바쳤는데 일행에게 두루 나눠 주었다. 올 때처럼 했다.

7월 초9일

실진에서 배를 띄워 일비촌(日比村) 앞바다에 경유하여 정박하였다.

배위에서 묵었다. 170리를 갔다.

해가 높이 떠 있을 때 승선하여 우창(牛窓)에 이르러 정박했다. 날이 겨우 정오를 지났는데 명고(鳴鼓) 앞바다에 이르렀다. 느지막이 바람이 바뀌고 조수마저 거슬렀다. 날이 저물어 산전촌(山田村) 앞바다에 닻을 내렸다. 새벽에 조수를 타고 노를 저어 일비촌에 이르러 닻을 내렸다. 하늘이 이미 밝아졌다.

7월 초10일

일비촌에서 배를 띄워 도포(韜浦)에 이르렀다. 130리를 갔다.

사시(巳時)에 조수를 타고 출발했다. 날이 저물어서야 도포에 이르렀다. 이곳의 관소는 비좁아서 육지에 내릴 수가 없었다. 아버지가 두 사신과 함께 평여(平輿)를 타고 기슭을 따라 올라가서 복선사(福禪寺)에 닿았다.

나는 여러 사람과 함께 소선(小船)을 타고 사안(寺岸)에 매어 두고 들어갔다. 기암절벽이 옥처럼 서있고 죽순을 묶어 둔 것 같이 바다 가운데 높이 솟아 있다. 높이는 100여 척이 되었다. 높은 누각의 위태로운 난간이 연안 가에 딱 붙어 있는데 날아갈 듯한 용마루와 처마를 드러내고 구름 속으로 치솟아 들어가 문을 열면 하늘과 바다가 한 색이고 사방을 둘러보면 넓고 멀어서 끝이 없다. 파도 가운데 얼굴을 비취면 물고기가 보이기도 했다. 그 웅장하고 탁 트이는 기분이 이와 같았다.

돌섬 하나가 눈앞에서 범연(凡然)하였는데 소나무와 삼나무가 숲을 이뤄 울타리가 되었다. 이렇게 광활한 가운데 아울러 기묘하기도 했다. 하늘 사이에 뭇 봉우리가 사면에 죽 늘어서 있어서 그림 같기도 하고 구름 같기도 했다. 높지도 낮지도 않았다. 이렇게 장활하고 기묘한 가운데 청려하기도 했다. 잘 다듬어진 돌이 구불구불 수십 보에 이르는데 주작(朱雀)이 돌연히 저절로 일어나 높이 치솟아 깎아지른 듯 몇십 길 삼면이 바다를 향해 서 있다.

또한 커다란 정사가 구름과 함께 가지런히 떠있어 쭉 뻗은 어린 소나무가 깊이 우거졌으니 이렇게 장활하고 기묘하면서 맑고 아름다운 가운데 소문이 자자해진 것이다. 산해의 형승이 오늘 보지 못한 것일 뿐만 아니라 문득 평생 들어 보지도 못한 것이다. 내가 악양(岳陽)을 보지는 못했지만 악양루가 반드시 이와 같겠는가?

벽상에 '일동제일형승(日東第一形勝)'이라고 팔분(八分)으로 여섯 글자를 크게 썼는데, 신묘 사행(1711)의 종사관(從事官) 이방언(李邦彦)의 필적이다. 아버지가 나에게 명하시기에, 팔분으로 '대조루(對潮樓)' 세 글자를 크게 써서 사미승(沙彌僧)에게 주고 돌아왔는데 닭이 이미 울었다.

우화성태수(宇和城太守) 등원촌후(藤原村候)가 박(瓢) 1상자, 연죽(煙竹) 1상자를 바쳤다.

7월 11일

도포(韜浦)에서 배를 띄워 겸예(鎌刈)에 이르렀다. 200리를 갔다.

해가 뜨자 출발하여 충해(忠海)에 이르렀는데 겨우 정오였다. 바람과 조수가 모두 순조롭지 않아 부사와 종사관의 배가 이미 이곳에서 닻을 내렸다. 우리 배도 그랬다. 날이 저물었을 때 조수를 타고 갔다. 다음날 해가 뜨자 소동(小童)이 "배가 이미 기슭에 정박했습니다."라고 아뢰었다.

7월 12일

겸예에서 배를 띄워 가로도(加老渡)를 경유하여 정박했다. 60리를 갔다.

밥을 먹은 후에 육지에 내렸다. 광도성태수(廣島城太守)가 대전지(大田紙), 삼원주(三原酒)를 바쳤다. 해가 지자 조수가 밀려와서 배를 타고 출발하였다. 역풍(逆風)과 역조(逆潮) 때문에 가로도 앞바다에 닻을 내렸다. 판옥에 묵었다.

7월 13일

가로도에서 배를 띄워 상관(上關)에 이르렀다. 150리를 갔다.

해가 뜨자 노를 저어 갔다. 간간히 더러 돛을 걸었다. 날이 저물 무렵 상관에 이르러 육지에 내려 관사에 도착했다. 송평대선대부(松平大膳大夫) 대강종광(大江宗廣)이 삼중 1꾸러미를 바쳤다.

7월 14일

상관에서 배를 띄워 향포(向浦)에 이르렀다. 170리를 갔다.

7월 15일

향포에서 배를 띄워 적간관(赤間關)에 이르렀다. 180리를 갔다.

저녁에 적간관에 정박하여 육지에 내렸다. 적성태수(荻城太守)가 유자씨 한 그릇, 어준(御樽) 1동이를 바쳤다.

7월 16일

적간관에서 배를 띄워 남도(藍島)에 이르렀다. 240리를 갔다.

신시(申時)에 남도에 이르러 육지에 내렸다. 송평축전수(松平筑前守) 원계고(源繼高)가 소맥(素麥) 1그릇을 바쳤다.

7월 17일

남도에서 배를 띄워 일기도(一崎島) 풍본포(風本浦)에 이르렀다. 350리를 갔다.

해가 뜨자 배를 띄워 날이 저물 무렵 일기도에 정박하였다. 대개 종일 돛을 달고 운항하였다. 뱃사공이 말하기를, “오늘 배가 무척 빨라서 한나절 만에 이렇게 먼 바다를 건너올 수 있었습니다.” 하였는데, 대마도와 일기도가 다름이 없었다. 즉시 육지에 내렸다. 송포비전수(松浦肥前守) 원성신(源誠信)이 도미(鯛) 1상자, 술 1동이를 바쳤다.

비선이 도착했는데 5월 24일에 보낸 서울편지와 5월 30일에 보낸 동래 부사의 편지를 받았다.

【원문】

隨槎日錄

隨槎人員數【摠四百七十二員人名】

正船【正使船】一百六十六員人名

子第軍官通德郎洪景海

前同知白尙輝【禮房】

名武軍官前府使趙【兵房】

訓鍊正金柱岳【檢船官】

都摠都事李栢齡【日供官】

訓鍊主薄李吉儒【工房】

禁旅軍官前同知金壽鼎【卜船】

製述前典籍朴敬行

書記氷庫別檢手李鳳煥

譯官首譯朴尙淳

上通事李昌基【卜船】

押物通事崔鶴齡【卜船乾粮官】

崔壽仁【掌務官】

良醫通德郎趙宗壽

書員前主薄李聖獜【卜船】

別陪行幼學李得壽【以伴人名從】

前萬戶金夏鼎【以禮單直名遂, 以病到馬島還歸】

別破陳金尙龜

馬上才印文調【卜船】

典樂延益成【卜船】

騎船將徐克濟

卜船將宋世基【卜船】

廳直姜必福【卜船】

都訓導尹道長

陪小童文聖訓

李枝興

河應運

裨將廳小童孫德緝

製述官小童金淸風

首譯小童鄭起仁

使奴子就男

同令

都沙工姜弘晉

各員奴子十八名

吹手六名

羅將六名

砲手二名

旗手四名

刀尺二名

小通事三名

沙工七名

格軍八十六名。

【倭通事四名, 騎二、卜二。倭禁徒三名, 騎二、卜一。】

【倭沙工六名, 騎三、卜三。倭下知七名, 騎四、卜三。】

副船【副使船】一百六十員人名

子弟軍官前司果南衍明【禮房】

副司正尹世佐

名武軍官宣傳官田光國【兵房】

宣傳官李樀【日供官】

宣傳官李邦一【工房】

內乘李逸濟【檢船官】

禁旅軍官折衝林世載【卜船】

書記前奉事柳逅

譯官首譯玄德淵

上通事鄭道行【乾粮官】

次上通事黃大中【卜船】

押物通事崔嵩齊【卜船】

醫員前主薄趙德祚

寫字官嘉善金天秀【卜船】

別陪行通德郎金佐升【卜船。以伴人名從】

別破陳金舜澤【卜船】

典樂沈漢【卜船】

騎船將房應文

卜船將徐後稱

盤纏直李世益。

都訓導鄭興邦

陪小童兪宇大

孫聖源

崔龜甲

裨將小童李應望

首譯小童朴致尙

使奴子繼得

千金
都沙工金尙萬
名員奴子十六名
吹手六名
羅將六名
砲手二名
旗手四名
刀尺二名
小通事三名
沙工七名
格軍八十五名【三名火災燒死, 二十七名還送】
【倭通事四名, 騎二、卜二。倭禁徒三名, 騎二、卜一。】
【倭沙工六名, 騎三、卜三。倭下知七名, 騎四、卜三。】
徒船【徒事船】一百四十六員人名
子弟軍官副司果李喜春【禮房】
名武軍官前府使李柱國【兵房】
武兼吉命傑【工房、日供官、檢船官】
書記進士李命啓
譯官首譯洪聖龜
上通事金弘喆【卜船】
次上通事玄泰衡【卜船】
押物通事黃垕成【乾粮官】
醫員前主薄金德崙
寫字官上護軍玄文龜【卜船】
伴人李枝成
馬上才李世蕃【卜船】
騎船將白瑀一

卜船將金潤興
盤纏直尹世彬
都訓導鄭泰興
鄕書記辛重來【卜船】
陪小童權孟集
徐度元
裵應大
裨將小童白瑀楚
首譯小童韓世英
使奴子老味
應聖
都沙工崔聖次
各員奴子十二名
吹手六名
羅將四名
砲手二名
刀尺二名【一名到馬島得病還歸】
小通事三名
沙工七名
格軍八十四名
屠牛匠一名
【倭通事四名, 騎二、卜二。倭禁騎三名, 騎二、卜一。】
【倭沙工六名, 騎三、卜三。倭下知七名, 騎四、卜三。】

隨槎日錄 卷上

上之卽位二十三年丁卯二月，日本國對馬州太守平義如送大差倭正官平如恒，以其關伯源家重之受禪於其父吉宗，請依舊例書修契送通信使。上許之。三月家君以正使首擬，受點。副使南輔德泰耆從事官曺校理命米也。余以子弟軍官隨行。以儒衣儒冠治裝。而以苧、木作四節衣服，一如常時。發行前曺用舊例付軍職。雲臺卜發行乘般吉日而啓下，送以十一月二十六日啓程。

十一月二十八日。發程。宿。良才驛。三十里。

二十九日。中火板橋，宿龍仁。凡五十里。三十日。中火陽智，宿竹山。凡九十里。【夕抵竹山。道邊步一一植炬。自此夕站，則皆如之】

十二月初一日。中火無極驛，宿德面村。凡七十里。

初二日。宿忠州。四十里。

初三日。宿安保驛。五十里。

初四日。宿聞慶。四十里。【登鳥嶺，下坐交龜亭。眞天設之險。】

初五日。中火幽谷驛，宿龍宮。八十里。

初六日。宿醴泉。四十里。【午抵醴泉登快賓樓。樓在客館之西】

初七日。中火豊山倉，宿安東。凡八十里。

初八日。留安東。【登暎湖樓。樓在府東五里】初九日。中火日直倉，宿義城。凡七十里。

初十日。中火義與，宿新寧。凡九十里。【夕抵新寧登環碧亭。亭在客舍西傍。】

十一日。宿永川。四十里。

十二日。留永川。監司南泰良，用舊例設餞宴于朝陽閣。【閣在客舍東。】

十三日。中火安康村，宿慶州。凡一百里。【未明發行，取迂路，至玉山書院。院祀晦齋李先生，而巖面刻"洗心臺"、"龍湫"等字云。是退溪先生筆，有溪亭主人卽先生之庶裔。亭是先生奉親養旨之所。】

十四日。中火仇於驛，宿蔚山。凡九十里。【先發等鳳凰臺。歷覽鷄林、瞻星臺、半月城、石氷庫，抵蔚山。】

十五日。宿龍堂倉。

六十里。兵使兪胃基，循例設餞。

十六日。次東萊。六十里。【行至十休亭，距東萊府十里。從事搜檢卜物。至五里亭。使臣以下，具黑團領、帽帶，以渡海旗幟及三使前陪盡數前導。動軍樂具儀仗。三行偏裨皆櫜鞬在龍亭之前，使臣騎馬隨之。府使關白祥抵迎國書仍爲前導。至府奉安國書於客舍。三使臣列立於東。萊府使庭行四拜禮。陞階問上禮。訖降後位又行四拜礼。】

十七日。留東萊出城外拜忠烈祠。【本府客舍傍有宋東萊殉節處。後人築坍門之。遂稱以宋公檀。】

十八日。達釜山二十里。【至五里亭。一行衣冠、儀仗，如入萊儀。安國書後，支待守令在東庭。虞侯、□將具甲冑在西庭。晉州牧使朴弼理以班首行問上禮，如萊伯。】

一行往觀渡海船。長十四把，廣六把。上設板屋十二。左五而右七。屋之內，長可以臥，廣可以容二人，高不足以立。而殺有大小之分。左之第一爲上房，如一間屋，其上餙柁樓，有彩梯用以陞降焉。樓下有數間空地，爲行中人拜跪所。樓傍甚廣，可坐數十人。中立二檣，高十餘丈，有布席兩帆，以風之緩疾而據易者也。船頭置大鼓，爲令軍而報衙者也。船尾搜一舵，爲操縱而指向者也。又載兩舵於舟中，爲其緩急之需也。左右有櫓，各七。不帆則令格卒撓之。卽所謂櫓役也。板屋之下，置禮單、軍糧、卜物，而沙格及奴隷處之，而不知其窄，以至炊飯、供饌之所摠備焉。上房左傍，立一木懸青色旗，書正字。副船黃旗，徒船紅旗，各書副、從字以識之。又各有卜船而亦如之抄騎船。船制差小。副、從船比上船亦差小。皆自統營造來。而只副卜、從卜兩船自左水營造來矣。繫在永嘉臺下。臺卽故觀察權盼所築。權卽安東人，而安東一號，卽永嘉。故後人名焉。臺在西城外，而絶影島，橫亘東南，不見重溟，便一匯水矣。歸宿客舍西軒。軒名靜海樓。余與白令仍處焉。家君仍留東軒。軒名賓日軒。登甑城。城是倭人所築。其上有天將萬世德勝戰碑，新舊二石，而皆剜缺不可讀。馬島一點凡然在雲霧間， 望之若不甚遠矣。往見沒雲臺。距釜山爲三十里。臺自多大浦，逶迤五里，許萬松蔚然不見海色，而只聞波聲松盡，臺出斗絶海濤之中。惟見四面，皆海左右，顧聘茫無涯涘。

戊辰 正月 初四日。

水使李産慶循舊儀設賜宴。前一日，鋪松階備遮帳。水使與三使對坐，三使向南水使向北三房褊裨以房次在使臣之後。亦南面譯醫寫畫在水使之後。三書記在水使之右。西向船將、別破陳、典樂、理馬、馬上才在東端。亦西向花樽、管絃、群妓在其內。使臣以下員役皆黑團領、帽帶，褊裨戎服、櫜鞬。奴子皆坐於階下。饌床頗豊衆樂齊奏，三邑諸妓以次呈技。進七味九酌。在座者皆揷花。夜深而罷。初九日。使臣曉行海神祭，於永嘉臺，舊例也。行中人皆參祭。文聖章所撰。今日卽雲臺所卜乘船吉日也。爲識開洋食後， 奉國書備威儀。動軍樂一行皆着唐冠、道袍，裨將戰笠軍服，如渡海儀分。登渡海船倭人數十。自倭館出來詳視，船隻亦前例云。通事三人、禁徒二人來謁于柁樓下。各饋一盃酒，皆稱惶恐感謝。出入之際，跣足解劒，極其恭恪。其中俊三郎者，善爲我國語，少不岨峿矣。形容衣服極詭異，不問可知其爲蠻夷也。其頭髮盡剃，至於耳上，一撮淨梳作髻於腦後，以蠟油塗之，以紙繩括之，屈曲向上，長三寸餘。童子則不剃，只削中央頭髮，而其作髻則同。衣則其長到膝。袖短而略，有袪縮臂而藏其手。衣襟太寬藏物於其中。無袴而有裳下垂，分束於兩脚如袴。而實非袴也。襪則分拇指與次指以下，着繩鞋而一約當拇指次指之間，無億又無綦。今日頗寒而光頭不掛一物，而無寒意。亦可異也。減支供，使支應官饋數床。以送至草梁回棹。

十三日。

三使尋太宗臺。舟行繫纜於絶影島，乘肩與。與軍梵魚寺僧徒。松竹間踰一危嶺，行十里，至太宗臺。臺搜溟海，高可百丈。中爲一盤陀，可容數百人坐。自山距臺爲百餘步。緣厓而行，崖盡緣而行。棧跨罅，鳴濤在脚下。棧盡而爲太宗臺壁，勢雄偉危絶，殆關東之所未有也，沒雲臺之所未及也。馬島完然在目前， 若可一�而到。新羅太宗曾一來遊，故名焉。二十八日。家君尋梵魚寺。過萊府至八松亭，抵寺距釜山

爲四十里。寺是新羅古刹。存≪尋眞錄≫一冊，祖考爲方伯時作冊而給之。歸路登義湘臺。臺在寺之西麓。高可百餘丈。眼界甚闊。至鄭氏墓前，以炬繼晷而還。

二月初二日。

往船。上使船將揭板屋扁額。上房【正使】曰“如山齋”、奉國書曰“護書閣”【左二房】、李得壽【伴人名色】處焉。製述官【典籍朴敬行】曰“穆如閣”【左三房】、金夏鼎【別陪行、禮單直名色】、金尙龜【別破陣】曰“管窺堂”【左四房】、崔壽仁【押物通事、掌務官】曰“勾事齋”【左五房】、書記【別檢李鳳煥】曰“芙蓉齋”【右一房】。余曰“不可不知窩”【右二房】，與良醫【趙宗壽】同處也。白同知尙輝【子弟軍官、禮房】曰“辨淄堂”【右三房】、李郎廳【吉儒，工房】、李都事【白齡，日供官】曰“同心齋”【右四房】、趙昌城【兵房】曰“完璧齋”【右五房】、金竹山【柱岳，檢船官】曰“趾槎閣”【右六房】、首譯【朴尙淳】曰“有功齋”【右七房】，同日禁軍齎來加請執政公私禮單。今則可以得風而發。【問因此事許久滯留。今始出場，良幸良幸。】差倭請書示國忌及三使臣私忌，使臣許之。

初四日。

三使一行往船上。分載禮單、雜物於六船。首譯自倭館來言，“差倭輩，初九始可治任出來，候風。”云。可痛。初六日從事往船上，搜撿卜物。

初九日。

具渡海儀，陪國書往船上，奉安於護書閣。仍留宿板房。二更，大差倭、裁判、都船主及禁徒、通事、沙格數百人分乘大小船十六隻，來泊豆毛浦前洋。以爲候風護行之計。距船所爲五里許。大差倭呈杉重、酒桶於三使前。杉重以倭松薄板作櫃爲三層，盛以五花糖之屬，而皆不可食。酒桶如我國水桶，而左右有耳，穿孔以細木貫之。上覆薄板如

下板，而通小穴矣。【倭人載鐵釘、紙燈、棕櫚索於六船】

十二日。

一行一時登船封狀啓。指路倭人分乘各船。每船前語官一人、禁徒一人、沙工三人、下人二人也。護行諸船已前導。正官船搜青旗，栽判船懸黃旗，都船主船立紅旗，以應正、副、從船之旗。倭小艇稱以飛船者，二隻來曳船纜而先導。造次不移備不虞之需也。六船以次掛帆而行。未過十里，正官船忽然落帆回棹，謂"風勢已變，不可前進"云。不得已回船泊豆毛浦前洋。下碇宿板房。

十五日。由草梁前路掛帆而行。過多大浦前洋，當爲四十餘里，正官船又落帆回棹。告以"風微不可進"。回泊於多大浦船港。

二月 十六日。西北風。自多大浦發船次鰐浦。五百里。

辰時出港掛帆。風勢點緊，蓬蓬然，自艮隅，不激不微。行過水宗，波濤之險似若有甚於他處，而未知其別有崗嶺乎。後風小變【西南風】，遂迤到鰐浦仍宿船上。

島主送人問安，呈杉重、酒桶有單。自此各站皆有呈有單，例也。

鰐浦卽對馬州豊碕鄕之所屬有三百餘戶。而無田畈，以漁業爲生涯，只種雜穀於山腰，如我國火田。浦口石脈連絡於水中，潮滿風順而後可前進云。船艙之上，有所謂禁徒廳，卽搜檢船隻，使不得私相通貨之所也。禁徒倭數人長在其處，不爲暫移。其屋制頗似我國公廨。而村舍則皆是五梁閣而覆以重茅高可數丈。過數十年後始改覆云。村人塡港觀光。女人則不剃髮，斂髮於腦，作髻於頭上，搜以彩梳，或以綿子裹頭，至頷下而含之。衣服與男子無異但漆齒，而娼女及未嫁者不漆云。童子亦必佩劍，以三尺之童佩三尺之劍，殊覺絶倒。夜自禁徒所至船頭，步步懸燈矣。

十七日。留鰐浦。

以渡海形止狀聞。食後正官請下陸。遂動軍樂列儀仗。軍官佩劍前導。次奉國書員役。次之三使乘渡海平與。次之余與製述。諸人隨之。護行、裁判以下抵迎於路左。正官有病云。男女觀光者盈於道傍。跪坐而無喧譁聲。行百餘步至館所，卽村家而精潔可愛。墻垣方正，庭除多植花草。門楣書曰"正使道御宿房"。無附土爲壁之法。又無樞鐍開闔之規。每間以三隻莊子相堆轉，以爲開閉。而長廣如一若一隻，破傷則卽買於市間而易之，亦無毫釐之差。又無溫突以重茵鋪于廳上。每間鋪三立，亦有元定之尺數。俗稱다담이。當劑極精巧。此不過浦村漁民之家，而其爲華侈如此，習俗之奢靡可以推知也。設溷於寢房之傍，甚潔。杜冲、棕櫚、南天、冬柏、橘、柚蔚然到處成籬。蘇鐵亦多有之。若萎則揷鐵於根而卽蘇云。夕進熟，以紅漆小盤二箇，各貯黑漆小器數枚。食器與饌器同。喫了又添菜羹、魚醬，味皆淡，不可啖。

十九日。

護行、延接兩正官請謁。三使以平服立三重席上。首譯引入兩倭。頭着三隅黑漆冠，謂之風折巾。及階解劍跣足。至楹外單席上再拜。使臣擧手。及坐，正官問安以例答之。首譯引出裁判、都船主、馬主問安使者，凡三倭繼至。亦着黑漆冠而差小，謂之烏士帽。再拜，使臣坐而擧手。又問安卽出。尋寶藏寺。寺在村中，距館所爲數十步。屋制與村舍無異。有金佛三身，而長堇一尺，有僧一人供茶進草。身着緇衣，而如深衣樣。無帶無冠，不佩劍矣。淸泉櫚林瀟灑可觀。龕底多有紅漆木牌，以金字書之云，是村人之神主，而遇其忌日則來祭於寺中。寺後有小碣立立。村人皆窆葬於此處，無墳形，只有碑。眞所謂蠻夷之俗也。

日供始來，約而五日。使臣上米二十五手斗。【卽每日五手斗。】上上官

【卽首譯】上米十五手斗。【卽每日三手斗。】上判事、製述官上米十二手斗半。【卽每日二手斗半。】上官【卽軍官、役員】、次官【卽典樂、馬上才、伴人之屬】上米十手斗。【卽每日一手斗半。】下官【格軍之屬】五手斗。【卽每日一手斗。】以。我國所用升子計之，則一手斗爲三升，以五十手斗作一石以用。而所謂中米腐傷，不可食。蓋我國人所給公作米和水者也。饌物則五日。使臣則上酒十五手斗、甘醬五手斗、艮醬二手斗、醋一手斗，鹿脚五箇、鹽六手斗、眞油二手斗、燭十五隻、乾古道魚二箇、沈菜十五杯、鷄十首、魴魚二尾、生鰒十五箇、蕈古四手斗、薯四手斗、酒三兩二錢、薇1束、茛子二手斗七合五勺、芥子二手斗、山椒二手斗。上上官以下各有差，而日所納只數種云。馬州之殘弊可知也。

二十一日。

副騎船失火。點考下卒，昌原樂工徐雲昌、蔚山使令金就京，終至燒死，慘愕無已。焦爛欲死者，至於十餘人。禮單之入燼者，人蔘七十二斤、白木綿二十匹、芙蓉香三百一十枚。諸人之章服、衣冠、卜物盡爲燼灰。狀問燒火形止付飛船。又作書于島主使之傳告江戶。

二十三日。次芳浦。凡一百七十里。

巳時乘船，副使乘卜船。五船各有飛船十隻前導。曳纜各有青、黃、紅旗以應，正、副、從船。及出港口，惡石連亘海邊，以飛船排立左右。由其中間而行過。此掛帆舟甚疾。【過西泊浦。】日暮入泊於芳浦。宿船上。

二十四日。自芳浦發船，次對馬島府中。館于西山寺。凡七十里。

辰時櫓役而行浦口。山勢逶迤擁蔽，不知從何而入從何而出也。高城之三日浦何以如此? 舟與山而轉環層巖絶壁，被之以杜鵑、冬柏、桃杏諸花照輝波紋，曲曲成局，處處可坐。及至船頭港，兩岸相逼堇容一艦，望之謂決不可行舟，以撓櫓撑過。岸上有古祠石柱、雕梁覆之以瓦。通事倭云:“古孝子住吉居喪哭泣，海水爲赤。故國人慕其誠孝，立祠而禮之。”考諸前人所錄多以爲蒿工之祠，未知孰是否也。行數里許，又有一港。卽鴨瀨也。自此掛帆。巖壁之勝如蹲如臥，或斷或續，與潮汐相吐呑。過慶知浦有掘浦，由此而直通于佐須浦賓，爲捷徑，而非飛船則不可行云。延接官平方泰乘船來迎。距府中五里，島主平義如出迎。船如我國戰艦而差小。劑極巧侈。左右設紫幔，上設五色斑爛幕。船頭設儀仗，弓、劒、鳥銃之屬，皆以錦韜之。島主於柁樓倚交椅，鋪以紅氈，有蓋如陽傘。身被紫色衣，頭載風折巾，卽正官之所着。從者十餘人排立左右，而頭無所着。搖櫓數十人皆衣青色。船與俄船相値。家君着黑團領。一時下牀，相向再揖。島主之侍者皆少，退俯伏多。有敬謹之色。以酊菴長老承堅又至。船則差小，而尤精無。無儀仗，無幕，無傘，亦據牀而坐。載黑方帽，後有垂可尺許。衣黃色長衫，肩荷紅袈裟。從僧六七人，皆緇衣無冠。再揖如島主。及泊船港，日未午矣。羅絡樓臺，太半是山腰粉壁炫煌於春林之中。恰似西洋國畫圖也。島主送人請下陸。三行皆送首譯先視館所。三使以下黑團領、帽帶就館所。卽西山寺。如鰐浦下陸時儀。館距海岸爲一帿場。館外設禁徒廳，門內有長廊，爲下卒休息之所。歷中門至中廳，安國書。西過一間，有寢舍三間。卽三使下處。各有溫突半間，爲使行而新設者。及廚房、浴室、溷室。上房左傍有一間，稱以小童廳。余與仁叔居之。蓋取便近也。中廳之東，有軍官廳。其北良醫、醫員。其南公幹廳。廳外有傳語官、伴倘、次官、上通事、押物通事諸廳而皆是一架之內，而未想其作室之制。自是而東設複道，數十間依岸作層以通南嶽寺。寫字官、畫員、次上通事、上上官、製述官、書記、中官、下官、三房裨將之所亦有之。緣崖以上又有，副房。軍官廳皆有小牌書以識之少不紊亂。一行之人甚多，而能容於兩架之室。可想其闊也。坐定，進熟供。菜器覆以假花。雖熟視難辨眞贗。蠻童年可十三四者進盤，而出入進退甚輕捷, 非我國小童所可比也。對馬島南北可三百里, 東西不能三之一。有八郡卽維羅、峰之、醍豆、仁位、佐須、豊碕、與良。與良府中也。伊羅居人最多, 醍豆多田土多果, 爲要邑。皆貢其土宜於太守。郡置一令以糾民。民俗詐僞, 趨利輕死。蓋其土瘠無田, 百物不生, 惟以漁菜市販爲生。府中則三面負山, 前臨大海, 人民繁殖, 殆近五千戶。地窄人多, 屋簷相連, 無片隙地。東通大坂。南通長碕, 北通我國, 百貨輻輳。故民多富饒云。太守平義如卽義知之裔孫。歷義成、義眞, 義眞子四人義倫、義方、義誠、方凞, 相繼而立傳于義如。義如兒名彌一。義方之子也。其兄彦千代、巖丸皆早夭, 有弟氏江主水者。其兄弟中最優云。義如年今三十三, 姬妾至於七十人。有妾子九人, 皆爲人後。一則延接官之養子也。昨年始取妻於備後州太守之女。非嫡子不能襲位。其家臣有奉行六人、裁判四人、記室二人。奉行如我國之座首, 而分治諸邑, 手握一島之權, 島人畏之, 無異於太守。裁判以下, 皆膝行匍伏, 不敢仰視。裁判如我國之將校, 而判決兩國之事。皆世襲其位。奉行、裁判每以差倭或館守倭出往我國。我國之所贈給甚豊, 其所以致富者, 皆由我國。家舍之奢靡, 衣服之華侈, 殆近於島主。門設左右, 中門外三重門, 以銅餙之。出入以鎗旗先導矣。以酊菴長老名承堅, 字翠岩, 號洪崖。自江戶差送, 能文位高者。一僧主張兩國文書, 糾檢島主動靜, 三年一遞。島主之隻字一句必質之, 島主之所往輒相隨。蓋延拜使行、護行使行, 皆檢察島主之事也。如我國御使, 島主待之甚優。承堅年四十九, 頗解文字云。禁徒處處有之。各浦各站, 必有禁徒廳。其搜檢之法, 令人絶倒。凡人之下船, 輒往其廳, 盡脫衣服, 解其兩脚間所掩之巾, 赤身而立。法可謂太酷。船港亦設小幕, 禁徒守之, 恐兩國船人私相往來也。館所近處巷口亦守之, 兩邊村人皆乘舟往來矣。送首譯傳禮單于太守及以酊菴。茶僧二人持茶鼎、茶櫃在中堂之狹房。時時進茶。名林澗。使首譯問其爲此役之由, 答曰: "本是島主供茶之人, 而承島主命而來。" 問其有妻則曰: "然。" 問其有子則曰:

“然。” 旣曰僧而還有妻孥之累, 極可笑也。

三月 初五日。

島人鋪薄板於庭中, 又以席覆之, 爲今日島主來現也。奉行三人【平城一、平方泰、平如敏】請謁。使臣以儒衣、儒冠出大廳坐北壁下三重席上。奉行進伏單席, 搶頭再拜。三使立而擧手以蔘茶及酒果待之。遂再拜而出。裁判請勿放砲, 恐島主之驚動也。陳旌旗、軍物、三絃於庭中。設客東, 主西之位於大廳。皆三重席, 以酊菴席在島主之西。西山寺長老以單席, 置以酊之下。差後已二人持竹杖, 五人荷鳥銃, 手執爇火繩銃, 以靑氈匣之。三人持弓矢。弓之長爲二把, 矢之長爲一把。又有如纛、如旗、如鉞、如斧, 而未詳其爲何物。數十人先至, 以赤脚排列跪坐於行中軍議之內。島主乘懸轎【卽所謂乘物】至門外。跣兩足解一劒張紅傘, 步至中廳以酊長老張兩傘繼至。西山長老隨之。使臣出楹迎入, 相揖而坐。坐定, 西梵再拜, 使臣擧手答之。島主長身哲面, 鼻高眼大, 頗有貴人模樣, 而似甚無能。載一角巾, 其制畧似紗帽。而高不過一寸, 後有尖出者, 而圍僅二寸, 長僅三寸。抻以小簪, 其後垂一角如紗帽之角, 而長尺餘。以黑繒爲之, 以紫纓繫之。着有紋黑大假團領, 廣袖頗似黑團領, 而但周模濶袂, 而無胸背也。帶則以黑絲織之如朝服。後繼所佩之劒, 以銀餙之。從者四人着風折巾, 侍其後。三人握劒, 一人握象牙扇, 又五人以烏士帽列坐。奉行二人【平誠一、平方泰】俯伏於楹外。島主使平誠一先慰行役之勞。次問副船之失火。奉行傳于首譯, 首譯告于使臣。使臣答之如例。曾聞奉行輩與島主相與戱謔, 無嚴畏之意。至於姬妾之昵侍, 亦自奉定其日子, 而島主不敢違越矣。今見匍匐膝行, 不取仰視, 出入之際必爲曲拜, 有苦居臣之分甚爲嚴截。傳之者誤耶?。或假爲此恭謹之狀, 以示他國之人耶?。酊凳着四隅彩冠, 如程子冠而上頭不通且有纓。衣黃色, 長於荷。紅色袈裟從僧六人以綠頂坐其後。仍進參茶。茶器島中進排而塗以銀。繼進饌床。島主欲喫柏子以箸取之, 才及其口輒皆還墮, 終至曳白喫胡桃一箇而止。可見其羞澁之態也。三酌而罷, 送之如杓。島主奉行酊凳出門, 皆乘懸轎。西凳則出入時不由行步席, 出門卽脫巾而走。特以與我國禮卽通書契故來參宴席, 而無關於使行。其所着則如揮項而上有兩耳, 殊極怪駭矣。

初七日。

島主請觀書畫、馬上才, 故許之, 例也。馬上才則三房裨將各一人。【金竹山、李咸陽、田宣傳】領去試藝於島主家。近處觀光者殆傾一府, 而皆稱讚不已。島主出酒果以待軍官, 設竹棚於路左而觀之。書畫則金弘喆, 領去。皆以儒衣、儒冠入島主別堂。島主出見以短衣光頂, 立方席。四人皆再拜, 擧手答之。遂還入島主之妾子, 年十二名滿千者來觀。爲人甚慧。兩人之所書多至四五卷, 而太半是我國楮紙。畫則寫四幅, 皆稱善云。送首譯傳私禮單於島主及諸處。

十一日。

島主設宴, 午後三使具公服。紅團領、帽帶, 乘肩輿。軍官戎服、櫜鞬, 引軍儀動軍樂, 前陪、羅卒、奴僕、格軍皆乘倭馬。但及唱房子步從。三堂譯乘懸轎。上官所乘馬則有左右轡。馬皆斷鬉繡鞍, 侵暮罷歸。諸人皆稱宮室之奢靡, 儘是我國之所無云。副使曰: “曾聞島主之居處, 擬於王者, 以今所見則過於王者。” 倭人之奴僕稱以人足, 倭音 “인속고”, 蓋奉足之意也。往軍官廳, 適見倭鐵。如我國小鐵背書‘寬永通宝’, 腹無字, 而或書文字、元字。九十六文爲一兩, 値銀一錢云。館前有時時撞鐘之聲。問諸通事則有鐘閣按時扣之。以子、午九, 丑、未八, 寅、申七, 卯、酉六。辰、戌五六, 巳、亥四云。聞關白以本州當通信接待之役, 三年連送久金四千兩, 以銀計之則爲六萬兩, 今年又加給二千兩。出日供官料理進排, 而太半偷竊, 殆不成樣。饌物多稱未收終

不來納。雖欲蕩滌，有關後弊，若欲督捧赤似苟艱，極爲難處矣。島主送銀子各一枚於書畫三人，各二枚於馬上才二人。倭人以四兩三錢爲一枚。聖章、子文與栽判紀國瑞【號蘭庵。】有筆談。抄錄其可記者。章曰："白石【卽源璵】後能繼前轍者，幾人?" 瑞曰："作詩者世不之人，但僭無稱作家耳。" 章曰："林鳳岡有文集否?" 瑞曰："林鳳岡爲誰章?" 章曰："已亥江戶學士林信篤。" 瑞曰："信篤有集否，僕不及知。" 蓋聞白石、鳳岡分黨，各立戈戟相尋，而雨森東卽白石之弟子也，國瑞卽東之弟子。故抹殺鳳岡罔有餘地。可見偏論之埈也，可笑。章曰："木順庵【卽白石之師】源白石之外稱作家者，幾人?" 瑞曰："柳省庵、室鳩巢、南南山、荻茂卿數人，皆已物故。當今作者，則海槎往還之際，當親識別，今不必豫告。" 章曰："伊藤維楨有後承? 而其者述≪童子問≫外又有他件文字否?" 瑞曰："維楨其人則一君子，而然與程朱異岐，所以不知其書有幾。" 章曰："公所尊尙在程朱，甚盛甚盛。貴國尊慕濂洛飭行立言者，爲何人耶?。願聞之。" 瑞曰："木順庵、山闇齋。今承其後者亦多。" 章曰："山闇齋名云何?" 瑞曰："姓山，名嘉。" 章曰："中州書必自長碕來。挽近詩文，比皇明時或能與元之虞道園、趙松雪之尙有趙宋風氣否?" 瑞曰："淸朝有≪百名家詩選≫。曾一涉獵調逈殊恐或不及元體也。" 章曰："辛巳兩使時學士所述，公必稔看，且必有上下甚論於芳洲【卽雨森東】者。李東郭申青泉甲乙何如云耶。" 瑞曰："東郭則詩材贍富，箸述敏捷。青泉則文勢神奇，立言愼嚴。" 章曰："自通信以後，萍水酬唱之集必不泯滅。貴國公論以何歲使行時文字爲勝。" 瑞曰"辛卯爲勝"云。章曰："辛卯學士旣是李東郭【卽李礥】則與青泉甲乙之論何如。我國多以青泉勝東郭，此論何如。" 瑞曰："青泉如程不識爲軍也。" 章曰："程不識豈如李將軍也。" 瑞曰："李廣其人則可程不識，信千古詭範也。" 子文則多問國制。文曰："貴制有八郡七十三浦信否。" 瑞曰："是。" 文曰："浦則領於何處。郡則以何官莅之。" 瑞曰："浦各有管，郡各有監。彼此何異。" 文曰："郡皆有貢於太守而亦世襲耶。" 瑞曰："郡各有貢，然其監轄則非世襲也。" 文曰: "祿法有千萬石之多。郡守受其祿又食其一郡下大夫及任使者否?。" 瑞曰: "信如所示。豈有以千萬各之祿, 徒奉一人之理耶。" 文曰: "貴國郡守或以筑前州食肥後之祿, 或以薩摩州食長門之祿。是何故耶。" 瑞曰: "國俗使然。" 文曰: "太守食本及肥前州田代之祿云, 信否。去田代幾里。其祿幾何。諸官之祿幾許。公之祿又幾許。" 瑞曰: "此等事問於傳語官可也。" 文曰: "食於田代則信否。" 瑞曰: "是。" 文曰: "道里幾許?" 瑞曰: "近千里。"

十六日。

食後三使以綸巾、鶴氅衣奉國書上船。一行隨之。仍宿板房【倭通事十二人、禁徒九人分入於六船】日暮後島主始乘船。船艙諸船百餘隻, 一時懸燈。燈籠皆畫桐葉, 卽馬島之標。此後諸州皆有船帳燈籠之標云。

十七日。自馬島府中, 發船次一岐島之風本浦。凡四百八十里。

倭船指路者數十隻張帆前導。島主、長老次之。奉行、裁判輩所乘船及飛船、曳船凡五六十隻從之。我船以次繼。發時則卯辰間也。申時利泊於一岐島之風本浦。未及浦十餘里, 曳船六七十, 緣崖出迎。一岐島奉行亦來候。飛船多有全體朱漆者。船各懸旗而畫三台星, 卽所謂品字, 而岐島之船標。港口三面皆山也。甚穩於藏船。山腰皆是麥田而已發穗矣。島主先送奉行、裁判往視館所, 卽請下陸。下陸儀節一如西山寺乘船之時。船頭距船艙爲半帿場。以飛船橫結連附, 而鋪板爲橋, 廣三把, 批竹爲欄, 偭精緻。船艙之上, 卽有館舍。舍館後蒼壁斗絶岌嶪。館之大, 殆至於數百間。東西十餘間, 南北七八間。而皆是一架之內。覆以松枝以石鎭之。其深邃之房, 甚昏曖, 晝赤可燭不見天日。其所分排鋪置者, 略倣西山寺。而牕櫺、屛帳、椸架、茶鼎、燈籠之整齊巧密, 非馬島之所可比耶。此是村民奠居之基而爲使行毁撤而新創此館云。軍官廳、次官廳、中官廳、下官廳、日供廳、奉行廳、載判廳、禁徒廳九十餘舘, 設於館後近處, 以次排列。上官以上則各有硯匣, 匣中置敦薄紙, 各數三卷。敦者曰肥吉, 薄者曰杉原, 又作小匣貯硯石、硯滴、筆、黑, 而硯、筆赤各有匣。匣爲黑漆而色澤可鑑無異於鐵鏡矣。紙則甚好, 非楮紙之類。硯與硯滴則我國之貿去者甚多, 故平日之所常見者也。以猩猩氈割之如墨之大小, 置之墨底, 可見其兒戲也。上房之傍有書以"軍官護衛所"者。余又與書記、良醫及仁叔居焉。馬島主以其頻頻往來江戶, 故別設一室於此處。望之似甚廣闊矣。松浦肥前州太守源誠信呈干鯛一籍【卽乾道味】、鯣一籍【卽烏賊魚】、昆布一籍、御樽一荷, 赤例也。夕與聖章往船上。橋之左右步步懸燈岸邊所泊船各有數三燈。皆是品字。而末知爲幾百。可謂將觀矣。風本浦卽一岐島之屬浦, 而一岐島卽肥前州之屬郡也。太守則在於平戶食六萬三千石。此島有七鄕八浦二十四村。此村人家可百餘戶。距北南四十里, 有武生水村, 平戶奉行松山雲八者, 摠轄一島。東西半日程, 南北一日程, 土品比馬島甚膏沃。居民力農, 而畠多田少, 倭人以水田爲田, 旱田爲畠云。由館之左至百餘武得聖母祠。祠僅五六間而奉山神。山神稱之曰聖母也。倭通事告余曰: "陟彼峯頂, 可瞰朝鮮。" 請爲前導。逶迤而西, 至山之頂, 北望大海心目爽豁。乾方有一帶山麓, 此則是馬島。壬方又有蒼翠與在乾方者不續, 此則明是我國之山。自此日供之豊於馬島, 往來之時無加減, 還到馬島後又如馬島之式云。三使日供, 一日各上上白米【四手斗】、上上酒【二手斗】、甘醬【一手斗五合】、艮醬【六合】、眞油【五合】、南草【二兩有櫃】、燭【五柄。重各五兩許】、挽茶【一器】、葉茶【一袋】、果子【一箱】、生道味【二尾】、鹽道味【三尾】、乾道味【三尾】、生鰒【五介】、鹽鯔【三尾】、乾鰤【六介】、生雉【一首】、鶉【五首】鷄【二首】、鷄卵【二十介】、筤子【三合】、芥子【三合】、蕈枯【一手斗】、菁根【二十介】、牛旁子【二十介】、芋【二手斗】、蔥【五束】、茄子【二十介】、冬苽【一塊】、醬苽【一光】、紅柹【三十介】、生梨【二十介】、蜜柑【五十介】、柚子【五介】、葡萄【五床】、生干【二東】、生栗【五十介】、炭【一石】、柴【三丹】上上官

一日各上上白米【三手斗】、上。上酒【二手斗】、甘醬【一手斗】、艮醬【五合】、醋【五合】、眞油【五合】、燭【三柄。重五兩】、挽茶【一器】、葉茶【一帶】、南草【二兩】、果子【一箱】、生道味【二尾】、乾道味【二尾】、鹽道味【三尾】、鹽鯔【二尾】、生鰒【五介】、乾鰤【六介】、生雉【一首】、鶉【五首】、鷄【二首】、鷄卵【二十介】、莨子【三合】、芥子【三合】、蕈枯【一手斗】、菁根【二十介】、牛蒡子【二十介】、芋【二手斗】、蔥【五束】、茄子【五束】、冬茋【一塊】、醬瓜【一器】、柚子【五介】、生梨【七介】、生栗【三十介】、密柑【三十介】、葡萄【三床】、生干【二束】、炭【一石】、柴【二丹】上判事及製述官一日各上白米【三手斗】、上酒【二手斗】、甘醬【五合】、艮醬【三合】、醋【二合】、鹽【二合】、眞油【四合】、燭【五柄。各四兩】、南草【一兩五錢】、挽茶【一器】、菓子【一箱】、生道味【一尾】、乾道味【二尾】、鹽道味【二尾】、鹽鯔【二尾】、生鰒【五介】、乾鰤【六介】、生雉【一首】、鶉【二首】、鷄【一首】、鷄卵【二十介】、芥子【二合】、莨子【三合】、菁根【二十介】、蔥【五束】、牛蒡子【二十介】、茄子【二十介】、芋【二手斗】、冬茋【一塊】、醬瓜【一器】、紅柿【十五介】、生利【五介】、生栗【二十介】、密柑【二十介】、柚子【三介】、葡萄【二床】、生干【二束】、炭【一石】、柴【二丹】上官及次官一日各上白米【二手斗】、上酒【一手斗】、甘醬【五合】、艮醬【二合五勺】、醋【二合】、鹽【二合】、眞油【二合】、南草【一兩五錢】、燭【二柄。重各四兩】、生道味【一尾】、乾道味【一尾】、生鰒【二介】、鷄【一首】、生雉【一首】、鷄卵【八介】、乾鰤【二介】、菁根【二介】、芋【五合】、牛蒡子【十介】、生干【一束】、鶉【一首】、芥子【二合】、莨子【三合】、茄子【二十介】、芋【五合】、冬茋【一塊】、菓子【一袋】、柚子【二介】、紅柿【五介】、生栗【二十介】、密柑【二十介】、葡萄【二床】、挽茶【一器】、蔥【二把】、炭【一俵】、柴【二丹】上官一日各白米【二手斗】、酒【五合】、甘醬【四合】、艮醬【一合五勺】、醋【一合】、鹽【二合】、眞油【一合。五勺】、南草【一兩五錢】、生道味【一尾】、鷄【一마리】、茄子【三介】、菁根【二介】、芋【三合】、生鰒【一介】、蔥【一束】、蜜柑【五介】、烏賊魚【四尾】、鷄卵【四介】、豆腐【半隅】、炭【一俵】、柴【二丹】下官一日各。白米【一手斗半】、酒【五合】、甘醬【四合】、艮醬【一合】、醋【五

匀】、鹽【一合】、南草【一兩五錢】、鹽道味【一尾】、生小魚【一尾】、茄子【三介】、菁根【一介】、蔥【一束】、竿【二合】、烏賊魚【四尾】、鷄卵【四介】、豆腐【半隅】、炭【一俵】、柴【二丹】其所謂菓子卽五花糖之屬。鹽鯔卽童秀魚，乾鰂卽烏賊魚也。多有非其時者，故皆以他種魚菜代納，而亦有不納者云，可痛。馬島通事輩居間，而操縱欺罔，多作弊之事。有偸食之奸，言於譯官及小通事曰“每事必分付於吾輩，使得指揮於列州。若有直爲分付之事，則事皆難處”云。此亦欲爲中間弄奸之意也。倭通事之隨來於今行者，殆至五十人，而皆善作我國語，無少拙澁。蓋關白新立之後，預度其必有信行，晝夜習語，已過三四年，以其通語之善不善取才而隨來。則多有所得。所得則莫非，居間偸竊者也。余問於倭通事曰：“爾輩亦皆傳食於列州耶?” 對曰“自前隨來信行之傳語官【倭通事稱少傳語官】則列州見待頗異。今則朝夕支供亦甚薄略，凡百盡不如前使行。日供又不如例。一岐人習極可駭嘆。”云。然其實則皆渠輩之弄奸也。島主行中所率人一千五百餘名。其中傳語五十人，皆欲因信行而蒙大利得家産，其作弊不言可知也。

島主送饌具，稱以勝却妓，或稱勝其也只者。兼送膳夫，持火爐、鑼鍋、三層漆函盛魚、鰒、鷄卵、菁、芋、蔥泡之屬，煮熟於面前以納。其味不及於熱口子湯，而疎淡則勝之。蓋倭人之飮食以淡爲主故也。兩使前亦各送饌具、膳夫，一時進供。使臣若多進則膳夫當被賞於島主。島主使平誠一來坐近處，問其所進之多少。卽倭人之第一別味也。所謂豆圓餠，亦可口。

在馬島時，倭人呈錦褥於三使前。故欲於還歸時還給，姑爲持來於行中矣。今日一岐人又呈錦褥、錦襟各一件。以錦子作苴衾，則有兩袖矣。褥則以有馬州之物還給。前浦有捉鯨而過者。五十餘船僅曳一鯨。無鱗無甲，只是鼉之大者也。捉鯨軍乘其出游於洋中，乘船四圍，以長槍亂刺。待其氣盡而浮出，始得運來云。浦過有長廊十餘間，門前竪二大旗。問諸通事，則所謂捉鯨將作家而居焉。主張此事，納稅魚於官, 與捉鯨軍分利而家甚富饒。太守或有稱貸於此人云。得啖鯨膾, 色如豬肉, 味如獐肉, 足可食。

裁判請使人試作捉鯨之狀, 以供一笑, 故許之。倭小船四五隻, 搖櫓者各數十人皆赤身, 而持長柄鉄槍者在船頭。槍柄有繩如繒矢, 次第羅列, 一齊用力, 如圍匝者。然持槍者, 向空投槍其勢甚獰, 還卽收繳而復投。投時解衣, 收時着衣, 極神速。後船亦如之相續不絶。或作急逐之形, 群船疾走雷厲風飛, 眞壯觀也。蓋遇鯨則槍無虛投, 船能追鯨, 縱繳所之鯨, 力盡則更槍彈劒穿穴貫索而來。若被跳踉船爲覆沒, 則格卒皆能泅出而復乘。且鯨之爲物極鈍, 故旣走之後不能回首云。我國人則不敢出捕鯨之計, 日本人所射之中絶有力者, 或能遠走, 力窮而後斃於我國, 則取以爲利。還可笑也。

久滯蠻館愁惱難聊。乾糧官曰"旣與馬島守同行, 如有萬全之風, 必無差失之里。蓋馬島都沙工有厚凜, 一生候風爲事, 故萬無一失。馬島人 言凡事萬全者, 則必曰'殿樣風'。殿樣卽島人尊稱太守之號也。雖殿樣亦可以發船, 則其萬全可知故也。島中恒談如此, 則可知其必可信。"云。可笑。

適出館門, 有一倭騎繡鞍馬, 巡視館所之左右。問諸通事則卽火禁徒也。從者五十餘人, 皆持長柄鐵鉤、短柄木櫃及長梯。若遇火災, 則以鉤毁屋, 以櫃汲水, 以梯乘屋也。其後有一旗, 書以'水之手'。達夜巡幸, 此輩之愼密, 實爲難當。

傳語館駿三郎者, 頃當鰐浦之火災, 極力救濟, 多有勤勞。故馬島宴禮時, 通于島主。島主大喜, 給十枚銀。渠甚感幸。時或來見, 自異於他倭。蓋倭人若蒙小惠則不能忘, 若有小怨則必欲報。此其本習也。夕忽來見。余問曰: "日本衾制有袖, 寢宿之際以兩手貫之, 如着衣乎。" 對曰: "否。陋國法制, 皆以輕捷爲主。夜間若有意外急迫之事, 則難於着衣。故欲以衾貫手而速出也。且館所待令之茶僧, 名雖曰僧, 實非僧也。蓋夜間長者索茶, 而欲爲裝束頭髮則易爲遲緩。欲不爲裝束則, 異於貴國之有網巾, 有揮項, 有冠巾, 而模樣極不似, 故 不得不盡薙其髮如僧也。且陋國醫士亦必薙髮, 可欲聞人之有急病而亦能卽起也。且衣袖之短狹者, 欲其輕捷於執事也。” 余又曰: “島主傳食於列州耶。” 對曰: “否但馬州之人仰屬於使行者, 則列邑。接待島主以下所率, 則皆持粮饌而來矣。” 余曰: “長老亦然乎。” 對曰: “長老則果傳食矣。”

聞琉璃國朝貢於關白, 薩摩州主其接待云。未知然否。諸國賈船之泊於長碕者南京及交趾、暹羅、柬浦塞、咬𠺕吧、阿蘭陀諸國, 而皆有考驗必印圖署以送。若無驗則殺船中人, 只遺數人, 載他船而還之。阿蘭陀先制極巧。日本人常謂南京商舶精巧, 而不及於阿蘭陀。日本則不及南京, 朝鮮先制最疎闊云。阿蘭陀人貴者死則安之琉璃甕中, 實以水銀, 雖千年不朽, 自外看之無異生人。或有十餘代列置, 如藏神主傳。設甚誕妄矣。火箭有異制。放一枚着地, 又自其中迸出數十枚。每放十餘枚, 散作千萬枝。村落、城郭片刻可以焚蕩。日本人一與相較, 燒盡數千戶, 故甚畏之。其制傳於日本。且其行船無候風之事, 多載大砲, 自船尾向後一放, 則船進百餘里。雖萬餘里之遠, 一半日可達。只泊淺灘、狹巷及石磯。其衣服則有袴衣與我國裏衣, 而裁容臂體, 無帶、襪亦如我國。其形體則鼻大面白, 眼睛淡白, 見甚凶獰。頭髮或薙或留, 留髮亦厭黑色, 必染作黃色或灰色。凡招呼有如太平簫者吹以相應云。

四月 初一日。

今日卽日本之三月晦云。島主呈正果一盒、諸白一桶、糖漬天門冬、佛手柑一櫃。正果卽生薑、蓮根、茄子、青橘十餘種。而味甚甘。此處飮食中最爲適口。聞平戶人使法者【男巫之稱】及女巫日日設饌誦經, 祈風於鹿神之社, 而終無驗, 可謂不善禱也。

四月 初二日。自風本浦發船, 次藍島。凡三百五十里。

食後都沙來告西風。島主亦送人請發。一行遂一齊登船。島主及護行諸船已出港矣。我船亦掛席而從。六船各有曳纜艇十八艘, 擺列如鳥翼, 連綴如魚貫。岐州禁徒乘大舸以督櫓役。奉行以下至於通詞船亦各有曳船。或十餘隻或四五隻。及出港口風力漸緩。遂落帆搖櫓。望東南, 有所謂平戶島、長岐島、筑前州。平戶卽松浦肥前守所居也。長碕卽南京商船所到處也。筑前卽山麓連綿成一大陸。北有男鹿島, 東有玄海島。日將暮, 風益撤, 舟以尺寸進而路猶未半。烟波連天, 不辨咫尺, 不知藍島定在何處。夜未央, 忽船燈百個急棹來迎。不見其船, 只見其燈, 故怳如亂星流火溯青天而下也。燈標皆畫一圈, 以知藍島曳船之已來。人皆相賀曰: "四百里重溟能得不帆而利涉, 此實天幸也." 遙見明燈燭炫煌, 上接星斗, 下燭雲海, 令人眩眼怳疑此身之在火城中也。八月觀燈之壯, 比此還爲寂寥矣。向在釜山申周伯【維翰, 青泉】曰"己亥使行夜泊藍島, 迎護燈燭遍滿大海矣。回泊釜山, 亦在半夜。而釜山、開雲兩鎭僅以小炬五六柄迎之。使彼人見之, 極爲埋沒"云。今思之, 其言果然。及泊船港, 逢底之鷄已喔喔矣。仍宿板屋。

初三日。

下陸就館如例。館距船頭僅數十武。館舍凡千餘間, 皆是新築。覆以木片, 制樣與岐館差異, 而華靡過之。行步席以鐵片之, 如長尺者鎭之。前退鋪猩猩氈, 間間着釘槅子, 垂以繡帳。三房排置小如一岐。分房之處, 以紫色有紋方紬障之。硯、紙、筆、墨、燈燭、烟具、架桅竝同一岐, 而各處以引鰒作椵皮狀, 置之几上。是祈祝之意, 而亦敬待之禮也。館外皆設布, 惟如我國動駕時設白布帳。帳內列植弓、劍、旗、槍。一行皆有衾、褥、枕、席以繡若錦爲之甚侈, 且各有木枕黑漆者。各房有浴室。浴室各有巾, 有床, 有燈, 有席, 有大桶、小桶。蓋倭人男女白晝必共裸而浴, 淫狎之事亦有之, 故其諸具之情密如此云。蓋藍島一片小島。村家僅數十戶, 而環以松、橘之林, 麥田有秋蒼然。南岸諸山東馳。逶迤至于西方。或高或低, 如臥如蹲。使成四面翠屛, 山根百里, 鋪以明砂白渚, 無尺寸間斷, 環抱一島。曲曲有蒼壁、斷塢, 抹之以澹雲晴嵐。恰似白練帶, 又若玉連環。大抵面勢之隱藉眼界之敞豁, 洲渚之淸闊, 峰巒之秀麗, 林樊之蒼蔚, 雲烟之淡宕, 心懷之爽朗實非塵世儘間物色。洪厓赤松若可翅是而待也。自西至東俱是茫茫滄海, 而在此不見海水, 便作一大湖, 眞天作奇勝也。峯之最高而居中者曰高照山。島人以十景盡幅請製述、書記題詩曰"莒崎春曉", 曰"分杉秋月", 曰"奈多返照", 曰"竈門垂虹", 曰"藍島漁火", 曰"金龍晴雪", 曰"馬頭泊舟", 曰"福岡杳靄", 曰"白岳疊翠", 曰"博多烟雨"。莒崎、搏多在西南。搏多津閭閻極繁, 一名冷泉, 倭音"和家多"。我國人飜訛作覇家臺。新羅朴堤上之死節, 高麗羅興儒之被拘, 圃隱先生之持卽, 申文忠之駐搓, 皆在此地。福岡卽搏多西十里, 筑州守邑治距此五十里。竈門卽東可十里, 有怪石亢立波中, 有穴如門, 小船則能出入。或称鼻口, 或云鼻孔岩。一歧之東亦有此類而若小。此外奇觀不可盡記。

藍島卽筑前州所屬。太守源�高, 食五十二萬石, 居筑州福岡云。

初四日。自藍島發船, 泊豊前州之南泊浦。二百十里。

辰時解纜, 未及十里, 西風忽變爲東。落帆櫓役曳船者極力蕩槳, 寸寸前進。午時過地島【筑前所屬】。又行五、六十里, 過鍾屋。俗傳倭人載來新羅大鍾。過此覆浚入海。秀吉以萬軍取之, 不得因爲地名。此爲險灘。午後逆風尤緊, 倭船則輕捷能得曳進, 而我船及倭船之無曳船者皆掛側帆用環轉法如逾峻嶺, 不爲直上艦廻曲折而進舟。行百餘里其前進者不過十餘里。入泊南泊浦則遠天方蒼蒼然。欲睹浦卽豊前州所屬, 而小倉守所莅也。民戶僅數十餘。此距赤間關爲三十里。小倉護行諸船累十船來到。船標如石塔形矣。聞筑前太守卽關白之近宗。馬守之妻族, 故島主欲爲除弊, 不甚候風翌日卽爲發船, 遭此狼狽云。可痛。

初五日。自南泊浦發船，次赤間關。三十里。

午後乘潮解纜。筑州船爲左右翼，小倉船居其中，爲三行而曳之。合大中小爲三十餘艘。雖曰逆風，庶無他虞。南北山勢抱之如弓彎，便是峽江中光景也。北爲山陽道，南爲西海道。自山陽至大坂盡爲陸地往來之路，皆由陸路而使行則連爲緣岸而行，至大坂始登陸。馬島守之往來江戶也，亦如此云。行十餘里歷小倉。臨海粉壁可十許里，引海水爲壕。中起五層譙樓。碧尾雕梁影落波心。樓臺、第宅橫亘烟渚。蒼松、老橘菀然作雲林瑤園。自此山海勝景愈出愈奇，左右聘目殆應接不暇。又行十餘里，赤關迎護船蔽海而來。若將臨陣應敵者然。護倭所乘皆，雕欄畫屋，全體漆以朱江，四面圍以錦帳。船頭有旗標各隨使船旗色，而狀如魚笱。以錦紋裹之其末，則如旗尾臨風飄颻，光彩爛然，名曰吹貢，後站皆倣此云。騎船則護船各四，卜船則各二，曳船則不可勝記。並與馬州、藍島、小倉諸船及村民觀光船而計之則爲累千艘。又當海口之狹窄處，一時擊鼓而進，舳艫、旌旗首尾相接，殆不見水色。若兼有兵哭則所向當無敵矣。我國水操以統營爲首，而觀此則不翅兒戲云。當與藍島之燈燭爲天下二大壯觀矣。忽見波面有石碑凡然。壬辰秀吉乘船過此，觸石畿碎盡斬蒿工，遂立碑其上。俾作後人觀戒云。及着船港。築石爲堤，高可數丈，以連抱木列揷水中，以作板橋，與堤等長廣皆數間，左右作欄甚精。上敷淨席。至館所卽下陸。浮稿之傍，有兩、三小船而道味、秀魚之屬跳於舟中。問諸倭通事，是日供所納魚物，而活養云。其上有旗，書以“御用活巢所”，其下畫魚，見此可知。館宇亦新創，數百間。視藍島差狹，而精妙則過之。館門有額，書以“聖衆山”。外簷垂紗帷，前退有繡幔。楹外敷紅氈以銅鐵之。如竹片者鎭之溷室置紙束，以黑茶板覆之。至於下官之所，亦設金屛、紗帳，其華侈如此。且處處有使喚諸倭潔服銀釰，跪坐廳邊。凡有指揮奔走使令甚恪，勤須更不離。由館而西有傑閣，亦新創者，而牓以三大使合席。蓋大廳也。

赤間關或曰赤馬關，或曰下關，卽長門州所屬。太守姓名大江宗廣，其先毛利輝元卽秀吉上將，壬辰留鎭尙州者。而倭人中少有人心，迫於其上雖不得不斬鼻，而每有惻怛之意。家康以其爲秀吉心腹，奪其食邑免死爲僧，只以長門、周防二州，分授其子。歷秀元、秀就、綱廣、吉廣、吉元。宗廣卽吉元之子，賜氏松平，官大膳大夫從四位侍從，食三十六萬九千石，其邑治在荻城，距此東北二百里。

館之北有安德天王廟。蓋安德嗣位，其臣平清盛通於其祖母白河后，斥逐大將軍源賴朝。賴朝稱兵清盛奔敗，白河負安德而逃，至此赴海而死。安德時年八歲。國人憐之，立祠。今其遺像尙在。事在宋淳熙年間。館之東有文字城，最多奇石。青赤潤澤采之爲硯，遍於天下，城之得名以此。而城則已荒矣。館之西有白馬墳，俗傳新羅王遣將功倭，倭人請和。至此刑白馬而盟，因瘗死馬爲塚。今其墳制宛然尙在。必是羅人所築云。西山之下有待變亭。置火砲、鳥銃、弓矢、槍釼，群倭晝夜守直不離，如臨陣對敵者云。蓋此處海路之要衝，山勢之合襟者。故設關於此，候望西南北諸船，峯頭輒設烽臺，處處相望矣。製述、書記來訖其館舍之乘。余聞之欣然卽携手同往。由館門而出，向西街而行。通街左右列市廛，恰似京城。一處有榜書曰"古書物"，遂就視之，冊架貯百餘卷帙，而太半是醫書。有≪小學≫大板字，如≪綱目≫大字。且有≪道德經≫而林道春註釋之。道春卽日本舊日學士，而曾見趙龍洲集，有往復書，必是其人也。又之硯所。二童子相對而坐，以礪磨硯。其後有架五、六層，置硯百餘箇。大者如硯匣，小者如掌。其色或赤，或青，或如綠豆，或如粉紅，而不能辨好否，可嘆。至所謂製述館所，卽阿彌陀寺。前日使行多館此寺。寺甚宏傑。門楣刻龍鳳狀。俯臨海門百千帆檣簇簇在眼底。由閣道而後，千莖綠竹，數本蘇鐵，清絶奇古，翠壁斗絶。庭除精潔幽趣，能使人忘歸。午後由捷徑，攀援松竹緩步而歸。寺距館所爲數馬場許。一行上下皆有寢具，比藍島尤侈。發行輒皆還給，而不無馬島人中間弄奸。故直招長門州支應倭作簿出給。蓋馬島人憑藉使行操縱列邑，其作弊之端不可形言。且使館筆硯之屬，太半偸竊，無異盜賊。偶與諸人論列邑接待之浮費。若擧赤間關一站所入而言之，則或云當爲銀三萬兩，或云當爲銀二萬，而或云三萬太過二萬不足。大抵勿論三萬與二萬，其浮費之鉅，邑力之當，可知也。

初七日。自赤間關發船，次向浦。一百八十里。

得西北風。辰時擧碇掛帆。北岸諸山處處有奇岩絶壁。繞以松杉，抹以烟嵐。山根輒鋪明沙白渚，或數十里，或十餘里。每以千里鏡望之，無非琪林玄圃。行六行餘里，過元山。山形濯濯無樹木。前人日記皆以爲産猿。蓋以元與猿之同音也。可笑。午後風微。入泊向浦，仍下碇。家君有感氣，欲爲下陸。使奉行輩覓一村舍。而水淺不能泊舟村岸。移乘長門州彩船。船制極巧。朱漆畫欄，灑金粧飾。四面有推窗，可開可闔。中有一粧房可容一人坐臥，鋪以猩猩氈。門柱閫閾皆玄漆照人。行數里上岸至村舍。可七、八里。夜已深矣。村舍卽長門太守往來時茶屋，甚薄陋矣。

初八日。向浦發船，次上關。一百七十里。

日出裁判來告順風，卯時解纜擧帆。行十里過三田尻，卽己亥使行留宿處也。歷深浦、宮州、笠戶、室隅【距上關五十里】，處處村氓輒棹數艇而來以旗各書村名，以獻魚、菜、柴、水等物。行中不受之，則或卽還去， 至於室隅人卽謂有太守之令終不退歸。夕泊上關船艙。板橋一如赤間，館宇不爲新築，卽周防州太守茶屋。而制甚宏傑，上官以下所處則皆新建也。館舍排置如前無異，而前退敷繡席之如羽錦者。硯品極佳，硯滴以純銀鑄之。館之北有高樓，亦一架之內。高可四、五丈，甚敞豁。

上關卽周防州所屬。山勢之緊鎖合襟頗似下關。眞是天設關隘之地。此所以爲上關也。長門守兼察周防，故呈檜重。吉川左景、大江經永者，卽輝元遠祖大江元就之孫。其治在岩邑，距此百三十里。管轄上關故，亦呈檜重、串海鼠、三色酒各一甁【其一沙糖泡盛，味如竹瀝膏。其一荒木酒，味如燒酒，其一忍冬酒，味如過夏酒。】

求詩者自此雲集。四詞客與之酬唱，而卑卑無足道云。寫字官、畫員亦無暇隙，至於奴隷皆操葦立草。求者亦相續不絶，得之則必膜拜頓顙，稱謝不已。其紙皆毛面紙、粉唐紙、宮箋紙，而必褙帖矣。裨將諸人之一日所書各爲累百紙云。余適過館後有一通引方積紙揮灑“斗轉月未落”之“轉”字書以“傳”字，“落”字書以“洛”字。而受之者亦感謝僕僕頓首。至此蓋無論老少以得朝鮮人筆蹟爲英幸，其工拙初不爲計耳，劇笑笑。余以此歸告於付掌務官，使下卒不得操筆染紙。大抵馬島人則，稔知我國事情，慣見我國文物，故初無驚服之意，畏慴之事。而赤間關以東則多有淳樸底意愛慕之如神，敬待之如君，便若凡人之得見仙徒。與馬島人風習判異。倭人未必盡爲巧惡。馬島人最爲奸譎者，果非虛語也。

初十日。自上關發船，徑泊津和。下宿村舍。一百二十里。

辰初乘潮發船，行數十步，兩岸狹隘，比船頭項不甚大。儘天作關阨也。聞長門曳船軍爲二萬餘名云，便一軍行行三十里。左有九固村，右有宮內村。自此直抵安藝太守邑治廣島爲一百五十里云。又四十里爲賀室，又五十里爲津和，一名津輪也。因日暮下碇於前洋。島主送人云：“此處有精潔一舍。宜卽下陸以調養病憲。”仍送彩船，故不奉國書就館如入向浦時。館卽長門守茶屋。雖小亦足以容三行故副、從亦從之。

十一日。自津和發船，次鎌刈，凡九十里。

未明乘潮發船，櫓役而行。間得北風或掛側帆過加老，渡龜首島。行七十餘里。安藝州曳船來遞。而旗標乾三連，亦有彩船而覆以斑爛錦帳, 在我船之後。須更不離。蓋爲不時之需也。午後到鎌刈。三船所泊處各設淳橋, 橋邊皆設竹欄, 欄頭盡被江氈。船岸設閣道, 直至館所。隨地形而高低逶迤。凡三十餘間, 層層作階, 階有江氈, 若通計館內江氈則可爲累千件。而亦皆質精而色新。館舍有蚊帳以綠沙爲之。四方及高可八、九尺, 上下之四隅飾以紅錦緣, 貫之以草綠唐絲細索繫金環於四隅。又設金鉤於房之四隅, 亦以紫索繫之以鉤釣帷之, 環而垂之, 則其內便成一間屋。上頭及四面皆是一帳, 故蚊不敢入。此所謂蚊帷也。其制極巧極侈, 有難詳言。軍官員役所處之室, 亦皆如此。蓋日本則蠱蝱甚繁, 非此則人不能堪之云。浴室置白苧衣袴及一大袱, 一幅之廣爲二尺半蓋爲浴時所着也。溷室以銀色綾花塗壁, 敷錦飾多淡席, 放糞之處覆以黑板。其漆照人如鏡。有履以羽錦造之。有巾有燈, 其退廳亦鋪紅氈, 如厠心甚不安。此外烟具、硯具、衾褥、燈燭、屛、茶之屬, 比前尤侈。屋上以黑桶貯水, 間間架置, 禁火之政甚嚴, 到處火禁將, 皆如一岐所見。

鎌刈, 一名蒲刈。安藝州守所領。安藝守元吉長, 食四十二萬六千石。其邑治在左廣島, 距此爲百里。館外群岳回轉周遮作一潮, 水不知舟從何處, 而入向何處而去也。寫字官金天秀奴得病作故。各房出米石使之掩屍。棺則例自本州備來云。若欲出送其屍則又將狀聞事甚難便, 使之姑爲留窴。倭人輩言, 漬鹽于屍盛于甕中, 彼此着標, 待秋開視則必不傷腐云。蓋倭人則死於客地者必如此云。

十四日。自鎌刈發船, 徑泊忠海。一百里。

安藝太守呈鹽鳧一桶, 覆盆酒一陶, 鹽鳧則凡五首而不去羽毛, 漬鹽盛於一桶。見之令人欲噎。蓋日本至敬至尊之地必用此物云。聞各州太守各給黃金三片於六船所在之倭通事處。其餘通事倭則各給一片。每片重一錢二分, 稱一寶, 直銀一兩二錢云。

食後島主送人言“雨意已快霽, 風候雖不順前進亦無妨”云。故遂登船，副、從事隨龍亭至正船。奉安國書後還乘各船。此則自釜山到處皆然。下船之時，亦先至正船陪龍亭就館所矣。風水俱逆，舟不得尺寸之功，消了數個時始出港外。午後雨勢又作，極令覆篷，篷底窄而昏。上柁樓不能眺望，入板屋不能看書。兩岸狹隘處多有淺灘。村人輒以小舟繫於其上揷以竹枝以告其險矣。行七十里過高崎。粉壁靑甍輝暎於竹松之間。頗有塵外靜僻之趣。日暮徑泊於忠海下碇，宿船上。忠海亦安藝州地。

十五日。自忠海發船，次韜浦。凡九十里。

睡裡聞左右櫓聲軋軋不休，卽爲驚起則時已過辰，而行三十餘里矣。左岸有杉原村，粉堞層梘閭里臺、榭隱約於雲霧之中。繁華景致極爲佳麗。此地有紙，有酒，名於國中，所謂杉原酒、杉原紙者，是也。自北點點島嶼如碁之布，如星之羅。逶迤回抱如飛如舞，終過一曲，又得一曲，旣入不知其所出，旣出不知其所入。終日所經之處，無非高城之三日浦也。未及韜浦十餘里，遙見百文危嵒陡入海中。縹緲層樓着在上顚，築石爲臺，立石爲柱，望之不似烟火人所居。倭言是海潮山盤臺寺，或稱觀音寺。忽有沙彌數人自其寺底棹扁舟而來，請得普施，用前例也。卽以米、紙及藥果與之。蓋此僧居此海岸伺候行客丐米、錢，爲之祈風，而一日之內爲去者而祝西風，爲來者而祝東風，終是不濟之事。日本稱予盾苟且之事，輒曰盤臺僧祈風云。及抵韜浦日猶未午。風亦尤順，故送倭通事於島主以通直爲前進之意。答曰："站數旣自江戶定。起若爲越站，則是使護行人陷重罪於江戶也。"終無肯意。故遂寢之船艙。船橋與前無異。閭閻繁盛，樓臺之宏傑，非所往諸處所可比也。岸上有高樓鐘閣。望若神仙居。晩後下陸就館。館距船艙爲數里。路由街衢而連鋪行步席。左右通巷輒有守人使觀光者不得出入。家家皆垂竹箔無片隙。步步必植燈竿，直抵館所。酒肆娼樓亦各有榜。館舍卽南禪坊，或称阿彌陀寺。前後使行時館舍必定於福禪寺。

其勝景可與岳陽樓伯仲云。今忽變改者極爲可怪。卽使首譯問于平方泰【馬州延接奉行】, 則答以"已爲灰燼"。更問於本土人, 則以爲"寺雖見在而多頹傷"云。未知果然。代官二人自江戶來留支應。就館後卽來問候。其人自懷中出示錦囊, 自謂持生殺之權, 故島主以下惴惴恐惧云。自前備後州福山太守當此館支應, 而今番則宇和島太守送奉行支待。其治雖在伊豫, 而食邑在備後故也。馬島人言福山守得罪罷官, 故宇和代行云。宇和守姓伊達名村候。

本土人伊藤輝祖【字必大, 號霞臺, 維楨之孫】來話於製述、書記之館, 爲人疎雅。其祖所著述諸冊, 當待回槎袖來云。

十六日。自韜浦發船, 徑泊日比村前洋。凡一百三十里。

日出得北風乘船。宇和船來曳。終轉一麓, 左岸石峰突凡上有大刹。築石爲臺, 結構宏傑, 前有小島甚奇崛, 不問可知其福禪寺。而前人所謂"不下於岳陽樓"者, 果非虛也。船艙簷階亦皆新葺, 而移定館舍於別所者, 未知其何故也。行三十里左右皆有白石島。島上多有白色盤陀, 故得名云。又行五十里爲水島。又行二十里爲下津。村閭甚盛。自此備前州。崗山曳船與宇和曳船相遞。旗標如方錢。過下津, 又有長島。西岸僅爲一馬場, 便是瀨戶石灘甚急。過此備前州。太守送人問候, 且呈藤戶海苔【海衣】一樻、砂糖漬菓子一壺、薄酒雙樽。單子書以"日本脩前國主從四位少將源繼政, 敬呈朝鮮國正使洪公錦帆下"。繼政卽備前州松平大炊頭, 淸和源氏。邑治在崗山。已亥使行時太守也。食三十一萬五千二百石云。觀光村船前後絡爲自懷中各出數三紙或扇子, 投諸我船, 請得筆蹟。得之則輒攢手至頂感謝不已。此不過浦村愚婦而其愛筆如此, 有異於我國。蓋聞此輩以韓國人筆称以德談, 必欲得之者此云。日本人称我人曰韓國人。行十餘里風逆潮退, 無路前進。遂下碇於中洋待潮滿。四面群峰圍抱如暈, 淸麗如畫。月出東峰, 天無點雲, 海波澎湃, 便成百道金光。三更潮至, 櫓役而抵日比村前洋。下碇歸臥板屋。鷄已亂唱矣。

十七日。自日比發船，次牛窓。凡七十里。

巳時乘潮發船。行二十里，爲山崎。京女㛃浦在右，鄙女㛃浦在左。京女㛃浦或称美女浦，前人日記多稱京長老，以倭音之相近而傳訛也。昔關白有美女爲備後太守婦。過此夢神女言'龍王妃求見'，及覺以告其夫乞勿往，夫强之。遇風沒船。故名焉。而鄙女㛃浦之得名未詳。行三十里有犬島有石形如犬蹲，故名耳。又行二十里爲牛窓，亦備前州地也。申時船泊，橋板如前，下陸就館。館距船艙爲數百步。而海水亦當門前。卽備前守茶屋而廣闊如前。

備前文士四、五人來見。製述、書記多有筆談酬唱。而其預構而來者，則大勝於臨場所作，判若異手。而其中近藤篤者，號西崖，年二十六，有私集三卷。題以≪西崖先生文集≫，卷末又書門人某某編輯。其所作淸楚奇拔，深得白雪樓餘韻。東來後第一翘楚也。篤又以其弟子七人詩各十餘篇請批評。其詩首篇皆題以擬呈朝鮮國學士先生。篤以爲邦禁甚嚴，無職責者則不得爲閒漫酬唱，故以擬呈爲辭。不必和給。

十九日。自牛窓發船，次室津，凡一百里。

西風頗緊，乘船擧帆。過一麓樓臺閭閻之盛與牛窓無異。亦有船艙板橋，而視館所尤侈。聞備前守方往江戶來宿此處，曉已前進云。其巧餙船橋非但爲使行，蓋其習俗然也。行三十餘里，右岸有小豆島而山勢恰似南漢山城。距此數十里卽讚岐州地。又行五十餘里，有鶴島。自此爲播摩州地。

望北岸數十里有一六城府云。是播摩之赤穗城，卽森伊勢州太守源政房邑治也。又行數十里，雨意又作，遂落帆。蓋篷以櫓而進。及泊室津，日猶高矣。浦口狹而長，可藏數千艘。三面岸上皆築堤亘五、六里矣。船橋比前尤侈，橋盡卽有館門。門垂眞紅錦帳。其色爛熚，非前站之所見。館宇卽播摩太守之茶屋。制甚廣闊，而浴室、溷室之屬，皆新創。余自館之左由通衢而行，數百步至禁徒廳，卽來時右岸最高處也。其後山頂，有賀武大神祠。石門高而廣，南岸有降運寺。隱映松、橘間。極爲淸絶。路之左右閭家，盡是市廛，而層樓雕欄，畫戶竹簾，極爲壯麗。周覽而還。宿於上房之傍。

播摩州姬路城太守送人呈蒸餠、魯酒，且遍饋一行，且別餽於小童甚豊。日本則以官人之子，称以小童。使喚於太守，故倭人待小童頗優云。太守名明矩，食五十萬石。

二十日。自室津發船，次兵庫。一百八十里。

未明發行，歷阿伏浦、丹後島、姬路城。城卽播摩州太守邑治。彩樓、石臺橫亘十餘里。過此行五、六十里爲明石浦。村閭臺榭之盛，不讓於小倉。層樓之高入雲際者凡四必是城樓之四大門也。明石曳船與姬路相遞。帆標亦九点。此是播摩州地，而松平坦馬守源直常邑治也。食六萬石云。南岸與鳥崎城相値，卽淡路州地也。又行三十餘里，爲-地。又二十里爲兵庫。兵庫北依大陸，南臨海門。閭里之繁華與明石無異。或称福原京。昔秀吉使其子秀賴居此矣。家康作爲藏入。藏入卽關白私邑，故差送代官守之。支應諸節亦使代官當之云。泊岸之時，日已昏黑。沿岸村里之前，步步植燈橫亘數十里。板橋左右竪長竿，竿頭懸鐵網以松明爇火於其中。置馬木於其下，火盡則人陞凳木而繼投松明。在船上望之，有團團火塊懸於空中。亦奇觀也。夜深下陸就館，館卽商漢之家。而廣闊侈靡，不下於前站。窗槅戶壁塗以金碧，畫以山水。庭有池沿漢渠已浮出水面，棕橋蘇鐵珍卉怪后，彌滿階除渠以一賤賈有此好家居，倭人之窮奢極侈，推此可知。攝津州太守源忠喬，邑治在尼崎，食四萬石，卽島主妹壻之父也。送人呈胡椒一匣，南草一匣，書以"松平遠江守忠喬"。夜又呈杉重，有單。關白以其私邑之故，饋大折一宛【如我國之式字】，杉重物一組宛，樽一荷宛。單子首書

"覺"字, 末書"右之通"【卽右項之意】、"從公儀"【以公体之意】、"三使道江"。【江卽語助辭。三使道許之意。】大折卽大白木八面櫃, 盛以餠果之屬。杉重之中層盛死鳥十餘枚, 張其羽灑以金碧。開盒便有惡臭。日本宴需必用之云。未及就寢, 戌時島主送人請發行, 仍卽乘船。待島主船雷鼓而三吹, 發船。此去河口多有淺灘, 故出置豫備䲺木及舟纜。而席帆與不緊雜物亦皆移載於少船。故船載甚輕, 浮出尺餘。

二十一日。自兵庫發船, 至大坂城就館所。凡一百三十里。

因風勢不順, 平明菫過甲部, 見掛西宮浦。合爲五十里矣。行二十里過尼崎, 卽遠江守源忠喬邑治。入望者只是蒼翠間雉堞而已。又十五里爲新川。副船在前, 至此艘滯。吾船篙師欲避而右便入淺處。緊膠不自拔。三船又不得進。若待夕潮則將至夜深, 故往復於裁判, 使之覓送小船, 以爲移乘前進之計。行中雜物盡爲移載於倭小艇, 艇之以行中荷物爲旗標者甚多。左右來附受載而去。見左右揷方柱, 柱面書"木津川"等十數字。蓋以此爲標識, 使人由中行船。木津卽河口之一名。又或稱天河崎云。二柱之內, 又揷長竹之有枝葉者, 兩竹之間一條路最深。而倭人之鮮衣負舟者則水僅過勝矣。未幾小船五、六隻來, 請移乘於是。一行上下皆分乘。他船以次而行, 過副、三船所在處, 則副、從亦已移乘小船, 祗迎國書仍爲隨行。自滯船處至河口十五里, 未及河數里, 已望見彩船之來待者。金碧熒煌照耀奪目矣。到彩船近處, 送言於島主, 以船制太過, 不敢移乘爲辭, 則荅以"此是列州太守以江戶命令爲使行措備者也。少無不安之端。而貴國船則決不可入河。日勢已晩, 幸卽移乘"云。與副、從相議移乘。日已西矣。彩船凡十一, 其一奉國書, 其三三使所乘, 其五貧役所乘, 其二島主及長老所乘。而船各有旗標, 各書正、副、從一字。其色依我船員役所乘, 則書以"上上官第一船", 而第二、第三亦然。或書以"上判事第一船", 而第二船亦然。故裨將、員役從便分排分乘於員役五船之內。國書船則製述、良醫、兩寫字官陪乘。使臣船則子弟軍官及譯官一人、書記若干、下卒陪乘。大抵船制極其奇巧，板內外皆髹漆如鑑船頭。船尾雕刻龍鳳形，被以金。左右有欄檻間間設機，可存可去如意。欄之內，房之外，有一間隙地，鋪以多淡環以錦帳。周回四面，上覆以錦帳。房分二區。間有槅子，在尾者爲諸倭居，在前者爲使臣所處。而向船尾坐房之廣爲一間大屋，別設二多淡，如坐榻。槅子及左右戶皆金紙畫山水、人物、花卉，左右別有紙窗各二，推轉而取明。外有錦帳，其色斑爛。盤子皆用金彩圖畫，坐在其中眩耀不安。房後又有一小房。房之左有梯，可上樓。梯爲十餘層，高可丈餘。而蒔繪黑漆，是滑難升。梯之傍有厠，厠甚華侈如鎌刈所設。樓大如房，向船頭坐，左右及前有戶有窗。內有簾掛以金鉤，外有紫錦帳戶及盤子，皆金畫。戶楣之上，雕刻花鳥形，甚逼眞，塗以黃金。前戶之外有退。其大視戶內半之。其上架以木覆以錦，皆以金鐵爲機，可存可去。其下爲倭人所處。屋上覆以板雕作瓦甍，其色黑。樓上差高兩頭作金鯉形，頭低尾高，如將掀躍。格倭皆着斑衣黃質黑作龜紋，在船頭者八人撑篙，在船尾者十六人搖櫓。屋上六人持長楫亦撑船，船尾之左右繫金鈴以紅絲索環于屋。在船頭者時時掣之作聲以督櫓軍。櫓君爲棹謳一唱群應。似妓歌，似梵音，聲調激越凄楚，頗可聽。此則以家君所乘船，而言其餘十船各異制，不可盡記。而員役所乘尤侈，蓋國書及使臣所乘船江戶所備，其餘出各州，故互相務勝如此云。江戶所備四船皆辛卯使行時造成者，而略加修改云。曳船左右各有五隻。行舟未幾而懸燈，岸用柵築甚堅。岸上人家高大如我國鐘樓左右，而日昏難詳。觀光之人如蜂屯蟻聚，頭頭不能勝計。或駕舟倚岸，或褰簾依棟，或席地，或緣墻。雖片地皆授稅而觀光。倭通事言一間地觀光之稅當爲銀三十兩云。自河口溯而上之。行十五里，龜井橋。橋以板爲之，高六、七丈，上設欄干長數十間。諸船由橋下當中一間行恰容樓船，而有餘地岸皆石築，屋宇之宏傑非富商之家，則是列州太守之茶屋。屋傍設柵藏彩船，或韜以板。賈客之船亦多。而有檣大數圍者。行數里過船漳橋。橋女上燈燭以第宅飾彫爲多少宅，愈多火光愈明。檣上亦懸燈。大坂江水幾多分泒自河口抵此之間諸泒之自東來者以十計輻輳於此，過此橋北邊，第一分泒故河口始少向東而行過玉江橋、民野橋、道邊橋、大江橋，過此爲第七難破橋，至此則第二泒未及分，故河流差大。難波浪華，又是大坂之總名也。路之左右通別浦處，亦有橋。大坂諸橋合爲數百云。九船以次來泊。船岸亦以板爲臺爲船臺。齊自滯船處移乘小船之時，略喫午飯。而廚房下人直往大坂，上下皆不免飢餓。且夜深後日氣頗凉，而人無衾寢，又不免戰懔。金竹山曰"今日所觀可謂平生之最壯，故雖甚飢寒，亦不覺爲難堪"云。可謂眞情也。四船俱各有船艙，遂奉國書下陸。三使所乘卽有屋轎，頗似双轎，而三面懸揭紗窓，左右窓則推轉如戶。將入推窓，直後從傍乘更便鋪錦茵。杠亦烏漆光明，而太大太短爲可欠。檯杠者十二人。又有四人在後相替。前排旣序，龍亭旣發。三行以次隨之。上上官、製述、良醫乘懸轎。懸轎或稱乘物，倭音曰"老尼模老"，其中如籠，僅容一人之坐臥。左右及前皆有紗窓及紙窓，任意推轉。轎上有巨勿釘以木杠貫之。前後各二人荷之。又有五、六人隨後相遞矣。上官以下皆乘駿馬，金鞍彩鞭。鐙子木造如光屎形，用金細畫。一騎從者皆可十餘人。始入衕口，爲今橋一町目。自蓋六尺五寸爲間，六間爲一段，十段爲一町，五十町爲里。此於我國爲十里矣。每一町設一里門，夜則鎖而守之。町盡處輒成十字街，井井方方，無一參差，無一橫斜。道直如絃，屋繁如鱗。過所謂今橋町、北濱町、高麗町、淡路町、平野町、備後町，市廛步步懸燈，皆書其町名故可知矣。行五里至館。館卽西本願寺，或稱表御堂。由法堂前逶迤而入館。館甚闊而東西俱有退。退外俱有長廳。北則金壁與副館隔一壯子矣。夜已深而島主及堅長老與館伴美濃守藤原長，富加番長老，玉嶺守，英用舊例將來見云。故家君不得就寢以待冠服之來。而冠服所載船終未覓得。東方向曙，島主及諸人不得已退去。館伴邑治在和泉州。其先祖爲乙未信使館伴，其後連爲館伴，凡六接信使云。字伯潤，號茅亭，食五萬三千石云。

加番長老，號玉嶺，字守英，居倭京慧日山東福寺。不二庵。壬戌以前則加番長老例往馬島護行，故禮曹書契有"護涉滄溟"，語至今仍用，而辛卯加番長老身死替來，來迎於大坂，故後仍爲例。

大坂屬畿內道攝津州，嘗爲秀吉所都。秀賴亡後爲關白藏入日本之三大都會，卽大坂、倭京、江戶也。西南阻海，東北帶河。南北二十里，東西三十里之間閭閻無空地。或云二十萬戶，或云三十萬戶。亭臺、園林、市廛、寺刹之盛皆不可盡記。所謂御城在東北。有城代一人，城番二人，加番四人，番頭二人，大番二百人在城內。又町奉行二人，船奉行一人，皆自江戶差來，蓋以爲關白藏入地也。

二十二日。

强德往見法堂。棟樑柱楣皆龜紋槐木爲之。其大可連抱，合爲四百六十餘間。棟楹皆鍍金，楣榱刻花鳥形。廳板皆用髹漆，屋簷皆有銅管，以受簷溜。堂榮四面遍設罘罳，窓戶彫刻俱極精妙。皇極殿，余曾見之高大雖過於此，而其精妙瑰奇則必讓於此。以使行登陸島主書契，故封狀啓.[1] 夕後三使臣具時服出往享所。受熟供。節次甚繁，盃盤甚多，而無可近口者。宴後館伴與町奉行二人【久松筑前守菅原定卿，小濱周防守平隆品。】請見于使臣。着風折巾至楹外使臣迎揖，至坐再揖而坐接。

有少年一倭人，爲人白皙加愛。遂以筆語問其姓名及年歲、居住。答曰："姓二宅，名紹華，號蘭陵，以和泉州記室，隨太守而來伴接賓館。"余曰："大板卽攝津州地，而自和泉州當其伴接何故?" 答曰："自江戶命之，不必拘於地之遠近也。" 余曰："日供等物自何辨備?" 答曰："自江戶來，" 余曰："尊之所讀爲幾何。" 答曰："≪小學≫及四書三經。" 余曰："日本人自幾歲始讀書?" 答曰："自五六歲始讀。" 余曰："先讀何書?" 答曰:

---

1 以使行登陸島主書契，故封狀啓. : 書尾에 기록된 부분이다.

"先讀≪小學≫。" 余曰: "次讀何書?" 答曰: "次讀≪大學≫、≪論語≫、≪孟子≫、≪中庸≫, 次讀三經。" 余曰: "朱子曰'做人底樣子不由≪小學≫不可爲人'我國則人生八歲皆入≪小學≫, 自灑掃應對之節皆一依≪小學≫而行之。今聞貴國先敎≪小學≫極可喜也。能行≪小學≫之敎, 而不成徒讀也。" 遂低頭默默。頗有難對之色。良久曰: "日本亦家讀戶誦。" 余曰: "家讀戶誦雖可敬服, 而若徒讀而不能行, 則是書自書, 我自我, 讀之何益? 聖謨賢訓雖不能一一遵行, 何事何敎能行於日本耶? 竊願聞之。" 答曰: "方有公務, 請辭。" 遂起去。似以其言難對而然。

紀伊大納言源宗直呈鹽鯨【重三千兩】、鹽鹿【重二千兩】。宗直卽代舊關白爲紀伊太守者, 而乃三宗室之一也。治在和哥山, 食五十五萬五千石云。

大坂文士四、五人來與詞客酬唱。上月信敬【字丹藏, 號鶴洲】者問曰 "陽村≪入學圖說≫、晦齋≪九經衍義≫、退溪≪擊蒙要訣≫、≪啓蒙補要解≫, 其後又有何人著書衛道耶?"云。≪啓蒙補要解≫必是誤聞也。

衾褥四百四十七件自江戶造送, 遍及一行。而皆是錦紬, 中下官則獨木綿布。大抵不及於歷站所見, 以馬島人之防納故也。又呈蚊帳, 亦遍及一行。但其數差少, 二人或三人竝受。其制比鎌刈所設無異, 而差劣矣。蓋此處蚊蟲甚多, 非此則實難經夏云。

在京時得見日本人伊藤維楨所撰≪童子問≫。其書全以詆誣程朱, 譸張異見爲主。自謂孔孟以後獨得聖學心法。抵此, 因譯輩求見其所著述。得≪論語古義≫、≪語孟字義≫。所謂≪古義≫卽自立已見, 逐章釋註者也。≪字義≫卽以心性情四端七情誠敬等字, 逐字論卞者也。絶海蠻兒坐於愚昧侮毁前賢至此, 良足良憐。此外亦多有撰述云。而姑未得見。

有二小兒觀光於館外, 故招見。大者爲十二歲, 小者爲八歲, 爲人白晳, 動止安詳。謂方讀≪小學≫, 自懷中出小箋乞數字。書給則攢手稱謝。又給藥果而送之。蓋倭兒多有淸淸麗可愛者。而及其剃髮無足可觀。蓋傷於色火而然，還可哀也。

與柳書記逍遙於法堂，適見仁則輩與三宅紹華陶國興【號石屛】、安井屬玉【號綠洲】，諸人筆談唱酬。余亦與之筆話。余問曰："日本人所纂述有羽翼程、朱書否?" 答曰："惕齋仲先生著述甚富，朱子爲學要言≪講學筆記≫、≪追遠疎節≫、≪愼終疎節≫、≪四書鈔記≫等書。" 余問山闇齋、木順庵、淺見絅齋、貝原篤信，高下之論。答曰："山、淺二先生質勝，木先生實行文章冠于一時，貝先生惟愽耳。皆一世之豪傑，非僕之所可妄論。" 余問順庵遺稿。答曰："有≪錦里文稿≫而藏家未行。" 余問朝鮮書籍多入梓於日本云然否。答曰："≪退溪≫、≪栗谷集≫、≪懲毖錄≫。"

忽聞館外有紛沓喧聒之聲。小童輩來告曰："中官廳失火。" 余與諸人往見之。其救火之具、救火之法，俱極神妙，亦一奇觀。館伴身着黃鹿皮長衣，頭戴鐵冒。冒四面垂五色鹿皮如鱗。泉州人及火禁徒從人凡數百人，或氈衣，或皮服，頭着小笠如我國方笠而黑桼。此皆救火之服也。一時列梯，亟其乘屋，以鐵鉤撤去簷壁。在庭者以小桶盛水絡屬投之，在屋者受而注之。雷厲風飛不容呼吸，得免延燒，可幸也。蓋禁火之具、禁火之法， 雖使火勢熾張加之以猛風保無憂矣。蓋聞上房火炮軍金福再除出行中所用火藥以兩石磨之，忽然火起，面額赤爛必不免云，可慘。還送船所使之治療。仍步至法堂，望見館門外，累千人皆持黑旗書以某町幾丁目，一旗各有人足十餘名，而皆着黑笠皮服。各有部隊，俄頃之間能聚軍如此。其整齊火止之後，亦不卽散，方欲點考云。其每事神速嚴密皆此類。裁判源如長送八種戱具於余。日影一小，僅半寸。輪圖一圍，如筆管。目鑑一穿，孔於小木板，板內外傳琉璃，着眼空中，五彩玲瓏。紙押一，以白鑞造，如四面筯，長僅四、五寸，卽書枎。耳拔一，以鹿角造，卽挑耳者。畫囊一，以鹿皮造，用五彩畫繡。硯匣一硯及筆墨，皆至小。墨匣一，盛五色墨。余只受硯匣、墨匣，餘皆還之。

二十七日。

夕飛船忽至，得京書。書出堇爲二十日，而能到於四千里海外異國，殊覺神奇。

平方泰呈地黃酒及羊羹一錠【形如中桂，而味如煎藥。色甚黑。】、味噌【卽甘醬】

三十日。

裁京書，付於飛船便。

島主、兩長老來現。三使服時服出享廳而接之。加番長老者，身短面癯，望之不似人形，極爲怪駭矣。

陸路發後，乘馬一節易致紛擾，以紙印字成貼分給各人與馬夫，使之相準。渠輩亦以小木牌烙印上、中等字，以納矣。上馬凡七十匹，上房二十六，副房二十四，三房二十。中馬凡一百七十匹，上房六十一，副房五十九，三房五十。乘馬凡一百四匹，上房三十八，副房及三房各三十三。載馬凡二百四十匹，上房九十三，副房七十二，三房六十六，餘者九匹又分之三行。蓋上次官及小童使奴子乘上馬，中官皆乘中馬，下官皆乘乘馬，而下官之爲旗手者亦騎中馬云。載馬卽卜馬也。

禮單等物皆出給馬島人，使之運去到江戶後來納云。禮單等物亦盛於長持，倭音曰"卽可冒枝"也。以木板造之如籠，其長一杷餘 其高二尺，其廣亦然。兩頭有巨物。釘以長杠，貫之前後。各二人荷之云。三使前及三首譯許亦有長持，俾盛枕席云。

隨槎日錄 卷中

五月初一日。自大坂離發，乘彩船，次平方。宿船上。五十里。

未明奉兩龍亭發行。前後陪如來時。觀光者比來時尤盛。女人所着所服不一，其制或以方紬掩頂，或以綿子裹頭，或如我國纓帽，或如我國唐帽，或紅或青，或繡或畫，如袞龍袍者有之，如長襖子者有之。以次列坐，寂無喧聲，孩提之童若或啼泣，則輒以手塞口，使不敢出聲。若或指點則亦必繫手，使不得雜亂，可見風俗之尙嚴也。市廛皆有板額，而藥舖則，或標以十全大補湯，或補中益氣湯，或列書數三藥名，莫知其故也。至船艙後乘彩船。留船沙格輩來別，爲之悵然。諸船以次解纜而行。曳船諸郎亦如來時。過天神橋、天滿橋，此是大坂大橋。與來時所過難波橋，竝稱爲三大橋云。橋皆三十餘架，架皆能通舟檝，可知其大也。右岸有所謂御城譙樓三四，高入雲霄，望極壯麗。自此臨水栧臺縹緲奇絶，不似煙火人所居。聖章欣然而笑曰："若使吾輩意外漂船到此境界，則必以此等宮室認以爲銀臺金闕。" 其言極有理矣。每船各有曳軍百餘名，村村交遞，而水邊作竹圍，拘置曳軍及船，到而放出。旗面各書村名。一齊用力，喧噪而運舟，從深處而行。故左則在左者曳之，右則在右者曳之。夜深始泊平方。

初二日。自平方發船，至淀浦登陸，次倭京。凡七十五里。

永井近江守，食三萬六千石者，呈杉重，分給棹夫。渡邊民部以站官隨來，呈大折一合、杉重一組，而以關白意來呈故無單子。日出時叢船。遠山圍之如屛。行五十里爲淀浦，地屬山城州，卽稻葉丹後守越知正甫邑治，食十五萬石云。府城臨江，引水爲壕。累層譙樓處處聳出，粉壁耀日亦一雄府也。城外江中有二處水車，一大一小而狀如繅車。作數十輻，前後輻之間，續以幾多小木，每於近輻處隔二輻細織，如扉所以激水也。間二輻懸一小桶，隨輻之循環而酌水。其上別設一架以備掛桶，桶至于此，倒而注水。又置大木桶於其下以受水。自其桶橫筧竹，水至于城內。蓋水車一轉而十餘桶皆一次注水，不過費了霎時矣。舟泊奉國書下陸。蓋自此爲陸路也。過一大橋行百餘步，【皆乘鞍馬.】入所館。館舍直臨壕水，粉堞逶迤，頗覺爽然。戶內置花樽，竝揷菊花紅白花三色及蘭花灼灼者。春蘭秋菊之同開於炎天, 極可異也。午飯後島主先發, 其前陪後從可累千人。使行三吹發行。用舊例, 三使臣及員役皆着紅團領, 以其將過倭京也。閭里市肆相接不絶, 路畔多有竹田。輒楺之爲笆子, 形制極整齊。村邊結竹爲欄, 觀光之人不敢攙出欄外。東望十里許有所謂伏見城, 卽昔日秀吉所據也。行二十里, 依舊例暫歷實相寺。左有五層佛塔。此是東寺云。及入都中, 閭里之櫛比、市廛之廣闊、里町之整齊、道路之平直、觀光之繁盛, 比大坂倍蓰。而但宮室之侈靡、衣服之華麗似爲少遜, 以町人之興利、商賈之輻輳, 不及大坂故也。時聞市廛之間鐵聲錚然, 蓋禁徒輩持鐵杖, 杖頭掛鐵環, 以杖擊地作爲此聲, 亦警夜之具也。過數十町門至所館。館卽國本寺。屋制宏麗, 可千餘間。館後有五層寺樓, 亦如東寺。所在西京尹來見。三使出迎於楹外。島主迎於軒下, 從夾門出入, 俯伏於前, 奔走傳語, 作一象譯之事, 而進退極輕捷。京尹卽投野備後守源貞通, 着一角帽, 爲人安詳。此非世襲, 極捧於太守而差送, 位與執政等云。館伴松平美濃守源信卿來見, 着風折巾, 爲人淸秀, 擧心敬謹。站官三井下總守平良龍、永井丹波守大江直之【二人卽町奉行.】來見, 接之如見館伴儀。京尹呈昆布一箱、蕨樽一荷, 館伴呈蓧粽五百把, 如我國拳貌, 裹竹葉以蒸足可食。

進熟供於大廳, 饌品之不可食。花床之奇巧、進品之繁數, 與大坂無異。撤床後島主始還歸私次云。三首譯則受供於大廳, 上官則又受之於他所。

倭京或稱西京。北有愛宕山, 雄崎奇拔, 是爲鎭山。地屬山城州, 卽倭皇所都也。倭皇始都大和州, 後移長門州。自桓武天皇移都于此, 已千有餘年矣。自四五百年前, 權歸關白, 徒擁虛位。俗談以无所事者稱倭皇者此也。只以年號曆書頒行國中, 凡有除職誥章圖署, 必用倭皇之璽。故除職者不爲肅謝, 代獻寶貨以需日用。又以畿內之地作湯邑, 爲自奉之具。必以子女中最長者嗣位, 故多有女皇帝, 其餘爲僧爲尼。

蓋至尊無與爲耦故也。曾聞我國使行之過此，倭皇必觀光，未知今亦如之否也。

初三日。自倭京發行。中火大津，仍爲留宿。三十里。

辰時發行。觀光者尤盛於來時，面皮成帷、群頭如蜂。市廛之中或有持紙筆以記使行之威儀者，或有以前日使行印本披閱者。在大坂時，以行中排立次第，書給於馬島人，亦多有以此考訂而見之者，可知其俗之精密。行幾十五里，倭京始盡而爲山谷之徑。村舍間間有之治道，雖不闊而極爲平坦。左右必有小築，淨覆莎艸，頗似墳土龍尾之長而大者。路左有墩臺，植以槐檜，卽所謂里塚。一里有一塚，如我國堠亭，而一里卽我國十里也。是則塚形，亦似墳墓之高而大者。蓋倭人本無封墳之事，而今於治道之制獨用墳土與龍尾之形，還可笑也。日本大道則皆如此云。每於村邊必立石碑，或刻南無阿彌陀佛，或刻妙法蓮華經。雖至殘至小之村，社亦皆有之。若大村則又有數三碑。神寺佛堂亦在在皆然。倭俗之尙佛尙鬼如此矣。到大津所館，卽妙光山本長寺，而甚狹隘矣。大津屬近江州，而亦關白藏入故。站官，青山因幡守豊原忠知，食五萬石者，呈饌品一累筐。自此各站皆有所呈矣。

初四日。次森山。五十里。

午後發行，未及三四里，已見湖水。浩淼於路左，不問可知其爲琵琶湖也。或稱近江湖，以其在近江州也。湖東西七十里，南北三百里，其形似琵琶故名。俗傳千餘年前近江州地陷爲琵琶湖，駿河州山湧爲富士山，事甚荒唐矣。湖岸諸峯不峻不巃。松橘雲烔澹宕如畫，水波清澹，俯可以鑑面觀魚。言其廣闊則如海，言其水色則如鏡。繞以蒼山翠壁，商舶之掛帆者自往自來泛泛中流，與鷗鷺相親相近，眞仙區也。過膳所城， 卽本多主膳正藤原康敏邑治。城府村閭亦爲壯麗。層樓粉壁直臨湖水，引湖爲壕。景致絶勝，實欲下轎逍遙，而不可得也。行二十餘里，至新田村。傍馬島人請暫憩茶屋。蓋爲使行新設也。遂下轎。膳所太守送奉行呈酒菓餠茶，分給轎夫。左右路傍連有長松，少無間斷。上則兩邊條葉相爲交錯，便成一樹，雖當盛暑，綠陰重重、淸風颯颯，銷得炎程行役之苦。此爲使行而設，故最少者已亥所植，稍小者辛卯所植。壬戌乙未所植亦可分別。自此抵江戶皆如此云。今年亦有所新栽者矣。至綣村，日暮燈明。見林間，螢火無數作塊作隊，其光如炬。牽夫從五六箇來示。蓋聞此處螢火名於國中云。燈下行幾十五里，始至森山。館於東林寺。站官，石川主殿頭源總度，食六萬石者，呈杉重。登陸後沿路若過島主所館，馬島人輒呵禁使行行中人，使之下馬。使臣自引以辱國，屢次往復。島主送人言"犯罪者二人勘以重律"云。問其律名，則曰"召放"，卽減死之罰也。日本本無笞杖之法，重罪則斬，稍重者則召放，不復收用，至子至孫不得爲官人云。未知其言之果然否也。

行次排立次序，在大坂時作一件記。使各房都訓導檢飭使勿亂次，蓋淸道旗三雙在前而雙雙分立。纛一雙次之。形名旗一雙、砲手一雙次之。都訓導一人居中。偃月刀一雙、長槍三雙、三枝槍三雙次之。三穴手一名居中。錚手一雙、喇叭三雙、螺角三雙、太平嘯三雙、銅鼓一雙、點子一雙、馬上鼓二雙、砲一雙、羅將一雙、馬上才一雙、別破陣一雙、軍官四雙、鼓一雙、又鼓一名杖鼓一名爲一雙、杖鼓又一雙、琵三雙、嵇琴一雙、笛一名及嵇琴一名爲一雙、典樂一雙、羅將一雙、都訓導一人、錚手一名、三穴手一名，皆居中次奉龍亭。寫字官一雙、陪行印陪羅將一雙、印信馬居中。印陪通引次之。巡視一雙、令旗一雙、節鉞一雙、小童一雙、羅將一雙，日傘陪居中，正使行次當中而行。及唱房子各一人、左右侍立子弟軍官一員、譯官一員、中房奴子小通事各一人居中。巡視一雙、令旗一雙、節鉞一雙、小童二雙、羅將一雙，日傘陪居中，副使行次當中而行。及唱房子各一人、左右侍立子弟軍官一員、陪譯一員、中房奴子小通事各一人居中。巡視一雙、令旗一雙、小童二雙、羅將一雙，日傘陪居中，從使行次當中而行。子弟軍官一員、陪譯一員、中房奴子小通事各一人居中。都訓導三穴手各一人爲一雙。堂譯三員。製述官、書記、良醫、醫員、畫員、上判事、次上判事、押物通事、次官、中官、下官，皆以次序立。各房日供官各一員、乾糧官各一員、小通事各一人、五日庫子各一人、廚房所屬下人領卜。中下官皆先往前站。倭人護行者則裁判一人，在淸道旗之前。一人在上次官之後。奉行在最後。禁徒各二雙，在兩龍亭之前及各房轎子之前。此則皆馬島人也。至於各站，禁徒或有一雙，或有二雙矣。日傘陪各一人、前陪羅將各一雙，及唱房子各一人、前陪禁徒外，皆騎馬。故羅將則相遽。及唱房子或借乘小通事之馬矣。島主及兩長老所率、各站支應官之所率，不知其爲幾千萬人。雖至遠之站，在前頭者已入前站，而在最後者猶未發於後站云。自前使行則三絃只有一牌，序次亦不分明。今則三絃至於三牌，序次亦極分明。倭通事曰"行次規模之整齊嚴飭，非前日使行所可比"云。

凡入站之後，上房兵房軍官以軍令版受出。翌日發行軍令小童，遍示於副三房及行中諸人。馬島護行人亦通告於其太守及長老。翌日初吹後島主長老先發。再吹後前陪以次發行。三吹後寫字官二員拜告曰："奉國書." 彼人【稱以儒生。】乃擎奉龍亭而出。三使隨後，至大廳鞠躬祗送。遂以次發行。三房各有上轎砲。行次轎軍三十餘人交遞上馬。皆金鞍繡勒錦韉氈韂，障泥或靑或紅。而以金細畫磴子，以木造成，或塗金或塗銀。自鞍後至尻，被以紫絲細網。有左右牽夫，須臾不捨。從人凡九人，一曰若黨，佩兩劒董飭。從人皆能識字，又能伶俐。其一持大雨傘，其一持小雨傘。其一荷雨具之盛於簦擔者，其一荷渠輩之雨具。其一持瓢子，其一持燈籠，其二持韂中馬。從人凡八人，比上馬但無若黨。無論上中馬皆斷鬣。余笑曰："旣斷渠髮，又斷馬鬣，馬若有知，必恨生於蠻夷之國也." 且馬蹄無着鐵之法，着以藁鞋，十餘里之內必一易，有妨於疾行。雨則以網括驄，使不得着泥。蓋不知禦馬之法，馬或驚逸，輒皆瞠目而走。雖駿馬不能善走，無異於我國卜馬。彼人之以我國馬上才稱以天下妙技良有以也。若過橋梁城府境界之時，則禁徒三四人或十餘人下廳祗迎國書。使行過時亦然。抵站使行館所，書以"三大使下處"，或曰"三官使旅次"、或曰"三使御宿"，不一其例。上官次官以下皆有標識。島主所館則曰"宗對馬守宿"，長老則曰"堅長老宿"、"英長老宿"。以至下倭所宿亦皆有處。而通事輩所宿，書曰"某樣御宿"，可笑。前陪之先爲入館者，皆以次排立，國書至則祗迎，有下轎砲。從事行次入館後，始止吹打及三絃。

初五日。中火八幡山。【四十里】。宿彦根城。【五十里】。凡九十里。

卯時發行松陰之間。且令張傘，足可忘暑。至於奴僕，亦皆如是，可謂猥濫。田隴輒皆栽樹，雖曠野畎畝，百卉葱茂，望若長林深藪。此亦無溫磢之效也。治田之制極爲整齊方正，頗有古規。或纔播種，或已移秧。麥田多有未及刈者，渡頭野色或青或黃。行四十里爲八幡山，館宇金臺寺。地屬近江州。

站官，松平能登守源乘溫，食三萬石者，呈杉重。

井伊掃部頭藤原直定，食三十萬石者，呈杉重。直定卽直孝之曾孫也，直孝以關白家康外孫。當調興之構毁我國，關白欲絶約興兵，直孝宣力抵於無事。故直定之兄直惟以太守當已亥使行別致疑意者此也。其治在彦根城。吾行當宿其處，而先站送此者，亦厚待之意也。

飯後踰一小嶺。嶺下有湖，卽琵琶湖之一曲也。行三十餘里，暫憩茶屋而發。大抵數十里或十里之間，輒設一屋。本倅送奉行守之，以茶果置之。使行至則群倭固請下轎，許則忻喜雀躍躍。不許奔走轎前，酌茶勸進，必欲少飲。茶屋則或三四間或十餘間，而皆極精潔可坐。溷室亦處處新設，書揭厠字。或曰"朝鮮人野雪隱"，野雪隱卽日本厠室之俗誤也。所經村閭，一戶輒置一水桶，使下輩解渴矣。轉一區忽見紛堞懸於半空，卽佐和山，一名彦根城，亦近江州地也。閭里之櫛比、樓臺之宏傑、市廛之繁華，亞於大坂。酉時入城就館。館卽宗安寺，屋制甚壯.

初六日。中火今次。【三十五里】。宿大垣。【七十里】。凡一百五里。

卯時發行，踰折通坂，又踰摺針嶺。其高高於折通矣。嶺上有亭，扁以望湖堂。又過一小嶺，至醒井村。裁判請暫憩松平美濃守茶屋。本守已整待茶果。屋後引石泉爲方池，四面以怪石亂築之。昔倭皇之子武尊東征而還，到膽吹山中蛇毒煩悶如醉，飮此泉得醒故名焉。卽發度栢原村，寢勿語村。至今次所館，卽村人伊藤五郞次之家。而居此已六世，六作信使館所云。家後築石作假山，狀頗奇古。

飯後卽發，過野上村、田留村、垂井等村，日暮至大垣。市肆繁華，不下彦根城。館外有浮橋。館舍卽全昌寺花林院，制極宏傑。自今次爲美濃州地。

今日所行爲一百五里，而閭里無久斷處，合以計之則無村之地菫爲二十餘里矣。神堂佛寺去去益繁。若値深林淸溪之精爲精潔處，則輒立石門，扁曰"八幡宮大明神"、或曰"住吉祠"、或曰"龍王宮、或曰"天神祠"。蒼松脩竹之間，時聞寺僧錚錚然擊鉢之聲，亦一景致也。或有數三沙彌負佛龕啓置於路傍，擊磬念佛求施於人。其"南無阿彌陀佛"六字分明是我國音，故怪而問之。蓋日本佛法自新羅流入，仍用新羅音云。

倭人之男女，僧俗無別。男倭放溺於女倭之前，而女亦不爲回避。行中從倭或掬沙投面以手拍肩，戱謔無所不至，而當之者晏如或爲忻然而笑，蠻夷之俗何足道也。童子則箇箇了了，眉目瑩然，儀容端的。年少沙彌之俊秀端肅白晳如玉雪者多有之。蓋日本官制皆是世襲，獨於僧官擇人才而進用，故凡民之有才有藝者擧皆爲僧云。

太守，戶田采女正民英，食十萬石者，呈杉重。

初七日。中火起川村。【四十五里】。宿鳴護屋。【四十五里】。凡九十里。

行十里爲佐渡川。川廣累百步，橫列百餘船。船上鋪板，治板甚精，平直如砥。兩岸植連抱之柱十餘本，維以鐵索及藁索，鐵之大如腿，藁之大如股。又設轆轤於岸上，若値水漲，可任意高低也。至墨股村，尾張奉行呈杉重，請休茶屋。暫憩卽行，過墨股川浮橋。橋之廣加於佐渡。又過起川浮橋，方舟至於三百隻，鐵索尤大，其費爲萬餘金云。橋之左右觀光之船殆過累百，沙場多有卸懸轎。垂錦箔而觀者，此皆貴家女人云。近日所經，莫非平原曠野，到頭皆是沃田膏土。而男役女游，如我國六鎭之俗。至起村館舍，新築亦侈。

尾張太守呈杉重，卽三宗室之一也。

午飯卽行。行二十里，小憩茶屋。僅行十里，燈導穿過閭里，至鳴護屋。村中燈尤多，以如甕之燈籠爇。如臂之大煒，大書尾字，列立馬首。市廛第宅之宏麗亞於倭京。行數十里，始入館所。村閭之盛，實我國之所無也。館卽性高院，亦是傑構。地屬尾張州，卽太守邑治也。

初八日。中火鳴海。【三十里】。宿岡崎。【五十里】。凡八十里。

冒雨發行。一行上下皆有雨具。油衫則以方紬縫作，染以青色如渠輩衣制。鞍赤則制如我國，而亦以方紬爲之。行十五里而村閭猶未盡。左邊有所謂熱田宮。長垣高樓廣囿深林多費人力。俗傳是蓬萊山徐市下船於此，而漆書尙在此宮云。蓬萊山一名熊野山。至鳴海【屬尾張】入館，館卽村家，不甚廣闊。促飯發行，二十里暫入河野村新建茶屋。聞鷄入岡崎館，風雨猶未止矣。行中着冠諸人尤爲良貝，而員役皆着其奴子之戰笠。奴子則着倭人之所謂加沙者，如我國方笠而差少。

岡崎太守，水野監物源忠辰，食六萬石者，呈杉重。

初九日。以雨留岡崎。

中路迎接使者，自江戶來請見，而馬島人備錦紋方席。四坐列鋪房中，而使者席必欲與正使席相對，量其分寸着以銅釘，使不得移動。使者至，三使以黑團領出楹外迎揖，至座再揖而坐。島主隅坐俯伏，兩長老亦俯伏於退廳矣。使者令島主傳關白之言曰"使臣遠涉行履平安"云，"不勝喜華，玆送使者，奉探安信." 三使離席而聽，以例語答之。行蔘茶而罷。使者卽朝散大夫備中守三枝守縣，年二十五。

初十日。中火赤坂。【四十里】。宿吉田。【三十里】。凡七十里。

食而登程。自此村閭，太半是蔀屋甕牖。生涯蕭索。村女作餠乞買丐人，遍道菜色滿。顧此爲峽中而然耶？抑經飢饉而然耶？連從深谷而行，行四十里至赤坂，卽三河州之寶飯郡。館卽茶屋也。站官，土井伊豫州源利信，食三萬石者，自外門候呈杉重。

午飯而行，過吉田橋。地屬三河州，松平豊後守邑治。城臨江水，譙樓縹渺，亦可謂名邑。所館卽孤峯山悟眞寺。太守呈杉重。

十一日。中火荒井。【五十里】。宿濱松。【四十里】。凡九十里。

行數十餘里，踰白須賀。南臨大海，蒼松白沙交暎左右，商船漁舟往來，遠近景致甚佳。前人皆於此嶺得見富士山，而今則雲靄微茫，不能入眼可嘆。至荒井，豊後守又呈杉重。

飯而發，至金絶河，自館可百餘步。聞昔年丙子，我國使臣金東溟世濂，以關白所贈金投於此河故名云。吉田奉行已整待舟檝。國書船三使船有房有欄，全體髹漆。又有小船四百餘隻。河廣十五里，隄岸處皆以竹籠之如竹夫人者，實水磨石積置隄防。登岸，人馬皆替來，而勝於前矣。夕抵濱松。地屬遠江州敷智郡，卽松平伊豆州藤信復食七萬石者邑治。太守呈杉重。館所卽民家，而精潔可愛。置碁局之新造者，其厚幾近一尺，故無丁丁之聲，日本之碁局皆如此云。又有如奕者。

倭通事忽來，告於行中諸人曰："路傍有被人剕腹而死者。" 其刃深入，而不傷筋骨不流點血，可見劍術之善。請同往見之而少無惻怛之意，可知其天性之毒也。且問被殺之由。答曰"以數貫錢相爭至此"云。

十二日。中火見付【四十里】。宿掛川。【四十里】。凡八十里。

行過天龍川， 川甚廣。浮橋之堅緻與前無異。左右長岸皆以竹籠防築, 非獨此處, 凡堤堰之處皆用此法。至見付, 地屬遠江州豊後郡。所館卽濱松太守之茶屋也。

飯後發行, 踰三野坂抵掛川, 一名懸川。地屬遠江州, 太田攝津守邑治。太守源資俊, 食五萬三千石者, 呈杉重。館卽太守之茶屋。

十三日。留掛川。

自金谷至藤枝之間, 有大井川。水勢悍急, 且甚廣闊。旣不得行舟, 又不得作橋。自前使行時, 以木架戴轎子及行中諸人而涉。故水漲之時無以濟之。初八日大雨之後, 川水過腰, 無路作行。

十四日。川水不減, 不得發行。

往製述書記所見已亥文客與以酊菴長老性湛酬唱者≪星槎答響≫、≪星槎餘響≫二冊, 諸作皆不免草卒。聖章笑曰: "君每以吾輩與彼人酬唱諸作笑其草卒。今見此集則果如何。" 余曰: "眞所謂非今斯今者也。" 相與大笑。

十五日。中火金谷【三十五里】。宿藤枝【三十里】。凡六十五里。

踰西坂嶺, 嶺路頗峻。到此富士山始分明露形, 一朶芙蓉高入中天。路傍有賣餠之所。從倭買以獻之, 故斥退之, 而亦可見人情也。蓋聞各邑給價於從人, 使之買供餠菓。且備南草之具, 時時燃草而上之。至金谷。地屬遠江州。攝津守源資俊又呈杉重。館卽村家。午飯而行。行未數里爲大井川。川邊有新造架子五坐, 兩龍亭及三使臣所乘也。略倣轎子之制而甚大, 可容轎子。四面設欄, 安屋轎於其上, 各使越川軍累十擔荷以濟。擔軍之數合爲數千, 又有小架子數十部。諸人以次乘涉水。纔過胸而灘勢甚急。上流多設竹籠木柵以障其勢, 而若值小漲則似難過涉。及抵藤枝, 日勢猶高矣。館卽町人之家。地屬駿河州。田中太守本多伯耆守藤原正珍食四萬石者邑治也。太守, 方以執政左江戶，送人呈杉重。

十六日。中火駿河州【五十里】。宿江尻【二十五里】。凡七十五里。

踰宇津岺，岺路甚峻，登陸後最高之嶺。嶺下溪澗蕭爽，樹陰蔥鬱，蟬聲淸越。渡安部川，視大井差小，而涉水之具與大井無異，沙場未盡，而已爲駿河州府中。過五里餘始有館。館卽寶泰寺，乃家康願堂也。屋制軒豁，庭除廣闊，百卉咸華於墻垣之下，小島兀然於池沼之中。小瀑石橋極爲淸爽，奇花異草不可勝記。此輩之處處粧點花卉，如是精潔，到處皆然。雖篰屋甕牖朝不謀夕者，亦皆有一土一木之奇，而必用人巧而作之無一物，遂其本生之性，蓋其習俗然也。家康始都於此，移都之後仍爲藏入之地，置城代奉行如大坂。三房各有支待官。上房則大和守菅原利理，食一萬石者，支待呈杉重。

飯後過一橋，次江尻。館又是町人之家。直臨江水，舟檝往來，蘇鐵十餘本列立，一庭皆爲奇古，甚覺有趣。地亦屬駿河州盧原郡。江戶支待官，鍋島攝津守藤原直恒，食五萬二千石者，呈杉重。

十七日。中火吉原【七十里】。宿三島【五十里】。凡一百二十里。

行二十里，歷臨淸見寺。寺前大海粘天無際，寺後峯巒入雲蒼然，有一道懸瀑，高可五六丈，名曰九曲泉。有所請覇王草者，無枝條，其葉似牛舌而色靑。葉上有葉，其上又有葉，遂成十餘節。又方開花，色黃如菼，花形極詭異。法堂之前有一盤梅，枝條繁茂，布滿一處。高不過半丈，視之若平床焉。寺額題以諸佛宅，卽朴螺山安期筆也。丁未三使呂祐吉、慶暹、丁好寬各以一絶揭板。古人以此寺比諸洛山寺，果非虛也。過游井神原等村，大海在左接天無涯。崖路峻急，人馬喘喘，不能速行。恰似通川之甕川矣。至比村，少憩茶屋。屋前屋後花草成林，庭中引水爲溪，屈折屢曲如流觴曲水。簷底有井，坐軒而汲之。屋主卽鍛鐵匠。倭俗之崇尙花卉粧點泉石，於此可見。飮茶解渴而行。過一浮橋，卽富士川也。抵午館，館卽毛利甲斐守大江匡敬食五萬石者茶屋也。太守呈杉重。地屬駿河州吉原郡。

午後發行，過原村、沼津村、新宿村。日暮明燈，穿過闤闠，殆數十里始抵三島，夜已深矣。館卽町人之家。站官，加藤出羽守藤原泰衜食六萬石者，躬來問候呈杉重。其治在伊豫州大洲城。三島，地屬伊豆州，卽古關東將軍源賴朝竄黜處，起兵於江戶遂據。江戶亦關白藏入之所也。

今日之行周遶富士之下，詳見其全體。在吉原之館，館面直當山面，分明眺覽。山頭白色，明是白雪之白，決非白石之白、白土之白、白苔之白也。前人斷定以雪色者果然矣。然以理推之，則山在海外炎荒之地，高不過百里，而夏雪常白，山南山北其色皆同，亦無半消之痕，必是理外之理。外且我國之山高於此山亦多有之，而未聞山頂當陽之處保雪色於極熱之天。金剛之白雖如白雪，而實則白苔之白也。白頭之白雖如白雪，而實亦白土之白也。余曾於四月晦間入金剛，則毘盧、望高之間尙有積雪深猶過丈，而皆是洞壑深邃之處也。若其山脊向陽之地，則初無片雪之留存者。以此推之，山頂山陽之當炎節而有皓然雪色者，豈其理也哉。大抵天海間浩滿磅礴之氣凝之於絶海，出日之隅鍾爲此山，氣象奇特根據確偉，有至冷者存焉、有至剛者存焉，雖當夏而當陽，不足爲輕重而然耶？吾行自在五百里之外千山之間，而此山竦出半天，望之愈高。箱根嶺之高爲四十里，而登其嶺而視之，其高自如眞奇山也。國俗以六月初一日呑氷爲一年却暑之方，而唯此山有夏氷，故取供於倭皇及關白，而其餘則作餠爲氷形呑之云。採氷者必齋滿一旬，然後乃無災殃，而唯琵琶湖近處，人雖齋一日，保無失足之患。蓋此山本以湖中沙土聚故云。其好怪如此。山在駿河，且連相模伊豆兩州界。高百里，只是一峰秀，出雲表頂如覆甕，而其形如將開之白蓮花，四面如花蘂欲縱之痕。諺云所謂“寶永丁亥年間天火燒山，烟焰漲天，不見日月者十餘日，忽有一峯湧出”。山側如人之聳肩，行人謂之肩峰, 仍名寶永峰。譯官李碩隣壬戌使行隨來時, 則曾無傍岀, 辛卯隨來時始見之云。其說果不虛, 而所謂肩峰不甚分明, 略有界限而已。必是頹缺而然也。聞日本諸山皆以此山作爲祖宗, 一支由磨針嶺爲南海道諸山, 一支爲倭京鎭山, 分爲山陽道諸山。以余所見言之, 則山之兩麓直走百餘里, 雖無峰巒蜿蛇之狀, 恰似人之張臂, 極爲雄壯。山之東麓爲箱根嶺。山腰色靑乃松杉緜竹, 而其上無草木, 只有雪色。沿路大井川、富士川、駿河川皆發源於此山。泒流甚長, 水色皆白濁矣。山之前後無岩谷之出邃、峯嶂之蔽遮, 特立傑出, 自根至頂似可歷歷見之。而常有雲氣橫於山腰, 或捲或舒, 無乃山無障阻, 反使雲氣作爲支流耶。雖或露出眞面, 近處雲氣終不盡散。余笑曰: "此是靈山在於蠻夷之鄕, 得見吾輩反多若媿之意。故令雲藹半掩其面矣。" 聖章曰: "不然。倭言此山常有雲氣, 得見全面極罕云。而今日之決露半面, 亦是使吾輩見之之意也。"

十八日。中火箱根嶺【三十五里】, 宿小原田【四十里】。凡七十五里。

食後發行。三島村盡, 而爲箱根嶺。此是日本最高之嶺也。石路險峻。未及山腰人馬俱困。暫休茶屋。行四十里爲嶺巓, 卽伊頭相模州之界。杉木、緜竹立立如麻籠。被一山島, 道屈曲未知嶺上有何物。及到上頭曠然開豁, 短峰四環作一洞府。數百閭舍桑柘相連。路之東邊設木柵及關門, 甚固, 且有守人。蓋是江戶第一關阨。而眞天設之險也。館于譯館。館臨大湖, 卽箱根湖也。周圍四十餘里翠濤如海, 實是瑰觀。誰意千仞嶺上得此洞。逢湖光景, 柳書記曰: "世豈有如許大澤? 必是海水流入。"余笑曰: "世豈有激上於四十里嶺頭之海水也。" 柳亦大笑。前人所錄以爲"九頭龍在水中, 舟入輒溺"云。而見今漁艇數隻維纜岸邊, 可知其傳說之誤也。富士在近, 俯臨湖水云。而陰霾不得見, 可恨。細雨霏霏, 寒意凜凜。到此人皆換着絮衣。蓋此處晴日極罕云。

午飯而發。路之埈急, 比上不翅三倍遇, 其最險處。則輒下馬而步。

人或曰:“倭人之馬, 維死何惜? 不必徒步。” 余曰:“馬若顚沛, 豈獨傷馬?” 湖邊石佛數百羅列露立。左有所雙乳瀑, 卽箱根嶺之下流, 而其懸如乳, 故名焉。高可數十丈, 而在樹木森立之中, 不得快覽。過畑村, 村家多精潔而家家俱有花卉之勝。渡一二大橋, 卽雙乳瀑之下流, 有金湯山、長興山等寺。望之殊爲可觀, 困不能歷入。及出洞外, 斜陽滿野, 少無雲雨意。始信箱根之無晴日也。過風際村。東臨大海。箱根之水, 終日隨人而下直入海中波濤噴薄沛然, 不可禁氣像甚快胸次爲之爽然。至小田原, 行村里中五里餘, 始至館所。日纔落矣。館于譯官。地屬大久保出羽守, 忠興之邑治。太守呈杉重。夜進熟供, 亦例也。

今日之所經過者最多。可稱箱根之峻嶺、箱根之大澤、乳瀑之壯大、石佛之瓌奇、村閭之淸爽、林樾之蒼鬱、溪澗之淸決、橋梁之瀟灑、疊石之奇高、大刹之雄麗、嶺上之雨、嶺腰之陰, 嶺下之落照, 仍有大海之茫茫。凡此十餘壯觀得於一日之內, 實是異事也。

十九日。中火大礒【四十里】, 宿藤澤【四十里】。凡八十里。

過板輪雙乳橋沿海而行。行數十里, 暫憩茶屋。屋在蒼松之間。松外卽茫茫大海。至大礒亦相模州地。館卽公廨, 而松平左兵衛佐源直純, 食占萬石者, 躬來問候。其治在播馬州明石城。

飯後發行, 渡馬入川浮橋。橋甚廣方舟可百餘。暫入小和田村茶屋, 至藤澤。細川若狹守源利寛, 食五十五萬石者, 躬來問候。其治在肥後州新田。

二十日。中火神奈川【五十五里】, 宿品川【五十里】。凡一百五里。

至戶塚二十里, 茶屋少憩。戶塚卽辛卯使行宿站。閭里甚富麗。踰品野坂矣, 宿坂。坂下有武藏相模兩州分界碑。武藏亦東海道而江戶卽武藏州所屬也。至程谷二十里茶屋望見神奈川。大村直臨大海漁船商船簇立如麻。臨岸市廛, 景致甚佳。抵館。館卽太守之茶屋。地屬武藏州。站官溝口出雲守源直溫，食五萬石者。躬來問候。

午飯後發行。過二十里。小憩河崎茶屋。抵六鄕江， 卽一大川入於海口者也。彩船四隻已來待。雖不及於大坂金鏤船，而金彩輝煌之狀，亦甚侈靡。所過有茅覆村、大井村、濱川村。民居櫛比家舍宏大，皆魚鹽商家。而神宮梵宇亦多連續不絶。終日狹海而行，抵品川。路左有丈六金佛露體而坐於三層石塔上矣。館于東海寺玄性院。院宇宏麗。站官，京極佐渡守源高矩，食六萬三千石者，躬來問候。

沿海所見之到處皆然者，則條錄于此。凡遇嶺峴及地界，必竪木碑，書以地名，或書以“從是東幾里某郡嶺”、“從是西幾里某郡嶺”。代官所領之處，則書以“某代官領”，或立碑刻之、或以漆書之。又有小碑書以“從是東幾里幾步某村掃除場”，“從是西幾里幾步某村掃除場”。蓋除道之役，分授各里故也。山坂峻急處，橫埋長坂如層梯。村前街巷則聚沙堆積排桶盛水，或持彗待候於其傍。聚沙者，遇雨則分鋪也。盛水者，路乾則浥塵也。露置大床如卓子， 滿排晝沙器水漿盈溢爲備我人之解渴也。又多有水桶榜以馬口洗水。牽夫至此必以所持之木瓢盛水投於馬口，則馬能開口受之，不遺一點。蓋亦恒習故也。

凡閭舍勿論層樓、小屋、通軒、重房，皆是一架之內向路而開。間間隔槅者居處於斯，安臼於斯，列竈於斯，廳高僅爲半尺，而其前無門墻，無庭際而卽大路也。雖房舍重重而幷去隔墻，則通爲一當，維其堂奧後庭路人皆可洞見。廳之當路處，便爲市廛，販賣飮食。則列植鼎罐之屬。或以鉤穿罐之兩耳， 懸於屋椽。令罐底當爐， 用烹飮食。有炊飯者，有熟餠者，有作湯者，有煖茶者，有調麵者。男女相雜杵臼幷作餠。霜花甚多。至於米、太相融炊乾而賣之。有圓丸如杏一丸，價一分。沿路太守之所呈杉重，以我國人視之則薄劣陋麤，無可下筯。而市間賣者，則亦不及於此。決非近口之物，而渠輩則甘喫，無異於八珍。此輩每事皆巧，而飮食則全不知妙理。此飯則以拳作塊，一塊價三分錢。色麤體乾，見輒可噎，而此輩則貴而藏於懷中，時時喫之矣。酒家多榜以“大坂諸白”四字。諸白者，酒也。非大坂而必借書者，以大坂之酒有名國中故耳。

凡村中及站舍，必有禁徒廳。大川及橋邊亦然。新造屋宇高爽或精灑。金屛彩帳爛燁生光。禁徒輩，列跪其中，或坐堂下。數之多寡，廳之大小，類各不同。以長竿之了了者，排揷於架中。行則使人執之在後。此皆禁徒之類也。若其雄府大都，則又有持鐵杖者累十人，撞地作散。或到大府，或城府，或巨川，或通衢，亦有此類。從人甚多，器械甚盛矣。又有所謂禁火將，從人累十人，各持救火之具，皆着鹿皮衣。雖至殘之村，亦必有之。

凡村邊築石爲臺，其上立兩柱之門，橫掛長板，首書“定”字，其側列書條目。蓋“爲子孝，爲弟恭”之等語也。末以“當斬當殺”等語結之。下書正德元年五月日。其下書奉行。到處皆然，蓋禁條也。關白家宣之爲關白，在於正德元年。其時委任源璵，大尙風敎，故皆是其時所定之。

凡沿路絶無林下隱僻之村，或於山抱水明之處，有意觀望。而所謂山莊別業，終未得見。村舍之皆在路邊，連絡不絶，亦驛站之規也。無十餘里無村之處，故凡有傳令報急之事，馳郵步撥之規。村人次次飛傳，一日之內自大坂得達江戶云。

凡路傍觀光之中，每有一人持筆籍記行中威儀服色及人馬之數，到處皆然。

凡登陸以後，若全不通倭語，則無以指揮馬夫。故人皆習其最易解者。雖不過數三語，而亦足以任使從倭也。速去曰“와효와효”，遲去曰“소로소로”，立馬曰“맛되맛되”，乘馬曰“노로노로”等語也。倭音甚躁急，而我音極遲緩。沿路觀光者，若聞我音，莫不拍掌大笑。

凡出站之時，牽馬人及若黨一人外，皆先往留待於館外稍遠處。入站之時，亦落後而來，故凡上下馬之際，無紛雜之弊矣。

凡出立站之時，有上下轎，砲。故彼人皆驚怯，預爲塞耳而立。日本砲聲則其聲小耶？若非戰陳則不用，故民未嘗得聞而然耶？

凡觀光之人，皆整齊列坐未有一人之紛亂失次攔出道中者。可見國法之尙嚴也。凡行中諸人卜物，使倭人運來。故或不知去處，至數日而無報響，皆疑其已失，而累日之後，必還爲來現，終無一䭾之所失。

凡於出站之際，人馬必先整齊來待，一無未及之患。雖入站未久卽爲離發，未有紛擾之事。其法令之嚴，如此。在我國驛馬則每有不及之歎。出站之時刑杖狼藉，紛鬧特甚，而未濟濟，專由於下卒之頑悍而然也。

凡行中所率下倭，各分於一番、二番，至於百餘番。番各有檢察之人，又有一番、二番之旗，分揷於站所。所館處以次分入，故少無亂雜之患。未入站之前，人馬所食之物，已整待矣。

凡行中所率下倭之衣服，及行中支應之雨傘、燈籠、馬鞍之屬、各站接待之屛帳、枕席之物，皆是新備者，未有一物之陳舊者。其浮費之多，可知。

凡各站屛風畫鷹者甚多。以錦絲繫其足，置諸彩架之上到處皆然。且多有畫虎之處。蓋鷹與虎日本之所無故也。

凡各站求書者，彌滿館所，若得之則撰手膜而去。無處不然。余問於倭人之識字者曰："我國技藝之中何事爲最善？" 答曰："筆也。其次則馬上才也。" 可一笑到一站有一女人，搀良醫之手求書，甚懇良醫僅得拂袖而遠避云。亦可笑也。

凡館所所待之倭，接待我人極其恪僅，奔走使喚，惟恐不及。而馬島人則禁之，其設心未可知也。員役、軍官之所館在於三使臣館所之內，則接待諸節極其埋沒。若在他所則接待甚豊厚云。蓋他處則馬島人不在故也。可痛可痛。

凡各站所呈杉重，或出給馬島奉行，或裁判，或傳語官，或禁徒，或給龍亭軍、轎子軍，或分於員役諸人許輪回爲之。

二十一日。到江戶。舘于實相寺。二十里。

早食後發行。三使着紅團領，員役亦着紅團領，而只有黑團領者，則皆陪國書。軍官羽笠櫜鞬，書記、醫員儒衣冠。子弟軍官而二人後陪。餘依排行次第而行。衣服之節，務新明。島主在淸道旗之前，奉行在其後。倭通事各一雙分立於龍亭及三使前，三首譯前，前導而行。自品川右傍海，左狹村，行未十里已爲江戶。村閭簇簇作一直巷。市廛之殷富，宮室之壯麗，已非大坂、倭京之所可比也。路傍多有大刹，海上、禪林、旭曜、山泉、岳山等寺，不可勝記。至日本橋，望見關白城。譙閣之高聳，壕塹之壯固，皆是沿路初見。飛樓、粉牆耀目奪目。羅絡宮闕一望無際。南通海門曠然無阻處。百船隻鱗繫橋下，街衢平直，町門整齊。門傍必有警守之所。市舍皆是層樓傑閣。甍棟之相連如鱗如織。通軒廣舍盡撤物化。觀光男女塡塞充溢。路傍設竹欄以爲界限。孩提之童亦不敢攔出一步。地皆以紅氈被之。竹欄繡帷垂之。門楣金屛、錦簇、繡帨、彩服，形形色色，令人眩眼。無一村空陣地。有橋梁處則勝舟，有衕口處則鋪滿一巷，而以次跪坐，闃寂無聲。一或起立談笑，則持杖禁徒瞋目呵禁衣。觀光中有一夫倭，年可六十餘。有鬚長而白，凡然高坐，誰能存髮於此邦耶？可謂萬里一長髯也。屋脊之覆以銅鎊者亦多有之。屋上置水桶，屋下掘井貯水，家家皆然。且處處有五層屋如我國之望德者。備火之具亦爲最勤。聞此處火災甚數，一或失火必連燒千餘戶，故也。歷十餘橋百餘町門出一城。城有甕城設重門。門樓四面塗以堊土，障以鐵牖。門外壕水最近海口，海船多往來。過數里，有一大門。牓曰："金龍山。"一名淺草寺也。理馬及先來通詞拜迎路左。今月十六日來到云。又過數里抵館。館卽東本願寺，一名實相寺。自前我國信使皆館於此。自館門至正廳設閣道十餘間。至軒上，館伴戶澤上總介藤原平正諶、伊東修理大夫藤原祐隆來迎。三使臣與之相揖。正諶邑治在出羽州新庄，食六萬六千石。祐隆邑治在一向州飯肥城，食五萬餘石。而皆尙有兒童樣子矣。法堂之宏麗與大坂本願寺無異。館所亦廣闊。余處於上房楅內之房，副房則在於上房之左五六間之外，從房則在於副房之左，只隔一槅。上房之南，有別堂。東臨蓮沼，極有幽趣。稱以公幹廳，而幕賓處於其東退。蓮沼甚佳，芙蕖蔽水面，以怪石亂築之中有小島。島上有一松，枝葉盤屈。有虹橋，可以往來島中。極其瀟灑。在路中抵各站時，島主送人問候。到此卽躬來問候。亦例也。

江戶屬武藏州，是爲東都。或曰東武，或曰武昌者。以武藏州而言也。又稱鎌倉云。箱根以東，通稱關同，卽源賴朝起兵據守處。源氏世居此地，已至五百餘年。家康亦興於此地矣。土地肥饒平衍，五穀俱宜。沃野千里，一望無際。東臨大洋，繫舟屢千，備守甚嚴。若有外敵，卽可調發，一日之內可抵大坂、長碕。西有箱根之險，設關峙糧備置器械以阨諸州之路。眞四塞之地。自極西肥前州距江戶不啻一月程，自江戶至東海亦數十日程也。控制四方以力服人，各州亦多有不心服者。而地勢險阻，城池堅固，兵强食富，法嚴令苛，莫敢誰何。自關白家康立國之後，一無兵革之警，各州太守之六百餘人第宅皆在都中，留置妻子，遞年來留。如我國不得眷率之法。肥前、對馬守之屬，則一年在本邑，一年在江戶，一年往來道中。其設法之嚴如此。

二十二日。館伴諸人請見。三使具時服團領出正廳迎揖。再揖如例。來見者，凡五人。稱稻葉舟後守越知正肅【邑治在淀浦，食十五萬三千石】。稱信使用掛河野豊前守源通喬【食一千石】。稱大目付逸見出爲守源忠縈【食六百俸】。稱勘定奉行。其二則昨日抵迎兩館伴也。舟後守爲人多有福氣。天倉命祿甚分明，能食十五萬石之俸固也。而其餘不似官人。有例語行茶而罷。

三使改席南向而坐，受下馬宴。宴與大坂、倭京大同少異，而假花精妙繁多，饌器之進撤煩數，則倍之。凡二十餘次搜易而進之。行酒七杯而罷。其進酌獻床之人凡六人，而行步不失 尺寸，頗有規矩矣。首譯以下以次受之。

執政來見。三使又以紅團領出正廳迎揖。再揖如例。執政凡四人,自前二人來見, 而今則舊關白若君又各有執政, 故也。酒井雅樂頭源忠知【邑治在上野州前橋城。食十五萬石】。本多伯耆守藤原正珍【邑治在駿河州田中城。食四萬石】。西尾隱岐守源忠直【邑治在遠江州橫須賀城。食三萬餘石】。秋元但馬守藤原凉朝【邑治在武藏州河越城。食六萬石】。皆載一角帽, 着黑團領, 持象牙扇, 佩銀鉤釰, 徒跣赤脚。而拜揖之節極雅容。爲人皆俊秀, 雖非世襲足可享富貴。而獨淳朝面黑如炭匠矣。島主與首譯傳語, 而俯伏奪走不敢仰視。坐於層軒之下, 館伴等五人亦然。雖曰蠻夷之國, 體貌之嚴截能如此。首執政致關白言曰:"遠路無撓作行深用喜幸。玆遣執政問安。"三使離席聽, 訖復席。忠直致舊關白之言, 凉朝致若君之言。三使聽之如前, 而若君言則不爲離席, 但起更坐而聽之。首執政又致關白言曰:"國王氣候何如。"離席如前。忠直、淳朝又致舊關白、若君之言。又離席如前, 復席後有私酬酌行茶。畢離席俯伏。使首譯傳言曰:"來次得聞大君氣候平安深以爲喜。國王體候萬福矣。大君以重隣好之誼, 推及於使臣, 旣遣使者勞問於岡崎, 又有此特遣執政俯問安否, 感佩不可極。"島主回傳於首執政, 又以此回謝於忠直、原朝, 如例。遂相揖而罷。馬州奉行之來留江戶。稱以平田將監者, 姓名平誠泰來現於下處。而進退之際, 頗有傲慢之意。首譯卽招倭通事於其坐時嚴責。事體之不敢如是。

二十三日。

早送三首譯往謝昨日來見之四執政, 例也。歸言其宮室之侈麗非前日之所聞, 非沿路所見也。銅門彩楣便一王府, 護衛羅卒異軍門云。兩館伴各呈果子一簇, 酒二樽。

二十四日。

日本主文之人惟林哥, 世世傳襲自作已物。他職之世襲猶或可也,文任之世襲尤極可笑。昔林道春能文能詩爲太學頭，自號羅浮山人，累接前後信使。癸未使臣趙龍洲、申竹堂，乙未使臣南壺谷皆與之酬酌。諸詩俱在文集。道春之子恕自號鵝峰，恕之子信篤，號鳳岡，能繼箕裘，世掌國史。與我國前後使臣皆爲酬唱。篤信之子信充，字士僖，號快堂，方爲太學頭。今年六十八。其子信言，字士雅，號鳳谷，方爲圖署頭，今年二十八，今日請謁。又有藤原明遠，字深藏，號蘭林，方爲侍講直學士者，亦請同謁，故許之。家君以深衣幅巾接于燕寢。副、從亦來會。馬島人鋪三席於前。家君曰："父子何可竝席？隅坐可也。不然先後入謁可也。" 首譯言于奉行。奉行曰："已後年林家父子亦幷席來現。今難變通。且國禮官秩同則必爲同坐。以日本之禮接日本之人。千萬至望。" 褸褸哀乞，故遂置之。三人同至，相揖而坐。老林頗有淳古之意，少林爲人白晳，而有風疾耳目口鼻皆不正斜。明遠則有窮儒態，必是讀書之人也。馬州奉行與首譯傳語。兩林各自懷中出詩章分呈。而其詩無一可觀。又有若干筆談。明遠自以爲不學詩文，只有筆談。所問皆是經書。行蔘茶而罷。退出正廳，請見製述、書記。多有酬唱筆談。明遠則譏詆程朱，與維楨一套云。自言日本與中原通海船，故珍篇奇書多爲得見。且曰"清人約≪蘭容若總錄≫、宋元經疏號經辭，合爲七百冊亦得見"云。蓋日本書冊之多，非我國之可比。

二十五日。

在大板時，禮單等物盡爲出給馬島人，使之運來。今日始爲還捧，而人蔘則先爲封裏，故三使以紅團頗出往公幹廳監封。剩數至於一斤之多。初慮其有縮而反爲有剩，一行莫不相賀矣。已亥則五十斤之蔘有四斤之縮，而今之有剩，誠不可知也。時方霖涅而然耶？

因仁則諸人得見≪鷄林唱和集≫十五冊，卽辛卯使行酬唱也。諸作皆草卒無可觀，可歎。臨場屢篇初不經意，安得不然？仁則曰"自見此冊之後，筆路忽開。求詩者雖多無可慮"云。好笑笑。松崎祐之作序文，而多有無偏不敬之語，加痛。

二十六日。

食後往製述、書記所，有一倭士適來會以筆談。書示其姓名曰："三河州吉田太守之文學，姓越名緝。又問曰："願問足下之姓名。" 余答曰："僕非製述，又非書記，不必問姓名也。" 緝曰："足下何於僕不仁之甚也。" 余書示姓名。聖章曰："正使道子弟也。" 緝起拜曰："不知而有此失敬負罪罪。"余曰："初無失敬之事，何必自充。" 緝曰："足下之冠甚雅。願聞其名" 余曰："所謂程子冠，卽兩程夫子所着之冠。考諸道像可以徵之。" 緝曰："眞君子之冠也。又曰："西京冠冕一遵唐制。昨見金紫峰【金天秀之自號】所着帽帶與西京無異矣。貴國若與西京通聘則何羡貴國衣冠乎？今吾所着則可愧。" 余曰："江戶何爲不然？" 答曰："東都人只復官事，只尙武事故也。西京搢紳則裳以文學經傳爲業爾。" 余曰："天皇果崇儒耶？" 答曰："大朝會則禁削髮人，不得入宮。且西京文臣誦習文章欲與貴國人相接，而爲江戶所禁不得與諸公相見可恨。三公五相佐天皇。而三公位在關白之上，故關白不敢抗禮。五相與關白同列。三公五相皆食采邑於畿內。其祿爲三千石，祿少而位高。其餘百官、宮人所供，則關白使一侯二士供之。二士則關白侯與羽林將也。大抵關白以武臣摠兵權，故一國之權盡屬其手。文臣則只有其名位次。則自如云。" 余曰："西京朝士中能文者爲誰。" 答曰："徒三位行左近衛大將藤三，字子敬，號學山。正三位宰相中將菅有常中納言源允成，詩如源與，文如室直淸。" 余曰："今皇之名云何何年卽位。" 答曰："名遐仁年十三，昨年卽位而有故不改元。" 余曰："丙辰嗣位之天皇何年薨逝。" 答曰："昨年禪位尙無恙，只摠大事。" 余曰："丙辰天皇名云何。" 答曰：" 昭仁年二十七。" 余曰："天皇與何許人爲嫁娶。" 答曰："后妃則娶三公五相之女。下嫁則或添以東都，而無可耦則終身不嫁。" 余曰："新關白與舊關白何如。" 答曰："太大君英雄人也。自在侯藩，已有今聞，蓋今古示有也。" 余曰: "若君何如。" 答曰: "今年十三, 而好讀書, 敬講官, 記能屬詩矣。" 余曰: "其詩可得見乎。" 答曰: "後當騰來。" 余曰: "關白着何狀冠能。" 答曰: "朝儀冠大儀帶刀, 閑居如僕耳。 脹則黑袍, 下紫而裾甚長。以吾國尺爲六尺。" 及歸緝曰: "僕一見足下, 實多敬脹悉傾心腹。幸足下俯憐此意, 使大國之文獻典章, 是所望也。" 余謹當如示, 日暮而罷。明當更來云。竟晷筆談可記者甚多, 而諸紙皆持去。追後錄出而甚草草, 可歎。蓋緝之爲人淸秀坦率, 邊幅不修, 表裏如一。見我國衣冠、文物, 心悅誠服頓, 無一分倭人氣味。實東來後一片石也。聖章曰: "吾輩應接日本文士亦已多矣。而可與語者惟越緝一人。蓋其人文詞雖荒拙, 而識見甚高, 且能典古。倭人之識字者, 皆有別號, 而此人獨無之。其亦脫俗之事也。"

藤原明遠各呈一書於三使前。而皆是例語則答送之。

夜纔就寢, 首譯忽大聲曰: "禮單物件八來矣。" 聞之不覺忻躍, 顚倒衣裳而起。箑時之間一行諸人皆已來會矣。卜物凡三, 其二則人蔘擯, 其一副使冠服也。盡爲圻封終未得京書, 問諸馬島人亦未知其故。可怪可惋然。五十一斤之蔘旣已入來, 回程可以如計。其爲喜幸當如何哉。一行莫不相對而賀。初六日, 自馬島離發, 十七日到大坂, 十六日發來云。留船格卒告目亦來到。

二十七日。

越緝又來。坐製述所相邀, 故遂往見。緝以三律相贈求和。又請得篆字、八分數三紙。蓋因聖章諸人而聞之也。余卽和給且寫兩體緝。越起而拜曰: "詩如何景明, 篆如周伯琦, 可謂千古至寶。僕可以世世珍藏也。" 詩中有衣冠禮服中華制之句。緝曰: "此句甚好。寫得僕之心曲多荷。" 余曰: "足下盛稱西京之文物, 以西京之衰替有憤惋之意。無乃西京之舊臣耶?" 答曰: "僕天皇之苗裔也。" 余曰: "姓字何不同。" 答曰: "日本之法, 出爲他人後, 遂改其姓而然也。陋俗可愧。" 余曰: "何不仕於西京。" 答曰: "自東都禁之。" 余曰: "關白權重於一國, 不朝於西京, 則何故尙稱君臣, 遵用年號乎?" 緝曰: "辛卯關白信用源璵。源璵勸關白請王號於西京。西京不得已許之。又欲請元號。一國人心沸鬱, 將有難言之禍。故遂止之。舊關白立卽去王號, 己亥請信使之時, 必得西京之命然後爲之。使至東武辛卯則設樂張舜, 而己亥則皆廢之, 皆敬西京之意也。" 余曰: "各州太守有尊西京之人耶?" 緝曰: "雖皆不得不臣僕東都, 而心服者堇百餘太守。其餘五百太守則皆心尊西京, 而身服東都耳。" 聖章問曰: "三公五相皆無人也。" 緝曰: "中州亦多有如此之時, 不獨西京爲然。" 余曰: "關白不久當傳位於若君云, 然否。" 答曰: "不久當傳位。" 聖章曰: "卽今執政之中, 誰最爲優耶?" 答曰: "源忠知以雅樂頭之庶子, 能文辭事名於國中。五六年前爲執政, 主張國中大事, 甚餘執政皆備位而已。" 此外多有可錄者, 而皆忘之。

二十八日。

越緝又來見。余問兵制。緝曰: "吾國上世兵制與貴國同, 有文武官。五百年來文武不分, 西京則搢紳、下士、奴隷皆着冠帽, 不佩釖。源賴朝以來, 西有皇, 東有王, 王所屬家老、百僚以至諸侯及其麾下累萬人皆業武, 奴僕亦佩釖。諸侯置麾下與王同, 吾輩是也。出師行軍之法, 今難書言。然其法出孫、吳。吾國精其術者, 楠河州武田甲斐守大江元就及吾神祖家康公也。神祖於兵如神。兵制以五十人【每二十人爲一伍】爲一隊, 置一將、二介、二監, 其法曰'將、介、監死則五十人共死。' 平生敎死, 不敎生。雖家居令思臨死不懼。將有惡, 麾下不敢言。以嚴重爲第一。每月初六日主將率其徒調鍊於平野, 自神祖以來諸侯亦如此。吾屬以至奴僕, 年十三始服甲胄如冠禮之爲。其初仕試武藝, 故王臣、侯臣皆以武藝錄。侯家有儒生五、六人, 位最輕。今見諸公皆儒生, 是以頗來謁。" 余着華陽巾, 緝曰: "足下今日所着之冠, 其名云何?" 余曰: "華陽巾。" 緝曰: "見於何文?" 余曰: "見於≪竹樓記≫。" 緝曰: “其制儘奇古。或可使行中人摸出此冠及程子冠以惠耶?” 余曰: “足下有欲着之意耶?” 緝曰: “眞是越人之章甫, 而欲時時見之, 如見足下雅儀。” 余諾之。聖章以其冠加諸緝之頭。緝曰: “雖蹔着亦好, 多有悲歎之意。” 蓋艶慕之深, 恫其俗之陋也。還可矜念。緝曰: “行中持來深衣乎?” 余曰: “然。” 緝曰: “願蹔見。” 余遂使小童持來着而坐。緝曰: “以海外之賤, 吏得見中華聖人之衣服。始遂平生之願。” 仍曰: “西京上世亦有此服云, 吾斯之未信也。”

島主請見典樂、樂工, 故使李昌基領往。

二長老呈烟草百把有單。

傳命以下日子釋吉以來。今月三十日太守見馬上才。六月初一日傳命。初五日執政家上上官回問。初三日兩世臣及執事家上上官回問, 關白見馬上才。初四日三宗室家上上官回問。初六日太守家私宴。初七日執政來傳答書。初十日關白觀射藝。十一日上馬宴。十三日回程云。

二十九日。

傳命時儀注書示. 而太大君及若君相見時, 皆曰四拜, 極可駭也。見舊關白時四拜猶或可也, 而旣有前例, 則亦不可許之。若君許四拜之說尤爲可痛。故使首譯嚴辭責諭以此節不改, 不可傳命之意。期於改正。

奉行平誠泰呈菓子一匣、彩花一盤, 亦例也。

越緝又來。余問曰: “日本與中原通海船。中國人亦多往來云。足下見之不?” 答曰: “吾正德初, 明之宗室貴族數人來。今皆死矣。” 余問曰: “明宗室死於貴境耶? 其子孫尙在貴國耶?” 答曰: “吾水戶侯甚敬之。其子有二人, 今爲吾國人。水戶光國公喜文辭, 故收置明人。避來者凡十三人矣。” 問曰: “十三人皆有子孫乎?” 答曰: “二人則明之宗室, 一人名諭號舜水。水戶侯敬之, 遇甚厚。設館食邑, 勸置妾有子。其妾吾國人也。其他在海西諸侯之國各有子孫兩、三人。" 余曰: "明之宗室衣冠何如?" 答曰: "終身着明朝衣冠矣。" 又曰: "水戶侯爲忠臣。楠河州建廟, 使明宗室朱諭銘之山崎卽曰'朱氏不能死節, 遠托吾國。' 其言於楠公何重。" 余曰: "楠河州何如人。"答曰: "楠河州姓橘名正城, 元弘間仕醍醐帝爲攝河泉三州太守, 有勸勞于王家與賊臣戰於攝, 殉節。水戶侯光國公奏西京, 贈左近侍大將從二位矣。" 余曰: "水戶侯何如人?" 答曰: "水戶之曾孫宗翰, 方爲三宗室。後日使臺登城時, 必享于賓筵, 當與相見也。此公未弱冠而甚好文辭矣。" 又曰: "吾國陸奧州有一奇士, 姓蘆、名淳、字德鱗, 通經籍, 其爲人如李延平。嘗上書諫其主侯, 今幽廢。昔年中州僧升庵來, 阿蘭陀獻象。淳於元日作詩曰'黃檗高僧飛錫至, 大宛名馬吐珍來。誰知東海南園客, 獨向春風把酒杯。'" 又曰: "吾儲君十二歲, 望嶽有詩曰'海國八州雄, 青雲日夜同。芙蓉千古色, 偏照我城中。'" 余曰: "貴國無笞杖之罪云, 然不?" 答曰: "自中世罪之至輕者則無罰, 梢重者則斬, 士賜釖, 重者或以火, 或以槍, 或以木。" 余曰: "治盜之法何如?"答曰: "治盜之法甚嚴。贓雖小捕則梟首。" 余曰: "各州太守殺人必告東都否?" 答曰: "太守自由, 惟外國船至則告。其他事關東都者則告。" 又曰: "諸君齒白何漱而然?" 答曰: "水漱而已。貴國之齒何也?" 答曰: "選賦言東方由黑齒之國。似指吾國。昔有一帝齒黑, 君臣不敢白其齒染黑。仍成俗云。" 余曰: "男不染而女獨染, 何故?" 答曰: "西京則男女盡染。" 余曰: "東都不染何故?" 答曰: "武官不染, 而東都皆武官故然爾。" 余曰: "女亦有不染者, 何故?" 答曰: "未嫁者、無夫者不染。" 又曰: "足下見藤原明遠之與諸學士所論經說乎?" 余曰: "果見之。而此人不幸而出於海外, 識見孤陋, 譏侮前聖, 而不知爲非。又幸而不出於中國, 得免毁經侮聖之誅。此外何足道哉。" 緝曰: "此人所見本不如是, 而近忽中變於維楨之徒, 可惜可惜。" 時金竹山適過去。緝曰: "彼如關羽人何人也?" 聖章曰: "我國大將軍之子也。正使道之軍官也。" 緝曰: "眞將種也。眞將軍也。" 以此語金竹山而相與大笑。

奉行輩，以關白兩弟及九執事事相持不已。故以略略相問之意言之。

三十日。

三使具公服出往大廳，禮單封裹物種，使馬州人運置於關白宮內。亦例也。人蔘則每五斤入紙袋，以五袋入長櫃中，櫃有臺。其他等物皆有櫃、有臺、有組，整齊鋪置。此皆馬島人所備云。清蜜則我國備來之瓶，色鹿不堪用，故買得倭沙樽而用之，十斗分盛於十瓶。

金竹山、李宣傳【邦一】、李昌基，率馬才二人往島主家，申後還。言各州太守及其家屬幾盡來會，故島主設大宴。首執政之子十餘歲者，爲人清秀，端肅足可爲執政云。馬島奉行輩見其兒膝行匍匐，不敢仰視云。

島主及兩長老來見。以平服相接。島主以明日傳命之意奉達。且言太大君則有病，不得相接。至於若君許四拜之禮，則極力周旋於朝廷，定以再拜云。太大君之猝然稱病，必以再拜之禮爲難便而然也。

六月小初一日。

辰時奉兩龍亭向關白宮。三使臣具金冠、朝服，佩玉秉笏，乘渡海平輿【使我人擡之】。製述、書記、譯官、醫官皆着黑團領。軍官羽笠、櫜鞬，佩劒執鞭，皆乘金鞍駿馬。視來時尤侈。余則初不備來我服，故欲以儒衣儒冠從之。使首譯議于奉行輩，則皆曰“決不可”云。遂不得已借着白令之副件。以書生而猝爲戎服，方切自愧，幕賓諸人從以譏嘲好笑之。排立次第又如來時，而龍亭無後陪。三使次之。員役皆在後。鼓吹管絃之聲震於通衢繁華之地。行數十里， 過前日所過東城門。觀光男女比來時不減。又行五、六里，入第二城。城外有壕。過此無市廛、村閭，惟見高門甲第環擁左右有若官府狀門邊不用墻垣，但以長廊堅磚御灰作爲外壁。每間有圭竇，垂簾於其中，女人窺觀。盡是執政及近臣有權力者第宅云。又有一門。撤軍儀, 止軍樂, 上官以下皆下馬。旌旗、節鉞及下官皆爲落後。惟印信在前。又過壕橋入宮城門。首譯諸人下懸轎, 至所謂第七門。島主及館伴、大目、長老出迎相揖。過數十餘步, 安龍亭於凳床。第一龍亭則奉安於右邊別所, 使寫一人、上通事一人守之。首譯奉出第二龍亭國書函, 以白盤承之, 以紅袱覆之, 在前而行。有雨意, 一行皆張雨傘。前有一城, 城有甕城及重門焉。過其門有閣道板階, 卽所謂玄關。而自此至殿內, 堂宇連通。寺社奉行四人、大目府三人迎於玄關板上。迎揖 先導, 連由閣道。至外歇廳。首譯奉安國書于主壁龕中。使臣與島主相對而坐。長老坐楹外。一行坐於槅子之外。島主請同往大廣間卽關白所居之堂也。詳見拜位而來。家君曰: "旣有儀註, 何必往見." 島主再三請之不已。蓋已以此意告於關白故也。島主前導, 過重軒複閣, 至所謂大廣間。堂有三殿。上殿則垂簾, 中殿則國書奉傳後拜位, 下殿則私禮傳給後拜禮所也。一見卽出。更出未久, 島主、長老、寺社奉行四人, 大目府四人請入擧行禮而前導, 一行則皆留在而只從軒上望見而已。印信使小童守之。首譯奉國書在前。至所謂松之間, 壁畫松故名焉。此是內歇廳。與關白所坐槅障子。奉安國書于堂中。三使西向列坐。島主坐於廳邊。長老坐於退廳。百官皆會而坐於使臣之後者爲三、四白人。而或紅袍、一角巾, 或墨袍、風折巾, 雜亂無序, 全沒威儀。坐於主壁者, 又可十餘人。禮單物件置於堂西, 禮單馬匹立之庭下。首執政來傳行禮之意。島主、首譯次次傳言。首譯奉國書出楹外, 傳于島主。島主奉至殿內, 近侍受置關白前。三使繼至堂內中殿, 列立四拜, 還出歇廳。私禮單入陳後, 近侍引三使至堂內下殿, 列立四拜復位。首執政出來以關白言勞問曰: "使臣遠涉重溟而來, 良爲勞苦。請行酒禮." 三使出席致謝。首執政入去以使臣言入告於關白。使臣進至堂內, 坐於下殿西向。坐黑衣官人先進素盤于關白前。紅衣官人亦奉素盤, 置三使前。其床小如我國小盤。中有白木器三介, 一盛生栗, 一盛引鰒, 一盛菓子。其器形如五合柳器之最小者。生栗只以五介列置四方及中央。日本敬禮必如此云。黑衣者先以銀罐、土盃進于關白。飮訖，又一人執罐出坐中殿。島主在廳邊目，家君升坐。執罐者進土盃。家君楷笏受之。執罐者注酒于盃，受而飮歇，持盃還坐。故處置盃子盤上。又黑衣者進酒關白，飮歇，島主目，副使升而飮之。從事官亦如之。撤床後島主請三使。三使列立行拜禮。還出歇廳。三首譯入堂內下殿行拜禮。軍官、譯官、製述、書記、醫員、書畫分三次詣楹外行禮而出。次官則行禮於退廳。小童次之。中下官則分三隊，拜於庭下而出。首執政來傳關白之言於三使曰:“將以宗臣代行宴禮，願任便受宴。”三使復入行辭見禮而出。關白入去後，島主復引入堂內中殿西向立。紀伊中納言源宗直，尾張中納言源宗勝，相對行再揖禮，仍坐侑宴。宗直卽舊關白之從弟，秀忠之第，賴宣之孫。代舊關白爲紀伊州太守，治在紀伊州和哥山，食五十五萬五千石，卽三宗室之一也。宗勝秀忠之弟，義直之後，治在尾張州鳴古屋，亦三宗室之一也。水戶侯則有病不參云。遂進床於賓主。饌器花床餘他處設宴無異。相對而坐，無所食之物，無相通之語。酒三行而撤。相與對揖還出歇廳。首譯、執政出來。三使使首譯謝設宴之事。執政傾身聽之。有入告關白之意云。余與諸人往柳之間，亦以壁畫柳也。受宴亦餘他處宴無異。盤床之金銀動光，剪花之錦綵纈眼，而無一下節之物。紅衣人稱以各州太守者頗頗來見，或請見我人之扇，或手撫我人之服，而皆不似人形矣。執政亦自外覘視。蓋檢飭宴床之意也。紅衣者二人坐於末席以爲押宴。行中諸人各有所饗之處云。及撤宴而出外歇廳，則未久三使出來與執政相揖，仍向玄關。小坐則行至玄關，島主及四寺社奉行、四大目付揖送。至中御門，兩館伴、兩長老揖送。自此奉第一龍亭，三使乘轎。出第五門，皆乘馬此非入來之門也。以此排立向西御九。御九卽舊關白及若君所處之所也。入二門下馬，三門下轎，四門下輿。長老、館伴出迎至玄關。四奉行、三目付出迎，引入殿上間。屋制與關白所居之室無異矣。其少憩外歇廳，入坐內歇廳, 皆與儀。執政藤源朝來傳若君言曰: "太大君不豫將兼受禮單, 仍請行禮。" 其傳別幅呈禮單之節, 皆如前所異者, 但再拜而已。一行亦以次入見如前。執政以下揖送之節, 亦如前。及歸至下輿處乘輿, 下轎處乘轎, 下馬處上馬。三房各立前陪動軍樂冒雨而至館所, 日已暮矣。島主、長老躬來問候兼賀大禮之順成。奉行輩來見。首譯曰: "三使道入前日所未見之處, 行前日所未行之禮, 而終日行禮無一失節。朝廷百官嘖嘖不已, 皆曰'眞禮邦之君子。'"云。島主亦大以爲榮幸, 故卽來相賀云。

蓋關白之宮城, 凡三重門, 凡九重而重重有壕, 壕廣數十間, 甚深無窮, 水色紺碧, 若投一石於此則論以死罪云。城必有甕城, 城上有樓, 而四面障以鐵門。城高五、六尺, 而壁固精緻, 非我國之所可及。曲曲有譙樓, 皆四、五層。此是藏兵之所云。城門、殿門、宮闕諸處, 無一名號揭額。宮城內外無官府直宿百官治事之所。至於殿庭, 亦無執兵扈衛者。宮室雖極精巧奢麗, 而無高大宏傑之意。使異國下卒拜於廳上, 而譯官拜於楹內, 其堂陛之無等如此。殿庭狹窄, 中下官拜禮時, 雖數次分隊亦無列立之所。群臣自執政以下, 皆跣足赤脚而行, 其無禮如此。此又有着長袴者, 以白布長數尺者垂之於侯, 曳地綷綷有聲, 行止無常, 望之不似人矣。所謂近侍崇班高祿厚廩者, 其行止容貌無一似人者, 其國事可知。宴享之時, 左右廳壁多有垂簾而觀者, 必是關白嬪嬙之屬, 關白亦或現云。其武威儀如此。馬島奉行卽一守令之家臣, 而入關白之宮與各州太守, 同爲周旋指揮凡事, 其無等級如此。入見之際, 見關白所坐處前面之兩隅, 及左右後三面皆垂簾, 故不能詳見其形而所坐之席梢高頭戴黑帽而上尖, 身着黑袍, 面長而黑, 體短而小, 不似人君, 而若君則前面不爲垂簾, 坐於虹席, 上服紅袍, 不剃髮而作髻, 面白有精彩, 眼鼻之間小有縛瘢。以其年少之故, 不耐久坐, 受拜之際, 面頗而身欲頗, 有難堪之意, 而大抵勝。其父之言果不虛矣。百官之所着紅袍則頗似朝服, 黑袍則頗似團領, 一角帽則頗似紗帽。

蓋日本服制初自我國入來云。此無乃三韓時服制之訛者耶? 然若不剃髮跣足則似有模樣, 以今所見則其所謂曰君、曰臣者極可笑也。見關白之時, 家君言於島主曰: "太大君意外有病, 不得接見。欲以此意致慰, 未知如何。" 島主答曰: "如此慶事, 其可言不吉之事"云。其每事之無識皆如此類也。

初二日。

館伴上總介呈紅魚、枇杷, 島主呈鮓魚, 平城一呈道尾, 皆以大禮之順成稱以德談。

使三首譯及堂下譯官三人往傳五執政及二世臣禮單。島主躬來問候。島主造送馬上才所着衣各一件以班錦爲之矣。

初三日。

館伴修理大夫呈江魚枇杷, 皆稱德談。

趙昌城、李內乘、李咸陽及三首譯領馬上才赴關白宮, 午後歸。言試藝於內城西門之內。而關白率各州太守出觀。層樓處處垂箔而捲帷者甚多 左右觀者莫不稱善, 以爲大勝於己亥云。闕中廣曠園林蔥鬱云矣。

初四日。

越緝又來見曰: "得與諸君連日從容, 誠所樂也。但蘭庵有救之意, 且馬島人有索賂之於君侯之意, 似有禁僕出入之擧, 殊可歎也。" 蓋東武人未必畏馬州人, 而至於信使行, 則凡事一委於馬州, 故以"漏泄事情"等語, 禁他人出入云。緝曰: "我國朝廷威儀何如?" 聖章曰: "不能知。" 緝曰: "足下見朝廷盛儀心驚魂飛, 故不能知耶?" 蓋自笑之語也。聖章語次稱若君, 則緝曰: "若君之稱, 卽日本俗語也。上國君子何用此語。" 緝又稱風折巾曰: "如舟帽。" 余曰: "何不曰風折巾。" 緝曰: "風折巾, 古無其文，而其形似舟。故對上國人不得不以此稱之。” 皆自笑之意也。緝曰：“三使臺、金冠、佩玉、象笏、黑靴，皆君子之服也。福則以得見此盛儀爲一生之奇幸耳。” 又曰：“鏘曰佩玉，其聲美哉美哉。” 其好奇脫俗如此。子文問曰：“日本舊無服飾，自百濟王送縫女之後始有服着云然否?” 答曰：“吾雲州有大廟甚靈，神武以前之廟。國家甚敬之。有舊服、舊器而頗似貴國矣。” 緝又曰：“大連、小連之善居喪者，卽吾國舊大臣之號也。” 余曰：“木順菴、室鳩巢、林羅山經術文章，其高下何如?” 答曰：“林卽固下風，木、室雖有文章，豈可及二先生乎?” 余曰：“信使去後禮幣人蔘自東武分獻西京云。然否?” 答曰“自古務獻。” 余問西京冠服之制。答曰：“卽位、傳位時則其制兩傍所付甚長纓在於後。祭祀、朝賀之時則其制，平居時其制，如此云。淺見安正之徒，有姓若林。名林鏡，字仲淵，號修齋者。學極精，明日主大義。每自比於岳飛，方孝孺云。似是志在興復西京，而不遂志者也。

三宗室禮單則三首譯往傳。兩宗室【關白之弟】則馬州人自傳云。

執政以下回謝傳喝畢到。

朴首譯因馬州守得來回答書草本，其辭意別無碍眼處，而文理數多有未彰，不必相爭，古置之。

日供有生小鳧二首，故放之于蓮沼。泛泛水面，自浴自睡，望之頗有幽趣。

初五日。

越生又來。余問阿蘭之說。答曰：“距日本日萬三千里。每春來江戶，而地遠故使其一種小國暹加多羅代紵携。上士四人，下士四人，到日本買妾在□日夜飮酒在妓樓。自其國王以下皆市井人，甚射利賈舶所通綿綿，錦緞，土物甚多。冠服如日本，其人甚小，面凡色白無鬚，耳着環如婦人。能通日本語。其國土甚乎，一年再種稻。每歲有獻納於日本，而無可用。大君每給未以送。日本有吉凶必送人而不過三十人。

舊大君時，阿蘭獻萬國圖，且獻渾天機小車甚奇，以絲引之擧百石，而測天。舊大君甚好此法。去歲作講曆館。" 又問琉球之說。答曰："中山王稱以小琉球，而卽ㅋ 入朝薩摩州。昔年大君下令琉球欲觀中國制度，琉球以中朝冠服、市町、宮室之制一冊獻之。其土產無用， 故每請中州之物以獻日本矣。" 余問曰："日本以秀吉爲何如人?" 答曰："西海漁人之子也。" 余曰："其行事何如?" 答曰："如秦始皇。" 問曰："日本文字稱以秀吉公，何也。" 答曰："其爵卽西京所賜故人敬其爵，而不敬其人。" 余曰："此賊我國百世之讎也。源氏盡滅此賊之後，斬犯陵之賊，且戮其時出戰壯士，故我國果與之通和好，和氣滿於兩國。而若過秀賊其時盤居之處，則不覺髮竪心寒，其人或有遺孼耶?" 答曰："源氏之世，豈有秀賊之子孫? 窮兵□武，多殺無罪之故天道昭明，今無其餘孼耳。" 緝請聞朝鮮理學之宗統甚懇，故余許其後日書示。緝指來≪靖獻遺言≫四冊卽安正淺見之所撰緝，而錄其八人之言，各其出處大略，又以幷美及失節者類附於每編之末。而殷師之言名其書， 其意可知。八編卽≪三閭懷沙賦≫、≪武候出師表≫、≪靖節讀史≫、≪夷齊章顔太捨移祭帖≫、≪文山衣帶贊≫、≪疊山到迷寧詩≫、≪劉靜修燕歌≫、≪行方遜志絶命辭≫也。緝曰："此公以許衡仕元爲非。" 余曰："不仕何義?" 答曰："斥許則其微意可見矣。" 緝又曰："所謂流風留者，自阿蘭陀來。其形如喇叭而長可丈餘。着口於其端而語之，則五十里外人可以聞之矣。" 余曰："可得見否?" 緝曰："器械繁大，無由持來矣。"

奉行來請明日赴宴。

初六日。

巳時，三使臣赴島主家宴。日暮還館。余與趙昌城、李郎廳皆不往。聞有公宴、私宴，有公禮、私禮。島主近族亦皆來現。飮食稱爲可食且設戲，具例也。以家君所記抄錄之。囿孔雀於網裏，一人持白雌鷄簸弄其前，孔雀料撥尾羽，羽四、五十皆倒向上。長可二、三尺。環布如張傘，樣有若護其身者，其色燦爛，尾端必有一彩錢，周回數次，持鷄出然後，內整其羽。其體如鶴，脛有兩節而差短於鶴。下節如浮，大頸胸，皆綠如雉，而頭如確鷄。頂有冠可數寸，其末有小彩錢。其聲亦頗似鷄，來自南京市人買置一日之稅以錢則五十兩，以銀則四兩云。持如琵琶者二人，其絃三，頭尖頸長，腹則大方小圓，裹以猫鞹。以牙骨之屬爲撥而彈之。聲如琵琶而細。笛一差短有孔無簧，其聲細。小鼓一以兩手持筵而互鼓之如小兒河豚鼓。長鼓一形如我國長鼓而體小檐之肩上。歌者一人，在上頭作叱喝聲，瞋目咆哮，若盛怒人。其盛或小或大，如瞽師讀經。有三兩人以假面爲戱，改頭搜面迭出。爲戱者凡十數次或一、二，或三、四，或男女，或佛，或僧，或老人，或小兒，或長或短，形形色色不可殫記。其制作工巧，服飾華侈，非我國傀儡之比，而但戱子不藏其本面以手攀之在後，作弄者必數人不能自掩，其拙此爲可笑。而霎時之間善於變化，自小而爲大，自男而爲女，自小兒而爲大菩薩，自一而爲二，二爲三，自人而爲晝簇，爲龍虎，爲翩翩洛花，爲鳥獸，爲龍亭，其變幻神速候如風雨，又有雙猿或男服，或女服，或佩劍，或提挺而出躍梁旋舞者四五次。大抵一部兒戱俱爲可笑。而惟孔雀爲奇觀云。

初七日。

食後執政四爲傳回答書來見。三使臣相接一如去月二十二日相接之儀。而島主已先至，奉回答書於大廳主壁下矣。關白執政二人，則堀田相模守紀正亮【邑治在下總佐倉城，食十萬石】、松平右近將監源武元【邑治上野州館林城，食五萬五千石。】舊關白及若君執政各一人，皆前已來見者也。執政曰："近日連得平善云，良用喜幸。答書成送，須傳達於國王前也。"三使離席廳，伏席。執政又傳單子三紙。此則關白之餽使臣之物也。首譯以下各有單如例。行茶後使臣曰："執政之來特爲存問可感。今此答書謹當賫達。所慧贐物極爲腆厚，義難受去。"相對揖而罷卽出。見回答書其文與前所見無異。外櫃之外髹漆可鑑。其內塗金腰有烏環以唐絲索環結。內櫃則以純銀造之。重可數十斤。長尺半，廣半尺，高三寸，腰有銀環，亦以唐絲索環結。四面畫菱花形細彫之。其中有書幅，長廣僅容櫃中。紙厚如楮注紙，色則外面塗金，內以金作山水雲霧之形，裏以同色紙。內外俱塗金，其書"懸心"，右書"敬復"，左書"朝鮮國王殿下"。合衿處書"日本國源家重謹封"。"家重[2]"字上印圖署。'源'表正。內幅書"日本國源家重"，又着圖署"敬復朝鮮國王殿下"。其書曰"聘問修好書辭通信就審。起居泰寧寔切嘉慶。迺今聞誕保前緒以固邦基。仍率舊章爰舒新懽。幣[3]儀既多，禮意愈深。所以彰兩國交際之誼。益知英世講信之孚也。聊將土宜附諸歸，使惟冀親睦無違休祥可期。不備。延享五年戊辰六月日日本國源家重。" 亦着圖署。

別幅。列書。貼金六曲屛風貳拾雙、描金鞍具貳拾副、擦金紙櫃五部、擦金硯匣伍副、染繒一百匹，綵紬二百端。整。年月日。日本國姓名着圖書。

太大君別幅。列書。擦金蒔繪臺子二飾【註以諸具銀備矣。】、綵紬一百端、錦一百抱。整。年月日下，書日本國源吉宗。着圖署。一源字。

若君別幅。列書。描金鞍二張、染繒一百匹、梁華綾二百端。整。年月日下，不書姓名只着圖署"寬裕"二字。

已亥回書則只着一源字圖書而今曰"源表正"，此與前例有異。至於若君則不書姓名只着圖署， 極爲可駭。故家君遂草書契送於島主。島主

---

2 重 : 底本에는 "童". 문맥을 살펴 수정함.

3 幣 : 底本에는 "弊". 문맥을 살펴 수정함.

見書答以謹當奉議於朝廷。而仰答云。旣請改書契則不可受別幅物件, 故姑使馬島人守之。書契則使行中譯官守之。三使臣移處於中大廳, 以示變常之意。

林信言以圖書頭來坐外廳。首譯以圖書事問之。答曰"我國則與貴國不同, 印章隨代改之。乙未書契曰'源忠德', 壬戌書契曰'源忠直', 辛卯曰'文明四方', 己亥曰'源'。此非可爭之事。且若君圖書癸未、壬戌亦無書名之事, 只着圖書。癸未曰'源監國'。壬戌曰'源緯熙'。前例如此爭之無益"云。若君之不書名雖曰前例, 於禮於理俱極不當, 何可不爭。

越生又來。余問曰 :"關白及若君有字乎。" 答曰: "有之。" 余曰: "願聞之。" 答曰: "從當告之。" 余曰: "今欲知之。" 答曰: "偶忘之。" 余曰: "立其朝不知其君之字, 豈有是理。" 緝遂笑曰: "本無字。" 蓋以其兩圖章疑其字, 故也。越生之言旣如此, 則必不誣矣。

諸處回禮俱來。而水戶侯源宗翰別具狀以謝。蓋聞自祖先以文學自居。修史賦詩自前如此。此亦前例。水戶卽三宗室之一也。林太學父子送詩及回禮于使行。

初八日。

畫員李聖麟往島主家不食肉, 奉行怪而問之。答曰: "今日是國忌, 故行蔬。" 諸倭皆相顧敬歎不已云。是日一行至下官、奴僕皆行蔬。

島主始送答書而旣以前例爲言, 故大君圖章事置之。復以若君圖章事裁書以送三使出大廳, 奉入舊關白別幅及關白書契。而若君別幅則姑置之大廳。一行贈銀亦皆許受而自前以大坂藏入之銀贈之, 故歷路受去矣。今番贈銀倍於前日。而皆自江戶辦出以贈。倭人言舊關白有克儉之德, 官府充溢倉廩山積云。贈銀枚數皆於大木盤, 上以小紙印"銀子一枚"四字列付。一枚卽四兩三錢云。

送再書之際, 欲又送書於若君之執政則島主送言以爲自前如此。事必使島主周旋而貽書 執政則極爲無聊云。故遂置之。

初九日。

三使具紅團領出大廳，捧舊關白及關白禮單物種而不捧若君之禮物。平誠一呈綵花。

島主呈菓子。

是日始食眞果。

李郎廳、田宣傳領馬上才往島主家試才夕還。

初十日。

島主再次答書來稱以前例，而又爲裁書責以道理期於改正。

李咸陽、李都事、李內乘、李宣傳【邦一】、禁旅軍官金壽鼎、林世載、馬上才印文調、李世蕃，往試射藝於關白所觀處，例也。金竹山爲觀光借名於奴僕而往。余笑曰："此非江華且無賊兵，何必借奴名乎?"金亦大笑。而然其氣岸非他人所可及也。申後歸言，六兩則以射場之甚狹，恐或傷人，勿令試射。故不得射，只試騎芻及大帿。而李都事、李咸陽、金壽鼎兩技俱五中，李宣傳、李內乘則騎則五中，帿則三中。林世載、印文調騎四帿三。李世蕃騎四帿二。觀光諸人皆稱不已，曰"天下妙才"云。蓋日本人欲虐我國馬才而終不得云。

申後與人參同發之京書始入來。得四月初十及十三日出兩書。得平信不勝喜幸。而書出已久，可歎。

蓮萼數三莖出於池中。

十一日。

島主第三答書來而有前例之事，必無可動之勢。故遂止之。捧其別幅及物件。

林學頭門人稱以學士者日日十餘人替來與文士酬唱，而其詩無一可觀。聖章輩所作或於數時之內，至於四十餘編。其不能潤色固矣。而一日使小童給紙筆謄來其所作詩。別無草率之意，可謂巨擘也。此外文士絡屬不絶, 且日本則儒生多爲醫學, 故來與良醫酬唱者其數不減於四文客之座席, 而良醫亦能堪當, 終不示苟難之意云。醫官河春恒者設醫疑數十條, 良醫遂遂卞破, 春恒曰: "眞可謂良醫也。欲爲弟子而不能得, 可歎"云。

關白送曬布二百疋、串海鼠【卽海蔘】十箱於副使公, 蓋以失火故也。

越生又來。余書給我國儒林宗統。緝一讀之, 起拜曰"固知貴國文獻之盛。而今見此示, 雖姬周、趙宋何以加此。當作寶藏"云。緝曰: "貴國文物不勝欽歎。欲學古之鼂卿公輩入貴國, 而拘於國制不得爲之極可恨也。

首執政請借見朝服、金冠、帽帶、紅、黑團領、戎服、軍服, 故許之。馬島奉行輩言於首譯曰: "若君及首執政皆艶服貴國衣冠。有變改之意。極可悶也"云。用夷變夏, 豈易也裁。還可笑也。

夕受上馬宴, 與下馬宴同。

十二日。

島主受三幅畫於畫員, 請得三使臣贊語, 故許之。

越生來示≪一刀萬象≫爲名冊, 而以千字中文字刻圖章諸體, 而無可觀, 故還給之。緝言明日來會於品川云。

留館時各房用餘剩米八十八, 俵炭四百三十二俵。柴七百八十三抱。其他雜物亦多, 以前例略給馬島通詞輩。餘作件記使掌務官面傳於館伴。

隨槎日錄 卷下

六月十三日。自江戶回程。宿品川。三十里。

巳時島主來請啓程。三使以下皆以平服發行。兩館伴揖送於楹外。

排立次第一遵來儀，而但軍官不爲前陪，堂下譯官二人輪次陪龍矣。道路所見盡與來時。觀光兒童多作我國旗幟樣，或摸龜蛇，或書"淸道巡視"等字遊戱於道傍。且以紙作戰笠而着之。於此亦可見深慕我國。而但無作冠、作帽者，其尙武之俗可知。午後入館。館所如來時。站官及所呈亦如來時。皆不復記後皆倣此。而來時則所呈皆是杉重，回還時則代以果實亦前例云。

館外有寺門扁以潮音閣，遂與幕賓諸君步往。有所謂陸禮堂，而內楹題以景福祠，庭有池塘，菱芡蔽水。堂後築石堦數十層，上圍木柵可數間餘。中置一臥石，石前設爇燈塔，此是舊關白後宮之塚云。

十四日。中火神奈川，宿藤澤。八十里。

來時纔已播種，今則移秧已久，畦畞皆靑靑矣。神奈川，中火卽發。少憩松陰下，追至戶塚村，則行次已入茶屋。而富山已見於雲間，皓色依舊，若是白雪之色，則堂此極熱之是，必無不消之理，殊可怪也。日晡抵藤澤。日供有西瓜。

十五日。中火大礒，宿小田原。八十里。

日暮抵小田原。站人夜獻熟供，如來時。

十六日。中火箱根，宿三島。七十里。

行至箱根嶺底，溪澗震疊松檜齊鳴。行十餘里。有金湯山。門額卽壬戌寫字官金義臣之筆。而林樾深邃，頗有淨意。遂下馬入。去至法堂，則沙彌數三人忻然出迎，以茶果禮賓。卽起行十餘里。至畑村。行次已憩於茶屋。茶屋卽村氓之家，而屋後引雙乳瀑瀑下流，繞作曲溪。左右圍以蹲蹲之石，其上蔽以奇奇之卉。至箱根嶺頭，有木柵。此是江戶之所設，故日本人之往來者，必下馬如燕京山海關之例也。湖色纔出而凉意已逼人。颯颯如秋氣儘是靈邱。

十七日。中火吉原，宿江尻。一百二十里。

午抵吉原。快見富士全面無一點雲靄而雪色幾盡消融，與藤澤路中所見時不同，可知山南山北之異候也。然堂此三伏酷熱之時，向陽之處始乃獨消，此亦異也。自前我國信使未嘗當盛夏過此。而尙置疑於雪不雪之間。今始快決，可幸。

飯後發行。若過村中，則勿論男女老弱，付紙於板上，持紙筆請書於馬頭。還可笑也。村人以一句詩書於板上，以示我人而請筆。其詩曰："久旱鄕中齊渴望，彩筆數點起雲霓。" 可見眞誠求之也。行二十餘里。登一嶺，景光甚好。實日東第一形勝也。左有東溟之大，右有富士之雄。百里明沙一帶長江在其前。泛泛島嶼錯落波心，蒼蒼樓臺羅絡。山底林樾障其東，畎畝布諸南嶺巓發業，高可百丈。淡宕雲煙一望無際。子時也。落照直射於洪濤雪頂之間。群鷺齊飛於烟渚草洲之上。世上所謂以勝□爲名者，莫不羅列於眼前。若使樂山樂水者當之。庶可判其爲天下勝地而惜乎。蠻夷輩草無山水之眼，無一樓一亭之着在此中也。駐馬良久。日暮路遠，不得已前進。過此富士全體不可得見。東來萬里得一富山。而今處作別。依依如與君子相別也。暫憩茶屋而行村間。市舍有百餘箇硏石，而或彫作禽獸之狀，或畫以草卉之類，形形色色，類萬不同，無一石天然去彫飾者。甚矣，蠻夷之好巧也。過淸見寺，而夜深不得入，可歎。三使抵館而宿。

十八日。中火駿河州，宿藤技。八十里。

行至駿河州，白蓮亂開於池中而景致尤好。午後登程。渡大川，踰宇津嶺。下馬村舍池邊嚼瓜飮茶。又憩茶屋。二更抵館所。

十九日。中火金谷，宿掛川。七十里。

行渡大井川。越川軍比來時尤多。抵金谷村兒多着假戰笠列立道左如軍行儀。

午飯發行，小坐山上茶屋。日未暮而抵宿站。

二十日。中火見付，宿濱松。八十里。

今日所徑皆茫茫大野，與天無際。多上上田。

二十一日。中火荒井，宿吉田。九十里。

昧爽發行，連從川邊而行，到金絶河。乘彩船順風而涉。中火荒井。

午後發行暫憩白須賀茶屋。日暮抵吉田館。

二十二日。中火赤坂，宿岡崎。七十里。

晩發受署尤甚， 故未明懸燈而行。島主未及前導。早抵赤坂館。庭前有大柑樹【或稱大大，或稱자분자분】青黃實。交錯黃者大而熟，青者小如枳。蓋聞此樹每年春末開花，夏初結子，經冬翌年春夏始熟，秋末乃摘。翌年開花結實者，又翌年摘。如之枝上尙留二年。實而雖翌年不摘則三年亦可在枝。此近處數百里間如此。他處未必然云。

飯後發行憩藤州茶屋。日晡抵岡崎館。

二十三日。中火鳴海，宿鳴護屋。九十里。

日出發行過重城門。樓臺、壕池亦壯麗。度天作橋，可數百間。過小崎村、小濱村、大光地村。小休於池鯉付茶屋。過岡村，至牙野村新達茶屋。卽去時犯夜小休處也。暫憩卽行，午抵鳴海。里數似可爲七十餘里。館所主人西尾伊左衛門，去時呈花矣，今又呈≪黃參判日記≫。謂"島安呈花求詩"云。故問島安之爲何人，則伊左衛門答以此是渠祖云。

午飯發行，過千林山寺。壁大書"花鳥雲月"四大字。連由村中。日晡至鳴護屋。所過有大光院、篤善寺，而乃中下之所館也。皆是高樓傑閣廣曠無比。

二十四日。中火起川，宿大垣。九十里。

日出發行。憩稻葉茶屋。午抵起川大垣館。見路邊市舍，多有倭人之沐浴者。聞市人備浴具受價於行人。蓋倭人好浴故也。當其沐浴之時，赤身而立於大桶中，而村女不知爲避，晏然在傍。可謂蠻夷之俗也。

晚後始發行度記川浮橋。水益多方舟可三百有餘。昨今所徑連從野路，左右平原，無處不庶田疇膏沃，禾黍齊苗路傍最多。水田而當此久旱，水道無乏。日本田土最中沃處也。四面大野俱可數百里群峰如雲如畫， 圍之如屛。山水之淸麗亦可謂第一也。觀光者多頂手低頭如作別之狀而曰："사라바，사라바。" 蓋好歸之意也。兒童處處作隊一時齊語，令人耳聒，行中人若不顧見，則必拍手作聲，回顧然後乃止可見。其愛慕我人之甚矣。此則非獨此站爲然，沿路皆如是矣。行十餘里暫休黑股村茶屋。三使抵館而宿。

二十五日。中火今次，宿彦根城。一百五十里。

日出發行，小休垂井村。未及今次，有小摺針嶺。峽村數家，生涯肅灑，第宅淸凉，販酒賣茶。前有小溪，仍成小瀑 林樹葱鬱，得風颯颯有聲。蟬音雜沓，頗有閙趣。前後所徑皆是高樓、傑榭、通衢、大都故，若得 如此光景，必自開眼矣。過此桑柘遍野。家家養蜂，設架四、五層，或八、九層，鋪席整備，方有上薪者，方有收繭者，方有取種者矣。蠶則小於我國，繭則大於我國，而皆白色。且我國四月養蠶，而此處則六月晦間始見之，抑一年再陽而然耶。未可知也。午抵今次館。主人刻揭玄文龜之筆"泰平巖"三字於壁上，而用倭松之有細紋者，望如沉香。刻用唐法，金碧眩眼。此不過一常漢而其堂額之巧飾如此，可怪。副使借來繅車、織機、簛米之具，使崔植畫出，而皆極精妙矣。

午發至醒井茶屋。酌泉觀魚。行數里，村中有水磨碓。其制極巧極妙。猝難形容，而大抵如淀浦水車，而車輪五圓次次磨轉如自鳴鐘。列植五杵，次第上下。頭置磨石，又自然輪回。而大輪則當水頭，水激則轉，一轉之間五杵及一磨石一次回傳。一日所磨合過數十石云。至大摺針嶺下，憩於茶屋。主人卽賣茶者也。屋臨二百里琵琶湖，景致甚佳。所謂竹生島着在湖中，如洞庭之有君山。湖水浩淼，洲渚蒼莽，無數帆檣來往於落照之中。鷺鷗飛飛，雲煙淡淡，眞可謂仙境也。自此懸燈至彦根城。沿路各站之所呈眞瓜單子，或書曰玉瓜、或曰甛瓜、或曰大瓜、或曰甘瓜。

二十六日。中火八幡山，宿森山。一百里。

彦根、八幡之間，爲六十里。炎路甚苦，是爲七十餘里。水田多有發穗之禾。日晡抵森山館。堅長老送上佐問候，呈渠私集稱以≪芝林稿≫一冊。

二十七日。中火大津，宿倭京。八十里。

日出發行。小憩茶屋。膳所太守本多下總守藤原康桓使其奉行呈酒果。酒稱以夕照酒。【夕照酒，始未知命名之義。酒壺書以"勢多"，勢多卽地名也。琵琶湖之八景中有勢多夕照，以酒出勢多故名以夕照。】午抵大津館。

飯後發行。村家壁間多畫我行軍儀，處處皆然，而此村尤多，家家皆有之。過吉祥院，有千本松，倭言源義經東行之日所栽，而五百餘歲。其大二圍，去地數尺，而爲二十六株，分爲三十四株，枝葉交峙，故稱以千本松。行未幾已抵倭京。都中壯麗雖未及於江戶，而人物之淸秀非江戶之所可比也。觀光中多有嚴肅端正。容貌凝重者，必是有職之士也。男子亦多有染齒而不佩劒者，可見越生之言非誣也。抵館日纔落矣。朝日森山離發時，兩首譯持禮狀書契先往四京尹之家，歸言："其所居華侈，非江戶執政家可比。在於倭皇宮城之外，而宮城之壯大，又非關白所居之可比。"

二十八日。中火淀浦，宿大坂船中。一百二十里。

早起往見溪堂，巖石花卉皆如舊，而松上有藤蔓握樹自根至梢。見方爛開，而花如躑躅。或曰"松樹開紅花"，可一笑。

日高始發行。都市盡而爲東寺。前路此乃來時暗中所過處也。門樓、銅塔皆極雄大矣。小小水車，處處有之。市廛亦多有新造以賣者矣。淀浦館所由船岸入去。飯後出船所，故直向船岸持來午 飯於船上而食之。島主自館所出來乘船卽前導而行。淀浦太守呈饅頭。風水俱順，俄頃之間已抵平方。不爲下陸，使中下官若干人往受熟供，卽爲前發。站官，高槻太守永井近江守大江直行呈葛粉。昏抵大坂，泊船所仍宿船樓。

二十九日。曉下陸，入大坂城館所。

飛船自馬島來。得四月二十四日出家信。萊伯書卽出於五月十三日矣。館伴岡部美濃守呈甛瓜。堅僧呈梅酒一陶。又松禮曹回答書啓及使行回禮。又呈七律告別。

諸處贈銀依例區處。而上官各員有二十枚。枚各四兩三錢也。歸於余者則初意欲投諸海中，不然則欲給倭人矣。更思之，投海近於要名，給倭則慊於要學錦南，兩皆罷之而分給於上船船格諸人。奴與傔僉不與焉，以示不自用之意。

分銀大略抄錄于此。關白、舊關白、若君三處之所贈行中人者合爲一萬七千二百八十六兩內，首譯三員各一千七百二十枚、製述官一員二百十五兩、上判事三員各三百八十七兩、上次官四十七員各八十六兩、中官一百七十人各 二十兩二錢三分、下官二百二十七名各一四兩六錢八分。三使臣前，關白、舊關白、若君之回禮合一萬一千六百十兩、執政以下回禮六千一百九十二兩、又九百兩、都合一萬八千七百二兩內，三千兩則除出保償員役沿行時筵稟覔給戶、兵曹公債。卽軍官、譯官、製述官、書記、醫員、畫員、寫官諸人所用者也。別破陣、典樂、里馬亦各有本衙門公債，故皆償給。中下官三百八十名內三百名隨往江戶，八十名留在船中 不無苦，歇之。分枚陪行三百名及物故四名，各給四兩，合 一千二百十六兩。留船八十名各給三兩，合二萬四十兩。掌務官之爲任甚苦，自前例有加給，故以一百三十三兩劃給。此外又有各項人處， 依前例小小別給者。而餘者爲一萬三千六百兩。依前例防公木三百四十同。視己亥加一百三十六同四七疋二十尺。使掌務官受手票於對馬奉行，歸納於朝廷。此外又有各技人員賞，亦有所贈，皆前例分給。回禮中雜物 綿子、色羽之屬則亦依前例分給行中人及下卒。館伴受大字於行中寫字及金生佐乘許。其筆之圍如大柱。一字所書之地如大屋二間餘。磨墨之盛於大木桶者無數。一人書一字則筋力殆盡。見之似壯，而藁束筆立而書之子法無可觀。

七月初四日。自大坂回發。復乘彩船。抵河口。宿船中。三十里。

食後三使臣以平服赴島主家宴。島主之家在難波橋之南百餘步之地。循例而罷。島主乘船先導諸船。以次放櫓過難波橋。此是半夜往過之地，故以身則雖再度，而以眼則乃初見也。樓臺、宮室繁華侈靡，可謂日本之第一也。左右皆削石築堤。高樓甲第羅列，堤頭或引水爲壕貯水庭際。壕上有橋與河橋無異。橋下有門，開閉以通舟楫□。層軒翼榭聳出水中，立石爲柱，覆銅爲甍，或彫欄畫欞，圍錦繡之帳飾。金碧之彩照煌雲日。或琪花瑤草，似纛似蓋葱菀於繡箔金堦之間。或設木柵於門外之水門，藏得黃金船如使行所乘者，形形色色，類萬不同。或高或低，或遠或近。三十里之間無一片之閒土，無一屋之薄陋。纔轉一曲一曲尤奇，纔過一屋一屋尤麗。見左岸則右岸忽益奇，見右岸則左岸漸爲麗。愈出愈新，愈往愈奇。雖蘇杭洲之繁華，必不及於此矣。觀光男女皆衣錦繡，列坐欄檻。欄檻不足而 鋪華床紅氈於岸上。岸上不足，乘小船泊岸。連棹首尾如貫橫。亘左右終無間斷處。衣飾劒佩俱極奢靡。此日所徑之景光雖使龍眼虎頭堂之必不能摸得其萬一也。至河口卽來時移乘彩船處也。我船則再昨自此出泊於新川外。距此爲十五里，而風勢不順，遂下碇而宿。島主送人言"行具多有未備，不得已更爲下陸"云。可痛。

初五日、初六日。

因島主不上船，留河口船中。

初七日。自河口發船，移乘我船。次兵庫。一百里。

日出時移乘小彩船，至新川。移乘我船一行上下皆有喜色。無異還家。且河口無異於虎口。自前使行之滯留十餘日者亦有之。故以是爲慮。今幸脫出河口，安得不相賀。日落抵兵庫。下陸而宿。回答書則留置舟中。崎城太守源忠喬呈蒼鷹、鷄卵。

初八日。自兵庫發船，次室津。一百八十里。

至明石浦遇風，掛帆抵室津下陸。姬路城太守源明矩呈糖漬魴一桶、魯酒二樽。遍給一行如來時。

初九日。自室津發船，經泊日比村前洋，宿船上。一百七十里。

日高乘船，及泊午窓日纔過午。遂鳴鼓前進。晩後風變潮逆，日暮下碇於山田村前洋。曉頭乘潮櫓役至日比下碇，天而明矣。

初十日。自日比發船，次韜浦。一百三十里。

巳時乘潮而發。日晡抵韜浦。此處館所狹隘，故不爲下陸。家君與兩使乘平輿，由船岸而登□福禪寺。余與諸人乘小船繫於寺岸而入焉。奇石絶壁，玉立筍束，陡入海中，高可百餘尺。高接危欄，着在岸頭。飛甍露簷，高入雲霄。開戶則一色天海，四望無際。懸軒則淡淡波心鑑面觀魚。其爲壯豁如此。有一石島，凡然在眼前，而松杉成林，作一樊籬。此則壯豁之中兼以奇妙者也。天際群峰羅列四面，如華畫如雲，不高不低。此則壯豁、奇妙之中又兼以淸麗者也。石麓逶迤至數十步許。如自起朱雀突然而高，削立累十丈。三面臨海。又有傑樹，與雲齊浮。落落小松便一深藪。此則壯豁、奇妙、淸麗之中，加之以醒躇者也。傘海之形勝，非但今日之所未見。抑亦平生之所未聞。吾未見岳陽，而岳陽之能如此，亦何可必也。壁上揭“日東第一形勝”八分六大字，卽辛卯從事李邦彦之筆也。家君命余，以八分書“對潮樓”三大字。付之沙彌。及歸鷄已鳴矣。宇和城太守藤原村候呈于瓢一箱、煙草一櫃。

十一日。自韜浦發船，次鎌刈。二百里。

日出發船。至忠海，日纔午矣。風潮俱逆，副、從船已下碇於此。我船亦如之。日暮時乘潮而行。翌日日出，小童告曰：“舟已泊岸矣。”

十二日。自鎌刈發船，經泊加老渡。六十里。

食後下陸。廣島城太守呈大田紙、三原酒。日落潮退，又乘船而發，以逆風逆潮下碇於加老渡前洋。宿板屋。

十三日。自加老渡發船，次上關。一百五十里。

日出櫓役而行，間或擧帆。日暮低上關，下陸就館。松平大膳大夫大江宗廣呈杉重一組、鰯一箱。

十四日。自上關發船，徑泊向浦。一百七十里。

十五日。自向浦發船，次赤間關。一百八十里。

夕泊赤間關下陸。荻城太守呈菓子一器、御樽一荷。

十六日。自赤間關發船，次藍島。二百四十里。

申低藍島下陸。松平筑前守源繼高呈素麥一棬。

十七日。自藍島發船，次一岐島風本浦。三百五十里。

日出行船，日晡泊船于一岐島。蓋終日以帆而行也。篙師輩言："今日舟行甚駛，而消了一晝，此海之遠與馬島、一岐無異矣。"卽爲下陸。松浦肥前守源誠信呈于鯛一箱、鰯一箱、樽一荷。飛船至。得五月念四日出京書。萊伯書則出於五月晦日矣。

【영인자료】

隨槎日錄

수사일록

1

隨槎人員數 摠四百七十二員人名

正船 正使舡 一百六十六員人名

子弟軍官通德郎洪景海

前同知白尚輝 禮房

名武軍官前府使趙 兵房

訓鍊正金柱岳 揔舡官

都揔都事李栢齡 日供官

訓鍊主簿李吉儒 工房

禁旅軍官前同知金壽鴞 卜船

製述官前典籍朴敬行

書記氷庫別檢李鳳煥
譯官首譯朴尚淳
上通事李昌基 卜船
押物通事崔鶴齡 卜船 乾粮官
崔壽仁 掌務官
良醫通德郎趙宗壽
畫員前主簿李聖轔 卜船
別陪行幼學李得壽 以伴人 名從
前萬户金夏鼎 以禮單直名送 以病到馬島還歸
別破陣金尚龜

馬上才印文調 卜船
典樂延益成 卜船
騎船将徐克濟
卜船将宋世基 卜船
廳直姜必福 卜船
都訓導尹道長
陪小童文聖訓
李枝興
河應運
裨将廳小童孫德緝

製述官小童金清風
首譯小童鄭起仁
使奴子就男
司令
都沙工姜弘晉
各負奴子十八名
吹手六名
羅將六名
砲手二名
旗手四名

刀尺二名

小通事三名

沙工七名

格軍八十六名

倭通事四名 騎二卜二

倭禁徒三名 騎二卜一

倭沙工六名 騎三卜三

倭下知七名 騎四卜三

副船 副使舡一百六十員人名

子弟軍官前司果南行明 禮房

副司正尹世佐

名武軍官宣傳官田光國 兵房

宣傳官李橉 日供官
宣傳官李邦一 工房
內乘李逸濟 捡舡官
禁衛軍官折衝林世載 卜舡
書記前奉事柳逅
譯官首譯玄德淵
上通事鄭道行 乾粮官
次上通事黃大中 卜舡
押物通事崔嵩齊 卜舡
醫員前主簿趙德祚

寫字官嘉善金天秀卜舡
別陪行通德郎金佐升卜舡以伴人名從
別破陣金舜澤卜舡
典樂沈漢卜舡
騎船將房應文
卜船將徐後稱
盤纏直李世益
都訓導鄭興邦
陪小童俞守大
孫聖源

崔龜甲
裨將小童李應望
首譯小童朴致祥
使奴子繼得
千金
都沙工金尚萬
各負奴子十六名
吹手六名
羅將六名
砲手二名

旗手四名
刀尺二名
小通事三名
沙工七名
格軍八十五名 三名火灾燒死 二十七名還送
倭通事四名 騎二卜二
倭禁徒三名 騎二卜一
倭沙工六名 騎三卜三
倭下知七名 騎四卜三
從船
從事舡一百四十六員人名
子弟軍官副司果李喜春 禮房
名武軍官前府使李桂國 兵房

武兼曹命傑 (工房日供官檢舡官)

書記進士李命啓

譯官首譯洪聖龜

上通事金弘喆 (卜舡)

次上通事玄泰衡 (卜舡)

押物通事黃垕成 (乾粮官)

醫員前主簿金德崙

寫字官上護軍玄文龜 (卜舡)

伴人李枝成

馬上才李世蕃 (卜舡)

騎舡將白瑀一
卜舡將金潤興
盤纏直曺世彬
都訓導鄭春興
鄉書記辛重来卜舡
陪小童權孟集
徐度元
裵應大
裨將小童白瑀楚
首譯小童韓世英

使奴子老味

應聖

都沙工崔聖次

各員奴子十二名

吹手六名

羅將四名

砲手二名

刀尺二名 一名到馬島得病還敀

小通事三名

沙工七名

格軍八十四名

屠牛匠一名

倭通事四名 騎二卜二

倭禁徒三名 騎二卜一

倭沙工六名 騎三卜三

倭下知七名 騎四卜三

隨槎日錄

上之即位二十三年丁卯二月日本國對馬州太守
平義如送大差倭正官平如恒以其關伯源家重之
受禪於其父吉宗請依舊例修書契送通信使上許
之三月家君以正使首擬受點副使南輔德泰耆從
事官曺命采也余以子弟軍官隨行以備衣備
冠治裝而以苧木作四節衣服一如常時發行前銓
曹用舊例付軍職雲臺卜發行乘船吉日而啓下遂
以十一月二十八日啓程
十一月二十八日發程兩民才驛三十里 二十九

日中火板橋宿龍仁凡五十里　三十日中火陽智宿竹山凡九十里（夕抵竹山道邊其下植炬自此夕站則皆如之）　十二月初一日中火無極驛宿德面村凡七十里　初二日宿忠州四十里　初三日宿安保驛五十里　初四日宿聞慶四十里（登鳥嶺下坐交龜亭真天設之險）　初五日中火幽谷驛宿龍宮八十里　初六日宿醴泉四十里（午抵醴泉登快賓樓樓在客館之西）　初七日中火豐山倉宿安東凡八十里　初八日留安東（登暎湖樓〻在府東五里）　初九日中火日直倉宿義城凡七十里　初十日中火義興宿新寧凡九十里（夕抵新寧登環碧亭〻在客舍西傍）　十一日宿永川四

十里 十二日留永川監司南泰良用舊例設餞宴于朝陽閣(閣在客舍東) 十三日中火安康村宿慶州府一百里(未明發行取道路至玉山書院々祀晦齋李先生西巖西刻洗心臺龍湫等字云是退溪先生筆有漢亭主人即先生之庶裔亭是先生奉親養旨之所) 十四日中火仇於驛宿蔚山府九十里(先發登鳳凰臺歷覽鷄林瞻星臺半月城石氷庫抵蔚山) 十五日宿龍堂倉六十里兵使俞曹基循例設餞 十六日次東萊六十里(行至十休亭距東萊府十里從事搜撿卜物至五里亭使臣以下具黑團領帽帶以渡海旗幟及三使前陪各數前導動軍樂具仪仗三行褊裨皆櫜鞬在龍亭之前使臣騎馬隨之府使閔百祥祗迎國書仍為前導至府奉安國書於客舍三使臣列立於東壁府使庭行四拜礼陞階問上礼訖降復位又行四拜礼) 十七日留東萊出城外拜

忠烈祠本府客舍傍有宋東萊殉節处後人等坍門之遂称以宋公壇十八日達釜山二十里至五里亭一行衣冠仗依如入京儀安国書渡支待守令在東庭虞候迎將具甲冑右西庭晉州牧使朴瑀程以班首行禮上礼如萊伯一行往觀渡海船長十四把廣六把上設板屋十二左五而右七屋之內長可以卧廣可以容二人高不足以立而設有大小之分左之第一為上房如一間屋其上飾柁樓有彩梯用以陞降焉樓下有數間空地為行中人拜跪之所樓傍甚廣可坐數十人中立二檣高十餘丈有布席兩帆以風之緩疾而擾易者也船頭置大鼓為令軍而報衙者也船尾挿一柁為操縱而指向者也

又載兩桅於舟中為其緩急之需也左右有櫓各七
不帆則令格卒撓之即所謂櫓役也板屋之下置禮
貟軍糧卜物而沙格及奴隷處之而不知其窄以至
炊飯供饌之所揔備焉上房左傍立一木懸青色旗
書正字副船黄旗從船紅旗各書副從字以識之又
各有卜船而亦如之以騎船〻制差小副從船比上
船亦差小皆自統營造來而只副卜從卜兩船自左
水營造来矣繫在永嘉臺下臺即故觀察權盼所築
權即安東人而安東一號即永嘉故後人名焉臺在
西城外而絶影島横亘東南不見重溟便一匯水矣

歸宿客舍西軒〻名靜海樓余與白令仍處高家君
仍留東軒〻名賓日軒　登龍城〻是倭人所築其
上有天將萬世德勝戰碑新舊二石而皆剝缺不可
讀馬島一點兀然在雲霧間望之若不甚遠矣　往
見沒雲臺距釜山爲三十里臺自多大浦逶迤五里
許萬松蔚然不見海色而只聞波聲松盡而臺出斗
絶海濤之中惟見四面皆海左右顧眄茫無涯涘
戊辰正月初四日水使李彥夔循舊儀設賜宴前一
日鋪松階備遮帳水使與三使對坐三使向南水使
向北三房褊裨以房次在使臣之後亦南面譯醫寫

畫在水使之後三書記在水使之右西向船將別破
陣典樂理馬〻上才在東端亦西向花樽管絃群妓
在其內使臣以下員役皆黑團領帽帶褊裨戎服橐
鞬奴子皆坐於階下饌床頗豐盛衆樂齊奏三邑諸
妓以次呈技進七味九酌在座者皆押花夜深而罷
初九日使臣曉行海神祭於永嘉臺舊例也行中人
皆參祭文聖章所撰今日卽靈臺所卜乘船吉日也
爲試開洋食後奉國書備威儀動軍樂一行皆着唐
冠道袍裨將戰笠軍服如渡海儀分登渡海船倭人
數十自倭館出來詳視船隻亦前例云通事三人禁

徒二人来謁于柁樓下各饋一盃酒皆稱惶恐感謝
出入之際跣足解納極其恭恪其中俊三郎者善爲
我國語少不齟齬矣形容衣服極詭異不問可知其
爲蠻夷也其頭髮盡剃至於耳上一撮淨梳作髻於
腦後以蠟油塗之以紙繩括之屈曲向上長三寸餘
童子則不剃只剃中央頭髮而其作髻則同衣則其
長到膝袖短而畧有袪縮臂而藏其手衣襟太寬藏
物於其中無袴而有裳下垂分束於兩脚如袴而實
非袴也襪則分拇指與次指以下着繩鞋而一絇當
拇指次指之間無億又無綦今日頗寒而光頭不掛

一物而無寒意亦可異也減支供使支應官饋數床
以送至州梁四棹　十三日三使尋太宗臺舟行繫
纜於絕影島乘肩輿々軍梵魚寺僧徒從松竹間踰
一危嶺行十里至太宗臺々柳濵海高可百丈中為
一盤陀可容數百人坐自山距臺為百餘歩縁厓而
行崖盡縁棧而行棧跨石罅鳴濤在脚下棧盡而為
臺壓勢雄偉危絕殆關東之所未有也沒雲臺之所
未及也馬島宛然在目前若可一趠而到新羅太宗
曾一來遊故名焉　二十八日家君尋梵魚寺過萊
府至八松亭抵寺距釜山為四十里寺是新羅古刹

有尋眞録一冊祖考藥方伯時作冊而給之歸路登
義湘臺〻在寺之西麓高可百餘丈眼界甚濶至鄭
氏墓前以炬爇昏而還 二月初二日往舡上使船
將揭板屋扁額上房正使曰如山齋奉國書曰讀書閣
左房二李得壽伴人名色知馬製述官典籍朴欽行曰穆如閣左三
房金夏鹏別陪行孔單直名色金尚龜別破陣曰管窺堂左房四崔
壽仁押物通事掌務官曰勾事齋左房五書記別栓李鳳煥曰芙蓉
齋右房一余曰不可不知窩右房二與良醫趙宗壽同知也
白同知尚輝子弟軍官礼房曰辨淄堂右房三李郎廳吉儒工房李
都事栢齡日倍官曰同心齋右房四趙昌城兵房曰完壁齋右五

房金竹山柱岳檢舡官曰趾槎閣右六房首譯朴尚淳曰有功齋右七房 同日禁軍賷来加請執政公私禮單今則可以得風而發聞因此事許久滯留今始出場良幸良幸 差倭請書示國忌及三使臣私忌使臣許之 初四日三使一行往舡上分載禮單雜物於六船首譯自倭館来言差倭輩初九始可治任出来候風云可痛 初六日從事往船上搜檢卜物 初九日具渡海儀陪國書往船上奉安於護書閣仍留宿板房二更大差倭裁判都船主及其徒通事沙格數百人分乘大小舡十六隻来泊豆毛浦前洋以爲候風護行之計距船所爲

五里許大差倭呈杉重酒桶於三使前杉重以倭松
薄板作櫃爲三層盛以五花糖之屬而皆不可食酒
桶如我國水桶而左右有耳穿孔以細木貫之上覆
薄板如下板而通小穴矣倭人載鐵錠紙燈棕櫚索於六船十二
日一行一時登船封狀啓指路倭人分乘各船每船
傳語官一人禁徒一人沙工三人下人二人也護行
諸船已前導正官船揷青旗裁判船懸黃旗都船主
船立紅旗以應正副從船之旗倭小艇稱以飛船者
二隻來曳船纜而先導造次不移備不虞之需也六
船以次掛帆而行未過十里正官船忽然落帆回棹

謂風勢已變不可前進云不得已回舡泊豆毛浦前
洋下碇宿板房　十五日由州梁前路掛帆而行過
多大浦前洋當爲四十餘里正官舡又落帆回棹告
以風微不可進回泊於多大浦舡港
十六日西北風自多大浦發舡次鰐浦五百里
辰時出港掛帆風勢漸緊篷篷然自艮隅不激不微
行過水宗波濤之險似若有甚於他處而未知其
別有崗嶺午後風小變西南風遂迤到鰐浦仍宿舡
上　島主送人問安呈杉重酒桶有單自此各站
皆有呈有單例也　鰐浦即對馬州豊崎鄉之所

屬有三百餘户而無田畝以漁業為生涯只種雜
穀於山腰如我國火田浦口石脉連絡於水中潮
滿風順而後可前進云舡艙之上有所謂禁徒廳
即搜檢舡隻使不得私相通貨之所也禁徒倭數
人長在其處不為暫移其屋制頗似我國公廨而
村舍則皆是五梁閣而覆以重茅高可數丈過數
十年後始改覆云村人填港觀光女人則不剃髮
斂髮於腦作髻於頭上揷以彩梳或以綿子裹頭
至頷下而含之衣服與男子無異但漆齒而娼女
及未嫁者不漆云童子亦必佩劒以三尺之童佩

三尺之劒殊覺絶倒夜自禁徒所至舡頭步步懸
燈矣 十七日留鰐浦以渡海形止狀聞食後正
官請下陸遂動軍樂列儀仗軍官佩劒前導次奉
國書負役次之三使乘渡海平輿次之余與製述
諸人隨之護行裁判以下祗迎於路左正官有病
云男女觀光者盈於道傍跪坐而無喧囂散行百
餘步至館所即村家而精潔可愛墻垣方正庭除
多植花草門楣書曰正使道御宿房無附土爲壁
之法又無樞鐵開闔之規每間以三隻莚子相推
轉以爲開閉而長廣如一若一隻破傷則即買於

市間而易之亦無毫釐之差又無溫堗以重茵鋪于廳上每間鋪三立亦有元定之尺數俗稱다담이堂制極精巧此不過浦村漁民之家而其爲華侈如此俗習之奢靡可以推知也設溷於寢房之傍甚潔杜冲棕櫚南天冬栢橘柚蔚然到處成籬蘇鉄亦多有之若萎則揷鐵於根而即蘇云 夕進熟以紅茶小盤二箇各貯黑茶小器數枚食器與饌器同潔了又添菜羹魚醬味皆淡不可喫

十九日護行延接兩正官請謁三使以平服立三重席上首驛引入兩倭頭着三隅黑茶冠謂之風

折巾及階解劍跣足至楹外單席上再拜使臣舉手及坐正官問安以例答之首驛引出裁判都船主島主問安使者凡三倭繼至亦着黑漆冠而差小謂之烏士帽再拜使臣坐而舉手又問安即出

尋寶藏寺〻在村中距館所為數十步屋制與村舍無異有金佛三身而長堇一尺有僧一人供茶進草身着緇衣而如深衣樣無帶無冠不佩劍矣清泉棣林蕭洒可觀龕底多有紅漆木牌以金字書之云是村人之神主而遇其忌日則來祭於寺中寺後有小碣立〻村人皆窆葬於此處無墳

形只有碑真所謂蠻夷之俗也 日供始來納而
五日使臣上米二十五手斗(即每日五手斗)上上官(即首譯)
上米十五手斗(即每日三手斗)上判事製述官上米十二
手斗半(即每日二手斗半)上官(即軍官負役)次官(即典樂馬上才伴人之屬)
上米十手斗(即每日二手斗)中官(即通引沙工奴子之屬)中米七手
斗(即每日一手斗半)下官(即格軍之屬)五手斗(即每日一手斗)以我國所
用升子計之則一手斗爲三升以五十手斗作一
石以用而所謂中米腐傷不可食盖我國人所給
公作米和水者也饌物則五日使臣則上酒十五
手斗甘醬五手斗艮醬二手斗醋一手斗鹿脚五

箇鹽六手斗真油二手斗燭十五隻乾古道魚二
箇沉菜十五杯鷄十首魴魚二尾生鰒十五(鷄卵十五箇)箇。菓
古四手斗薯四手斗酒三兩二戔薇一束莨子二
手斗七合五夕芥子二手斗山椒二手斗上〻官
以下各有差而一日所納只數種云馬州之殘弊
可知也。二十一日副騎舡失火點考下卒昌原
樂工徐雲昌蔚山使令金就京終至燒死慘愕無
已焦爛欲死者至於十餘人禮曺之入燼者人蔘
七十二斤白木綿二十匹芙蓉香三百一十枚諸
人之章服衣冠卜物盡爲燼灰狀聞燒火形止付

飛舡又作書于島主使之轉告江户

二十三日次芳浦凡一百七十里

巳時乘舡副使乘卜舡五舡各有飛舡十隻前導

曳纜各有青黃紅旗以應正副從舡及出港口惡

石連亘海邉以飛舡排立左右由其中間而行過

此掛帆舟甚疾(過西泊浦)日暮入泊於芳浦宿舡上

二十四日自芳浦發舡次對馬島府中館于西山寺

凡七十里

辰時櫓役而行浦口山勢逶迤擁蔽不知從何而

入從何而出也高城之三日浦何以加此舟與山

而轉環層巖絶壁被之以杜鵑冬栢桃杏諸花照
耀波紋曲々成局處々可坐及至舡頸港兩岸相
逼堇容一艦望之謂決不可行舟以撓櫓撑過岸
上有古祠石柱雕梁覆之以尾通事倭云吉孝子
住吉居喪哭泣海水為赤故國人慕其誠孝立祠
而祀之考諸前人所錄多以為蕎工之祠未知孰
是否也行數里許又有一港即鶻瀬也自此掛帆
巖壁之勝如蹲如卧或斷或續與潮汐相吐呑過
慶知浦有搖浦由此而直通于佐須浦實為捷徑
而非飛舡則不可行既延接官平方泰乘舡來迎

距府中五里島主平義如出迎船如我國戰艦而
差小制極巧侈左右設紫幔上設五色斑爛幕船
頭設儀仗弓劍鳥銃之屬皆以錦韜之島主於柁
樓倚交椅鋪以紅氊有蓋如紅陽傘身被紫色衣
頭戴風折巾即正官之所着從者十餘人排立左
右而頭無所着搖櫓數十人皆衣青色船與我船
相值家君着黑團領一時下牀相向再揖島主之
侍者皆少退俯伏多有敬謹之色以酊菴長老承
堅又至船則差小而尤精無儀仗無幕無傘亦據
牀而坐戴黑方帽後有垂可尺許衣黃色長衫肩

荷紅袈裟從僧六七人皆緇衣無冠拜揖如島主
及泊船港日未午矣羅絡樓臺太半是山腰粉碧
炫煌於春林之中恰似西洋國畫面也島主送人
請下陸三行皆送首譯先視館所三使以下黑團
領帽帶就館所即西山寺如鰐浦下陸時儀館距
海岸爲一帿場館外設禁徒廳門內有長廊爲下
卒休息之所歷中門至中廳安國書西過一間有
寢舍三間即三使下處各有溫堗半間爲使行而
新設者及廚房俗室溷室上房左傍有一間稱以
小童廳余與仁叔屋之蓋取便近也中廳之東有

軍官廳其北良醫々貧其南公幹廳々外有傳語
官伴倘次官上通事押物通事諸廳而皆是一架
之内而未揔其位室之制自是而東設複道數丁
間依虍作層以通南嶽寺寫字官畫貧次上通事
上々官製述官書記中官下官三房裨將之所亦
有之緣崖以上又有副房軍官廳皆有小牌書以
識之少不紊亂一行之人甚多而能容於兩架之
室可想其濶也坐定進熟供菜器覆以假花雖熟
視難辨真贋蠻童年可十三四者進盤而出入進
退甚輕捷非我國小童所可比也 對馬島東西南中

可三百里南北(東西)不能三之一有八郡即維羅峰之
醍豆仁位佐須豊碕與良與良府中也伊羅居人
家多醍豆多田土多果爲要邑皆貢其土宜於太
守郡置一令以糾民々俗詐僞趨利輕死蓋其土
瘠無田百物不生惟以漁業市販爲生府中則三
面負山前臨大海人民繁殖殆近五千戶地窄人
多屋簷相連無片隙地東通大坂南通長碕北通
我國百貨輻輳故民多富饒云太守平義如卽義
智之裔孫歷義成義眞義眞子四人義倫義方義
誠方熙相繼而立傳于義如義如兒名彌一義方

之子也其兄彥千代嚴九皆早夭有弟氏江主水
者其兄弟中最優云義如年今三十三姬妾至於
七十人有妾子九人皆爲人後一則延接官之養
子也昨年始娶妻於備後州太守之女非嫡子不
能襲位其家臣有奉行六人裁判四人記室二人
奉行如我國之座首而分治諸邑手握一島之權
島人畏之無異於太守裁判以下皆膝行匍伏不
敢仰視裁判如我國之將校而判決兩國之事皆
世襲其位奉行裁判每以差倭或館守倭出往我
國我國之所贈給甚豊其所以致富者皆由我國

家舍之奢靡衣服之華侈殆近於島主門設左右
中門外三重門以銅飾之出入以鎗旗先導矣以
酊菴長老名承堅字翠岩號洪崖自江戶差送能
文位高者一僧主張兩國文書糾檢島主動靜三
年一遞島主之隻字一語必質之島主之所往輒
相隨蓋延拜使行護行使行皆檢察島主之事也
如我國御史島主待之甚優承堅年四十九頗解
文字云禁徒處處有之各浦各站必有禁徒廳共
搜檢之法令人絶倒凡人之下舡輒往其廳盡脫
衣服解其兩脚間所掩之巾赤身而立法可謂太

酷舡港亦設小幕禁徒守之恐兩國舡人私相往
来也館所近處巷口亦守之兩邊村人皆乘舟往
来矣 送首譯傳禮單于太守及以酊菴 茶僧
二人持茶鼎茶櫃在中堂之狹房時〻進茶名林
澗使譯官問其爲此役之由答曰本是島主供茶
之人而承島主命而来問其有妻則曰然問其有
子則曰然旣曰僧而還有妻孥之累極可笑也
三月初五日島人鋪薄板於渡中又以席覆之爲
今日島主来現也奉行三人平城一平方泰平如敏 請謁使
臣以儒衣儒冠出大廳坐北壁下三重席上奉行

進伏單席搶頭再拜三使立而擧手以參茶及酒
果待之遂再拜而出裁判請勿放砲恐島主之驚
動也陳旌旗軍物三絃於庭中設客東主西之位
於大廳皆三重席以罽菴席在島主之西〻山寺
長老以單席置以罽之下差後已而二人持竹杖
五人荷鳥銃手執爇火繩銃以青氈匣之三人持
弓矢弓之長爲二把矢之長爲一把又有如纛如
旗如鉞如斧而未詳其爲何物數十人先至以赤
脚排列跪坐於行中軍儀之內島主乘懸橋即所謂乘
物至門外跣兩足解一劍張紅傘步至中廳以罽

長老張兩傘継至西山長老隨之使臣出楹迎入
相揖而坐〻定西梵再拜使臣擧手荅之島主長
身皙面鼻高眼大頬有貴人貟様而似甚無能戴
一角巾其制畧似紗帽而高不過一寸後有尖出
者而圍僅二寸長僅三寸揷以小簪其後垂一角
如紗帽之角而長尺餘以黑繒爲之以紫纓繫之
着有紋黑大縀團領廣袖頬似黑團領而但周襖
濶袂而無腦背也帶則以黑絲織之如朝服後垂
所佩之釼以銀飾之從者四人着風折巾侍其後
三人握釼一人握象牙扇又五人以烏士帽列坐

奉行二人平誠一 平方泰俯伏於楹外島主使平誠一先
慰行役之勞次問副船之失火奉行傳于首譯首
譯告于使臣使臣答之如例曾聞奉行輩與島主
相與戲謔無嚴畏之意至於姬妾之昵侍亦自奉
行定其日子而島主不敢違越矣今見匍匐膝行
不敢仰視出入之際必爲曲拜有若君臣之分甚
爲嚴截傳之者誤耶或假爲此恭謹之狀以示他
國之人耶酊髡着四隅彩冠如帽子冠而上頭不
通且有纓衣黃色長衫荷紅色袈裟從僧六人以
綠頂坐其後仍進參茶〻罷島中進排而塗以銀

繼進饌床島主欲喫栢子以箸取之才及其口輒
皆還墮終至曳白㗖胡桃一箇而止可見其羞澁
之態也三酌而罷送之如初島主奉行酊髡出門
皆乘懸轎西髡則出入時不由行步席出門即脫
巾而走特以與我國禮節通書契故来參宴席而
無関於使行其所着則如揮項而上有兩耳殊極
恠駭矣　初七日島主請觀書畫馬上才故許之
例也馬上才則三房裨将各一人金竹山李咸陽田宣傳領
去試藝於島主家近處觀光者殆傾一府而皆稱
賛不已島主出酒果以待軍官設竹棚於路左而

觀之書畫則金弘喆領去皆以儒衣儒冠入島主
別堂島主出見以短衣光頂立方席四人皆再拜
擧手答之遂還入島主之妾子年十二名滿千者
来觀爲人甚慧兩人之所書多至四五卷而太半
是我國楮紙書畫則冩四幅皆稱善云　送首譯傳
私禮单於島主及諸處　十一日島主設宴午後
三使具公服紅團領帽帶乘肩輿軍官戎服橐鞬
引軍儀動軍樂前陪羅卒奴僕格軍皆乘倭馬但
及唱房子步從三堂譯乘懸轎上官所乘馬則有
左右傳馬皆新鬣鏽鞍倭暮羅帰諸人皆稱官室

之奢靡儘是我國之所無云副使曰曾聞島主之
居處擬於王者以今所見則過於王者　倭人之
奴僕稱以人足倭音인속고 蓋奉足之意也　往軍
官廳適見倭錢如我國小錢背書寬永通宝腹無
字而或書文字元字九十六文爲一兩直銀一錢
云　館前有時時撞鐘之聲問諸通事則有鍾閣
按時扣之以子午九丑未八寅申七卯酉六辰戌
五巳亥四云　聞閔白以本州當通信接待之役
三年連送久金四千兩以銀計之則爲六萬兩今
年又加給二千兩出日供官料理進排而太半偷

竊殆不成樣饌物多稱未收終不來納雖欲蕩滌有閑後弊若欲替捧亦似苟艱極為難處矣 島主送銀子各一枚於書啞三人各二枚於馬上才二人倭人以四兩三錢為一枚 聖章子文與裁判紀國瑞號蘭庵有筆談抄錄其可記者章曰白石即源峙後能繼前轍者幾人瑞曰作詩者世不乏人但憯无稱作家耳章曰林鳳岡有文集否瑞曰林鳳岡為誰章曰已亥江戶學士林信篤瑞曰信篤有集否僕不及知蓋聞白石鳳岡分黨各立戈戟相尋而兩森東即白石之弟子也國瑞即東之弟

子故抹殺鳳閣冈有餘地可見偏論之峻也可笑
章曰木順菴即白石之師源白石之外称作家者幾人
瑞曰柳省菴室鳩巢南南山荻茂卿數人皆已物
故當今作者則海槎往還之際當親識別今不必
預告章曰伊藤維楨有後承而其著述童子問外
又有他件文字否瑞曰維楨其人則一君子而然
與程朱異歧所以不知其書有幾章曰公所尊尚
在程朱甚盛甚盛貴國尊慕濂洛勑行立言者爲
何人耶願聞之瑞曰木順菴山闇齋今承其後者
亦多章曰山闇齋名云何瑞曰姓山名嘉章曰中

州書必自長碕來挽近詩文比皇明時或能與元之虞道園趙松雪之尚有趙宋風氣否瑞曰淸朝有百名家詩選曾一涉獵調腔逈殊恐或不及元體也章曰辛巳兩使時學士所述公必稔着且必有上下其論於芳洲(即雨森東)者李東郭申靑泉甲乙何如云耶瑞曰東郭則詩材贍富著述敏捷靑泉則文勢神奇立言愼嚴章曰自通信以後萍水酬唱之集必不泯滅貴國公論以何歲使行時文字爲勝瑞曰辛卯爲勝云章曰辛卯學士既是李東郭(即李礥)則與靑泉甲乙之論何如我國多以靑泉

勝東郭此論何如瑞曰青泉如程不識爲軍也章
曰程不識豈如李將軍也瑞曰李廣其人則可程
不識信千古詭範也子文則多問國制文曰貴國
有八郡七十三浦信否瑞曰是文曰浦則領於何
處郡則以何官莅之瑞曰浦各有管郡各有監彼
此何異文曰郡皆有貢於太守而爾世襲耶瑞曰
郡各有貢然其監轄則非世襲也文曰祿秩有千
萬石之多郡守受其祿又食其一郡下大夫及任
使者否瑞曰信如所示豈有以千萬石之祿徒奉
一人之理耶文曰貴國郡守或以筑前州食肥後

之祿或以薩摩州食長門之祿是何故耶瑞曰國俗使然文曰太守食本島及肥前州田代之祿云信否去田代幾里其祿幾何諸官之祿幾許公之祿又幾許瑞曰此等事問於傳語官可也文曰食於田代則信否瑞曰是文曰道里幾許瑞曰近千里　十六日食後三使以綸巾鶴氅衣奉國書上舡一行隨之仍宿板房(倭通事十二人禁徒九人分入於六舡)日暮後島主始乘舡〻艙諸舡百餘隻一時懸燈〻籠皆畫桐葉即馬島之標此後諸州皆有舡帳燈籠之標云

十七日自馬島府中發船次一岐島之風本浦凡四
百八十里
倭船指路者數十隻張帆前導島主長老次之奉
行裁判輩所乘船及飛船曳船凡五六十隻從之
我船以次繼發時則卯辰間也申時利泊於一岐
島之風本浦未及浦十餘里曳船六七十緣崖出
迎一岐島奉行亦來候飛船多有全体朱漆者船
各懸旗而畫三台星即所謂品字而岐島之船標
港口三面皆山也甚穩於藏船山腰皆是麥田而
已發穗矣島主先送奉行裁判往視館所即請下

陸下陸儀節一如西山寺乗舡之時舡頭距船艙
為半帿塲以飛舡横結連附而鋪板為橋廣三把
排竹為欄極精緻舡艙之上即有舘舍々舘後蒼
壁斗絶岩叢舘之大殆至於数百间東西十餘间
南北七八间而皆是一架之内覆以松板以石鎮
之其深邃之房甚属曖晝亦可燭不見天日其所
分排鋪置者略倣西山寺而總楔屏帳椸架茶鼎
燈籠之整齊巧密非馬島之所可比也此是村民
奠居之基而為使行毁撤而新創此舘云軍官廳
次官廳中官廳下官廳日供廳奉行廳裁判廳禁

徒聽凡十餘館設於館後近処以次排列上官以
上則各有硯匣〻中置敦薄紙各数三卷敦者曰
肥吉薄者曰杉原又作小匣貯硯石硯滴筆墨而
硯筆亦各有匣〻爲黑漆而色澤可鑑無異於鐵
鏡矣紙則甚好非楮紙之類硯與硯滴則我國之
賫去者甚夥故平日之所常見者也以猩〻氈割
之如墨之大小置之墨底可見其兒戲也上房之
傍有書以軍官護衛所者余又與書記良医及仁
叔居焉島主以其頻〻往來江戸故別設一室於
此処望之似甚廣濶矣松浦肥前州太守源誠信

呈于鯛一箱(即乾道味)䱎一箱(即烏賊魚)昆布一箱御樽一
荷亦例也夕與聖章徃舡上橋之左右步步懸灯
崖邊所泊船各有數三燈皆是品字而未知爲幾
百可謂壯觀矣　風本浦即一歧島之屬浦而一
歧島即肥前州之屬郡也太守則在於平戶食六
萬三千石此島有七鄕八浦二十四村此村人家
可百餘戶距此四十里有武生水村平戶奉行松
山雲八者摠轄一島東西半日程南北一日程土
品比馬島甚膏沃居民力農而畠多田少倭人以
水田爲田旱田爲畠云　由館之左至百餘武得

聖母祠〻僅五六间而奉山神〻〻稱之曰聖母
也倭通事告余曰陟彼峯頂可瞰朝鮮請為前道
遙海而西至山之頂北望大海心目爽豁乾方有
一帶山麓此則是馬島壬方又有蒼翠與在乾方
者不續此則明是我國之山 自此日供之豊倍
於馬島往来之時無加減還到馬島後又如馬島
之式云三使日供一日各上〻白米四斗手上〻酒
二斗手甘醬一手斗五合艮醬六合真油五合南草二兩有櫃燭五柄
重谷兩許五挽茶一罡葉茶一斤果子一箱生道味二尾塩道味
三尾乾道味三尾生鰒五介塩鯔三尾乾鰤六介生雉一首鷄五首

鷄二首鷄卵二十介菎子三合芥子三合藁枯一斗一手菁根十二
介牛旁子二十介芋二斗二手葱五束茄子二十介冬苽一塊醬
苽一光紅柹三十介生梨二十介蜜柑五十介柚子五介葡萄
五束生干二束生栗五十介炭一石柴三丹上〻官一日各上
〻白米三斗三手上〻酒二斗二手甘醬一斗一手艮醬五合醋五合
真油五合燭三柄五兩重挽茶一光葉茶一俵南草二兩果子一箱
生道味二尾乾道味二尾鹽道味三尾鹽鯔二尾生鰒五介乾
鰤六介生雉一首鷄五首鷄二首鷄卵二十介菎子三合芥子三合
藁枯一斗一手菁根二十介牛旁子二十介芋二斗二手葱五束茄
子五束冬苽一塊醬瓜一光柚子五介生梨七介生栗三十介蜜

柑三十介 葡萄三末 生干二束 炭一石 柴二丹 上判事及製述
官一日各上白米三斗 手 上酒二斗 手 甘醬五合 艮醬三合
醋二合 塩二合 真油四合 燭三柄各四兩重 南草一兩五錢 挽茶一兕 果
子一箱 生道味一尾 乾道味二尾 塩道味二尾 塩鯔二尾 生鰒
五介 乾鰤三介 生雉一首 鷄二首 鷄一首 鷄卵二十介 芥子二合 莨
子三合 菁根二十介 葱五束 牛旁子二十介 茄子二十介 芋二手
手 冬瓜一堄 醬瓜一兕 紅柹十五介 生梨五介 生栗二十介 蜜
柑二十介 柚子三介 葡萄二末 生干二束 炭一石 柴二丹 上官及
次官一日各上白米二斗 手 上酒一斗 手 甘醬五合 艮醬
二合五夕 醋二合 塩二合 真油二合 南草一兩五錢 燭二柄各四兩重 生道

味一尾乾道味一尾生鰒二介鷄一首生雉一首鷄卵八介乾鯽
二介菁根二介芋五合牛蒡子十介生干一束芥子二合莨子二合
茄子六介冬苽一塊果子一介柚子二介紅柿五介生栗二十介
蜜柑二十介葡萄二束桃茶一器葱二把炭一俵柴二丹中官一
日各白米二斗手酒五合甘醬四合艮醬一合五夕醋一合鹽二合
真油一合五夕南草一兩五戔生道味一尾鷄一首茄子三介菁根
二介芋三合生鰒一介葱一束蜜柑五介烏賊魚四尾鷄卵四介豆
腐半瀝炭一俵柴二丹下官一日各白米一斗半手酒五合甘醬
四合艮醬一合醋五夕鹽一合南草一兩五戔鹽道味一尾生小魚
一尾茄子三介菁根一介葱一束芋二合烏賊魚四尾鷄卵四介豆

廣碍半炭依紫丹二其形謂果子即五花糖之屬塩鯔
即童秀魚乾鰤即烏賊魚也多有非其時者故皆
以他種魚菜代納而亦有不納者云可痛馬島通
事輩居間而操縱欺罔多作弊之事有偷食之奸
言於譯官及小通事曰每事必分付於吾輩使得
指揮於列州若有直為分付之事則事皆難処云
此亦欲為中間弄奸之意也倭通事之隨來於今
行者殆至五十人而皆善作我國語無少拙澁蓋
閑白新立之後預度其必有信行晝夜習語已過
三四年以其通語之善不善取才而隨來隨來則

多有所得所得則莫非居間偷竊者也余問於倭
通事曰爾輩亦皆傳食於列州耶對曰自前隨來
信行之傳語官倭通事稱少傳語官則列州見待頗異今則
朝夕支供亦甚薄略凡百盡不如前使行日供又
不如例一歧人習極可駭嘆云然其宗則皆渠輩
之美奸也島主行中所率人一千五百餘名其中
傳語五十人皆欲因信行而蒙大利得家產其作
弊不言可知也 島主送饌具稱以勝却妓或稱
勝其也只者兼送膳夫持火爐鑼鍋三層漆匣盛
魚鰒鷄卵菁芋葱泡之屬煮熟於面前以納其味

不及於熱口子湯而辣渋則勝之蓋倭人之飲食以淡為主故也而使前亦各送饌具膳夫一時進供使臣若多進則膳夫當被責於島主島主使平誠一來坐近処問其所進之多少即倭人之第一別味也所謂豆圓餅亦可口　在馬島時倭人呈錦褥於三使前故欲於還歸時還給姑為持來於行中矣今日一歧人又呈錦褥錦襟各一件以綿子作茵衾則有兩袖矣褥則以有馬州之物還給

前浦有捉鯨而過者五十餘舡董曳一鯨無鱗无甲只是鼉之大者也捉鯨軍乘其出游於洋中

乗舡四圍以長槍乱刺待其氣盡而浮出始得運
來云浦边有長廊十餘间门前竪二大旗问諸通
事則所謂捉鯨特作家而居焉主張此事納税於
官與捉鯨軍分利而家甚富饒太守或有稱貸於
此人云得喫鯨膾色如猪肉味如獐肉亦可食
裁判請使人試作捉鯨之狀以供一笑故許之倭
小艇四五隻搖櫓者各數十人皆赤身而持長柄
鉄槍者在舡頭槍柄有繩如繒矢次第擺列一齊
用力如圍匝者然持槍者向空投槍其勢甚獰还
即收繳而復投々時觧衣收時着衣極神速後舡

亦如之相續不絶或作戲逐之形群舡疾走啇屬
風飛真壯觀也蓋遇鯨則槍無虛投舡能追鯨縱
繳所之鯨力盡則更以槍釵穿穴貫索而來若被
跳踉船爲覆沒則格卒皆能泅出而復乘且鯨之
爲物極鈍故既走之後不能回首云我國人則不
敢出捕鯨之計日本人所射之中絶有力者或能
遠走力竭而後斃於我國則取以爲利還可笑也
久滯藍館愁惱難聊乾粮官回既與馬島守同
行如有万全之風必無差失之理蓋馬島都沙工
有厚廩一生以候風爲事故万無一失馬島人言

凡事萬全者則必曰殿樣風殿樣即島人尊稱太
守之号也雖殿樣亦可以發舡則其万金可知故
也島中恒談如此則可知其必可信云可笑 適
出舘门有一倭騎繡鞍馬巡視舘所之左右問諸
通事則即火禁徒也從者五十餘人皆持長柄鉄
鉤短柄木樻及長梯若遇火災則以鉤毁屋以樻
汲水以梯升屋也其後有一旗書以水之手達夜
巡行此輩之慎密寔爲難當 傳語官駿三郎者
須當鍔浦之火災極力救濟多有勤劳故馬島宴
礼時通于島主島主大喜賞給十枚銀渠甚感幸

時或来見自異於他倭盖倭人若蒙小恵則不能
忘若有小怨則必欲報此其本習也夕忽来見余
問曰日本衣制有袖寢宿之際以両手貫之如着
衣乎對曰否鄙國法制皆以軽捷為主夜間若有
意外悪迫之事則難於着衣故欲以衣貫手而速
出也且鄙邦待令之茶僧名雖曰僧实非僧也盖
夜間長者索茶而欲為装束頭髮則必為遅緩欲
不為装束則異於貴國之有網巾有揮項有冠巾
而皃様極不似故不得不尽剃其髮如僧也且鄙
國医士亦必薙髮可欲聞人之有悪病而亦能即

趣也且衣袖之短狹者欲其輕捷於執事也余又曰島主傳食於列州耶對曰否但馬州之人沛爲於使行者則列邑接待島主以下亞卒則皆持粮饌而來矣余曰長老亦然乎對曰長老則界傳食矣 聞琉瑞國朝貢於閩白薩摩州主具接待云未知然否諸國貢舡之泊於長碕者南京及交趾暹羅東浦塞咬酒吧阿蘭陀諸國而皆有考驗必印畫署以送若无驗則殺舟中人只遺數人載他舡而還之阿蘭陀舡制極巧日本人嘗謂南京商舶精巧而不及於阿蘭陀日本則不及於南京朝

鮮舡制最疎濶云阿蘭陀人貴者死則安之琉璃
甕中實以水銀雖千年不朽自外看之无異生人
或有十餘代列置如蔵神主傳説甚誕妄矣大箭
有異制放一枚着地又自其中迸出數十枚每放
十餘枚散作千萬枝村落城郭片刻可以焚蕩日
本人一與相較燒盡數千户故甚畏之其制傳於
日本且其行舡无候風之事多載大砲自舡尾向
後一放則舡進百餘里雖万餘里之遠一半日可
達只怕浅灘狹港及石磯其衣服則有衣有袴衣
如我國裏衣而裁容臂體无帶襪亦如我國其形

四月

體則鼻大面白眼睛淡白見甚㐫獰頭髮或剃或
留々髮亦厭黑色必染作黃色或灰色凡招呼有
如口太平嘯者吹以相應云　四月初一日今日即
日本之三月晦云島主呈正果一盒諸白一桶糖
漬天门冬佛手柑一横正果即生薑蓮根茄子青
橘十餘種而味甚甘此処飲食中最為適口　聞
平户人使洽者男巫之称及女巫日々設饌誦經祈風
於鹿神之社而終無驗可謂不善禱也
初二日自風本浦發船次藍島凡三百五十里
食後都沙來告西風島主亦送人請發一行遂一

齊登船島主及護行諸舡已出港矣我舡亦掛席而從六舡各有曳纜艇十八艘擺列如鳥翼連綴如魚貫岐州禁徒乘大舸以督櫓役奉行以下至於通詞舡亦各有曳舡或十餘隻或四五隻及出港口風力漸緩遂落帆搖櫓迋東南有所謂平戶島長崎島筑前州平戶即松浦肥前守所居也長崎即南京商舶所到處也筑前則山麓連綿成一大陸北有男鹿島東有玄海島日將暮風益微舟以尺寸進而路猶未半烟波連天不辨咫尺不知藍島在何處夜未央忽舡灯數百個急棹來迎

不見其舡只見其燈故恍如乱星流火溯青天而下也燈標皆畫一圈以知藍島曳舡之已來人皆相賀曰四百里重溟能得不帆而利涉此寔天幸也遙見明燈百千万點簇簇攢列於溟濛島过此是藍島也燈燭炫煌上接星斗下帀雲海令人眩眼恍疑此身之在火城中也八月覩燈之壮比此還爲寂寥矣向在釜山申周伯維翰青泉曰己亥使行夜泊藍島迎護燈帀遍滿大海矣回泊釜山亦在半夜而釜山開雲兩鎭董以小炬五六柄迎之使彼人見之極爲埋沒云到今思之其言果然及泊

舡港蓬底之鷄已喔〻矣仍宿板屋 初三日下
陸鈗舘如例舘距舡頭僅數十武舘舍凡千餘間
皆是新築覆以木瓦制樣與岐舘差異而華靡過
之行步席以鉄瓦之如長尺者鎮之前退鋪猩〻
氊間〻着釘欄子垂以繡帳三房排置小如一岐
分房之処以紫色有紋方紬障之硯紙筆墨燈炉
烟具架椸並同一岐而各処以引鰒作椵皮狀置
之几上是祈祝之意而亦敬待之礼也舘外皆設
布帷如我國動駕時設白布帳帳內列植弓劔旗
槍一行皆有衾褥枕席以繡若錦爲之甚侈且各

有木枕黑漆者各房各有浴室浴室各有巾有床有燈有席有大桶小桶蓋倭人男女白晝必共裸而浴淫狎之事亦有之故其諸具之精麗如此云蓋藍島一片小島村家菫數十戶而環以松橘之林麥田有秋蒼然南岸諸山東馳逶迤至于西方或高或低如卧如蹲便成四面翠屏山根百里鋪以明沙白渚無尺寸間斷環抱一島曲曲有蒼壁斷塢株之以滄雲晴嵐恰似白練帶又若玉連環大抵面勢之穩藉眼界之敞豁洲渚之淸潤峯峦之秀麗林樊之蒼蔚雪烟之淡宕心懷之爽朗寔

非塵世間物色洪厓赤松若可翺翔而待也自西至東俱是茫茫滄海而在此不見海水便作一大湖真天作奇勝也峯之最高而居中者曰高照山島人以十景畫幅請製述書記題詩曰莒崎春曉曰分杉秋月曰奈多返照曰竈門晝虹曰藍島漁火曰金龍晴雪曰馬頭泊舟曰福岡杳靄曰白岳疊翠曰博多烟雨莒崎博多在西南博多津闤闠櫛繁一名冷泉倭音和家多我國人翻訛作覇家臺新羅朴堤上之死節高麗羅興儒之被拘圃隱先生之持節申文忠之駐槎皆在此地福岡即博

多西十里筑州守邑治距此五十里竈门即東可
十里有怪石兀立波中有穴如门小舡則能出入
或稱鼻口或云鼻孔岩一歧之東亦有此類而差
小此外奇觀不可盡記　藍島即筑前州所屬太
守源継高食五十二萬石居筑州福岡云
初四日自藍島發舡泊豊前州之南泊浦二百十里
辰時鮮纜未及十里西風忽変為東落帆櫓役叓
舡者極力蕩槳寸寸前進午時過地島筑前所屬又行
五六十里過鍾崖俗傳倭人載來新羅大鍾過此
覆沒入海秀吉以萬軍取之不得因為地名此為

陰灘午後逆風大發倭舡則輕捷能得專進而我
舡及倭舡之無專舡者皆掛側帆用環轉法如逾
峻嶺不爲直上盤廻曲折而進舟行百餘里其前
進者不過十餘里入泊南泊浦則遠天方蒼蒼然
欲曙浦即豐前州所屬而小倉守所莅也民戶草
數十餘此距赤間關爲三十里小倉護行諸舡累
十艘來到舡標如石礎塔形矣聞筑前太守即關白
之近宗馬守之妻族故島主欲爲除弊不甚候風
翌日即爲發舡遭此狼狽云可痛
初五日自南泊浦發舡次赤間關三十里

午後乘潮解纜繞州舡爲左右翼小倉舡居其中爲三行而曳之合大中小爲三十餘艘雖曰逆風庶無他虞南北山勢抱之如弓彎便是峽江中光景也北爲山陽道南爲西海道自山陽至大坂畫爲陸地往來之路皆由陸路而使行則連爲緣崖而行至大坂始登陸馬島守之往來江戶也亦如此云行十餘里歷小倉臨海粉壁可十許里引海水爲壕中起五層譙樓碧瓦雕梁影落波心樓金第宅橫亘烟渚蒼松老橘菀然作雲林瑤園自此山海勝景愈出愈奇左右聘目殆應接不暇又行

十餘里赤間迎護舡蔽海而來若將臨陣應敵者
然護倭所乘皆雕欄畫屋全體漆以朱紅四面圍
以繡帳舡頭有旗標各隨使舡旗色而狀如魚鉤
以錦紋裹之其末則如旗尾隨風飄颻光彩爛然
名曰吹貫後站皆倣此云騎舡則護舡各四卜舡
則各二隻舡則不可勝記並與馬州藍島小倉諸
舡及村民觀光船而計之則爲累千艘又當海口
之狹窄處一時擊鼓而進舳艫旋繞首尾相接殆
不見水色若兼有兵器則所向當無敵矣我國水
操以繞營爲首而觀此則不翅兒戲云當與藍島

之燧燭為天下二大壯觀矣忽見波面有石碑兀
然壬辰秀吉乘船過此觸石幾碎盡斬萬工遂立
碑其上俾作後人視戒云及着船港築石為堤高
可數丈以連抱木列插水中以作板橋與堤等長
廣皆數間左右作欄甚精上敷淨席至館所即下
陸浮橋之傍有兩三小船而道味秀魚之屬跳躍
於舟中間諸倭通事是日供所納魚物而活養云
其上有旗書以御用活巢所其下畫魚見此可知
館宇亦新創數百間視藍島差狹而精妙則過之
館門有額書以聖衆山外簷垂紗帷前退有繡幔

楹外敷紅氈以銅鉄之如竹尺者鎮之涵室置紙
東以黑漆板覆之至於下官之所亦設金屏紗帳
其華侈如此且處處有使喚諸倭潔服銀釵跪坐
廳邊凡有指揮奔走使令甚恪勤須臾不離由館
而西有傑閣亦新創者而牓以三大使合席盖大
廳也　赤间関或曰赤馬関或曰下関即長门州
所属太守姓名大江宗居其先毛利輝元即秀吉
上將壬辰留鎮尚州者而倭人中少有人心迫於
其上雖不得不斬鼻而每有惻怛之意家康以其
爲秀吉心腹奪其食邑免死爲僧只以長门周防

二州分授其子歷秀元秀就綱廣吉廣吉元宗廣
即吉元之子賜氏松平官大膳大夫從四位侍從
食三十六萬九千石其邑治在荻城距此東北二
百里 館之北有安德天王廟蓋安德嗣位其臣
平清盛通於其祖母白河后亦逐大將軍源賴朝
賴朝稱兵清盛奔敗白河負安德而逃至此赴海
而死安德時年八歲國人憐之立祠今其遺像尚
在事在宋淳熙年間館之東有文字城最多奇石
青赤潤澤采之為硯遍於天下城之得名以此而
城則已荒矣館之西有白馬墳俗傳新羅王遣將

攻倭〻人請和至此刑白馬而盟因瘞死馬為塚
今其墳制宛然尚在必是羅人所築云西山之下
有待変亭置火砲鳥銃弓矢槍釼摩倭晝夜守直
不難如臨陣對敵者云盖此処海路之要衝山勢
之合襟者故設関於此候望西南北諸船峯頭輒
設烽臺処〻相望矣 製述書記来說其舘舎之
勝余聞之忻然即携手同往由舘门而出向西街
而行通街左右列市廛恰似京城一処有榜書曰
古書物遂就視之冊架貯百餘卷帙而太半是医
書有小學大板字如綱目大字且有道德経而林

道春註釋之道春即日本舊日學士而曾見趙龍
洲集有往復書必是其人也又至硯所二童子相
對而坐以礪磨硯其後有架五六層置硯百餘箇
大者如硯匣小者如掌其色或赤或青或如緑豆
或如粉紅而不能辨好否可嘆至所謂製述舘所
即阿彌陀寺前日使行多舘此寺寺甚宏傑門楣
刻龍鳳狀俯臨海門百千帆檣簇簇在眼底由閤
道而後千莖緑竹數本蘓鐵清絶奇古翠壁斗絶
庭除精潔幽趣能使人忘歸午後由捷徑攀援松
竹緩步而歸寺距舘所為數馬場許 一行上下

皆有寢具比藍島尤侈發行輒皆還給而不充馬
島人中間冒奸故査招長門州支應倭作簿出給
蓋馬島人憑藉使行操縱列邑其作弊之端不可
形言且使館筆硯之屬太半偷竊無異盜賊 偶
與諸人論列邑接待之浮費若執赤間関一站所
入而言之則或云當為銀三萬兩或云當為銀二
萬兩或云三万太過二万不足大抵合論三万與
二万其浮費之鉅邑力之冨可知也
初七日自赤間関發船次向浦一百八十里
得西北風辰時擧碇掛帆北岸諸山処々有奇岩

絶壁繞以松杉抹以烟嵐山根輒鋪明沙白渚或
數十里或十餘里每以千里鏡望之無非琪林玄
圃行六十餘里過元山々形躍々無對木前人日
記皆以爲産猿蓋以元與猿之同音也可笑午後
風微入泊向浦仍下碇家君有感氣欲爲下陸使
奉行輩覓一村舍而水淺不能泊舟村岸移乘長
門州彩舡々制極巧朱漆畫欄洒金粧餙四面有
推囱可開可闔中有一粧房可容一人坐卧鋪以
猩々氈門柱閫閾皆玄漆照人行數里上岸至村
舍可七八里夜已深矣村舍即長門太守往來時

茶屋甚薄陋矣
初八日自向浦發船次上關一百七十里
日出栽判來告順風卯時解纜舉帆行十里過三
田尻即巳亥使行留宿處也歷湀浦宮洲笠戶室
隅（距上關五十里）處處村氓艤棹數艇而來以鳶名書村
名以獻魚菜柴水等物行中不受之則或即還去
至於室隅人則謂有太守之令終不退故夕泊上
關船艙板橋一如赤關舘宇不爲新營即周防州
太守茶屋而制甚宏傑上官以下所處則皆新建
也舘舍排置如前無異而前退數鋪席之如羽錦

者硯品極佳硯滴以純銀鑄之館之北有高樓亦一架之内高可四五丈甚敞豁　上関即周防州所屬山勢之緊鎖合襟頗似下関真是天設関隘之地此所以爲上関也長門守兼察周防故呈檜重吉川左景大江經永者即輝元遠祖大江元就之後孫其治在岩邑距此百三十里管轄上関故亦呈檜重串海鼠（即海蔘）三色酒各一瓶（其一沙糖泡盛味如竹瀝膏其一荒木酒味如燒酒其一忍冬酒味如過夏酒）　求詩者自此雲集四詞客與之酬唱而卑卑無足道云寫字官畫員亦無暇隙至於奴隷皆操筆立草求者亦相續不絶得

之則必膜拜頓顙稱謝不已其紙皆毛面紙粉唐
紙宮箋紙而必稱帖矣裨將諸人之一日所書合
爲累百紙云余適過館後有一通引方積紙揮灑
斗轉月未落之轉寫書以傳寫落字書以洛字而
受之者亦感謝僕僕頓首至地蓋無論老少以得
朝鮮人筆蹟爲榮幸其工拙初不爲計耳劇咲咲
余以此啟告分付掌務官使下卒不得操筆染紙
大抵馬島人則稔知我國事情慣見我國文物故
初無驚服之意畏慴之事而赤間關以東則多有
淳樸底意愛慕之如神敬待之如君便若凡人之

得見仙徒與馬島人風習判異倭人未必盡為巧
惡馬島人家為奸譎者果非虛語也
初十日自上關發船徑泊津和下宿村舍一百二十
里
辰初乘潮發船行數十步兩岸狹隘比船頭項不
甚大儘天作関阨也聞長門州船軍為二萬餘名
云使一軍行行三十里左有九国村右有宮內村
自此直抵安藝太守邑治廣島為一百五十里云
又四十里為賀室又五十里為津和一名津輪也
因日暮下碇於前洋島主送人云此処有精潔一

舍宜即下陸以調養病患仍送彩船故不奉國書
就館如入向浦時館即長门守茶屋雖小亦足以
容三行故副從亦從之
十一日自津和發船次鎌刈凡九十里
未明乘潮發船櫓役而行間得北風或掛側帆過
加老渡龜首島行七十餘里安藝州曳船来迎而
旗標乾三連亦有彩船而覆以斑斕錦帳在我船
之後須臾不難盖為不時之需也午後到鎌刈三
船所泊処各設浮橋々邊皆設竹欄々頭尽被紅
氈船艙設閣道直至館所隨地形而高低邊迤凡

三十餘間層〻作階〻有紅氈若通許館內紅氈
則可爲累千件而亦皆質精而色新舘舍有蚊帳
以綠紗爲之四方及高可八九尺上下之四隅飾
以紅錦緣貫之以草綠唐絲細索繫金環於四隅
又設金鉤於房之四隅亦以紫索繫之以鉤釣帷
之環而垂之則其內便成一間屋上頭及四面皆
是一帳故蚊不敢入此所謂蚊帷也其制極巧極
侈有難詳言軍官負役所處之室亦皆如此蓋日
本則蝨蟲甚繁非此則人不能堪之云浴室置白
苧衣袴及一大袱一幅之廣爲二尺半蓋爲浴時

所着也涸室以銀色綾花塗壁數錦鋪多淡席放
糞之処覆以黑板其漆照人如鏡有履以羽錦造
之有巾有灯其退廁亦鋪紅氈如廁必甚不安此
外烟具硯具衾褥燈炉屛茶之屬比前尤侈屋上
以黑桶貯水間〻架置禁火之政甚嚴到処火禁
将皆如一歧所見　鐮刈一名蒲刈安藝州守所
領安藝守元吉長食四十二萬六千石其邑治在
彦島距此爲百里館外羣峦回轉周遮作一湖水
不知舟從何処而入向何処而去也　冩字官金
天秀奴得病作故各房出米石使之掩屍棺則例

自本州備來云若欲出送其屍則又將狀聞事甚難便使之姑為留寘倭人葦言漬塩于屍盛于甕中彼此着標待秋開視則必不傷腐云蓋倭人則死於客地者必如此云

十四日自鎌刈發船徑泊忠海一百里

安藝太守呈塩鳧一桶覆盆酒一陶塩鳧則凡五首而不去羽毛漬塩盛於一桶見之令人欲嘔蓋日本至敬至尊之地必用此物云聞各州太守各給黃金三斤於六舡所在之倭通事知其餘通事倭則各給一斤每斤重一兩二分稱一宝直銀一

雨二度云　食後島主送人言雨意已快霽風候
雖不順前進亦無妨云故遂登船別從事隨龍亭
至正船奉安国書後還乘各船此則自釜山到処
皆然下船之時亦先至正船陪龍亭就館所矣風
水俱逆舟不得尺寸之功消了數個時始出港外
午後雨勢又作亟令覆篷篷底窄而舟上柁樓不
能眺望入板屋不能着書兩岸狹隘処多有淺灘
村人輒以小舟繫於其上揷以竹枝以告其險矣
行七十里過高崎粉壁青甍輝映於竹松之間頗
有些外靜僻之趣日昏徑泊於忠海下碇宿船上

忠海亦安藝州地
十五日自忠海發船次鞱浦凡九十里
睡裡聞左右櫓声軋軋不休即爲驚起則時已過
辰而行三十餘里矣左岸有杉原村粉堞層棧閣
里臺榭隱約於雲霧之中繁華景致極爲佳麗此
地有紙有酒名於國中所謂杉原酒杉原紙者是
也自此點點島嶼如碁之布如星之羅逶迤回抱
如飛如舞纔過一曲又得一曲既入不知其所出
既出不知其所入終日所經之処死非高城之三
日浦也未及鞱浦十餘里遙見百丈危嵓陡入海

526 수사일록(隨槎日錄)

中縹緲層樓着在上顛築石為臺立石為柱謹之
不似烟火人所居倭言是海潮山盘瑩寺或稱觀
音寺忽有沙彌数人自其寺底棹扁舟而来請得
普施用前例也即以米紙及藥果等之盖此僧居
此海岸伺候行客丐米錢為之祈風而一日之内
為去者而祝西風為来者而祝東風終是不済之
事日本称矛盾苟且之事輒曰盤臺僧祈風云及
抵韜浦日猶未午風亦尤順故送倭通事於島主
以通直為前進之意答曰站数既自江戸定起若
為越站則是使護行人陷重罪於江戸也終无肎

意故遂寢之舡艙舡橋共前無異閭閻繁盛樓臺
之宏傑非所經諸處所可比也岸上有高樓鍾閣
逕若神仙屋晛後下陸就館々距舡艙爲數里路
由街衢而連鋪行步廊左右通巷輒有守人使觀
光者不得出入家々皆垂竹簾無々隙步々必植
燈竿直抵館所酒肆娼樓亦各有榜館舍即南禪
坊或稱阿彌陀寺前後使行時館舍必定於福禪
寺其勝景可與安陽樓伯仲云今忽變改者極爲
可怪即使首譯問于平方泰(馬州延接奉行)則答以已爲
灰燼更問於本土人則以爲寺雖見在而多頹傷

云未知果然代官二人自江戶来留支應就舘後
即来問候其人自懷中出示錦囊自謂持生殺之
權故島主以下惴〻恐懼云自前備後州福山太
守當此舘支應而今番則宇和島太守送奉行支
待其治雅在伊豫而食邑在備後故也馬島人言
福山守得罪罷官故宇和代行云宇和守姓伊達
名村候 本土人伊藤輝祖字必大号霞臺維楨之孫来詣於
製述書記之舘爲人疎雅其祖所著述諸冊當待
回提袖来云
十六日自韜浦發舡徑泊日比村前洋凡一百三十

里
日出得止風乗舡宇和舡來曳繞轉一麓左崖石
峰突兀上有大刹等石為臺結構宏傑前有小島
甚奇崛不問可知其福禪寺而前人所謂不下於
岳陽樓者果非虛也舡艙簷階亦皆新葺而移定
館舍於別所者未知其何故也行三十里左右皆
有白石島々上多有白色盤陀故得名云又行五
十里為水島又行二十里為下津村閭甚盛自此
備前州崗山曳舡與宇和曳舡相遞旗標如方錢
過下津又有長島両崖僅為一馬場便是瀬戸石

灘甚悉過此備前州太守送人問候且呈藤戶海
苔海衣一横砂糖漬菓子一壷薄酒双樽单子書以
日本備前国主従四位少将源継政敬呈朝鮮國
正使洪公錦帆下継政即備前州松平大炊頭清
和源氏邑治在岡山已亥使行時太守也食三十
一萬五千二百石云觀光村舡前後絡属自懐中
各出数三紙或扇子授諸我舡請得華蹟得之則
輙攅手至頂感謝不已此不過浦村愚婦而共愛
筆如此有異於我國蓋聞此輩以韓國人華称以
德談必欲得之者此云日本人称我人曰韓國人

行十餘里風逆潮退無路前進遂下碇於中洋以
待潮滿四面群峰圍抱如畫清麗如畫月出東峰
天無點雲海波澎湃便成百道金光三更潮至櫓
役而抵日比村前洋下碇歇卧板屋鷄已亂唱矣
十七日自日比發舡次牛窓凡七十里
巳時乘潮發舡行二十里爲山崎京女鄕浦在右
鄙女鄕浦在左京女鄕浦或称美女浦前人日記
多称京長老以倭音之相近而傳訛也昔閔白有
美女爲倫後太守婦過此多神女言龍王妃求見
及覺以告其夫乞勿往夫強之過風沒舡故名焉

而鄙女婦浦之得名未詳行三十里有犬嶋有石
形如犬蹲故名耳又行二十里爲牛窓亦備前州
地也申時舡泊橋板如前下陸就館〻距舡艙爲
數百步而海水亦當门前即備前守茶屋而庭澗
如前 備前文士四五人來見製述書記多有筆
談酬唱而其穎擇而來者則大勝於蒞場所作判
若異手而其中近藤篤者號西崖年二十六有私
集三卷題以西崖先生文集卷末又書门人某〻
編輯其所作清楚奇拔深得白雪樓餘韻東來後
第一翹楚也篤又以其弟子七人詩各十餘篇請

批評其詩首篇皆題以擬呈朝鮮國學士先生篤
以爲邦禁甚嚴無藏責者則不得爲閒漫酬唱故
以擬呈爲辭不必和給
十九日自牛窓發舡次室津凡一百里
西風頗緊乘舡擧帆過一檥樓臺閭閻之盛與牛
窓無異亦有舡艙板橋而覘館所尤侈聞備前守
方往江戶來宿此處曉已前進云其巧飾舡橋者
非但爲使行蓋其習俗然也行三十餘里右岸有
小豆島而山勢恰似南漢山城距此數十里即讚
岐州地又行五十餘里有鶴島自此爲播摩州地

望止崖數十里有一大城府云是播摩之赤穗城
即森伊勢州太守源政房邑治也又行數十里兩
意又作遊落帆蓋篷以櫓而進及泊室津日猶高
矣浦口狹而長可藏數千艘三面崖上皆寺提亘
五六里矣舡橋比前尤侈橋盡即有館門〻垂真
紅錦帳其色爛燁非前站之所見館守即播摩太
守之茶屋制甚廣潤而浴室溷室之屬皆新創余
自館之左由通衢而行數百步至禁徒廳即來時
右崖最高處也其後山頂有賀武大神祠石門高
而廣南崖有隔蓮寺隱映松橘間極為清絕路之

左右閭家盡是市廛而層樓雕欄画户竹簾極為
壯麗周覧而還宿於上房之傍 播摩州姫路城
太守送人呈蒸餅魯酒且遍饋一行且别餽於小
童甚豊日本則以官人之子称以小童使喚於太
守故倭人待小童頗優云太守名明鉅食五十萬
石
二十日自室津發舡次兵庫一百八十里
未明發行歷阿伏浦丹後島姫路城〻即播摩州
太守邑治粉樓石臺横亘十餘里過此行五六十
里為明石浦村閭臺榭之盛不讓於小倉層樓之

高入雲際者凡四必是城樓之四大门也明石宮
舡與娃路相遠帆檣亦九点此是播摩州地而松
平但馬守源直常邑治也食六萬石云南崖與烏
崎城相值即淡路州地也又行三十餘里為攝津
州地又二十里為兵庫兵庫此依大陸南臨海门
閭里之繁華興明石無异或稱福原京昔秀吉使
其子秀賴居此矣家康作為藏入藏入即関白私
邑故差送代官守之支應諸節亦使代官當之云
泊崖之時日已昏黑沿崖村里之前步步植燈檯
亘數十里板橋左右竪長竿竿頭懸鉄網以松明

爇火於其中置馬木於其下火盡則人墜凳木而
繼投松明在舡上縋之有團團火塊懸於空中亦
奇觀也夜深下陸就館館即商漢之家而廣闊傍
靡不下於前站四楔戶壁塗以金碧畫以山水庭
有池沼芙蕖已浮出水面棕櫚蘇鐵珍卉橙居彌
滿階除渠以一賤買有此好家居倭人之窮奢極
侈推此可知攝津州太守源忠喬邑治在尼崎食
四万石即島主姊壻之父也送人呈胡椒一匣南
草一匣書以松平遠江守忠喬夜又呈杉重有單
閔白以其私邑之故饋大折一宛如我周之式字杉重物

一組宛樽一荷宛單子首書覺序末書右之通(右卽)

頭書之從公儀(以公体之意)三使道江(江卽誤叻辞三 使道許之意)大

折卽大白木八面櫃盛以餅果之屬杉重之中層

盛宛島十餘枚張其羽翼洒以金碧開盒使有恧

㒵日本宴需必用之云未及就寢戌時島主送人

請發行仍卽乘舡待島主舡雷鼓而三吹發舡此

去河口多有淺灘故出置預備鷁木及舟纜而席

帆與不緊雜物亦皆移載於小舡故舡載甚輕浮

出尺餘

二十一日自兵庫發舡至大坂城就館所凢一百三

十里

日風勢不順平明董過甲部見掛西宮浦合為五
十里矣行二十里過尼崎即遠江守源忠喬邑治
入謹者只是蒼翠間雉堞而已又十五里為新川
副舡在前至此艤滯吾舡篙師欲避而右使入淺
処緊膠不自拔三舡又不得進若待夕潮則將至
夜深故往復於裁判使之覓送小舡以為移乘前
進之計行中雜物盡為移載於倭小艇々之以行
中荷物為旗標者甚多左右來附受載而公見左
右揷方柱々面書木津川等十數字蓋以此為標

識使人由中行舡本津即河口之一名又或称天
河崎云二柱之内又揷長竹之有枝葉者両竹之
間一條路最深而倭人之觧衣負舟者則水僅過
膝矣未幾小舡五六隻來請移乘於是一行上下
皆分乘他舡以次而行過副三舡所在処則副從
亦已移乘小舡祗迎國書仍為隨行自滯舡処至
河口十五里未及河数里已望見彩舡之來待者
金碧熒煌照曜奪目矣到彩舡近処送言於島主
以舡制太過不敢移乘為辭則答以此是列州太
守以江戶命令為使行措備者也少无不安之端

而貴國舡則決不可入河日勢已晩幸卽移乘云
與副從相議移乘日已西矣彩舡凡十一其一奉
國書其三三使所乘其五員役所乘其二島主及
長老所乘而舡各有旗標各書正副從一字其色
依我舡員役所乘則書以上上官第一舡而第二
第三亦然或書以上判事第一舡而第二舡亦然
故裨將員役從便分排分乘於員役五舡之內國
書舡則製述良医兩寫字官陪乘使臣舡則子弟
軍官及譯官一人書記若干下卒陪乘大抵舡制
極其奇巧板內外皆髹漆如鑑舡頭舡尾雕刻竜

鳳形被以金左右有欄檻間〻設機可存可去如
意欄之內房之外有一間隙地鋪以多淡環以錦
帳周回四面上覆以錦帳房分二區間有榻子在
尾者為諸倭居在前者為使臣所處而向舡尾坐
房之廣為一間大屋別設二多淡如坐榻榻子及
左右戶皆金紙畫山水人物花卉左右別有紙畫
各二推轉而取明外有錦帳其色斑斕盤子皆用
金彩畫畫坐在其中眩耀不安房後又有一小房
房之左有梯可上樓梯為十餘層高可丈餘而蒔
繪黑漆返滑難升梯之傍有廁〻甚華侈如鎌刈

所設樓大如房向舡頭坐左右承靑有户有面內
有簾掛以金鉤外有紫錦帳户及盤子皆金畫户
楯之上雕刻花鳥形甚逼真塗以黃金前户之外
有退其大視户內半之其上架以木覆以錦皆以
金鐵為機可存可厺其下為倭人所處屋上覆以
板雕作飛甍其色黑樓上差高兩頭作金鯉形頭
低尾高如將掀躍格倭皆着斑衣黃領黑作龜紋
在舡頭者八人撑篙在舡尾者十六人搖櫓屋上
六人持長楫亦撑舡〻尾之左右繫金鈴以紅絲
索環于屋在舡頭者時〻擊之作声以督櫓軍櫓

軍爲棹謳一唱群應似妓歌似梵音轂調激越凄
楚頗可聽此則以家僮所乘舡而言其餘十舡各
異制不可盡記而負役所乘尤傑蓋國書及使臣
所乘舡江户所備其餘出自各州故互相務勝如
此云江户所備四舡皆辛卯使行時造成者而略
加修改云此舡左右各有五隻行舟未幾而懸燈
處用柵等甚堅岸上人家高大如我國鍾樓左右
而日昏難詳觀光之人如蜂屯蟻聚頭頭不能勝
許或駕舟倚岸或褰簾依棧或席地或緣墻雖屋
地皆授稅而觀光倭通事言一間地觀光之稅當

為銀三十兩云自河口溯而上之行十五里爲龜
井橋〻以板為之高六七丈上設欄干長數十間
諸舡由橋下當中一間行恰容樓舡而有餘地岸
皆石築屋宇之宏傑非富商之家則是列州太守
之茶屋〻傍設栅藏彩舡或藉以板貫落之船尓
多而有橋大數圍者行數里過舡津橋〻女上燈
炸以茅宅稀䌷為多少茅宅愈多火光愈明橋上
亦懸灯大坂江水幾多分派自河口抵此之間諸
派之自東來者以十許幅輳於此過此橋並过茅
一分派故河口始少向東而行過玉江橋民野橋

渡過橋大江橋過此為第七難波橋至此則第二
泝来及分故河流差大難波浪華又是大坂之總
名也路之左右通別浦処亦有橋大坂諸橋合為
数百云九舡以次来泊舡尾亦以板為臺為舡艙
各自滞舡処移乗小舡之時暮喫午飯而厨房下
人直往大坂上下皆不免飢餒且夜深後日氣頗
涼而入宂衾寢又不免戰慄金竹山曰今日所覌
可謂平生之最壯故雖甚飢寒亦不覺為難堪云
可謂真情也四舡俱各有舡艙遂奉國書下陸三
使所乘即有屋轎頗似双轎而三面懸揭紗窗左

右窓則推轉如戶持入推窓置後從傍升更便鋪
錦簟杠亦烏漆光明而太大太短爲可欠櫳杠者
十二人又有四人在後相替前排既序龍亭既發
三行以次隨之上〻官製述良醫乘懸轎懸轎或
稱乘物倭音曰老尼良老其中如籠僅容一人之
坐卧左右及前皆有紗面及紙窓任意推轉轎上
有巨向釘以木杠貫之前後各二人荷之又有五
六人隨後相遞矣上官以下皆乘駿馬金鞍彩韉
鐙子木造如光屎形用金細畫一騎從者皆可十
餘人始入衕口爲今橋一町自盖六尺五寸爲間

六間為段十段為町五十町為里此於我國為十
里矣每一町設一里门夜則鎖而守之町尽処柵
成十字街井井方方无一參差无一横斜道直如
絃屋繁如鱗過所謂今橋町北濱町高麗町淡路
町平野町備後町市廛步步懸灯皆書其町名故
可知矣行五里至館館即西本願寺或称表御堂
由洛堂前逶迤而入館館甚濶而東西俱有廊廊
外俱有長廊北則金壁與副館隔一壮子矣夜已
深而島主及堅長老與館伴美濃守藤原長富加
番長老玉嶺守英用旧例將来現云故寢衙不得

就寢以待冠服之來而冠服所載舡終未覔得來
方向嶋主及諸人不得已退去　館伴邑治在
和泉州其先祖爲乙未信使館伴其後連爲館伴
凡六接信使云字伯潤号茅亭食五萬三千石云
加番長老号玉嶺名守英居倭京慧日山東福
寺不二菴壬戌以前則加番長老例往馬島護行
故禮曹書契有護涉滄溟語至今仍用而辛卯加
番長老身先持來〃迎於大坂故後仍爲例　大
坂屬圻內道攝津州嘗爲秀吉所都秀賴亡後爲
関白藏入日本之三大都會即大坂倭京江戶也

西南阻海東北帶河南北二十里東西三十里之
間閭閻无空地或云二十万户或云十餘万户亭
臺園林市廛寺刹之盛皆不可盡記所謂御城在
東北有城代一人城番二人加番四人番頭二人
大番二百人在城内又町奉行二人船奉行一人
皆自江戸差來蓋以爲關白藏入地也 二十二
日強值往見法堂棟梁柱桷皆龜紋槐木爲之其
大可連抱合爲四百六十餘間棟楹皆鍍金桷椽
刻花鳥形廳板皆用髹漆屋簷皆有銅筧以受簷
溜臺榮四面遍設罘罳面户雕刻俱極精妙皇極

以使行登陸
出呈書契故封
狀治

殿余曾見之其高大雖過於此而其精妙瓌奇則
必讓於此夕後三使臣具時服出往享所受熟供
節次甚繁杯盤甚多而無可近口者宴後館伴典
町奉行二人久松筑前守菅原定卿 小濱周防守平隆昌請見于使臣
着風折巾至楹外使臣迎揖至座再揖而坐接
有少年一倭人為人白皙可愛遂以筆語問其姓
名及年歲居住答曰姓三宅名紹華号蘭陵以和
泉州記室隨太守而來伴接賓館余曰大坂即攝
津州地而自泉州當其伴接何故答曰自江戶命
之不必拘於地之遠近也余曰日供等物自何辦

備荅曰自江户来余曰尊之所讀爲幾何荅曰小
學及四書三經余曰日本人自幾歲始讀書荅曰
自五六歲始讀余曰先讀何書荅曰先讀小學余
曰次讀何書荅曰次讀大學論語孟子中庸次讀
三經余曰朱子曰做人底樣子不由小學不可爲
人我國則人生八歲皆入小學自灑掃應對之節
皆一依小學而行之今聞貴國先教小學極可喜
也能行小學之教而不成徒讀耶遂低頭默默頗
有難對之色良久曰日本亦家讀户論余曰家讀
户論雖可敬服而若徒讀而不能行則是書自書

我自我讀之何益聖謨賢訓雖不能一〻遵行何
事何敎能行於日本耶窃願聞之答曰方有公務
請辞遂起去似以其言難對而然也　紀伊大納
言源宗直呈鹽鯨(種三千両)鹽鹿(種二千両)宗直郎代舊関
白為紀伊太守者而乃三宗室之一也治在和哥
山食五十五萬五千石云　大坂文士四五人来
與詞客酬唱上月信敬(字丹藏号鶴洲)者問曰陽村入學
圖說晦齋九經衍義退溪擊蒙要訣啓蒙補要解
其後又有何人著書衛道耶云啓蒙補要解必是
誤聞也　衾褥四百四十七件自江戸造送遍及

一行而皆是錦紬中下官則獨木綿布大抵不及
於歷站所見以馬島人之防納故也又呈鞍帳亦
遍及一行但其數差少二人或三人並受其制比
鑣刈所說無異而差劣矣蓋此處鞍轡甚多非此
則實難經夏云　在京時得見日本人伊藤維楨
所撰童子問其書全以詆誣程朱詩張異見爲主
自謂孔孟以後獨得聖學心法抵此因譯輩求見
其所著述得論語古義語孟字義所謂古義即自
立已見逐章釋註者也字義即以心性情四端七
情誠敬等字逐字論下者也絶海壹見坐於愚昧

侮毀前賢至此良足良憐此外亦多有撰述云而
姑未得見 有二小兒觀光於館外故招見大者
爲十二歲小者爲八歲爲人白皙動止安詳謂方
讀小學自懷中出小箋乞數字書給則攢手稱謝
又給藥果而送之蓋倭兒多有清麗可愛者而及
其剃髮無足可觀蓋傷於芭火而然還可哀也
與柳書記逍遙於法堂適見二則韓與三宅紹華
陶國與號石屛安井屬玉號綠洲諸人筆談酬唱余亦
與之筆話余問曰日本人所纂述有羽翼程朱書
否答曰物齋仲先生著述甚富朱子爲學要言講

學筆記進遠疏節愼終疏節四書鈔記等書余問
山簡齋木順庵淺見絅齋貝原篤信高下之論答
曰山淺二先生質勝木先生實行文章冠于一時
貝先生惟博耳皆一世之豪傑非僕之所可妄論
余問順庵遺稿答曰有錦里文稿而藏家未行余
問朝鮮書籍多入梓於日本云然否答曰退溪栗
谷集懲毖錄　忽聞館外有紛沓喧聒之聲小童輩
來告曰中官廳失火余與諸人往見之其救火之
具救火之法俱極神妙亦一奇觀館伴身著黃麻
皮長衣頭戴鐵胄〻四面垂五色麻皮如鱗泉州

人及火禁徒從人凡數百人或氈衣或皮服頭着
小笠如我國方笠而黑漆此皆救火之服也一時
列梯登其乘屋以鐵鉤撤去蘆蓬在庭者以小桶
盛水絡屬授之在屋者受而注之雷厲風飛不容
呼吸得免延燒可幸也蓋禁火之具禁火之法雖
使火勢熾張加之以猛風保無憂虞矣蓋聞上房火
炮軍金福再除出行中所用火藥以西石磨之忽
然火起面顏赤爛必不免云可憐還送船所使之
治療仍步至法堂望見館門外累千人皆持黑旗
書以某町幾丁目一旗各有人足十餘名而皆着

黑笠皮服各有部隊儀項之間能聚軍如此其整
齊火止之後亦不即散方欲點考云其每事神速
嚴密皆此類 [illegible]判源如長送八種戲具於余日
影一小僅半寸輪扁一圍如筆管目鏡一穿孔於
小木板之内外傅琉璃着眼空中五彩玲瓏紙押
一以白鑞造如四面筋長僅四五寸即書狀耳拔
一以鹿角造即挑耳者畫囊一以鹿皮造用五彩
畫繡硯匣一硯及筆墨皆至小墨匣一匳五色墨
余只受硯匣墨匣餘皆還之 二十七日夕飛舡
忽至得京書〻出董爲二十日而能到於四千里

海外異國殊覺神奇 平方泰呈地黃酒及羊羹一錠(形如中桂而味如煎藥色甚黑)味噌(即甘醬)三十日裁京書付於飛船便 島主兩長老来現三使服時服出享廳而接之加番長老者身短面癯望之不似人形極爲怪駭矣 陸路發後乘馬一節易致紛擾以紙印字成貼分給各人與馬夫使之相準渠輩亦以小木牌烙印上中等字以納矣上馬凡七十匹上房二十六副房二十四三房二十中馬凡一百七十匹上房六十一副房五十九三房五十乘馬凡一百四匹上房三十八副房及三房各三十

三載馬凡二百四十四上房九十三副房七十二
三房六十六餘者九匹又分之三行蓋上次官及
小童使奴子乘上馬中官皆乘中馬下官皆乘〻
馬而下官之為旗手者亦騎中馬云載馬即卜馬
也　禮單等物皆出給馬島人使之運去到江户
後來納云禮單等物亦盛於長持倭音曰郎可冒
枚也以木板造之如籠其長一把餘其高二尺其
廣亦然兩頭有巨物釘以長杠貫之前後各二人
荷之云三使前及三首譯許亦有長持俾盛桃席
云

1

隨槎日錄卷中

五月初一日自大坂離發乘彩舡次平方宿舡上五十里

未明奉西龍亭發行前後陪如來時觀光者比來時尤盛女人所着衣服不一其制或以方紬掩頂或以綿子褁頭或如我國纏帽或如我國唐帽或紅或青或繡或畫如衮龍袍者有之如長襖子者有之以次列坐寂無喧譁孩提之童若或啼泣則輒以手塞口使不敢出聲若或指點則亦必繫手使不得雜亂可見風俗之尚嚴也市廛皆有板額

而藥舖則或標以十全大補湯或補中益氣湯或
列書數三藥名莫知其故也至舡艙後栗彩舡留
船沙格輩来别為之悵然諸舡以次解纜而行曳
舡諸鄭亦如来時過天神橋天滿橋此是大坂大
・橋與来時所過難波橋並稱為三大橋云橋皆三
十餘架〻皆能通舟檝可知其大也右岸有所謂
御城譙樓三四高入雲霄望極壯麗自此臨水棧
臺縹緲奇絕不似烟火人所居聖章忻然而笑曰
若使吾輩意外漂舡到此境界則必以此等宮室
認以為銀臺金闕其言極有理矣每舡各有曳軍

百餘名村〻交遮而水邊作竹圍拘置或軍及舡到而放出擲面各書村名一齊用力喧噪而運舟從深處而行故左則在左者或之右則在右者或之夜深始泊平方

初二日自平方發舡至淀浦登陸次倭京凡七十五里

永井近江守食三萬六千石者呈杉重分給棹夫渡邊民部以站官隨來呈大折一合杉重一組而以関白意來呈故無單子日出時發舡遠山圍之如屏行五十里爲淀浦地屬山城州即稲葉丹後

守越知正甫邑治食十五萬石云府城臨江引水
爲壕累層譙樓處〻聳出粉壁耀日亦一雄府也
城外江中有二處水車一大一小而狀如繅車作
數十輻前後輻之間續以幾多小木每於近輻處
隔二輻細織如簾所以激水也間二輻懸一小桶
隨輻之循環而酌水其上別設一架以備掛桶〻
至于此倒而注水又置大木桶於其下以受水自
其桶橫筧竹水至于城內蓋水車一轉而十餘桶
皆一次注水不過費了霎時矣舟泊奉國書下陸
蓋自此爲陸路也過一大橋行百餘步(皆乘轎馬)入所

館〻舍直臨壕水粉堞逶迤頗覺爽朗户内置花
樽并揷菊花紅白花三色及蘭花灼〻者春蘭秋
菊之同開於炎天極可異也午飯後島主先發其
前陪後從可累千人使行三吹發行用旧例三使
臣及員役皆着紅團領以其將過倭京也閭里市
肆相接不絶路畔多有竹田輒椽之為笆子形制
整齊各村过結竹為欄觀光之人不敢攙出欄外
東望十里許有所謂伏見城即昔日秀吉所拠也
行二十里依旧例暫歷寳相寺左有五層佛塔此
是東寺云及入都中閭里之櫛比市廛之廣闊里

町之整齊道路之平直覌光之繁盛比大坂倍蓰而但宮室之侈靡衣服之華麗似為少遜以町人之與利商賈之輻輳不及大坂故也時閙市廛之間鉄声錚然盖禁造革持鉄杖杖頭掛鉄環以杖撃地作為此声亦警夜之具也過數十町門至所館館即國本寺屋制宏麗可千餘間館後有五層寺樓亦如東寺所在西京尹来見三使出迎於楹外島主迎於軒下從夾門出入俯伏於前奔走傳語作一象譯之事而進退極輕捷京尹即投野備後守源貞通着一角帽為人安詳此非世襲極擇

於太守而差送位與執政等云館伴松平美濃守源信卿來見着風折帽爲人淸秀擧止敬謹站官三井下總守平良龍永井丹波守大江直之(二人即所奉行)來見接之如見館伴仪京尹呈昆布一箱蕨樽一荷館伴呈篠粽五百把如我國奉良裹竹葉以蒸熟可食 進熟供於大廳饌品之不可食花床之奇巧進品之繁數與大坂無異撤床後島主始還歸私次云三首譯則受供於大廳上官則又受之於他所 倭京或稱西京此有愛宕山雄崎可拔是爲鎮山地屬山城州即倭皇所都也倭皇始

都大和州後移長門州自桓武天皇移都于此已
千有餘年矣自四五百年前權歸關白徒擁虛位
俗談以死所事者稱倭皇者此也只以年號曆書
頒行國中凡有除職誥章爲署必用倭皇之璽故
除職者不爲肅謝代獻寶貨以需日用又以畿內
之地作湯邑爲自奉之具必以子女中最長者嗣
位故多有女皇帝其餘爲僧爲尼蓋至尊無與爲
耦故也曾聞我國使行之過此倭皇必覘光未知
今亦如之否也
初三日自倭京發行中火大津仍爲留宿三十里

辰時發行觀光者尤盛於來時面皮成帷辟頭如
蜂市廛之中或有持紙筆以記使行之威儀者或
有以前日使行印本披閱者在大坂時以行中排
立次第書給於馬島人亦多有以此考訂而見之
者可知其俗之精密行數十五里倭京始盡而爲
山谷之徑村舍間間有之治道雖不闊而極爲平
坦左右必有小築淨甃莎艸頗似墳土竜尾之長
而大者路左有墩臺植以槐榆即所謂里塚一里
有一塚如我國堠亭而一里即我國十里也是則
塚形亦似墳塋之高而大者蓋倭人本無封墳之

事而今於治道之制獨用墳土與竜尾之形還可
笑也日本大道則皆如此云每於村过必立石碑
或刻南無阿彌陀佛或刻妙法蓮華經雖至殘至
小之村社亦皆有之若大村則又有數三碑神寺
佛堂亦在〻皆然倭俗之尚佛尚鬼如此矣到大
津所館即妙光山本長寺而甚狹隘矣 大津屬
近江州而亦閑白藏入故站官青山因幡守豊原
忠知食五萬石者呈餼品一累筐自此各站皆有
所呈矣
初四日次森山五十里

午後發行未及三四里已見湖水浩渺於路左不問可知其為琵琶湖也或稱近江湖以其在近江州也湖東西七十里南北三百里其形似琵琶故名俗傳千餘年前近江州地陷為琵琶湖駿河州山湧為富士山事甚荒唐矣湖岸諸峯不峻不麤松橘雲烟濃宕如畫水波清瀅俯可以鑑面覩魚言其廣濶則如海言其水色則如鏡繞以蒼山翠壁商船之掛帆者自往自來泛泛中流與鷗鷺相親相近眞仙區也過膳所城即本多主膳正藤原康敏邑治城府村閭亦為壯麗層樓粉壁直臨湖

水引湖爲壕景致絶勝實欲下轎逍遙而不可得
也行二十餘里至新田村傍馬島人請暫憩茶屋
蓋爲使行新設也遂下轎膳所太守送奉行呈酒
菓餠茶分給轎夫左右路傍連有長松少無間斷
上則兩邊條葉相爲交錯便成一樹雖當盛暑綠
陰重〻淸風颯〻銷得炎程行役之苦此爲使行
而設故最少者乙亥所植稍小者辛卯所植壬戌
乙未所植亦可分別自此抵江戶皆如此云今年
亦有所新栽者矣至膳村日暮燈明見林間螢火
無數作塊作隊其光如炬摩夫從五六箇來示盖

聞此處螢火名於國中云燈下行幾十五里始至
森山館於東林寺站官石川主殿頭源總度食六
萬石者呈杉重　登陸後沿路若過島主所館馬
島人輒呵禁使行〻中人使之下馬使臣自引以
辱國屢次往復島主送人言犯罪者二人勘以重
律云問其律名則曰自放即減死之罰也日本〻
無笞杖之法重罪則斬稍重者則自放不復收用
至子至孫不得爲官人云未知其言之果然否也
　行次排立次序在大坂時作一件記使各房都
訓導檢飭使勿亂次蓋清道旗三雙在前而雙〻

分立纛一隻次之形名旗一隻砲手一隻次之都
訓導一人居中偃月刀一隻長槍三隻三枝槍三
隻次之三穴手一名居中錚手一雙喇叭三隻螺
角三雙太平嘯三隻銅鼓一隻點子一隻馬上鼓
二隻砲一隻羅將一隻馬上才一隻別破陣一隻
軍官四隻鼓一隻又鼓一名杖鼓一名為一隻杖
鼓又一隻笳三隻嵇琴一隻笛一名及嵇琴一名
為一隻典樂一隻羅將一隻都訓導一人錚手一
名三穴手一名皆居中次奉龍亭寫字官一隻陪
行印陪羅將一隻印信馬居中印陪通引次之巡

視一隻令旗一隻節鉞一隻小童一隻羅將一隻
日傘陪居中正使行次當中而行及唱房子各一
人左右侍立子弟軍官一員譯官一員中房奴子
小通事各一人居中巡視一隻令旗一隻節鉞一
隻小童二隻羅將一雙日傘陪居中副使行次當
中而行及唱房子各一人左右侍立子弟軍官一
員陪譯一員中房奴子小通事各一人居中巡視
一隻令旗一隻小童二隻羅將一隻日傘陪居中
從事行次當中而行子弟軍官一員陪譯一員中
房奴子小通事各一人居中都訓導三穴手各一

人爲一艘 堂譯三員製述官書記良醫〻員畫員
上判事次上判事押物通事次官中官下官皆以
次序立各房日供官各一員乾粮官各一員小通
事各一人五日庫子各一人廚房所屬下人領卜
中下官皆先往前站倭人護行者則裁判一人在
清道旗之前一人在上次官之後奉行在最後禁
徒各二艘在兩籠亭之前及各房轎子之前此則
皆馬島人也至於各站禁徒或有一艘或有三艘
矣日傘陪各一人前陪羅將各一艘及唱房子各
一人前陪禁徒外皆騎馬故羅將則相遞及唱房

子或借乘小通事之馬矣島主及兩長老所率各站支應官之所率不知其爲幾千萬人雖至遠之站在前頭者已入前站而在最後者猶未發於後站云自前使行則三絃只有一鞞序次亦不分明今則三絃至於三鞞序次亦極分明倭通事曰行次規模之整齊嚴飭非前日使行所可比云 凡入站之後上房兵房軍官以軍令版受出翌日發行軍令小童遍示於副三房及行中諸人馬島護行人亦通告於其太守及長老翌日初吹後島主長老先發再吹後前陪以次發行三吹後寫字官

二員拜告曰奉國書使人稱以儒生乃擎奉龍亭而出
三使隨後至大廳鞠躬祗送遂以次發行三房各
有上轎砲行次轎軍三十餘人交遞上馬皆金鞍
繡勒錦韉氈纓障泥或青或紅而以金細畫碇子
以木造成或塗金或塗銀自鞍後至尻被以紫絲
細綱有左右牽夫須臾不捨從人凡九人一曰若
黨佩兩劒董飭從人皆能識字又能伶俐其一持
大雨傘其一持小雨傘其一荷雨具之盛於簦擔
者其一荷渠幣之雨具其一持瓢子其一持燈籠
其二持纓中馬從人凡八人比上馬但無若黨無

論上中馬皆斲鬣余笑曰旣斲渠髮又斲馬鬣馬
若有知必恨生於蠻夷之國也且馬蹄無着鐵之
法着以藁鞋十餘里之內必一易有妨於疾行而
則以網括騣使不得着泥蓋不知禊馬之法馬或
驚逸輒皆瞠目而走雖駿馬不能善走無異於我
國卜馬彼人之以我國馬上才稱以天下妙技良
有以也若過橋梁城府境界之時則禁徒三四人
或十餘人下廳祗迎國書使行過時亦然抵站使
行舘所書以三大使下處或曰三官使旅次或曰
三使御宿不一其例上官次官以下皆有標識島

主所館則曰宗對馬守宿長老則曰堅長老宿英
長老宿以至下倭所宿亦皆有處而通事掌所宿
書曰某樣御宿可笑前陪之先爲入館者皆以次
排立國書至則祗迎有下轎砲從事行次入館後
始止吹打及三絃
初五日中火八幡山四十里宿彦根城五十里凡九十里
卯時發行松陰之間且令張傘足可忘暑至於奴
僕亦皆如是可謂偎灧田隴輒皆栽樹雖騷野畎
畝百卉葱茂望若長林深藪此亦無溫碳之故也
治田之制極爲整齊方正頗有古規或繞播種或

已移秧麥田多有未及刈者渡頸野邑或青或黄
行四十里爲八幡山館宇金臺寺地屬近江州
站官松平能登守源乗温食三萬石者呈杉重
井伊掃部頭藤原直定食三十萬石者呈杉重直
定即直孝之曾孫也直孝以関白家康外孫當調
興之搆毀我國関白欲絶約興兵直孝宣力抵於
無事故直定之兄直惟以太守當已亥使行削致
款意者此也其治在彥根城吾行當宿其處而先
站送此者亦厚待之意也 飯後踰一小嶺之下
有湖即琵琶湖之一曲也行三十餘里[illegible]越茶屋

而發大抵數十里或十里之間輒設一屋本倅送
奉行守之以茶果置之使行至則群倭固請下轎
許則忻喜雀躍不許奔走轎前酌茶劝進必欲少
飲茶屋則或三四間或十餘間而皆極精潔可坐
溷室亦処〻新設書揭厠序或曰朝鮮人野雪隱
野雪隱即日本厠室之俗談也所經村閭一戶輒
置一水桶使下卒解渴矣轉一區忽見粉堞懸於
半空即佐和山一名彥根城亦近江州地也閭里
之櫛比樓臺之宏傑市廛之繁華亞於大坂而時
入城就館〻即宗安寺屋制甚壯

初六日中火今次三十五里宿大垣七十里凡一百五里

卯時發行踰折通坂又踰摺針嶺其高〻於折通矣嶺上有亭扁以望湖堂又過一小嶺至醒井村裁判請暫憩松平美濃守茶屋本守已整待茶果屋後引石泉爲方池四面以礁石乱築之昔倭皇之子武尊東征而還到膽吹山中蛇毒煩悶如醉飮此泉得醒故名焉即發度栢原村寢物語村至今次所館即村人伊藤五郎次之家而居此已六世六作信使館所云家後築石作假山狀頗奇古飯後即發過野上村田當村垂井等村日昏至

大垣市肆繁華不下彥根城館外有浮橋館舍即
全昌寺花林院制極宏傑自今次為美濃州地
今日所行為一百五里而閭里无久断处合以計
之則无村之地菫為二十餘里矣神堂佛寺去〻
益繁若値溪林清溪之稍為精潔处則輒立石门
扁曰八幡宮大明神或曰住吉祠或曰龍王宮或
曰天神祠蒼松脩竹之间時闻寺僧錚〻肰聲鉢
之声亦一景致也或有數三沙彌負佛龕啓且於
路傍擊磬念佛亦施於人其南無阿彌陀佛六字
分明是我国音故恠而問之盖日本佛法自新羅

流入仍用新羅音云 倭人之男女僧俗無別男
倭放溺於女倭之前而女亦不爲回避行中從倭
或攔沙授面以手拍肩戲謔無所不至而當之者
晏如或爲忻肰而笑蠻夷之俗何足道也童子則
箇箇了了眉目瑩然儀容端的年少沙彌之俊秀
端肅白皙如玉雪者多有之蓋日本官制皆是世
襲獨於僧官擇人才而進用故凡民之有才有能
者擧皆爲僧云 太守戶田采女正民英食十萬
石者呈杉重
初七日中火起川村四十五里宿鳴護屋四十五里凡九十里

行十里爲佐渡川〻廣累一百步横列百餘舡〻上
鋪板治板甚精平直如砥兩崖植連桅之柱十餘
本維以鉄索及藁索鉄之大如腿藁之大如股又
設轆轤於崖上若値水漲可任意高低也至墨股
村尾張奉行星杉重請休茶屋暫憩卽行過墨股
川浮橋〻之廣加於佐渡又過起川浮橋方舟至
於三百隻鐵索尤大甚費爲万餘金云橋之左右
視光之舡殆過累百沙場多有卸懸轎垂錦箔而
觀者此皆貴家女人云近日所經莫非平原曠野
到頭皆是沃田膏土而男役女游如我國六鎭之

俗至起村館舍新築亦侈 尾張太守呈杉重即
三宗室之一也 午飯即行行二十里小憩茶屋
董行十里以灯前導穿過閭里至鳴護屋村中灯
燭尤多以如雇之燈籠爇如臂之大炬大書尾字
列立馬首市廛第宅之宏麗亞於倭京行數十里
始入館所村閭之盛實我國之所无也館即性高
院亦是傑構地屬尾張州即太守邑治也
初八日中火鳴海三十里宿岡崎五十里通八十里
冒雨發行一行上下皆有雨具油衫則以可細縫
作漆以青色如湶草衣制鞍赤則制如我國而小

以方紬爲之行十五里而村閭猶未盡左過有所
謂熱田宮長垣高樓廣園溷林多費人力俗傳是
蓬萊山徐市下舡於此而秦書尚在此宮云蓬萊
山一名熊野山至鳴海(屬尾張)入館〻即村家不甚廣濶
促飯發行二十里暫入河野村新建茶屋聞鷄
入岡崎館風雨猶未止矣行中着冠諸人尤爲良
貝而負役皆着其奴子之戰笠奴子則着倭人之
所謂加沙者如我國方笠而差少　岡崎太守水
野監物源忠辰食六万石着星杉重　初九日以
雨留岡崎中路迎接使者自江戶來請見而馬島

人備錦紋方席四坐列鋪房中而使者席必欲與
正使席相對量其分寸着以銅釘使不得移動使
者至三使以黑團領出楹外迎揖至座再揖而坐
島主隅坐俯伏而長老亦俯伏於退廳矣使者令
島主傳問白之言曰使臣遠涉行履平安云不勝
喜幸玆送使者奉探安信三使雖席而听以例語
荅之行蔘茶而罷使者即朝散大夫備中守土枚
守縣年二十五
初十日中火赤坂四十里宿吉田三十里凡七十里
食而登程自此村閭太半是茅屋甕牖生涯蕭索

村女作餅乞買丐人遍道菜色滿額此爲峡中而
然耶抑經飢饉而然耶連從溪谷而行〻四十里
至赤坂即三河州之宝飯郡館即茶屋也站官土
井伊豫州源利信食三万石者自外门候星杉重
午飯而行過吉田橋地屬三河州松平豊後守
邑治城臨江水譙樓縹緲亦可謂名邑所館即孤
峯山悟真寺太守星杉重
十一日中火荒井五十里宿濱松四十里凡九十里
行数十餘里踰白須賀南臨大海蒼松白沙交暎
左右商舶漁舟往来遠近景致甚佳前人皆於此

嶺得見富士山而今則雲靄微茫不能入眼可嘆
至荒井豐後守又呈杉重 飯而發至金絶河自
館可百餘步聞昔年丙子我國使臣金東溟世濂
以関白所贈金投於此河故名云吉田奉行已艤
待舟檝國書舡三使舡有房有欄全體髹漆又有
小舡四百餘隻河廣十五里隄岸処皆以竹籠之
如竹夫人者實水磨石積置隄防登岸人馬皆替
來而勝於前矣夕抵濱松地屬遠江州數智郡郡
松平伊豆州藤信復食七萬石者邑治太守呈杉
重館所即民家而精潔可愛置碁局之新造者其

厚錢近一尺故無丁丁之声日本之碁局皆如此
云又有如奕者　倭通事忽來告於行中諸人曰
路傍有被人剚腹而死者其刃突入而不傷筋骨
不流點血可見劍術之善請同往見之而少无惻
怛之意可知其天性之毒也且聞被殺之由若曰
以数貫錢相争至此云
十二日中火見付四十里宿掛川四十里凡八十里
行過天龍川川甚広浮橋之堅緻與前无異左右
長岸皆以竹籠防築非獨此処凡堤堰之処皆用
此法至見付地屬遠江州豊後郡所館即濱松太

守之茶屋也　飯後發行踰三野坂抵掛川一名
懸川地屬遠江州太田攝津守邑治太守源資俊
食五萬三千石者是杉重舘即太守之茶屋　十
三日留掛川自金谷至藤枝之間有大井川水勢
悍急且甚戾洄既不得行舟又不得作橋自前使
行時以木架戴轎子及行中諸人而涉故水漲之
時無以濟之初八日大雨之後川水過膝無路作
行　十四日川水不減不得發行往製述書記所
見己亥文客共以酊菴長老性湛酬唱者星槎答
響星槎餘響二冊諸作皆不免草率壓章矣曰君

每以吾輩與彼人酬唱諸作笑其草率今見此集則果如何余曰真所謂非今斯今者也相與大笑

十五日中火金谷三十五里宿藤枝三十里凡六十五里踰西坂嶺嶺路頗峻到此富士山始分明露形一朶芙蓉高入中天路傍有賣餅之所從倭買以獻之故乍退之而亦可見人情也蓋聞各邑給價於從人使之買供餠菓且備南草之具時時燃草而上之至金谷地屬遠江州攝津守源資俊又呈杉重館即村家 午飯而行行未數里爲大井川川过有新造架子五坐而龍亭及三使臣所乘也略

倣轎子之制而甚大可容轎子四面設欄安屋轎於其上各使越川軍累十擔荷以濟擔軍之數合爲數千又有小架子數十部諸人以次乘涉水緣過船而灘勢甚急上流多設竹籠木柵以障其勢而若値小漲則似難過涉及抵藤枝日勢猶高矣館卽町人之家地屬駿河州田中太守本多伯耆守藤原正珍食四萬石者邑治也太守方以執政在江戶送人呈杉重

十六日中火駿河州五十里宿江尻二十五里凡七十五里踰宇津岺岺路甚峻登陸後最高之嶺嶺下溪澗

蕭爽樹陰蔥欝鮮赦清趣渡安部川視大井差小
而涉水之具與大井無異沙塢未盡而已為駿河
州府中過五里餘始有館〻即寶泰寺乃家康願
堂也屋制軒豁遼除廣濶百卉咸萃於墻垣之下
小塢兀然於池沼之中小瀑石橋極為清爽奇花
異草不可勝記此等之處〻粧點花卉如是精潔
到處皆然雖蔀屋窮廬朝不謀夕者亦皆有一土
一木之奇而必用人巧而作之無一物遂其本生
之性蓋其習俗然也家康始都於此移都之後仍
為藏入之地置城代奉行如大坂三房各有支待

官上房則大和守菅原利理食一萬石者支待呈
杉重　飯後過一橋次江尻館又是町人之家直
臨江水舟檝往來蘺鉄十餘本列立一涯皆爲奇
古甚覺有趣地今屬駿河州廬原郡江戶支待官
鍋島攝津守藤原直恒食五萬二千石者呈杉重
十七日中火吉原七十里宿三島五十里凡一百二十里
行二十里歷臨淸見寺〻前大海粘天無際寺後
峯巒入雲蒼然有一道懸瀑高可五六丈名曰九
曲泉有所謂覇王草者無枝條其葉似牛舌而色
青葉上有葉其上又有葉遂成十餘節又方開花

色黃如菘花形極詭異法堂之前有一盤梅枝條繁茂布滿一庭高不過半丈視之眉乎床焉寺額題以諸佛宅即朴釋山安期等也丁未三使呂祐吉慶暹丁好寬各以一絶揭板古人以此寺比諸洛山寺果非虛也過游井神原等村大海在左接天無涯崖路峻急人馬喘喘不能速行恰似通川之甕川矣至此村少憩茶屋屋前屋後花草成林渡中引水爲溪屈折屢曲如流觴曲水籬底有井坐軒而汲之屋主即鍛鐵匠倭俗之崇尚花卉粧點泉石於此可見飮茶觧渴而行過一浮橋即富

士川也抵午館〻即毛利甲斐守大江匡敬食五
萬石者茶屋也太守星杉重地屬駿河州吉原郡
午後發行過原村沼津村新宿村日暮明燈穿
過關關殆数十里始抵三島夜已深矣館即町人
之家站官加藤出羽守藤原泰衍食六萬石者躬
来問候星杉重其治在伊豫州大洲城三島地屬
伊豆州即古関東将軍源頼朝黜處起兵於江
戸遂挺江〻戸爾關白蔵入之所也　今日之行周
遶富士之下詳見其全体在吉原之館〻面直當
山面分明眺覽山頭白色明是白雪之白決非白

石之白白玉之白白苔之白也前人斷定以雪色
者果然矣然以理推之則山在海外炎荒之地高
不過百里而夏雪常白山南山北其色皆同亦無
半消之痕必是理外之理外且我國之山高於此
山亦多有之而未聞山頂當陽之处停雪色於極
熱之天金剛之白雖如白雪而實則白苔之白也
白頭之白雖如白雪而實亦白玉之白也余曾於
四月晦間入金剛則毘盧望高之間尚有積雪深
猶過丈而皆是洞壑深邃之處也若其山脊向陽
之地則初無片雪之留存者以此推之山頂山陽

之當炎節而有皓然雪色者豈其理也哉大抵天
海間浩漫磅礴之氣凝之於絶海出日之隅鍾爲
此山氣象奇特根柢雄偉有至冷者存爲有至剛
者存焉雖當夏而當陽不足爲輕重而然耶吾行
自在五百里之外千山之間而此山竦出半天望
之愈高箱根嶺之高爲四十里而登其巓而視之
其高自如真奇山也國俗以六月初一日呑氷爲
一年却暑之方而惟此山有夏氷故取供於倭皇
及関白而其餘則作餅爲氷形呑之云採氷者必
齋潔一旬然後乃無災殃而惟琵琶湖近處人雖

齋一日係無失足之患蓋此山本以湖中沙土聚
故云其好恠如此山在駿河且連相模伊豆兩州
界高百里只是一峰秀出雲表頂如霞籠而其形
如將開之白蓮花四面如花葉欲綻之痕諺云所
謂寶永丁亥年間天火燒山烟焰漲天不見日月
者十餘日忽有一峯湧出山側如人之聳肩行人
謂之肩峰仍名寶永峯譯官李碩麟壬戌使行隨
來時則曾無傍出辛卯隨來時始見之云其說果
不虛而所謂肩峰不甚分明畧有界限而已必是
頹缺而然也聞日本諸山皆以此山作為祖宗一

支由廣針嶺爲南海道諸山一支爲倭京鎭山分
爲山陽道諸山以余所見言之則山之兩麓直走
百餘里雖無峰巒巍峩之狀恰似人之張臂極爲
雄壯山之東麓爲箱根嶺山腰色青乃松杉縣竹
而其上無草木只有雪色沿路大井川冨士川駿
河川皆發源於此山派流甚長水色皆白濁矣山
之前後無岩谷之幽邃峯嶂之蔽遮特立傑出自
根至頂似可歷歷見之而常有雲氣橫於山腰或
捲或舒無乃山無障阻反使雲氣作爲支流耶雖
或露出真面近處雲氣終不盡散余笑曰此是靈

山在於蠻夷之鄉得見吾輩反多羞媿之意故令
雲霧半掩其面矣聖章曰不然倭言此山常有雲
氣得見全面極罕云而今日之快露半面亦是使
吾輩見之之意也
十八日中火箱根嶺三十五里宿小原田四十里凡七十五
里
食後發行三島村盡而爲箱根嶺此是日本最高
之嶺也石路險峻未及山腰人馬俱困甦休茶屋
行四十里爲嶺巔即伊豆相模州之界杉木縣竹
立立如麻籠被一山鳥道屈曲未知嶺上有何物

及到上頭驀然開豁矮峰四環作一洞府數百閭舍參差相連路之東邊設木柵及關門甚固且有守人蓋是江戶第一關阸而眞天設之險也館于譯舘〻臨大湖即箱根湖也周圍四十餘里翠濤如海實是瓌觀誰意千仞巔上得此洞庭湖光景柳書記曰世豈有如許大澤必是海水流入余笑曰世豈有激上於四十里巔頭之海水也柳亦大笑前人所錄以爲九頭龍在水中舟入輒溺云而見今漁艇數隻維纜岸邊可知其傳說之謊也冨士在近倚臨湖水云而陰靄不得見可恨細雨濛

霏寒意凜凜到此人皆換着綿衣蓋此處晴日極
罕云　午飯而發路之峻急比上不翅三倍過其
最險處則輒下馬而步人或曰倭人之馬雖死何
惜不必徒步余曰馬若顛沛豈獨傷馬湖邊石佛
數百羅列露立左有所謂乳瀑即箱根嶺之下流
而其懸如乳故名高可數十丈而在樹木森立
之中不得快覽過畑村村家多精潔而家家俱有
花卉之勝渡一二大橋即謂乳瀑之下流有金湯
山長與山等寺望之殊為可觀困不能歷入及出
洞外斜陽滿野少無雲雨意始信箱根嶺之無晴

日也過風際村東臨大海箱根之水終日隨人而下直入海中波濤噴薄沛然不可禦氣像甚快胷次爲之爽然至小田原行村里中五里餘始至館所日纔落矣館于譯館地廣大久保岀羽守忠興之邑治太守呈杉重夜進熟供亦例也 今日之所經過者最多可稱箱根之峻嶺箱根之大潭乳瀑之壯大石佛之瓌奇村閭之清爽林樾之蒼鬱溪澗之清決橋梁之蕭洒疊石之奇古大刹之雄麗嶺上之雨嶺腰之陰嶺下之落照仍有大海之迸迸凡此十餘壯觀得於一日之內實是異事也

十九日中火大礒(四十里)宿藤澤(四十里)凡八十里

過板輪渡浮橋沿海而行行數十里暫憩茶屋屋之在蒼松之間松外即茫茫大海至大礒亦相模州地雖即公廨而松平左兵衛佐源直純食六萬石者躬來問候其治在播摩州明石城　飯後發行渡馬入川浮橋橋甚廣方舟可百餘艘入小和田村茶屋至藤澤細川若狹守源利寬食五十五萬石者躬來問候其治在肥後州新田

二十日中火神奈川(五十五里)宿品川(五十里)凡一百五里

至戶塚二十里茶屋少憩戶塚即辛卯使行宿站

閭里甚富麗踰品野板矢宿坂〻下有武藏相模
兩州分界碑武藏亦東海道而江戶即武藏州所
屬也至程谷二十里茶屋望見神奈川大村直臨
大海漁舡商船簇立如麻臨岸市廛景致甚佳抵
館〻即太守之茶屋地屬武藏州站官溝口出雲
守源直溫食五萬石者躬來問候 午飯後發行
過二十里小憩河崎茶屋抵六鄉江即一大川入
於海口者也彩舡四隻已來待雖不及於大坂金
縷舡而金彩輝煌之狀亦甚侈靡所過有茅屋村
大井村濱川村民居櫛比家舍宏大皆瀌廛商家

而神宮梵宇亦多連續不絶終日挾海而行抵品
川路左有丈六金佛露体而坐於三層石塔上矣
館于東海寺玄性院〻宇宏麗站官京極佐渡守
源高鄰食六萬三千石者躬來問候　沿海所見
之到處皆然者則条録于此凡過嶺峴及地界必
豎木碑書以地名或書以從是東幾里某郡領從
是西幾里某郡領代官所領之處則書以某代官
領或立碑刻之或以漆書之又有小碑書以從是
東幾里幾步某村掃除場從是西幾里幾步某村
掃除場盖除道之役分授各里故也山坂峻急處

橫埋長坂如層梯村前街衖巷則聚沙堆積排桶盛
水或持雙待候於其傍聚沙者遇雨則分鋪也盛
水者路乾則洒塵也處置大床如卓子滿排畫沙
器水漿盈溢爲備我人之解渴也又多有水桶榜
以馬口洗水牽夫至此必以所持之木瓢盛水投
之於馬口則馬能開口受之不遺一點蓋亦恒習
故也 凡閭舍勿論層樓小屋通軒重房皆是一
架之內向路而開間〻欄楯子居處於斯安臼於
斯列竈於斯廳高草爲半尺而其前無門墻無庭
除而即大路也雖房舍重〻而并去欄障則通爲

一堂雖與堂奥後涯路人皆可洞見廳之當路處便爲市廛販賣飲食則列植鼎鑵之屬或以鉤穿鑵之兩耳懸於屋椽令鑵底當爐用烹飲食有炊飯者有熟餠者有作湯者有爊茶者有調麪者男女相雜杵臼并作餠則霜花甚多至於米太相雜炊乾而賣之有圓丸如杏一丸價一分沿路太守之之所呈杉重以我國人視之則薄劣陋麤無可下筯而市間所賣者則亦不及於此決非近口之物而渠輩則甘喫無異於八珍此輩每事皆巧而飮食則全不知妙理如此飯則以拳作塊一塊價三

分錢色麁体乾見輒可噎而此輩則貴而蔵於懐
中時〻喫之矣酒家多榜以大坂諸白四字諸白
者酒也非大坂而必借書者以大坂之酒有名國
中故耳　凡村中及站舍必有禁徒廳大川及橋
邊亦然新造屋宇高爽或精灑金屏彩帳爛燁生
光禁徒輩列蹝其中或坐堂下數之多寡廳之大
小類各不同以長竿之了〻者排揷於架中又有
長戟以紅韜及黑皮韜其鋒刃亦揷於架中行則
使人執之在後此皆禁徒之類也若其雄府大都
則又有持鐵杖者累十人撞地作聲或到大村或

城府或巨川或通衢亦有此類從人甚多兇械甚盛矣又有所謂禁火將從人累十人各持救火之具皆着鹿皮衣雖至殘之村亦必有之　凡村邊築石爲臺其上立兩柱之門橫掛長板首書這字其側列書条目蓋爲子孝爲弟恭之等語也末以當斬當殺等語結之下書正德元年五月日其下書奉行到處皆然蓋禁条也關白家宣之爲關白在於正德元年其時委任源璵大尚風教故皆是其時所立也　凡沿路絶無林下隱僻之村或於山抱水明之處有意観望而所謂山庄別業終未

得見村舍之皆在路邊連絡不絶亦驛站之規也無十餘里無村之處故凡有傳令報急之事馳郵步撥之規村人次次飛傳一日之內自大坂得達江戶云　凡路傍觀光之中每有一人持筆籍記行中威儀服色及人馬之數到處皆然　凡登陸以後若全不通倭語則無以指揮馬夫故人皆習其最易解者雖不過數三語而亦足以任使從倭也速去曰卦亘〻〻遲去曰乞豆〻〻立馬曰吹到〻〻乘馬曰乞豆〻不等語也倭音甚躁急而我音極遲緩沿路觀光者若聞我音莫不拍掌大

矣 凡出站之時牽馬人及若黨一人外皆先往
留待於館外稍遠處入站之時亦落後而来故凡
上下馬之際無紛雜之弊矣 凡出入站之時有
上下轎炮故彼人皆驚㥘預爲塞耳而立日本炮
報則其聲小耶若非戰陣則不用故民未嘗得聞
而然耶 凡觀光之人皆整齊列坐未有一人之
紛亂失次攔出道中者可見國法之尚嚴也凡行
中諸人卜物使倭人運来故或不知去處至數日
而無報響皆疑其已失而累日之後必還爲来現
終無一馱之所失 凡於出站之際人馬必先整

齊來待一無未及之患雖入站未久即爲離發未
有紛擾之事其法令之嚴如此在我國驛馬則每
有不及之歎出站之時刑杖狼藉紛鬧特甚而終
未濟〻專由於下卒之頑悍而然也　凡行中所
卒下倭各分屬於一番二番至於百餘番〻各有
檢察之人又有一番二番之旗分揷於站所〻館
處以次分入故少無亂雜之患未入站之前人馬
所食之物已整待矣　凡行中所卒下倭之衣服
及行中支應之雨傘燈籠馬鞍之屬各站接待之
屛帳枕席之物皆是新備者未有一物之陳舊者

其浮貴之多可知 凡各站屛風畫鷹者甚多以
錦綵繫其足置諸彩架之上到處皆然且多有畫
虎之處蓋鷹與虎日本之所無故也 凡各站求
書者彌滿館所若得之則攢手膜而去無處不然
余問於倭人之識字者曰我國技藝之中何事爲
最善答曰筆也其次則馬上才也可一笑到一站
有一女人挾良醫之手求書甚懇良醫僅得拂袖
而遠避云亦可笑也 凡館所〻待之倭樓待我
人極其恪謹奔走使喚惟恐不及而馬島人則禁
之其設心未可知也負役軍官之所館在於三使

匡舘所之內則接待諸節極甚埋沒若在他所則
接待甚豐厚云蓋他處則馬島人不在故也可痛
可痛　凡各站所呈杉重或出給馬島奉行或裁
判或傳語官或禁徒或給龍亭軍轎子軍或分於
負役諸人許輪回爲之
二十一日到江尻舘寺實相寺三十里
早食後發行三使着紅團領負役幷着紅團領而
只有望團領者則陪隱國書軍官羽笠櫜鞬書記
醫員儒衣冠子弟軍官二人後陪鞍依排行次第
而行衣服之節務新明島主在淸道旗之前奉行

在其後倭通事各一雙分立於龍亭及三使前三首譯前導而行自品川右傍海左挾村行未十里已爲江戶村閭簇簇作一直巷市肆之殷富宮室之壯麗已非大坂倭京之所可比也路傍多有大刹海上禪林旭騰山泉岳山等寺不可勝記至日本橋望見闕白城譙閣之高聳壕塹之壯固皆是沿路初見飛樓粉墻耀日奪目羅絡營閣一望無際南通海門曠然無阻層百舡更鱗繫橋下街衢平直町門整齊門傍必有警守之所市倉皆是層樓傑閣甍棟之相連如鱗如織通軒廛舍盡撤

物貨視光男女塡塞充溢路傍設竹欄以爲界限
孩提之童亦不敢欄出一步地皆以紅氈被之竹
欄備帷帳之門楣金屛錦簇繡帨彩服形形色色
令人眩眼無一寸空隙地有橋梁處則乘舟有衙
口處則鋪滿一巷而以次跪坐闃寂無聲一或起
立談笑則持杖禁徒嗔目呵禁矣觀光中有一老
倭年可六十餘有鬚髥長而白兀然高坐誰能存奬
於此邦耶可謂萬里一長壽也屋脊之覆以銅鐵
者亦多有之屋上置水桶設雲梯屋下掘井貯水
家家皆然且處處有五層屋如我國之望德者備

火之具亦爲嚴勤聞此處火災甚數一或失火必
連燒千餘戶故也歷十餘橋百餘町門出一城〻
有甕城設重門〻樓四面塗以堊土障以鐵牖門
外壕水最近海口海舡多往來過數里有一大門
牖曰金龍山一名淺草寺也理馬及先來通詞拜
迎路左今月十八日來到云又過數里抵館〻即
東本願寺一名實相寺自前我國信使附館於此
自館門至正廳設閣道十餘間至軒上館伴戶澤
上總介藤原正諶伊東修理大夫藤原祐隆來迎
三使臣與之相揖正諶邑治在出羽州新庄食六

萬八千石祐隆邑治在日向州飫肥城食五萬餘
石而背尚有兒童樣子矣法堂之宏麗與大坂本
願寺無異館所亦廣闊余處於上房楠內之房副
房則在於上房之左五六間之外從房則在於副
房之左只隔一楠上房之南有別堂東臨蓮沼極
有幽趣稱以公幹廳而幕賓處於其東退蓮沼甚
佳芙蕖蔽水四面以怪石亂築之中有小島々上
有一松枝葉盤屈有虹橋可以往來島中極其蕭
灑在路中抵各站時島主送人問候到此即躬來
問候亦例也 江戶屬武藏州是爲東都或曰東

武或曰武昌者以武藏州而言也又稱鎌倉云箱根以東通稱關東即源賴朝起兵據守處源氏世居此地已至五百餘年家康亦與於此地矣土地肥饒平衍五穀俱宜沃野千里一望無際東臨大洋繫舟處千備守甚嚴若有外敵即可調裝一日之內可抵大坂長崎西有箱根之險設關峙粮備置器械以阨諸州之路真四塞之地自極西肥前州距江戶不啻一月程自江戶至東海亦數十日程也控制四方以力服人各州亦多有不心服者而地勢險阻城池堅固兵強食富法嚴令苛莫敢

誰何自關白家康立國之後一無兵革之警各州太守之六百餘人第宅皆在都中留置妻子逓年来留如我國不得眷率之法肥前對馬守之屬則一年在本邑一年在江户一年往来道中其設法之嚴如此

二十二日館伴諸人請見三使具時服團領出正廳迎揖再揖如例来見者凡五人稲葉丹後守越知正甫邑治在淀浦食十五萬三千石稱信使用掛河野豊前守源通喬食一千石稱大目付送見出爲守源忠栄食六百俵稱勘定奉行其二則昨日祗迎兩館伴也丹後守

爲人多有福氣天倉命祿甚分明能食十五萬石之倖國也而其餘不似官人有例語行茶而罷三使改席南向而坐受下馬宴宴與大坂倭京大同少異而假花精妙饗多饌器之進撤煩數則倍之凡二十餘次換易而進之行酒七杯而罷其進酌獻床之人凡六人而行步不失尺寸頗有規矩矣首譯以下以次受之　執政來見三使又以紅團領出正廳迎揖再揖如例執政凡四人自前二人來見而今則舊關白若君又各有執政故也酒井雅樂頭源忠知邑治在上野州前橋城食十五萬石　本多伯耆

守藤原正珍邑治在駿河州田中城食四萬石西尾隱岐守源忠直邑治在遠江州橫須賀城食三萬餘石秋元但馬守藤原凉朝邑治在武藏州河越城食六萬石皆戴一角帽着黑團領持象牙扇佩銀鉤釼徒跣赤脚而拜揖之節極雍容爲人皆俊秀雖非世襲足可享富貴而獨凉朝面黑如炭陋矣島主與首譯傳語而俯伏奔走不敢仰視坐於曆軒之下館伴等五人亦然雖曰蠻夷之國體貌之嚴截能如此首執政致辭白言曰遠路無恙作行深用喜幸玆遣執政問安三使離席聽訖復席忠直致舊辭白之言凉朝致若君之言三使聽

之如前而着君言則不爲離席但起而更坐而聽
之首執政又致閔白言曰國王氣候何如離席如
前忠直涼朝又致舊閔白着君之言又離席如前
復席後有私酬酢行茶畢離席俯伏使首譯傳言
曰來此得聞大君氣候平安深以爲喜國王體候
萬福矣大君以重隣好之誼推及於使臣旣遣使
者勞問於岡崎又有此特遣執政俯問安否感佩
不可極島主回傳於首執政又以次回謝於忠直
涼朝如例遂相揖而罷　馬州奉行之來留江戶
稱以平田將監者姓名平誠泰來現於下處而進

退之際頗有傲慢之意首譯卽招倭通事於其坐
時嚴責事体之不敢如是
二十三日早送三首譯往謝昨日來見之四執政
例也歸甚其宮室之侈麗非前日之所聞非沿路
所見也銅門彩楣便一王府護衛羅卒無異軍門
云 兩館伴各呈果子一篋酒二樽
二十四日日本主文之人惟林哥世〻傳襲自作
已物他職之世襲猶或可也文任之世襲尤極可
笑昔林道春能文能詩爲太學頭自號羅浮山人
累接前後信使癸未使臣趙龍洲申竹堂乙未使

臣南壺谷皆與之酬酢諸詩俱在文集道春之子
恕自號鵝峰恕之子信篤號鳳岡能繼箕裘世掌
國史與我國前後使臣皆為酬唱篤信之子信充
字士僖號快堂方為太學頭今年六十八其子信
言字士雅號鳳谷方為畵署頭今年二十八今日
請謁又有藤原明遠字深藏號蘭林方為侍講直
學士者亦請同謁故許之家君以深衣幅巾接于
燕寢副從亦来會馬島人鋪三席於前家君曰父
子何可並席隅坐可也不然先後入謁可也首譯
言于奉行奉行曰己亥年林家父子亦并席来現

今難変通且國禮官秩同則必爲同坐以日本之禮接日本之人千萬至望縷縷哀乞故遂置之三人同至相揖而坐老林頗有淳古之意少林爲人白晳而有風疾耳目口鼻皆不正斜明遠則有窮儒態必是讀書之人也馬州奉行與首譯傳語兩林各自懷中出詩章分呈而其詩無一可觀又有若干筆談明遠自以爲不學詩文只有筆談所問皆是經書行叅茶而罷退出正廳請見製述書記多有酬唱筆談明遠則譏詆程朱與維楨一隻云自言日本與中原通海舶故珍篇奇書多爲得見

且曰清人納蘭容若總錄宋元經疏諸經解合爲
七百册尔得見云盖日本書册之多非我國之可
比
二十五日在大坂時禮單等物盡爲出給馬島人
使之運來今日始爲還捧而人蔘則先爲封裹故
三使以紅團領出往公幹廳監封剩數至於一斤
之多初慮其有縮而反爲有剩一行莫不相賀矣
已亥則五十斤之蔘有四斤之縮而今之有剩誠
不可知也時方霖濕而然耶 因仁則諸人得見
鷄林唱和集十五册即辛卯使行酬唱也諸作皆

草率無可觀可嘆臨場屢篇初不經意安得不然
仁則曰自見此册之後筆路忽開求詩者雖多無
可慮云好笑〻松崎祐之作序文而多有無倫不
敬之語可痛〻
二十六日食後往製述書記所有一倭士適來會
以筆談書示其姓名曰三河州吉田太守之文學
姓越名緝又問曰願聞足下之姓名余答曰僕非
製述又非書記不必問姓名也緝曰足下何於僕
不仁之甚也余書示姓名聖章曰正使道子弟也
緝起拜曰不知而有此失敬負罪〻余曰初無失

歟之事何必自尤纓曰足下之冠甚雅願聞其名
余曰所謂程子冠即兩程夫子所着之冠考諸遺
像可以徵之纓曰眞君子之冠也又曰西京冠冕
一遵唐制昨見金紫峰金天秀之自號所着帽帶與西京
無異矣貴國若與西京通聘則何羨貴國衣冠乎
今吾所着則可愧余曰江戶何爲不然答曰東都
人只服官事只尚武事故也西京搢紳則常以文
學經傳爲業余曰天皇果崇儒耶答曰大朝會
則禁削髮人不得入宮且西京文臣誦習文章欲
與貴國人相接而爲江戶所禁不得與諸公相見

可恨三公五相佐天皇而三公位在關白之上故關白不敢抗礼五相與關白同列三公五相皆食采邑於畿内其祿爲三千石祿少而位高其餘百官宮人所供則關白使一侯二士供之二士即關白侯與羽林將也大抵關白以武臣摠兵權故一國之權盡屬其手文臣則只有其名位次則自如云余曰西京朝士中能文者爲誰答曰從三位行左近衛大將藤三字子敬號學山正三位宰相中將菅有常中納言源允成詩如源璵文如室直清余曰今皇之名云何〻年即位答曰名遐仁年十

三眭年即位而有故不改元余曰丙辰嗣位之天
皇何年薨逝答曰眭年禅位尙無恙只摠大事余
曰丙辰天皇名云何答曰昭仁年二十七余曰天
皇與何許人爲嫁娶答曰后妃則娶三公五相之
女下嫁則武家以東都而無可耦則終身不嫁余
曰新關白與舊關白何如答曰太大君英雄人也
自在侯藩已有令聞蓋今古未有也余曰若君何
如答曰今年十三而好讀書欲講官已能屬詩矣
余曰其詩可得見乎答曰後當謄來余曰關白着
何狀冠服答曰朝儀冠大儀冠帶刀閑居如僕耳

服則黑花下紫而裾甚長以吾國尺爲六尺及歸
緝曰僕一見足下實多敬服遂傾心腹幸足下俯
憐此意使聞大國之文獻典章是所望也余謹當
如示日暮而罷明當更來云竟見悉筆談可記者甚
多而諸紙皆持去追後錄出而甚草草可歎蓋緝
之爲人淸秀坦率邊幅不修表裏如一見我國衣
冠文物心悅誠服頓無一分倭人氣味實東來後
一尼石也聖章曰吾輩應接日本文士亦已多矣
而可與語者惟越緝一人蓋其人文詞雖荒拙而
識見甚高且能與古倭人之識字者皆有別歸而

此人獨無之其亦脫俗之事也 藤原明遠各呈
一書於三使前而皆是例語即答送之 夜纔就
寢首譯忽大叫曰禮單物件入来矣聞之不覺忻
躍顛倒衣裳而起更時之間一行諸人皆已来會
矣卜物凡三馱其二則人蔘櫃其一副使冠服也
盡爲折封終未得京書問諸馬島人亦未知其故
可恠可菀然五十一斤之蔘既已入来四程可以
如計其爲喜幸當如何哉一行莫不相對而賀初
六日自馬島離發十七日到大坂十八日發来云
留船格卒告目亦来到

二十七日越緡又來坐製述所相邀故遂往見緡以三律相贈求和又請得篆字八分數三紙盖因聖章諸人而聞之也余即和給且寫兩體緡起而拜曰詩如何景明篆如周伯琦可謂千古至寶僕可以世世珍藏也詩中有衣冠艷服中華制之句緡曰此句甚好寫得僕之心曲多荷余曰足下盛稱西京之文物以西京之衰替有憤惋之意無乃西京之舊臣耶答曰僕天皇之苗裔也余曰姓字何不同答曰日本之法出爲他人後遂改其姓而然也陋俗可愧余曰何不仕於西京答曰自東都

禁之余曰關白權重於一國不朝於西京則何故
尚稱君臣遵用年號乎䌖曰辛卯關白信用源璵
源璵勸關白請王號於西京西京不得已許之又
欲請元號一國人心沸鬱將有難言之禍故遂止
之舊關白立即去王號已亥請信使之時必得西
京之命然後爲之信使至東武辛卯則設樂張舞
而已亥則皆廢之皆敎西京之意也余曰各州太
守有尊西京之人耶䌖曰雖皆不得不臣僕東都
而心服者堇百餘太守其餘五百太守則皆心尊
西京而身服東都耳聖章問曰三公五相皆無人

也緝曰中州亦多有如此之時不獨西京爲然余曰關白不久當傳位於若君云然否答曰不久當傳位聖章曰即今執政之中誰家爲優耶答曰源忠知以雅樂頭之康子能文辭事名於國中五六年前爲執政主張國中大事其餘執政皆備位而已此外多有可錄者而皆忘之

二十八日越緝又來見余問兵制緝曰吾國上世兵制與貴國同有文武官五百年來文武不分西京則搢紳下士奴隸皆着冠帽不佩釼源賴朝以來西有皇東有王王所屬家老百僚以至諸侯及

其麾下累萬人皆業武奴僕亦佩釼諸侯置麾下
與王同吾肇是也出師行軍之法今難盡言然其
法出孫吳吾國精其術者楠河州武田甲斐守大
江元就及吾神祖家康公也神祖於兵如神兵制
以五十人每二十人爲一伍爲一隊置一將二介二監其
法曰將介監死則五十人共死平生教死不教生
雖家居令思臨死不慎將有惡麾下不敢言以嚴
重爲第一每月初六日主將率其徒操鍊於平野
自神祖以來諸侯亦如此吾屬以至奴僕年十三
始服甲胄如冠禮之爲其初仕試武藝云故王臣侯

臣皆以武藝錄侯家有儒生五六人位宋輕今見諸公皆儒生是以頻來謁余着華陽巾縛曰足下今日所着之冠其名云何余曰華陽巾縛曰見於何文余曰見於竹樓記縛曰其制儘奇古或可使行中人摸出此冠及程子冠以惠耶余曰足下有欲着之意耶縛曰真是越人之章甫而欲時時見之如見足下雅儀余諾之聖章以其冠加諸縛之頭縛曰雖蹔着亦好多有悲歎之意蓋艷慕之深恫其俗之陋也還可矜念縛曰行中持來深衣乎余曰然縛曰願蹔見余遂使小童持來着而坐縛

曰以海外之賤吏得見中華聖人之衣服始遂平
生之願仍曰西京上世亦有此服云吾斯之未信
也　島主請見典樂々工故使李昌基領往　二
長老呈烟草百把有單　傳命以下日子擇去以
来今月三十日太守見馬上才六月初一日傳命
初五日執政家上々官回問初三日兩世臣及執
事家上々官回問關白見馬上才初四日三宗室
家上々官回問初六日太守家私宴初七日執政
来傳答書初十日關白觀射藝十一日上馬宴十
三日回程云々

二十九日傳命時儀注書示而太大君及若君相
見時皆曰四拜極可駭也見舊關白時四拜猶或
可也而旣有前例則亦不可許之若君許四拜之
說尤爲可痛故使首譯嚴辭責諭以此節不改不
可傳命之意期於改正　奉行平誠恭呈菓子一
匣彩花一盤亦例也　越鮒又來余問曰日本與
中原通海舡中國人亦多往來云足下見之否答
曰吾正德初明之宗室貴族數人來今皆死矣余
問曰明宗室死於貴境耶其子孫尚在貴國耶答
曰吾水戶侯甚敬之其子有二人今爲吾國人水

戸光圀公善文辭故收置明人逃來者凡十三人矣問曰十三人皆有子孫乎答曰二人則明之宗室一人名諭號舜水〻戸侯敬之遇甚厚設館食邑勸置妾有子其妾吾國人也其他在海西諸侯之國各有子孫両三人余曰明之宗室衣冠何如答曰終身着明朝衣冠矣又曰水戸侯爲忠臣楠河州建廟使明宗室朱諭銘之山嶠向曰朱氏不能死節遠托吾國其言於楠公何重余曰楠河州何如人答曰楠河州姓橘名正成元弘間仕醍醐帝爲攝河泉三州太守有勤勞于王家與賊臣戰

於攝殉節水戶侯光國公奏西京贈左近衛大將
從二位矣余曰水戶侯何如人答曰水戶之曾孫
宗翰方爲三宗室後日使臺登城時必享于賓筵
當與相見也此公年未弱冠而甚好文辭矣又曰
吾國陸奧州有一奇士姓蘆名淳字德隣通經籍
其爲人如李延平嘗上書諫其主侯令幽廢昔年
中州僧丹庵來阿蘭陀獻象淳於元日作詩曰黃
檗高僧飛錫至大宛名馬吐珠來誰知東海南園
客獨向春風把酒杯又曰吾儲君十二歲登嶽有
詩曰海國八州雄青雲日夜同芙蓉千古色偏照

我城中余曰貴國無笞杖之罪云然否答曰自中
世罪之至輕者則無罰稍重者則斬士賜劒重者
或以火或以槍或以木余曰治盜之法何如答曰
治盜之法甚嚴贓雖小捕則梟首余曰各州太守
殺人必告東都否答曰太守自由惟外國舡至則
告其他事關東都者則告又曰諸君齒白何漱而
然答曰水漱而已貴國之染齒何也答曰選賦言
東方有黑齒之國似指吾國昔有一帝齒黑群臣
不敢白其齒染黑仍成俗云余曰男不染而女獨
染何故答曰西京則男女盡染余曰東都不染何

故答曰武官不染而東都皆武官故然尒余曰女亦有不染者何故答曰未嫁者無夫者不染又曰足下見藤原明遠之與諸學士所論經說乎余曰果見之而此人不幸而出於海外識見孤陋譏侮前聖而不知爲非又幸而不生於中國得免毀經侮聖之誅此外何足道哉縉曰此人所見本不如是而近思中變於維楨之徒何惜何惜時金竹山適過去縉曰彼如關羽人何人也聖章曰我國大將軍之子也正使道之軍官也縉曰眞將種也眞將軍也以此語金竹山而相與大笑　奉行輩以關

白兩弟及九執事〻相持不已故以畧〻相問之
意言之
三十日三使具公服出往大廳禮單封裹物種使
馬州人運置於闕白宮內亦例也人參則每五斤
入紙袱以五袱入長櫃中櫃有臺其他等物皆有
櫃有臺有細整齊鋪置此皆馬島人所備云清蜜
則我國備來之瓶色麁不堪用故買得倭沙樽而
用之十斗分盛於十瓶　金竹山李宣傳邦李昌
基辛馬才二人往島主家申後還言各州太守及
其家屬盡來會故島主設大宴首執政之子十

餘歲者爲人淸秀端肅足可爲執政云馬島奉行
輩見其兒膝行匍匐不敢仰視云　島主及兩長
老來見以平服相接島主以明日傳命之意奉達
且言太大君則有病不得相接至於若君許四拜
之禮則極力周旋於朝廷以再拜云太大君之
梓然積病必以再拜之禮爲難使而然也
六月小初一日辰時奉兩龍亭向關白宮三使臣
具金冠朝服佩玉秉笏乘渡海平轎(使我擡之)人製述
書記譯官醫官皆著黑團領軍官羽笠櫜鞬佩劒
執鞭皆乘金鞍駿馬視來時尤侈余則初不備來

戎服故欲以儒衣儒冠從之使首譯議于奉行輩
則皆曰决不可云遂不得已借着白令之副件以
書生而稱爲戎服方切自愧幕賓諸人從以譏嘲
好笑之排立次第又如來時而龍亭無後陪三使
次之負役皆在後鼓吹管絃之聲震於通衢繁華
之地行數里過前日所過東城門觀光男女比來
時不減又行五六里入第二城城外有壕過此無
市廛村閭惟見高門甲第環擁左右有若官府狀
門邊不用墻垣亘以長廊堅磚衛灰作爲外壁每
間有圭竇垂簾於其中女人窺覦盡是執政及近

臣有權力者第宅云又有一門撤軍儀止軍樂上
官以下皆下馬旌旗節鉞及下官皆爲落後惟印
信在前又過壕橋入宮城門首譯諸人下轝轎至
所謂第七門島主及館伴大目長老出迎相揖過
數十餘步安龍亭於凳木第一龍亭則奉安於右
邊別所使屬官一人上通事一人守之首譯奉出
第二龍亭國書函以白盤承之以紅袱覆之在前
而行有兩蓋一行皆張兩傘前有一城々有甕城
及重門焉過其門有閣道板階即所謂玄關而自
此至殿内堂宇連通寺社奉行四人大目付三人

迎於玄關板上迎擣先導連由閣道至外歇廳首
譯奉安國書于主壁龕中使臣與島主相對而坐
長老坐楹外一行坐於槅子之外島主請同往大
廣間即闗白所居之堂也詳見拜位而來家君曰
旣有儀註何必往見島主一再三請之不已盖已以
此意告於闗白故也島主前導過重軒複閣至所
謂大廣間堂有三段上段則垂簾中段則國書奉
傳後拜位下段則私禮傳給後拜禮所也一見即
出更出未久島主長老寺社奉行四人大目付四
人請入去行禮而前導一行則皆留在而只從軒

上望見而已印信使小童守之首譯奉國書在前至所謂松之間壁畫松故名焉此是內歌廳與関白所坐閣障子奉安國書于堂中三使西向列坐島主坐於廳邊長老坐於退廳百官皆會而坐於使臣之後者為三四百人而或紅袍一角巾或墨袍鳳折巾雜亂無序全沒威儀坐於主壁者又可十餘人禮單物件置於堂西禮單馬匹立之庭下首執政來傳行禮之意島主首譯次次傳言首譯奉國書出楹外傳于島主島主奉至殿內近侍受置関白前三使繼至堂內中段列立四拜還出歌

廳私禮單入陳後近侍引三使至堂內下段列立
四拜復位首執政出來以關白言勞問曰使臣遠
涉重溟而來良爲勞苦請行酒禮三使出席致謝
首執政入去以使臣言入告於關白使臣進至堂
內坐於下段西向坐黑衣官人先進素盤于關白
前紅衣官人亦奉素盤置三使前其床小如我國
小盤中有白木器三个一盛生栗一盛引䉓一盛
菓子其器形如五合柳器之最少者生栗只以五
介列置四方及中央日本敬禮必如此云黑衣者
先以銀罐土盃進于關白飲訖又一人執罐出坐

中段島主在廳邊目家君升坐執罐者進土杯家
君揖勞受之執罐者注酒于盃受而飲訖持盃還
坐故處置盃于盤上又黑衣者進酒關白飲訖島
主目副使陞而飲之從事官亦如之撤床後島主
請三使三使列立行拜禮還出歇廳三首譯入堂
內下段行拜禮軍官譯官製述書記醫員書畫公
三次詣極外行禮而出次官則行禮於退廳小童
次之中下官則分三隊拜於蓬下而出首執政来
傳關白之言於三使曰將以宗臣代行宴禮願任
便受宴三使復入行辭見禮而出關白入去後島

主復引入堂内中段西向立紀伊中納言源宗直
尾張中納言源宗勝相對行再揖禮仍坐侑宴宗
直即舊關白之從弟秀忠之弟賴宣之孫代舊關
白爲紀伊州太守治在紀伊州和哥山食五十五
萬五千石即三宗室之一也宗勝秀忠之弟義直
之後治在尾張州鳴古屋亦三宗室之一也水戶
侯則有病不參云遂進床於賓主饌卓花床與他
處設宴無異相對而坐無所食之物無相通之語
酒三行而撤相與對揖還出歇廳首執政出來三
使〻首譯謝設宴之事執政傾身聽之有入告關

白之意云余與諸人往柳之間亦以壁畫柳也受
宴亦與他處宴無異盤床之金銀動光剪花之錦
綵纈眼而無一下筯之物紅衣人稱以各州太守
者頻〻來見或請見我人之扇或手撫我人之服
而皆不似人形矣執政亦自外覘視蓋権飭宴床
之意也紅衣者二人坐於末席以爲押宴行中諸
人各有所贄之處云及撤宴而出外歇廳則未久
三使出來與執政相揖仍向玄關小坐即行至玄
關集主及四寺社奉行四大目付揖送至中御門
兩館伴兩長老揖送自此奉輦一龍亭三使乘轎

出第五門皆乘馬此非入來之門也以此排立向
西御花御花即舊關白及若君所處之所也入二
門下馬三門下轎四門下輿長老館伴出迎至玄
關四奉行三目付出迎引入殿上間屋制與關白
所居之室無異矣其少憩外歇廳入坐內歇廳皆
如儀執政藤源朝來傳若君言曰太大君不豫將
親受禮單仍請行禮其傳別幅呈禮單之節皆如
前所異者但再拜而已一行亦以次入見如前執
政以下揖送之節亦如前及歸至下輿處乘輿下
轎處乘轎下馬處上馬三房各立前陪動軍樂胃

西而至館所日已暮矣島主長老躬來問候兼賀
大禮之順成奉行傳來見首譯曰三使道入前日
所未見之處行前日所未行之禮而終日行禮無
一失節朝廷百官嘖嘖不已皆曰真禮邦之君子
云島主亦大以為榮幸故即來相賀云 盖聞白
之宮城凡三重門凡九重而重重有壕壕廣數十
間其深無窮水色紺碧若投一石於此則論以死
罪云城外有甕城城上有樓而四面障以鐵門城
高五六尺而堅固精緻非我國之所可及曲曲有
譙樓皆四五層此是藏兵之所云城門殿門宮闕

諸處無一名牌揭額宮城內外無官府直宿百官
治事之所至於殿庭亦無執兵扈衛者宮室雖極
精巧奢麗而無高大宏傑之意使異國下卒拜於
廳上而譯官拜於楹內其堂陛之無等如此殿庭
挾窄中下官拜禮時雖數次分隊亦無列立之所
群臣自執政以下皆跣足赤脚而行其無禮如此
又有着長袴者以白布長數尺者垂之於後曳地
絆〻有敬行止無常望之不似人矣所謂近侍宗
班高祿厚豪者其行止容貌無一似人者其國事
可知宴享之時左右廳壁多有垂簾而觀者必是

關白嬪嬙之屬閑白介或來現云其無威儀如此
馬島奉行郎一守令之家臣而入關白之官與各
州太守同爲周旋指揮凡事其無等級如此入見
之際見關白所坐處前面之兩隅及左右後三面
皆垂簾故不能詳見其形而所坐之席稍高頭戴
黑帽而上尖身着黑花面長而黑體短而小不似
人君而若君則前面不爲垂簾坐於紅席上服紅
花不剃髮而從髻面白有精彩眼鼻之間小有縛
痕以其年少之故不耐久坐受拜之際面頻而身
欹頻有難堪之意而大抵勝其文之言果不虛矣

百官之所着紅袍則領似朝服黑袍則領似圓領
一角帽則領似紗帽蓋日本服制初自我國入來
云此無乃三韓時服制之訛者耶然若不剃髮跣
足則似有貌樣以今所見則其所謂曰君曰臣者
極可笑也見關白之時家君言於島主曰太大君
意外有病不得接見欲以此意致慰未知如何島
主答曰如此慶事豈可言不言之事云其無事之
無識皆此類也
初二日館伴上總介呈紅魚枇杷　島主呈鮮魚
平城一呈道尾皆以大礼之順成稱以德談　使

三首譯及堂下譯官三人往傳五執政及二世臣
禮單 島主躬來問候 島主遣送馬上才所着
衣各一件以班錦爲之矣
初三日館伴修理大夫呈江魚枇杷皆稱德談
趙昌城李內乘李咸陽及三首譯領馬上才赴関
白官午後歸言試藝於內城西門之內而関白平
各州太守出觀層樓處處垂簾而捲帷者甚多左
右觀者莫不稱善以爲大勝於己亥云関中廣曠
園林葱欝云矣
初四日越遞譯又來見曰得與諸君連日從容誠所

樂也但蘭庵有採之意且馬島人有索賂於君侯之意似有禁僕出入之舉殊可悶也蓋東武人未必畏馬州人而至於信使行則凡百一委於馬州故以漏泄事情等語禁他人出入云緝曰我國朝廷威儀何如聖章曰不能知緝曰足下見朝廷威儀心驚魂飛故不能知耶蓋自笑之語也聖章語次稱若君則緝曰若君之稱即日本俗語也上國君子何用此語緝又稱風折巾曰如舟帽余曰何不曰風折巾緝曰風折巾古無其文而其形似舟故對上國人不得不以此稱之皆自笑之意也緝

曰三使臺金冠珮玉象笏黑靴皆君子之服也僕則以得見此威儀爲一生之奇幸耳又曰珊曰珮玉其靚美哉〻〻其好奇脫俗如此子文問曰日本舊無服飾自百濟王送縫女之後始有服着云然否答曰吾雲州有大廟甚靈神武以前之庙國家甚敬之有舊服舊器而頗似貴國矣緯又曰大連小連之善居喪者即吾國舊大臣之稱也余曰木順庵室鳩巢林羅山經術文章其高下何如答曰林即國下風木室雖有文章豈可及二先生乎余曰信使去後禮幣人參自東武分獻西京云然否

答曰自古無獻余閑西京冠服之制答曰卽位傳
位之時則其制兩傍所付甚長纓在於後祭祀
朝賀之時則其制平居之時其制如此云淺
見安正之徒有姓若林名林鏡字仲淵號修齋者
學極精明日主大義每自比於岳飛方孝儒云似
是志在與復西京而不遂志者也　三宗室禮單
則三首譯仕傳兩宗室閔白之第則馬州人自傳云
執政以下四謝傳喝畢到　朴首譯因馬州守得
來四答書草本其辭意別無碍眼處而文理雖多
有未彰不如相爭故置之　日供有生小鹿二首

故放之于蓮沼泛〻水面自浴自聽望之頗有幽
趣
初五日越生又來余問阿蘭之說答曰距日本一
萬三千里每春來江戶而地遠故使其一種小國
暹加多羅代行携上士四人下士四人到日本買
妾在霽日夜飲酒在妓樓自其國王以下皆市井
人甚射利賈舶所通綿綿錦緞土物甚多冠服如
日本其人甚小面兒色白無鬚耳着環如婦人能
通日本語其國土甚好一年再種稻每歲有献物
於日本而無可用大君每給米以送日本有吉凶

必送人而不過三十人舊大君時阿蘭獻萬國圖
且獻渾天機小車甚奇以繚引之擧白石以測天
舊大君甚好此法去歲作講曆館又問琉球之說
荅曰中山王稱以小琉球而即大琉球之宗室入
朝薩摩州昔年大君下令琉球欲覩中國制度琉
球以中朝冠服市町宮室之制一冊獻之其土産
無用故每請中州之物以獻日本矣余問曰日本
以秀吉爲何如人荅曰西海漁人之子也余曰其
行事何如荅曰如秦始皇問曰日本文字稱以秀
吉公何也荅曰其爵則西京所賜故人敬其爵不

殺其人余曰此賊我國百世之讎也源氏盡滅此
賊之後斬犯陵之賊且殲其時出戰將士故我國
果與之通和好和氣滿於兩國而若過秀賊其時
盤居之處則不覺髮竪心寒其人或有遺孽耶答
曰源氏之世豈有秀賊之子孫窮兵黷武多殺無
罪之殺天道昭明今無其餘孽耳續請聞朝鮮理
學之宗統甚懇故余許其後日書示續持來請獻
遺言四毋即安正淺見之所纂續而錄其八人之
言各記出處大畧又以並義及失節者類附於每
編之末而以殷師之言名其書其意可知八編即

三閭懷沙賦武侯出師表請節讀史庚齋章顏太師移蔡帖文山衣帶贊疊山到迷寧詩劉靜修藏歌行方遜志絶命辭也緝曰此公以許衡仕元爲非余曰不仕何義答曰斥許則其微意可見矣緝又曰所謂流風留着自阿蘭陀来其形如喇叭而長可丈餘着口於其端而語之則五十里外人可以聞之矣余曰可得見否緝曰兇械繁大無由持来矣 奉行来請明日赴宴

初六日己時三使臣赴島主家宴日暮還館余與趙昌城李郎廳皆不往聞有公宴私宴有公禮私

禮畢主近族亦皆来現飲食稍為可食且設戲具
例也以家君所記抄録之圈孔雀於網裏一人持
白雌鷄擺弄其前孔雀抖擻尾羽〻四五十皆倒
向上長可二三尺環布如張傘樣有若護其身者
其色燦爛尾端必有一彩錢周回數次持鷄去然
後乃整其羽其体如鶴脛有兩節而差短於鶴下
節如浮大頸胸皆緑如雉而頭如雄鷄頂有冠可
數寸其末又有小彩錢其殺亦頗似鷄来自南京
市人買置一日之税以錢則五十兩以銀則四兩
云持如琵琶者二人其絃三頭尖頸長腹則大方

小圓果以猫鞹以牙骨之屬爲撥而彈之聲如琵琶而細笛一差短有孔無簧其聲細小鼓一以兩手持筳而互鼓之如小兒河豚鼓長鼓一形如我國長鼓而體小搭之肩上歌者一人在上頭作叱喝聲瞋目叱哮若盛怒人其聲或小或大如瞽師讀經有三兩人以假面爲戲改頭換面迭出爲戲者凡十數次或一二或三四或男或女或佛或僧或老人或小兒或長或短形形色色不可殫記其制作工巧服飾華侈非我國傀儡之比而但戲子不藏其本面以手攀之在後作弄者必數人不能

自掩其拙此爲可笑而霎時之間善於變化自小
而爲大自男而爲女自小兒而爲大菩薩自一而
爲二爲三自人而爲畫簇爲龍虎爲翩翩落花爲
鳥獸爲龍亭其變幻神速倏忽風雨又有猿猴或
男服或女服或佩劍或提挺而出跳梁旋舞者四
五次大抵一部跳戲俱爲可笑而惟孔雀爲奇觀
云
初七日食後執政四人爲傳回答書來見三使臣
相接一如去月二十二日相接之儀而島主已先
至奉回答書於大廳主壁下矣關白執政二人則

堀田相模守紀正亮(邑治在下総佐倉城食十萬石)松平右近将監源武元(邑治上野州館林城食五萬五千石)舊関白及若君執政各一人皆前已来見者也執政曰近日連得平善云良用喜幸答書成送須傳達國王前也三使維廓聽伏廓執政又傳單子三紙此則関白之餽使臣之物也首譯以下各有單如例行茶後使臣曰執政之来特為存問可感今此答書謹當賫達所惠贐物極為腆厚義雖受去而尊者之賜不敢揮却奉欲受去可愧執政起去相對揖而罷即出見回答書其文與前所見無異外槓之外髹漆可鑑

其內塗金腰有烏環以唐絲索環結內櫝則以純
銀造之重可數十斤長尺半廣半尺高三寸腰有
銀環亦以唐絲索環結四面畫菱花形細雕之其
中有書幅長廣堇容櫝中紙厚如楮注紙色則外
面塗金內以金作山水雲霧之形裹以同色紙內
外俱塗金其書懸心右書敬復左書朝鮮國王殿
下合衿處書日本國源家重謹封家童字上印圖
署源表正內幅書日本國源家重又著圖署敬復
朝鮮國王殿下其書曰聘問修好書辭通信就審
起居泰寧寔切嘉慶迺今聞誕保前緒以固邦基

仍率舊章爰敘新懽奬儀旣多禮意愈深所以彰
兩國交際之誼益知永世講信之孚也聊將土宜
附諸歸使惟冀親睦無違休祥可期不備延享五
年戊辰六月日日本國源家重亦着圖署別幅列
書貼金六曲屛風貳拾雙描金鞍具貳拾副擦金
紙匣五副擦金硯匣伍副染縐一百匹綵紬二百
端整年月日日本國姓名着圖署太大君別幅列
書擦金蒔繪臺子二餙(註以諸銀備矣)具綵紬一百端綿
一百把整年月日下書日本國源吉宗着圖署一
源字若君別幅列書描金鞍二張染縐一百匹染

華綾二百端卷年月日下不書姓名只着啚署寛
裕二字已亥四書則只着一源字啚書而今曰源
表正此與前例有異至於若君則不書姓名只着
啚署極爲可駭故家君遂草書契送於島主島主
見書答以謹當奉議於朝廷而仰答云既請改書
契則不可受別幅物件故姑使馬島人守之書契
則使行中譯官守之三使臣移處於中大廳以示
變常之意　林信言以啚書頭来坐外廳首譯以
啚書事問之答曰我國則與貴國不同印章隨代
改之乙未書契曰源忠德壬戌書契曰源忠直辛

卯曰文明四方已亥曰源此非可爭之事且若君
萬書癸未壬戌亦無書名之事只着萬書癸未曰
源監國壬戌曰源緯然前例如此爭之無益云若
君之不書名雖曰前例於禮於理俱極不當何可
不爭　越生又來余問曰関白及若君有字乎答
曰有之余曰願聞之答曰從當告之余曰今欲知
之答曰偶忘之余曰立其朝不知其君之字豈有
是理繼遂笑曰本無字蓋以其兩萬章疑其字故
也越生之言既如此則必不誣矣　諸處回礼俱
來而水戶侯源宗翰別具狀以謝蓋閤自祖先以

文學自居修史賦詩自前如此、亦前例水戶卽
三宗室之一也　林太學父子送詩及回禮于使
行
初八日畫員李聖麟往島主家不食肉奉行睢而
問之答曰今日是國忌故行蔬諸倭皆相顧驚歎
不已云是日一行至下官奴僕皆行蔬　島主始
送答書而旣以前例爲言故大君圖章事置之復
以若君圖章事裁書以送　三使出大廳奉入舊関
白別幅及関白書契而若君別幅則姑置之大廳
一行贈銀亦皆許受而自前以大坂藏入之銀贈

之故歷路受去矣今番贈銀倍於前日而皆自江
戶辦出以贈倭人言舊關白有克儉之德官府充
溢倉廩山積云贈銀枚數皆於大木盤上以小紙
印銀子一枚四字列付一枚即四兩三戔云 送
再書之際欲又送書於若君之執政則島主送言
以為自前如此事必使島主周旋而賂書執政則
極為無聊云故遂置之
初九日三使具紅團領出大廳捧舊關白及關白
禮單物種而不捧若君之禮物 平誠一呈綵花
島主呈菓子 是日始食真果 李郎廳田宣

傳領馬上才往監主家試才夕還
初十日監主再次答書來稱以前例而又爲裁書
責以道理期於改正　李咸陽李都事李內乘李
宣傳一邦禁旅軍官金壽福林世載馬上才印文調
李世蕃往試射藝於關白所觀處例也金竹山爲
覘光借名於奴僕而往余笑曰此非江華且無賊
兵何必借奴名乎金亦大笑而然其氣虎非他人
所可及也申後歸言六兩則以射場之甚狹恐或
傷人勿令試射故不得射只試騎芻及大帿而李
都事李咸陽金壽福兩技俱五中李宣傳李內乘

則騎則五中帿則三中林世載印文調騎四帿三
李世蕃騎四帿二觀光諸人皆稱不已曰天下妙
才云蓋日本人欲學我國馬才而終不得云　申
後與人參同發之京書始入來得四月初十及十
三日出兩書得平信不勝喜幸而書出已久可歎

蓮萼數三莖出於池中

十一日島主第三卷書來而有前例之事必無可
動之勢故遂止之捧其別幅及物件　林學頭門
人稱以學士者日日十餘人晉來與文士酬唱而
其詩無一可觀聖章輩所作或於數時之內至於

四十餘篇其不能潤色固矣而一日使小童給紙
筆幐来其所作詩別無草率之意可謂巨擘也此
外文士絡屬不絶且日本則儒生多爲醫學故来
與良醫酬唱者其數不減於四文客之座席而良
醫亦能堪當終不示苟艱之意云醫官河春恒者
設醫疑數十条良醫遂〻下破春恒曰真可謂良
醫也欲爲弟子而不能得可歎云　關白送曬布
三百疋串海鼠(即海參)　十箱於副使公盖以失火故
也　越生又来余書給我國儒林宗統纘一讀之
起拜曰固知貴國文獻之盛而今見此示雖姫周

趙宋何以加此當作寶藏云繹曰貴國文物不勝
欽歎欲學古之龜卿公輩入貴國而拘於國制不
得爲之極可恨也　首執政請借見朝服金冠帽
帶紅黑團領我服軍服故許之馬島奉行輩言於
首譯曰若君及首執政皆艶服貴國衣冠有変改
之意極可悶也云用夷変夏豈其勢也哉還可笑
也　夕受上馬宴與下馬宴同
十二日晝受三幅畫於畫員請得三使臣贊語
故許之　越生來示一刀萬象爲名冊而以千字
中文字刻篆章諸體而無可觀故還送給之繹言明

日来會于品川云　留館時各房用餘剩米八十
八俵炭四百三十二俵柴七百八十三把其他雜
物亦多以前例畧給馬島通詞輩餘作件記使掌
務官面傳於館伴

隨槎日錄卷下

六月十三日自江戶回程宿品川三十里

巳時島主來請啓程三使以下皆以平服發行兩
舘伴揖送於楹外排立次第一遵來儀而但軍官
不爲前陪堂下譯官二人輪次陪龍亭矣道路所
見盡如來時觀光兒童多作我國旗幟搖或摸竜
蛇或書淸道巡視等字遊戲於道傍且以紙作戰
笠而着之於此亦可見深慕我國而但元作冠作
帽者其尙武之俗可知午後入舘舘所如來時詰
官及所呈亦如來時皆不復記後皆倣此而來時

則所呈皆是杉重四還時則代以果實亦前例云
館外有寺門扁以潮音閣遂與幕賓諸君步往
有所謂隆禮堂而内楹題以景福祠庭有池塘菱
芡蘸水堂後築石堦數十層上圍木柵可數間餘
中置一卧石〻前設燕燈礎此是舊關白後宮之
塚云
十四日中火神奈川宿藤澤八十里
来時纔已播種今則移秧已久畦畝皆青〻矣神
奈川中火即發少憩松陰下進至戸塚村則行次
已入茶屋而富山已見於雲間皓色依舊若是白

雪之色則當此極熱之時必無不消之理殊可怪
也日晡抵藤澤日供有西瓜
十五日中火大礒宿小田原八十里
日暮抵小田原站人夜献熟供如來時
十六日中火箱根宿三島七十里
行至箱根嶺底溪澗震疊松檜齊鳴行十餘里有金
湯山門額即壬戌寫字官金義臣之筆而林樾溪
邃頗有淨意遂下馬入去至法堂則沙彌數三人
忻然出迎以茶果礼賓即起行十餘里至畑村行
次已憩於茶屋茶屋即村氓之家而屋後引双乳

瀑〻下流繞作曲溪左右園以礴〻之石其上蔽
以奇〻之卉至箱根嶺頭有木柵此是江戶之所
設故日本人之往來者必下馬如燕京山海關之
例也湖色總出而涼意已逼人颯〻如秋氣倭是
吴郎

十七日中火吉原宿江尻一百二十里

午抵吉原快見富士全面无一點雲霧而雪色幾
盡消融與藤澤路中所見時不同可知山南山北
之異候也然當此三伏酷熱之時向陽之処始乃
稀消此亦異也自前我國信使未嘗當盛夏過此

而尙置疑於雪不雪之間今始快決可幸. 斂後發行若過村中則勿論男女老弱付紙於板上持紙筆請書於馬頭還可笑也村人以一句詩書於板上以示我人而請筆其詩曰久旱鄕中膏渴注彩筆數點起雲霓可見眞誠忱之也行二十餘里登一嶺景光甚好寔日東第一形勝也左有東溟之大右有富士之雄百里明沙一帶長江在其前泛泛島嶼錯落波心蒼蒼樓臺羅絡山底林樾障其東昳昳布諸南嶺巔岌嶪高可百丈滄宕雲烟一望无際于時也落照直射於浩濤雪頂之間群

鷺倚飛於烟渚草洲之上世上所謂以勝槩為名者莫不羅列於眼前若使樂山樂水者當之庶可判其為天下勝地而惜乎聾兒輩无山水之眼無一樓一亭之着在此中也駐馬良久日暮路遠不得已前進過此富士全體不可得見東來万里得一富山而今遽作別依々如與君子相別也暫憩茶屋而行村間市舍有百餘箇硯石而或雕作禽獸之狀或畫以草卉之類形々色々類万不同無一石天然去雕飾者甚矣蠻兒之好巧也過清見寺而夜深不得入可嘆三更抵舘而宿

十八日中火駿河州州宿藤枝八十里
行至駿河州白蓮乱開於地中而景致尤好 午
後登程渡大川踰宇津嶺下馬村舍池过嚼瓜飲
茶又憩茶屋二更抵舘所
十九日中火金谷宿掛川七十里
行渡大井川越川軍比来時尤多抵金谷村見多
着假戰笠列立道左如軍行仪 午飯登行小坐
山上茶屋日未昏而抵宿站
二十日中火見付宿濱松八十里
今日所經皆茫茫大野與天无際多上上田

二十一日中火荒井宿吉田九十里

昧爽發行連從川过而行到金絶河乘彩舡順風而涉中火荒井 午後發行暫憩白須賀茶屋日暮抵吉田館

二十二日中火赤坂宿岡崎七十里

晩發受暑尤甚故未明懸灯而行島主未及前導早抵赤坂館庭前有大柑對 或稱大〻或稱자是자是 青黃實交錯黃者大而熟青者小如枳 蓋聞此樹每年春末開花夏初結子經冬翌年春夏始熟秋末乃摘翌年開花待實者又翌年摘如之枝上常留二年

實而雖翌年不摘則三年亦可在枝此近処数百
里間如此他処未必然云　飯後発行憩藤川茶
屋日晡抵岡崎舘
二十三日中火鳴海宿鳴護屋九十里
日出発行過重城門樓墨壕池亦壯麗度天作橋
可数百間過小崎村小濱村大光地村小休於池
鯉付茶屋過岡村至阿野村新建茶屋即去時犯
夜小休処也暫憩即行午抵鳴海里数似可為七
十餘里舘所主人西尾伊左衛門去時呈花矣今
又呈黃參判日記謂曰安呈花而詩云故問曰安

之為何人則伊左衛門荅以此是渠祖云 午飯
於行過千林山寺壁大書花鳥雲月四大字連由
村中日晡至鳴護屋所過有大光院篤善寺而乃
中下之所舘也時是高樓傑閣層臨无比
二十四日中火起川宿大垣九十里
日出於行憩稲葉茶屋午抵起川大恒舘見路邊
市舍多有倭人之沐浴者閭市人備浴具受価於
行人蓋倭人好浴故也當其沐浴之時赤身而立
於大桶中而村女不知為避晏然在傍可謂蠻夷
之俗也 飯後始於行度起川浮橋水蓋多方舟

可三百有餘昨今所經連從野路左右平原無処
不居田疇膏沃禾黍齊茁路傍最多水田而當此
久旱水道無乏日本田土中最沃処也四面大野
俱可數百里羣峰如雲如画圖之如屛山水之清
麗亦可謂第一也觀光者多頂手低頭如作別之
狀而曰사라바〻〻蓋好故之意也見童処〻作隊
一時齊語令人耳聒行中人若不顧見則必拍掌
作声回顧然後乃止可見其愛慕我人之甚矣此
則非獨此站爲然沿路皆如是矣行十餘里暫休
黒股村茶屋三更抵館而宿

二十五日中火今次宿彦根城一百五里

日出莅行小休垂井村未及今次有小摺鉢嶺峽

村数家在涯蕭灑第宅清凉販酒賣茶前有小溪

仍成小瀑林樹葱欝得風颯颯有声蟬音雜沓頻

有閑趣前後所經皆是高樓傑榭通衢大都故若

得如此光景而自閑眼矣過此桑柘遍野家家養

蚕設架四五層或八九層鋪席粧奇方有上薪者

方有收繭者方有取種者矣蠶則小於我國繭則

大於我國而皆白色且我國四月養蚕而此処則

六月晦間始見之抑一年再養而然耶未可知也

午抵今次館主人刻揭玄文龜之筆恭平巖三字於壁上而用倭松之有細紋者塗如沉香刻用唐泥金碧眩眼此不過一常漢而其堂額之巧飾如此可怪副使借來繅車織機穀米之具使省植畫出而皆極精妙矣 午歽至醒井茶屋酌泉觀魚行數里村中有水磨碓其制極巧極妙猝難形容而大抵如淀浦水車而車輪五圍次次磨轉如自鳴鍾列植五杵次第上下頭還磨石又自然輪回而大輪則當水頭水激則轉一轉之間五杵及一磨石一次回轉一日所磨恰過數十石云至大橧

針嶺下憩於茶屋主人即賣茶者也屋臨二百里
琶湖景致甚佳所謂竹生島着在湖中如洞庭之
有君山湖水浩淼洲渚蒼莽无數帆檣來往於落
照之中鷗鷺飛〻雲烟淡〻真可謂仙境也自此
懸灯至彥根城沿路各站之所呈皆是真瓜單子
或書曰玉瓜或曰甜瓜或曰大瓜或曰甘瓜
二十六日中火八幡山宿森山一百里
彥根八幡之間為六十里然路甚苦足為七十餘
里水田多有黄穗之禾日晡抵森山館堅長老送
上佐問候呈渠私集称以芝林稿一册

二十七日中火大津宿倭京八十里
日出發行小憩茶屋膳所太守本多下總守藤原
康桓使其奉行呈酒果酒稱以夕照酒(夕照酒始未知命名之義酒疊壽以勢多勢多即地名也琵琶湖之八景中有勢多夕照以酒出勢多故名以夕照)于
抵大津館 飯後發行村家壁間多画我行軍儀
處〻皆然而此村尤多家〻皆有之過去祥院〻
有千本松倭言源義經東行之日所栽而五百餘
歲其大二圍去地數尺而為二十六株又分為三
十四株枝葉交峙故稱以千本松行未幾已抵倭
京都中壯麗雖未及於江戶而人物之清秀非江

戶之所可比也現光中多有嚴肅端正容皃凝重
者必是有識之士也男子亦多有崇崖而不佩釼
者可見越生之言非誣也抵館日纔落矣朝日森
山雖發時兩首譯持礼狀書契先往西京尹之家
皈言其所居華侈非江戶執政家可比在於倭皇
宮城之外而宮城之壯大又非關白所居之可比
二十八日中火淀浦宿大坂舟中一百二十里
早起往見溪堂岩石花卉皆如旧而松上有藤蔓
纏封自根至梢見方爛開而花如躑躅卑曰松封
開紅花可一笑 日高始徐行都市盡而為東寺

前路此乃来時暗中所過處也门樓銅塔皆極雄
大矣小〻水車處〻有之市廛亦多有新造以賣
者矣淀浦館所由舡宦入去午飯後出舡所故直
向舡宦持来午飯於舡上而食之島主自館所出
来乘舡即前導而行淀浦太守呈饅頭風水俱順
俄頃之間已抵平方不為下陸使中下官若干人
往受熟供即為前行站宦高槻太守永井近江守
大江直行呈葛粉昏抵大坂泊舡所仍宿舡樓
二十九日晩下陸入大坂城館所
飛舡自馬島来得四月二十四日出家信莱伯書

則出於五月十三日矣館伴岡部美濃守呈甜瓜
堅僧呈梅酒一陶又送禮書回答書契及使行回
禮又呈七律告別　諸處贈銀依例區处而上官
各員有二十枚々々各四兩三錢也故於余者則初
急欲投諸海中不然則欲給倭人矣更思之投海
近於要名給倭則嫌於要譽錦南兩皆罷之而分
給於上船々々格諸人奴與傔並不與焉以示不自
用之意　分銀大槩抄錄于此　関白旧関白若君
三処之所贈行中人者合爲一萬七千二百八十
六兩內首譯三員各一千七百二十兩製述官一

負二百十五兩上判事三員各三百八十七兩上次官四十七員各八十六兩中官一百七十人各二十兩二戔三分下官二百二十七名各十四兩六戔八分也三使臣前関白舊関白若君之回礼合一萬一千六百十兩執政以下回禮六千一百九十二兩又九百兩都合一萬八千七百二兩內三千兩則除出保債員役治行時筵稟覓給戶兵曹公債卽軍官譯官製述書記醫員畫員寫官諸人所用者也別破陣典樂理馬伴各有本衙門公債故皆價給中下官三百八十名內三百名隨往

江戶八十名留在舡中不无苦歇之分故除行三百名及物故四名各給四兩合一千二百十六兩留舡八十名各給三兩合二百四十兩掌務官之為任甚苦自前例有加給故以一百三十三兩劃給此外又有各項人処依前例小小別給者而餘者為一萬三千六百兩依前例防公木三百四十同視匹麦加一百三十六同四十七疋二十尺使掌務官受手標於馬州奉行斂納於朝廷此外又有各技人員亦有所贈皆前例分給回孔中雜物綿子色明之属則亦依前例分給行中人及下卒

館伴受大字於行中寫字及金生佐朴許其筆之
圖如大柱一字所書之紙如大屋二間筆廣墨之
盛於大木桶者無數一人書一字則筋力殆盡見
之似壯而以藁束筆立而書之字法無可觀
七月初四日自大坂回發復乘彩舡抵河口宿舟中
三十里
食後三使臣以平服赴島主家宴島主之家在難
波橋之南百餘步之地循例而罷島主乘舡先導
諸舡以次放棹過難波橋此是半夜經過之地故
以身則雖再度而以眼則乃初見也樓臺宮室之

繁華侈靡可謂日本之第一也左右皆削石築堤
高樓甲第羅列堤頭或引水為壕貯水庭除壕上
有橋與河橋无异橋下有門開閉以通舟楫戈層
軒翼榭聳出水中立石為柱覆銅為甍或雕欄畫
棟園錦繡之帳飾金碧之彩照耀雲日或琪卉瑤
草似蘇似蓋慧菀於繡箔金堦之間或設木柵於
門外之水門藏得黃金舡如使行所乘者形形色
色類萬不同或高或低或遠或近三十里之間無
一尻之間土無一屋之薄陋纔轉一曲一曲尤奇
纔過一屋一屋尤麗見左岸則右岸忽益奇見右

岸則左岸漸爲麗奩出愈新愈往愈奇雖蘇杭州
之繁華必不及於此矣觀光男女皆衣錦繡列坐
欄檻欄檻不足而鋪華床紅氈於岸上岸上不足
乘小舟泊岸連棹首尾如貫横亘左右終无間斷
処衣飾釵佩俱極奢靡此日所往之景光雖使龍
眠虎頭當之必不能模得其萬一也至河口卽來
時稜乘彩舡処也我舡則再昨自此出泊於新川
外距此爲十五里而風勢不順遂下碇而宿島主
送人言行具多有未備不得已更爲下陸云可痛
初五日 初六日 因島主不上舡留河口舟中

初七日自河口發舡移乘我船次兵庫一百里
日出時移乘小彩舡至新川移乘我船一行上下
皆有喜色无異還家且河口無異於虜口自前使
行之滯留十餘日者亦有之故以是爲慮今幸脫
出河口安渡不相賀日落抵兵庫下陸而宿回答
書則留置舟中尼崎城太守源忠喬呈蒼鷹鷄卵
初八日自兵庫發船次室津一百八十里
至明石浦遇風掛帆抵室津下陸姬路城太守源
明矩呈糒漬魴一桶魯酒二樽適從一行如來時
初九日自室津發舡經泊日比村前洋宿舡上一百

七十里
日高乘舡及泊牛窓日幾過午遂鳴鼓前進晩後
風変潮逆日昏下碇於山田村前洋暁頭乘潮擧
後至日比下碇天已明矣
初十日自日比發舡次鞆浦一百三十里
巳時乘潮而發日晡抵鞆浦此處館所狭隘故不
爲下陸家君與而使乘平輿由舡岸而登陟福禪
寺余與諸人乘小舡繫於寺岸而入焉奇岩絶壁
玉立筍束陡入海中高可百餘尺髙樓危欄着在
岸頭飛甍露簷高入雲霄開戶則一色天海四望

無際憑軒則淡〻波心鑑面覩魚其為壯豁如此
有一石島兀然在眼前而松杉成林作一樊以籬此
則壯豁之中兼以奇妙者也天際羣峯羅列四面
如畫如雲不高不低此則壯豁奇妙之中又兼以
清麗者也石麓邐迤至數十步許如自起朱雀突
然而高峙削立累十丈三面臨海又有傑榭出雲
齋浮落〻小松便一溪藪此則壯豁奇妙清麗之
中加之以醒藉者也山海之形勝非但今日之所
未見抑亦平生之所未聞者未見岳陽而岳陽之
能如此亦何可必也壁上揭日東第一形勝八分

六大字即辛卯從事李邦彦之筆也家君命余以
八分書對潮樓三大字付之沙彌及敀鷄已鳴矣
守和城太守藤原村侯呈干瓢一筵煙艸一楨
十一日自韜浦發舡次鎌刈二百里
日出發舡至忠海日纔午矣風潮俱逆副從舡已
下碇於此我舡亦如之日合時乘潮而行翌日ニ
出小童告曰舟已泊岸矣
十二日自鎌刈發舡經泊加老渡六十里
食後下陸廣島城太守呈大田紙三原酒日落潮
退又乘舡而發以逆風逆潮下碇於加老渡前洋

宿板屋
十三日自加老渡發舡次上關一百五十里
日出櫓役向行間或峰帆日暮抵上關下陸就館
松平大膳大夫大江宗広呈杉重一組鯣一箱
十四日自上関發舡徑泊向浦一百七十里
十五日自向浦發舡次赤間関一百八十里
夕泊赤間関下陸萩城太守呈菓子一咒御樽一荷
十六日自赤間關發船次藍島二百四十里
申抵藍島下陸松平筑前守源継高呈素麪一椿
十七日自藍島發船次一岐島風本浦三百五十里

日出行舡日晡泊舡于一岐島盖終日以帆而行
也篙師輩言今日舟行甚駛而消了一晝此海之
遠與馬島一岐無異矣即爲下陸松浦肥前守源
誠信呈于鯛一箱鰯一箱樽一荷　飛舡至得五
月念四日出京書萊伯書則出於五月晦日矣

【영인자료】

隨槎日錄

수사일록

여기서부터 영인본을 인쇄한 부분입니다. 이 부분부터 보시기 바랍니다.

하우봉

서강대학교에서 문학박사를 취득하였고, 전공은 조선시대 한일관계사이다.
현재 전북대학교 사학과에 재직 중이며, 한국실학학회 회장을 맡고 있다.

이선아

전북대학교 대학원 사학과에서 문학박사를 취득하였고,
전공은 조선후기 정치사상사이다.
현재 전북대학교 이재연구소 연구원으로 재직하고 있다.

통신사 사행록 번역총서 14

수사일록

2018년 3월 9일 초판 1쇄 펴냄

지은이 홍경해
옮긴이 하우봉·이선아
펴낸이 김흥국
펴낸곳 보고사

책임편집 황효은
표지디자인 손정자

등록 1990년 12월 13일 제6-0429호
주소 경기도 파주시 회동길 337-15 보고사 2층
전화 031-955-9797(대표), 02-922-5120~1(편집), 02-922-2246(영업)
팩스 02-922-6990
메일 kanapub3@naver.com / bogosabooks@naver.com
http://www.bogosabooks.co.kr

ISBN 979-11-5516-754-0 94810
979-11-5516-715-1 세트

정가 35,000원